O PACTO DA ÁGUA

ABRAHAM VERGHESE

O pacto da água

Tradução
Odorico Leal

2ª reimpressão

Copyright © 2023 by Abraham Verghese
Copyright das ilustrações © 2023 by Thomas Verghese

*Grafia atualizada segundo o Acordo Ortográfico da Língua Portuguesa de 1990,
que entrou em vigor no Brasil em 2009.*

Nesta edição, foram utilizadas as traduções de Lawrence Flores Pereira para *Hamlet*
(São Paulo: Penguin-Companhia, 2015) e Paulo Henriques Britto para *Grandes esperanças*
(São Paulo: Penguin-Companhia, 2012).

Título original
The Covenant of Water

Capa
Victor Burton

Imagem de capa
Sem título, de Amadeo Luciano Lorenzato, c. 1980. Óleo sobre placa, 59 × 52 cm.
Coleção particular. Reprodução de Mario Grisolli. Agradecimentos: Thiago Gomide.

Mapa
© Martin Lubikowski, ML Design, Londres

Preparação
Gabriele Fernandes
Maria Emilia Bender

Revisão
Huendel Viana
Ingrid Romão

Dados Internacionais de Catalogação na Publicação (CIP)
(Câmara Brasileira do Livro, SP, Brasil)

Verghese, Abraham
    O pacto da água / Abraham Verghese ; tradução Odorico
Leal. — 1ª ed. — São Paulo : Companhia das Letras, 2024.

    Título original: The Covenant of Water
    ISBN 978-85-359-3702-2

    1. Ficção etíope I. Título.

24-192563   CDD-892.8

Índice para catálogo sistemático:
1. Ficção : Literatura etiopiana   892.8

Cibele Maria Dias – Bibliotecária – CRB-8/9427

Todos os direitos desta edição reservados à
EDITORA SCHWARCZ S.A.
Rua Bandeira Paulista, 702, cj. 32
04532-002 — São Paulo — SP
Telefone: (11) 3707-3500
www.companhiadasletras.com.br
www.blogdacompanhia.com.br
facebook.com/companhiadasletras
instagram.com/companhiadasletras
twitter.com/cialetras

Para Mariam Verghese, in memoriam

Um rio saía do Éden para regar o jardim.
Gênesis 2,10

A *perfeição das pedras não vem dos golpes do martelo, mas da dança e do canto da água.*
Rabindranath Tagore

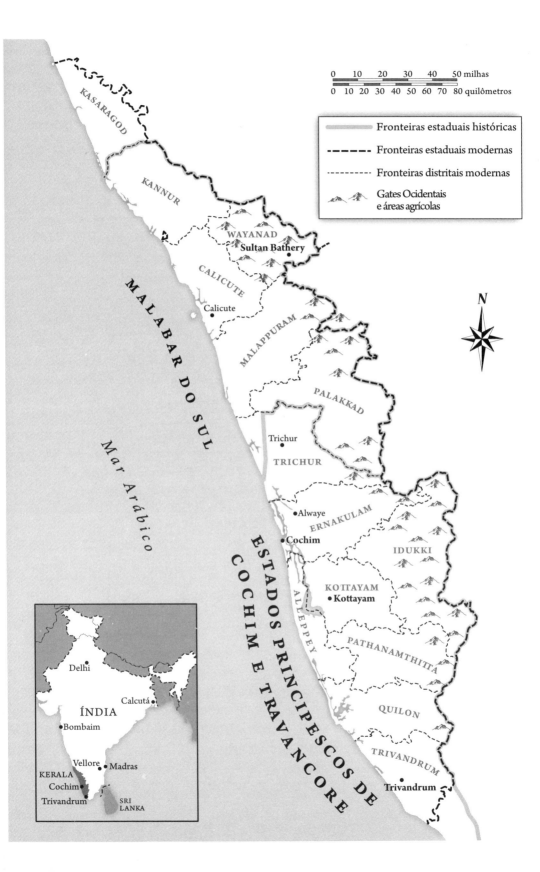

PARTE UM

1. Sempre

TRAVANCORE, SUL DA ÍNDIA, 1900

Ela tem doze anos e vai casar na manhã seguinte. Mãe e filha estão deitadas na esteira, os rostos úmidos colados um ao outro.

"O dia mais triste na vida de uma menina é o dia do seu casamento", diz a mãe. "Então, se Deus quiser, melhora."

Pouco depois a menina ouve os soluços da mãe se transformarem numa respiração ritmada, e em seguida num ronco mais suave — um som que, na cabeça da menina, parece impor certa ordem aos ruídos esparsos da noite, das paredes de madeira que exalam o calor do dia ao cachorro escavando a terra no quintal.

Do lado de fora, um cuco-falcão-indiano canta: *Kezhekketha? Kezhekketha? Para onde o leste? Para onde o leste?* A menina o imagina lá no alto, observando a clareira em meio à qual o telhado de sapê protege a casa. Ele vê a lagoa à frente, o riacho e o arrozal um pouco atrás. Às vezes canta por horas a fio, privando todos do sono… Mas agora se cala de repente, como se uma cobra tivesse lhe dado um bote. No silêncio que se segue, o riacho não canta nenhuma canção de ninar, apenas grunhe sobre as pedras polidas.

Ela desperta antes do amanhecer, a mãe ainda dorme. Pela janela, a água no arrozal cintila como prata batida. Na varanda da frente, a bela *charu kasera* de seu pai jaz esquecida e vazia. A menina levanta o apoio para escrita escarranchado entre os braços de madeira da chaise longue e senta. Na treliça de ratã sente a forma fantasmagórica do pai.

Nas areias da laguna crescem, inclinados, quatro coqueiros que roçam a água como se em busca de um vislumbre do próprio reflexo antes de apontar para o céu. *Adeus, lagoa. Adeus, riacho.*

"*Molay?*", disse, no dia anterior, o único irmão de seu pai, para sua surpresa. Ultimamente ele não a chamava mais pelo afetuoso *molay* — filha. "Encontramos um bom par para você!" Seu tom era melífluo, como se ela tivesse quatro, não doze anos. "Seu noivo valoriza que você vem de uma boa família, que é filha de clérigo." Ela sabia que havia muito o tio tentava casá-la, mas sentia que ele se apressava. O que dizer? Esses assuntos eram resolvidos pelos adultos. A impotência no rosto de sua mãe a constrangia. Não queria sentir dó de sua mãe, mas respeito. Mais tarde, quando ficaram sozinhas, a mãe falou: "*Molay*, esta casa já não é nossa. Seu tio…". Ela se explicava, sem a filha sequer ter protestado. A frase ficou no ar, e seus olhos pairaram pelo cômodo, nervosos. Os lagartos nas paredes poderiam delatá-la. "Quão diferente pode ser a vida por lá? Festejos no Natal, jejum na Quaresma… No domingo, igreja. A mesma Eucaristia, os mesmos coqueiros e pés de café. É um bom casamento… Ele tem posses."

Por que um homem de posses casaria com uma menina sem recursos, sem dote? Que segredo estão escondendo? Do que esse homem *carece*? Juventude, para começo de conversa — ele tem quarenta anos. E já é pai de uma criança. Poucos dias antes, depois da visita do casamenteiro, ela entreouviu o tio repreendendo sua mãe: "E daí que a tia dele se afogou? É diferente de um histórico familiar de loucura. Quem já ouviu falar de uma família com histórico de afogamentos? Os outros sempre ficam com inveja de um bom partido, então logo exageram".

Sentada, ela desliza as mãos pelos lustrosos braços da cadeira e pensa por um instante nos antebraços do pai; como a maioria dos homens malaialas, ele era um urso amoroso, com pelos nos braços, no peito e até nas costas, por isso nunca era possível tocar sua pele, apenas uma pelagem macia. Em seu colo, naquela mesma cadeira, ela aprendeu as primeiras letras. Quando se saía bem na escola, ele dizia: "Você tem uma cabeça boa. Mas ser curiosa é ainda mais importante. Para você, ginásio. E faculdade também! Por que não? Não vou deixar que case cedo, como sua mãe".

O bispo o designara para uma igreja cheia de problemas perto de Mundakayam, sem *achen* fixo por culpa de inescrupulosos comerciantes maometanos. Não era lugar onde uma família pudesse viver, com a névoa matinal mordiscando os joelhos ao meio-dia e subindo até o queixo ao anoitecer. A umidade dificultava a respiração e provocava reumatismo e febre. Menos de um ano depois ele voltou com calafrios de bater os dentes, o corpo febril, a urina escurecida. Antes que conseguissem ajuda, seu peito parou de bater. Quando sua mãe aproximou um espelho dos lábios do marido, o vidro não embaçou. A respiração do pai já era apenas ar.

Aquele foi o dia mais triste de sua vida. Como o casamento poderia ser pior?

Pela última vez ela se levanta do assento de treliça. A cadeira de ratã e a cama de teca do pai são relíquias sagradas: retêm a essência dele. Se ao menos pudesse levá-las para o novo lar.

A casa se agita.

Ela enxuga os olhos, apruma os ombros, ergue o queixo — armando-se para o que quer que esse dia lhe traga, para a tristeza da partida, a despedida do lar que já não é lar. No mundo de Deus, o caos e a dor são mistérios insondáveis, no entanto a Bíblia mostra que há um desígnio para tudo. Como seu pai diria: "Fé é saber que existe uma ordem, embora não seja visível".

"Vou ficar bem, Appa", ela diz, imaginando a preocupação do pai. Se estivesse vivo, ela não estaria prestes a casar.

Ela fantasia sua resposta: *As preocupações de um pai findam com um bom marido. Rezo para que ele o seja. Mas só sei que o mesmo Deus que te guarda aqui estará contigo lá,* molay. *É o que Ele nos promete nos Evangelhos.* "Eis que eu estou com vocês todos os dias, até o fim do mundo."

2. Ter e manter

TRAVANCORE, SUL DA ÍNDIA, 1900

O trajeto até a igreja do noivo leva quase meio dia. O barqueiro os conduz por um labirinto de canais desconhecidos, margeados por hibiscos de um vermelho flamejante, as casas tão próximas da água que a menina poderia roçar numa velha agachada que peneira arroz. Ela ouve um menino lendo em voz alta o jornal *Manorama* para um ancião cego, que esfrega a cabeça como se as notícias lhe doessem. As moradias se sucedem, cada qual um pequeno universo, algumas com crianças de sua idade observando a passagem do barco. "Aonde vão?", pergunta um intrometido descamisado de dentes pretos, o indicador escurecido no ar, coberto de carvão em pó. O dedo é sua escova de dentes. O barqueiro o olha de relance.

Dos canais eles passam a um carpete de lótus e lírios de tamanha densidade que seria possível caminhar sobre as flores. As pétalas se abrem como se enviassem bons votos. Por impulso, ela colhe uma flor, agarrando o caule que se ancora debaixo d'água. A flor se liberta respingando, uma joia rosa: que milagre uma coisa tão bonita emergir de água assim barrenta. O tio crava os olhos na irmã, que não diz nada, mas teme que a filha manche a blusa branca e o *mundu*, além do *kavani* com enfeites de um dourado fosco. Um aroma frutado toma conta da embarcação. Ela conta vinte e quatro pétalas. Cruzando o carpete de lótus, alcançam um lago com água plácida e suave, tão largo que não se vê a margem oposta. Pergunta-se se o mar seria assim. Quase esqueceu que vai casar. No cais movimentado, embarcam numa canoa gigante cujos remos são manejados por homens esbeltos e musculosos, popa e proa arqueando como vagens secas de feijão. Duas dúzias de passageiros se acomodam, sombrinhas a protegê-los do sol. Ela logo entende que está indo para um lugar distante, não será fácil visitar sua casa.

De repente, o lago se estreita e desemboca num rio extenso. A embarcação ganha velocidade na corrente. Por fim, ao longe, no alto de um morro, um enorme crucifixo de pedra guarda uma pequena igreja e projeta sua sombra sobre a água. Trata-se de uma das sete igrejas e meia fundadas por são Tomé. Como toda criança que frequentava uma escola religiosa, ela sabe seus nomes de cor: Kodungallur, Paravur, Niranam, Palayoor, Nilackal, Kokkamangalam, Kollam e a pequena meia igreja em Thiruvithamcode. Ver uma delas pela primeira vez a deixa sem fôlego.

O casamenteiro, oriundo de Ranni, caminha no pátio de um lado a outro. As marcas de suor nas axilas de sua *juba* chegam até o peito. "O noivo já deveria estar aqui", ele diz. As mechas de cabelo penteadas para trás cederam sobre suas orelhas, lembrando asas de papagaio. Nervoso, ao engolir saliva, uma protuberância se mexe para cima e para baixo em seu pescoço. O solo de sua vila é famoso pelo cultivo do melhor arroz e daquele tipo de bócio.

A família do noivo consiste apenas da irmã, Thankamma. A mulher sorridente e robusta agarra as mãos da futura cunhada, apertando-as com carinho. "Ele está vindo", ela diz. O *achen* veste a estola cerimonial sobre o manto e dá o laço na cinta bordada. Faz um gesto com as palmas para cima, perguntando em silêncio: "E então?". Ninguém responde.

A noiva se arrepia, apesar do calor. Não está acostumada a usar *chatta* ou *mundu*. A partir desse dia, nunca mais vestirá saias longas e blusas coloridas, mas, como a mãe e a tia, o uniforme de toda mulher cristã casada de São Tomé, que só permite o branco. O *mundu* é igual ao dos homens, mas de arranjo mais elaborado, a ponta livre dobrando-se três vezes, com pregas compondo uma cauda em forma de leque que disfarça o formato das ancas. A blusa frouxa de mangas curtas e gola em V, a *chatta* branca, também busca ocultar a silhueta.

A luz se reflete nas janelas altas e projeta sombras oblíquas. O incenso lhe faz cócegas na garganta. Como em sua igreja, não há bancos, apenas um carpete de fibra de coco sobre um piso de cimentão vermelho, e somente na parte frontal. Seu tio tosse. O som ecoa no espaço vazio.

Ela esperava que sua prima — e melhor amiga — viesse ao casamento. A garota casara no ano anterior, também aos doze anos, com um noivo da mesma idade e de boa família. Durante a celebração o menino-noivo parecia entediado, mais interessado em tirar meleca do nariz do que na cerimônia; o *achen* interrompeu a *kurbana* para sussurrar: "Pare de cavar, não tem ouro aí!". A prima escreveu que, na casa nova, ela dormia e brincava com as outras garotas da família e estava feliz por não ter de lidar com o marido irritante. Ao ler a carta, sua mãe, que sabia das coisas, disse: "Bem, um dia tudo isso vai mudar". A noiva se pergunta se tudo já teria mudado, e o que isso implicava.

Há certa inquietação no ar. Sua mãe a empurra para a frente e se afasta.

O noivo assoma ao seu lado, e de imediato o achen dá início à cerimônia — *por acaso ele vai tirar o pai da forca?* Ela olha para a frente.

Nas lentes sujas dos óculos do *achen*, ela vislumbra um reflexo: ao lado de uma grande figura cuja silhueta é desenhada pela luz penetrante da entrada, uma outra, pequena — ela própria.

Como será ter quarenta anos? Ele é mais velho do que a sogra. Um pensamento lhe ocorre: se é viúvo, por que não casou com a mãe dela? Mas sabe bem a razão: a sorte de uma viúva é só um pouco melhor que a de um leproso.

De repente o *achen* interrompe sua cantoria, pois o futuro marido se voltou para estudar a noiva, dando as costas — algo impensável — ao sacerdote. O noivo analisa o rosto dela, arfando como um homem que tivesse corrido longas distâncias. Ela não se atreve a olhar para cima e encará-lo, mas captura seu cheiro terroso. Incapaz de controlar os tremores, fecha os olhos.

"Mas ela é só uma menina!", ouve o noivo exclamar.

Quando abre os olhos, vê seu tio-avô esticando a mão para impedir a fuga do noivo, mas a mão é empurrada para longe, como se fosse uma formiga em um colchão.

Thankamma corre atrás do irmão fugitivo, enquanto sua barriga, verdadeiro avental de gordura, balança de um lado para outro, a despeito da pressão que ela faz com as mãos. Ela o alcança perto de uma pedra de descanso — uma laje horizontal à altura dos ombros, sustentada por dois pilares de pedra que se afundam na terra, onde o viajante pode apoiar o fardo que carrega sobre a cabeça e recuperar o fôlego. Thankamma empurra o peitoral maciço do irmão, tentando detê-lo, enquanto caminha de costas diante dele. "*Monay*", ela diz, ofegante, pois o irmão é muito mais novo; é mais filho do que irmão. "*Monay*." O que acabou de acontecer é sério, mas cômico pelo modo como o homem empurra a irmã, parecendo arar a terra usando a mulher de arado. Ela não consegue segurar o riso.

"Olhe para mim!", ela ordena, ainda sorrindo. Quantas vezes a irmã viu aquela expressão contrariada em seu rosto, desde bebê? Ele tinha apenas quatro anos quando a mãe deles morreu e Thankamma assumiu o papel materno. Cantar, ninando-o, ajudava a desfranzir aquela testa. Depois, na época em que o irmão mais velho dos dois roubou a casa e a propriedade que lhe pertenciam por direito, só Thankamma o defendeu.

Ele diminui o passo. Ela o conhece bem, esse acumulador de palavras. Se Deus por um milagre destravasse sua mandíbula, o que diria seu irmão? *Chechi, quando me pus ao lado daquela criança trêmula, pensei: "Esta é a pessoa com quem devo me casar?". Você não viu o queixo da menina tremendo? Já tenho uma criança em casa com quem me preocupar. Não preciso de outra.*

"*Monay*, eu entendo", ela diz, como se *ele* tivesse falado alguma coisa. "Sei o que parece. Mas não se esqueça, sua mãe e sua avó casaram aos nove anos. Eram crianças e continuaram sendo criadas desse modo em outra casa, até deixarem de ser. Isso não produz o melhor casamento, o mais compatível? Desconsidere essa parte e por um momento pense apenas naquela pobre menina. Largada no altar? *Ayo*, que vergonha! Quem casará com ela depois disso?"

Ele não se detém. "Ela é uma boa menina", continua Thankamma. "De uma família tão boa! Seu pequeno JoJo precisa de cuidados. Ela será para ele o que fui para você. Permita que ela cresça em sua casa. Ela precisa de Parambil tanto quanto Parambil precisa dela."

A irmã tropeça, ele a segura, e ela ri. "Mesmo os elefantes têm dificuldade em andar de costas!" Só ela poderia entrever um sorriso na vaga assimetria que surge no rosto dele. "*Eu* escolhi essa menina para você, *monay*. Não dê tanto crédito àquele casamenteiro. *Eu* me reuni com a mãe e *eu* vi a garota, ainda que ela não saiba que a vi. Não escolhi bem na primeira vez? Sua esposa abençoada, que Deus a tenha, aprova. Então, confie em sua *chechi* de novo."

O casamenteiro conversa com o *achen*, que murmura: "O que está havendo?".

Javé, meu rochedo, minha fortaleza, meu libertador. O pai ensinou a jovem noiva a dizer aquilo quando sentisse medo. *Meu rochedo, minha fortaleza.* Uma energia misteriosa que emana do altar agora se assenta sobre ela, como uma sobrepeliz, infundindo-lhe profunda paz. Aquela igreja é consagrada por um dos doze; ele pisou onde ela agora pisa, o único apóstolo que *tocou* as feridas de Cristo. Ela sente uma compreensão inimaginável, uma voz que fala sem som ou movimento e diz: *Estou com vocês todos os dias.*

Então, os pés descalços do noivo reaparecem a seu lado. *Como são belos os pés daqueles que anunciam boas notícias!* Mas esses são grosseiros, calejados, insensíveis aos espinhos; pés capazes de chutar um toco de árvore apodrecido, acostumados a encontrar fissuras por onde escalar uma palmeira. Aqueles pés se mexem, sabendo-se julgados. Ela não se controla: espia o noivo. O nariz é afiado como um machado, os lábios são grossos, o queixo empinado. Cabelo da cor do azeviche, sem fios grisalhos, o que a surpreende. Ele é muito mais escuro do que ela, mas bonito. Ela fica admirada com a intensidade do olhar dele, que mira o sacerdote: é o olhar de um mangusto à espera do bote da cobra, pronto para se esquivar, girar e agarrá-la pelo pescoço.

A cerimônia deve ter sido breve, pois ela já vê a mãe ajudando o noivo a tirar o véu de sua cabeça. Ele recua e descansa as mãos nos ombros dela, pondo-lhe o pequeno *minnu* de ouro em volta do pescoço. Seus dedos roçando-lhe a pele parecem quentes como brasa.

O noivo faz uma rubrica tosca no registro da igreja e lhe entrega a caneta. Ela anota seu nome, o dia, mês e ano, 1900. Quando ergue os olhos, ele já está batendo em retirada. O sacerdote o observa e pergunta: "O que foi? Ele deixou arroz no fogo?".

Seu marido não está no cais, onde um barco balança sobre as águas, tensionando impacientemente as amarras.

"Desde que seu marido era menino", diz sua agora cunhada, "ele sempre preferiu ser transportado pelos próprios pés. Eu, não! Por que andar, quando podemos flutuar?" A risada de Thankamma é contagiosa. Mas agora, na beira da água, mãe e filha devem se separar. Agarram-se uma à outra — quando voltarão a se ver? A noiva tem um novo nome, um novo lar — nunca visto — ao qual pertence. Deve renunciar ao antigo.

Os olhos de Thankamma também estão úmidos. "Não se preocupe", diz à mãe desolada. "Cuidarei dela como se fosse minha filha. Vou passar duas ou três semanas em Parambil. A essa altura ela já conhecerá sua casa melhor do que conhece os Salmos. Não precisa agradecer. Meus filhos estão crescidos, e ficarei até meu marido sentir falta de mim!"

As pernas da jovem noiva bambeiam quando ela se afasta da mãe. No momento de subir no barco, a garota talvez caísse se Thankamma não a acomodasse em seu quadril, como quem suspende um bebê. Por instinto, enrola as pernas ao redor da cintura robusta da cunhada, afundando o rosto naquele ombro carnudo. Empoleirada, lança um olhar para a figura entristecida que lhe acena do cais, eclipsada pelo imenso crucifixo de pedra que se ergue ao fundo.

* * *

O lar da jovem noiva e do noivo viúvo fica em Travancore, no extremo sul da Índia, entre o mar Arábico e os Gates Ocidentais — aquela longa cordilheira que corre paralelamente à costa oeste. A terra é moldada pela água, e um idioma comum une o povo dali: o malaiala. No ponto em que se depara com a praia branca, o mar lança continente adentro dedos que se entrelaçam aos rios que serpenteiam pelas encostas verdejantes dos Gates. É um mundo de fantasia infantil, repleto de riachos e canais, uma treliça de lagos e lagunas, labirinto de remansos e piscinas naturais de flores de lótus verde-musgo; trata-se de um vasto sistema circulatório, pois, como o pai dela dizia, toda água se conecta. Aquela água deu origem a um povo — os malaialas — tão móvel quanto o meio líquido que o cerca. Seus gestos são fluidos e seus cabelos flutuam. Estão sempre prontos para jorrar risadas ao navegar para a casa de um parente, pulsando e remando como glóbulos de sangue em um sistema vascular, impelidos pelo grande coração das monções.

Nessa terra, coqueiros e palmeiras são tão numerosos que à noite suas silhuetas folhosas ainda balançam e cintilam sob as pálpebras fechadas. Sonhos auspiciosos precisam ter água e frondes verdes, caso contrário são um pesadelo. Quando os malaialas dizem "terra", incluem também a água, pois faz tão pouco sentido separar uma da outra quanto apartar o nariz da boca. Em esquifes, canoas, barcaças e balsas, os malaialas e suas mercadorias flutuam por Travancore, Cochim e Malabar, com uma presteza que aqueles que moram em territórios sem costa não podem imaginar. Na falta de estradas decentes, serviço regular de ônibus e pontes, a água é a via.

No tempo de nossa jovem esposa, as famílias nobres de Travancore e Cochim, cujas dinastias remontam à Idade Média, estão sob domínio britânico, na condição de "estados principescos". Há mais de quinhentos deles — metade do território indiano —, minúsculos e irrelevantes a maior parte. Os marajás dos maiores, os "salute states" — Hiderabade, Maiçor e Travancore — têm direito a uma salva de disparos de canhão, entre nove e vinte e um disparos (não raro o mesmo número de Rolls-Royces estacionados na garagem real) —, que reflete sua importância aos olhos britânicos. Em troca do direito de conservar palácios, carros e status, além da permissão de governar de maneira semiautônoma, os marajás pagam um dízimo à Coroa a partir dos impostos que recolhem dos súditos.

Nossa noiva, em sua vila no estado principesco de Travancore, nunca havia visto um soldado ou funcionário público britânico, ao contrário daqueles que vivem nas "presidências" de Madras e Bombaim — territórios administrados diretamente pela Coroa britânica, repletos de ingleses. Com o tempo, as regiões com falantes do malaiala — Travancore, Cochim e Malabar — vão se unificar para criar o estado de Kerala, área costeira na ponta da Índia em formato de peixe: a cabeça aponta para o Ceilão (atual Sri Lanka), a cauda para Goa, e os olhos fitam melancólicos Dubai, Abu Dhabi, Kuwait e Riade, do outro lado do oceano.

Ao se enfiar uma pá em qualquer parte do solo de Kerala, logo jorra uma água ferruginosa, qual sangue sob o bisturi, um elixir rico em laterito que alimenta toda criatura viva. Podem-se descartar os rumores de que fetos abortados mas viáveis largados por lá crescem e se tornam humanos ferais, mas não se discute que as especiarias florescem aqui com uma abundância sem paralelo em outros locais do mundo. Por séculos antes de Cristo, marinheiros do Oriente Médio estufaram as velas triangulares dos *dhows* com os ventos do oeste para desembarcar na "Costa das Especiarias", onde compravam pimenta, cravo e canela. Quando os ventos comerciais se invertiam, esses mercadores retornavam à Palestina, vendendo as especiarias para compradores de Gênova e Veneza por pequenas fortunas.

Como a sífilis ou a peste, a febre das especiarias tomou conta da Europa, valendo-se, aliás, dos mesmos meios: marinheiros e navios. Mas foi uma infecção salutar: as especiarias prolongavam a vida da comida e de quem as consumisse. Havia outros benefícios. Em Birmingham, um padre que mascava canela para camuflar o bafo de vinho descobriu-se irresistível às paroquianas e redigiu sob pseudônimo o panfleto popular *Novos molhos doces e picantes: uma salgalhada feliz de combinações inéditas e prazerosas para o homem e sua esposa.* Farmacêuticos celebraram a cura milagrosa da hidropisia, da gota e do lumbago por meio de poções de cúrcuma, garcínia e pimenta. Um médico de Marselha descobriu que esfregar gengibre em um pênis pequeno e flácido revertia ambos os estados, angariando à parceira "tamanho prazer que ela protesta se o companheiro sai de cima dela". Curiosamente, nunca ocorreu aos cozinheiros ocidentais secar e moer pimenta-preta, sementes de funcho, cardamomo, cravo e canela, lançando a mistura apimentada no óleo junto com sementes de mostarda, alho e cebolas, fazendo assim a masala, base de todo curry.

Sem dúvida, quando as especiarias alcançaram na Europa o preço de pedras preciosas, os marinheiros árabes que as compravam da Índia cuidaram de ocultar sua fonte por séculos a fio. Ao longo do século xv, os portugueses (e, mais tarde, holandeses, franceses e ingleses) lançaram expedições em busca dos territórios onde essas especiarias inestimáveis cresciam; esses viajantes eram como jovens despudorados farejando uma mulher promíscua. Onde ela estava? Ao leste, sempre em algum lugar ao leste.

Vasco da Gama, porém, partiu de Portugal rumo ao oeste, não ao leste. Desceu pela costa ocidental africana, circundou a ponta da África e subiu pelo outro lado. Em algum ponto do oceano Índico, Gama capturou e torturou um capitão árabe que o levou à Costa das Especiarias — hoje, Kerala —, desembarcando perto da cidade de Calicute; aquela sua viagem marítima foi a mais longa realizada até então.

O samorim de Calicute não ficou nem um pouco impressionado com o navegador — nem com seu monarca, que enviou fios de coral e peças de latão como tributos, enquanto seus presentes eram rubis, esmeraldas e seda. Achou graça da ambição declarada de Gama: levar o amor de Cristo aos pagãos. Por acaso aquele idiota não sabia que mil e quatrocentos anos antes de pisar na Índia, mesmo antes de são Pedro chegar a Roma, outro dos doze discípulos — são Tomé — já havia desembarcado naquela costa em um *dhow* de comerciantes árabes?

Reza a lenda que são Tomé chegou em 52 d.C., aportando perto da atual cidade de Cochim, e se deparou com um garoto que retornava do templo. "Vosso Deus ouve vossas preces?", ele perguntou. O garoto respondeu que Ele decerto o ouvia. São Tomé lançou água para o ar e as gotículas permaneceram suspensas. "Seu Deus pode fazer isso?" Por meio de tais demonstrações, fossem elas magia ou milagres, ele converteu algumas famílias brâmanes ao cristianismo; mais tarde, acabou martirizado em Madras. Aqueles primeiros convertidos — os cristãos de São Tomé — permaneceram fiéis à fé e só se casavam com membros da comunidade. Ao longo do tempo, os adeptos cresceram, enlaçados por costumes e igrejas.

Quase dois mil anos depois, dois descendentes daqueles indianos convertidos, uma noiva de doze anos e um viúvo de meia-idade, casaram-se.

"O que aconteceu aconteceu", dirá nossa jovem esposa quando se tornar avó, e a neta — que herdou seu nome — implorar por uma história sobre os antepassados. A menininha ouviu rumores de que sua genealogia familiar está repleta de segredos e que escravizadores, assassinos e um bispo expulso da igreja estão entre seus ancestrais. "Criança, o passado é o passado; além disso, ele é diferente a cada vez que o evoco. Falarei do futuro, do futuro que *você* construirá." Mas a criança insiste.

Por onde começar? Por Tomé, "o Incrédulo", que insistiu em ver as chagas de Cristo com os próprios olhos para crer? Por outros mártires da fé? O que a criança deseja é a história da família, da casa do viúvo ao qual se uniu a avó, uma morada rodeada de terra em um estado repleto de águas — um lar cheio de mistérios. Mas tais memórias são costuradas com teias de aranha; o tempo abocanha nacos do tecido, e a avó precisa tapar esses buracos com mitos e fábulas.

Ela tem algumas certezas: um relato que impressiona quem o ouve conta como o mundo funciona de verdade; assim, inevitavelmente, trata-se de uma história de famílias, com suas vitórias e feridas, e dos mortos, incluindo os fantasmas que por aqui se demoram; a narrativa deve oferecer instruções a respeito de como viver no reino de Deus, onde a alegria nunca poupa ninguém da tristeza. Uma boa história faz mais do que se propõe Deus, com sua infinita misericórdia: ela reconcilia parentes e os liberta de segredos cujos laços são mais fortes que o sangue. Contudo, quando revelados, como também quando ocultos, segredos podem destroçar uma família.

3. Coisas nunca mencionadas

PARAMBIL, 1900

A jovem esposa sonha que brinca na laguna: apoia o peso do corpo no bote estreito dos primos, quer virá-lo de propósito, e as risadas ecoam pelas margens.

Acorda confusa.

A seu lado, ronca um morro que se infla e se esvazia. Thankamma. Sim. É sua primeira noite em Parambil. Esse nome corre estranho por sua língua, como a pontinha de um dente lascado. Do cômodo vizinho, o quarto do esposo, ela não escuta nada. O corpo de Thankamma esconde um menininho — ela vê apenas o cabelo despenteado e brilhante, e, com a palma virada para o teto, a mão que descansa pouco acima da cabeça.

Ela escuta. Sente falta de algo. A ausência é inquietante. E então entende: não se ouve a água. Sente falta daquela voz calma e murmurante, por isso a reproduziu no sonho.

Ontem o *vallum*, piroga reforçada por traves, deixou-a, a ela e a Thankamma, em um pequeno atracadouro. Elas cruzaram um grande campo salpicado de coqueiros sobranceiros e carregados. Quatro vacas pastavam, cada uma amarrada a uma longa corda. Thankamma e ela caminharam por fileiras de bananeiras, as folhas molengas roçando umas nas outras. Cachos de bananas-vermelhas pendiam. A magnólia da *chempaka* perfumava o ar. Três rochas bem polidas e desgastadas serviam de ponte num riacho de águas rasas, que mais adiante se ampliava num lago com margens repletas de arbustos de pandano e coqueiros-anões *chenthengu*, abarrotados de cocos alaranjados. Pedras onde se lava roupa inclinavam-se na beira do lago; Thankamma lhe disse para se banhar naquele ponto. O murmúrio da correnteza era um bom sinal. Ao desembarcar, a noiva procurara a casa com os olhos, mas ela não ficava à margem do rio, então decerto ficaria ali, junto ao riacho... porém não viu nada. "Todo esse território, mais de duzentos hectares", declarou Thankamma cheia de orgulho, apontando à esquerda e à direita, "é Parambil. Terra agreste na maior parte, montanhosa, sem clareiras. Só parte do trecho que limpamos é cultivada. Antes de seu esposo domar a terra, *molay*, era tudo selva."

Duzentos hectares. O lar que ela conhecera até ontem mal se assentava sobre dois.

As duas seguiram por uma trilha flanqueada de plantações de mandioca. Por fim, no topo de uma elevação, ela vislumbrou a silhueta da casa contra a luz. Foi ali que avistou pela primeira vez aquele que seria seu lar pelo resto da vida. O telhado, com aquela leve inclinação no meio, arqueava-se nas pontas; os beirais rebaixados bloqueavam o sol, cobrindo a varanda de sombra... Mas ela só conseguia pensar: *Por que lá em cima? Por que não à beira do riacho? Ou do rio, que traz visitantes, novidades e tantas coisas boas?*

Agora, deitada de costas, examina seu quarto: as paredes enceradas e polidas são de teca, não de jaqueira selvagem, com aberturas no topo que permitem a saída do ar morno; o teto falso também é de teca, proteção contra o calor; finas barras de madeira na janela dão livre passagem à brisa; e uma porta com duas folhas — horizontais, claro — leva à varanda, a metade superior aberta para acolher a brisa, a inferior fechada, impedindo a entrada de galinhas e de criaturas sem perna — tudo muito parecido, porém maior, com a casa que ela deixou para trás. Todo *thachan*, ou carpinteiro, segue as mesmas antigas regras *Vastu*, das quais nem os hindus nem os cristãos se afastam. Para um bom *thachan*, a casa é o noivo e o terreno é a noiva, e ele deve casá-los com o mesmo cuidado com que o astrólogo emparelha horóscopos. Quando a tragédia ou uma assombração paira sobre a morada, diz-se que sua localização não foi escolhida auspiciosamente. Então ela se pergunta de novo: *Por que aqui, longe das águas?*

Um farfalhar de folhas, um tremor pressentido no chão deixam seu coração de sobreaviso. Alguma coisa perto da porta bloqueia a luz das estrelas. É um fantasma da casa que vem se apresentar? Em seguida, um arbusto folhoso parece crescer para dentro do quarto entrando pela parte de cima da porta. Uma cobra enorme se move pelo arbusto. A menina não consegue se mexer, nem gritar, embora saiba que algo terrível está prestes a acontecer nessa casa misteriosa, cercada de terra por todos os lados... Mas poderia a morte ter cheiro de jasmim?

Um ramo de jasmim sustentado pela tromba de um elefante paira sobre ela. As florzinhas balançam sobre os demais hóspedes adormecidos e se detêm sobre o rosto da jovem esposa, que sente um hálito quente, úmido e antigo. Pequenas partículas de terra caem em seu pescoço.

Seu medo se apazigua. Hesitante, ela estica a mão para colher a oferenda. Fica surpresa com as narinas do animal, tão humanas, margeadas por uma pele mais pálida e sardenta, delicadas como um lábio, no entanto tão ágeis e habilidosas quanto dois dedos; a tromba cheira seu peito, faz-lhe cócegas no cotovelo e então traça um caminho até seu rosto. Ela reprime uma risadinha. Expirações quentes a envolvem, como bênçãos. O aroma parece saído do Velho Testamento. Em silêncio, a tromba se retira.

A jovem esposa se vira e nota uma testemunha embasbacada. JoJo, de dois anos, está sentado, observando tudo por cima da barriga de Thankamma, os olhos esbugalhados. Ela sorri, erguendo-se, e num impulso o chama e o puxa para seu quadril; os dois saem do quarto, seguindo a aparição.

Ela pressente espíritos por toda parte em Parambil, como em qualquer casa. Um deles caminha pelo *muttam*, o pátio. A escuridão cintila com almas invisíveis, numerosas como vaga-lumes.

Numa clareira perto de uma palmeira alterosa, pairando sobre uma pilha de bagaços de coco, o brilho de um olho oscila como uma lâmpada no vento. Ela aperta os olhos para se acostumar à obscuridade, e então distingue uma testa gigantesca, depois orelhas que abanam languidamente... uma escultura talhada na pedra da noite. O elefante é real, não é um fantasma.

JoJo circunda o pescoço dela com um braço, os dedos distraídos lhe manuseando o lóbulo da orelha, assentado confortavelmente naquele quadril como se não conhecesse outro. A menina quer rir; ontem mesmo era ela que se agarrava a Thankamma. Os dois ficam ali, parados, dois meio-órfãos. Os espíritos recebem ordens do animal dadivoso e se retiram para as sombras que, aos poucos, rendem-se à aurora.

Em sua breve vida ela viu elefantes de templos sendo adorados e mimados com oferendas; viu elefantes que, transportando madeira, cruzavam em peso os vilarejos a caminho da floresta. Mas essa criatura que tapa as estrelas é certamente o maior do mundo. Observar seu mascar preguiçoso e a dança graciosa da tromba flexível levando folhas a uma boca sorridente a tranquiliza.

Na lateral a sota-vento do elefante, pouco depois do dique de terra lamacenta que cria um fosso ao redor de cada coqueiro, impedindo água e estrume de escoar, um homem dorme numa cama de corda.

Os cotovelos e os joelhos de seu esposo sobressaem da combalida estrutura de madeira. Na posição de seu poderoso braço esquerdo, dobrado para servir de travesseiro à bochecha, os dedos cerrados, ela vê ecos daquela visita que lhe ofertou os jasmins.

4. A iniciação de uma dona de casa

PARAMBIL, 1900

Na cozinha, o chão de terra batida refresca a sola dos pés. Das paredes escurecidas pela fumaça depreendem-se aromas de dar água na boca; na sombra desse santuário, ela logo se sente em casa. Thankamma, curvando-se, infla as bochechas e sopra por um largo tubo de metal para reavivar as brasas no *aduppu*. Das seis bocas de tijolo do forno, quatro estão com panelas. Ela admira a velocidade com que a cunhada se move apesar do peso, as mãos riscando o ar de tão rápidas, ora alimentando com casca de coco seca a chama da panela que frita cebolas, ora amainando brasas para que o arroz cozinhe em fogo brando. Para a noiva, Thankamma serve café com leite e açúcar mascavo. "Fiz *puttu*", diz, retirando da fôrma de madeira um cilindro esponjoso de arroz cozido no vapor, logo depositado no prato de folha de bananeira. Para JoJo, ela esmaga o arroz com banana e mel. Já esquentou a fritada de carne — *erechi olarthiyathu* — e o curry de peixe picante — *meen vevichathu* — da noite anterior. "O peixe não fica mais saboroso no dia seguinte? É a mágica dessa panela de barro! Cuide dela e só use essa maravilha para fazer *meen vevichathu*, entendeu? A cada ano seu curry vai ficar melhor. Se minha casa pegasse fogo e eu tivesse de escolher entre meu marido e a panela de barro... Bem, tudo que posso dizer é que a vida dele foi boa. Os curries que farei na panela me consolarão na viuvez!"

A risada de Thankamma ressoa. A noiva senta de pernas cruzadas, admirada, contemplando o primeiro café da manhã em Parambil: é suntuoso, e mais nutritivo do que tudo que ela e a mãe comiam ao longo de uma semana inteira.

"Seu marido comeu de pé, como sempre. Já se mandou para o campo."

Thankamma insiste que uma noiva não deve fazer nada além de se permitir ser mimada. Ela tenta, mas vai contra sua natureza. Observando os dedos da cunhada, procura memorizar os ingredientes que eles acrescentam aos curries, porém é difícil quando há mais de dois pratos sendo preparados ao mesmo tempo. Aquelas mãos parecem ter vida própria, pois a dona não lhes dá atenção alguma, tagarelando sem parar. JoJo puxa a jovem esposa: orgulha-se de ser o guia dela, levando-a para conhecer todos os cômodos, esquecendo que fez o mesmo duas horas antes. A casa tem formato de L. Uma das extremidades é a residência original, antiga, disposta sobre uma base elevada e construída ao redor de uma casa-forte, ou *ara*, onde a riqueza da família — dinheiro, joias e arroz — é armazenada. O *ara* é flanqueado por um quarto desabitado e uma grande despensa, ao lado da qual fica a cozinha. Uma varanda estreita conecta tudo. Abaixo do *ara* há um porão. O novo anexo da residência foi construído sobre um terreno menos elevado, com um terraço largo e convidativo em seus três lados. No interior, há uma sala de estar pouco usada e dois grandes quartos adjacentes — o do marido e aquele onde ela, JoJo e Thankamma dormem. Há, por fim, outro aposento, que serve de depósito.

Os cômodos velhos e os mais recentes circundam um *muttam* cuja superfície é coberta de pedrinhas amarelas, douradas e brancas, extraídas do leito do rio. Toda manhã uma *pulayi*, Sara, varre as folhas secas, nivelando as pedrinhas e deixando no chão um desenho de leque. É no *muttam* que se estendem esteiras para secar arroz cozido no vapor, é lá que roupas pendem dos varais e Jojo brinca de bola.

Depois do almoço, a jovem esposa, JoJo e Thankamma tiram uma bela soneca. O marido não, ele passa a maior parte do tempo no campo, trabalhando na terra. Quando ela o avista nas plantações, ele está sempre acompanhado de alguns *pulayar*, destacando-se deles pela altura e porque, comparada à deles, sua pele parece clara. À noite, Thankamma encerra os afazeres, e os três se sentam na brisa à entrada da cozinha. A mulher conta inúmeras histórias, mimando a jovem esposa e JoJo com guloseimas da despensa. Mais tarde ocorre à jovem que as histórias de Thankamma são de certo modo educativas. Procura rememorá-las à noite, ao se deitar, mas é nesse momento que a saudade de casa lhe fere as entranhas, e todos os seus pensamentos se voltam para o antigo lar. A afeição de Thankamma lhe lembra a mãe e acentua sua tristeza. Só se permite chorar quando tem certeza de que todos dormem.

❊ ❊ ❊

Na segunda manhã na casa, quando ouvem o grito da vendedora de peixe ao longe, Thankamma pede à noiva que vá chamá-la. Cinco minutos depois a mulher está na porta da cozinha, cheirando a rio. Thankamma a ajuda a apear a cesta pesada que leva sobre a cabeça.

"*Aah*, essa é a noiva!", diz a vendedora, espanando escamas dos antebraços e se acocorando. "Hoje trouxe *mathi* especial só para ela." E retira o pano que cobre a cesta como se ocultasse joias preciosas.

Thankamma cheira e aperta uma sardinha, e a devolve ao cesto com as outras. "Só para a noiva, é? Então fique com ele, se é tão especial. O que tem debaixo desse pano? Ah! Vejam só. Para quem é esse outro *mathi*? Há outro casamento e não estou sabendo? Me dê aqui. E não reclame!"

No dia seguinte, a noiva vê o *pulayan* Shamuel cruzando o *muttam*; o corpo dele se curva sob o peso de uma pilha de cocos numa grande cesta. Thankamma o descrevera como o capataz de Parambil, sombra constante do noivo; Sara, que varre o *muttam*, é sua mulher. Segundo a cunhada, a família de Shamuel trabalha para eles há gerações; é provável que seus ancestrais tenham sido servos da família nos tempos antigos, até a abolição da prática. Os *pulayar* são a casta mais inferior em Travancore e raramente possuem propriedades, já que até suas cabanas pertencem ao proprietário das terras; só de avistar um deles um brâmane já fica poluído e deve tomar um banho ritualístico.

Sob o peso da cesta, o pescoço e os músculos do braço de Shamuel são como cabos tensos num tronco pequeno e compacto. Seu peito nu se agita, as costelas parecem mais fora do que dentro da pele; seu corpo não tem pelos, com exceção da barbicha nas faces, do bigode e do cabelo aparado, grisalho nas laterais. Parece ter a idade do noivo da menina, embora Thankamma diga que ele é mais jovem.

Quando Shamuel a vê, um grande sorriso transforma seu semblante; as maçãs do rosto brilham como montículos polidos de ébano, os dentes brancos e alinhados sublinham seus belos traços. Há algo de infantil na empolgação com que saúda a jovem esposa. "*Aah!*", ele diz — mas primeiro há uma questão prática a tratar: "*Molay*, pode pedir a *chechi* Thankamma para vir até aqui? Esta cesta é um pouquinho pesada para você me ajudar".

Quando Thankamma chega e o ajuda a depositar a cesta no chão, ele retira o *thorthu* que estava enrolado no topo da sua cabeça, sacode-o e enxuga o rosto, sem que o sorriso ou os olhos deixem a jovem esposa. "Tem mais a caminho. Passamos a manhã inteira escalando, o *thamb'ran* e eu." Ele aponta e ela vê o esposo ao longe, de braços cruzados, trepado num coqueiro torto, em uma parte do tronco quase horizontal. Suas pernas balançam livremente, e ele parece perdido em pensamentos. A visão causa arrepios na menina, que tem medo de altura. Não consegue imaginar um fazendeiro arriscando a vida assim quando há os *pulayar* para fazer aquele tipo de trabalho.

"Como deixa o *thamb'ran* subir ali logo depois do casamento?", Thankamma finge indignação. "Diga a verdade — se ele sobe, metade do seu trabalho está feita."

"*Aah*, pois tente impedir. Ele é como o pequeno *thamb'ran* aqui", diz, afagando a barriga de JoJo. "Mais feliz no céu do que na terra." JoJo fica contente por ser chamado de senhorzinho.

O peito nu de Shamuel está salpicado de cascas. Ainda sorrindo para a esposa do *thamb'ran*, dobra meticulosamente seu *thorthu* xadrez azul e o dispõe no ombro esquerdo. Tímida, ela abaixa os olhos ao notar o dedão do pé direito dele: deformado, plano como uma moeda e sem unha.

Thankamma diz: "*Aah*, Shamuel, por favor, abra três cocos pra gente. Depois, limpe-se e venha comer algo. Sua nova patroa vai servir você".

Shamuel tem um prato de barro só seu que fica pendurado num prego sob o beiral nos fundos da cozinha — e é lá onde ele come, nos degraus. Os *pulayar* nunca entram na casa principal. Sara cozinha para ele na casa deles, mas uma refeição ali poupa seu estoque de arroz. Enxágua o prato, enche-o de água e bebe, depois se agacha no degrau. A noiva lhe serve *kanji* — sopa de arroz — com um pedaço de peixe e limão em conserva.

"Está gostando daqui?", Shamuel pergunta, uma bela bolota de arroz estufando-lhe a bochecha. Tímida, ela para diante dele e faz que sim com a cabeça. O dedo traça distraidamente a letra ആ, a primeira de "ãna", ou "elefante", uma letra que lhe parece semelhante ao animal. "Eu era mais novo do que você quando cheguei a Parambil. Era um menininho, sabe?", diz. "Antes mesmo de existir uma casa por aqui. Tive medo de ser pisoteado. Uma casa protege você. O segredo é o telhado, sabe? Por que acha que sempre construímos eles assim?"

Aos olhos dela, o telhado era igual a qualquer outro. Apenas a empena frontal — o rosto da casa, com padrão vazado talhado na madeira — é única em cada residência. De resto, como em toda casa, os beirais de palha se prolongam e se dobram, como se o telhado pretendesse engolir a habitação. Shamuel lhe aponta. "Quando as vigas se projetam dessa forma, os elefantes ficam sem superfície plana e não podem encostar nelas nem empurrar elas." Assim como JoJo, sente orgulho ao instruí-la. Ela o olha com simpatia.

"O elefante veio me cumprimentar na primeira noite", conta a jovem esposa, numa voz miúda.

"Veio? Damodaran!", Shamuel diz, rindo e balançando a cabeça. "Aquele camarada faz o que quer. Eu estava quase dormindo quando senti o chão tremendo. Sabia que era ele. Saí, e lá estava Unni montado nele, lamentando-se porque Damo escolheu voltar da madeireira depois de ter escurecido. Aah, mas Unni até que não reclamou. Sempre que Damo está aqui ele ganha uma noite livre e vai para casa encontrar a esposa. E o *thamb'ran* dorme ao lado de Damo. Eles conversam."

Cuidar de um elefante, ela ouviu dizer, é caro. Não só pelo salário de Unni, que deve ser o cornaca, mas também pelo custo da alimentação do animal.

"Damodaran é nosso?"

"Nosso? O sol é nosso, por acaso?" Shamuel, como um professor, espera que ela negue com a cabeça. "*Aah, aah,* tal como o sol, Damodaran é seu próprio chefe. Brinco com Unni dizendo que Damo é o verdadeiro cornaca, ainda que deixe que Unni monte ele e pense que o conduz. Ninguém te contou de Damo? *Aah,* então Shamuel conta. Certa vez, muito antes de existir esta casa, quando o *thamb'ran* e meu pai dormiam ao relento, eles ouviram urros terríveis. Trombetas. O chão tremia! O som das árvores se partindo parecia um trovão. Meu pai achou que fosse o fim do mundo. Ao amanhecer, encontraram Damodaran logo ali, deitado de lado, sem um olho, sangrando e com uma presa cravada entre as costelas. O elefante macho adulto que o atacou devia estar no período de must. O *thamb'ran* amarrou uma corda à presa e, tomando a devida distância, puxou. Você viu a presa? Está no quarto dele. Damodaran berrou de dor. Bolhas e sangue verteram da ferida. *Thamb'ran,* corajoso que só ele, subiu em Damo e cobriu a ferida com folhas e lama. Ele derramava água devagarinho na boca de Damodaran e, dia e noite, sentava para conversar com ele. Segundo meu pai, disse mais coisas a Damo do que a todas as pessoas que já cruzaram a vida dele. Passados três dias, Damodaran levantou. Uma semana depois, foi embora.

"Alguns dias depois, o *thamb'ran* e meu pai cortaram uma grande árvore de teca e estavam tentando arrastar ela até a clareira. De repente, Damodaran surgiu da floresta e empurrou o tronco para eles. Elefantes gostam de trabalhar. Damodaran aprendeu direitinho. Agora trabalha nas florestas de teca com os madeireiros, mas só quando tem vontade. Às vezes passa por aqui. Acho que veio conhecer a nova esposa do *thamb'ran.*"

Sob a orientação da cunhada, aos poucos ela vai se adaptando à nova vida em Parambil. Com o passar dos dias, sente cada vez mais longe o lar que deixou para trás, o que só aumenta a saudade, pois ela não quer esquecê-lo. Depois do café da manhã, Thankamma diz: "Hoje pensei que podíamos fazer *halwa* de jaca juntas. Pois JoJo e eu estamos com vontade de comer!". JoJo bate palma. "*Molay*, a doçura da vida só é garantida em duas coisas: no amor e no açúcar. Se faltar o primeiro, sirva-se do segundo!" Ela já ferveu pedaços da fruta e agora os esmaga com açúcar mascavo derretido. "Um segredo: ao amassar a jaca, feche os olhos e pense em alguma coisa que você quer do seu marido." Thankamma cerra bem os olhos, sorrindo do esforço e exibindo o vão entre os dentes da frente. "Então uma pitada de cardamomo, sal e uma colherinha de chá de *ghee*. Pronto! Agora precisa esfriar. Prove. Não é maravilhoso?" Ela abaixa a voz: "Falo sério, *molay*. Essa é a chave para um casamento feliz. Faça um pedido, depois alimente seu esposo com essa *halwa*. Seu desejo será satisfeito!".

O orgulho que sente ao entrar no ritmo da casa e preparar alguns pratos sob o olhar vigilante de Thankamma é solapado pela consciência de que a outra logo terá de partir. Quando a cunhada celebra seu curry de galinha, enche-se de alegria, porém no momento seguinte agarra-se a ela e afunda o rosto naquele ombro roliço para esconder as lágrimas. *Fique, por favor! Nunca vá embora!* Mas ela já a ama demais para dizê-lo. Thankamma tem sua casa, um marido à espera. A menina murmura: "Nunca esquecerei sua bondade. Como poderei te agradecer?". "*Aah*, quando tiver uma nora, trate-a como uma joia. É assim que você pode me agradecer."

Na véspera da partida, Thankamma sai da cozinha e olha para o sol, que está exatamente acima da sua cabeça. "*Molay*, corte uma folha de bananeira para enrolar o almoço de seu marido. Deixe que ele prove seu *thoran* de feijão e também o *mathi* que fritamos. Ponha bastante arroz. Com certeza ele está zanzando por aí com Shamuel, sempre cuidando da propriedade. Vê aquela palmeira? Depois ele ficará por ali." A noiva, obediente, despeja a comida sobre a folha de bananeira e amarra tudo com um barbante; na sequência, pega um pequeno recipiente de latão com água *jeera* — água fervida com sementes de cominho — e sai. Naquela manhã descobre que não existe papel nem caneta em Parambil. Sua esperança de anotar algumas das receitas de Thankamma cai por terra. E se ela se esquecer delas?

A trilha é ladeada por uma grama alta que bate em seu ombro; Thankamma conta que certa vez a vegetação cresceu tanto que nem Deus nem a luz conseguiam penetrá-la; além disso, estava povoada de escorpiões, cobras, ratos gigantes e centopeias que picam. "Que hindu ou cristão seria louco o suficiente para tentar se estabelecer aqui?", Thankamma pergunta. "Seu marido veio para cá depois que nosso irmão mais velho lhe roubou a casa da família, fazendo com que ele rubricasse um papel." O pai de Shamuel, o *pulayan*

Yohannan, veio junto, considerando um dever servir ao herdeiro por direito; mais tarde trouxe a esposa e o filho. Os dois homens construíram um abrigo rústico. "Consegue imaginar meu irmão dormindo sob o mesmo teto que seus *pulayar*? Comendo com eles? Todas as barreiras de casta desaparecem quando se entra no inferno. Só os santos mantiveram vivos aqueles dois. Na primeira semana um tigre levou a única cabra deles. Tinham febre quase todo dia. Mas cavaram, drenaram o brejo e nunca pararam de roçar a terra. *Molay*, estou te contando isso não só porque sinto orgulho do meu irmão caçula, mas para que você saiba que ele não é igual aos outros. Yohannan era um pai para ele. E, da mesma forma, Shamuel estará ao lado de seu esposo e família pela vida inteira." Thankamma contou que o irmão atraiu um habilidoso *thachan* hindu e um ferreiro, oferecendo-lhes terrenos desmatados e garantindo que as cabanas dos *pulayar* ficariam na parte baixa do rio, de tal forma que os artesãos não poderiam reclamar de poluição ritual. O ceramista, o ourives e o pedreiro vieram mais tarde. Assim que a casa foi construída, seu marido deu lotes de alguns hectares para vários parentes. Depois de cultivar o solo e vender a colheita, esses familiares poderiam comprar mais terra dele se quisessem. "Entende o que digo, *molay*? Seu marido *deu* a terra! Eles podem deixar essa terra para os filhos. Ele queria que a região prosperasse. E ainda não se deu por vencido. Quem sabe na próxima visita não encontro uma estrada bem-feita, armazéns, uma escola?"

"Uma igreja?", a menina sugeriu, mas Thankamma não respondeu.

A jovem esposa encontra o marido mirando a copa de uma árvore com o peito nu salpicado de lascas de madeira, um *vettukathi* afiado pendendo da cintura e a podadeira apontando para trás. Ele se surpreende ao vê-la. Pega a comida. "Essa Thankamma!" O sorriso está na voz, não no rosto. Senta-se, descansando as costas numa árvore, mas antes estende o *thortu* para que a jovem esposa também se acomode. Devora o almoço, e ela não diz uma palavra. Fica admirada ao se dar conta de que a timidez dele ombreia-se com a sua.

Quando termina de comer, ele se levanta e diz: "Volto com você".

Ela escuta gritos e risadas. Ao longe, à esquerda, um tronco se estende sobre um riacho que ela não tinha visto antes. Na outra margem, numa clareira, há uma grande pedra de descanso. Essas estruturas assomam como monumentos primitivos ao longo das trilhas conhecidas, facilitando a vida dos viajantes. A menina vê um jovem empurrar e balançar a viga horizontal da pedra de descanso, estimulado por dois amigos. Os três têm marcas de pasta de sândalo na testa. Aquele que empurra é forte e tem a cabeça raspada, exceto pelo tufo trançado na parte frontal. A viga cai do suporte e desaba no chão, erguendo uma nuvem de poeira vermelha. O rosto do desgraçado se enche de orgulho e excitação.

Ela imagina Shamuel voltando do moinho, equilibrando um saco pesado de arroz na cabeça, antevendo a pedra de descanso onde, ao flexionar um pouco os joelhos, poderá pousar seu fardo. Agora será forçado a seguir caminho ou então largar o saco e esperar que alguém apareça para ajudá-lo a reposicioná-lo sobre a cabeça. Numa terra onde quase tudo é transportado dessa maneira, na qual com frequência as estradas se inundam ou são esburacadas demais para carroças, e onde apenas as trilhas são confiáveis, uma estação de repouso como aquela é uma bênção.

Os jovens avistam o casal e se calam. Parecem bem nutridos, gente que nunca precisou carregar peso ou se valer de uma pedra de descanso. Pelas roupas e pelo aspecto, ela desconfia que sejam naires. Uma grande família naire vive ao longo do extremo oeste de Parambil. Os naires são uma casta de guerreiros, empregados por gerações de marajás de Travancore na proteção contra invasores. Um amigo naire de seu pai tinha a aparência típica, com um grande bigode complementando o físico forte. Sob a lei britânica, o marajá passou a contar com a segurança estrangeira e não necessitava mais do exército naire. O amigo do pai ficou contrariado. "Como ele pode crer que governa Travancore? Ele não passa de um mero títere que dá nossos impostos de mãos beijadas para a Coroa britânica. Os ingleses 'protegem' ele do quê? O inimigo já não cruzou nossos muros?"

Seu marido dá um nó simples no *mundu*, expondo os joelhos ao caminhar até o tronco que serve de ponte no riacho. Cruza-o com extrema cautela. Os jovens acham graça, mas vão se acautelando à medida que aquele elefante mais velho se aproxima. O estômago da noiva se contrai. Para seu espanto, o esposo os ignora e se agacha para pegar a pedra. "Então você é forte o bastante para derrubar a pedra. Quero ver se é forte o bastante para acomodar ela de volta."

"Por que você mesmo não faz isso?", pergunta o garoto, rindo, mas com a voz meio trêmula.

Seu marido agarra uma extremidade da viga caída, ergue-a à altura da cintura e a põe de pé. Em seguida, deixa que ela se escore em seu ombro, onde ela oscila como uma gangorra. Então ele primeiro manobra uma extremidade e depois a outra, e repõe a viga no topo dos pilares verticais. Suas coxas trêmulas são como troncos de árvore, os músculos de seu pescoço, cordas grossas. Apoia-se na viga restaurada para recuperar o fôlego. Em seguida, com um empurrão repentino, derruba-a do suporte. A viga tomba no chão e rola na direção dos jovens, que são obrigados a saltar para trás. Erguendo as sobrancelhas, ele desafia o jovem rival. *Sua vez.*

Um estranho silêncio paira sobre a clareira, como água suspensa no ar. Por fim, o marido lhe diz: "Eles não são homens, só estão vestidos de homem. Quando o pai desse garoto e eu pusemos aí essa pedra, ele nem tinha nascido. Agora, na velhice, o naire Kuttappan precisa remediar o estrago de suas crias, mas ele ainda é capaz de erguer essa pedra como se fosse um palito de dente". Dá as costas aos garotos e vai embora.

O tufo de cabelo trançado cai para a frente quando o jovem se curva e tenta erguer a pedra, as veias na testa pulando como cobras. Quando a põe de pé, entre mil caretas, os músculos falham e os amigos o acodem para que não termine esmagado. Ao tentar recliná-la com cuidado sobre o ombro, a pedra balança, claudicante. Os três conseguem repor a viga em seu lugar original, mas parecem exauridos e machucados, e o ombro do mais alto sangra. O marido da menina não vê nada daquilo, e, no momento em que alcança a esposa, seu rosto, inchado de raiva, a enche de medo. Com um rápido inclinar de cabeça, ele agradece o almoço e lhe diz que precisa retomar o trabalho. Ela corre para casa.

Thankamma vê a expressão em seu rosto e lhe pede que se sente. "Aqueles garotos tiveram sorte, pois ele se controlou", ela diz, depois de ouvir o que aconteceu. Suas palavras não são muito reconfortantes, e o copo d'água nas mãos da noiva treme. "*Molay*, não se preocupe. Ele nunca ficará com raiva sem razão. Sobretudo com você. Ele jamais te trataria mal." Thankamma a abraça. "Sei que tudo isso é novo e assustador. Quando casei, meu marido e eu tínhamos dez anos. Ele era uma peste. A gente se ignorava. Éramos apenas crianças numa grande casa com muitas outras crianças. Todos os meninos eram malvados. Uma vez vi meu marido-menino sentado num tronco olhando o rio. Eu me aproximei em silêncio e o empurrei na água." Sua risada é contagiosa, a noiva sorri. "Ele tem prazer em lembrar desse dia até hoje! Sim, a gente não se gostava. Mas, veja, as coisas mudam. Não se preocupe." Thankamma a encara e acrescenta, com franqueza: "O que estou tentando dizer é que meu irmão é como um coco. A parte mais dura é a externa. Você é a esposa dele, e ele se importa com você, tal como Thankamma se importa. Entende?" Ela tenta compreender. Thankamma, que nunca fica sem palavras, dessa vez parece sem jeito dizendo aquelas coisas. "Não há nada que você precise fazer. Não se preocupe. Tudo tem seu tempo."

5. A vida doméstica

PARAMBIL, 1900

Com a partida de Thankamma, o silêncio paira sobre a casa, um sentimento de estar debaixo d'água, onde a luz mal consegue penetrar. JoJo, inquieto, não perde de vista a madrasta; mesmo dormindo, seus dedinhos se entrelaçam aos cabelos dela. Na primeira noite sozinhos, ela fica acordada, não por causa do ronco do marido no quarto ao lado, mas porque nunca dormiu sem um adulto por perto. O ronco, embora distante, é reconfortante e de vez em quando é pontuado por uma tosse, depois por um resmungo, como se alguém provocasse um tigre sonolento. Ele fala dormindo, diz mais do que tem dito desde que ela chegou. Vendo-o tão brincalhão com Damodaran, que partiu tão misteriosamente quanto chegou, ela entende que há nele alguma coisa infantil. Ainda assim, só ousa lhe dirigir a palavra para informar que o jantar está pronto.

Várias vezes durante o dia Shamuel vem perguntar se ela precisa de alguma coisa; quando diz que não, ele fica desapontado. Ela se comove com essa preocupação.

"Shamuel, preciso de umas coisas."

"*Ooh-aah*, pode dizer!"

"Papel, envelope e uma caneta para escrever à minha mãe."

O sorriso prestativo no rosto dele desaparece. *"Aah."* Ele claramente não tem experiência com aqueles artigos. Ainda assim, surpreende-a quando retorna do mercado e com orgulho retira todos os itens do saco que traz sobre a cabeça: envelopes, papel e caneta.

> *Minha querida Ammachi,*
> *Que esta carta a encontre com boa saúde. Thankamma esteve aqui por todo esse tempo. Eu tenho me saído bem. Cozinho vários pratos.*

Pouco depois da morte do marido, a mãe perdeu o domínio sobre a cozinha; a menina lamentava que ela não lhe tivesse ensinado a cozinhar antes do casamento.

> *Agora somos só JoJo e eu. Ele é minha sombra. Sem ele, acho que sentiria ainda mais sua falta. JoJo só me dá trabalho na hora do banho.*

Na primeira tentativa, JoJo lutou. Quando ela derramou água sobre a cabeça do menino, ele ficou pálido, as pálpebras tremelicaram como asas de mariposa, os olhos reviravam. Ela se assustou, pensou em convulsão. Nunca mais lhe derramou água desse modo, recorrendo a um pano molhado para o cabelo e o rosto. Ainda assim, é uma luta diária. Agora ela entende que há uma guerra entre os homens de Parambil e as águas de Travancore, mas não compartilha isso com sua pobre mãe. Será que ela já sabe?

> *Como posso ser uma dona de casa melhor?*

Sente vontade de apagar aquela frase, pois a mãe já não é a dona da casa. Suas provações na família começaram tão logo ela se tornou viúva; o cunhado e a cunhada mudaram de atitude. Agora a mãe da menina provavelmente dorme na varanda, tratada como empregada. Enquanto isso, em Parambil, sua filha não carece de nada; os grãos ameaçam transbordar do *ara*, não falta moeda no cofre.

> *Ao rezar à noite, digo a mim mesma: "Minha Ammachi também está rezando neste exato momento". Assim me sinto próxima de você. Sinto tanta saudade, mas só choro à noite, quando JoJo não pode ver. Queria ter trazido minha Bíblia. Não tem nenhuma aqui. Sei que Parambil fica bem longe, mas, por favor, Ammachi, venha me visitar. Venha passar algumas*

noites. Meu marido não gosta de viajar de barco. Se você não puder vir, talvez eu tente ir. Terei de levar JoJo...

Ela pensa na mãe lendo aquelas palavras, molhando a página com lágrimas, depois a imagina dobrando o papel sob o travesseiro e guardando a carta preciosa junto com as poucas posses dentro do saco de dormir. Em seus pensamentos, ela logo vê certa mão — a da tia — fuçando o saco de dormir, enquanto a mãe toma banho. É o que a impede de perguntar se a mãe anda comendo melhor agora que há uma boca a menos. Parte dela *quer* que aqueles olhos bisbilhoteiros leiam aquelas palavras e reconheçam a injustiça dentro de suas almas. Mas isso só tornaria as coisas ainda mais difíceis para sua mãe.

A resposta chega depois de três semanas pelo *achen* que realizou o casamento e que viaja ao escritório da diocese em Kottayam a cada quinze dias; ali ele envia e recolhe as cartas. Um garoto entrega a ela a missiva, em casa. Na carta, a mãe cobre-a de amor e beijos e se diz orgulhosa ao imaginar a filha assumindo o papel de dona de casa graças ao treinamento de Thankamma. Ao despedir-se, ela dissuade a filha fortemente de qualquer visita, sem dar explicações, o que é nada característico dela. Também não responde ao pedido apaixonado da visita a Parambil. A carta só a deixa mais preocupada em relação ao bem-estar de sua Ammachi.

As homilias de Thankamma disparam em sua mente, como tranças que se desfazem. *A camada inferior de um cacho de banana sempre tem um número par, a de cima é ímpar.* Se alguém tentasse surrupiar uma banana, Thankamma saberia; para manter o padrão, teriam de remover uma banana de cada camada, e o furto ia se tornar óbvio. Mas, de todo modo, quem roubaria? *Seja atenta* — essa era a lição da cunhada. Naquela manhã, contudo, ela não consegue. Ignora o cacarejo urgente de uma galinha e suas excursões insistentes à cozinha, enxotando-a.

"Ela vai botar um ovo, Ammachi!", JoJo diz.

JoJo acabou de chamá-la de "Ammachi"? *Mãezinha?* Seu peito se enche de orgulho. Abraça-o. "O que eu faria sem você, homenzinho?"

Ela captura a galinha e a deposita sobre um saco na despensa, cobrindo-a com uma cesta de vime. A ave se agita no escuro, indignada. "Me perdoe. Assim que você terminar, eu te liberto, prometo."

As visitas são poucas. Ela se sente muito sozinha. Sonha com a mãe chegando de barco, de surpresa; evoca essa imagem com tanta frequência que se vê lançando olhares para o rio várias vezes por dia.

As únicas visitas de fato foram de Georgie e Dolly. Vieram ver Thankamma, e apenas uma vez. Georgie é filho do irmão de seu marido, o que lhe roubou a herança. A casa deles fica perto de Parambil, ao sul, num terreno de oito mil metros quadrados, presente de seu esposo ao sobrinho, pois no fim das contas o irmão mais velho morreu na indigência, deixando apenas dívidas para Georgie e seu irmão gêmeo. Ela gostou de Dolly *Kochamma* logo de cara. (Como Dolly é pelo menos cinco anos mais velha, *kochamma* é como a jovem esposa se dirige a ela, um tratamento carinhoso que significa algo como "mãezinha".) Dolly é bonita, com olhos grandes e escuros, uma mulher silenciosa que não se sente nada pressionada a falar e tem uma paciência de santa. Georgie é gregário e animado, e a jovem esposa se surpreende ao vê-lo juntar-se de modo alegre às mulheres na cozinha, movimento que seu marido jamais faria. Ela se pergunta por que ele teria socorrido generosamente o sobrinho, tendo tão pouco em comum com ele. Shamuel diz que Georgie não é um grande fazendeiro, não é como o *thamb'ran*, mas é que para ele ninguém estará à altura do patrão. Talvez Georgie não se sinta digno do tio.

JoJo só perde de vista sua "Ammachi" quando ela vai se banhar no riacho ou mergulhar perto do cais, atividade que ela adora. Ele espera ansiosamente pelo seu retorno. Para JoJo, qualquer tipo de banho continua a ser uma batalha diária. A jovem esposa ama seu cantinho no rio, no ponto em que a ribeira se alarga, formando uma piscina de água tão lenta e límpida que ela pode ver os peixinhos, mas também funda o suficiente para que seus dedos mal toquem a terra. Nas margens, as pedras onde se lava roupa jazem à sombra de um rambutão, cujos frutos vermelhos e peludos pendem como enfeites.

É época de manga em Parambil. O *pulayan* Shamuel e seus ajudantes trazem cestos e mais cestos que se amontoam no átrio do lado de fora da cozinha. Mesmo depois que sacos inteiros são enviados para as cabanas dos *pulayar*, para os artesãos e os parentes, ainda sobram as mangas. A variedade doce e carnuda que chega em tons de amarelo, laranja e rosa enche a cozinha de um aroma frutado. O queixo de JoJo se lambuza no sumo que escorre. A jovem esposa extrai o máximo de polpa para geleias e xaropes. Com o restante, prepara *thera*. Primeiro, ela cozinha a polpa com açúcar e farinha de arroz torrada, depois espalha essa pasta numa esteira larga como uma porta e a estende ao sol. JoJo se encarrega de espantar os pássaros e insetos. Assim que a primeira leva da massa seca, ela vai acrescentando outras camadas, sempre esperando a secagem da anterior; repete o processo até que a pasta alcance dois centímetros de espessura e possa ser cortada em tiras. Alegra-se ao ver o esposo levar um naco de *thera* para mascar no trabalho depois do café da manhã e do almoço.

Como mimo para JoJo, ela talha uma manga verde à semelhança de uma flor de lótus — truque ensinado por sua mãe — e salpica-a com sal e pimenta-vermelha. JoJo devora cada bocado salgado e picante, depois zanza pela casa puxando ar pelos lábios franzidos, a boca pegando fogo, mas sempre implorando por mais.

O *ara*, aquele cômodo central, sem janelas, da parte velha da casa, funciona como uma fortaleza. Sua porta de uma única folha, três vezes mais grossa do que uma porta comum, é trancada por um cadeado enorme de cuja chave a menina é a guardiã. A soleira é tão alta (para conter o arroz no interior) que, embora não passe de um degrau alto para o marido, a jovem esposa é obrigada a escalá-la. No cômodo, seus pés afundam nos grãos que lhe batem nos joelhos. Abre o *ara* no mínimo uma vez por semana para retirar dinheiro e, com menos frequência, para pegar arroz ou armazená-lo.

Debaixo do *ara*, e acessível por uma escadinha que parte do quarto adjacente sem uso, há um porão escuro e mofado onde ela guarda conservas em grandes jarros de porcelana. Raios de luz, delgados como lâminas, penetram pela grade de ventilação talhada na madeira. Toda casa tem seus fantasmas, internos e externos, e os de Parambil ainda lhe são novos. Ela decide conversar com aquele do porão, pois tem fortes suspeitas de que seja viciado em doces. Pressente o fantasma no cantinho, por trás das teias de aranha, um espírito gentil e triste, talvez amedrontado, mais receoso que ela. "Pode se servir do que quiser. Não me incomodo, mas depois aperte bem a tampa", ela diz, pondo-se corajosamente de pé à frente dele. Queria acrescentar: "Por favor, não tente me atazanar", porém logo ouve a voz indignada de JoJo: "Ammachi, cadê você? Quando brincamos de esconde-esconde, você precisa se esconder num lugar em que eu consiga te ver, senão não é justo!". Ela não consegue segurar o riso. Uma súbita leveza no ar abafado do porão lhe diz que o fantasma também ri. Ao sair do porão, ela se pergunta se o espírito seria a falecida mãe de JoJo.

Assim que chega a monção e as nuvens se abrem, a jovem esposa fica extasiada. Na casa do pai, ela e a prima passavam óleo no cabelo e corriam para a chuva com sabão e esfoliante de fibra de coco, deliciando-se na cachoeira divina. Sonhavam com a monção como sonhavam com o Natal, época em que corpo e alma eram purificados. A poeira e os casulos de insetos colados aos talos das plantas eram varridos pela água, deixando um brilho cintilante nas folhas. Sem a monção, essa terra, cuja bandeira é verde e cuja moeda é a água, cessaria de existir. Quando as pessoas reclamam das inundações, dos surtos de gota e do reumatismo, fazem-no com um sorriso no rosto.

A chuva nunca incomoda. A sombrinha da jovem esposa se transforma numa auréola que sempre a segue, seus pés descalços pisoteando poças alegremente. Shamuel faz um chapéu de casca de palmeira que permite que a água deslize por sua cabeça. Para seu espanto, porém, ela descobre que a chuva confina o marido, mas não tem coragem de investigar o motivo. Aos poucos se acostuma a vê-lo sentado na varanda por horas a fio, quando não o dia inteiro, como uma criança de castigo, subjugado, resmungando com as nuvens, como se isso pudesse convencê-las a mudar de rumo. Como companhia, ele tem JoJo, pois o garoto é como ele. Certa vez, um temporal inesperado pegou de surpresa o esposo, que estava sem guarda-chuva, perto de casa; as gotas pareciam confundi-lo, suas pernas bambeando na corrida em busca de abrigo, como se fossem pedras, e não água, que caíam sobre sua cabeça. Outra noite ela o vê ao pé do poço, ensaboando e enxaguando o corpo por partes. Ele não a vê nem a escuta; ela tem vontade de correr, mas fica mesmerizada pela visão daquele corpo. É tomada por emoções: a culpa de espioná-lo; uma vontade terrível de rir; embaraço, como se fosse ela quem estivesse nua; e o fascínio pela imagem do esposo revelada por inteiro. Ele nunca lhe pareceu mais forte e amedrontador, ainda que esse banho fragmentado lhe emprestasse um toque infantil. Há uma facilidade e uma elegância experientes em sua mesquinha relação com a água, mas lhe falta prazer nos movimentos.

Toda manhã, quando ela reaviva as cinzas do forno, a cozinha lhe dá as boas-vindas como uma irmã sem segredos, e isso a deixa feliz. Ela agora crê que tudo tenha a ver com a presença benevolente da mãe de JoJo. O porão pode ser o reduto preferido do fantasma, o lugar onde o que é amorfo mais se aproxima de adquirir forma física, mas seu espírito também paira por aqui, atraído pelo crepitar do fogo no braseiro ou pela voz de seu filho conversando com a nova Ammachi. De que outra forma os pratos que a jovem esposa prepara sairiam tão saborosos, visto que as receitas de Thankamma estão fatalmente embaralhadas em sua cabeça? Ela não pode dar todo o crédito às experientes panelas de barro. Não, está sendo recompensada por cuidar tão amorosamente de JoJo. Seja como for, sente-se integrada ao ritmo da casa e confiante de que a administra bem.

6. Casais

PARAMBIL, 1903

Nos três anos desde sua chegada, ela transformou o corredor coberto do lado de fora da cozinha em seu espaço pessoal; pôs ali uma cama de corda em que ela e Jojo cochilam depois do almoço e na qual ela ensina as primeiras letras ao menino de cinco anos. É o ponto estratégico de onde ela pode observar as panelas no forno e o arroz secando nas esteiras do *muttam*. Enquanto JoJo dorme, senta-se na cama, relendo o único material impresso da casa: uma velha edição do *Manorama*. Não consegue se desfazer daquele jornal. Se o fizer, não haverá mais nada, nenhuma palavra na qual seus olhos possam repousar. Cansada de se martirizar por não ter trazido uma Bíblia, dirige sua irritação à mãe de Jojo. Como pode uma morada cristã sem o Livro Sagrado?

JoJo está acordando quando Shamuel volta com as compras, as mercadorias balançando sobre sua cabeça. Ele se acocora diante dela e retira os itens do saco, que logo dobra e guarda. Shamuel enxuga o rosto com o *thorthu* e repara no jornal. "O que diz?", pergunta, apontando com o queixo enquanto estica o *thortu* e o dobra sobre o ombro.

"Você acha que algo novo se meteu aqui dentro desde a última vez que o li para você, Shamuel?"

"*Aah, aah*", ele responde. As sobrancelhas grisalhas emolduram olhos que, como os de uma criança, não conseguem ocultar a decepção.

* * *

Na semana seguinte, quando Shamuel volta do armazém e esvazia o saco, ele lista os itens como de costume: "Fósforos. Óleo de coco, dois. Melão-de-são-caetano, três. Alho, quatro. *Malayala Manorama*…". Mostra o jornal como se fosse um legume e mal consegue esconder o deleite tão logo ela o agarra, eufórica. "Virá toda semana", ele diz, feliz por tê-la agradado. Ela sabe que só seu marido poderia ter pensado nisso.

Mais tarde, avista o esposo não muito longe de casa, porém a três metros de altura, sentado numa bifurcação da *plavu*, ou jaqueira, as costas contra o tronco, as pernas esticadas ao longo do galho e um palito de dente no canto da boca. Ela fica tentada a brandir o jornal para lhe agradecer. Ainda se admira de sua preferência por esses poleiros em vez de apoiar as pernas nos braços da *charu kasera*; a cadeira do marido foi feita sob medida, e no entanto jaz desocupada na varanda. Ela o observa lá em cima; seu perfil é bonito, pensa. Um *pulayan* grita alguma coisa e, sem que ela o veja, diz algo que faz o marido remover o palito da boca e sorrir, revelando dentes fortes e uniformes. *Você deveria sorrir mais*, ela pensa. Ele boceja e se alonga, acomodando-se, e nisso o estômago dela congela. Uma queda, mesmo de altura tão modesta, seria devastadora. Sempre que o avista no alto de uma árvore — ele, uma protuberância excêntrica maculando a lisura do tronco —, ela mal consegue olhar. Shamuel diz que é daquela perspectiva que ele estuda o terreno, planeja a direção dos diques de irrigação ou os novos campos de arroz.

À noite, depois que serve o jantar, ela lê o *Manorama* para o marido. Ele nunca o abre. O jornal ilumina os dias da jovem esposa, mas não ameniza a profunda solidão que ela tem vergonha de confessar. Thankamma, que prometera retornar, escreve que o marido adoeceu e está acamado, e ela precisa adiar a visita indefinidamente. Quanto à sua mãe, três monções se passaram e as duas ainda não se reencontraram! A mãe lhe diz para não visitá-la. Mesmo se quisesse, uma moça não faz esse tipo de viagem sozinha. JoJo, que se apega a ela como um bracelete, não se aproxima do cais por nada no mundo, o que dirá subir num barco. Ela suspeita que o marido seja igual.

À noite, depois das preces de praxe, conversa com o Senhor. "Estou tão feliz pelo jornal. Vê-se que meu marido se importa com aquilo de que preciso. Devo mencionar a outra questão? Não quero reclamar, mas, se esta é uma casa cristã, por que não vamos à igreja? Sei que já disse isso antes, mas se pelo menos minha mãe viesse aqui e pudéssemos conversar, eu não ia incomodar o Senhor."

Talvez em resposta a suas preces incessantes, por fim lhe chega uma carta da mãe depois de longos meses de silêncio. Shamuel passa na igreja a caminho do moinho e volta animado, segurando a correspondência com as duas mãos, pois sabe o quão preciosa é; sua empolgação quase se iguala à da jovem esposa.

Minha querida filha, meu tesouro, como me aqueceu o coração ler sua carta. Você não sabe quantas vezes eu a beijei. Seu primo Biji vai casar. Vou à igreja todos os dias. Visito a sepultura de seu pai e rezo por você. Minhas lembranças mais preciosas são dele e depois de você. O que estou dizendo é: por favor, valorize cada dia de seu casamento. Ser esposa, cuidar do marido, ter filhos: há algo mais valioso? Reze por mim.

Nos dias seguintes, ela revisita a carta muitas vezes, beijando-a como a um objeto sagrado. Não importa quanto a leia, sua preocupação não diminui. Ela resiste à realidade da vida: uma mulher casada abre mão do lar da infância para sempre, e o destino de uma viúva é permanecer junto ao lar do esposo falecido.

O calendário na parede — extraído do jornal — parece uma tabela matemática ou um quadro astronômico. Mostra as fases da lua e as horas do dia desfavoráveis às viagens. Agora diz ser o começo do *Anpathu noyambu*, o jejum de cinquenta dias que equivale à Quaresma no rito ocidental, que culmina com a Páscoa. Na Sexta-Feira Santa ela se abstém de carne, peixe e leite; no primeiro dia não come sequer um grão.

Quando o marido senta para jantar naquela noite, ela dispõe sobre a mesa a folha de bananeira recém-cortada e a água *jeera*. Alisa a folha e repassa na mente as palavras que ensaiou. No momento em que abre a boca para falar, o esposo esmaga o pecíolo da folha da bananeira com o punho — crac-crac! —, assustando-a. Ele derrama a água *jeera* na superfície verde espelhada, sacudindo o excesso na direção do *muttam*. A oportunidade se foi. Em silêncio, ela serve o arroz, o picles, o iogurte. Depois, aproxima-se com a carne; quer ver se ele a dispensará no primeiro dia de jejum. Mas não, ele mal pode esperar por sua porção. O que a fez pensar que esse ano seria diferente dos anteriores?

Nos dias que se seguem, nem carne nem peixe lhe passam pelos lábios; ela sente falta de um jejum coletivo, mas a solidão só fortalece sua determinação.

"Você deveria comer mais", Shamuel comenta, no meio da Quaresma. "Está muito magra." Que ousadia ele falar daquele jeito. "É o que diz o *thamb'ran*. Ele está preocupado." Ela se sente como as pessoas em greve de fome retratadas no jornal, acampadas do lado de fora do ministério: apequenando-se para ser vista.

"Se o *thamb'ran* pensa assim, ele deveria me dizer."

Naquela noite, ela adia as preces e se demora com outras coisas. Por fim, quando fica sonolenta, cobre a cabeça e se levanta, voltada para o crucifixo na parede leste do quarto, seguindo a tradição, pois o Messias iria se aproximar de Jerusalém pelo leste. Nenhuma prece, nenhuma palavra lhe saem da boca. Deus não sente sua decepção? Por fim, diz: "Senhor, não continuarei pedindo. O Senhor vê os obstáculos em meu caminho. Se me quer na Igreja, precisa me ajudar. É tudo que direi. Amém".

Thankamma dissera que o segredo para conseguir o que se quer do marido era fazer um pedido ao preparar *halwa* de jaca. Mas não é a *halwa* que lhe abre a porta, mas o *erechim olarthiyathu*. Ela o prepara pela manhã. Primeiro, torra e tritura no almofariz coentro, semente de funcho, pimenta, cravo, cardamomo, canela e anis-estrelado; em seguida, esfrega essa mistura seca nos cubos de carne de carneiro, que ficam marinando. De tarde, refoga cebola com lascas frescas de coco, sementes de mostarda, gengibre, alho, pimenta--verde, cúrcuma, folhas de caril e um pouco mais da mistura seca, e então acrescenta a carne. Reduz o fogo a brasas e destapa a panela para engrossar o molho escuro e espesso, no qual embebe cada cubo de carne. Naquela noite, quando pede que JoJo diga ao pai *"choru vilambi"* — o arroz está servido —, finaliza o preparo fritando a carne em óleo de coco, com folhas de caril frescas e coco picado. Ela chega com o prato escaldante, a gordura ainda fervilhando na superfície escurecida da carne. Mal termina de servir a iguaria na folha de bananeira do esposo, ele já lança um naco de carne à boca. Não consegue resistir.

Enquanto o marido come, ela espera de pé, ao lado dele, porém mais próxima do que de costume. Nas últimas noites leu o jornal para ele e agora precisa esperar a nova edição. De súbito, Deus lhe dá coragem para falar.

"A carne está boa?", ela pergunta, sabendo que nunca esteve mais saborosa.

As palavras saem de sua boca igual à água que flui do bico alongado de uma *kindi*, e a jovem esposa as vê alcançando os ouvidos do marido. É como se outra pessoa tivesse falado, não ela.

Acha que ele se irritou com sua ousadia, mas a grande cabeça do esposo se move em sinal de aprovação. O prazer que ela sente lhe dá vontade de bater palmas, de dançar. Dessa vez, pela primeira vez desde que casaram, ao terminar ele permanece sentado, não se levanta para enxaguar as mãos com a água do *kindi*.

Será que pode ouvir o batimento cardíaco dela?

JoJo, que os espreita por detrás de um pilar, está pasmo de vê-la se dirigindo ao pai. Sussurra um tanto alto: "Ammachi, não conte! Amanhã prometo que tomo banho!".

Ela tapa a própria boca, mas não antes de uma risadinha lhe escapar.

Há uma pausa terrível, depois uma estranha explosão: seu marido dá uma gargalhada. JoJo dá as caras, intrigado. Quando percebe que estão rindo dele, corre e dá um tapa na coxa da madrasta, chorando furioso e fugindo antes que ela consiga agarrá-lo. Isso só renova a risada do marido, que se recosta no apoio da cadeira. O riso o transforma, revelando uma faceta que ela não conhecia.

Ele enxuga os olhos com a mão esquerda, ainda sorrindo.

E então ela se põe a falar. Conta que, naquela tarde, quando chegou a hora de JoJo tomar banho, ela o procurou por toda parte, até encontrá-lo no alto da jaqueira, agarrado à árvore. O marido continua a sorrir. Ela prossegue: está ensinando JoJo a ler e fazer contas, mas para tanto precisa suborná-lo com uma guloseima, como manga salpicada de pimenta. Quanto a ela, gosta mesmo é da variedade de banana-de-são-tomé que Shamuel trouxe hoje… Nesse momento, percebe-se tagarela e se cala. Os grilos preenchem o silêncio, e logo um sapo se une ao coro.

Então o marido lhe faz uma pergunta que poderia ter feito há muito: "*Sughamano?*" Está satisfeita com tudo? Ele a encara. É a primeira vez que a estuda tão minuciosamente desde o dia em que se postou ao lado dela na igreja, quase três anos atrás.

Ela tenta corresponder àquele olhar; nos olhos dele há uma força tão poderosa quanto a do altar onde os dois se casaram. Relembra um verso da cerimônia: *Como Cristo é o chefe da Igreja, o marido é o chefe da casa.*

Subitamente, compreende por que o esposo manteve distância desde que casaram, falando pouco, mas lhe assegurando suas necessidades e conforto à distância; não é indiferença, mas o oposto. Ele reconhece que pode amedrontá-la com facilidade.

Ela baixa os olhos. Sua capacidade de falar voou para longe. Mas uma pergunta lhe foi feita, e ele espera uma resposta.

Sente as pernas fraquejarem. Experimenta um estranho impulso de se aproximar dele, roçar os dedos naquele antebraço endurecido. É um desejo de afeição, de toque humano. No antigo lar tinha beijos e abraços diários, o corpo da mãe a aquecia à noite. Aqui, não fosse JoJo, ela definharia.

Ouve a cadeira dele se arrastando para trás; o esposo desistiu de uma resposta. Ela diz, baixinho: "Sinto falta de minha mãe".

Ele ergue as sobrancelhas, talvez incerto do que ouviu.

"E seria bom ir à missa", complementa, numa voz alta, pouco natural.

O marido pondera. Depois enxágua as mãos com o *kindi*, desce para o *muttam* e some. O coração dela se contrai. *Tola, tola de pedir tanto!*

Naquela noite, depois de JoJo pegar no sono, ela vai limpar a cozinha e cobrir as brasas com casca de coco, o que faz com que sobrevivam até a manhã seguinte. Em seguida retorna ao quarto onde dorme com o menino, seu coração pesado.

Surpreende-se ao ver um baú de metal no chão. A pilha de roupas brancas lá dentro devia ser da mãe de Jojo. Tudo que ela trouxe consigo para Parambil foi a *chatta* e o *mundu* do casamento e três conjuntos extras, todos do mesmo branco brilhoso, o traje tradicional da mulher cristã da Igreja de São Tomé. Deixou para trás os sáris e as saias coloridas da infância. Suas *chattas* estão apertadas nos ombros e destacam vagamente os seios nascentes, quando sua função é sugerir que não há nada ali. Por isso vinha vestindo uma *chatta* grande e gasta esquecida por Thankamma. As do baú lhe caem perfeitamente. Ela se analisa no espelho. Seu corpo está mudando; está mais alta e ganhou peso. Um ano atrás, sangrou pela primeira vez. Ficou assustada, embora a mãe a tivesse alertado a respeito. Preparou chá de gengibre para as cólicas e fez panos absorventes, recorrendo à lembrança de vê-los pendurados no varal. Quando os estendia para secar, camuflava-os com toalhas e tecidos. Por quatro dias se sentiu pouco à vontade, com a cabeça longe, mas foi levando. Não tinha ninguém com quem se lamentar — ou celebrar, se fosse o caso.

No fundo do baú, encontra uma Bíblia. *Você tinha uma Bíblia todo esse tempo e nunca me contou?* Fica tão feliz que a raiva logo desaparece, porém decide falar disso na próxima visita ao porão.

No domingo, surpreende-se ao encontrar o marido de *juba* e *mundu* brancos — as roupas do casamento. Está acostumada a vê-lo de peito nu, o *mundu* apenas com um nó, e um *thorthu* sobre o ombro, indistinguível dos *pulayar* que trabalham para ele. Somente a altura e a largura o diferenciam, sinais de que cresceu numa casa onde não faltava comida. Ele diz a Shamuel: "Peça para Sara ficar com JoJo até voltarmos da igreja".

49

Ela corre para se vestir. "Senhor, agradecerei de modo apropriado quando estiver em Vossa casa."

Partem por terra, na direção oposta à do cais. Ela leva a Bíblia, apressando-se para acompanhá-lo, um passo dele são dois seus. Está tão animada que os pés mal tocam o chão. Pouco depois alcançam o riacho que tem como ponte um tronco escorregadio, cheio de musgo. "Você primeiro", ele diz, e ela sobe. O esposo a segue, os pés plantados com bastante cuidado, a mandíbula tesa. Tendo cruzado, ele apoia a mão na pedra de descanso, recompondo-se antes de continuar. A caminhada até a igreja é mais longa do que o traslado de barco; por fim, cruzam o rio em uma ponte larga, por onde passam carroças.

A visão das pessoas fluindo para dentro da igreja a comove, embora não conheça ninguém. "Espero aqui", ele diz, apontando uma grande *peepal* com raízes aéreas que pendem sobre o cemitério local. Ela está empolgada demais para fazer outra coisa que não entrar, cobrindo a cabeça com o *kavani*. Esquecera o que é ver tantas pessoas na missa, sentir seus corpos ao redor, ser parte do tecido e não um fio solto.

Os homens sentam-se à esquerda, as mulheres à direita, uma linha imaginária os separa. A jovem esposa saboreia as frases da Eucaristia. Quando o *achen* ergue o véu, com mãos trêmulas, ela sente a presença de Deus e do Espírito Santo a inundando, onda após onda, erguendo-a do chão. Chora de felicidade. "Estou aqui, Senhor! Estou aqui!", grita em silêncio.

Terminada a missa, ela sai e vê o marido deixando o cemitério com uma expressão inquieta. A conversa animada e os risos no cais e nas barcas alcançam os ouvidos de ambos. Os dois voltam em silêncio.

"Ela morreu há cinco anos", ele diz de repente, a voz carregada de emoção.

A mãe de JoJo. É estranho ouvi-lo falar dela com tanto sentimento. Está sentindo inveja? Esperando que um dia o esposo fale dela com a mesma paixão? Mantém-se calada por medo de que qualquer coisa que diga interrompa o fluxo das palavras.

"Como perdoar um deus", ele prossegue, "que tira do filho a mãe?"

As pausas entre as frases parecem largas como um rio. Dessa vez, quando chegam ao tronco que serve de ponte, ele atravessa primeiro e espera do outro lado, estudando a jovem esposa vestida com as roupas da falecida, como se a visse pela primeira vez.

"Queria que ela nos visse", o marido diz, parado. "Queria que visse como você cuida de JoJo. Como ele te ama. Isso a deixaria feliz. Queria que ela pudesse ver."

Ela fica tonta com o elogio, agarrando-se à Bíblia que pertenceu à mulher que o marido acabou de invocar. Está de pé bem perto dele e se estica para ver seu rosto, sentindo que pode cair para trás.

"Eu *sei* que ela pode nos ver", ela diz, com convicção. Poderia dizer por quê, mas ele não precisa de explicações, apenas da verdade. "Ela sempre nos observa. Segura minha mão quando quero botar mais sal. Me avisa quando o arroz está pronto."

As sobrancelhas dele se erguem, depois seu rosto relaxa. Ele suspira. "JoJo não tem nenhuma lembrança da mãe."

"Tudo bem", ela diz. "Com a bênção dela, sou a mãe dele agora. Ele não precisa lembrar ou sofrer."

Continuam parados. Ele a olha com intensidade. Ela não pisca. Vê algo cedendo dentro dele, como se a porta para o *ara*, para a fortaleza de seu corpo, tivesse se aberto. A expressão dele passa ao contentamento. O sorriso parece sinalizar o fim de um longo tormento. Quando ele volta a caminhar, é num passo mais lento, esposo e esposa no mesmo ritmo.

No domingo seguinte ele sugere que ela vá à igreja sozinha, de barco — já que ele não vai acompanhá-la, ela não precisa fazer aquela longa caminhada. Seguem juntos até o embarcadouro, onde algumas mulheres e outros casais esperam. Enquanto o barqueiro empurra o barco para longe da margem, ela se vira para olhar o marido parado perto de um grupo de palmeiras-bambu, seus troncos delgados e pálidos contrastando com o tronco dele, escuro e forte. Ele está enraizado à terra, mais firme do que qualquer árvore. Nem Damodaran poderia arrancá-lo.

Seus olhos se encontram. À medida que o barco se afasta, ela registra a expressão dele: tristeza e inveja. Sofre por ele, um homem que não viaja pela água, que talvez nunca tenha ouvido o som da água se partindo ante a proa nem sentido o prazer de ser levado pela corrente, ou os respingos quando a vara do barqueiro retira qualquer coisa do canal. Ele jamais conhecerá a sensação estimulante de mergulhar de cabeça num rio, o estrondo do mergulho seguido de um silêncio envolvente. Toda água se conecta, não existem limites no mundo aquático. O esposo está preso aos limites de seu mundo.

Em seu aniversário de dezesseis anos, ela ouve uma comoção do lado de fora da cozinha e vozes animadas de crianças. Os patos reunidos perto dos degraus dos fundos grasnam e se esforçam para voar, esquecidos das asas podadas. Ela sabe quem está chegando antes mesmo de ouvir o tilintar da pesada corrente e virar-se para ver o olho antigo que, de alguma forma, perscruta pela janela da cozinha. Ri. "Damo! Como você sabe?" É uma sensação nova: contemplar aquele olho sem a distração do corpo imenso. Admirada, ela observa os cílios emaranhados, a delicada íris cor de canela. Logo está contemplando a alma de Damo... e ele, a dela. Ela sente seu amor, sua preocupação, tal como quando ele a saudou na primeira noite como esposa.

"Espere um momentinho, tenho um presente para você." Ela está em um estágio delicado do processo de feitura do *meen vevichathu*. Dispõe os filés de cavala no molho rubro que ferve no pote de barro. A cor vibrante vem da malagueta em pó, e a consistência pegajosa é a mistura de chalota, gengibre e pimenta cozida em fogo brando. Mas a chave para seu sabor emblemático é o *kokum*, ou o tamarindo do Malabar. É preciso provar várias vezes, equilibrando o toque azedo ao salgado, tomando o cuidado de adicionar água de tamarindo se o curry não estiver azedo o suficiente ou remover pedaços de kokum se estiver azedo demais.

O gigante impaciente bate o pé e faz cair poeira das vigas.

"Pare! Se meu curry ficar ruim, contarei ao *thamb'ran* de quem é a culpa."

Ela sai da cozinha levando um balde com uma mistura apressada de arroz e *ghee*. O sorrisinho de Damo lembra o de JoJo quando ele está aprontando. César, o vira-lata — "César" e "Jimmy" são os únicos nomes de cachorro em Travancore, não importa o gênero do cão — dança excitado, mas toma o cuidado de se manter longe dos pés do gigante. Damodaran fisga o rebordo do balde e o pesca da mão dela, entornando o conteúdo na boca como se o recipiente fosse um dedal. Lambe as bordas, depois depõe o balde e o vasculha com a tromba em busca de alguma porção que lhe tenha escapado.

Unni, empoleirado no pescoço de Damo e com os pés descalços pousados atrás das orelhas do gigante, parece um gato preso numa árvore. É difícil distinguir o cenho do conarca em sua face escura e marcada, mas as sobrancelhas estão franzidas.

"Veja!", diz Unni, apontando a bagunça no *muttam*. "Tentei conduzir nosso colosso para o lugar dele, ali perto da árvore, mas, não, ele tinha de vir à cozinha primeiro."

Ela estende a mão para a tromba de Damo. "Ele veio para meu aniversário. Ninguém aqui sabe, mas de alguma forma ele sabe. Deus o abençoe por ter vindo, meu Damo." De súbito, sente-se tomada de timidez — não se dirige ao marido com um tom tão amoroso. Damo enrola a tromba, cumprimentando-a.

Quando encerra os afazeres na cozinha, ela vai ao encontro de Damo em seu cantinho habitual, ao lado da palmeira mais antiga. Unni prendeu uma das pernas traseiras de Damo ao tronco, porém isso funciona mais como lembrete do que contenção. O animal pode quebrar a corrente com a mesma facilidade com que uma criança quebra um galho seco, e é o que muitas vezes ele faz. Como sempre, com a notícia de que Damo está em casa, todas as crianças das redondezas vêm correndo. As mais novas vestem apenas o brilhante *aranjanam* ao redor da cintura, nem um pouco conscientes da própria nudez, embora temerosas em relação a Damo, escondendo-se atrás das crianças mais velhas. A jovem esposa avista JoJo com um braço sobre o ombro do filho do ferreiro, de também seis anos, mas JoJo é uma cabeça mais alto. Ela se põe de lado, observando tudo, tão intrigada com as crianças quanto com o elefante.

Damo enfia a tromba no balde d'água e lança um jato sobre seus espectadores. Os menores se espalham, gritando alegremente. Quando se reagrupam, ele faz de novo.

O elefante é exigente. Ao contrário das vacas ou cabras, não come se seus excrementos estiverem largados pelo chão. Quando quer que ele fique comportado em seu lugar, Unni precisa deitar fora com a pá tudo que é expelido do traseiro de Damo. É uma tarefa interminável para o conarca, e algo fascinante para o jovem público.

"O que é isso?", pergunta a filha do ferreiro, de sete anos, apontando o bastão grosso e torto pendendo atrás da pança de Damo, sua ponta larga verde-musgo. "É outra tromba?"

"Não, sua boba", responde o irmão, com autoridade, embora seja mais novo. "É o pinto."

Os meninos riem. Os mais novos, que não entendem nada, gargalham.

"Ha!", diz a filha do ferreiro, ressabiada. "Na minha opinião, a tromba dele é que parece um pinto, mais do que aquela coisa engraçada ali."

Faz-se certo silêncio enquanto as crianças consideram a questão. O irmão se vira para examinar o neto de dois anos do ourives, um meninote barrigudo de cócoras que olha tudo espantado, com um dedo enfiado no nariz; todos agora estudam o pênis intumescido e não circuncidado do garoto, que termina num beicinho enrugado, e o comparam à tromba de Damodaran.

"É, acho que é verdade", afirma o filho do ferreiro.

A tromba balouçante de Damo parece ter vida própria, com movimentos decididamente humanos. Enquanto seu pé dianteiro esmaga um galho de coqueiro, sua tromba pinça e debulha as folhas com golpes graciosos. Damo bate o molho de folhas contra a árvore para espantar insetos, depois as dobra e põe na boca. Enquanto mastiga, a tromba se move para baixo de novo e, como um menininho incansável e brincalhão, o animal rouba a toalha do ombro de Unni e a balança no ar igual a uma bandeira antes de o conarca recuperá-la.

"Se pelo menos *meu* pinto pudesse fazer tudo isso", ela ouve o filho do ferreiro dizer, "eu colheria mangas e até cocos." A jovem esposa observa JoJo, que escuta tudo com atenção, uma das mãos examinando discretamente o que há entre as próprias pernas. Ela sai de mansinho, a mão cobrindo a boca, até alcançar uma distância segura e cair na gargalhada.

Naquela noite ela serve o *meen vevichathu* ao esposo. Com um gesto de cabeça, ele aprova o sabor. Logo serão cinco anos de casada, mas ela ainda tem dúvidas quanto a seus dotes culinários.

"Enquanto eu preparava a comida, Damo se aproximou e pôs o olho na janela da cozinha."

Ele ri e balança a cabeça. "Temos arroz com *ghee* para que eu leve para ele agora?" Sua expressão é como a de JoJo quando pede mais manga.

"Mas ele comeu um balde mais cedo."

"Comeu? Nesse caso…"

"Tudo bem, posso fazer mais."

O marido fica contente. Depois limpa a garganta e diz: "Damo nunca foi à cozinha. Isso quer dizer que ele gosta de você", e volta-se para ela com um olhar tímido, mas provocador. Ela larga o jornal e vai à cozinha preparar o arroz.

Sim, sei que Damo gosta de mim. Ele veio me cumprimentar por meu aniversário. Sei o que ele pensa. São os seus pensamentos que desconheço.

Quando ela volta com a mistura de arroz e *ghee*, o marido ignora o alimento. Com um gesto das sobrancelhas, ele a convida a se sentar e põe diante dela um pequeno saquinho de pano, com um laço. Ela abre e vê duas argolas de ouro, grandes e pesadas, ornamentadas com esmero na face exterior, porém ocas por dentro, para que não pesem em suas orelhas. Uma rosca em filigrana oculta as tarraxas. Ela contempla os brincos sem acreditar. É mesmo para ela aqueles *kunukku*? Então é por isso que o ourives passava por essas bandas no último mês. A vida toda ela admirou os *kunukku*, essas joias que não se prendem no lóbulo da orelha, mas no alto, na parte que dobra e se afina como o lábio de uma ostra. Será preciso furar a cartilagem, depois alargar o buraco com folhas de areca até que fique grande o suficiente para acomodar os fechos. Muitas mulheres usam apenas as tarraxas; em ocasiões especiais, prendem as argolas, estas se projetam da orelha.

Ao contrário de muitas noivas cujo dote inclui joias, tudo que ela tem é o anel de casamento, o pequeno *minnu* de ouro que o marido prendeu em seu pescoço na cerimônia e dois pininhos de ouro que lhe deram quando furou as orelhas, aos cinco anos.

Mal pode acreditar que o marido se lembrou de seu aniversário, algo até então inédito. Agora é ela quem fica sem palavras. Ele nunca pega o jornal, mas, como fazendeiro, está sempre ciente das datas e estações. Ao longe, ela ouve o som de galhos e folhas sendo batidos contra uma árvore, o som de Damo se alimentando. Não é a primeira vez que a jovem esposa se pergunta se os dois gigantes não estão mancomunados.

Quando ela finalmente consegue olhá-lo nos olhos, ele está sorrindo. E sai sem dizer nada, levando o balde; dormirá na cama de corda ao lado de Damo, enquanto Unni vai visitar a esposa.

Sempre que Damo está em Parambil, a terra vibra com seus movimentos. Os sons que faz quando se alimenta — arrancando galhos, esmagando folhas — a acalmam. Mas passados alguns dias Damo volta para a madeireira; como o *thamb'ran*, ele se sente mais feliz no trabalho. Na ausência do elefante, a calmaria de Parambil parece exagerada.

Naquela noite, quando ela está prestes a adormecer, o marido aparece. Ela se senta, alarmada, perguntando-se se teria acontecido alguma coisa. A silhueta dele ocupa todo o umbral da porta, bloqueando a luz. Sua expressão é calma e reconfortante. Tudo está bem. Ele segura o pequeno lampião a óleo em uma das mãos e lhe estende a outra.

Ela se liberta delicadamente de JoJo, que dorme, aceita a mão que lhe foi estendida, e o esposo a puxa da cama, pondo-a de pé sem esforço. Os dedos dela continuam aninhados na palma do marido quando os dois se retiram. Essa sensação é nova, andar de mãos dadas. Mas para onde vão? Passam ao quarto dele.

Subitamente seus batimentos cardíacos ressoam tão alto que ela tem certeza de que despertará JoJo. O sangue corre rápido, como se o corpo soubesse o que está prestes a acontecer, ainda que a mente esteja cinco passos atrás. Naquele momento ela ainda não tem como saber que as noites em que ele se achega em silêncio e a conduz para seu quarto lhe serão preciosas; não sabe que, em vez dos lábios estremecidos, do tremor corporal, das entranhas congelando-se e das pernas ameaçando vacilar, sentirá um ímpeto de excitação e orgulho, um anseio ao vê-lo parado à porta, a mão estendida, desejando-a.

Agora, porém, ela está em pânico. Tem dezesseis anos e alguma noção do que deve acontecer, ainda que esse conhecimento seja involuntário, fruto da observação das outras criaturas de Deus na natureza... Mas a jovem esposa não está preparada. Como exatamente se dão as coisas? Se ela fosse capaz de fazer aquela pergunta, a quem perguntaria? Mesmo à sua mãe uma pergunta como aquela soaria esquisita.

Com muita delicadeza, ele a convida a se estender a seu lado na cama alta de teca; não lhe escapa que ela está apavorada, tremendo, quase às lágrimas, e que seus dentes batem. Em vez de reconfortá-la com palavras, ele a puxa para perto de si e passa um braço sob a cabeça dela, envolvendo-a, abraçando-a. Nada mais. Os dois ficam assim por muito tempo.

Por fim, sua respiração começa a ficar mais lenta. O calor do corpo dele acalma seus tremores. É isso que diz a Bíblia? *Jacó deitou-se com Léa. Davi deitou-se com Batseba.* A noite é silenciosa. De início, a jovem esposa escuta apenas o zumbido das estrelas. Um pombo canta no telhado. Ela ouve o chamado de três notas do bulbul. Um leve arrastado no *muttam* deve ser César perseguindo o próprio rabo. Há também um tambor longínquo repetitivo que ela não consegue localizar. Até que entende: é o coração dele, alto, e quase em sincronia com o seu.

Aquelas batidas abafadas, graves, a reconfortam, lhe dizem que está nos braços do homem com quem é casada há quase cinco anos. Ela pensa nos modos silenciosos com os quais ele sempre cuidou das necessidades dela, desde o jornal à primeira ida à igreja, e agora o hábito de levá-la até o embarcadouro todo domingo. O marido expressa sua afeição indiretamente por meio desses gestos de carinho e na maneira como a olha com orgulho quando ela conversa com JoJo ou lê o jornal. Naquela noite, contudo, durante o jantar, ele comunicou seus sentimentos de forma direta, ainda que sem palavras, pelos brincos preciosos, que são o símbolo de uma mulher madura, uma esposa sábia. Tudo isso poderia ter acontecido em qualquer momento desses últimos anos, mas ele esperou.

Passado um tempo, ele levanta a cabeça para olhar seu rosto, depois ergue as sobrancelhas e inclina a cabeça, pensativo. Ela entende que é uma pergunta: está pronta? Bem, ela não sabe. Mas sabe que pode confiar nele; tem fé que, se ele a levou até ali, é porque compreende que ela está pronta. Dessa vez ela não vira o rosto; sustenta o olhar do marido e espreita dentro de suas retinas, vendo sua alma pela primeira vez nesses anos em que tem sido sua esposa. Ela consente.

Senhor, estou pronta.

Ele se põe sobre a esposa e a guia para recebê-lo. À primeira dor aguda ela morde o lábio, abafando o grito que lhe escapa. O marido para e recua, preocupado, mas ela o puxa para si, escondendo o rosto no vale entre seu peito e seu ombro, para que ele não testemunhe seu choque, sua incredulidade ante o que se passa. Até aquele momento em que ele segurou sua mão e a conduziu para o leito, nunca haviam se tocado, nem mesmo por acidente. Todavia nem dar as mãos nem ficar deitada na cama em seus braços a prepararam para aquilo. Sente-se estúpida e envergonhada por não saber, por nunca ter imaginado que aquilo que deveria "acontecer a seu tempo", como Thankamma lhe disse certa vez, era aquela violação de seu corpo, em que o recebia por inteiro dentro de suas entranhas. Sente-se traída por todas as mulheres que lhe ocultaram essa prática, que poderiam tê-la preparado melhor. A extrema gentileza dele, a consideração por ela, agora se confundem estranhamente com aquela primeira dor lancinante e o desconforto que se segue. As estocadas repetitivas se intensificam, o ritmo acelera. Quando vai terminar tudo isso? O que se deve fazer? Bem no instante em que acha que o esposo vai despedaçá-la, bem no instante em que deseja gritar para que ele pare, o corpo dele se enrijece, as costas se arqueiam e seu semblante se torna irreconhecível, doído — como se fosse ela quem, de forma inesperada, o despedaçasse — ela, participante ingênua e espectadora horrorizada. Ele tenta abafar um gemido agônico, mas não consegue — e então cessa, trêmulo. Ele se deita sobre ela, acabado, um peso morto, a pele molhada de suor.

Os pensamentos da jovem esposa estão em torvelinho, mas ela se alegra ao perceber que sobreviveu à provação. Sente uma vontade irresistível de rir por estar presa daquela forma, sob o súbito esgotamento do marido. Não apenas suportou a provação, como foi seu corpo que deixou o marido sem forças, praticamente enraizado nela. Com atraso, enquanto se recompõe lentamente, compreende que chegou à feminilidade plena quase por acidente. Os segundos passam, e o peso dele a esmaga a ponto de ser quase impossível respirar; ainda assim, de modo paradoxal, não quer que ele se mexa, não quer que aquele sentimento de poder, de orgulho, de domínio sobre ele passe.

Nos anos seguintes, nas raras ocasiões em que ele surge, de mão estendida, e a esposa não tem vontade, ela nunca o recusa, pois em seu abraço carinhoso e no ato desenxabido que se segue ele expressa o que não sabe dizer e aquilo que ela precisa ouvir — e que começa a sentir pela primeira vez, deitada debaixo dele: ela é essencial para o mundo dele, assim como ele é todo o mundo dela. Por ora a jovem esposa não pode imaginar que o prazer estampado no rosto do marido é uma sensação que ela também experimentará de tempos em tempos, e que ela discretamente encontrará formas de guiá-lo para obter o próprio prazer. Por ora, ela o tem tão dentro de si que experimenta a sensação de que ele a partiu em duas; no entanto, pela primeira vez desde o casamento, ela se entende inteira, completa.

Aos poucos sente um desaperto, como se o marido se soltasse de suas entranhas, até que ele rola para o lado, deixando apenas uma coxa, pesada como uma laje, sobre a dela. Essa retirada a deixa latejando por dentro, além de exposta, com um vão entre as pernas num lugar antes fechado para o mundo. Sente-se insegura em relação à parte mais íntima de si, que agora lhe parece eternamente alterada. Um líquido escorre por sua coxa. Ela quer tomar banho, mas, apesar da dor violenta e pulsante, reluta em se levantar, desfrutando da sensação do marido adormecido, inconsciente, ao lado, a cabeça aninhando-se nela, uma das mãos colada a seu peito, muito como faz o filho dele.

Nos dias que se seguem ela se sente à vontade para contar muitas coisas a ele, não só os eventos domésticos, mas seus pensamentos, sentimentos, e mesmo suas lembranças, sem esperar respostas. Para ele, ouvir *é* conversar; há certa eloquência nessa atenção; é uma coisa rara, que o marido oferece com generosidade. Só ele, dentre todas as pessoas que ela conhece, usa dois ouvidos e uma boca nessa exata proporção. A jovem esposa agora o ama de um jeito de que antes não se imaginava capaz. O amor, ela pensa, não é posse, mas a percepção de que, onde seu corpo termina, agora recomeça — no dele, no qual ela expande seu alcance, sua confiança e força. Como com todas as coisas raríssimas e preciosas, o amor traz uma nova ansiedade: o medo de perdê-lo, o medo de que o coração do esposo deixe de bater. Isso seria o fim dela.

Parambil segue seu ritmo: bocas por alimentar, mangas por colher, arroz para debulhar, Páscoa, Onam, Natal... um ciclo que a jovem esposa conhece bem e através do qual mede seus dias. Para um observador, não há nada de novo. Mas, depois de uma noite como aquela, toda distância entre marido e mulher desaparece.

"Senhor, obrigada...", ela diz nas orações. "Não mencionarei nada específico. Afinal, o que o Senhor não sabe de minha vida terrena? Mas tenho uma pergunta. Quando meu marido abandonou o altar quatro anos atrás, ouvi Vossa voz me falar: 'Estou com vocês todos os dias'. O Senhor falou também a ele? Disse: 'Volte. Ela é a mulher certa para você'?"

Faz uma pausa. "Porque eu sou, Senhor. Sou a mulher certa."

7. Quem é mãe sabe

PARAMBIL, 1908

Certa manhã, em seu décimo nono ano na terra, ela acorda inquieta, incapaz de se levantar, como que esmagada por um manto de melancolia. JoJo tenta animá-la, tecendo uma bola com frondes de palmeira. "Por cima, por baixo, por cima, por baixo, e então por *baixo* e por cima, por *baixo* e por cima, certo?", ele diz, esquecendo quem lhe ensinou. Ele está com dez anos e já é mais alto que sua Ammachi, que logo terá o dobro de sua idade; contudo, sempre que estão sozinhos, o menino se comporta como se fosse muito mais novo. Preocupado, ele a ajuda a andar até a cozinha, mas o simples gesto de soprar as brasas a deixa sem fôlego.

Depois do almoço, ela volta para o quarto e só acorda quando a mão fria do marido acaricia sua testa. Espanta-se ao ver que o sol já está se pondo. Não preparou nada para o jantar e agora se desfaz em lágrimas. Com um olhar, ele dispensa JoJo.

Por que as lágrimas?, o marido pergunta com um movimento das sobrancelhas.

Ela balança a cabeça. Ele insiste.

"Me perdoe. Não sei o que deu em mim." O semblante dele sinaliza que ele sabe que aconteceu algo.

Desde que o casamento foi consumado, ela passou a trocar confidências livremente com o marido, exceto no que diz respeito à sua mãe. Sente vergonha, pois ele sabe como tinha uma vida pobre antes do matrimônio. Aos dezesseis anos, encheu-se de coragem e implorou a Shamuel que a acompanhasse numa viagem para ver a mãe; fê-lo pedir permissão ao *thamb'ran*, que concordou. Ela recorrera a Shamuel por não querer pôr o marido numa situação em que ele lhe diria não. Escreveu para a mãe, anunciando a data da viagem. Decidira que, caso a encontrasse numa situação miserável, ela a levaria a Parambil. Tudo que podia fazer era torcer pela compreensão do marido, que não tinha obrigação de cuidar da sogra. Dois dias antes da partida, chegou uma carta da mãe proibindo-a, com veemência, de visitá-la, afirmando que a visita só tornaria tudo mais difícil. E acrescentou que o cunhado prometera que todos logo visitariam Parambil. Obviamente, isso nunca aconteceu.

"Tenho pena de minha mãe", diz, por fim, chorando, aliviada por confessar o que havia tempos ocultava dele. "Sei, no fundo do coração, que ela está sendo maltratada. Passa fome. Depois que meu pai morreu, meu tio deixou de ser bondoso conosco. Suas cartas falam de tudo, menos dela. Posso sentir seu sofrimento."

A mão de machado do marido permanece em sua testa, mas seu rosto não deixa transparecer nada.

No dia seguinte, ele e Shamuel saem de casa antes que ela acorde. Não há sinal deles ao longo do dia, e ao anoitecer ainda não retornaram. A jovem esposa quase enlouquece de preocupação.

No outro dia, à tarde, uma carroça surge pela trilha do atracadouro, roçando os pés de mandioca. Shamuel está sentado à frente, ao lado do condutor. Uma figura familiar espreita por sobre seu ombro.

Ela se esquecera da testa alta da mãe e de seu nariz estreito, traços agora acentuados pela magreza; o cabelo está branco, as faces afundadas pela falta dos molares. É como se tivessem passado cinquenta anos, não oito. Ao apear, a mãe se agarra aos minguados pertences: uma Bíblia, uma taça de prata, uma trouxa de roupa. Mãe e filha se abraçam, os papéis invertidos: é a mais velha que retorna à segurança dos braços da jovem, chorando em seu colo, não mais escondida na miséria dos anos que as separaram.

"*Molay*", a mãe diz, quando consegue falar, "Deus abençoe seu marido. Assim que o vi, pensei que tivesse acontecido alguma coisa com você. Logo de cara ele entendeu tudo. 'Vamos', ele disse. *Molay*, fiquei tão constrangida, seu tio não foi gentil — não ofereceu nem água. Daí *ela* surge atrás dele para dizer que devo dinheiro por… Por respirar, suponho. Seu marido ergueu o dedo." E ela ergue um dedo, como se testando o vento. "'Nenhuma palavra a mais', ele disse. 'A mãe de minha esposa não pode viver nessas condições.' Sacudi a poeira dos pés e não olhei para trás."

Shamuel sorri, mas repreende a jovem patroa. "Por que não falou antes para o *thamb'ran*? Sua mãe vivia como as mulheres que pedem esmola em frente à igreja! Tinha só um cantinho minúsculo na varanda para o colchonete."

A mãe baixa a cabeça, envergonhada. Diz: "Seu marido pôs a gente no barco. Falou que voltaria por outro caminho".

No quarto que as duas logo irão compartilhar, ela observa a mãe admirando o *almirah* de teca onde pode guardar as roupas, a escrivaninha e a penteadeira com espelho. A recém-chegada vê o próprio reflexo e, embaraçada, esconde as mechas de cabelo branco atrás da orelha. Na cozinha a filha lhe serve um chá; a seguir, mói coco, vai buscar ovos na despensa, requenta peixe e curry de galinha, pica feijões para um *thoren* e diz a Shamuel que não saia sem comer. "Ah, meu bebê", declara a mãe ao ser servida, chorando. "Quando foi a última vez que vi carne, peixe e ovos na mesma folha?"

Mais tarde, a mãe, sentada na cama de corda, observa a filha numa correria sem fim: "Pare! Nada de *halwa*, nem *laddu*, nada. Não quero mais nada! Sente aqui e me deixe ver você, te abraçar, minha joia". A partir das impressões da mãe, nota o quanto ela própria mudou: já não é a noiva criança que a mãe viu pela última vez; agora é a senhora de Parambil, com seu filho JoJo. A mãe corre os dedos pelo espesso cabelo da filha, aquela massa de fios que tanto quis pentear e trançar, depois inspeciona seu rosto à luz de uma lâmpada. "Minha filhinha agora é uma mulher…", diz, e então, abruptamente, recua e ergue as sobrancelhas ao notar certa palidez que, partindo ao longo do dorso do nariz da jovem, abre-se sobre suas faces, qual asas de morcego. Com os olhos arregalados, declara: "Jesus Cristo, *molay*! Você está grávida!".

De imediato a jovem conclui que ela deve estar certa. Talvez por isso seu coração tenha pedido colo de mãe, pois espera o primeiro bebê.

À meia-noite ela perambula pela varanda, regozijando-se com o reencontro tão sonhado, mas também rezando, preocupada. Por volta de uma da manhã, vê o lume distante de uma tocha feita de frondes secas de palmeira.

Corre para saudar o marido como se não o visse há anos. Não se contendo, joga-se em seus braços como uma criança, enrodilhando as pernas no corpo que parece uma fornalha sobreaquecida depois da marcha de dois dias. Ele deita fora a tocha, que se apaga na terra, e a abraça. Ela afunda o rosto em seu ombro, tomada de alívio, e suplica, muda: *Nunca envelheça, nunca morra*, sabendo que é pedir demais. *Minha rocha, minha fortaleza, meu salvador.*

O marido se lava no poço, depois janta com as pálpebras pesadas. Descreve seu percurso, enquanto ela traça o caminho sinuoso na palma da própria mão. Ele caminhou por dezoito horas, ao longo de oitenta quilômetros.

Ele então vai para a cama, tão exausto que mal consegue levar o lampião. Ela o segue. Raramente entra naquele quarto sem ser conduzida por ele, mas agora se deita a seu lado. Pega a mão dele, deposita-a em sua barriga e sorri. Ele não entende. Então, bem devagar, seus traços cansados revelam que compreende, e ele sorri. Ela ouve uma exclamação sussurrada. O marido a abraça, mas logo se contém, temendo-se bruto demais. Se Deus permitisse a ela escolher um só momento para durar o resto da vida, seria aquele.

Aos poucos ela ouve a respiração do marido se aprofundar e ficar ritmada. Seu semblante adormecido ainda é alegre, a mão permanece sobre a barriga dela, acariciando o bebê. Naquele recanto sagrado entre seu peito e seu braço, ela se sente em paz. "Perdoa-me, Senhor." Achava que suas orações não tinham sido consideradas, mas o tempo de Deus não é o tempo dela. O calendário d'Ele não é igual ao que está pendurado na cozinha. *Debaixo do céu há momento para tudo, e tempo certo para cada coisa.*

Não faz sentido se recriminar por não ter resgatado a mãe antes. *O que passou passou*, pensa. O passado é imprevisível, e só o futuro é certo; ela precisa ter fé de que a ordem se revelará.

A garota que tremia no altar, que agora descansa ao lado do marido e leva no ventre uma criança, ainda não pode antever o dia em que ela própria será a matriarca respeitada da família de Parambil. Não sabe que a seu tempo fará jus ao epíteto que JoJo lhe atribuiu, a primeira palavra que o garotinho aprendeu e logo lhe ofereceu não para zombar de seu tamanho diminuto, mas como saudação: "Grande". JoJo a chamou de "Grande Ammachi". Ela não sabe que logo será Grande Ammachi para todos.

8. Até que a morte nos separe

PARAMBIL, 1908

Com o nascimento da filha, a vida que a jovem esposa levava é varrida do mapa. Seu corpo está sob o jugo de uma tirana amada, que a desperta bruscamente do sono, exige ser atendida e, com força bruta, suga leite de seus seios — tão inchados que ela mal os reconhece.

Tampouco consegue lembrar das noites em que eram apenas ela e JoJo na cama, juntinhos, os dedos dele enredados em seu cabelo para garantir que ela não o abandonasse ao pesadelo que sempre o perseguia, em que se via à deriva num rio. Houve mesmo um tempo em que ela, com três panelas no fogo, tinha um ouvido na galinha prestes a pôr um ovo e o outro monitorando a possibilidade de chuva, atenta ao arroz que secava ao sol? E tudo isso enquanto se fingia de tigre para JoJo? Agora ela mal sai do velho quarto perto do *ara*, destinado ao trabalho de parto. Sua conexão com Parambil lhe parece duplamente consolidada com uma filha que chamará essa terra de lar, pelo menos até que se case.

Dolly *Kochamma*, sem que lhe pedissem, transferiu-se para lá nos últimos dias de gestação a fim de ajudar com as tarefas domésticas e JoJo. Tranquila e silenciosa, ela nunca fala dos desafios que o casal enfrenta. No pequeno terreno, o gregário Georgie poderia perfeitamente cultivar coco, mandioca e banana, e até obter certo lucro, no entanto tudo vai mal. Segundo Shamuel, isso resulta de mau planejamento, além do fraco de Georgie por estratagemas não muito promissores, como cultivar soja em vez de arroz — por dar menos trabalho — e descobrir depois que a plantação cresceu mal e há pouco mercado. Georgie deve saber que é uma decepção para o tio, então se mantém distante; Dolly, porém, toda manhã, quando o bebê adormece depois da mamada das dez, passa óleo no cabelo da nova mamãe e massageia seu corpo com óleo de coco apimentado. Sempre que Grande Ammachi lhe agradece profusamente, Dolly diz: "Seu marido nos resgatou quando não tínhamos nada e eu estava grávida de meu primeiro filho. A mãe de JoJo fez isso por mim. Agora, você me faz um favor ao me dar chance de ser útil". Dolly a encoraja a ir ao riacho para um bom banho. "Não se preocupe. Bebê Mol" — por ora a bebê tem apenas esse nome, "Bebê Menina" — "não vai parar de respirar em sua ausência."

Enquanto isso sua mãe assumiu a cozinha. A mulher de cabelos grisalhos e faces chupadas que desceu tão hesitante da carroça tem uma década inteira de pensamentos acumulados para compartilhar, ainda que sem a mesma energia de antes.

JoJo não entende por que Grande Ammachi passa tanto tempo com a neném ou por que precisa fazer silêncio quando ela dorme. Certa manhã o ciúme o leva a subir na *plavu* e gritar por socorro como se tivesse empacado. Ignorado, desce furioso, enrola os pertences num *thorthu* e anuncia sua mudança permanente para a casa de Dolly. Os tios o recebem; os filhos estendem um colchonete para ele no mesmo cômodo. É assim que JoJo passa a primeira noite longe de Parambil, rezando para que a casa desabe sem ele.

Quando no dia seguinte chega a notícia de que Grande Ammachi sente saudade, JoJo volta correndo, mas diminui o passo à entrada, fingindo que retorna a contragosto. A mãe o cobre de beijos até que ele se vê forçado a abandonar aquela fachada. "Você é meu homenzinho! Como vou descer até o porão e buscar picles sem a sua companhia? Aquele fantasma só me recebe bem se você for junto." O homenzinho convida os novos amigos, e logo o *muttam* se enche dos sons de crianças rindo e brincando. Essa cacofonia a faz pensar na própria infância, cercada da presença constante de primos e vizinhos. Felizmente Bebê Mol é capaz de dormir em qualquer circunstância. Aqui e ali, enquanto cuida da filha, ouve uma das crianças chorando. Em outros tempos correria para investigar, mas agora diz a si mesma: "Uma criança chorando é uma criança respirando".

Passado um mês, volta a seu quarto de sempre, preferindo a familiaridade da esteira de bambu estendida no chão à cama elevada do cômodo perto do *ara*, onde se deu o parto. Bebê Mol fica ao lado da jovem mãe, sobre uma toalha dobrada, enquanto sua avó e JoJo dormem nas próprias esteiras, do outro lado. Pela manhã, enrolam as esteiras ao redor de cada travesseiro, e os colchonetes são guardados numa prateleira alta.

Toda noite, depois do banho, o marido aparece no umbral da porta. Sua sogra, se está por lá, finge alguma tarefa na cozinha e some. Daquele homem-montanha só escapam palavras se ele estiver a sós com a mulher. Seu bíceps se retesa quando leva ao peito nu o embrulho de panos e carne que é sua pequena infante, a nova mamãe maravilhada à visão de Bebê Mol engolida por aquelas mãos enormes e calejadas. "Você tem comido bem?", ela pergunta. "Sim, 'Grande Ammachi'", ele responde, provocando-a. "Mas o *erechi olarthiyathu* de sua mãe não é tão bom quanto o seu." Ele mal percebe que lhe faz um elogio que ela muito aprecia.

Ela se lembra de Thankamma dizendo que o irmão era como um coco: fibroso e impenetrável por fora, mas com camadas preciosas no interior; sua água acalma bebês com cólica, enquanto a polpa branca macia é ingrediente essencial em qualquer prato do Malabar; essa mesma polpa, quando ressecada e espremida — *copra* — vira óleo de coco, e os restos da *copra* servem de forragem para alimentar os animais; a concha dura, por sua vez, vira *thavi*, uma cumbuca perfeita; e a capa exterior espessa, se ressecada e desfiada, é útil para tecer cordas. Sem coco, a vida em Travancore cessaria, tal como Parambil pararia sem seu marido. Contudo, quando o marido diz que o *erechi olarthiyathu* de sua mãe não é "tão bom quanto o seu", o que ele quer dizer é que sente saudade.

À noite, depois de pôr a neném para dormir, sua blusa úmida cheirando a leite, ela se pergunta se de vez em quando o marido não virá procurá-la. Vendo-a dormindo, será que a toca de leve e tenta acordá-la? Ou a presença de sua mãe e das duas crianças adormecidas o impede de cruzar a porta? A verdade é que ela não está pronta para ele. A provação do parto ainda está fresca na memória. Ela sofreu uma ruptura que só agora começa a doer menos, mas o corpo ainda lhe oferece novos e estranhos embaraços que, felizmente, parecem diminuir com os dias. A nova mamãe precisa de mais tempo para se sentir plenamente restabelecida. Todo mês lhe chega alguma história de um parto que deu errado, uma mulher que sangrou até morrer, ou um bebê atravessado, evento fatal para mãe e criança. "Obrigada, Senhor, por ter passado ilesa por tudo." Ela não compartilha com o Senhor que sente falta da proximidade do esposo, da excitação de subir na cama dele, de sentir seu coração batendo forte e ouvir o dele fazendo o mesmo. "Bem, não se pode ter tudo", diz, mas só para si mesma. Não é necessário contar certas coisas a Deus.

     * * *

O ritmo de Parambil pode ser de constância em certas casas, mas de frequentes mudanças em outras. JoJo anuncia, animado, que Ranjan, o gêmeo de Georgie, chegou na casa do irmão durante a noite junto com a esposa, os três filhos e todos os pertences. Grande Ammachi mal pode imaginar o sofrimento de Dolly com tanta gente abarrotando seu pequeno lar. Ranjan, como Georgie, não herdou nada do pai. Encontrou um emprego decente como assistente administrativo numa fazenda de chá em Coorg. O salário era bom, mas a vida nas montanhas de Pollibetta era solitária. Alguma coisa decerto aconteceu para a esposa de Ranjan jogá-lo numa carroça junto com a família e viajar montanha abaixo, despencando sobre a cabeça de Georgie e Dolly. Mulher robusta de queixo quadrado, com a mania de cerrar os olhos antes de falar, a esposa é uma figura imponente, ainda mais porque traz no peito um enorme crucifixo de madeira que ficaria melhor numa parede. Anda sempre com uma Bíblia bem apertada na mão, como se temendo que alguém lhe arranque. Os filhos de Dolly a chamam secretamente de "Decência *Kochamma*", pois, de acordo com JoJo, tudo lhe parece indecente. Quando não reclama de um pecado que as crianças cometeram, reclama de outro que estão prestes a cometer.

Poucos dias depois, Grande Ammachi vê os gêmeos indo falar com o tio, de mãos dadas, qual melhores amigos. São idênticos, ainda que Ranjan pareça mais embrutecido. Compartilha a mesma agitação infantil do irmão, mas dentro dele é como se houvesse um curioso mecanismo que se agita e afeta sua postura ao produzir uma dança incansável de lábios, sobrancelhas, olhos e membros. Apesar das circunstâncias, os dois têm a mesma expressão de otimismo — um traço admirável. Antes de entrar na casa, tentam adotar um ar solene, mas, ao sair, estão em êxtase, empurrando-se como meninos na saída da escola. Mais tarde ela fica sabendo que o marido cedeu a Rajan, por escritura, um terreninho inclinado e ainda por desmatar, adjacente ao de Georgie. O esposo muito provavelmente decidiu isso tão logo soube do retorno do sobrinho; assim, agora também auxiliou Ranjan. Ela admira sua generosidade, porém ele tem dificuldade de acrescentar a essa virtude um pouco de afeição, ou um conselho sábio que ajudasse os sobrinhos a serem mais bem-sucedidos. Agir desse modo não é de sua índole.

JoJo informa que os gêmeos decidiram derrubar a casinha de Georgie e Dolly para construir uma nova residência conjunta com madeira e acessórios de cobre da melhor qualidade — o tipo de casa que a tão sofrida Dolly *Kochamma* merece, mas isso só será possível porque Ranjan e Decência *Kochamma* vão contribuir com suas economias. A nova fundação vai se assentar predominantemente sobre o terreno de Georgie, que tem o poço e uma drenagem melhor; a maior parte do terreno de Ranjan será dedicada a uma nova estrada de acesso e ao cultivo de *kappa* e banana-da-terra. Uma cozinha compartilhada ficará entre as duas alas da casa. Grande Ammachi não consegue deixar de se preocupar com Dolly *Kochamma*.

Jojo está grande demais para passar o dia em casa. Como evita a água, não pode acompanhar as outras crianças no mergulho ou no nado; por outro lado, reina nas alturas. Domina as árvores e supera todos em ousadia e inconsequência. Humilha macacos no modo como trepa num galho alto, salta para o galho vizinho ou, balançando-se num cipó, dá um mortal para trás, caindo de pé sobre as folhas secas no chão. Essa manobra faz dele um herói para as crianças mais novas.

Numa terça-feira, depois que a chuva de dois dias as obrigou a um confinamento, as crianças mais velhas correm para nadar no rio. Como público restam apenas as criancinhas quando JoJo escala uma árvore, agarra-se a um cipó e salta. Mas dessa vez suas mãos escorregam do cipó umedecido, atrapalhando o mortal. Ele aterriza de pé, porém muito inclinado, então o impulso o força para a frente, até cair de cara num fosso raso de drenagem cheio de água da chuva. As crianças aplaudem o mergulho e o toque cômico de JoJo, que opta por não se levantar, continuando largado na poça como um peixe capturado. Os pequenos gargalham, apertando o estômago. *Esse JoJo! Ele faz cada coisa!* Mas o garoto se demora, eles se entediam, e, aos poucos, retiram-se.

"JoJo está escondido na água, não quer brincar", um deles diz à Grande Ammachi.

Meio adormecida pela amamentação, ela apenas sorri.

Segundos depois, arranca a bebê do peito. Os braços da filha voam para os lados, como se querendo aparar uma queda. Ela a põe na cama. "Que água?", grita. "Me mostre! Onde?" A criança se assusta, mas aponta na direção do dique de irrigação, e ela corre.

Logo ela avista os ombros e a nuca de JoJo na superfície da água, o cabelo molhado cintilando, aquele cabelo tão difícil de lavar. Salta no fosso turvo, machucando a coluna devido à inesperada profundidade da poça — tão rasa que mal lhe chega aos joelhos —, e vira JoJo para cima. Aperta o estômago dele, sai lama de sua boca. Ela implora, chorando: "Respire, JoJo!". Depois grita: "AYO, JOJO, PELO AMOR DE DEUS! RESPIRE!". O som corta os ares, alcança quase dois quilômetros. Chegam-lhe aos ouvidos os pisões esmagando as folhas úmidas. Seu marido se lança de joelhos, aperta a caixa torácica do filho, pressiona-lhe a barriga. Shamuel acorre sem fôlego e se ajoelha do outro lado do casal, enfiando os dedos na boca de JoJo para tirar mais e mais lama, mas ele não respira. Georgie suspende JoJo pelos tornozelos enquanto Ranjan sobe e desce os braços do menino, a água escorre, mas ele não respira. Ranjan aperta os lábios de JoJo contra os seus e sopra ar para dentro dos pulmões, enquanto o menino pende de cabeça para baixo, os braços ao longo das orelhas como um peixe içado... Mas ele não respira. Deitam-no e se revezam na respiração boca a boca, batendo-lhe nas costas, pressionando sua barriga. Ela os cerca enlouquecida, arrancando os cabelos, incrédula, chorando e gritando: "Não parem! Não parem!", porém JoJo, teimoso na vida, é ainda mais teimoso na morte e não respira para ela nem para o pai, nem para Shamuel ou todos os demais que tentam de tudo; nada de respirar para aquietar aqueles corações partidos. Os esforços para salvá-lo parecem violar seu corpo amolecido. Por fim, o marido os afasta e toma o filho nos braços, arfando, o corpo trêmulo.

Ela registra um choro agudo ao longe que esvazia um par de pequenos pulmões, depois uma puxada de ar e outro grito. Esqueceu-se completamente de Bebê Mol! *Chorar significa que você está vivo.* Recua, temendo deixar JoJo, então corre até o quarto. Num gesto rápido levanta sua *chatta* e entrega um mamilo à bebê, alarmando-a com a brusquidão e renovando-lhe o choro. Analisa o rosto da filha, as gengivas nuas, a careta feia de insatisfação; ressente-se daquele desejo cego por seu peito. Por fim, a neném se acopla.

Com a filha no peito, ela cambaleia para JoJo, sua sombra e companheiro fiel por oito de seus dez anos, seu homenzinho, estirado no banco da varanda ao lado do pai, a barriga grotescamente distendida. O marido despedaçado se vira e apoia o braço erguido contra uma pilastra, como se quisesse derrubá-la, mas esse apoio é tudo o que o mantém de pé. A expressão no rosto de JoJo é de perplexidade. Ela se acocora ao lado do filho, põe a mão em sua testa fria e chora. Os olhos de Bebê Mol reviram-se de medo, e ela morde com mais força o mamilo. *Senhor,* pensa Grande Ammachi, *estou disposta a trocar esta nova filha se você me devolver meu JoJo.* Esse pensamento a envergonha, e ela retoma um pouco da sanidade. Aproxima-se do marido, ainda acorrentado ao pilar, tão silencioso na dor quanto na alegria.

9. Fiel nas pequenas coisas

PARAMBIL, 1908

"Afogar-se em terra": é assim que ela pensa no que aconteceu. Nos dias seguintes, tem um pesadelo recorrente: leva os filhos, a mãe e o marido sobre a cabeça, curvada sob o peso daqueles corpos, sabendo que se parar vai se afundar na terra e ficar com a boca entupida de lama. Quando alcança a pedra de descanso, a laje horizontal está no chão, inutilizada. Olha de um lado, olha de outro, buscando ajuda, mas está sozinha.

De um jeito ou de outro ela segue em frente, para que Parambil também o faça. Se seu pai estivesse vivo, ele iria encorajá-la a ser "fiel nas pequenas coisas". Nada o abalava, nem mesmo o sofrimento. Ela, porém, resiste a esse versículo. Está furiosa com Deus. "Como posso ser fiel nas pequenas coisas se o Senhor não é fiel nas grandes?"

Surpreende-se ao se perceber com raiva do marido enlutado. É um sentimento que cresce aos poucos dentro dela. De início, como um vespeiro, não passa de um salpico de lama numa viga de madeira. Mas aquilo vai crescendo, surgem portinholas, e logo um zumbido renitente pode ser ouvido no interior da pequena morada. Ela reza para a fúria se extinguir. Reza, embora Deus lhe tenha falhado, mas o que mais podem fazer os seres humanos nessas circunstâncias? "Nunca vi seus lábios tocarem bebida alcoólica. Não pode ser acusado de morosidade ou mesquinhez. Nunca me bateu, e jamais o faria. Senhor, ele não merece minha ira. Também perdeu o filho. Por que sinto isso?"

Confiando a neném à mãe, ela vai ao quarto do esposo, que acabou de tomar banho. Nesse horário, que antecede o jantar, ele muitas vezes se reclina, o braço na testa, como se o ato de banhar-se o exaurisse. A esposa reconhece esses gestos, porém nunca sabe seu real significado.

Para sua surpresa, ele não está deitado, mas sentado na cama, os ombros arqueados, a cabeça erguida, como se a esperasse, preparando-se para o que viria.

"Preciso saber", ela diz, curta e grossa, parada na frente dele, seus rostos emparelhados. Ele inclina o ouvido direito. De uns tempos para cá, ela já sabe: o marido escuta mal, coisa que seu silêncio torna menos óbvio. Ela repete o que disse, ele observa seus lábios para conferir se há algo mais.

Qualquer outro homem teria dito: *Saber o quê?* Mas não ele. Ela não espera. "Preciso saber" — torce as mãos, exasperada — "dessa Condição."

Ela acabou de batizá-la. É um primeiro passo, sem dúvida. Nomeou essa coisa que ela pressente desde que o casamento foi proposto: os rumores sobre afogamentos que atravessavam a história da família, a casa construída longe da água, a raiva da chuva, a forma estranha como ele se banha — as mesmas coisas que afligiam o filho deles. *A Condição.* Não se pode perguntar como caçar uma cobra sem mencioná-la.

Ele não finge ignorância, mas não se mexe. Mesmo sentado, ainda é mais alto do que ela. Mas agora a diferença de idade lhe parece ínfima.

"Por nossa filha", ela diz. "Para que eu possa proteger a menina. E pelos outros filhos que teremos, se Deus quiser. Preciso saber o que você sabe. Por que JoJo tinha tanto medo de água? Por que você, meu marido, jamais anda de barco? Bebê Mol também sofre da mesma Condição?"

Ele se levanta, assomando sobre a esposa, cujo coração dispara. O marido nunca chegou nem perto de ameaçá-la. Ela se retesa, aprumando-se. Ele dá um passo e se estica para alcançar um pacote enfiado num ressalto quase à altura do teto. Está enrolado num pano e amarrado com um fio. Segura-o do lado de fora do quarto e espana a poeira.

"Era dela", ele responde, como se bastasse. O esposo senta a seu lado e desenlaça o pano de cânhamo rústico que parece prestes a se desintegrar. O tecido que compõe a segunda camada é de um belo *kavani*. Ela capta o aroma de uma era distante, e de outra mulher, o mesmo que por vezes paira no porão, e que também impregnava as roupas que ele lhe deu quando a levou pela primeira vez à igreja. A mãe de JoJo. No topo da pilha há uma bolsinha de algodão transparente como gaze que guarda um anel de casamento e o *minnu* — o pequeno pingente de ouro no formato de folha de manjericão-

-santo com contas de ouro traçando um crucifixo. No dia do casamento, ele prendeu essa joia ao redor do pescoço da esposa falecida, tal como o fez ao casar com a mulher atual.

Ele põe de lado a bolsinha e lhe entrega uma pequena folha quadrada: o registro de batismo de JoJo. Diante do documento, ela se sente inundada de remorso, como se naquele momento desse a notícia da morte do filho à mãe de JoJo. Esforça-se para não chorar. Não tem coragem de olhar para o marido. Sua raiva desapareceu.

Agora a mãozorra dele retira um maço de papéis amassados nas margens. As traças andaram se banqueteando, outros insetos deixaram perfurações em formato de lua crescente. Ele desdobra o pergaminho com cuidado. É um mapa ou quadro ampliado, feito de folhas coladas nas laterais, mas a cola de pasta de arroz, iguaria das traças, já foi carcomida em grande parte. O marido abre o mapa, que ocupa seu colo e o colo da esposa. As anotações estão desbotadas. Em poucos anos aqueles papéis serão poeira.

Vê-se uma árvore. O tronco escuro e grosso é torto, e nos galhos há poucas folhas, nas quais constam nomes, datas e anotações. Ela se lembra de uma genealogia parecida traçada por seu pai. Ele explicava, com ela sentada em seu colo: "Mateus nos deu a genealogia de Jesus, desde Abraão. Catorze gerações até Davi, depois catorze de Davi ao Cativeiro da Babilônia, e outras catorze do exílio ao nascimento de Jesus". O pai estava convencido de que Mateus omitira duas gerações. "Ele era coletor de impostos. Gostava da simetria das catorze gerações repetidas três vezes, mas é um fato impreciso!"

A árvore no colo dela carece de simetria e é específica. Ela logo entende que se trata de um catálogo da moléstia que tem despedaçado a família Parambil, mas, ao contrário do Evangelho de Mateus, esse é um documento secreto, oculto nas vigas, que deve ser visto apenas por membros da família, e quando necessário. Foi preciso que o filho morresse para que ela conquistasse o direito àquela revelação? Ela teve uma filha com o marido! Estão ligados por sangue, e ainda assim ele omitiu tudo aquilo.

Ela aproxima o lampião. A anotação mais recente, com o registro do nascimento de JoJo, certamente pertence à falecida — por que *ela* teve permissão para ver isso? A mãe de JoJo já sabia da Condição e fez perguntas? Outras mãos, algumas velhas e trêmulas, como evidenciam as falhas nos volteios, espirais e verticais do idioma malaiala, registraram laboriosamente outras entradas. Escritos da mãe de seu marido ou da avó, talvez? E de alguém antes disso, e de antes. Há também fragmentos menores de um papel grosseiro e antiquíssimo no mapa dobrado.

Ele espreita por cima do ombro dela, as mãos cerradas.

Usando como âncora o nome de JoJo impresso em um dos galhos, ela vê que a linhagem Parambil recua sete gerações (sem contar os pedacinhos de papel) no passado e avança mais duas no futuro. Aquelas são águas desconhecidas. O passado é turvo como aquela tinta que se apaga, fantasmagórica, a folha que se dissolve. A família ancestral ostenta traficantes de escravizados, dois assassinos, o sacerdote apóstata Pathrose — é o que se vê ali. Perto de um nome, ela lê: "Igualzinho ao tio, porém mais novo" — esforça-se para decifrar a letra miúda — "e assim nunca casou". Uma anotação ao lado de certo "Pappachen" três gerações antes da de seu marido diz: "Seu pai, Zacarias, também surdo e manco quando os olhos se fecharam aos quarenta anos". Uma nota solta revelava: "Meninos padecem com mais frequência. Especial atenção às crianças exuberantes, em tudo destemidas, exceto diante da água. Quando forem levadas ao rio, todas vocês, mães, saberão".

Estão descrevendo JoJo. Que mãe escreveu aquele alerta?

Ela volta à árvore, notando um símbolo que se repete em alguns dos galhos.

"O que são os rabiscos debaixo desse crucifixo estranho?", ela pergunta.
"Não são palavras?", ele responde, baixinho.

A esposa se volta para ele, abismada. Por todos esses anos ela leu o jornal para ele à mesa de jantar, mas jamais o viu lendo sozinho. Supôs que fosse falta de interesse. Mas não: ele não sabe ler! Como nunca percebeu? A inocência daquela pergunta a faz pensar em quando conheceu JoJo. Precisa segurar as lágrimas.

Ela balança a cabeça. "Não, não são palavras." Ele diz: "Nesse caso, parece água. Com uma cruz".

O marido é iletrado, mas viu o que estava lá, tal como veria o bolor num tronco de árvore. "Verdade", ela assente, baixinho. "Uma cruz sobre a água. Sinal de que morreram por afogamento."

Ele pergunta: "Shanthama está aí? A irmã mais velha de meu pai?". Ela encontra o nome e aponta: eis a cruz sobre a água. "Ela se afogou antes de eu nascer."

Que mãe tomada pela dor pensou nesse símbolo? Sob a chama dançante do lampião, o crucifixo sobre a água também parece uma árvore desfolhada na cabeceira de um monte de lama fresca: uma sepultura.

"Há morte por causa de água em todas as gerações", ela declara, traçando uma linha com o dedo. Algumas das cruzes têm anotações. Lê em voz alta: "No lago… no riacho… no rio Pamba…".

O marido aponta com o queixo na direção da tristeza dos dois. "Dique de irrigação." É tarefa dela escrever aquelas palavras.

Até que ponto o casamenteiro sabia da Condição? E quanto à mãe e ao tio? Sabiam e lhe ocultaram tudo? Ou não? Seu marido, claro, sim. Ela não quer odiar o homem que ama, no entanto tem que desabafar.

"Queria que você tivesse me contado o que sabia", ela diz. "Poderíamos ter protegido JoJo, proibido que se balançasse naqueles cipós, subisse em árvores para…"

"Não!", exclama o marido, tão veemente que ela quase derruba os papéis. Ela já viu aquela raiva dirigida a outras pessoas, jamais a ela. "Não! Foi o que minha mãe fez comigo. Me mantinha na propriedade feito um prisioneiro, quando tudo que eu queria era correr, pular e escalar. E depois de sua morte, Thankamma e meus irmãos fizeram o mesmo. Quando olho para isso, só vejo rabiscos", diz, cutucando as folhas com o dedo. "Sabe por quê? Ela nunca me deixou frequentar a escola, pois fica do outro lado do rio. Não queria me ver nem perto dela. Só sei que há sempre um jeito de se chegar a algum local, só que pelo caminho mais longo. Meus irmãos e irmãs não têm problemas com água. Foram para a escola. Uma vez, fugi. Meus irmãos e Thankamma me prenderam. Por amor, diziam! Mas era por medo! Por ignorância!" Seu tom se abranda. "Minha mãe e Thankamma queriam meu bem. Queriam me proteger, como você gostaria de ter protegido JoJo. Como não podemos nadar, fazemos muitas outras coisas. Caminhamos. Escalamos. Você acha que não choro por meu único filho? Porém não mudaria nada do que fiz. Os poucos anos que teve na terra, JoJo não viveu numa coleira, mas como um tigre. Escalava. Corria. Dava um jeito de compensar a única coisa que não podia fazer." Sua voz vacila. Ele se recompõe e continua. "Não escondi nada. Achei que você soubesse. Seu tio certamente sabia. Sinto muito se você ignorava. Era só perguntar. Mas não ando por aí com um sino, feito um leproso, anunciando isso aos quatro ventos. É parte de mim, assim como acontece com a mulher do ourives, cujo rosto é marcado pela varíola, ou com o filho do ceramista, que é manco. Eu sou assim. É esse quem sou."

Ela se esqueceu de respirar. O esposo disse mais palavras repletas de significado em uma só noite do que nos oito anos de casamento. A multidão que há dentro dele — criança, pai, marido — revolta-se e chora em uníssono.

Então a expressão dele amolece. "Você poderia ter casado melhor."

Ela lhe toma a mão, mas ele se afasta e deixa o quarto.

Sua mente está um torvelinho. Até aqui, nada sugere que Bebê Mol tenha medo de água. Ainda assim, mesmo não padecendo da Condição, a neném será considerada maculada, capaz de transmitir essa semente ruim.

Com a mão trêmula, registra o ano da morte da mãe de JoJo e desenha um novo galho projetando-se do nome do marido. Ali escreve seu nome e a data do casamento, depois puxa um galho da união dos dois, onde registra: "Bebê Mol"; ela batizará a filha antes dos seis meses, e então anotará seu nome de verdade e a data de nascimento. Quantos ramos seguirão Bebê Mol, quando ela se casar? "Agora estou dentro, Senhor", diz. "A Condição é minha tanto quanto é dele. Como posso culpá-lo?"

Sob o nome de JoJo escreve o ano de sua morte e desenha as três linhas onduladas, fáceis de traçar com os dedos trêmulos. Como era cruel, como era perfidamente injusto que JoJo morresse do único elemento que ele tanto se esforçava para evitar. Sobre as linhas ondulantes ela desenha a cruz, que parece uma árvore no morro do Calvário, os três pontos partindo-se em sub-ramos, reminiscentes da cruz de são Tomé, mas ainda lembrando galhos de árvore que foram podados, deixando os tocos pontudos voltados para o céu. Agora ela se lamenta com a mãe de JoJo. *Sei que ele era seu, mas era meu também, e o tive por mais tempo. Eu o amava tanto.* A caneta toca o papel, esforçando-se para acomodar no pequeno espaço as formas enroscadas, as pontas e voltas da escrita malaiala: AFOGADO NO DIQUE DE IRRIGAÇÃO. Sua mente se perde em imagens de um JoJo muito mais novo, o sorriso cheio de janelas — se ela tivesse ao menos guardado aqueles dentinhos, ainda teria algo dele! JoJo insistiu em plantá-los para que crescessem e virassem uma presa de elefante, mas depois esqueceu onde os havia enterrado.

Quando termina, contempla o pergaminho; a Árvore da Água, pode-se chamá-la; a Condição é uma maldição? Ou uma doença? Há alguma diferença? Ela conhece uma família em que as crianças têm ossos que se partem com facilidade, e o branco dos olhos tem um tom levemente azul. Tudo passa conforme crescem, e, já adultos, todos parecem quase normais. Todavia, quando um primo e uma prima de primeiro grau se juntaram e mudaram de cidade, o filho deles sofreu uma série de fraturas durante o parto, e aos dois anos suas pernas dobravam-se como pernas de sapo, o peito parecia ter sido esmagado e a coluna era torta. Morreu antes dos três anos.

Grande Ammachi reúne os papéis, substitui por uma fita o fio que os amarrava e leva a Árvore da Água consigo. Aquilo agora lhe pertence. Dali em diante, será ela quem restaurará e preservará essa genealogia, registrando tudo e passando para a frente.

No jantar, ele não a encara. Sua mãe preparou curry de ovo cozido em um molho rubro grosso, fazendo pequenos cortes nos ovos para que o molho os penetrasse. Com olhos vermelhos, nada pergunta sobre a discussão que os dois tiveram a portas fechadas.

Naquela noite, mãe e filha rezam. "Que os vivos e os mortos digam juntos: 'Abençoado Aquele que veio, e que virá, e ressuscitará os mortos'."

Depois que ela descobre a cabeça e se aconchega com Bebê Mol, sentindo o vazio onde JoJo dormia, sente-se no direito de falar francamente com Deus.

"Senhor, talvez Você não queira curar essa moléstia, por razões que não posso conceber. Mas, se não vai ou não quer curar, nos mande alguém que possa fazer isso."

PARTE DOIS

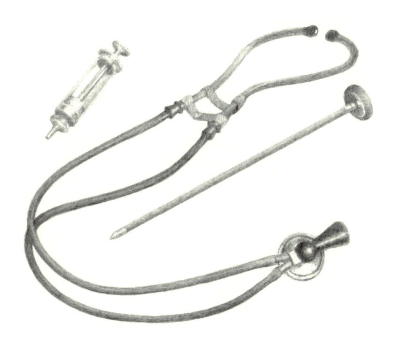

10. Peixe embaixo da mesa

GLASGOW, 1919

Aos sábados, a mãe de Digby o leva ao Gaiety, o que há de melhor em Glasgow. Anos depois, sempre que pensar naquelas tardes, seu nariz se irritará, como se inalasse o odor de Jeyes Fluid que emanava dos assentos. Mas aquele desinfetante, por mais pungente que fosse, nunca pôde encobrir o cheiro de tabaco velho que exalava do piso e das paredes.

Os olhos do bilheteiro Johnny atentam a outros pisos, não mais aqueles de seu tempo de lutador. Já não diz que um menino de dez anos não deveria frequentar shows de variedades. As dançarinas dão início à matinê, e sua mãe cobre seus olhos até que os mágicos, a próxima atração, subam ao palco. As manchas flutuantes que nublam a visão do garoto só desaparecem na apresentação seguinte — o engolidor de espadas, ou o malabarista.

O público é barulhento e depois do intervalo também se mostra menos tolerante, embriagado da cerveja forte. A névoa de fumo é mais espessa do que a neblina matinal sobre o rio Clyde. Os comediantes vão à luta como gladiadores, brandindo cigarros em vez de bastões. Passam-se oito minutos até que a bituca queime a ponta de seus dedos, e este é o tempo que eles têm no palco. A maioria é expulsa sob vaias em menos de cinco.

O semblante de sua mãe se mantém impassível o show todo, seus pensamentos distantes, o que sempre preocupa Digby. Pensaria na época em que ela se apresentava nesse palco? A mãe desistiu da carreira no teatro, talvez até da fama, porque o levava no ventre. Ou será que pensa no homem que conheceu aqui e arruinou sua vida? Digby estuda os artistas. Nunca conheceu seu pai, Archie Kilgour, mas ele era dessa trupe que sempre viaja de cidade em cidade, assombrando os mesmos pubs em cada localidade (em Glasgow, era o Sarry Heid), gente muito mais familiarizada com os donos dos bares do que com os próprios filhos, dormindo nas mesmas espeluncas teatrais, como a da sra. MacIntyre. A mãe de Digby certa vez contou que Archie Kilgour pregou um arenque defumado debaixo da mesa de jantar, porque a sra. MacIntyre lhe negou crédito. Digby perguntou por que naquele lugar. "Pense um pouquinho, Digs. É o último lugar que a sra. MacIntyre procuraria por algo podre. Isso é a cara dele. Capaz de chegar tão baixo que podia deslizar de cartola por baixo da barriga de uma cobra."

Alguns dizem que Archie embarcou para o Canadá, outros, que nunca partiu. O verdadeiro talento dele era desaparecer. Tudo que Digby realmente sabe é que ele é do tipo que deixa um peixe embaixo de uma mesa, como o deixou na barriga da mãe. Digby imagina meios-irmãos que ele certamente tem em outras cidades do circuito: Edimburgo, Stirling, Dundee, Dumfries, Aberdeen...

O *finale* apoteótico é sempre "There's a Girl for Every Soldier", que ainda ressoa nos ouvidos do garoto quando se retiram. Ele se sente cheio de vida, mais leve do que o ar, só deseja que a mãe pudesse se sentir assim também.

Digby não consegue imaginar época mais empolgante. Os irmãos Wright fizeram o primeiro voo mais pesado que o ar em 1903, mas, como todo estudante escocês sabe, os irmãos Barnwell fizeram o mesmo em Causewayhead pouco depois. Seu sonho é pilotar um bimotor, tornar-se mais leve que o ar! Passear pelos céus de Glasgow com a mãe, arrancando-lhe sorrisos e a deixando-a orgulhosa.

Às quartas-feiras, os dois se presenteiam com um agrado de meio de semana: chá no Gallowgate. Digby a espera na porta da fábrica de máquinas de costura Singer, entre os milhares de funcionários que fluem ao fim do turno. Os protestantes saem primeiro. Católicos como sua mãe saem depois — recebem os piores salários e fazem os piores serviços. O supervisor da mãe é protestante e, claro, torce pelos Rangers. Glasgow, como a maioria das cidades escocesas, está dividida violentamente por religiões. Seus avós faziam parte da onda de imigrantes irlandeses que vieram para a Escócia depois da Grande Fome, transformando o East End em um bastião católico (e na sede do Celtic).

Digby adora contemplar a torre do relógio na praça, que se ergue por seis andares. Os prédios da fábrica se estendem dos dois lados, como trens de quase dois quilômetros de comprimento. Cada face da torre, o monumento mais famoso de Glasgow, tem um relógio maciço de duas toneladas com SINGER escrito em letras garrafais sobre cada disco, visíveis de qualquer parte da cidade. Digby já soletrava SINGER antes mesmo de escrever seu nome. Parado ali tão perto, olhando para o alto, ele se sente na presença de Deus, cujo nome é SINGER. Deus tem os próprios trens e a própria estação para transportar partes da fundição para Helensburgh, Dumbarton e Glasgow. Deus produz um milhão de máquinas de costura por ano e emprega quinze mil pessoas. Deus permite que não falte papel de desenho e tinta de aquarela para Digby, bem como permitiu que ele e a mãe saíssem da casa da avó e morassem sozinhos, livres para serem bobos e ruidosos e tomar chá com geleia todos os dias, se assim o quisessem, e sempre queriam.

O barulho de centenas de botas de cardas grossas anuncia que os trabalhadores estão descendo os degraus da fábrica. Ele logo avista a mãe, bela e ruiva. O modo como os homens a olham o irrita e faz com que queira protegê-la. "Dê o fora! Não quero mais saber de homens", ela diz, cortando um pretendente. "Uma boca para comer e dizer mentiras, mais nada."

A mãe não está nem um pouco contente. "Reduziram os montadores para doze, e o restante dos funcionários precisa dar conta de tudo. Um horror — não temos tempo nem de fazer xixi. E tudo para o bem da 'eficiência industrial'!" Hoje não haverá chá. Companheiros de trabalho reúnem-se ao redor da mesa de jantar de sua mãe, planejando uma greve. Digby os ouve dizer que Deus — o sr. Isaac Singer — é, na verdade, o demônio. Deus é um polígamo com uma dúzia de filhos de várias esposas e amantes. Parece muito com Archie Kilgour. Durante toda a semana, sua mãe anda metida em reuniões noturnas, buscando apoio, voltando tarde, os olhos acesos, mas pálida de tão exaurida.

Ele fatia pão para comerem com chá quando ouve os passos da mãe na escada, cedo demais. Um terrível pressentimento o assalta. "Me mandaram embora, Digs. Deram um pé na bunda de sua mãe. Encontraram um motivo." Se ela pensa que seus companheiros de trabalho farão greve para apoiá-la, engana-se. E, como já não está empregada, o fundo dos grevistas não vai pagá-la.

Só lhes resta voltar para a casa da avó, uma hipocondríaca flatulenta que faz o sinal da cruz quando ouve os sinos da igreja e se refere a Digby como "o bastardo". Ele e a mãe dormem na sala — ficam sem geleia, às vezes sem pão. Sua mãe está debaixo das cobertas quando Digby sai para a escola e assim ele a encontra quando volta. Seus olhos apáticos lembram o hadoque no gelo no mercado de peixes de Briggait. "Nada de bom jamais saiu do Gaiety", a avó diz à filha, satisfeita.

É assim que o mundo de um menino desmorona. Ao retornar da escola, o monstro de quatro olhos na torre monitora todos os seus movimentos. Nenhuma canção se repete em sua cabeça. Ele e a mãe são intrusos numa casa que cheira a fumos de caixão de uma "velha farisaica melindrosa", como a mãe dizia.

O médico que foi ao pequeno apartamento ver sua mãe diz que ela está "catatônica". Quando ela finalmente recobra as forças, Digby a acompanha às fábricas, às agências de contabilidade e farmácias. Trabalho, qualquer trabalho, seria terapêutico. Mas era como se ela andasse com um cartaz no pescoço escrito: AGITADORA RUIVA FENIANA. Foi assim que o açougueiro a descreveu. Ela faz faxina quando pode; inválida, é contratada para cuidar de inválidos.

Os invernos são tão frios que Digby não tira o gorro em casa, mas precisa tirar a luva para fazer as lições. A avó atormenta a mãe. "Levante. Não temos carvão e a comida é pouca. Se tiver que mendigar ou abrir as pernas, faça isso. Foi assim que se meteu nessa confusão."

Passados sete anos da demissão, os dois continuam na casa da avó. Depois da escola, por hábito, ele cuida da mãe, senta-se a seu lado, desenhando em livros contábeis manchados de água que um vizinho lhe deu. Traça um mundo rico e sensual com lápis e tinta. Lindas mulheres de salto alto cujas panturrilhas se transformam em pilares eróticos, mulheres de ombros esbeltos e cadeiras largas, com chapéus chiques e casacos de pele. Aqui e ali um peito salta de uma blusa. Anúncios de jornal são bons para aperfeiçoar o traço. Os olhos que ele desenha estão melhorando; o pequeno quadrado de luz refletido sobre a íris dá vida às suas criações, permitindo-lhes contemplar o criador. Quando Digby encontra um livro de anatomia na Biblioteca Clydebank em Dumbarton Road, a mulher de seus desenhos começa a ter uma pele cuja transparência revela ossos e articulações. Ele se consola pensando que, por mais decepcionantes que os seres humanos possam ser, os ossos, os músculos e as vísceras são sempre os mesmos, donos de uma arquitetura interior imutável... exceto pela "genitália externa". As partes íntimas femininas são mais discretas do que imaginava: um tufo peludo, um portal entre lábios misteriosos que o deixa cheio de dúvidas.

Sua mãe era a mulher mais glamourosa que ele conhecia. Agora, tantos anos depois da demissão, ela parece ter entregado os pontos, pouco fala, e ainda passa horas e horas na cama. Mesmo assim, na linha de seu braço dobrado sobre o rosto, no ângulo entre o antebraço e o pulso, e também entre a palma e os dedos, ela exibe certa graciosidade inata. O cabelo ruivo já não parece um incêndio, e o topete grisalho faz parecer que ela esbarrou em tinta molhada. Às vezes se demora encarando o filho, punindo-o com o olhar: Digby sente-se responsável por todos os problemas dela. Sua mãe envelheceu, mas ele tem certeza de que ela jamais se parecerá com a avó, com aquelas fissuras inflamadas no canto dos lábios, os anteparos de uma boca suja.

A única ocasião em que a mãe briga com o filho é quando ele diz que vai deixar a escola e começar a trabalhar. "Faça isso, e eu morro", diz, furiosa. "A única coisa que me consola em todo esse inferno é você ser o melhor aluno da sala. Sonho com seu sucesso. Não me decepcione."

No fim, é ela que o decepciona. Àquela altura ele é quase um homem, com bolsa de estudos no Carnegie College — um rapaz de futuro, contra todas as probabilidades. Planeja estudar medicina, atraído como é pelo corpo e seu funcionamento.

Chega em casa em um domingo depois de uma sessão tutorial que durou o dia inteiro. A avó não está. Pairando acima de sua escrivaninha, a mãe lhe mostra a língua obscenamente, uma língua três vezes maior do que o normal e azul. Seus olhos de sapo zombam dele. O cheiro lhe diz que a mãe defecou. Ela pende de uma viga, os dedos dos pés só um tiquinho acima do chão. É a gravata escolar do filho que mordisca a carne azulada de seu pescoço.

Digby larga os livros e se encolhe contra a porta. Era por isso que ele montava guarda junto dela. Era isso que temia, embora não ousasse expressar. Está aterrorizado demais para se aproximar do corpo e arriá-lo.

Deixa que a avó descubra sozinha. Ela grita, e logo seus soluços transbordam do quarto. A polícia desamarra o corpo. Os vizinhos contemplam boquiabertos a forma sob o lençol. A alma de sua mãe estava morta havia muitos anos, e agora era a vez do corpo.

Digby está na calçada. É dia 22 de maio, já transcorreu um quarto de século, já passou uma década depois de uma guerra produzir chacinas terríveis. Uma morte a mais, uma a menos, que diferença faz? Para ele, faz. Seus pés o transportam dali. Quer encontrar pessoas, luzes, risos. Logo se vê num pub cheio de boêmios. Precisa gritar para a garçonete, pedindo duas canecas de cerveja. "Para o degas aqui e seu amigo", diz, apontando para os fundos. O gosto é horrível. Ele pensa em Archie Kilgour. *Está enchendo a cara hoje, seu bêbado? Você é viúvo agora, sabia?* Para a mãe, ele não tem lágrimas, apenas palavras rancorosas. *Você pensou em mim, mamãe? Acha que foi para um lugar melhor?*

É expulso do pub, não sabe bem por quê. Depois, chega a um bar pequeno e escuro, onde os bebedores são sérios e silenciosos. Empoleira-se perto de um grupo de rapazes que o olham torto. "Duas cervejas para o degas aqui", diz de novo, porém dessa vez não se dá ao trabalho de levar as canecas para a mesa, secando a primeira ainda no balcão. Repara nas bandeirinhas azuis e brancas na parede à frente, em seguida vê as mesmas cores nos cachecóis daqueles homens taciturnos. *Puta que pariu, é um bar de torcedores do Rangers.* Prende o riso, mas não se segura. "Os putos dos Rangers!" Balança a cabeça. Disse aquilo em voz alta?

Um homem chama Digby para a rua. Digby tem uma ideia melhor: vai beber a segunda cerveja ali mesmo, onde está.

Um punho lhe acerta o ouvido. Uma garrafa é quebrada, uma coisa afiada raspa o canto de sua boca. O dono do bar dá a volta no balcão para largá-lo na calçada. "Dê o fora antes que acabem com esse seu sorriso, e com você também!" Digby cambaleia pela esquina, já sóbrio diante da constatação de que aqueles homens silenciosos acham que matar é muito mais divertido do que beber.

Numa banca de revista, cem rostos bonitos e idênticos zombam dele, triunfantes. A COROAÇÃO DE LINDBERGH, lê-se na manchete. O HERÓI DA AMÉRICA. O sangue em sua boca é vagamente doce, vagamente metálico. A manga da camisa está vermelha. Seus olhos não conseguem focar. Será possível que um homem tenha mesmo cruzado o Atlântico de avião? Sim! É o que diz a manchete. Um avião chamado *Spirit of St. Louis*. Lindbergh pousou, a mãe subiu aos céus. Ele não sente dor nenhuma.

11. Castas

MADRAS, 1933

"Viajar abre a mente e solta os intestinos." Um kebab de carneiro de um carrinho de rua em Port Said deixa Digby de quatro, confinando-o à cabine por dois dias, tempo suficiente para apreciar as palavras de despedida do professor Alan Elder em Glasgow. Quando se recupera, já cruzaram o canal de Suez e agora passam por Bab-el-Mandeb, o Portal das Lágrimas. O estreito de menos de treze quilômetros de largura conecta o mar Vermelho ao oceano Índico. De um lado da proa, vê-se Djibouti; do outro, o Iêmen. Salvo por um posto de três meses em Londres, Digby passou seus vinte e cinco anos de vida em Glasgow, e talvez ficasse por lá o resto da vida, e jamais veria essa confluência de águas, jamais descobriria, com os próprios olhos, que o canal da Mancha, o Mediterrâneo, o mar Vermelho e o oceano Índico, a despeito das personalidades individuais, são um só. Toda água se conecta, só a terra e as pessoas são descontínuas. E em sua terra ele já não pode ficar.

Sob seus pés, o navio é um ser vivo que geme e suspira. Ele passeia pelo deque de chapéu, mas as abas largas não impedem o sol de quicar na água e lhe bronzear o rosto, ressaltando a cicatriz pálida e denteada que lhe vinca a face esquerda, estendendo-se do canto da boca à orelha. Os humores e cores cambiantes do mar Arábico — cerúleo, azul, preto — espelham o fluxo e refluxo de seus pensamentos. O horizonte se eleva, depois mergulha, salpicos de água salgada refrescam seu rosto. Tem a sensação de que, embora esteja parado, salta para o futuro.

Digby espia uma cabine de primeira classe; envergonha-se da curiosidade, mas admira as poltronas e os sofás, as cortinas grossas de brocado, as portinholas que permitem o trânsito de camareiros e arrumadeiras. Há um marajá a bordo; ele e sua comitiva reservaram a primeira classe inteira. Digby vai de segunda, tem uma pequena cabine só para si. Há mais duas classes abaixo da dele, e a segregação é tão completa que ele apenas escuta seus ocupantes, jamais os vê.

Um mar revolto torna a confiná-lo na cabine — enjoo, ou uma recaída da enfermidade provocada pelo kebab de carneiro. Ser médico implica não ter nenhuma objetividade em relação aos próprios sintomas. Quando se ausenta da sala de jantar por duas ocasiões, Banerjee, com quem compartilha a mesa, vai até sua cabine.

Alarmado ao ver que Digby mal consegue erguer a cabeça, o rapaz volta com uma canja e um elixir paregórico. O odor de cânfora e anis invade a cabine e aquieta o estômago. Banerjee — ou Banny, como prefere ser chamado por Digby — tem vinte e sete, vinte e oito anos, cara de bebê, compleição de menino criado com leite e nata, sem que carne alguma jamais lhe tocasse o palato; sua pele de um moreno suave, que ele protege do sol com cuidado, é mais clara que a pele queimada de Digby. Banny parece jovem demais para ser o advogado que é, formado depois de quatro anos de estudo em Londres. Seu percurso é muito parecido com o de Gandhi, ao fim do século passado — uma observação que Banerjee faz com discrição, mas cheio de orgulho.

Quando Digby volta à mesa de jantar, a sra. Ann Simmonds, esposa do coletor distrital na presidência de Madras, diz: "Hoje é pato", como se não tivesse notado a ausência do rapaz indisposto. Seu rosto largo não tem margens nem ângulos; lembra um buldogue, ele pensa, os mesmos olhos caídos e lacrimosos. Desde o primeiro dia ela assumiu o controle da mesa, comportando-se como uma passageira de primeira classe que escolhera jantar com a plebe por generosidade. Ouvindo sua conversa tediosa, como tem sido todas as noites, Digby se lembra dos três meses que trabalhou no Saint Bart's Hospital, em Londres — prêmio pelo primeiro lugar num concurso no terceiro ano de medicina em Glasgow. Antes de conviver com as enfermarias do Bart, ele não fazia ideia de que tinha sotaque nem que seu modo de falar fizesse os outros o considerarem provinciano ou estúpido. Foi uma epifania abrupta. Digby não conseguiu camuflar o sotaque por completo, porém era possível suavizá-lo;

lutava para evitar certas palavras, frases ou pronúncias que o estigmatizavam. Não que esses esforços tivessem ludibriado a sra. Simmonds, que basicamente o ignorava e agora dizia a um comensal do outro lado da mesa: "Nós, os ingleses, sabemos o que é melhor para a Índia. Quando chegarmos lá, você vai ver".

Naquela mesma noite, Digby passeia pelo deque com Banny. Apesar do elo que se formou entre os dois, ainda não discutiram política. Digby confessa sua ignorância em relação ao mundo para além de Glasgow, ou mesmo para além dos muros do hospital. "Vivi os últimos anos na enfermaria. Não tinha motivo para ler notícias, a não ser que um jornal surgisse debaixo de um curativo ou de dentro de uma barriga que eu tivesse acabado de abrir." Vinha compensando essa lacuna lendo os jornais na biblioteca do navio. As manchetes falam da intenção da Alemanha de se remilitarizar, apesar do Tratado de Versalhes. Um novo chanceler beligerante promete guiar o país para longe da devastação econômica. Mas quase não há notícias da Índia.

"Você pode perguntar à sra. Simmonds."

"Não, obrigado."

Banny sorri, polindo as lentes e cerrando os olhos. "Por que ir para a Índia, Digby?"

Digby avista nuvens ao longe, dispostas como se ao longo de um fio de prumo. Imagina a terra mais adiante. Estão descendo pela costa oeste indiana, passando por Calicute ou Cochim. "É uma longa história, Banny. Eu me apaixonei pela área de cirurgia. Fui bom estudante, depois bom residente. Ávido. Dedicado. Quando não estava em serviço, demorava-me no pronto-socorro, esperando a oportunidade de participar de uma operação. Mas, no momento em que chegou a época de seleção para uma vaga numa pós-graduação cirúrgica em Glasgow, descobri que não pertencia à congregação certa. E fora de Glasgow eu não tinha a menor chance. Então me juntei ao Serviço Médico Indiano, na esperança de fazer carreira como cirurgião."

"A questão era ser católico, não é? Como eles sabiam? Pelo nome?"

"Não. Meu nome pode ser protestante ou católico. Não é como Patrick ou Timothy ou David. Foi porque ganhei uma bolsa para estudar no St. Aloysius' College, uma instituição jesuíta. Isso eu não tinha como esconder. Mas, de todo modo, é como se eu emitisse sinais secretos." Digby olha para o companheiro com certa vacilação. "Sei que deve ser difícil de entender."

Banerjee ri. "Longe disso. É bastante familiar."

Digby se constrange. É estúpido dizer aquilo para um homem que viveu sob o jugo inglês a vida inteira. O caso é que Banny pode soar e parecer até mais britânico do que Digby. "Desculpe, eu…"

"Desculpas por quê, Digby? Você é uma vítima do sistema de castas. Fazemos o mesmo na Índia há séculos. Os direitos inalienáveis dos brâmanes. Direito nenhum para os intocáveis. Os menosprezados encontram outro grupo para menosprezar, salvo os mais rebaixados. Os britânicos apenas nos reposicionaram um degrau abaixo."

O navio circunda o sul da Índia e segue para a costa de Coromandel. À meia-noite, Digby vai sozinho até o deque. Das ondas negras surge um verde-azulado fluorescente, como se uma chama ardesse no fundo do mar. Ele é a única testemunha daquele espetáculo absolutamente belo, mas misterioso. (No dia seguinte o comissário lhe informa tratar-se de um caso raro de plâncton fluorescente.) Aquilo reforçou em Digby a convicção de que, com aquela viagem, finalmente extirpava de si o passado, como quem se livra de uma luva manchada. Mais do que nunca, livrava-se de uma Glasgow assolada pela Grande Recessão, livrava-se da conversa fiada, do último parente — livrava-se de tudo, menos da ferida purulenta que aquela vida lhe deixou. A única indústria que prosperava em Glasgow era a violência. Borbulhava na região do Gorbals atrás da velha enfermaria e em outras partes da cidade, dando as caras no pronto-socorro todas as noites. Como médico residente, Digby costurou muitos rostos cuidadosamente retalhados pelas gangues que viviam em conflito, os Billy Boys e os Norman Conks, sempre aquele par simétrico de cortes que subiam dos cantos da boca até as orelhas, marcando a vítima com o chamado "sorriso de Glasgow". Digby se sente afortunado por sua cicatriz ocupar apenas uma das laterais do rosto; a garrafa quebrada, menos afiada do que uma lâmina, deixou um vinco sinuoso paralelo ao original. É um estigma pálido de uma vida que quer esquecer. De Glasgow, até poderia perdoar a cicatriz, as decepções, o suicídio da mãe. Nada disso justificaria sua partida; mesmo a miséria, quando a gente se acostuma, tem seus confortos. O que não podia perdoar era que, depois de todo o tempo em que trabalhou como escravizado, depois da devoção quase maníaca à cirurgia, ele bateu à porta e não o deixaram entrar. Seu mentor, o professor Elder, homem para além de qualquer casta, embora de família rica de Edimburgo, fez o que pôde para ajudá-lo, sugerindo uma saída. "Conheço um lugar onde você acumulará uma experiência tremenda e, com sorte, encontrará grandes mentores na cirurgia. Já considerou o Serviço Médico Indiano?" *Você sempre cruzará com seu destino*, pensa Digby. Era uma frase que a mãe dizia: seu destino sempre chegará, de um jeito ou de outro.

Quando desembarca em Madras, sente que chegou a outro planeta. A cidade tem uma população de seiscentos mil habitantes, e a maior parte deles está no cais, ou pelo menos é o que lhe parece, a julgar pela cacofonia, a confusão, o calor. Ele inspira os odores de couro curtido, algodão, peixe seco, incenso e água salgada, as notas mais proeminentes do cheiro ancestral dessa velha civilização.

Estivadores pipocam dos porões do navio como colunas de formigas, curvando-se sob o peso dos sacos que levam sobre os ombros, o suor lustrando a pele escura. Mulheres aglomeradas na porta da alfândega compõem um buquê de sáris verdes, vermelhos e laranja, com padrões inusitados. Fascina-o uma pedrinha brilhante em um nariz aqui, um ponto vermelho numa testa reluzente ali, acolá o ouro pendendo das orelhas, refletindo o acabamento carregado dos tecidos. As carruagens e riquixás enfileirados do lado de fora têm todas as cores do arco-íris. A paleta vibrante e desinibida de Madras é uma revelação. Algo que se tencionava dentro dele se distende.

No alpendre da alfândega, ele observa a sra. Ann Simmonds cumprimentar um homem baixo e robusto, provavelmente seu marido, o coletor distrital: nenhum dos dois parece muito contente com o reencontro. Ela marcha em direção a um pequeno carro, o queixo sempre para cima e o nariz atarracado apontando na direção de Westminster; arroga-se ares de nobreza.

"Oi! Eu disse não! Seu *babu* insolente! Quer tomar um sopapo?"

Digby vira-se para ver um inglês esbaforido erguendo-se atrás de uma mesa da alfândega, encarando Banerjee. A cena lhe dá calafrios, o reconhecimento doloroso de que, ao pisar ali, ele é também um dos invasores; ele tem o direito inalienável de ser atendido primeiro no passadiço, de ter os documentos rapidamente carimbados e de não ser tratado daquela forma.

No alpendre úmido da alfândega os ponteiros do relógio paralisam, esperando o desenlace. Naquela sauna, a respiração de Digby se acelera, e, por instinto, ele dá dois passos para intervir.

Nesse momento, outro oficial da alfândega intercede. Banerjee deseja apenas visitar um amigo em Madras, durante a parada de doze horas do navio com destino a Calcutá. O oficial-chefe lança um olhar impaciente ao subordinado, carimba os papéis de Banerjee e o deixa partir. Banny encara Digby. Seus olhos de pálpebras caídas estão duros como pedra, expressam o ressentimento obstinado e a resolução inabalável de uma nação subjugada que espera sua vez. Logo em seguida esse olhar desaparece. Banerjee dirige a Digby uma expressão estoica e parte em direção à saída destinada aos não brancos. Não se despede.

12. Dois grandes

MADRAS, 1933

O funcionário do hospital que o recepciona no porto fica chocado quando vê que Digby não trouxe um baú, apenas uma mala já bem surrada. Os dois partem de riquixá tracionado não por um animal, mas por um homem. O calor e um toque de *mal de débarquement* deixam Digby desorientado; aos poucos ele vai assimilando as vacas que se demoram no meio da avenida larga, o borrão de rostos escuros de ambos os lados, o sapateiro que labuta na calçada suja, os edifícios caiados, mais baixos do que ele esperaria, a aglomeração de barracas às margens de uma espécie de lagoa de água estagnada. Eles saltam à altura de um bangalô não muito longe do cais, próximo ao Longmere Hospital, o novo posto de trabalho de Digby.

Um homem baixinho de camisa e calça brancas, os pés descalços, lhe circunda a cabeça com uma guirlanda de jasmim e depois une a palma das mãos à altura do queixo. Muthusamy será o cozinheiro e criado de Digby. Para alguém acostumado a ter uma lata de sardinhas como café da manhã, almoço e jantar, Digby mal pode conceber a ideia de ter um cozinheiro particular, muito menos um que lhe oferece uma guirlanda de jasmim. Os dentes brancos de Muthu são como um farol em seu rosto preto como carvão; sua testa exibe três linhas horizontais desenhadas com cinzas — um *vibuthi*, marca sagrada hindu que Digby logo o verá traçar todas as manhãs após acender

90

um incenso de cânfora e rezar diante do pequeno ícone de um deus aboleta-do numa prateleira da cozinha. Muthu parte o cabelo grisalho ao meio e o fi-xa para trás com óleo; o homem irradia gentileza. Digby toma um banho e senta para comer a refeição que Muthu preparou: arroz com o que o cozi-nheiro chama de "frango korda" — frango num molho alaranjado. Digby es-tá faminto, e o korda misturado ao arroz é delicioso, uma explosão de sabores inéditos em seu palato. Está quase terminando quando percebe, tarde demais, que sua boca arde e a testa está encharcada de suor. Depois de aplacar aque-le incêndio com goles de água gelada, deita-se na cama, sob um preguiçoso ventilador de teto. Seu último pensamento antes de adormecer é que deve pedir a Muthu para maneirar os ingredientes inflamáveis, pois precisa se acos-tumar aos poucos. Digby dorme por onze horas seguidas.

Na manhã seguinte, o cirurgião-assistente Digby Kilgour chega para tra-balhar no conjunto de edifícios de dois andares que compõem o Longmere Hospital. Encontra-se tão perto do porto que o cheiro de alcatrão e salmoura chega às enfermarias. Digby vai se reportar ao cirurgião Claude Arnold, que, como o assistente logo fica sabendo, não é adepto de horários rigorosos. Uma hora se passa; de vez em quando o administrador encarregado do consultório repete uma frase curiosa: "O dr. Arnold está vindo diretamente agora, senhor". O administrador, a secretária anglo-indiana e o dublê de criado e ordenança de pés descalços sorriem para Digby. "Aceita um chá, doutor? Ou prefere um *degree coffee*?" O tal *degree coffee* revela-se doce e saboroso; trata-se de café misturado a um leite quente e cheio de espuma. Conforme lhe contam, o nome se origina das marcações no hidrômetro ou lactômetro, que medem o grau de pureza do leite, assegurando que ele não foi muito diluído em água.

Os ventiladores de teto agitam as bordas dos papéis sobre as mesas, con-tidos por pequenos pesos de pedra. Nada mais se move. Os três funcionários exibem certa habilidade langorosa na arte de não mexer nenhum músculo naquele calor paralisante. Os cílios da secretária bonita piscam toda vez que ela olha para o lado, uma espécie de código Morse, pensa Digby. A pele de seus braços adoráveis é escura, mas o rosto, coberto de pesada maquiagem, é de um branco pálido que o batom vermelho e os cabelos negros destacam. Lembra-lhe uma dançarina sob as luzes do palco.

Por volta do meio-dia, a equipe do escritório se põe a remexer a papelada; o criado fica de pé. Receberam algum sinal secreto. Minutos depois, um inglês louro e quarentão, vestindo um belo terno de linho branco e calçando sapatos marrons luzentes, materializa-se no umbral, entregando ao criado o capacete de cortiça. A aparição registra a presença de Digby com um erguer de sobrancelhas. Os ombros largos sugerem se tratar de um ex-atleta; ele é bonito, mas a tez pálida e os olhos inchados e avermelhados insinuam uma vida dissoluta. O bigodinho mais escuro que o cabelo parece meio ridículo a Digby.

O cirurgião-chefe Claude Arnold estuda o recém-chegado: vê um homem jovem com um bico de viúva no cabelo espesso, um vinco estranho e irregular na face esquerda, blazer amassado no braço e calças de lã que só um masoquista usaria em Madras. Digby se agita nervoso diante desse escrutínio. Claude Arnold demonstra a autoconfiança de um ex-estudante de uma boa escola, tipo Eton, que se depara com um colega socialmente inferior. Ao examinar os documentos do subordinado, os papéis estremecem levemente em sua mão. Oferece um cigarro; a sobrancelha ergue-se de novo quando Digby o recusa, como se o jovem tivesse falhado em outro teste. Por fim, depois de um cafezinho, Arnold se levanta e faz um sinal para o recém-chegado segui-lo.

"Você ficará encarregado de duas enfermarias cirúrgicas. Sob minha supervisão, claro", diz Arnold, por cima do ombro. "Ambas são enfermarias para os nativos. Para que você pague por seus pecados, meu caro. Eu me encarrego das alas destinadas a anglo-indianos e britânicos. Dois práticos vão trabalhar com você, Peter e Krishnan." Desfruta demoradamente do cigarro, como para mostrar a Digby o que está perdendo. "Não gosto de práticos. Preferia ter um médico de verdade, não um *babu* imitando um médico." Digby sabe que clínicos práticos fazem um curso abreviado de dois anos. "Mas é a Índia, sabe como é. Não podemos passar sem eles, pelo menos é o que nos dizem."

Arnold faz uma parada na enfermaria para nativos do sexo masculino. "Onde está a enfermeira-chefe Honorine?", pergunta, irritadiço, à enfermeira morena que corre para saudá-lo com um sorriso prestativo. Honorine foi à farmácia.

Alguns pacientes ocupam leitos dispostos em ambos os lados do cômodo alongado, de pé direito alto; outros descansam em esteiras entre as camas. Na parte externa há um alpendre coberto, com mais homens em esteiras. Um deles, com uma barriga grotescamente inchada e um rosto chupado que enfatiza os ossos da face, senta-se na beirada da cama, apoiando-se em seus bracinhos de vareta. Ao encontrar os olhos de Digby, sorri, mas o rosto está tão estragado que o sorriso mais parece uma careta ameaçadora. Digby acena. A visão do sofrimento lhe é familiar, é um idioma que transcende fronteiras. A enfermaria para nativas do sexo feminino fica do outro lado do corredor e também está cheia.

No momento, a ala dos anglo-indianos do dr. Claude Arnold conta com apenas um paciente, sob os cuidados de um estagiário. Os demais leitos cuidadosamente arrumados estão vazios. Arnold não mostra a ala a Digby. Essa enfermaria, como o jovem médico descobrirá mais tarde, é composta de seis quartos particulares no último andar, todos desocupados. Para questões cirúrgicas, os pacientes britânicos ou anglo-indianos bem-informados preferem o Hospital Geral, próximo à estação ferroviária, ou o Royapettah Hospital.

No segundo piso, duas salas de cirurgia conectam-se à área de higienização. "Hoje é dia de cirurgia para os pacientes de suas enfermarias", Arnold informa Digby. "Você fica com terças e sextas. Faz tempo que os nativos não têm um cirurgião. Bem, há os práticos que até poderiam fazer algumas operações, se eu permitisse. Mas então em pouco tempo abririam consultórios em alguma cidadezinha, apresentando-se como cirurgiões." Arnold aponta para o quadro de avisos. "Dê uma olhada", ele diz, desaparecendo de vista.

A lista de cirurgias daquele dia impressiona: duas amputações, uma fila de casos de hérnias e hidroceles e quatro I&Ds — sigla para incisão e drenagem de abscessos tropicais. Digby não vê nenhuma operação de maior complexidade. Arnold retorna com um brilho nos olhos até então ausente. Digby sente que dele emana certo odor medicinal.

"Então, você é cirurgião", diz Arnold, de repente, voltando-se para Digby com um charme inesperado, quase sorrindo.

"Bem, não exatamente, dr. Arnold. Passei o total de um ano e..."

"Bobagem! Você é cirurgião! Aliás, me chame de Claude." Esse novo tom amistoso é como o do capitão de um time de críquete que precisa de dez boas rodadas de seu último rebatedor. "Aprende-se cortando. Lembre-se, Kilgour, para essas pessoas, a escolha é entre você ou nada. Arrisque!" Os cantos de sua boca se elevam, como se ele apresentasse um segredo da profissão, ou talvez uma piada. "Bem, você já pode mandar bala", declara. Depois, dirige-se para um ajudante: "Arranje um guarda-volumes para o dr. Kilgour e o que mais ele precisar." Essa é toda a orientação que Digby terá.

Em um piscar de olhos, Digby se vê em trajes cirúrgicos, higienizado e enluvado. O cheiro daquela sala, a um continente de distância de Glasgow, lhe é familiar: éter, clorofórmio, fenol e o odor fétido de um abscesso recém-drenado. Mas as semelhanças com Glasgow acabam aí. Digby tem diante de si uma visão embasbacante, emoldurada pelas toalhas cirúrgicas: uma bolsa escrotal inflada, maior do que uma melancia, caindo até quase a rótula dos joelhos. O pênis está afundado no inchaço como um umbigo em um abdome obeso. Não foi o que imaginou ao ler "hidrocele" na lista de cirurgias. Digby esperava ver uma acumulação discreta de fluidos no espaço envolto pela *tunica vaginalis* que cobre os testículos. Já havia operado uma hidrocele unilateral em uma criança, havia sido um procedimento bem simples. Aquele inchaço escrotal, do tamanho de um pequeno limão, que ele guarda na memória, não é parâmetro para este colosso enrugado. Na sala de cirurgia contígua, há uma amputação em andamento. O prático não pode ajudá-lo. Claude desapareceu. E Digby agora vive o pesadelo recorrente de todo cirurgião: o paciente sob efeito do éter, a cavidade corporal aberta, mas uma anatomia irreconhecível. As pernas do jovem médico ficam bambas.

A enfermeira tâmil lhe sorri sob a máscara.

"Esse... é bem grande" — é tudo que Digby consegue dizer, as mãos enluvadas entrelaçando-se à maneira dos prelados.

"*Aah*, sim, doutor... Grande mesmo", ela concorda, num tom que sugere que "grande" é algo a se celebrar, e que coisas pequenas não são dignas da sala de operação. Seus movimentos de cabeça, como os de Muthu, o confundem: o que é "não" na Escócia aqui é "sim", contanto que haja um leve remelexo. "Mas acima do joelho", a enfermeira acrescenta, com uma nota de decepção. Digby leva um tempinho para entender que hidroceles (e também as hérnias de virilha, como descobrirá) são classificadas ali como "acima do joelho" ou "abaixo do joelho", e que só esta última é verdadeiramente digna de ser chamada de "bem grande". Se o espécime fosse um peixe, ela talvez o devolvesse ao rio.

Digby está encharcado de suor. Sente que lhe enxugam a testa antes que uma gota respingue no paciente — é a mão do ordenança descalço, agora encarregado da máscara de éter. A enfermeira apresenta a bandeja de instrumentos, esperando uma ordem.

"Para dizer a verdade, nunca vi nada assim tão grande." Digby está paralisado.

"Grande, sim", ela repete, porém com menos entusiasmo, sem entender por que o médico não vai em frente. Uma sósia dela em Glasgow talvez respondesse: "Sim, é um belo de um saco, e você já disse isso duas vezes, mas ele não vai encolher só com papo furado, então chega de conversa e passe a faca".

13. Da magnificência

MADRAS, 1933

Uma mulher branca e robusta adentra a sala de cirurgia; afobada, pressiona a máscara cirúrgica contra o rosto, desistindo de amarrá-la. Mechas de cabelo grisalho escapam pelas bordas da touca, ela também mal ajustada. "Sou a enfermeira-chefe Honorine Charlton. Quase alcanço você na enfermaria." Ela está sem fôlego. "Ah, coitado, Claude já te jogou às feras. Que coisa! Mal pôs os pés em terra firme." Seu sotaque tão forte e familiar marca de imediato sua origem: Tyneside, na Inglaterra.

Digby se afasta da mesa. "Enfermeira-chefe, eu…" Os olhos azuis dela, emoldurados por um ninho de belas rugas, entendem tudo.

Ela dá a volta na mesa, aproxima-se dele e sussurra: "Algum problema?".

"Não, não! Obrigado… Bem, sim… Estou um pouco perdido", ele confessa, sussurrando. "Queria ter examinado o paciente primeiro. Se pelo menos eu tivesse tido a oportunidade de refletir sobre a operação, revisar as etapas… Já operei hidroceles, mas, num caso assim, nem sei por onde começar."

"Sim, claro!", ela diz, acalmando-o. "Peter ou Krishnan poderiam te auxiliar, só que estão ocupados. Mas deixa eu dizer uma coisa: você não *precisa* de um assistente, porém, como é seu primeiro dia, se não se importa, eu mesma posso ajudar."

A vontade de Digby é dar um beijo em Honorine, mas ela logo sai para a saleta de higienização. Digby desentrelaça as mãos e, para se ocupar, refaz o arranjo de toalhas ao redor daquela grande melancia marrom. A enfermeira-assistente acena com aprovação. O jovem médico não está acostumado com tamanha deferência da parte da equipe. Em Glasgow ele era alvo fácil do departamento pessoal ou do médico-assistente, e a enfermeira o intimidava. Nesse caso não tinha nada a ver com religião, mas com a hierarquia médica, embora não se furtassem de perguntar onde estudara ou se inteirar de suas devoções futebolísticas — "Qual seu time favorito?". Digby se envergonha quando descobre que, na Índia Britânica, ele é apenas branco, o que lhe garante uma posição superior. A enfermeira nada acrescentará a esse constrangimento.

Muito polida, ela pergunta: "Dezonzequinze, doutor?".

"Ele solicita a lâmina onze, obrigada, senhorita", responde a enfermeira-chefe, retornando a tempo de decifrar a pergunta, e agora falando com um sotaque digno da BBC.

Honorine segura a bolsa escrotal com as duas mãos, como se plantando uma bola de rúgbi na linha do gol. "Temos tanta infecção filarial em Madras. Entope o sistema linfático. As pernas inchadas, elefantíase, chamam mais atenção, mas há umas cinquenta dessas belezinhas para cada perna inchada." Ela aperta a grande bola para retesar a pele. "Eu faria primeiro uma incisão vertical um tantinho longa aqui." Indica uma região à direita da rafe mediana, a linha escura sobre o septo que divide a bolsa escrotal em dois.

A pele se parte sob a lâmina e o sangue germina pelas bordas. Aos poucos, enquanto estanca um vaso sanguíneo, Digby vai encontrando seu ritmo. Sua frequência cardíaca fica mais compassada. A ordem é restaurada.

Por sugestão da enfermeira-chefe, ele enrola um pouco de gaze no dedo indicador e puxa a pele escrotal do balão retesado até que o bolsão de fluido seja retirado por inteiro daquela metade do escroto: um ovo Fabergé brilhante e imenso.

"Agora você pode drenar. Vou pegar uma bacia."

Mas Digby já perfurou o balão. Um jato de fluido claro e amarelo acerta-o em cheio no rosto antes que possa se esquivar. Honorine segura a bolsa escrotal e aponta a fonte para a bacia. "Bem, você acabou de ser batizado, aí está, meu querido", diz, rindo. O ordenança enxuga os olhos dele.

Quando o balão murcha, Digby poda o excesso de pele dos testículos, deixando apenas uma aba, e então costura a ponta seccionada. "Dá pra fazer uma bela blusa com isso", diz Honorine, exibindo o tecido brilhante excisado.

Ele repete o procedimento do outro lado do escroto e fecha as duas incisões. "Muito obrigado, enfermeira. Não sei o que teria feito sem você."

"Pode me chamar de Honorine, meu querido. Você se saiu muito bem. É o mesmo tipo de operação que já fez na Escócia, mas aqui a patologia estava magnificada."

Aquela palavra captura a primeira impressão que Digby tem da Índia. É um termo que usará sempre que se deparar com uma doença conhecida manifestando-se em proporções grotescas nos trópicos: "magnificada".

Todas as manhãs Digby vai trabalhar de bicicleta, não tolera ser transportado de riquixá. Essa manhã, na pequena rua de seu bangalô, dá de cara com um carpete de flores amarelas caídas de uma grande canafístula. Ele vira na via pavimentada com macadame, bastante empoeirada, e ultrapassa um *dhobi* que leva um grande fardo de roupas lavadas na garupa da bicicleta. A figueira-da-índia no meio de seu percurso é um centro de comércio. De pernas cruzadas, o redator de cartas já está a postos, um papelão lhe serve de mesa e ele anota o que lhe dita uma mulher. Um ambulante dispõe bugigangas de plástico sobre um pano no chão; o removedor de cera de ouvido aguarda clientes. Do outro lado da árvore, o cartomante de túnica cor de açafrão embaralha as cartas, aquecendo-se, uma gaiola ao lado. Teve um dia em que Digby observou como o papagaio emergia da gaiola para escolher a carta que revela o destino do cliente; antes de retornar à pequena prisão, o pássaro lança aos céus um olhar saudoso.

Passando por uma barraquinha de chá, o jovem médico repara num freguês que cerra os olhos, tentando enxergar para além de suas córneas leitosas. Tem as sobrancelhas escassas e o nariz colapsado, em formato de sela — sofre de sífilis congênita, sem dúvida. Se tivesse a quem escrever, talvez catalogasse essas cenas matinais, descrevendo aquela gente tâmil pequena e bonita, com traços romanos bem desenhados, olhos cintilantes e sorrisos frouxos. Perto deles se sente pálido, macilento e bastante vulnerável ao sol.

Digby se dedica de corpo e alma à enfermaria dos nativos. Os práticos Peter e Krishnan são craques em pequenas operações: hidroceles, circuncisões, amputações, estreitamentos uretrais, drenagem de abscessos, remoção de lipomas e cistos. Generosos, eles lhe transmitem seus saberes. E Digby também os emula bebendo galões de água, com cápsulas de sal ou lassi salgado. O calor e a umidade não dão folga. Há uma breve estação de chuvas, dizem-lhe, mas tão tímida que mal merece essa designação.

Antes de sua chegada, pacientes nativos que necessitavam de cirurgias complexas — tireoidectomias, mastectomias, cirurgias para úlceras duodenais e ressecções de tumores de cabeça e pescoço — eram enviados ao Madras Medical College ou ao Hospital Geral. Agora, Digby assume algumas operações de grande porte com as quais se sente à vontade; entre essas, a mais comum é a cirurgia para úlceras pépticas. É inútil receitar terapia antiácida diária a um paciente que mal tem dinheiro para comer. Durante o procedimento, Digby não ataca a úlcera do duodeno avariado, optando por remover a parte produtora de ácido do estômago — uma gastrectomia parcial. Depois conecta o restante do estômago a um desvio do jejuno, contornando a úlcera. O jovem médico sente os olhos do professor Elder sobre ele, ouve sua voz a cada passo, enquanto sutura o intestino: "Se parece bom, está apertado demais. Se parece meio solto, está bom". Os resultados são emocionantes, com pacientes rapidamente livres de qualquer dor, podendo enfim comer. Nos dias de cirurgia, Digby sempre executa três operações desse tipo antes de qualquer coisa.

Um dos pacientes de úlcera péptica chega ao quarto dia de pós-operatório sem recuperar as funções intestinais. Digby diz a Krishnan: "Não entendo, a cirurgia correu bem, o pulso e a temperatura do paciente estão normais, a ferida cicatrizou. Por que o intestino dele não funciona?".

"Talvez precise que o senhor o tranquilize. Passe segurança e eu vou traduzindo."

Um Digby cético se acocora ao lado da cama. "Senthil, curamos a úlcera. Tudo está perfeito em seu corpo." Os olhos do homem estão fixos nos lábios de Digby, ignorando Krishnan, como se o idioma tâmil saísse da língua do doutor. "Logo você poderá comer qualquer coisa." Senthil parece aliviado; sua esposa tenta tocar os pés do médico, que fica sem jeito.

No fim do dia, quando Digby, Peter, Krishnan e Honorine tomam chá na sala dela, o estagiário estica a cabeça porta adentro: "Enfermeira! Senthil está com flatulência!".

"O Senhor seja louvado!", diz Honorine. "Quem peida vive."

Digby ri tanto que cospe o chá.

Arnold quase nunca é visto, e suas alas estão, na maior parte do tempo, vazias. Quando, no fim do expediente, Digby e a enfermeira-chefe descansam as pernas na sala dela, o jovem cirurgião não resiste e comenta: "Honorine, fico intrigado com Claude. Digo... Não entendo. Por que a ala dele... Digo, por que ele não...? Quero dizer...".

Honorine espera, deliciada com o embaraço do rapaz. "Veja só! Você demorou para perguntar. Bem, cedo ou tarde ficaria sabendo. E talvez exagerassem ao contar. O que há com Claude Arnold? Quem, senão ele próprio, pode dizer? Sabia que ele é o mais velho de três irmãos? Todos vivem na Índia. O mais jovem é governador, lá para os lados do norte, de um território maior que a Inglaterra, a Escócia e a Irlanda juntas. O do meio é o primeiro-secretário do vice-rei. Em outras palavras, ambos estão no topo do SPI." Ou Serviço Público Indiano, a máquina pela qual a bagatela de mil gestores britânicos controlam centenas de milhões de pessoas, um milagre administrativo. "Por que Claude não alcançou esses píncaros, bom, eis aí um mistério. O álcool tem grande parte nisso, mas pode ter vindo depois. Todos os irmãos são crias da velha Eton, ou da velha Harrow — alguma velharia dessas. Trata-se de um filhote de escola pública, isto é, um garoto promissor, que no entanto não prosperou como devia", diz a enfermeira, falando com o sotaque de Tyneside que a toma quando estão apenas os dois. "A educação pública é a alma e o coração do Raj. Você frequentou alguma dessas escolas, meu querido?"

Digby ri. "Você não perguntaria se achasse que sim."

"Acredite ou não, quase casei com um ex-aluno da Rugby School. As escolas públicas dão três ferramentas: conhecimento, etiqueta e esportes. Meu Hugh conhecia os clássicos, o latim, a *História da Guerra do Peloponeso*. Mas quebraria a cabeça se pedisse para ele botar Newcastle num mapa, entende? A ideia toda é 'Precisamos crescer, precisamos vencer'. Ensinam àqueles pirralhos que o destino deles é governar o mundo. Veja os edifícios magníficos daqui. Ou pense no durbar que celebrou a rainha Vitória como imperatriz da Índia — não que ela tenha vindo até aqui, claro. Esse método funciona que é uma beleza para intimidar os nativos. Mas só dá certo porque esses tipos do SPI, todos eles, acreditam que estão fazendo um bem. Estão civilizando o mundo."

Digby se surpreende com a raiva com que a enfermeira-chefe critica a missão do Império Britânico. Quando se alistou, o jovem médico não pensou muito sobre a questão. Mas, desde o início, sentiu-se mal com os novos privilégios. Nada pergunta à Honorine sobre o tal Hugh, e ela nada lhe diz por conta própria. Agora o humor dela azedou.

Honorine puxa uma garrafa de xerez e, ignorando as sobrancelhas soerguidas de Digby, enche dois copinhos. A doçura e o sabor de castanha e caramelo são uma revelação. O copo dele logo está vazio.

"Estamos fazendo *alguma coisa* boa por aqui?", ele pergunta, cauteloso.

Ela lhe lança um olhar gentil. "Sim, querido, você está! Todos estamos! Nossos hospitais, nossas rodovias, os telégrafos. Várias coisas ótimas. Mas a terra é *deles*, Digby, e nos apossamos de muitas coisas. Levamos chá, borracha; levamos seus teares para que tenham que comprar nosso algodão por um preço dez vezes maior…"

"Conheci um jovem advogado no navio que me trouxe até aqui. Um camarada muito amável que cuidou de mim quando adoeci. Ele disse que nossa saída da Índia é inevitável", comentou Digby

Honorine contempla o copo de xerez como se não tivesse escutado.

"Bem, vamos lá", declara, depois de uma pausa. "Já deu sua hora", acrescenta, tomando-lhe o copo. "Não discuta. Não posso ir embora enquanto você estiver aqui. Você cumpriu um belo dia de trabalho. Agora vá a um clube, como um bom *sahib*. Você merece um drinque de verdade."

14. A arte do ofício

MADRAS, 1934

Pela manhã, chegando à enfermaria dos nativos, Digby se depara com um bócio colossal. A protuberância vai da clavícula à bochecha, encobrindo qualquer ponto de referência do pescoço. O rosto parece uma ervilha sobre um cogumelo. Aavudainayaki é uma mulher magra com um sorriso largo que compensa a rudeza da doença. Unindo a palma das mãos, ela o saúda: "*Vanakkam*, doutor!". Quando chegou ao hospital, o hipertireoidismo causava--lhe palpitações e tremores, tornando-a intolerante ao calor. Duas semanas de tratamento com solução saturada de iodeto de potássio em gotas reverteram os sintomas e ela está contentíssima. Mas o medicamento nada pode fazer quanto ao imenso caroço que tensiona a pele de seu pescoço, revelando a treliça de vasos sanguíneos empanturrados na superfície do bócio.

"*Vanakkam*, Aavudainayaki!" Ele se sente mal por não ser capaz — ou não ser imprudente o bastante — de combater o bócio da paciente, mas se esforça para pronunciar o nome dela. Para remover a bolota ele precisa da orientação de um cirurgião experiente. O mesmo vale para os tão comuns cânceres de língua e de laringe, relacionados ao péssimo hábito de mastigar *paan*. Digby encaminhou Aavudainayaki ao Madras Medical College, mas ela se recusou a ir. Ninguém, senão o "doutor Jigiby", que lhe deu as gotinhas milagrosas, pode operá-la. Krishnan traduz-lhe os pensamentos: "Ela diz que só confia em você, e vai esperar até que aceite fazer a cirurgia".

"Honorine", o médico diz ao adentrar a enfermaria, "pare de alimentar aquele bócio. Juro que cresceu durante a noite."

"Ele não vai diminuir só com suas reclamações, Digby. Cancelei seus agendamentos de hoje. Vamos nos encontrar com Ravi, dr. V. V. Ravichandran, no Hospital Geral. Ele é brilhante... Leciona no Madras Medical College e é o primeiro catedrático indiano no campo cirúrgico. Quando o governador precisou operar, sua mulher discretamente convocou Ravi. Todos sabem que ele é o melhor; além disso, é muito gentil e bom professor. Conheci Ravi na época em que nos enviaram para Tanjore."

"Ora, ora, o que temos aqui?" Um indiano de calças brancas e camisa de mangas curtas chega leve e faceiro a seu consultório, com três médicos residentes a reboque, todos precedidos por sua risada aguda: "Então um assistente de Claude Arnold quer aprender? Que milagre! A maioria só pensa em fugir dele!". Animado, parece sempre à beira de uma crise de riso histérica, os olhos afundando-se no rosto redondo e sorridente. Digby sorri também. O dr. Ravichandran segura as mãos dos visitantes ao mesmo tempo. Seu cabelo prematuramente grisalho e ralo está penteado para trás. Na testa convexa seu *namam* é um garfo triplo na vertical: a listra central é vermelha; as dos flancos, brancas. Sinal que é adepto do vixenuísmo — considera Vishnu o deus supremo.

Ravichandran solta a mão de Digby, mas não a de Honorine; seus lábios grossos estão repuxados para trás, num sorrisinho sedutor que o jovem médico logo compreende ser permanente. "Dr. Digby, não fosse esta dama, eu teria tido um treco, teria morrido e sido cremado em Tanjore, tamanha a minha carga de trabalho todos os dias, da manhã ao anoitecer." Sua fala cadenciada faz Digby pensar em seu vizinho, o professor de música carnática que ensina aos estudantes todo o exército de notas intermediárias entre o dó-ré-mi ocidental. "Mas madame Honorine veio em meu socorro, sem questionar. Fez um cronograma. Incluindo aí o chá diário, que tomávamos juntos, rigorosamente, às quatro e meia. Depois eu precisava ir para casa. O atendimento particular só poderia começar às sete da noite. E mais: ela decretou que essas consultas não poderiam ocorrer em minha casa, para que eu pudesse dormir!"

"O que não serviu de nada, Ravi, já que você dava o endereço aos pacientes."

Ravi gargalha, sabendo-se incorrigível. "*Ayo*, Honorine, aqueles pacientes de Tanjore ainda viajam muitos quilômetros para me ver, embora eu tente dissuadir cada um deles!" Sua vaidade profissional é estranhamente charmosa.

Um empregado serve chá e biscoitos amanteigados; a estenógrafa chega com uma série de formulários, Ravi assina sem olhar. Um homem manco de pés descalços e uniforme azul, que Digby mais tarde descobre ser Veerappan, antigo paciente e atual motorista de Ravi, põe uma marmita de seis compartimentos sobre a mesa abarrotada do patrão. Destrava a estrutura deslizando uma lingueta e mostra cada compartimento para que Ravi confira o aspecto e o aroma. Em seguida fecha a marmita e sai, tendo inundado a sala com cheiro de coentro, cominho e lentilha.

"Vejo que algumas coisas não mudaram", diz Honorine. "Como anda sua mãe?"

"Passa bem, graças ao Divino. Digby, nenhuma outra mão prepara minha comida, só a da minha mãe, pois sou seu único problema na vida", e ri com certo ar travesso. "Se ela soubesse que dou tudo aos pacientes na ala séptica, iria destruir as panelas, se banhar no templo três vezes ao dia e viver de cevada e *ghee* por cinco dias. Mas ela tem suas suspeitas. Tão logo chego em casa, pergunta como estava o melãozinho, sabendo muito bem que não tinha melãozinho! Veerappan sempre traz outra marmita, minha mãe não sabe. Como mais tarde, quando faço visitas nas casas dos pacientes. Então cedo à minha fraqueza por korma de carneiro com paratha. Minha amada enfermeira-chefe Honorine foi quem me tentou e me corrompeu com seu purê de ervilhas com presunto — foi assim que minha vida de carnívoro começou. Um dia eu me redimo e doo todas as minhas posses — vestirei mantos cor de açafrão, irei a Benares e me retirarei do mundo."

Tudo isso se passa diante de um público de médicos residentes. Um contínuo entrega a Ravi uma pilha de minutas que ele confere sem perder o fluxo de pensamento.

"Glasgow, certo? Como queria visitar esse lugar! Edimburgo! Nomes sagrados para cirurgiões, não? Como teria sido maravilhoso prestar os exames. Ter aquele emblema de membro do Royal College ao lado de meu nome! *Ayo*, cheguei até a comprar o bilhete para o vapor que me levaria!"

"E por que não foi?", Digby pergunta, hesitante.

"Três mil anos de história", Ravi diz, com um ar grave. "Nós, brâmanes, acreditamos que o oceano é poluído e que se a gente atravessar suas águas para uma terra estrangeira, a alma apodrece; ficamos condenados por toda a eternidade..."

"Diga a verdade, Ravi", Honorine intervém. "Tem a ver com sua mãe."

Ele explode numa gargalhada. "Honorine está certa. *Ayo*, minha santa mãe... Minha partida seria seu fim. No meu caso, uma viagem para o estrangeiro seria matricídio. Supondo que ela sobrevivesse, o único problema que tem na vida retornaria tão poluído que, mesmo se eu ocultasse meu rosto, ela jamais poderia me dirigir a palavra de novo. Assim, fiquei. Mas me diga, Digby, o que fez *você* se arriscar à danação eterna e cruzar o oceano? Do que foge? Ou para onde?"

A cicatriz de Digby fica vermelha. O olhar sorridente de Ravichandran pousa nela com curiosidade e compaixão. Digby busca as palavras certas.

"Um cirurgião que enrubesce é melhor do que um cirurgião sem vergonha", Ravi diz a Honorine. "Não quero aumentar o desconforto de um homem que tem Claude Arnold como seu superior. Digby, sabia que há um Rolls-Royce estacionado em frente à casa de Claude? Sabe por quê? Porque eu tenho um. Meu Rolls foi o primeiro de Madras e tem sido uma farpa sob a derme de seus compatriotas. 'Vejam a ousadia desse *babu*'!", ele diz, tentando imitar um sotaque inglês arrogante. Sua risada interrompe a narrativa. "O governador também precisou comprar o dele. Muito mais tarde, tal como seu chefe. Mas o de Claude não sai do lugar, é tão decorativo como o *pottu* na testa de minha mãe. Digby, não sou casado. Trabalho duro. Por meu ofício abro mão das necessidades, mas devo abrir mão dos luxos? Em meu país, não posso me locomover como bem entendo?"

De súbito, Ravi grita para alguém que está atrás de Digby; o idioma parece um tâmil vulgar e rude, e o sorriso em seu rosto desapareceu. "Gente impaciente!", diz. O sorriso volta. "Sempre me apressando. Estou tão atrasado que o dia de ontem alcança o de amanhã. De qualquer forma, Digby, se a santificada Honorine gosta de você, então eu também gosto. Venha. Minha primeira cirurgia de hoje é uma ressecção estomacal para um provável câncer gástrico. Se não for tarde demais."

Na sala de operações, Digby faz as vezes de assistente, antecipando cada movimento de Ravi, mas tomando cuidado para não atrapalhar. Há uma massa dura como pedra pouco acima do piloro, onde o estômago se esvazia, localização em que mesmo um pequeno tumor não tardará a se fazer notar pelo paciente, que se sente farto depois de poucas garfadas. Ravi corre a mão sobre a superfície do fígado, depois retira os cerca de seis metros de intestino delgado, conferindo cada pedacinho em busca de metástases. A seguir, inspeciona a pélvis. "Não se espalhou. Faremos uma gastrectomia distal. Troque de lugar comigo. Serei seu humilde servo." Digby corta metade do estômago. Tendo

Ravichandran como habilidoso assistente, sempre lhe oferecendo sutilmente a melhor perspectiva e o melhor acesso, Digby tem a sensação de ser um cirurgião bem melhor do que de fato é. Quando termina, eles têm em mãos um pedaço do duodeno — para dentro do qual jorram a bile e o suco pancreático — e o restante do estômago.

"E agora, meu jovem amigo?"

"Vou fechar o duodeno. Depois conecto parte do jejuno ao restante do estômago." É o mesmo procedimento que ele usa para úlceras pépticas no Longmere Hospital.

"Uma gastrojejunostomia, então? Por que não conectar o estômago diretamente ao duodeno? À maneira de Billroth? Por que não manter a continuidade normal? Assim evitamos esse toco duodenal que depois pode vir a sangrar."

Digby une as mãos, as luvas manchadas de sangue até o nó dos dedos, o ventre aberto do paciente esperando uma decisão. "Para ser honesto", ele gagueja, "fiz muitas gastrojejunostomias no Longmere. Para mim seria mais complexo conectar o que sobrou do estômago ao duodeno avariado do que realizar algo que já faço com frequência e segurança. Sim, essa opção nos deixa com um toco duodenal cego, mas, nas minhas mãos, há menos chance de sangramento posterior do que conectando o estômago ao duodeno."

"Boa resposta! Uma cirurgia bem-sucedida nem sempre é feita com a melhor técnica! E, claro, se o câncer voltar, nada disso terá importância."

Trabalhar toda semana com Ravichandran no Hospital Geral é exatamente a educação cirúrgica que Digby buscava ao ir para a Índia. O jovem médico guarda toda pérola que o brilhante cirurgião indiano lhe oferece, e acompanha com atenção as operações de Ravi com outros assistentes. Enquanto isso, Aavudainayaki espera, inabalável na determinação de que o "doutor Jigiby" opere seu bócio. Para garantir vaga na enfermaria, ela auxilia Honorine e as outras enfermeiras no cuidado com os demais pacientes. Aavudainayaki já é parte da família.

Cinco semanas depois de conhecer Ravichandran, Digby leva Aavudainayaki ao Hospital Geral de manhã bem cedo, de riquixá. Ravi a cumprimenta com muita simpatia, em tâmil. Depois de apalpar o bócio, pede que ela erga os braços, de modo que os bíceps fiquem à altura das bochechas. Em pouco tempo o rosto da paciente escurece e congestiona-se, e o ar lhe falta. "Viu isso, Digby? Pode chamar de 'sinal de Ravi'. Significa que o bócio se estende até seu peito. Se não for possível atacar por cima, teremos que cortar pelo esterno. Uma operação nada rotineira."

A paciente, ansiosa, tem pressa de comunicar algo em tâmil a Ravi, que a tranquiliza. O médico traduz a conversa para Digby: "Garanti a ela que é o estrangeiro quem fará a cirurgia. Apenas auxiliarei o grande dr. Jigiby".

Ravi se agita com a paciente já anestesiada, solicitando primeiro um saco de areia maior entre as escápulas, para arquear bem o pescoço, e que o pé da mesa seja rebaixado para ajudar na drenagem das veias do pescoço inchado. "Pequenas coisas fazem uma grande diferença, Digby. Deus está nos detalhes."

Pouco depois do início da cirurgia, o campo operatório está tomado de pinças hemostáticas para estancar os sangramentos. Como Ravi previu, aquele bócio se estende até o peito; nem mesmo seus longos dedos podem resgatá-lo. "A colher de Ravichandran, por favor", pede à enfermeira. O longo instrumento que ela apresenta é novo para Digby. Ravi o insere cuidadosamente sob o esterno. Às cegas, só pelo toque, alavanca a parte inferior do bócio, retirando-o do peito. "Reconhece meu instrumento, Digby? É a lingueta em forma de colher que trava os compartimentos empilhados de minha marmita. Minha mãe culpa o motorista pelo desaparecimento dessas linguetas. É mesmo um instrumento de mil e uma utilidades. Pode-se comer curry de peixe com ela — ou pescar um bócio!" Quando terminam, Ravi parece preocupado. "A primeira noite é a mais perigosa. É essencial ter um kit de traqueostomia e uma enfermeira ao pé da cama, por favor." Há razão para se preocupar: os anéis de cartilagem da traqueia normalmente sustentam a abertura para a entrada de ar, mas os de Aavudainayaki estão enfraquecidos pela longa pressão do bócio. O inchaço pós-operatório acarreta o risco de um colapso dos anéis.

Digby tem um longo dia de atendimento e cirurgias no Longmere. Mas, depois do jantar, volta ao Hospital Geral. O sorriso de Aavudainayaki o recebera todas as manhãs nas últimas cinco semanas. Diante de tamanha fé, a ideia de que tudo termine mal o aterroriza.

À noite, todos os hospitais se tornam silenciosos, sepulcrais, o silêncio pontuado por poucas tosses e gemidos. Os passos de Digby ecoam no corredor quando ele cruza as enfermarias abertas. Uma enfermeira sentada sob uma lâmpada bastante fraca ergue os olhos, surpresa, e sorri timidamente. Digby guarda aquele sorriso. Sente saudade de uma relação mais próxima com uma mulher.

Encontra Aavudainayaki dormindo confortavelmente, um kit de traqueostomia ao pé da cama, mas nenhuma enfermeira à vista. Uma estagiária morosa e desleixada retorna depois de uma hora e se assusta ao se deparar com Digby, que a dispensa. Ele mesmo fará a vigília. Para passar o tempo, tenta desenhar os estágios da operação num caderninho.

* * *

Digby acorda com um miado agudo e o som de alguém que luta desesperadamente para respirar. Aquele som assustador, estridente, sinaliza obstrução da via respiratória. Ele salta para junto de Aavudainayaki, envergonhado por ter adormecido. O rosto horrorizado da paciente não revela nenhuma alegria por vê-lo: ela intui a morte iminente. Digby abre a bandeja de traqueostomia enquanto grita por ajuda. Esse é seu pior pesadelo: uma traqueostomia sob má iluminação, com uma paciente desesperada. Ele rasga as roupas dela e surpreende-se ao encontrar seu pescoço já não flácido como depois da cirurgia, mas inchado, como se o bócio tivesse retornado para se vingar! Corta três suturas cirúrgicas e um grande coágulo de sangue escorrega por seus dedos, uma bolha lúbrica e geleiosa que se deposita no lençol. A mulher se acalma no mesmo instante. Outros chegam, apontando lanternas para o corte, que não revela nenhum sangramento ativo. A traqueia está exposta, ele poderia facilmente realizar a traqueostomia, mas não vê sangramento novo, e a respiração de Aavudainayaki está firme, seu rosto tranquilo. Ela tenta até sorrir.

Digby devia levá-la para a sala de operação e, sob anestesia, explorar o corte, localizar o vaso e conferir se ainda há sangramentos internos. No entanto, são quatro da manhã. Para um forasteiro conseguir um centro cirúrgico naquele horário, só por milagre divino. Não quer ligar para Ravi. Ele deixa que a pele dela se dobre para a posição original, sem, contudo, suturá-la, apenas cobrindo-a frouxamente com gaze. *Ao menor sinal de sangramento, eu a levo para a mesa de cirurgia.*

Pela manhã, a equipe cirúrgica chega para a visita regular, Ravi à frente. Ele vê o grande coágulo se liquefazendo numa bacia. O sorriso de Aavudainayaki voltou, mas o dr. V. V. Ravichandran não sorri. Examina o corte. A equipe de estagiários e cirurgiões-assistentes está inquieta. "Quem de vocês checou a paciente à noite?" Silêncio. "Ainda bem que você estava aqui, Digby. Mas, tão logo esse coágulo escapuliu, o certo era levar a paciente para a sala de operação. Você tinha que ter me telefonado imediatamente."

"A respiração dela melhorou. Se…"

"Nada de 'se' ou 'mas'!", Ravi diz, ríspido, cortando-o. "No interesse de uma paciente, você pode acordar a mim e ao próprio Senhor Jesus Cristo. Para acordar o anestesista, será preciso intervenção divina. E mesmo assim deve levar a paciente ao centro cirúrgico. Sem discussão!" Olha furioso para Digby por alguns segundos, mas então sua expressão se desarma. Ele pega o caderno do jovem médico e confere os desenhos. "*Aah*, que beleza. Aqueles atlas cirúrgicos nunca sangram, não é mesmo?"

Quando Ravi e a equipe cirúrgica estão prestes a se retirar da enfermaria, ele se vira tão de repente que sua comitiva se atropela. Sua voz repercute pela enfermaria: "Dr. Kilgour, bons cirurgiões podem realizar qualquer operação, mas apenas grandes cirurgiões cuidam das complicações pós-operatórias".

Digby enrubesce com o elogio.

15. Um ótimo partido

MADRAS, 1934

"Nunca vi tantos fardados na cidade", diz Honorine. Ela e Digby estão no New Elphinstone Theater, refugiando-se do sol escaldante. O público da matinê de sábado é um mar de cabelos bem aparados, ao estilo militar, e calças cáqui. "E eu aqui achando que Longemere seria meu último posto. Se houver guerra de novo, farei minha parte. Mas o mundo enlouqueceu, se é que minha opinião te interessa. O Japão invadindo a China? E se decidirem que a Índia é a próxima vítima? Sem falar dos alemães, com esse novo chanceler. Não confio nem um pouco nele."

"Lendo o jornal, parece inevitável — a guerra, digo." Digby fica pasmo ao descobrir que um milhão de soldados indianos lutaram na Primeira Guerra Mundial, e que pelo menos cem mil morreram. Segundo os editoriais, se os indianos forem convocados de novo para lutar pelo Exército da Índia Britânica, só o farão em troca da liberdade.

"Inevitável? Deus meu, não diga isso!" Ela vasculha a grande bolsa de vime. Desiste, então aceita o lenço que Digby lhe oferece e enxuga os olhos. "Perdi meus irmãos mais velhos na guerra. Foi o que matou minha mãe. Esses políticos? Todos bandidos, Digby", diz, amargamente. "Se as mulheres estivessem no poder, não estaríamos enviando esses rapazes para morrer."

Se houver guerra, Digby será enviado para uma unidade militar. Vem-lhe à mente o professor Alan Elder em Glasgow dizendo que a guerra era a verdadeira escola dos cirurgiões. Não é um pensamento que Digby queira compartilhar com Honorine.

A sessão tripla termina com o filme *Luzes da cidade*. A comédia física de Chaplin mata os dois de rir. A doçura melancólica da história — um mendigo que se apaixona pela moça cega e arrecada dinheiro para uma operação que lhe devolva a visão — é o antídoto ideal para o burburinho sobre uma possível guerra.

Saem do cinema depois do que lhes parece uma vida inteira. Embora anoiteça, o calor segue sufocante, o ar parado. No mesmo instante, Digby sente gotinhas de suor formando-se nos lábios e nas sobrancelhas. Apesar do cheiro de *vada* frita vindo de uma barraquinha de rua, o calor lhe tira todo o apetite.

"Marina Beah", diz Honorine a um condutor de *jatka* cujos dentes longos, manchados de noz-de-areca, assemelham-se aos de seu pangaré; nem o homem nem o cavalo parecem muito entusiasmados com a ideia de se locomover.

"Chaplin redime todos os homens", ela diz, novamente de bom humor. "O amor verdadeiro vence tudo. Eu levaria Carlitos para casa se pudesse."

"Ele só não é muito bom de conversa."

"Isso seria a cereja no bolo!", diz Honorine.

Na Wallajah Road, o cavalo relincha, acelerando o ritmo. O condutor senta ereto. Honorine fecha os olhos e respira fundo. Digby sente as primeiras pontadas da fome.

Por meio de sinais sutis, como uma orquestra afinando os instrumentos, o evento diário que é central para a vida na costa de Coromandel se anuncia: a brisa do anoitecer. A brisa de Madras tem corpo, seus componentes atômicos entrelaçam-se para criar um fenômeno substancial que acaricia e refresca a pele à maneira de uma bebida gelada ou de um mergulho numa nascente de rio. A brisa varre a costa de cima a baixo, compassada, pontual, ininterrupta até meia-noite, quando já terá adormecido a todos. Ignorando castas ou privilégios, alivia os expatriados em suas mansões de sonho, o empregado descamisado sentado com a mulher no telhado da casa de um único cômodo e os desabrigados que se acocoram pelas calçadas. Digby já viu o sempre bem-disposto Muthu com a mente longe, sua conversa entrecortada e morosa, à espera do alívio que vem de Sumatra e da Malaia, ganhando corpo no golfo de Bengala, transportando aromas de orquídeas e sal, um ópio aéreo que distende, desenlaça e finalmente liberta a todos do calor atroz do dia. "Sim, sim, vocês têm seu Taj Mahal, seu Templo Dourado, sua torre Eiffel", dirá um nativo educado, "mas nada se compara à brisa do anoitecer de Madras."

A praia que surge à frente é tão larga que o azul do mar é uma fita estreita se dissolvendo no horizonte. Eles estão se aproximando do exato local onde pela primeira vez os britânicos se firmaram na Índia, num pequeno entreposto comercial precursor da Companhia Britânica das Índias Orientais. No século XVII, o entreposto precisou de um forte militar — forte Saint George — para armazenar especiarias, tecidos, joias e chás destinados à Inglaterra, protegendo tais riquezas das mãos dos senhores locais, dos franceses e dos holandeses. Madras floresceu dos dois lados do forte. Digby tem se familiarizado com a cidade, explorando-a de bicicleta, desvendando seus bairros. O velho bairro Blacktown passou a se chamar Georgetown depois da visita do Príncipe de Gales. Os anglo-indianos aglomeram-se em Purasawalkam e Vepery, ao passo que os estrangeiros optam por Egmore ou os subúrbios mais chiques de Nungambakkam. O enclave brâmane é Mylapore, enquanto a população muçulmana se concentra nas vizinhanças do Gosha Hospital e de Triplicane. Ele e Honorine chegaram à Madras Marina, concebida por um antigo governador de nome improvável: Mountstuart Elphinstone Grant Duff. O passeio na orla se estende por quilômetros.

Ao longo da marina e de frente para o mar há uma sucessão de edifícios imponentes, construídos para a eternidade. Digby tem a impressão de que os arquitetos se entregaram às fantasias orientais, erguendo para o império templos meticulosamente esculpidos. Ele e Honorine desembarcam em frente à Universidade de Madras. Seus minaretes elevados parecem ter copulado, dando à luz uma ninhada de pináculos, todos coroados com cumes brancos. Em luta na mesma estrutura, Digby vê elementos renascentistas, bizantinos, muçulmanos e góticos, certamente para provocar admiração e fascínio nos nativos, o jovem médico pensa. Como a torre do relógio da Singer.

"Eu *deveria* odiar esses edifícios", Honorine diz. "Mas vou sentir falta deles quando for embora."

Digby fica intrigado. Honorine viveu mais tempo na Índia do que na Inglaterra.

Vendo sua expressão, ela ri. "Oh, Digby, amo essa cidade. Amo morar aqui. Mas logo o país conquistará a independência. Não falo disso, porque seria heresia, não? Porém, claro, se os indianos nos deixarem ficar, ficarei."

Os dois formam um casal curioso, caminhando descalços na areia: a mulher robusta de cabelos grisalhos de braços dados com um jovem esquelético, cujos cabelos castanhos têm um toque arruivado, como se tivessem henna.

A cicatriz em seu rosto lhe dá um ar de menino. Sentam-se de frente para o mar. Três pescadores acocoram-se à sombra de um catamarã, fumando, de costas para a água.

"Não sabia nada da Índia quando me alistei", Digby diz, de repente. "Meu único propósito era adquirir experiência cirúrgica — como se o Serviço Médico Indiano existisse para me servir." Precisava falar alto, por cima das ondas que quebravam. "Duvido que me acostume aos privilégios de que desfruto aqui. Tenho medo do que poderia acontecer se eu me acostumasse."

Um jovem casal passa por eles, agarradinhos um ao outro. O jasmim no cabelo da moça deixa um rastro de perfume. A enfermeira-chefe os observa e suspira. "O que você está fazendo ao lado dessa velha, Digby? Você sabe muito bem que todas as minhas enfermeiras estão de olho em você."

Ele ri, envergonhado. "Não estou pronto para isso. É muita complicação."

"Ah, sim. Bem, comigo você está seguro."

"Quis dizer que…"

"Sabe qual é a questão com essas moças anglo-indianas, minhas enfermeiras e secretárias? A posição delas é fraca. Algumas talvez pareçam mais brancas do que você e eu, mas isso não conta. Elas pensam que, casando com alguém como você, vão se tornar britânicas. No entanto, a verdade é que você penaria para levar essas moças ao Madras Club. E seus filhos ainda seriam anglo-indianos e enfrentariam os mesmos obstáculos. Você, Digby, tem certo ar de alma ferida, meu querido, e é um cirurgião competente. Tudo isso faz de você um jovem atraente. Seja cauteloso, é tudo que digo."

Digby ri nervoso, grato ao entardecer por ocultar seu rubor.

"Não há nada a temer, Honorine. Me habituei à solidão. É mais seguro que…" Não consegue pronunciar a alternativa em voz alta.

O rosto de Honorine mostra tristeza. Ou será pena? "Perdoe, Digs. Deixe ela partir."

Por um momento, ele fica sem palavras. Ela é a única pessoa em Madras a quem ele contou a história da morte da mãe, dos anos difíceis, antes e depois. Os segredos vivem nos mesmos cômodos da solidão. Seu segredo — e seu fracasso — é que, depois da traição da mãe, já não pode se arriscar no amor.

"Já perdoei, Honorine."

"Ah, bem", ela diz, olhando para o mar, a brisa soprando seu cabelo. "Não é a mim que você tem de convencer, não é, querido?"

Antes do Natal, quando Digby está quase indo para casa, Honorine chega à enfermaria acompanhada de um homem branco alto e robusto. "Digby, este é Franz Mylin. O dr. Arnold internou a esposa do sr. Mylin há dois dias e ela não está bem."

Mylin tem a altura de um jogador de rúgbi, com tronco e pescoço largos. É ruivo e, no momento, seu rosto, contorcendo-se de raiva, também está vermelho. Sobem as escadas enquanto Honorine informa o essencial ao jovem médico, pesando as palavras para poupar o marido: os Mylins acabaram de voltar da Inglaterra, de vapor, e, nos últimos três dias da viagem, Lena Mylin desenvolveu dor abdominal e começou a ter crises de vômito que só pioravam. Ao desembarcar, vieram diretamente para o Longmere. O diagnóstico de Arnold era dispepsia. "Isso foi há trinta e seis horas", Honorine diz.

Mylin estoura: "Ele mal tocou nela quando chegamos. E não apareceu mais! Minha esposa está abandonada na cama, piorando a cada hora que passa".

A enfermaria dos britânicos está vazia, exceto pela figura de Lena Mylin, que lembra um pássaro imóvel na cama, a respiração acelerada. Mechas de um cabelo preto cacheado grudam-se à sua testa. Ela observa, apreensiva, a aproximação de Digby. "Por favor", diz Franz, "não se sente na cama. A dor piora ao menor movimento."

Só essa afirmação indica peritonite advinda de uma catástrofe abdominal, o que o exame de Digby confirma: o lado direito do ventre de Lena está rígido. O jovem médico nota a língua seca, os lábios quebradiços, um toque de icterícia nos olhos e a pele pegajosa. Quando lhe pede que respire fundo enquanto ele apalpa gentilmente a região à direita, abaixo das costelas, a mulher pisca e para de respirar. Os dedos de Digby encontram a vesícula. Ele não mede palavras. "Tenho certeza de que há uma pedra obstruindo a vesícula, que agora está dilatada, com pus." Evita a palavra "gangrenosa", para não alarmá-los ainda mais. "Ela precisa ser operada com urgência."

"O canalha disse que era enjoo!", Franz diz. "Onde ele está? Aquele criminoso!"

Na sala de cirurgia, tão logo Digby abre o abdome, ele encontra o que temia: uma vesícula dilatada e irritadiça, com nacos escurecidos de gangrena. *Aí está sua dispepsia, Claude.* Digby faz um pequeno orifício na bolsa inflamada. Uma gosma de pus amarela, bile verde e pequenos pigmentos de pedra derramam-se nas faixas de gaze e no aparato de sucção. Retira o máximo que pode do órgão, deixando apenas a parte colada ao fígado. Evita o ducto cístico por onde a vesícula se esvazia. Dissecar aquela região com uma inflamação tão intensa é arriscado demais. Os tecidos de Lena sangram com vigor. Antes de fechar a barriga, ele deixa um dreno de borracha perto do leito do fígado. Depois da cirurgia, a paciente está pálida e com pressão arterial baixa.

Digby corre para o "banco de sangue" — basicamente, um armário refrigerado —, onde, pela tipagem sanguínea, determina que o dela é do grupo B, o mais raro. O banco de sangue é uma inovação de sua lavra, uma das áreas em que o Longmere sobressai em relação aos outros hospitais da cidade. Após um quartilho de sangue, a pressão de Lena sobe, e a cor retorna a seu rosto.

"De quem era esse sangue?", Franz pergunta.

"Meu", Digby diz. Seu grupo sanguíneo faz dele um doador universal. Por sorte, tinha duas bolsas do próprio sangue armazenado para uma ocasião como aquela. "Vou dar a ela uma segunda bolsa."

Digby fica de vigília, junto com Franz. Ao amanhecer, o estado de Lena apresenta clara melhora. Ele descobre que os Mylins têm uma fazenda do outro lado da costa, perto de Cochim. O rosto de Franz relaxa quando descreve seu lar de tantos anos nos Gates Ocidentais, onde cultivam chá e especiarias. "Você precisa nos visitar, dr. Kilgour."

Ao meio-dia, Digby retorna e encontra Claude Arnold ao pé da cama, examinando a ficha de Lena, enquanto Franz espera, de braços cruzados e enraivecido, segurando-se para não falar nada. Lena evita olhar para Claude.

"Bem", diz Claude, registrando a presença de Digby. "Ao que parece, o dr. Kilgour salvou o dia." Sem mais delongas, passa depressa por Digby e se retira, antes que possam reagir. Digby tenta acalmar Franz, praticamente apoplético.

Mais tarde, quando Digby surge na enfermaria, Claude aparece em seguida. Talvez estivesse esperando atrás de um pilar. Se Digby achava que seu chefe fosse se dobrar, demonstrando gratidão, ele rapidamente se desilude.

"Você deveria ter se limitado a botar um dreno. Retirar pedacinhos de vesícula? Não é muito ortodoxo." Claude está de costas para a entrada da enfermaria e não vê Franz Mylin a suas costas. "Chamo isso de comportamento irresponsável e temerário, Digby."

Antes que Digby possa formular uma resposta, Claude se dirige para a saída. Com uma imprecação, Franz arremete e acerta um belo tapa no ombro dele. Sua arrogância é substituída por surpresa e medo. Digby salta para se colocar entre os dois quando Franz desfere um soco, mas o golpe acaba por acertar o peito de Claude, que foge. Franz ruge para o cirurgião-chefe do Longmere: "Volte aqui, seu covarde de merda! Quem é irresponsável? Como cirurgião, você não vale a metade do que vale Kilgour!". As palavras ecoam na enfermaria vazia. Durante o tempo em que Lena permanece internada, Claude mantém distância.

Lena acaba se revelando a parte mais sociável e comunicativa do casal. Sabe o nome de cada estagiário, e eles se desdobram por ela. O dreno é retirado em três dias; dez dias depois da cirurgia, ela recebe alta. No momento da despedida, Franz agarra os ombros de Digby; o grandalhão está comovido demais para falar.

Lena toma a mão do jovem médico. "Digby", diz, surpreendendo-o por usar seu primeiro nome. "Como posso recompensar? Você salvou minha vida. Ficaremos ofendidos se não for nos visitar. Você precisa de um descanso. Promete que irá?" A resposta atabalhoada de Digby não a convence. "Digby, você tem parentes na Índia?"

"Não, não tenho."

"Ah, tem, sim. Temos o mesmo sangue agora."

16. O ofício da arte

NATAL, MADRAS, 1934

Nungambakkam, onde mora Claude Arnold, é uma visão da Inglaterra plasmada numa tela do sul da Índia. Avenidas ladeadas de árvores com nomes como College Road, Sterling Road e Haddows Road. Nos jardins de casas e bangalôs, a topiaria é marcada pelo pássaro-na-pirâmide, a bola-sobre-bola e o coelhinho, com pouca variação; o coelhinho é a poda mais popular. Digby crê que seja obra de um *maali* itinerante, sobretudo porque os coelhos parecem mangustos.

Essa Madras fantasiada de Belgravia precisa ignorar a realidade do vira-lata que cai morto no meio da College Road; deve insistir que é de fato Natal, apesar da umidade que não faz pensar em neve e do calor impiedoso que revela que o cachorro não está de fato morto, apenas abatido pelo sol. O animal cambaleia ao pôr-se de pé, forçando Digby, que passa de bicicleta, a contorná-lo.

A casa de Claude, branca como porcelana, destaca-se contra a terra vermelha do acesso circular, tomado de veículos. Quando o sol começa a se pôr, lampiões a óleo dispostos entre as balaustradas na sacada do segundo andar e no meio das colunatas do térreo dão à residência um brilho etéreo. "Você deveria ser detalhista assim no trabalho, Claude", murmura Digby. Hesitou em comparecer à festa, mas acabou concluindo que não ir só pioraria ainda mais uma relação já estremecida.

No pórtico, um reluzente Rolls-Royce preto e verde. Antes que Digby encoste a bicicleta contra um muro, um empregado a recolhe, assegurando--lhe com um sorriso que ela será rapidamente escondida e que ninguém reparará.

O salão está repleto. Uma árvore de Natal paira sobre os convivas, "neve" de algodão pendendo dos galhos no ar abafado. As mulheres usam vestidos longos, alguns com decote nas costas, todos sem mangas, os ombros cobertos por estolas de seda.

Digby, suando da pedalada, só pensa em tirar o blazer. Passa por trás de três convidadas cujos perfumes florais evocam Paris ou Londres e ouve a voz de Claude, as palavras já um tanto embaralhadas: "… a *maharani* só podia beber no banco de trás, escondida por trás das cortinas, enquanto o motorista circulava pela propriedade". Uma mulher faz uma pergunta que Digby não consegue ouvir, mas escuta a resposta de Claude: "Um Rolls jamais enguiça, querida. Em raras ocasiões talvez não consiga prosseguir".

Digby passa por um armário cheio de troféus esportivos e fotografias de dois garotos de idades variadas, meninos e adolescentes. Um garçom oferece uísque; em vez do copo, Digby pega um guardanapo e se enfia na sala de jantar para enxugar o rosto e o pescoço discretamente. Sente-se maltrapilho e deslocado. A mesa, de carvalho maciço, as taças e bandejas de metal evocam--lhe os cavaleiros do rei Arthur. De costas para a festa e ainda bastante suado, Digby para em frente a três grandes quadros de paisagens. Sente raiva de si por estar ali.

Tudo bem, Digs. Em dois minutos você vai se meter ali de novo, apertará a mão do canalha, desejará feliz Natal e, como não tornará a vê-lo antes dos sinos de Hogmanay — que é como os escoceses se referem à véspera do Ano--Novo —, brinde tudo, dando-lhe parabéns pelas medalhas e desejando-lhe um ótimo ano. Porém, primeiro refresque-se, enxugue a testa e aprume o colarinho. Admire seu quadro pretensioso — um cenário pastoril, não é, Claude? Diga "muito bom" para seu patético laguinho com flores silvestres. Não, ninguém nunca pensou nesses termos. E esse último quadro… Floresta Negra, ele diz? Um monturo, digo eu. É tudo um lixo, muito obrigado. Molduras douradas que gritam "Merecemos um museu", mas é tudo lixo, e sempre será. Não importa o que digam…

"Não são lá grande coisa, não é?", diz uma voz rouca de mulher. Digby se vira e se sente desconfortável perto dela; é lindíssima, um dedo mais alta do que ele. Ambos dão um passo para trás. Seu *attar* almiscarado com notas de sândalo e de antigas civilizações é o oposto dos perfumes parisienses. Ele se sente transportado para o *boudoir* de uma *maharani*. "O garçom disse que você não quis o uísque. Trouxe um pouco de suco de romã. Me chamo Celeste", ela sorri.

Ah, por favor. Que não seja a esposa dele!

"Sou a mulher de Claude." Ela segura um copo em cada mão.

Seus cabelos castanhos estão presos por uma fita prateada, suspensos à altura do pescoço em um coque. Ela tem um rosto triangular e a arcada dentária superior levemente projetada, dando a impressão de que seus lábios fazem beicinho. De frente, seus traços são bonitos, vagamente andróginos. Ela deve ter a idade de Claude, quarenta e poucos. Três rubis flutuam sobre o esterno, presos numa corrente quase invisível.

"Digby Kilgour." Ele estende a mão, só que as dela estão ocupadas. O jovem médico pega o copo de suco de romã.

"Claude diz que você é um tremendo artista."

Como diabos ele saberia? Ela aguarda resposta com certa expectativa.

"Sou mais um admirador da arte", ele diz, enrubescendo. "Apenas tento capturar o que vejo."

Os olhos grandes da esposa de Claude, da cor de amêndoas, aquecem-se ao brilho dos rubis. Se o marido é distante e desatento, ela é o oposto, seu olhar é direto e curioso. Mas ele vê uma dureza ao redor de sua boca, que desaparece quando ela sorri.

"Pintura a óleo?"

"Aquarelas", ele responde. Ela espera. "Gosto do mistério, da imprevisibilidade do que emerge."

"Você faz retratos?", ela pergunta, erguendo a cabeça. Ela tem consciência de que está posando para ele? Sua intenção não é provocar desconforto, mas remediá-lo.

"Às vezes, sim. Eu... Há tanto o que ver em Madras. Rostos nas ruas, mulheres de sári. Figueiras, paisagens..."

Ela se inclina e sussurra: "Digby, dê sua opinião sincera sobre esses quadros".

"Ah, bem... Não são tão ruins."

"Então você gosta." Seus olhos de amêndoa fixam-se nele, que não pode mentir.

"Ah, eu não iria tão longe."

Ela ri. "São dos pais de Claude. Eu os desprezo — os quadros, você me entende."

Pela primeira vez naquela noite, Digby se sente à vontade.

Ela ergue a cabeça de novo. "Posso lhe mostrar uma coisa?" Celeste começa a se afastar, sem esperar a resposta. O convidado a segue, os olhos em sua nuca, onde o cabelo forma um padrão arbóreo. No salão perto das escadas há uma pintura simples sobre um tecido bege. Coisa de trinta por quarenta centímetros talvez, numa moldura de madeira rústica: uma mulher indiana sentada, a cabeça virada para um lado, os ombros para o outro. O estilo é infantil, simples, no entanto cheio de arte e cor. Não busca correção anatômica ou realismo, mas convence. Ele demora-se a estudá-lo.

"É extraordinário", Digby diz. "Só uma linha para o nariz, os olhos ovais… e as curvas sugerindo o sári, a postura do corpo" — ele traça os contornos no ar — "e com apenas três cores, a mulher surge! É simples mas cheio de técnica. Foi você que pintou?"

Aquela risada alegre de novo. A linha curva de seu pescoço emula a pintura. A impressão de grande estatura que ela transmite reside em grande parte naquela linha, e nos braços esbeltos. Sua graciosidade roça a estranheza, e aquilo o encanta.

"Não. Não pintei. Mas é meu. Tive de lutar para pendurar aqui. É uma pintura *kalighat*, do tipo que eu via em Calcutá, quando menina. São obras produzidas para os peregrinos que vão aos templos, vindo de muito longe. Em geral representam um personagem do *Mahabharata* ou do *Ramayana*. Se dependesse de mim, tiraria aquelas velhas monstruosidades e trocaria por essas belezinhas." Eles riem juntos. "Sim, tenho um quarto cheio de *kalighats*." Ela ergue o braço, o pulso em um ângulo recuado, os dedos esticando-se, como se, por meio daquele gesto, projetasse uma coleção de *kalighats* nas paredes. Os olhos de Digby deslizam pelo arco de seu tríceps, pela inclinação do antebraço, seu pulso, a curva do nó dos dedos, seguindo pelas unhas polidas direto para a parede. Em sua mente ele vê uma sala coberta desses retratos vívidos e únicos.

Digby força os olhos a retornarem à pintura. Com um dedo ele contorna a figura, tentando memorizá-la.

"Há certo lirismo aqui", ele diz. "Ainda que o artista produza um punhado dessas telas. Um vocabulário simples, mas eloquente."

"Exato! O que me fascina é que um aldeão faz uma peregrinação uma vez na vida e gasta seu rico dinheirinho em um souvenir que tem raízes na vila *dele*! É um artesanato local, como as cestas trançadas, mas esse artesão em particular foi para a cidade, aproveitar o mercado dos peregrinos. Então vende os produtos para seus velhos vizinhos, e a pintura termina pendurada numa parede na mesma vila onde tudo começou."

"Ou é exibida no salão da inglesa mais... perspicaz", Digby afirma, enrubescendo. A palavra "linda" flutua no ar.

"Quero crer que você está tentando me bajular", ela diz, com suavidade. Não parece incomodada. Um longo silêncio se segue. "Tenho outras *kalighats*. Seria inútil mostrar esses quadros àquelas pessoas. Elas tomariam por afetação." Acena alegremente para alguém, mas a expressão de dureza volta a surgir em sua boca. "Então, gosta de Madras?"

"Sim! A experiência cirúrgica é tremenda. E as pessoas são afetuosas, gentis."

Ele está pensando em Muthu, que cuida dele com muita afeição e se mostra orgulhoso de todas as tarefas que lhe cabem. Depois de alguns meses, Muthu trouxe timidamente a esposa e dois filhos pequenos para conhecê-lo. Eles agora são como família para o jovem médico.

"Digby, você já foi a Mahabalipuram?", ela pergunta, olhando-o com uma expressão inquisitiva.

"Já ouvi falar. Templos de rochas, não é?"

"Ah, é difícil descrever..." Ela desvia o olhar com um toque de melancolia. "É meu lugar favorito. Sei que você apreciaria. Prometa que visitará."

"Prometo."

"Imagine uma praia longa e bonita." Aquelas mãos mágicas começam a lhe conjurar imagens de novo. "E, de repente, você se depara com uma formação rochosa natural. Blocos de pedra maiores do que esta sala, e outros vinte vezes maiores do que esta casa. Alguns submersos, outros encalhados na areia. Artesãos dos tempos antigos esculpiram templos nessas pedras, alguns pequenos como casas de bonecas, outros do tamanho de um teatro, com assentos e tudo. Talhados a partir de uma só pedra, pode imaginar? Acredita-se que era um local de formação de escultores. Mahabalipuram é um dicionário contendo um amplo imaginário dedicado aos templos. Cada gesto tem um sentido. E todos os deuses estão lá: Shiva dançante, Durga e Ganesha. Leões, touros, elefantes — há mais animais ali do que no zoológico."

Digby é transportado para a praia em companhia de sua interlocutora e já pode sentir a brisa soerguendo o cabelo dela na nuca, além de ver por trás da mulher as silhuetas dos templos antigos ao entardecer; sente o sal respingando em seu rosto, o cheiro do mar misturando-se ao perfume dela. Então respira fundo, tragando tudo para dentro de si.

"Posso ver."

"Agora, fixe os olhos nas ondas que recuam. Vê aquela forma escura sob a água? Mais templos! Uma fileira deles. Ocultos pelo mar. Pelo tempo. As coisas dão um jeito de voltar quando você acha que desapareceram para sempre."

Uma explosão de gargalhadas roucas traz os dois de volta à realidade; a areia dá lugar ao piso de madeira, uma sala de visitas abarrotada, onde, em torno da árvore de Natal, o Raj se diverte, bandejas com copos de uísque são oferecidas por garçons de turbante, e ninguém consegue imaginar quando essa festa chegará ao fim.

"Foi uma bela viagem, sra. Arnold."

"Celeste, por favor. Sra. Arnold me dá a sensação de que sou mais velha que um templo submerso. Precisamos levar você lá o quanto antes. Essa turma aqui jamais iria a Mahabalipuram." Volta-se para ele, buscando seu rosto. "Me alegra que você goste daqui. Não está na moda dizer que gostamos, não sei bem por quê. Durante muito tempo achei que nossa permanência fosse temporária. Claude estava certo de que seria transferido para Calcutá, onde cresci. Ou Dheli. Por isso demorei para me organizar por aqui."

A casa parece muito bem organizada. No entanto, Digby acha que não combina com Celeste. Ele a vê em um pequeno palácio de Chettinad: um pátio central e uma piscina ornamental rebaixada, margeada por assentos de pedra onde se pode descansar, um balanço de teca para dois, a brisa entrando nos quartos...

"Lá se foram quase vinte anos, sabia?"

"Tenho certeza de que o novo cargo logo chegará", ele diz, gaguejando.

"Que o céu me proteja! Talvez sonhasse com isso no começo. Mas amo esta cidade. Meus filhos chamam de lar, embora só nos visitem ano sim, ano não. Por que partir? Se partirmos, Claude ainda será Claude, e eu ainda serei..." Celeste desvia os olhos para a pintura, estudando-a mais uma vez, como se fosse ela a hóspede sendo apresentada à coleção da casa.

Digby memoriza a silhueta dela: a testa, o nariz, o lábio superior com seu arco de cupido cedendo lugar à borda avermelhada do lábio inferior, deslizando por sobre a cartilagem tireoide e cricoide, até o vão macio acima do esterno. Ele gostaria de traçar o contorno com o dedo.

Celeste vira-se a tempo de ver o enrubescimento do jovem médico. O olhar dela demora-se sobre seu rosto, com uma expressão ilegível. Então ela passa a observar a sala. O ruído da festa os circunda, sem penetrar no casulo deles. Veem Claude, o rosto esbaforido, as pálpebras pesadas.

"Por que conto tudo isso a você, jovem Digby Kilgour?", ela pergunta, a voz rouca quase inaudível. Volta-se para ele de novo, esperando, com as sobrancelhas arqueadas.

"Porque você sabia que eu ia me interessar."

Há uma súbita dilatação das pupilas dela, seus olhos brilham. Os rubis sobre o esterno ascendem. Depois de uma longa pausa, ela diz: "Você não cometerá o erro que cometi, não é?". O olhar dela é suave e ao mesmo tempo sorridente, a expressão melancólica desapareceu.

"Que erro... Celeste?"

"De escolher ver no futuro companheiro mais do que as evidências sugeriam."

17. Raças à parte

1935, MADRAS

Owen e Jennifer Tuttleberry são dois amigos anglo-indianos de Honorine, e agora também de Digby. Ela trabalha como telefonista, ele é condutor de locomotivas. Owen passa o dia em pé, na plataforma de *Bessie*, sua grande "dama" sibilante, tendo diante de si uma infinidade de mostradores e alavancas. É um garotinho cujo sonho se realizou. A rota para Shoranur lhe dá poucas chances de descanso. "Vejo o sol nascer no golfo de Bengala", diz, "e se pôr no mar Arábico. Não sou o homem mais sortudo do mundo?"

Digby anda querendo um meio de transporte melhor. Um carro é caro demais, mas uma motocicleta de segunda mão pode ser interessante. Owen mandou avisar que pode vender a sua. Digby e Honorine partem de *jatka* para a Colônia Ferroviária de Perambur. Esse enclave murado anglo-indiano no extremo da cidade parece uma vila de brinquedo, pontilhada por casinhas idênticas. No descampado central, garotos jogam críquete com uma bola de tênis. Adolescentes se aglomeram perto dos balanços sob o olhar vigilante dos adultos. Não se vê um único sári ou *mundu* — apenas calças, shorts e vestidos.

Do lado de fora da casa dos Tuttleberry há um carro de marca não identificada, sem pintura, com soldas à vista. Owen leva Digby ao quintal para conhecer *Esmeralda*, que, por um precinho camarada, pode ser dele. O preço é de fato uma barganha, embora Digby tema que *Esmeralda* não seja a "joia cem por cento confiável" que seu dono diz ser. O homem prometeu expandir os conhecimentos de Digby acerca de assuntos mecânicos — um bom contraponto ao que ele já sabe sobre o funcionamento do corpo humano. *Esmeralda* é, em essência, uma Triumph, mas Owen admite que o tanque de combustível, o guidão, a forquilha dianteira, o suporte do motor, o chassi, o exaustor e o carrinho lateral de madeira foram fabricados na oficina da Estação Ferroviária de Perambur — ela é em parte uma locomotiva... Só o motor de cilindro único é original. "Ela é um pouco retraída no começo, até você conhecer melhor. Mas é leal como ninguém. Prometo que serei seu mecânico pelo resto da vida." Com Owen no carrinho lateral passando-lhe instruções, Digby liga *Esmeralda* e anda pelo enclave. Ao voltar, está apaixonado. "Ela é como parte da família, Digby. Se não tivesse meu carro, ficaria com ela. Você viu o carro? Uma belezinha, não? Só precisa de uma pintura."

Eles *têm* que ficar para o jantar: "Isso nem se discute". Honorine senta ao lado de um jovem de ombros largos que veste uma calça preta bem passada e uma camisa azul impecável, as mangas enroladas bem acima dos cotovelos, deixando à mostra bíceps poderosos. É o irmão de Jennifer. Tem a pele mais clara que ela e cabelo castanho-claro. Ele aperta a mão de Digby com força e declara: "Doutor, meu cunhado deve gostar muito de você para se despedir de *Esmeralda*".

Owen comenta: "Você está apertando a mão de um futuro campeão olímpico, pode escrever. Se Jeb não entrar para a equipe de hóquei, então já não sei de nada."

"Não fala isso que dá azar, pelo amor de Deus", Jeb diz.

Jennifer intercede: "Meu irmão não sabe diferenciar um bilhete de trem de uma beringela, mas supostamente é bilheteiro". Ela abre um sorriso largo, emoldurado pelo batom vermelho. "Eles lhe dão ovos crus toda manhã, carneiro no almoço, e ele joga hóquei o dia inteiro. Vida boa, não?"

O contraste entre a pele clara de Jeb e a pele escura do cunhado é admirável. Owen, com suas mãos pretas pela exposição ao sol e uma linha permanente de graxa contornando as unhas, é, dos dois, a alma mais simples.

Jeb vive com a mãe algumas casas mais adiante. Ela logo chega, trazendo a tia de Owen, as duas crianças do casal e uma sobrinha. A família se aperta em torno da mesa de jantar com os convidados de honra. Digby observa, encantado, esse quadro da vida familiar: os filhos sentados no colo dos pais, tio Jeb servindo um licor caseiro, Jennifer servindo um prato delicioso que ela chama de "pish-pash": arroz, carneiro, batatas, ervilhas e especiarias, todos os elementos cozidos juntos.

Owen olha com orgulho para a esposa. "Ela é um partidão, não é, doutor? Quem imaginaria que fosse se casar com um escurinho como eu?"

Quando deixam para trás os limites da colônia ferroviária, *Esmeralda* passa por aglomerados de cabanas e habitações precárias. O contraste impressiona: um enclave de anglo-indianos que exclui os nativos; no entanto, seus moradores também são excluídos pela raça governante com quem se alinham. A situação do jovem cirurgião não é muito diferente. Digby Kilgour: oprimido em Glasgow, opressor aqui. Aquele pensamento o deprime.

18. Templos de pedra

MADRAS, 1935

O motorista de Celeste estaciona em frente ao bangalô de Digby. Na casa contígua, a voz vacilante de um velho rege um grupo de garotas que cantam "Suprabhatam", hino cantado para despertar Lord Venkateswara, a divindade do célebre templo em Tirupati. Celeste sente que aquela escala parcimoniosa, a melodia e o ritmo do hino fazem parte dela. Janaki, a aia tâmil que a acompanha desde a infância em Calcutá, cantava-o enquanto lhe penteava o cabelo.

Depois que os pais de Celeste morreram, Janaki passou a ser toda a família dela. Anos mais tarde, quando Claude, apesar de seus protestos, enviou os filhos para o colégio interno na Inglaterra, Celeste sentiu a casa morta. Para tirá-la da depressão, Janaki a levou a Tirupati. De pés descalços, as duas se juntaram aos milhares de peregrinos que subiam a montanha, galgando degraus polidos por milhões de visitantes, e ali mais uma vez ela ouviu o hino. A solidariedade de tantos devotos, cada um com seu problema, deu-lhe forças. Quando Janaki raspou a cabeça, oferecendo o cabelo ao templo, Celeste fez o mesmo. Assim que as tranças caíram no chão, parecia que a dor se aquietava. Depois de horas na fila, ao pôr os olhos em Lord Venkateswara, Celeste sentiu os pelos de seus braços se arrepiaram. Aquele ser pacífico de três metros de altura, coberto de joias, não era um mero ídolo ou representação: era a própria encarnação de Vishnu, e a força que irradiava era tamanha que ela sentiu a montanha vibrar sob seus pés e sua vida mudar.

Quando Celeste voltou para casa, Claude poderia ter se informado sobre sua transformação, sua entrega à *seva*, se lhe tivesse perguntado. Mas não: ele olhou para sua cabeça raspada e ficou em silêncio. *Seva* significava apagar toda consciência do eu por meio do serviço. Para ela, aquilo se manifestava de muitas formas, como no trabalho voluntário semanal no orfanato de Madras.

Digby aparece com um *sanji* de pano sobre o ombro, uma opção de bolsa que poucos britânicos escolheriam. Entra no carro, nervoso e animado. Como um garotinho pronto para uma excursão, pensa Celeste.

A mão escura de Muthu entrega uma lata pela janela. "Saar esqueceu as samosas", ele diz.

"Posso?" Celeste abre a lata. Dá uma mordida em uma das samosas, o recheio ainda fumegante. "Divina", ela diz, inclinando-se para que os farelos não caiam sobre sua *kurta* laranja. "A melhor que já comi."

"Se senhorita gosta, faço mais", diz Muthu.

Enquanto o carro se afasta, Celeste ri. "Ele me chamou de senhorita. Como se eu fosse uma estudante." Digby sorri, sem dizer nada.

Nas redondezas de Adyar, cruzando o rio e o pântano aberto, Digby gagueja: "Confesso que não dormi a noite inteira".

"Não?"

"Temo ter passado a impressão de que entendo de arte. Não tive esse tipo de educação. Nunca vi os grandes museus europeus. Nos poucos meses em que trabalhei em Londres, nunca saí do hospital. É isso! Precisava confessar." A revelação o deixa corado.

"Digby, vou te desapontar. Não fui a nenhum grande museu na infância. Meus pais eram missionários em Calcutá. A gente morava numa casa de dois cômodos, com uma aia, não dez empregados, como outras famílias que eu conhecia. Mas não faça essa cara. Foi uma bênção! Como meus pais não tinham meios de me enviar para a Inglaterra, fui poupada da dor de ser extraditada aos cinco anos. Essa é a regra, sabe. Embarcar os pequenos para um colégio interno do outro lado do oceano. Claude fez isso com meus meninos. Ano, sim, ano, não, desembarca uma criança sempre mais alta. Ela aperta sua mão e diz: 'Olá, mãe', pois a memória de 'mamãe' já desapareceu."

Os péssimos amortecedores do Model T os embalam no mesmo vaivém, um ritmo que facilita a confissão. "Sorte minha que eles nos visitam. Outras crianças passam todo o verão com a 'vovó' Anderson ou a 'tia' Polly em Ealing ou Bayswater, que tomam nosso lugar por uma pequena quantia. É de uma crueldade inconcebível."

"Então por que agir assim?"

"Por quê? Porque a opinião médica respeitada é que, caso as crianças permaneçam na Índia, sucumbirão à febre tifoide, à lepra ou à catapora. Se sobreviverem, serão frágeis, preguiçosas e traiçoeiras. Não importa que milhões de nós tenhamos sobrevivido sem nenhum problema. É o que diz o manual do serviço público! 'A qualidade do sangue deteriora', de acordo com Sir Fulano de Tal, da Faculdade Real de Cirurgiões. Há boas escolas aqui. Mas, nesse caso, meus pobres filhos teriam de ser educados ao lado de anglo-indianos. Teriam sotaque, como a mãe, e seriam chamados de 'quinze *annas*' pelas costas, mesmo não sendo anglo-indianos." São dezesseis *annas* para cada rúpia, e ser alguém como Celeste significa carecer de uma *anna*. Aquela amargura, que o espanta, também a surpreende. Digby a escuta com todo o seu ser, oferecendo-lhe uma tela em branco para seus pensamentos, e ela percebe. *Deus meu, ele parece enamorado. Seja gentil com ele.*

"Eu não fazia ideia", ele diz. "Uma inglesa que nunca pôs os pés na Inglaterra."

Quando mencionou o novo cirurgião-assistente, seu marido disse se tratar de um católico de Glasgow — isso lhe bastava para classificar um ser humano. O homem ao lado dela é muito mais. Sem pensar, ela se aproxima e toca a cicatriz sinuosa em sua face. Digby enrubesce, como se com aquele gesto ela expusesse algo grotesco a respeito dele, embora a intenção dela fosse bem diferente. Celeste logo volta a falar, para quebrar o constrangimento de ambos.

"Mas conheci, sim, a pátria. Um amigo de meus pais pagou minha passagem quando terminei o colégio. Estava curiosa." Ela lembra de desembarcar no porto frio e nevoento em Tilbury e de ter o primeiro vislumbre da grande cidade de Londres. Os edifícios imensos que ela tanto imaginara eram cinzentos, pareciam asfixiados pela fumaça das chaminés. Nas rígidas cidadezinhas rurais, pequenas casas compartilhavam paredes, espremendo-se umas contra as outras, como *halwa* na confeitaria. Até as roupas nos varais eram cinza. "Ganhei uma bolsa para estudar numa escola que treinava garotas para serem missionárias. Mas o que eu queria mesmo era cursar medicina. Poucos meses depois de minha partida, meus pais morreram. Cólera", declara, sem meias palavras.

Ela se volta para o mar, agora visível à esquerda. Um carro vindo na direção oposta obriga ambos os veículos a puxarem para o lado, cuidando para não atolar na areia.

Quando ela se vira, Digby a está analisando, como um artista estuda sua modelo.

"Também sou órfão", ele diz, tímido.

Em Mahabalipuram, Celeste mostra a praia a Digby. À frente deles, a faixa leitosa de areia branca é interrompida por escuras formações rochosas que parecem cascos de navios naufragados. "Aquelas cinco esculturas talhadas a partir da mesma rocha são chamadas de *rathas*", ela diz, "pois têm forma de carruagem. São como que um comboio. Uma coisa interessante é que…" Ela se cala. "Não há nada pior do que um guia turístico. Digby, vá explorar. Eu te encontro na última *ratha*, com o elefante de pedra. É fácil de reconhecer." Ele parte sem protestos, o que a desaponta um tantinho.

Do lado de fora da primeira *ratha*, um par de figuras femininas grandiosas e curvilíneas mantém guarda; uma faixa de tecido mal lhes oculta os mamilos, e outra, o púbis. Celeste vê Digby pegar o caderno de desenhos. O que esse órfão da católica Glasgow — como soa pesada essa descrição — pensa sobre a presença de esculturas tão sensuais numa estrutura sagrada?

Ela toma assento à sombra da quinta *ratha* e tira os óculos escuros para examinar a obra-prima absidal. Após a primeira visita a Mahabalipuram, decidiu aprender tudo sobre a arte dos templos — uma jornada que a levou a organizar, anos depois, uma exposição com obras de pintores do sul da Índia. Um negociante de arte que comprou muitos dos quadros admirou sua curadoria. E deu-lhe o seguinte conselho: "Compre o que você ama de acordo com seu orçamento". A partir de então virou colecionadora. *É por isso que estou aqui? Quero Digby em minha coleção?*

Passado um bom tempo, ela avista Digby emergindo da quarta *ratha*. Ele vê Celeste, e uma súbita preocupação cruza seu sorriso — será que a fez esperar? Os dois seguem na direção das dunas, até o ponto onde o motorista os espera com um cesto, à sombra de um pau-rosa-do-pacífico. Ela estende uma manta. Diante deles há um rochedo de arenito de quinze metros de altura e trinta de comprimento, exibindo na superfície uma narrativa sem fim de deuses, humanos e animais. Esquecido de si — coisa rara —, Digby analisa o painel, devorando os sanduíches de tomate e chutney que ela trouxe. "O que é isso tudo?", ele pergunta, ainda mastigando.

"*A descida do Ganges*. Aquela fissura é Ganga, jorrando em resposta às preces do rei. Mas se caísse diretamente na terra, ela despedaçaria o mundo, então Shiva deixa que caia pelo cabelo dele — consegue ver, com o tridente? Aqueles pares voadores no topo são os meus favoritos. *Gandharvas*. Semideuses. Amo a forma como voam sem esforço. Dá para ver trabalhadores, anões, *sadhus*... Vê o gato de pé, se fingindo de sábio? E os ratos vindo em adoração? Tem humor, drama, sempre algo novo."

Digby se apressa para terminar o sanduíche e puxa o caderno. "Podemos ficar aqui um tempinho?"

"Claro! Trouxe um livro." Ela descansa recostada à árvore e abre um romance.

Ao despertar, encontra Digby a estudá-la. Quando terá adormecido? Senta e lhe estende a mão. "Posso?" Ele hesita, mas logo lhe entrega o caderno. Registrou algumas impressões rápidas, três ou quatro por página. Seus olhos de desenhista junto com seu conhecimento anatômico fazem dele um estenógrafo preciso das coisas que vê.

"Puxa, você tem peito! Digo, jeito! Não me entenda mal." Ele não exagerou os seios das figuras de pedra mais do que os próprios escultores, mas, de fato, seu lápis no papel branco os favoreceu. Capturara todos os gestos de mão, as mudras — todo um vocabulário para dançarinos. "Digby, estou sem palavras. Que talento!"

Ela passa a um desenho de uma mulher de óculos escuros, os lábios levemente entreabertos, como se sugando pequenos goles de ar enquanto dorme. Sua imagem no papel junto das figuras de pedra funde os séculos. Ela estuda esse outro eu. Lisonja não é a palavra certa para esse retrato. É empatia — a mesma qualidade das esculturas que os cercam. Os artistas antigos eram, acima de tudo, devotos. Sem amor pelo tema, a atividade deles se resumiria a talhar pedras; é a adoração que dá vida à obra. Sente o rosto enrubescer. Digby não tem malícia mas é hábil em desenhar a forma feminina, graças às horas de atenciosa contemplação e à intimidade macabra que sua profissão lhe garante.

Digby a observa com ansiedade. "Gostei", Celeste diz, com uma voz que parece de alguém que ela mal conhece. "Você tem um dom..." Claude alguma vez lhe rendeu uma homenagem como aquela? Sente-se invadida por um desejo urgente e desesperado de se libertar da vida atual.

"É uma fuga", ela ouve Digby dizer, como se lesse seu pensamento.

Ela cora de novo. "Perdão?"

"É uma fuga. Não um dom. Quando menino, desenhava mundos que em minha cabeça eram mais felizes que o meu. Rostos. Posturas. Exatamente o que vejo aqui."

O desejo de criar veio com o desejo de desmontar? Para recompor tudo de novo? "Escapar do quê, Digby?"

As feições dele se enrijecem, igual ao arenito. É como se ela tivesse tocado de novo na cicatriz no rosto dele. Por fim, Digby responde, numa voz animada que despista qualquer sondagem. "Eles não tinham vergonha do corpo, não é? Isso se vê bem. Sentiam-se à vontade na própria pele." O jovem médico a encara.

Ela concorda. "É verdade. Visitei os templos em Khajuraho, ao norte, com Janaki, minha aia. Esculturas admiráveis da intimidade de casais, cortesãos... bem, digamos que nada fica a cargo da imaginação. Os peregrinos ficariam escandalizados se encontrassem aquilo em um cartaz de cinema, mas na parede de um templo é sagrado. As esculturas apenas ecoam suas Escrituras. 'Isto é a vida', é o que diz a mensagem."

"Não há nada parecido na catedral de Glasgow, garanto!", Digby diz, deixando deliberadamente que o sotaque escape de sua usual vigilância. É recompensado pela risada de Celeste. "É sério", ele continua. "A primeira coisa que o cristianismo diz é que somos pecadores. Sempre abominei isso. Se ganhasse um centavo cada vez que minha avó dizia que todos os meninos eram ladrõezinhos mentirosos e que eu não era exceção... Desculpe, Celeste. Espero que minhas crenças, ou a falta delas, não te ofenda."

Ela balança a cabeça. Depois da morte dos pais, como se apegaria à sua fé? Ela e Digby estão cercados de fantasmas, e não apenas os daqueles antigos escultores que deixaram sua marca na pedra.

"Digby, como seus pais morreram?" A pergunta flutua no ar, como uma das *gandharvas*. O semblante de Digby se ensombra: um garotinho tentando se mostrar estoico diante do indizível. "Esqueça que perguntei, tudo bem?", ela diz. "Esqueça."

Os lábios de Digby se abrem, como se prestes a falar. Mas ele desiste.

Na volta, os dois ficam em silêncio. Ela sente o embevecimento daquela viagem no tempo, o presente que Mahabalipuram oferece aos visitantes. Mas seu companheiro a preocupa. Ambos são criaturas da perda. Celeste o olha furtivamente, seu queixo firme, os ombros fortes. *Ora, ele não é feito de porcelana chinesa. Ficará bem.*

"Celeste...", começa Digby quando chegam a seu bangalô, a voz áspera, carregada do silêncio que se acumulara durante o caminho.

Ela se aproxima e lhe toma a mão antes que ele diga qualquer coisa. "Digby, muito obrigada pelo dia maravilhoso."

"É o que eu ia dizer", ele retruca.

Ela sorri, embora se sinta tomada de tristeza e de um estranho anseio. Aperta os dedos, mantendo o próprio corpo sob rédeas, ereto. Olha para baixo, para as mãos dos dois, entrelaçadas.

"Você é um bom homem, Digby", ela diz. "Adeus. Pronto. Falei por nós dois."

19. Pulsátil

MADRAS, 1935

Digby jura a si mesmo que não pensará nela. Mas é impossível. Celeste está talhada em sua memória como uma escultura de pedra; seus pensamentos sobrevivem a uma estação chuvosa que não mereceu esse nome, a um tufão, que fez por merecer sua denominação, e a uma "primavera" que passou num piscar de olhos. Ele ainda consegue sentir o cheiro do mar, o sabor dos sanduíches de chutney, bem como conjurar o rosto adormecido de Celeste, que sugere tudo que ela suportou, mesmo que as cicatrizes sejam menos óbvias do que a dele.

Como consolo, Digby tem *Esmeralda*. Até agora ela confirmou o vaticínio de Owen: uma "joia cem por cento confiável". Tem muitas idiossincrasias, mas recompensa a paciência do dono. Nos fins de semana, ela o acompanha a novas paragens, investigando as franjas da cidade: o monte de São Tomé, a praia de Adyar e mesmo Tambaram.

Embora seu horizonte tenha se expandido desde seus tempos de ciclista, o círculo de amigos do jovem médico continua restrito: Honorine, os Tuttleberry e Ravichandran. Lena Mylin lhe escreve cartas afetuosas — passa bem, e Franz lhe manda lembranças. A certa altura envia uma fotografia do chalé de visitas na propriedade deles, onde, diz ela, o rapaz poderia pintar e relaxar. Ele promete fazer a viagem no verão, quando Madras se torna insuportável.

* * *

Digby e Honorine são os convidados dos Tuttleberry para o Baile de Outono do Instituto Ferroviário, que, segundo Jennifer, é um evento "im-per-dí--vel" — e ao que tudo indica ninguém na comunidade anglo-indiana o perdeu. Vovôs e vovós de cabelos grisalhos e os pequenos infantes cochilam pelos cantos, ignorando a presença no palco do conjunto Denzil and the Dukes, que toca de swing a polca. Uma cantora cheia de malícia junta-se a eles para "April Showers" e "Stardust". Digby observa um casal de meia-idade navegando pela pista de dança lotada; estão casados há tanto tempo que já deixaram incrustações no corpo um do outro.

Jennifer arrasta Digby para o salão, ignorando seus protestos. "Eu te ensino, não se preocupe", ela diz. "Não é mais difícil que fazer uma cirurgia." Ele, contudo, preferiria uma gastrectomia. "Use os quadris para conduzir", a mulher o encoraja.

A chegada de Jeb, irmão de Jennifer, acompanhado de um pequeno séquito de rapagões bonitos, cria uma pequena comoção. "O Príncipe de Perambur nos deu a honra de sua presença esta noite", ela declara, franzindo as sobrancelhas. Na mesma hora uma moça levanta da cadeira e parte indignada do salão, pais e irmãos em seu rastro, todos lançando olhares para Jeb, que se afasta — humilde, educado, os olhos no piso de concreto. Jennifer balança a cabeça: "Mary e Jeb namoravam desde o tempo em que os dois usavam fraldas. Ele chegou a lhe dar um anel. Até que, poucas semanas atrás, meu irmão deu um pé na bunda dela. Ainda estou brava".

De volta à mesa, Digby observa Jeb passeando pelo salão como um candidato a prefeito; acena para os Denzil and the Dukes, que lhe devolvem o cumprimento como se estivessem diante de um membro da realeza. Passa por Jennifer, que o ignora, mas ele se esgueira por trás dela e a ergue nos braços, levando-a para a pista de dança. Denzil and the Dukes atacam um chá--chá-chá; todos os olhos estão fixos nos irmãos; Jeb conduz a dança com habilidade, exercendo uma pressão suave com a ponta dos dedos e conduzindo tudo com os quadris. Digby inveja aquela destreza que sabe que jamais terá. Fica impressionado com o contraste entre os olhos azuis e o cabelo castanho de Jeb e os olhos e o cabelo negro de Jennifer. Se vestisse um sári, aplicasse henna no cabelo e pusesse um *pottu* na testa, ela bem poderia passar por uma moça tâmil, ao passo que Jeb poderia ser um inglês bronzeado, recém-chegado de um verão na Itália.

Numa série de rodopios Jeb devolve a irmã sorridente à cadeira e logo se volta para uma beldade jovem e modesta num belo vestido branco com estampa de rosas vermelhas e decote generoso. Porém é na mãe da moça, uma senhora corpulenta, que Jeb está de olho. De calça de cintura alta e camisa branca de smoking, o rapaz é como um toureiro conduzindo-a para o salão: finge admiração por seus talentos secretos e lhe dá oportunidade de provar que, vinte anos atrás, ela brilhava… Enquanto isso, a modesta filha fica cada vez mais aflita em sua cadeira, pois sabe o que Digby só agora percebe: que desde que Jeb adentrou o salão, tudo não passou de uma sequência de disfarces e pistas falsas, pois o destino estava selado, só havia uma garota no mundo para ele, e era a adorável filha da senhora corpulenta, a moça no vestido branco com rosas vermelhas, pois, claro, "foi amor à primeira vista, meu benzinho", e, por favor, esqueça as baboseiras que você ouviu sobre mim, porque era tudo conversa fiada daquela Mary e seus irmãos Charley-Billy-*po-po-gunda*, assim é essa gente da roça, cheia de histórias, lixo, sapos presos num balde tentando colocar para baixo uma alma corajosa que só deseja ver o mundo…

Digby não fica tão surpreso ao descobrir por Owen que a nova namorada de Jeb se chama Rose. Celeste, o jovem médico pensa, amaria toda aquela intriga e confusão. Mas ela é um devaneio, enquanto mulheres de carne e osso passam por ele em nuvens de perfume, lançando-lhe olhares e convidando-o a aventuras. Uma hora depois, quando Digby e Honorine se retiram, a dança segue firme.

Digby parte em baixa velocidade, o único compasso que *Esmeralda* aguenta com um passageiro no carrinho lateral — apenas um pouco mais rápido do que uma bicicleta. A brisa do mar hidrata e limpa. Digby desliza os óculos de proteção para a testa, o cabelo de Honorine esvoaça.

"É um mar de rosas para Jeb", Digby grita por sobre o ombro, a imagem do vestido branco coberto de rosas ainda vívida. Quer falar sobre Celeste, mas jamais a mencionaria, jamais pronunciaria seu nome a outra pessoa.

Honorine ri, gritando de volta: "Rosas seriam irritantes ervas daninhas se os botões nunca definhassem e morressem. A beleza reside em sabermos que ela não perdura".

Bem, Jeb com certeza sabe disso, pensa Digby. Mas e Rose? E, se a beleza está no efêmero, o que dizer das coisas belas que não podemos possuir? Talvez esse tipo de beleza dure para sempre.

A chegada dos dias de cão do verão marca o começo de outro ano no Longmere; Muthu registra a ocasião no calendário da cozinha.

Quando Digby passa pela antecâmara da sala de cirurgia, enxugando o suor com um lenço, reconhece um paciente numa maca. Os olhos azuis e a pele vagamente bronzeada do homem lhe dão uma aparência britânica, coisa rara quando se trata dos pacientes de cirurgia naquele hospital.

Digby confere a lista de operações de Claude e encontra um único nome por lá: Jeb.

"Não é nada", o rapaz diz, constrangido por encontrar Digby. "Um maldito abcesso." E aponta um caroço vermelho e irritado no pescoço. "Pensei em drenar com o dr. Arnold. Ele é fã de esportes. Assiste a todos os nossos jogos."

"Há quanto tempo o caroço está aí?", Digby pergunta, porém o que de fato quer dizer é: *Eu não deixaria Claude retirar nem um carrapato de minhas costas.* Ele examina bem a íngua.

"Ah, meses e meses, eu diria. Mas só agora começou a incomodar de fato."

Quando o assistente de Claude aparece pontualmente para levá-lo, Jeb se despede com um aceno animado.

Meses e meses? Aquilo não sai da cabeça de Digby. E começa a preocupá-lo.

Pede a um estagiário que pergunte a Honorine se ela pode comparecer à sala de cirurgia. Ele veste o uniforme cirúrgico e adentra a sala para conferir o tal caroço de novo. O clorofórmio já fez efeito, e os olhos de Jeb estão cerrados. O inchaço é forte e vermelho — parece, de fato, um abscesso. *Talvez tenha me equivocado*, pensa Digby. Mas, quando o toca com um dedo, percebe que a região não está quente como deveria caso fosse um abscesso. Em vez disso, o caroço lateja, como Digby temia.

"Ora, se não é o dr. Kilgour", Claude diz, aparecendo a suas costas, devidamente higienizado e uniformizado, bem quando Honorine chega, apertando a máscara ao rosto. Não é nem meio-dia ainda, mas Digby sente cheiro de bebida alcoólica. "Você já não tem trabalho suficiente na enfermaria nativa? Veio dar uma conferida?" Se Claude sorri, a ação com certeza não transparece em seus olhos e é ocultada pela máscara.

"Ah, desculpe. É que conheço Jeb", Digby declara. "Irmão de um amigo. Topei com ele na antecâmara." O jovem médico baixa a voz. "Eu me preocupo... Estou preocupado, dr. Arnold. Isso não poderia ser um aneurisma, em vez de um abscesso?"

Os olhos de Claude gelam e o ódio explícito que manifestam abala Digby. Por um momento o jovem se pergunta se aquilo não diz respeito à Celeste, mas os únicos pecados que cometeu estão só em sua cabeça.

Claude se recompõe. "Bobagem, meu velho. Você está aqui há bastante tempo, sem dúvida consegue reconhecer um abscesso. Está cheio de pus. Os vasos atrás dele é que pulsam. Estamos nos trópicos. Os abscessos piogênicos são mais comuns do que a acne."

Suas palavras não saem embaralhadas, são enunciadas com cautela. Ele pode estar certo.

"É que não está quente…", Digby argumenta. "Talvez uma pequena agulha inicial possa esclarecer…"

"É um abscesso cheio de pus", Claude diz, monocórdico. "Eu já abria essas coisinhas quando você ainda aprendia a pintar com os dedos sujos de tinta. Espere e veja."

O dr. Claude Arnold faz uma incisão no inchaço antes que o antisséptico seque. O pus jorra, grosso e cremoso; Claude vira-se para Digby e está prestes a dizer "Viu só?", mas no instante seguinte um jato de sangue, claro e arterial, o acerta na cabeça. Ele recua, pasmo, porém não se move rápido o bastante e é golpeado de novo, um jorro sincronizado com os batimentos cardíacos de Jeb.

Claude derruba um banquinho ao se retirar. Digby assume o comando, pegando toalhas cirúrgicas com as mãos sem luvas para pressionar o aneurisma, pois é disso que se trata: um enfraquecimento focal da parede da artéria carótida. Honorine abaixa a máscara e se prepara para ajudar.

O corte de Claude é tão longo e profundo que a compressão não estanca o vazamento. As esponjas, como os dedos de Digby, enchem-se de sangue, que escorre, formando poças no chão. O rosto de Jeb já está pálido, fantasmagórico. Quando Digby retira as toalhas, o sangue jorra com menos vigor. Ele costura os vasos grosseiramente, mas a essa altura o paciente já perdeu muito sangue e seu coração parou. Os olhos de Jeb estão entreabertos, e Digby sente aquele olhar que o observa, como se perguntasse: *Por que você deixou?*

O som da banqueta caindo atraiu a atenção de todos nas proximidades. Na sala de cirurgia há uma pequena multidão estudando o quadro tenebroso. "Mas que loucura!", diz Claude a dois metros de distância, rompendo o longo silêncio.

Está quase tão pálido quanto Jeb, exceto pelo sangue que lhe suja metade do rosto. Todos olham para ele, que oferece uma imagem patética.

"Aquela desgraça o teria matado de todo jeito", Claude declara. "Ninguém tem culpa", murmura e sai, cambaleante.

20. Em casas de vidro

MADRAS, 1935

Pela janela da igreja, Digby pode ver o cemitério. *Claude, quantas almas você enviou para cá?* O homem voltou ao "trabalho" no dia seguinte como se nada tivesse acontecido. Digby estremece quando uma voz interior o alerta: *Cuidado, Digby. Nenhum cirurgião é infalível.*

O funeral teve de ser transferido de Perambur para um espaço maior em Vepery. A comunidade anglo-indiana compareceu em peso, as mulheres de chapéu e véu negro. Ele mal consegue discernir o altar entre tantas coroas de flores ao redor do caixão. Uma fotografia emoldurada de um Jeb admiravelmente belo apoiando-se em um taco de hóquei lembra a Digby a imagem de Rodolfo Valentino. A igreja está quente, a cerimônia é longa, o ar tomado pelo aroma enjoativo das gardênias.

Quando os colegas do time de Jeb, uma falange de homens de blazer azul e calça branca, leva o caixão pelo corredor, o gemido de uma mulher estilhaça o silêncio, e os soluços preenchem toda a igreja.

Do lado de fora, Digby ouve alguém chamá-lo. Owen lhe agarra a mão. De ombros caídos, parece ter virado a noite. "Doutor, sabemos o que aconteceu na sala de cirurgia. Você tentou impedir."

Digby não disse nada para ninguém de fora do hospital.

"Estivemos com o superintendente do hospital", Owen diz, "Um filho da puta escorregadio que só queria proteger Arnold. O próprio chefão lá da Companhia Ferroviária peticionou o governador em nome da família. O governador ligou para o diretor do Serviço Médico Indiano e prometeu uma investigação. Não vamos deixar isso passar em branco, Digby." Owen procura os olhos do jovem médico. "Sei que ele é seu chefe e tudo. Mas, doutor, não proteja o filho da mãe."

"Owen, se me perguntarem, direi a verdade", Digby afirma, sem rodeios.

O outro assente. E completa: "Jeb não era santo. Não tinha maturidade e ainda se meteria em muitas confusões amorosas, mas não merecia isso".

Digby faz uma pergunta que martelava em sua mente: "Owen, por que Jeb não foi ao Hospital da Companhia Ferroviária?".

A razão era seu novo amor, Rose. "Ela é filha do superintendente desse hospital. Jeb era meio Don Juan, sabe? De qualquer jeito, Rose ficou enciumada quando soube que ele andava se insinuando para outras garotas por aí e contou para o pai, que por sua vez mora em frente à nossa casa. Ele bateu à nossa porta, fez um escândalo, depois o filho dele começou a dizer isso e aquilo de nossa família, resultado: uma grande *gumbaloda Govinda*, uma confusão dos diabos, com taco de hóquei, pedras, ossos e tudo mais. Até minha mãe deu uns chutes. Então é por isso que Jeb não foi ao hospital da companhia."

Para o editor do The Mail:

A morte de Jeb Pellingham, esperança olímpica do hóquei, é uma tragédia nacional. E o modo como sua família tem sido tratada é uma vergonha para todo o país. O sr. Pellingham morreu por negligência de um cirurgião do Longmere Hospital; contudo, apesar de promessas do governador de abrir uma investigação, dois meses se passaram sem que uma audiência fosse marcada. Enquanto isso, a família e os delegados da comunidade anglo-indiana não conseguem ter acesso a uma cópia do laudo do médico legista.*

O azar do sr. Pellingham foi cair nas mãos de um cirurgião de má reputação, que já fora mandado embora do Hospital Geral do governo. Nenhum europeu busca seus serviços. Ainda assim, ele permanece no Longmere, ganhando muito para fazer pouco, e esse pouco que faz resulta bem perigoso. O cidadão curioso deveria se perguntar se é porque um de seus irmãos é primeiro-secretário do vice-rei, e o outro é governador de uma província do norte... Por qual outra razão o assassino estaria sendo blindado?

Em outros tempos, nós, anglo-indianos, tínhamos orgulho de ser filhos e filhas de homens britânicos, desfrutando de todos os privilégios da cidadania. Não mais. Se a independência na Índia se concretizar, sem dúvida seremos ainda mais marginalizados. No entanto, o país depende de nós para o bom funcionamento de suas engrenagens. É hora de a comunidade anglo-indiana reconsiderar o apoio inabalável ao governo, que remonta ao motim de 1857, quando os rapazes do La Martinière College em Lucknow resistiram com bravura, ou às figuras heroicas de Brendish e Pilkington, no telégrafo de Delhi, que lutaram sob grande risco para sinalizar aos britânicos que os amotinados haviam adentrado a cidade. Na Primeira Guerra Mundial, três quartos da população anglo-indiana elegível serviu com distinção. Agora, porém, não aguentamos mais.

A Índia perdeu um bom homem na figura de Jeb Pellingham, e talvez sua melhor chance para outra medalha de ouro no hóquei. A indiferença à sua morte e a ausência de qualquer investigação é um golpe duro no coração da comunidade anglo-indiana. Não deixaremos que isso caia no esquecimento.

Sinceramente,

Veritas

Celeste larga o jornal sobre a mesa. Vê-se de repente numa casa de vidro, com toda a cidade de Madras à espreita. A seção de cartas daquele diário é mais popular que a primeira página. No mês anterior, os leitores ficaram mesmerizados com um debate acerca da contratação de indianos qualificados para o Serviço Público Indiano. Essa mudança na regra pretendia acalmar os ânimos dos indianos, mas os oficiais britânicos da velha guarda mostraram-se indignados com a diluição de suas fileiras pela presença de nativos. "Uma Índia sem a 'Moldura de Ferro' de um serviço público britânico colapsará", dizia uma carta, enquanto outra argumentava que "era sabido que os brâmanes fracassam quando aceitos nos postos mais elevados." Havia tantas mensagens de oficiais do Serviço Público Indiano (que assinavam apenas com a letra inicial do nome) que se falou disso como um "motim branco", para o desprazer do vice-rei.

A carta de "Veritas" traz o selo da verdade, ainda que impute ao marido de Celeste nada menos que um assassinato. Um homem que se mostra indiferente às queixas da esposa e que arranca seus jovens filhos de seu colo deve levar a mesma indiferença cruel para o trabalho. O segredo para *cuidar* de um paciente é *se importar* com ele, a mulher leu certa vez, e, se isso é verdade, Claude só poderia fracassar. Ele também nasceu na Índia, mas em uma família de militares. Por muito tempo ela achou que a ferida dele advinha de ter sido enviado à Inglaterra ainda muito jovem, separado dos braços de sua aia. Mas os irmãos de Claude passaram pela mesma situação, e ainda assim se tornaram pessoas generosas, prestativas e bem-sucedidas. Quando Celeste o conheceu, Claude tinha tudo para seguir caminho semelhante; ela se encantou com sua beleza, sua autoconfiança — e sua determinação em conquistá-la. Demorou a perceber que lhe faltava alguma coisa, e que essa falta custou a ele um casamento feliz e o progresso na carreira.

Naquela noite, ela está na sala de estar quando Claude aparece de roupa branca para jogar tênis. Seus olhos recaem sobre o *The Mail* largado à mesa. Ele não olha para a mulher. Vai à bandeja de bebidas e se serve de uma pequena dose.

"O gramado parece bem seco. Pode falar com o *maali*, querida?" Sua voz soa límpida, como num dia normal. Segue para o escritório com o copo, sem conseguir ocultar com o corpo o decanter de uísque que surrupiou da bandeja.

Na manhã seguinte, no café, os olhos de Claude parecem mais fatigados que o normal. Nem termina de descascar o ovo e se retira. Por um momento Celeste acha que alguma coisa no *New India* ao lado do prato o incomodou. Mas não: é o telegrama debaixo do jornal.

CARTA VERITAS PUBLICADA BOMBAY CHRONICLE PT TOBY CONSULTADO PT NÃO REPITA NÃO CONTATE TOBY OU A MIM EM NOSSOS ESCRITÓRIOS PT

É do irmão de Claude, Everett, o governador da presidência de Bombaim. Toby, o outro irmão mencionado no telegrama, é o primeiro-secretário do vice-rei.

Nos dias subsequentes, a seção de cartas do *The Mail* mantém acesa a questão da morte de Jeb. Claude não é mencionado, mas o vice-rei, seu primeiro-secretário e o governador da presidência de Bombaim sim, o que não deve deixá-los nem um pouco satisfeitos.

Duas semanas depois, o vice-rei vai a Madras para uma visita agendada, viagem que evitaria se pudesse. Quando seu comboio adentra a Estação Central, ele, parcialmente vestido, se surpreende ao abrir as cortinas de sua cabine e avistar uma falange de jogadores de hóquei uniformizados, com fitas negras atadas aos braços em sinal de luto, esperando em silêncio na plataforma. Atrás deles, quase cem pessoas seguram cartazes com o nome de Jeb e as palavras LIBEREM O LAUDO DA AUTÓPSIA! Silenciosos como fantasmas, todos.

O homem fecha as cortinas, lívido. Temia exatamente isso e ordenara que seu vagão fosse desacoplado ainda no galpão, antes de chegar à plataforma. O condutor, por algum motivo misterioso, não recebeu a mensagem e, por milagre, não se deparou com nenhum sinal vermelho à noite, graças a todos os chefes de estação anglo-indianos. Como resultado, o trem chega às seis da manhã, não às oito. A brigada policial que deve escoltar o vice-rei não está presente e, de qualquer modo, estaria esperando no lugar errado.

A multidão inclui repórteres e fotógrafos de todos os jornais indianos. Por fim, o vice-rei, enrubescido, o creme de barbear ainda lhe lambuzando a ponta de uma orelha, aparece na porta, põe a cabeça para fora mas não desce do vagão. Recebe respeitosamente a petição da mãe de Jeb. Depois, limpa a garganta, preparando-se para discursar, mas quando pronuncia a palavra "audiência" uma voz berra lá de trás: *Chaa!* Já ouvimos essa, não é, garotos?". Uma mulher grita: "VERGONHA, VERGONHA, VERGONHA!", e a multidão a acompanha. Os flashes das câmeras pipocam, e a autoridade volta para dentro, sofrendo a humilhação de ver seu vagão atacado por tacos de hóquei. Os jornais descrevem a cena com detalhes e fotografias límpidas.

Naquela noite, o primeiro-secretário do vice-rei vai à casa de Claude, surpreendendo Celeste. Dos três, ele é o mais bem-apessoado, ainda que mais baixo que Claude. Toby ignora o irmão e beija Celeste, entregando-lhe um embrulho que ela logo abre. Ele diz: "É um porta-joias antigo de marfim. Escolhi em Jaipur, já sabendo que presentearia para minha cunhada favorita".

"Sua *única* cunhada, Toby. Olha, é mara…"

"Celeste", Claude interrompe, "peça ao garoto para trazer a bandeja com as bebidas. Iremos para o escritório…"

"Qual a pressa, Claude?", diz o irmão, irritado. "E esqueça essa bandeja." O sorriso de Claude fica congelado, e ele nada diz. Quando se reúnem, os irmãos permitem que Claude faça as vezes de irmão mais velho. Celeste agora se pergunta se essa deferência não seria pena, uma vez que o ultrapassaram em tantos aspectos.

Toby não larga a mão da cunhada. "Celeste? Mande lembranças a Janaki, sim?"

Ao que parece, Toby não tem a menor vontade de entrar no escritório, pois quando Celeste alcança o topo das escadas escuta-o falando num tom bem diferente do que empregou ao chegar. "… de todas as asneiras que você poderia fazer, Claude! Realmente acha que o vice-rei quer ouvir seu lado da história? Não vê que isso só o constrangeria ainda mais? E a mim?" A resposta de Claude é inaudível. "Não, *você* escute agora", Toby diz. "Não! Muito pelo contrário. Vim aqui dizer que, por ordem do vice-rei, haverá, *sim*, uma audiência. Nossas mãos estão atadas." Ela não consegue ouvir a resposta que Claude resmunga, porém Toby o interrompe. "Chega! Nem mais uma palavra. Para todos os efeitos vim visitar Celeste e jamais discuti o caso com você. Nem o vice-rei nem nós, seus irmãos, vamos interferir. Não telefone nem mande telegramas. Tome juízo, Claude. Isso não é uma formalidade. O vice-rei quer a *verdade*." Segue-se um longo silêncio. Então ela o ouve dizer com mais doçura: "Sinto muito, Claude. Isso te colocará sob os holofotes. O passado *virá* à tona. Dê uma boa olhada no espelho. E, por Deus, fique longe do copo até que tudo isso acabe".

Toby lança um último olhar da porta e a vê congelada no patamar. A expressão no rosto dele é dolorosamente triste.

Os jornais noticiam que o vice-rei autorizou uma indenização para a família Pellingham e nomeou uma comissão liderada pelo antigo governador, dois representantes da comunidade anglo-indiana, o chefe do Serviço Médico Indiano e dois renomados professores do departamento de cirurgia das escolas de medicina de Bombaim e de Calcutá. A data é marcada para dali a dois meses. A comissão pode convocar testemunhas; sua conclusão acarretará efeitos irrevogáveis.

Nos dias seguintes, o casal vai tocando a vida separadamente. Se Celeste se sente à beira de um ataque de nervos, nem imagina como Claude está. Ele passa horas no clube, embora lá seja assunto de falatórios. Ficar em casa e encará-la talvez seja pior ainda; no clube, encontra refúgio em algum canto escuro, sozinho ou com colegas de copo, anestesiados demais para julgá-lo com severidade.

No fim daquela semana, quando ela retorna à casa ao entardecer, surpreende-se ao encontrá-lo. Ele logo se levanta e, antes mesmo que ela retire a boina, ele pede que lhe tragam um chá. Está completamente embriagado.

"Querida", Claude diz, "o dia da audiência está chegando." Ela não diz nada, as mãos no colo, imóveis. "É uma coisa política, sabe. Infortúnios acontecem em cirurgias, todos sabem. Acho que vou me sair bem. Tenho um plano." Ele sorri, animado. É preciso ter fé, nunca desistir.

Há novas bolsas sob os olhos dele. Os capilares espalhados por suas faces e seu nariz estão mais visíveis. Celeste talvez sentisse pena se ele demonstrasse algum remorso ou não lutasse tanto para esconder o medo.

"O caso, querida, é que as coisas podem terminar mal. Isto é, se seu *amigo* Digby decidir me caluniar."

"Ele é *seu* colega, Claude", ela diz, irritada. "Uma vez, séculos atrás, levei Digby a Mahabalipuram, e isso depois de te contar que faríamos o passeio."

"Bem, quem você acha que assinou Veritas naquela carta? Só pode ter sido ele."

Ela arregala os olhos. "Você está louco. Por que ele fingiria ser anglo--indiano?" É a primeira vez que eles falam da questão. Talvez por isso ela sinta sua raiva fervilhando.

"Ah, está na cara, querida. Inveja, o que mais? Ele quer meu posto. Acha que Digby estava lá *por acaso*, metendo o nariz na sala de cirurgia, quando isso… quando houve a complicação? Então, ele interpreta errado o que vê, e a fábrica de rumores começa a divulgar uma narrativa mentirosa. É contra isso que terei de me defender. Se ele insistir na versão dele, nosso navio pode naufragar."

Ele se cala e espera. Celeste parece prestes a rir na cara dele. E aí o verniz cortês de Claude começa a rachar.

"Pelo amor de Deus, Celeste, como acha que eu poderei bancar tudo isso? Você viveu confortavelmente todos esses anos, mas o poço pode ser mais raso do que você imagina…" Celeste vê o rosto de seus meninos; imagina-os retornando da Inglaterra, porque o pai já não pode pagar as mensalidades. É um pensamento feliz, ao contrário do que seu marido pretendia. "Se eu for dispensado do Serviço Médico Indiano, se eu perder o salário… Droga, Celeste! Será o fim de tudo."

E, uma vez que meus filhos voltem, eu não teria absolutamente nenhuma razão para ficar com você, Claude.

"A questão, querida, é que preciso ter certeza de que o jovem Digby não levantará falso testemunho."

"O que você quer, Claude?", ela pergunta, muito baixinho. "Diga de uma vez, pelo amor de Deus."

"Nada! Eu… Eu não quero nada de você, meu anjo. Mas devo dizer… Farei Digby saber que o citarei como interveniente em um processo de divórcio."

De início, aquelas palavras não fazem sentido. Todavia, logo ela entende.

"Claude, como você tem coragem de me usar assim? Como moeda de troca em seu esqueminha sórdido!"

"Mas, escute, não chegaremos a isso, querida! Digby vai mudar de tom. Só quero que ele se ponha em seu devido lugar. Quem confiaria na palavra de um homem que se atreveu a ir para a cama com a esposa do superior?"

"Ir para a cama… *comigo?*" Ela se surpreende com a própria compostura. As palavras do marido são tão desprezíveis que gritar com ele seria uma resposta bastante generosa. Em vez disso, ela fica olhando para ele por um longo tempo, observando. Sorri, o que, no momento, fere mais do que um tapa. "Claude, tolerei tanta coisa de você ao longo dos anos. Agora você quer salvar a pele com uma mentira que faz de mim uma adúltera? Foi o melhor que te ocorreu? Vamos esquecer Digby por um momento. Você não se importa nem um pouco de me caluniar? Não há mesmo nada de honra e decência em você para além das aparências? São esses os elementos que faltam a você. A seus irmãos, eles não faltam, e foi isso que fez toda a diferença para eles, você não percebe?"

Apontar os irmãos como padrão a ser seguido é provocá-lo. Mas ele não reage, não se abala, continua a olhá-la, suplicando, dando a medida de seu estado patético.

"Mas te garanto que não chegaremos a esse ponto. É apenas uma manobra", ele diz, debilmente. "Que diabo, Celeste, você tem uma saída melhor? Estou pensando no futuro de nossos filhos. No nosso futuro…"

Ela o olha com nojo. "Da última vez que me ameaçou com o divórcio também foi 'por nossos filhos'. Eu, tola, deixei que você me dobrasse e enviasse os garotos para longe. Nunca mais farei isso."

Levanta-se para sair. Ele a agarra pelo pulso. Celeste se solta com um puxão e volta-se para encará-lo. Claude recua.

No começo da noite de domingo, Muthu, espantado, aparece na porta do quarto de Digby, que lê, reclinado. O médico havia passado a tarde pintando e tirou uma longa soneca.

"*Saar*, visita! A senhorita, *Saar*", Muthu diz, retirando-se às pressas.

Que senhorita? Digby, intrigado, lava o rosto e veste uma camisa limpa. Vê uma bicicleta feminina na varanda.

Na sala de estar, quando reconhece a visita, lamenta não ter trocado aquelas calças salpicadas de tinta. Sente uma descarga de adrenalina, todos os sons se amplificam, do tilintar dos pratos na cozinha ao gorjeio do bulbul lá fora. Ela está de costas para ele. Digby se pergunta o que terá achado da decoração, dos cavalos de terracota na varanda. Ele viu versões enormes desses animais enquanto passeava com *Esmeralda* pelos vilarejos: oferendas a Aiyanar, que protege os homens da fome e da pestilência. No chão há um tapete de junco e seda de Pattamadai, feito à mão. Mas é claro que os olhos dela se fixam numa parede sem janela nenhuma. Do piso ao teto, toda ela está coberta de pinturas *kalighat* em toscas molduras de madeira, nenhuma maior que um cartão-postal. Uma vila inteira de *kalighats* a mira também. As mãos de Celeste estão no peito, congeladas naquele primeiro momento de surpresa.

Depois de um bom tempo, vira-se para ele.

Digby perde o ar. Ela é ainda mais adorável do que em sua memória. O brilho alaranjado do pôr do sol ilumina a lateral esquerda de seu rosto como uma figura num quadro de Vermeer. Ele pensa naquele adeus no carro, tantos meses atrás, tão definitivo.

Digby é o primeiro a falar, para aliviá-la daquele fardo. "Comprei as pinturas em Calcutá." Aproxima-se. "Fui incumbido de acompanhar a esposa do governador de Bengal, que adoeceu aqui. Dormi apenas uma noite, mas fui ao templo Kali nas…"

"Nas margens do rio", ela sussurra. "Cresci ali perto."

"Os vendedores ofereciam essas pinturas aos peregrinos. Eu mesmo era um deles." *Queria visitar a casa onde você cresceu, sua escola, a sepultura de seus pais…*

Ela assente com a cabeça, as mãos retorcendo um lenço bordado.

Estar na presença dela, sentir o cheiro de seu *attar,* é inebriante. "Fui ao ateliê dos artistas", ele continua. "O repertório deles vai além das imagens religiosas. Como aquela ali." E aponta. "Um célebre crime envolvendo um soldado britânico e sua amante indiana. Ou essa série com o tema do teatro da vida. Vê as cortinas típicas dos teatros ocidentais? Mas é Shiva que dança. Ocidente e Oriente em poucas pinceladas."

Chegaram àquele limite além do qual as palavras perdem toda utilidade. Parado tão perto dela, na própria casa… Não há mais palavras que Digby possa dizer, senão o nome dela. Soletrava-o no escuro, lançava-o contra o teto e as paredes. *Celeste. Celeste.* A última sílaba demorava-se pelos cantos, como um sussurro encurralado. Agora quer dizê-lo em voz alta. A voz se move, como se por conta própria, buscando a dela. Ele não tem como saber que, horas atrás, Claude agarrou o pulso da mulher, e ela se libertou com um puxão. "Celeste", ele diz, alongando-lhe o nome. "Celeste, há outras pinturas que você precisa ver." É a desculpa que encontra.

De mãos dadas, ela deixa que ele a conduza à sala contígua, seu "ateliê", que antes era a sala de jantar. Os quadros, acabados e inacabados, são do tamanho modesto das *kalights,* mas o tema é sempre igual: a mesma mulher. Ela vem à luz com economia de linha e cor: olhos amendoados; a massa de cabelos castanhos; a linha do longo pescoço; a sutil assimetria do maxilar, que obriga o lábio superior a um beicinho e que Digby considera a coisa mais bonita do mundo. Celeste tinha visto o protótipo daquela figura quando ele a desenhou à sombra da grande pedra em Mahabalipuram. O artista vê na modelo uma beleza mais nobre do que ela vê em si própria.

A mão dela se agita na dele, e Digby a conduz ao quarto.

Em uma terra onde papagaios de asas podadas predizem o futuro com cartas de baralho, onde casamentos são determinados por horóscopos, o pressentimento de Celeste de onde aquilo terminará — não apenas nos próximos minutos, mas nos dias e nas semanas por vir — faz com que tente desvencilhar sua mão, no entanto é tarde demais. Digby a puxa para si, e com um suspiro ela se deixa cair no corpo dele.

Nenhum dos dois sabe que sempre que buscarem um ao outro, furtivamente, no calor de um fim de tarde, começarão tal como hoje, diante da parede com as pinturas do vilarejo, cada figura emoldurada cantando a mesma nota, uma *raga* que é só deles. Digby resvala a língua nos lábios de Celeste, na face, na linha depois da tireoide e da cricoide, até chegar ao pequeno vazio acima do esterno. Quando a despe, ele recua e a move igual a uma dançarina, como se a fizesse posar, girando-a sobre um pedestal imaginário. Ele assimila sua figura alta e esbelta, os pequenos seios, a ondulação suave abaixo do umbigo, o clarão dos ossos pélvicos que são asas pairando sobre pernas longas como as da gazela, o frágil peito do pé e, por fim, os dedos, o vão curioso entre o dedão e o segundo. Digby absorve tudo, memoriza cada detalhe...

Celeste só teve um marido e um único amante, este último outro viajante na terra devastada de um casamento infeliz, e o *affair* não ajudou nenhum dos dois a encontrar um rumo. Ela sucumbe à falta de ironia ou de autoconsciência de Digby, uma inocência e uma pureza que lhe dão autoridade, como as linhas ousadas que ele desenha. A paixão dele por ela lhe chamusca a pele, lhe dá vida. Quem não desejaria ser amada assim?

Naquele momento, já não pode mencionar o propósito da visita. Ela *não* veio pedir seu silêncio, o que Claude provavelmente queria, mas alertá-lo para a acusação falsa e pérfida que logo ouviria: a de que os dois são amantes.

Se ela não diz, se os dois não param... então a acusação já não será falsa. Por que Celeste não fala? Por que ele não pergunta nada?

Ela precisa contar. Tem que contar.

21. Prevenido

MADRAS, 1935

Quatro dias depois, Celeste pedala até a casa de Digby. Cruza os trilhos para Kilpauk, evitando o centro da cidade. Contorna uma vaca e ultrapassa um trabalhador lutando com um carrinho entulhado de pedaços de metal. Ela agora vê Madras por novas lentes, já não é a Celeste de cinco dias atrás.

Um grupo de indianos nada sorridentes a encara. Estão na porta da hospedaria Satkar, um prédio alto e estreito na Miller Road. Parecem balconistas ou estudantes, vestem-se com roupas "modernas": um *dhoti* branco com casaco tweed — uma escolha absurda para o clima, mas não mais absurda que o terno de linho e a gravata dos funcionários do Serviço Público Indiano. Os chapéus ao estilo de Gandhi, com pontas arrebitadas, simbolizam o desejo por autonomia. Um deles grita *"Vande Mataram"* — "Viva a pátria" —, o slogan que está na boca de todo o país. O gigante adormecido está acordando.

Vande Mataram para vocês também, ela quer gritar. *Nasci aqui. Também é minha pátria.* É mentira? E daí que se sente mais indiana do que britânica, mesmo que desfrute de todos os privilégios? A vida junto a Claude é a maior das mentiras. O medo de perder os filhos a paralisou, impediu-a de se libertar. Tornou-a uma pessoa diferente de quem realmente é, e ela já não pode tolerar isso. No entanto, a mentira deplorável e covarde que Claude bolou para salvar a própria pele acabou virando verdade — ela *está* tendo um caso com Digby. Por quê? Por acaso o corpo pode explicar? Pode a mente encontrar justificativas depois do acontecido? Sente-se grata a Digby por despertar o que dentro dela andava adormecido, a parte mais verdadeira. Ele fez isso ao adorá-la em suas pinturas, ao fazê-la sentir-se humana de novo, ao *amá-la*. Celeste precisa da validação dele — ou, aliás, de qualquer pessoa — para existir? Se pudesse recomeçar, e se fosse mais jovem, Digby seria o homem que estaria buscando. Mas a essa altura da vida? Amor?

Ela pedala ainda mais rápido. Está correndo *de* ou *para*? Quando chega, sua blusa está empapada de suor. Minutos depois, afundada no corpo dele, os dois se movendo como um só, pergunta-se como pode ter sobrevivido por tanto tempo em um casamento em que conheceu uma intimidade como aquela apenas brevemente. O toque de Digby é uma droga inebriante; seu frescor, sua avidez torna tudo mais potente. A necessidade cada vez maior que sentem um do outro é uma escultura de areia que moldam juntos. Ela não reconhece a mulher descarada e exigente que comanda seu jovem amante, rolando--o para lá e para cá, até mordendo-o de tanta paixão.

Mas ao fim da cópula a escultura colapsa. O mundo e suas agonias voltam a perturbá-los. Mais cedo ou mais tarde, Celeste deverá enfrentar as consequências. Com as pernas trêmulas, ela se levanta e se veste. Digby permanece deitado, observando-a, seus olhos implorando para que ela nunca parta, para que fique para sempre. Não pronunciam o nome do marido dela. Mal conversam. Ele não pergunta quando a verá de novo.

Digby e Celeste logo deixam a prudência de lado. Nos dias em que ela não pode ir, ele acha que vai enlouquecer. Sua inquietação o leva a jogar tênis, uma obsessão recente, no Madras Club — refúgio de Claude. É no vestiário, depois de voltar das quadras, que Digby encontra uma carta no bolso de sua calça.

Kilgour: Por favor, perdoe esse modo de lhe transmitir certa informação. Faça disso o que quiser. É notório que seu testemunho pode condenar Claude Arnold, e quem escreve esta carta não derramará nenhuma lágrima por ele. Mas você deve saber que Arnold planeja pedir divórcio e envolvê-lo no processo. É, claro, um absurdo. No entanto, ao citá-lo, Arnold lançará dúvidas sobre seu testemunho. Não há razão para crer que a sra. Arnold esteja ciente disso. A mulher é um anjo. Meu palpite é que ela não tem ideia do que o marido planeja, o que só prova como ele é canalha. A intenção dele é fazer você recuar. Do contrário, talvez ele seja baixo a ponto de dar prosseguimento ao plano. Ele é do tipo que num piscar de olhos pode produzir evidências falsas. Caso você seja considerado culpado, a corte pode obrigá-lo a pagar uma indenização substancial. Praemonitus, praemunitus.

Alguém que achou que você tinha que saber

Homem prevenido a custo é vencido, é verdade. Mas o que fazer com esse alerta? E por que anônimo? Entre as pessoas que conheceu no clube, quem redigiu aquilo?

Ele dobra o papel e o guarda no bolso da calça. Está indignado, furioso, mas não pode negar que o estratagema de Arnold se confirmou verdadeiro. A caminho de casa, examina a carta de vários ângulos. Por um breve momento se pergunta se o próprio Claude não a teria escrito. Não, muito improvável.

Quase chegando, diz, em voz alta, dirigindo-se ao missivista anônimo: "Pretendo dar meu testemunho. Não tenho escolha. Eu vi o que vi. E não dou a mínima para meu nome, minha carreira ou o que as pessoas pensam". *E, se Claude se divorciar de Celeste, ela será minha.*

22. Natureza-morta com mangas

MADRAS, 1935

Às quatro e meia, enquanto toma chá no frescor da biblioteca, Celeste vê o Model T chegar. Claude cambaleia para fora do veículo, esbarra no Rolls--Royce estacionado e derruba o vaso de jasmim no caminho até a porta. Tem sido cada vez mais imprudente ao beber, e começa desde que acorda, ela suspeita.

Quando dá de cara com a esposa, Claude fica surpreso. Tenta se recompor, mas é inútil, seus olhos vagueiam.

"Como foi seu dia?", ele pergunta, caprichando na dicção, mas mesmo assim as palavras se embaralham. Ela não consegue esconder a repulsa. "Está olhando o quê?", ele pergunta, bravo, desistindo de toda polidez fingida e sem esperar que o motorista se retire.

No passado ela podia contar com a civilidade dele, a despeito de tudo. Não era essa a marca de uma educação *inglesa*, ao contrário de sua criação nativa? Ele talvez planeje puni-la com severidade, mas, até lá, puxará uma cadeira para ela à mesa de jantar.

"Pegue um drinque para mim, Celeste", ele diz, de pé em frente a ela.

Pelo menos não disse "querida". Ela se levanta e se afasta, com nojo daquela proximidade. Claude acha que ela está indo pegar uma bebida e diz, magnânimo: "Sirva-se também".

"Não, é cedo demais", ela diz. "Claude, se controle. Você não precisa de outro drinque."

Foi o mesmo que esbofeteá-lo.

"Celeste!", ele grita, apontando um dedo que tenta encontrá-la: "É bom você saber que…" Mas nisso perde o equilíbrio e cai, batendo a cabeça na mesa de centro. Ele toca a testa e os dedos ficam com sangue. "Ah, Deus", diz, numa voz assustada, e vomita sobre a mesa.

Olha pateticamente para a esposa, um fio de saliva pendendo dos lábios.

Ela dá uma risada amarga. "Claude, seu único talento real era ser um bom bebedor. Não sei por que fiquei tanto tempo com você." Celeste se retira e sobe na bicicleta. Há outra pessoa com quem precisa ser honesta.

Anoitece quando ela empurra a porta da casa de Digby, assustando-o. Ele está no ateliê, sem camisa, limpando os pincéis com aguarrás. Uma vela lança uma luz fantasmagórica sobre a natureza-morta que ele organizou sobre a mesa: um excêntrico pote de barro e três mangas. Ao lado dele, um sári de seda esmeralda, largado com displicência, de tal modo que parte dele cascateia no ar como uma cachoeira, o excesso dobrando-se para formar um buquê desconjuntado no chão.

Ela bebe um copo d'água. Quando estuda a face de Digby, percebe uma mudança. *Será que o pegaram?* Analisa a sala demoradamente, como se tentasse memorizá-la, e então se vira para ele.

Digby vê a expressão no rosto dela e logo entende que ela veio se despedir. Suas entranhas se petrificam. Uma lança foi enfiada bem abaixo de suas costelas, penetrando-lhe o plexo solar. *Ela é parte da manobra?*

Depois de uma longa pausa, ela diz: "Digby". Seus olhos brilham, lacrimosos. "Eu…"

"Não! Ainda não. Espere… Não fale." Ele se aproxima, inspirando seu perfume, vendo a umidade em sua testa, a marca circular deixada pelo chapéu. Na faculdade de medicina, assistiu a uma performance de Harry, o Alienista, em que ele arrancava pessoas da plateia e, apertando o dedo contra a própria têmpora, revelava detalhes íntimos impressionantes sobre elas. "Você decidiu ficar com Claude, é isso?", pergunta, incapaz de camuflar a amargura em sua voz.

"Não. É bem o oposto."

Ele abandona o roteiro. Suas feições se iluminam.

"Digby, vim dizer que Claude planeja entrar com um pedido de divórcio e que vai citar você como…"

"Eu sei." Agora é ela quem fica surpresa.

"O quê? Como?"

"Recebi uma carta anônima me avisando. No Madras Club. Alguém com nenhuma simpatia por seu marido. Mas o que *eu* quero saber, Celeste, é como Claude sabe."

A risada dela soa como o estalar de um chicote. "Ele *não* sabe nada sobre nós, Digby! É só um estratagema. Como ele não pode te ameaçar diretamente, vai me sacrificar para pegar você."

"Espere… Foi por isso que você veio aqui na primeira vez que…? No dia em que apareceu de surpresa? Veio em nome dele pedir que eu não testemunhasse?"

"Por Deus, não! Vim te prevenir. Na hora em que Claude me contou o que pretendia fazer — me transformar numa adúltera para limpar a barra dele —, fiquei furiosa e saí. Pedalei para fugir e acabei vindo aqui. Eu queria te prevenir." Um raio de raiva fere sua voz. "Mas acabei não dizendo nada, não sei se você se lembra."

As palavras de Digby saem carregadas de veneno: "Por que não disse nada? Por acaso concluiu que, já que não tinha como evitar, o melhor era vestir a carapuça? Ou disse a si mesma: 'Vou deitar com o pobre Digs antes que ele seja silenciado'? Talvez você *ainda* esteja mancomunada com ele…". Digby levanta a voz.

"Pare, Digby!" Ela se mostra calma, rigorosa e… ferida pelas palavras dele. "Se gritar, vou embora. Já tive o suficiente disso por hoje." Celeste se mantém altiva, ereta, a base das unhas empalidecendo enquanto ela aperta a bolsa, como se aquilo lhe garantisse uma passagem segura para o que quer que estivesse por vir. À luz da vela, ela é como a modelo de um artista. O artista a olha fixamente.

"Desculpe", ele pede, penitente e encabulado.

"Claude fará qualquer coisa para se preservar, incluindo me sacrificar. *Qualquer coisa* para pintar uma péssima imagem sua. Mas ele acha que o desenrolar dos acontecimentos não chegará a esse ponto. Acha que, se te ameaçar, você vai se dobrar — e torço para que não. Talvez ele pensasse que *eu* ficaria intimidada e viria aqui te implorar. Mas não vai funcionar. Não comigo. Eu *quero* o divórcio…"

Digby ousará mostrar seu júbilo? Por que o rosto dela não reflete o mesmo entusiasmo?

"Celeste… Então não há nada que nos impeça… Podemos ficar juntos."

Ela balança a cabeça.

"Celeste, não entendo… Eu te amo. Nunca disse isso para nenhum outro ser humano, exceto para minha mãe. Eu te amo."

"Digby, gostaria de dizer que eu também te amo. Mas não tenho a menor ideia de quem seja esse 'eu'. Preciso refletir. Quero uma vida *minha*, e ficar *sozinha*, para me descobrir." Seus olhos são como os de uma criança que implora. Ela estende a mão para tocar o rosto dele, mas Digby recua.

"Para onde você vai?"

Ela suspira. "Venho me preparando para isso, embora não pudesse saber que minha partida se daria dessa forma. Economizei um pouco de dinheiro ao longo desses vinte anos. Não muito, mas o suficiente. Tenho joias que Claude me deu no começo do casamento. E um depósito cheio de arte, e sei quais peças valem alguma coisa agora e quais serão valorizadas no futuro. Vou alugar um quarto na Sociedade Teosófica. Janaki e eu, sozinhas, podemos viver felizes com muita simplicidade. Ele só contava com as crianças para me prender, mas elas já são grandes, espero, para saber o pai que têm, bem como para me conhecer direito se quiserem — depois que eu própria descobrir quem sou."

Digby digere o que acabou de ouvir. Ela não precisa dele — não é isso que disse? Sente raiva de si mesmo por permitir que seus sonhos voassem muito além dos dela.

A porta abre e Muthu entra, surpreso por ver Celeste, por ver os dois de frente um para o outro, como combatentes. Junta as mãos. "Boa noite, senhorita, não ouvi você chegar."

"Muthu", ela cumprimenta, assentindo com a cabeça, sem tirar os olhos de Digby.

Muthu corre os olhos de Celeste para Digby. "Digby *Saar*… Estou indo para minha terra natal. Como referido antes? Longe só dois dias." Digby continua encarando Celeste. Muthu olha para ela. "A senhorita gosta de comer algo antes de eu ir? Faço samosa?"

"Muthu", a mulher suspira, a voz de repente muito cansada e rouca. "A senhorita aqui gostaria de um uísque duplo, por favor. E um pra ele também."

"Sim, senhorita!" Muthu diz de modo automático, mas não se move. Ela se volta para o criado, erguendo a sobrancelha.

"Muthu?"

"Desculpe, senhorita. Uísque não está tendo."

"Gim, então?"

Ele balança a cabeça. "Doutor *Saar* não beber."

"Ah, por favor, Digby…", diz Celeste, com um tom de voz que assusta os dois.

"Mas uísque já vindo, senhorita!" Muthu exclama apressadamente, mortificado por colocar Digby em apuros. Ele corre para os fundos.

Os dois ficam ali parados. Ouvem vozes do lado de fora, Muthu fala num tom beligerante, parece outra pessoa. Então retorna, um pouco descabelado, trazendo uma bandeja com dois copos, um balde de gelo, água com gás e uma garrafa de uísque com três quartos do conteúdo, como se tudo aquilo estivesse esperando logo atrás da porta. Muthu depõe a bandeja, evitando o olhar embasbacado de Digby.

"Como você é um homem bom, Muthu", Celeste declara. Suspeita que Muthu tenha entrado na casa vizinha e se apropriado da bandeja de bebidas.

"Sim, senhorita", Muthu diz, enquanto contorna a mulher e abre a gaveta onde Digby guarda dinheiro, coisa que nunca fez antes. Conta algumas notas e as mostra para o patrão. "*Saar*, mais tarde eu explico. Por favor, deixar bandeja e tudo mais na varanda da frente, *Saar*. Volto em dois dias."

Muthu sai pela porta de entrada e na mesma hora eles escutam um homem gritando em tâmil, além da voz de uma mulher, e Muthu tentando acalmá-los. Os gritos aos poucos viram resmungos.

Celeste faz as honras. Entrega um copo a Digby. O tempo todo tinham ficado de pé.

Ferido, incapaz de encará-la, Digby pega o drinque. Até há poucos minutos, uma vida sem Celeste era inconcebível. Já ela pode imaginar viver sem ele, levar uma vida em que ele não existe. Como um sonho que envolve duas pessoas poderia ser sustentado por apenas uma?

Com atraso, ele encosta seu copo no de Celeste, num brinde. E bebe tudo de um gole. O uísque queima. Como é estranho tentar afogar a dor com fogo. A face esquerda e a testa de Celeste estão iluminadas pela vela, um brilho laranja, como se filtrado por camadas de musselina, produzindo tons ocres e amarelados que se esgueiram pela lateral até afundar na escuridão de suas órbitas. Ela parece prestes a falar. Mas ele não quer ouvir, então subjuga sua boca com seus lábios.

Devagar, desabotoa o vestido dela, bem ao lado do cavalete, como se quisesse pendurá-la ali. Diante de sua beleza desnuda, o ferrão da mensagem que ela traz se atenua. Ela não é apenas Celeste, cujas palavras o magoam; é também um milagre da fisiologia, um corpo magnífico que abriga uma constelação de órgãos sob a pele. Comparado às suas emoções confusas e transbordantes, o corpo é sempre firme e apaziguante.

Ele mergulha o dedo indicador na tinta diluída na paleta: Rose Madder Genuine. Celeste prende o ar, enquanto o dedo de Digby paira sobre seu peito. Os olhos dela se arregalam. Ele fará mesmo aquilo? Ela suspira quando o dedo a toca. Sim, fará. Traçará seus órgãos, trabalhando lentamente para adiar o inevitável: o abandono. Digby contorna seu ventrículo esquerdo e alcança o mamilo. Era o caso de usar amarelo? No coração da traidora? Não, é indelicado demais. Além disso, apesar da carga metafórica, o coração é um órgão não muito criativo, duas bombas, uma empurrando sangue para os pulmões; outra, para o resto do corpo. O dela não é diferente.

Celeste poderia resistir, se quisesse, mas não o faz, enfeitiçada pela adoração de Digby, ciente da dor que lhe causou e aliviada por deixarem de lado as palavras. Bebe um gole do uísque, observando o amante, que contorna o arco da aorta. Agora toma o copo dela e a deita com cuidado na lona sobre o piso, sorrindo. Pousa a paleta sobre a pélvis de Celeste, sobre o *mons veneris*, e a paleta quase cai. A luz da vela tremula acima da pele da modelo. Digby contorna o fígado, no alto à direita, cruzando o mamilo no quinto espaço intercostal. Ela sente um arrepio, e seu mamilo enrijece. Sua respiração acelera. Em seguida, o baço, os rins.

Digby contempla a obra-prima que é o corpo de Celeste, que acaba de adornar. Ou de dessacralizar? O que fez foi virá-la do avesso. Mas de repente se arrepende. Foi longe demais. O que um pouco de uísque não faz. Não está acostumado a beber.

"Me perdoa", ele diz. "Dói pensar que não viveremos juntos. Mas não deixo de te amar por isso." Sente o sabor de lágrimas nos lábios dela, lágrimas que também podem ser dele.

Ela ergue a cabeça para conferir o que ele fez, a tela de si mesma. Balança a cabeça, admirada. E sussurra: "Você me ajudou a descobrir quem eu sou, sabia?".

Então por que me deixar? Adorarei seu corpo pelo resto da sua vida, ele pensa, mas não fala, pois a ama o bastante para não dizê-lo. Ela não mudará de ideia, e Digby está excitado mas ao mesmo tempo amargurado pela rejeição. Celeste lê tudo isso no semblante dele e puxa-o para baixo. Para dentro.

No fim, ambos desabam, encharcados de suor colorido, e o alívio é como uma droga que os impede de passar da lona no chão duro à cama. Eles vão perdendo a consciência, os corpos justapostos, uma tela manchada.

Por que vou deixá-lo? Há uma razão, mas o sono a envolve antes que ela possa se lembrar. Ela vira de lado. Sentindo frio conforme o suor evapora, puxa o sári esmeralda da mesa — dane-se a natureza-morta — e se cobre.

Quando Digby acorda, seu coração bate forte; abrir os olhos exige grande esforço. O cômodo está claro, envolto por uma névoa etérea dançante. Pigmentos ardem sobre seu corpo nu, com uma violência perturbadora.

Ele sente cheiro de fumaça. Vira a cabeça e o mistério se resolve: eles devem ter derrubado a vela durante o sono. Ele a procura às apalpadelas, mas então nota, como se à distância, uma ilusão de ótica: a mão dele está azul, e a pele pende como mel escorrendo. Na verdade, tudo está azul: o chão, a lona onde eles dormem, o cavalete, a tela. Ele quer rir da estranha cena. Rir, incrédulo. A parafina derretida encontrou uma pilha de trapos encharcados de aguarrás, e as chamas azuis escalam as paredes.

Vira-se e se depara com uma visão ainda mais estranha: o sári de seda que havia posto como pano de fundo da pintura está no chão, só que vivo, retorcendo-se. É coral, cor de gengibre e verde-azeitona, e, debaixo dele, como Digby por fim compreende, está Celeste, lutando para se libertar. Ele salta para o sári, puxando-o mesmo quando a seda que derrete no fogo queima sua pele. Se conseguir pelo menos arrancar o tecido e restaurar a bela peça no lugar junto ao pote de barro, perto das frutas, suas dobras derramando-se no chão, se puder recompor a cena tal como era, como deve ser — *Natureza-morta com mangas* —, então tudo ficará bem. Tem certeza.

PARTE TRÊS

23. O que Deus sabia antes de nascermos

PARAMBIL, 1913

Nos dias que se seguem à morte de JoJo, Grande Ammachi sente-se deslocada no ciclo da vida, luta para encontrar seu ritmo. O galo canta toda manhã, quando ela ainda não está pronta para levantar; o cabeleireiro bate à porta da casa, mas ela não lembra que é o primeiro dia do mês. Não fosse sua mãe cuidando da cozinha, todos teriam de ciscar atrás de comida, como as galinhas da propriedade.

Parambil perdeu o único herdeiro homem, o menino que ela ainda considera seu primeiro filho, mesmo que ele não tenha saído de seu útero. Mas a perda não é apenas sua. Na primeira vez que vai ao porão, um jarro vazio de conserva cai da prateleira sobre sua cabeça, do nada. Ela percebeu com o rabo de olho e retirou a cabeça a tempo; o jarro se espatifou a seus pés. Ela então fugiu pelas escadas, e encontrou no marido destemido um olhar amedrontado, espreitando o porão. *Então você sabia que ela estava lá esse tempo todo?* Aquela expressão no rosto dele a enfurece. Como esse espírito que ela tem tratado de maneira tão hospitaleira ousa intimidar seu marido? Grande Ammachi desce de novo a escada íngreme e, ignorando os estilhaços que ferem a sola de seus pés, agarra um jarro com uma força que desconhecia e o atira na direção do canto escuro do cômodo. "JoJo também era meu, sabia?", ela grita. "Eu tive o menino por mais tempo que você! Se você é capaz de fazer um jarro cair em cima de mim, por que não levantou JoJo tão logo ele caiu na água?" Ela acredita ouvir um choro baixinho, e sua raiva passa. Sai de lá. No entanto, a coisa não termina aí. Alguns dias mais tarde encontra outro jarro revirado, encharcado de xarope, e o porão tomado de grandes formigas--de-fogo, cujas mordidas são excruciantes. Grande Ammachi cobre os pés com panos e, acendendo uma tocha de frondes secas de palmeira, afasta os insetos, quase ateando fogo ao porão. Depois esfrega o piso, na segunda vez com querosene. "Faça isso de novo e chamo o *achen*. É assim que você quer ser lembrada? Não como uma boa mãe, mas como um espírito que tivemos de enxotar?" No porão se instala alguma trégua, porém na cozinha seus curries saem com sabor estranho, apesar do barro confiável das panelas. O leite que toda noite separa para fazer iogurte azeda. Ela tolera essas provocações até que, aos poucos, elas cessam. Mas os batimentos cardíacos de Parambil continuam irregulares. Nem orações, nem missas, nem lágrimas restauram a cadência.

Nesse mesmo período conturbado, e prematuro demais desde a perda, o marido surge em silêncio de noite, enquanto sua mãe e o bebê dormem. Ela o pressente e senta, surpresa. Não está pronta. O cheiro de JoJo ainda é forte no quarto, sua forma ainda impressa no tapete a seu lado. O marido também parece incerto: não estende a mão, apenas preenche o umbral. Ela não se move. A presença dele ali parece um sacrilégio. Ele se retira. No dia seguinte ele a ignora. Até que ela entende: Parambil necessita de um herdeiro homem. Ainda assim, ela precisa de tempo.

Grande Ammachi encontra consolo e sanidade no jardim atrás da cozinha. Assim que chegou, notou que seu cabrito, quando comia bagas de certo arbusto desmilinguido, ficava claramente mais atiradiço. Ela investigou, e o aroma da baga entregou tudo. Depois de uma poda cuidadosa e fertilizantes, o arbusto agora provê café a Parambil. A infusão escura tem um brilho oleoso na superfície e uma intensidade inesperada; é uma lembrança de que a doçura da vida vem do amargor. Mas as bananeiras são seu verdadeiro prazer. Ela começou com uma pequena muda de *poovan* de Dolly *Kochamma*. Agora tem um bosque particular de bananeiras, alimentado pelo escoamento do telhado da cozinha. As folhas bloqueiam o sol da tarde, e o som de seu farfalhar ao vento a conforta. Colhe os cachos quando ainda estão verdes, deixando-os amadurecer na fresca da copa. A *poovan* em miniatura deleita sua filha; o pai da menina come dez de uma só vez. A jovem esposa se maravilha ao ver como a terra provê recompensas tão deliciosas com nada mais que água, sol e amor. Para cada árvore, sempre chega o dia em que é preciso cortá-la, e seu cadáver é oferecido a vacas e cabras. A jovem esposa decepa todos os rebentos aglomerados ao redor do toco, exceto o sortudo que reencenará o milagre mais uma vez, levando dentro de si a memória dos ancestrais.

Ela ainda não batizou Bebê Mol. Em suas conversas com Deus, evita o tópico, mas pressente a desaprovação divina. Certa noite aborda o tema. "Como o Senhor pode esperar que eu passe pela sepultura de um filho e depois entre na igreja para batizar outro?" Além disso, tem suas dúvidas sobre um ritual que supostamente confere a graça divina, que ela entende como amor inerente, benevolência e perdão. "Graça nenhuma salvou JoJo." Deus não diz nada.

Certa noite ela acorda e vê o marido de novo ao pé de sua esteira, silencioso, evitando acordar sua mãe ou a neném. Há quanto tempo está ali? Ele estende a mão, e dessa vez ela se levanta, sentindo aquela acuidade familiar dos sentidos quando ele a puxa delicadamente para erguê-la. Só agora percebe como sentiu falta daquela proximidade. O serviço dos dois é terno e urgente.

Catorze meses se passam, e muitas visitas ao quarto do marido, até que sua menstruação não vem. Mas ela perde o bebê. Fica aturdida. Essa possibilidade nunca lhe ocorrera. Imaginava que outra criança fosse vir, ainda que demorasse, mas não isso. Para ela é como se seu corpo a tivesse traído. Seu marido fica arrasado, porém não comenta. "Não dê nada como certo", Deus a recorda, "a não ser que queira sentir a dor de sua perda." O que fazer, senão seguir em frente? Ela perde outro bebê. Quando se recupera, procura imputar culpas: será obra do espírito no porão? Seria ele tão mesquinho? Ela desce ao cômodo e senta sobre um baú vazio, farejando o ar, auscultando. Para sua surpresa, sente o fantasma se lamentar também. Retira-se apaziguada. Só Deus sabe por que acontecem os abortos naturais. Só Deus sabe — mas prefere não explicar.

Quando Bebê Mol faz cinco anos, eles quase a perdem para uma coqueluche que se segue à catapora. Tão logo ela se recupera, Grande Ammachi organiza o batizado, temendo pela alma da filha. Convida Dolly *Kochamma* para ser a madrinha. Dolly assente com a cabeça, seu rosto iluminando-se de alegria pela honra, mas nada diz. No jantar, ao contar ao marido, Grande Ammachi diz: "Você e Dolly são parecidos. Regrados nas palavras, jamais tagarelam ou falam mal dos outros". Ele responde com um grunhido, e ela diz: "Já a concunhada de Dolly, claro, vai resmungar por não ter sido escolhida". Nos anos desde a chegada não anunciada de sua família a Parambil, a pudicícia de Decência *Kochamma* mais do que justificou seu apelido; a gula, contudo, não é um pecado que essa mulher reconheça, pois agora já dobrou de tamanho, o rosto se fundindo ao pescoço, o corpo, um barril informe. O grande crucifixo que antes apontava acusadoramente a todos seus interlocutores hoje se ergue no peito expandido, voltando-se para os céus. Dolly *Kochamma*, apesar das provações com a concunhada, com quem compartilha a casa, preserva uma figura jovial, a face ainda livre de rugas de preocupação, a postura amigável intacta, e tudo isso deve parecer uma espécie de violação aos olhos de Decência *Kochamma*. Grande Ammachi acrescenta: "Tenho certeza de que Decência *Kochamma* pensa que *ela* é a mais santa das duas". O marido murmura uma coisa que ela só entende quando ele já deixou a mesa: "Só se você medir santidade em toneladas". Ele fez uma piada!

No batismo, Bebê Mol se delicia com a água que vertem sobre sua cabeça, coisa que JoJo jamais toleraria. Grande Ammachi ouve o *achen* entoar o nome batismal que ela escolheu, e Dolly *Kochamma* o repete com diligência. Mas aquele nome soa dissonante ao ouvido de Grande Ammachi, e em sua língua parece duro como arroz cru.

Quando voltam da igreja, o marido está à espera delas. Lança a filha ao ar, e a menina solta um grito rouco de alegria. "Então, como você se chama?", pergunta.

"Bebê Mol!", diz a pequena. Ele olha confuso para a esposa.

"É verdade. Deixei o outro nome no registro de batismo e lá ele ficará."

Passados cinco anos, ela vive com a dor da morte de JoJo como alguém que vive com uma visão pardacenta devido à catarata, ou com a dor de um quadril com artrite. Mas a recém-batizada Bebê Mol é a salvação deles; mesmo o pai da menina, que há muito renunciou a Deus, deve ver o divino em seu pronto sorriso, sua natureza generosa. É a preferida de todos. Quando bebê, ficava igualmente alegre enquanto a ninavam no colo ou na pequena rede. Crescida, contenta-se em sentar por horas a fio no banco da varanda de que tomou posse faz tempo. Dali ela revela a estranha habilidade de anunciar a chegada de visitantes antes de eles se mostrarem. "Lá vem Shamuel", ela diz, e eles não veem ninguém, mas três minutos depois Shamuel aparece. A mãe se admira de que a menina raramente chore. Ela só chorou naquele dia terrível quando gritou até ficar azul, o dia em que Grande Ammachi desejou que... É melhor nem lembrar o que desejou. Ela entende que uma perda violenta gera mais violência.

Na monção daquele ano, todos têm febre. As brasas no forno permanecem apagadas durante um dia inteiro, não há quem cuide delas. Sua mãe é a última a se recuperar: está sempre cansada, dorme cedo e só levanta com o sol já bem alto. Erguer-se da esteira exige um grande esforço, e seu cabelo está descuidado, pois os braços se cansam ao penteá-lo. Quando ela enfim aparece na cozinha, está apática, fraca demais para ajudar. O mais alarmante é que até sua tagarelice está desaparecendo. Chamam o *vaidyan*, que lhe toma o pulso e examina sua língua, prescrevendo os tônicos e óleos de massagem de sempre, mas eles não ajudam em nada. Ela piora. A filha, atarantada, cuida da mãe e da casa ao mesmo tempo.

As bênçãos chegam das mais variadas formas e tamanhos, porém a que surge perto da época do festival de Onam é a do tipo trôpega. Bebê Mol anuncia sua chegada — "uma velha se aproxima"; minutos depois surge Odat *Kochamma*, de pernas tortas, bamboleante, como se tivesse ouvido uma convocação silenciosa, solicitando ajuda. Mesmo quando essa mulher de nariz adunco e cabelo grisalho fica de pés juntos, Bebê Mol ainda é capaz de passar por entre suas pernas. É uma prima distante do "Grande Appachen", como Bebê Mol chama o pai (um nome que, aos poucos, todos passam a usar quando se referem a ele). Mais tarde, Grande Ammachi descobre que Odat *Kochamma* zanza entre os lares de seus inúmeros filhos, permanecendo em cada um deles por alguns meses. Mas é em Parambil que ela ficará.

"Onde você guarda as cebolas?", pergunta Odat *Kochamma* ao entrar na cozinha, falando pelo canto da boca para que o tabaco que masca não escape. "E me dê a faca. Sempre rezei para que as cebolas se cortassem sozinhas e pulassem na panela, mas quer saber?" — cerra os olhos, mirando mãe e filha com um olhar da mais absoluta seriedade — "Até hoje isso nunca me aconteceu." Sua expressão grave se desarma, o rosto se parte numa miríade de rugas, e ao sorriso cativante segue-se uma risada tão inesperada que todas as nuvens negras são banidas da cozinha. Bebê Mol se encanta e bate palma, rindo.

"Mas meu bom Deus", diz Odat *Kochamma*, reparando que o arroz cozinhou e agora transborda; ergue as mãos para os céus, ou tenta fazê-lo, pois suas costas recurvadas só permitem que as mãos subam à altura do rosto. "Ninguém está de olho na panela?" A bronca é compensada por uma piscadela e o tom de voz. "Quem comanda esta cozinha… o gato?" Puxa o *thorthu* do ombro e com ele tira a panela do fogo, depois enfia a cabeça pela porta dos fundos e cospe um jato de sumo de tabaco. Vira-se a tempo de ver o gato se esgueirando para perto do peixe frito. Surpreendido, o animal congela. O lábio superior de Odat *Kochamma* se projeta, e dentes de madeira esculpidos de modo rústico emergem como presas sujas de lama — é sua dentadura. Aquilo é demais para o gato, que põe o rabo entre as pernas e foge. A dentadura recua, e a risada da velha ressoa. "Por sinal", diz, sussurrando teatralmente e olhando ao redor para garantir que nenhum estranho ouça, "estes dentes não são meus. Aquele *appooppan* os esqueceu numa janela agorinha."

"Que velho?", pergunta Grande Ammachi.

"Rá! O pai de minha pobre nora! Quem mais? Estava dando o fora daquela casa, pois ela me chamou de cabra velha, quando vi os dentes e pensei, *Aah*, se sou uma cabra velha, então preciso disso tanto quanto ele, não? Se ele deixou aqui, é porque não precisa, *illay*?" Ela faz cara de inocente, mas seus olhos estão cheios de malícia. Grande Ammachi tem um ataque de riso. Todas as suas preocupações desaparecem por um momento.

Odat *Kochamma* é o tônico de que Parambil necessita. Ela não descansa. Em uma semana, Grande Ammachi já se acostumou a ser criticada, a ouvir que precisa se sentar e descansar, ou a gargalhar a ponto de quase fazer xixi. A única coisa de que não gosta é que Odat *Kochamma* sempre veste o mesmo *mundu* salpicado de cúrcuma depois do banho, embora ela negue com veemência. "Mas eu troquei de roupa ontem mesmo!" No meio da noite, Grande Ammachi finalmente compreende e fica furiosa consigo própria: Odat *Kochamma* só tem uma muda de roupa. No dia seguinte ela lhe dá dois conjuntos novos em folha, dizendo: "Não nos encontramos no último Onam, então esses aqui ficaram esperando por você".

Odat *Kochamma* finge indignação e franze o cenho, sentindo a textura do tecido branco como nunca mais será. Mas seus olhos a traem. "*Oho! O que é isso?* Você está planejando me casar com alguém, a essa altura? *Aah, aah.* Se eu soubesse, não teria vindo. Pode mandar meu pretendente embora! Não quero vê-lo. Há algo errado com ele, e você está escondendo de mim. Ele é cego? Tem surtos? Já cansei dos homens. Essa panela tem mais inteligência do que qualquer homem!" Enquanto diz essas coisas, não para de empurrar as roupas de volta para Grande Ammachi, porém nunca chega a soltá-las.

Bebê Mol corre para o pai sempre que o vê. Ele é mais paciente com ela do que era com JoJo, que vivia admirado com o tamanho e o silêncio do pai. Bebê Mol não é assim. Mostra a seu Grande Appachen seus laços e bonecas. Numa tarde chuvosa, quando ele se vê aprisionado pelo aguaceiro, ela interrompe o caminhar ansioso do pai na varanda e o puxa para o que veio a se tornar o banco *dela*. "Sente aqui!" Ele se agacha, obediente. "Por que a chuva cai para o chão e não para o céu? Por que…" Ele escuta, estonteado, o dilúvio de perguntas. Bebê Mol não espera pelas respostas. Sobe no banco para coroar o pai com um chapéu que, auxiliada por Odat *Kochamma*, ela mesma teceu com frondes verdes de coqueiro. Satisfeita com o adorno, a menina bate palmas. Depois envolve o pescoço do pai com seus bracinhos roliços e pressiona as bochechas contra as dele. "Agora você pode ir", ela diz. "Você não vai se molhar com esse chapéu." Ele balança a cabeça, agradecido. Grande Ammachi morde os lábios para não rir ao ver o marido gigante, bronzeado por décadas de sol, coroado por um chapéu comicamente pequeno e torto. Quando ele sai das vistas da filha, ela o vê retirar o chapéu e examiná-lo.

"Nunca imaginei que fosse viver para ver isso", diz Grande Ammachi para Odat *Kochamma*.

"*Aah*. Por que não? Uma filha tem passe livre para o coração do pai."

Um pouco do crédito é meu também, ela pensa. *Ajudei Bebê Mol a amolecê-lo um pouco. Ajudei-o a se livrar do fardo de seus segredos.*

O *chemachen* que certa manhã aparece solicitando uma contribuição não passa de um menino, o buço tão esparso que cada fio poderia receber o nome de um apóstolo. Sua voz engrossou faz pouco tempo. Com uma batina branca que sobra em seu corpo, e um chapéu preto que lhe engole a testa, o religioso parece vestido para fazer o papel de padre numa peça escolar. Sem dúvida a família o "consagrou" à igreja na época em que ainda usava calça curta, para ser educado (e alimentado) pelo seminário, uma dádiva quando o arroz é escasso. Os garotos terminam ordenados, mas Grande Ammachi tem dúvidas quanto à vocação deles.

O rapaz passa alguns minutos observando Damo, admirado, até que Unni espanta o elefante. Agora não lembra o que foi fazer ali, pois está ocupado demais olhando fixamente para Bebê Mol. Por fim, Grande Ammachi pergunta sobre o livro contábil. Seus olhos infantis voltam-se para ela, sem compreender nada.

"Essa coisa aí debaixo de sua axila suada", ela diz, apontando.

Ele entrega o livro. "O que há de errado com a pequenininha?", pergunta, solícito.

Grande Ammachi ergue a cabeça, seguindo o olhar dele até Bebê Mol, que está sentada no banco, como fica todos os dias por horas a fio, as pernas marcando as horas.

"Como assim, o que há de errado? Não há nada de errado com ela!"

Vários segundos se passam até ele se dar conta de que disse uma besteira. O jovem *chemachen* recua alguns passos, mas então se lembra do livro e tenta recolhê-lo com cautela, temendo que ela lhe acerte um safanão antes que ele possa escapar.

Furiosa, Grande Ammachi estuda a filha sorridente. O que aquele menino idiota viu? É a língua da filha? A família está acostumada com seu hábito de pousar a língua sobre o lábio inferior, como se não houvesse espaço na boca. Seu rosto é largo, ou talvez sua testa proeminente assim faça parecer. O tênue diamante que os bebês têm na parte dianteira da cabeça permanece visível sob a pele de Bebê Mol, embora ela já tenha quase seis anos. Suas feições são grosseiras, é verdade. Diferentemente dos pais, ela tem um nariz arrebitado, que se assenta sobre o rosto como uma baga sobre um pires.

Grande Ammachi sente o *muttam* afundando sob seus pés e se escora na pilastra da varanda. Bebê Mol já tinha três anos quando andou sem apoio, e quatro quando aprendeu a juntar palavras. A mãe sentia-se aliviada por ter uma criança que não tinha vontade de se balançar em cipós, então não deu muita atenção a nada daquilo.

Ela vai até Odat *Kochamma*. "Seja sincera: o que você acha?" A velha estuda Bebê Mol por um momento. "Talvez alguma coisa não esteja certa. A voz dela é bem rouca. E a pele é diferente, inchada." É doloroso ouvir aquilo, mas Grande Ammachi sabe que ela está certa. "Mas que importa?", Odat *Kochamma* acrescenta. "Ela é um anjo!"

Convocado, o *vaidyan* saca uma garrafa de tônico depois de examinar a paciente. "Dê-lhe isso", ele diz, em seu tom sacerdotal, "três vezes por dia, com água morna."

"Espere! O que você acha que ela tem?", Grande Ammachi pergunta, ignorando a garrafa que lhe foi ofertada.

"*Aah, aah*, isso deve funcionar", o homem responde, sem olhar para nenhuma das duas, ainda oferecendo a garrafa.

"É o mesmo tônico que você receitou quando ela estava com coqueluche."

"E qual é o problema? A tosse passou, não?"

Grande Ammachi o dispensa e corre para falar com o marido, que se põe muito quieto. Depois de um bom tempo, ele aquiesce com a cabeça.

Naquela noite, o patriarca de Parambil convoca Ranjan e lhe pede que escolte Grande Ammachi e Bebê Mol a Cochim; dos gêmeos, ele é o viajante mais bem preparado e conhece a cidade. Dolly conta que Decência *Kochamma* teve um pequeno surto por causa da óbvia felicidade que o marido demonstrou com uma tarefa em que ela não poderá monitorá-lo. A mulher o obriga a se ajoelhar, reza com as mãos sobre a cabeça dele, unge-o com água benta e ameaça esfolá-lo vivo caso ele apronte.

Grande Ammachi pede a companhia da mãe, na esperança de que a excursão a retire da letargia. Partem antes do amanhecer, vestidas em suas melhores roupas, munidas de guarda-chuvas e lanches. A alegria de Bebê Mol as mantém animadas. Um barqueiro as leva ao rio, depois costura por canais e afluentes até alcançar o lago Vembanad, cuja margem Grande Ammachi viu pela última vez quando era uma noiva de doze anos, no segundo dia mais triste de sua vida. Um barco maior as conduz à outra margem.

Anoitece quando chegam a Cochim e adentram a cidade em busca de uma pousada. Sua mãe vai dormir direto, mas, por insistência de Ranjan, Grande Ammachi e Bebê Mol vão ver o mar pela primeira vez. A água se choca contra a praia, produzindo um som semelhante ao que César produz quando bebe de seu balde, porém com uma intensidade cem mil vezes maior. O mar faz o lago Vembanad parecer uma poça d'água. Ali perto, está ancorado um navio tão grande que Grande Ammachi não entende como ele pode flutuar. As ruas estão abarrotadas de gente, e dentro das grandes lojas ainda há claridade graças à luz elétrica. Em suas orações naquela noite, ela diz: "Senhor, perdoa-me, mas às vezes penso que você é o Deus só de Parambil. Esqueço como é vasto o mundo que criou e do qual cuida". Depois da morte de JoJo, ela estudou o Livro de Jó, buscando sentido numa perda absurda, em vão. Agora lembra como Jó, apesar do sofrimento, celebrava Deus, que "faz prodígios insondáveis e maravilhas sem conta".

Na manhã seguinte, guiadas por um Ranjan de olhos cansados e ressaca, visitam o grande mercado de especiarias, rezam na basílica portuguesa, entram e saem das lojas, passeiam por palácios e gastam muitas horas na beira do mar, observando os pescadores operando na praia suas estranhas redes chinesas, as *cheena vala*. Quando retornam à pousada ao fim da tarde, viram tantos homens brancos — *sa'ippus* — e até mulheres brancas que Bebê Mol já não quer tocá-los para ver se a tinta sai. Arrumam-se e depois seguem para a clínica em Mattancherry; Grande Ammachi diz a Ranjan que elas podem voltar sozinhas, e ele se manda feliz da vida. Grande Ammachi, sua mãe e Bebê Mol juntam-se à fila do lado de fora do consultório daquele que, dizem, é o médico mais astuto de Travancore e Cochim. Grande Ammachi tenta pronunciar o nome do doutor impresso na placa, mas as sílabas dão um nó em sua língua.

O dr. Rune Orqvist apareceu na fortaleza de Cochim em 1910, lançado à praia como Ask e Embla, os dois primeiros humanos da mitologia nórdica. Rune logo encontrou suas pernas, e elas o levaram atrás de comida, abrigo, bebida, mulheres e festanças. Com peitoral largo e voz de barítono, a primeira impressão daquele estrangeiro recém-chegado, de cabelo louro e barba crescida, era de que se tratava de um oráculo, o tipo de homem que, vestido em um manto apostólico, de cajado na mão, poderia muito bem ter descido de um *dhow* na companhia daquele outro apóstolo, são Tomé. Sua chegada é quase tão cercada de mitos quanto a do discípulo. O que se sabe é que o sul da Índia foi a última parada de uma viagem que começou em Estocolmo. De acordo com o bom médico, certa noite, ébrio de *akvavit* e "cantando para mim mesmo na rua Stora Nygatan, fui abduzido. Quando despertei, eu era o médico de um navio rumo à Cidade do Cabo!". Essa ocupação o levou aos maiores portos do Oriente e da África. Mas, lá por seus trinta e poucos anos, desembarcou em Cochim. A beleza do conjunto de ilhas que formavam a cidade na confluência de uma miríade de canais, a hospitalidade do povo, os templos, as igrejas, basílicas e sinagogas, e as casas e ruas coloniais de pedra holandesa levaram o sueco a ancorar ali de vez. Logo depois de se estabelecer, começou com um tutor o estudo do idioma malaiala e dos *Vedas*, e com outro o do *Ramayana* e do *Bhagavad Gita*. Seu apetite por conhecimento se igualava ao gosto por vinho de palma e pela companhia das mulheres, um coquetel de desejos que arruinaria a maioria dos médicos.

Para a maior parte dos ocidentais, o "rhha" arrastado do malaiala despela a mucosa do palato duro e adormece a língua, mas não para Rune. Na porta da clínica ele brinca com crianças que riem da cadência escandinava de seu sotaque e chega a regurgitar algumas frases em judaico-malaiala para os judeus paradesis (judeus "estrangeiros"). (Depois de libertar a esposa do rabino de um imenso cisto no ovário, os paradesis — vindos da península Ibérica na grande diáspora sefardita — só se consultavam com ele.) As velhas cristãs de são Tomé frequentam o consultório com a mesma devoção com que frequentam a igreja, apresentando-lhe dores e mágoas que costumam mascarar sofrimentos matrimoniais crônicos — nesse caso o médico oferece placebos e homilias solidárias, tais como *"Mullu elayil vinallum, ela mullel vinallum, elakka nashttam"*. Caia o espinho sobre a flor, ou a flor sobre o espinho, é sempre a flor que sofre. *"Aah, aah*, você está certíssimo, doutor. Meu marido é um espinho só, o que fazer?"

A sorte do médico mudou em 1912, com a sra. Eleanor Shaw, mulher de meia-idade com diverticulite, refluxo ácido e cólica biliar — uma constelação de distúrbios independentes que ele chama de "a tríade de Orqvist", pois parecem ocorrer apenas em mulheres como ela: brancas, na pré-menopausa e acima do peso. Rune removeu a vesícula biliar, tratou o refluxo e regularizou o intestino da paciente, que no entanto não sentiu nenhum alívio. Em um momento de inspiração divina, Rune fez a ela uma pergunta delicada que nunca tivera chance de fazer aos pobres, cuja vida sexual nunca apresentava problema, apesar de doenças e privações: "Sra. Shaw, por acaso o leito conjugal parece-lhe menos atraente depois de todos esses anos? Talvez até doloroso?". Sua entonação cantante sueca dificultava qualquer reação indignada da parte dela. "Eleanor — se me permite —, os órgãos sexuais são vitais e se pronunciam quando enferrujados." Rune intuiu que a falta de lubrificação, não de libido, era a questão. Ele ministrou-lhe um litro de um unguento oleoso, e prescreveu quinhentos mililitros de vinho de palma fresco, que deveria fermentar por dezoito horas para se tornar potente a ponto de arrancar lágrimas, tomando o cuidado de esclarecer muito bem para que orifício cada medicação se destinava. O marido de Eleanor, o sr. Benedict Shaw, era conselheiro do marajá de Cochim e chefe de uma grande companhia comercial inglesa. A intervenção de Rune junto à esposa foi tão bem-sucedida que Benedict Shaw, agradecido, mandou reformar uma velha mansão holandesa e transformá-la numa casa de saúde que ficaria a cargo de Rune, equipada com sala de cirurgia, dez leitos e uma clínica na parte da frente. O caso da sra. Shaw era a prova de que um tratamento benfazejo tem efeitos salutares na família, e que um único paciente é capaz de mudar o destino de um médico.

Num entardecer de 1913, Grande Ammachi, sua mãe e Bebê Mol chegam à clínica; o banco de espera já está inteiramente tomado, e elas precisam aguardar de pé. Rune Orqvist surge, sorrindo e apertando debaixo do braço uma pilha grande de livros recém-comprados. Os honorários de Rune para os pobres são simbólicos; para os ricos, dolorosos. Um casal paradesi — ele de terno branco com uma quipá bordada na cabeça, ela com uma camisa de botões e gola longa — senta-se, os dois apreensivos, ao lado de dois "judeus negros" descamisados. (Esta última comunidade estabeleceu-se em Cochim à época de Salomão, e, enquanto grupo, ressente-se dos recém-chegados paradesis, que se comportam como se superiores aos irmãos de pele mais escura.) Também no banco estão um estivador massageando um inchaço parótido, um policial irrequieto, um inglês dispéptico e uma dama brâmane com correntes de ouro robustas o bastante para atracar um barco.

Quando são finalmente atendidas, o dr. Rune Orqvist as recebe com um sorriso que desarma Grande Ammachi. O doutor *sa'ippu* tem um estetoscópio ao redor do pescoço. Um peso de papel de pedra polida fixa à mesa uma pilha de papéis. Seus olhos pousam sobre Bebê Mol com uma expressão de reconhecimento. Quando ele estende sua mão enorme, a menina, que nunca deu um aperto de mão na vida, entrega-lhe a sua alegremente. "E quem é essa linda jovem?", pergunta o médico, em um malaiala perfeito, mas com sotaque.

"Eu sou Bebê Mol!"

"Tenho um docinho vermelho e um verde. Qual você quer?"

"Quero os dois!", Bebê Mol responde. "Um para Kunju *Mol* também", explica, exibindo sua boneca.

A risada do médico preenche o consultório. Ele entrega as guloseimas.

Volta-se então para Grande Ammachi, que ainda está chocada por ouvi-lo conversar em malaiala. Ela começa a falar, pisando em ovos ao tratar da Condição, do afogamento de JoJo, da genealogia — tem certeza de que tudo aquilo é relevante —, até chegar à Bebê Mol. O médico escuta com atenção.

Quando ela termina, Rune diz: "Tudo é muito incomum. Não sei como explicar os afogamentos na família. Mas", ele se inclina, tocando a bochecha de Bebê Mol, "não acho que essa seja a questão com essa linda moça…".

"Graças a Deus! Meu marido também acha que não."

"Mas *sei* o que se passa com Bebê Mol."

"Sabe?" Grande Ammachi se emociona.

"Sim. Eu logo soube."

"Como assim? Você já viu minha filha antes?"

"Pode-se dizer que sim." Ele examina as mãos de Bebê Mol. "Suponho que ela tenha um inchaço, uma hérnia debaixo do umbigo, certo?" O médico ergue a camisa de Bebê Mol, e é tal como ele diz: há um caroço ao qual Grande Ammachi não dava importância, já que nunca incomodou a garotinha. Bebê Mol dá uma risadinha. Rune pede que ela caminhe um pouco e mostre a língua.

Ele descansa os enormes antebraços sobre a mesa e se inclina. "O que Bebê Mol tem é uma condição conhecida. É chamada de 'cretinismo' — mas o nome não importa." De todo modo, não significa nada para Grande Ammachi. "Há uma glândula aqui no pescoço. A tireoide. Já viu ela inchar e virar bócio em algumas pessoas?" Sim, ela já viu. "Essa glândula produz uma substância vital para que o corpo cresça e o cérebro se desenvolva. Por vezes, ao nascer, a glândula não funciona. Então as crianças se desenvolvem como Bebê Mol. A questão da língua. O rosto largo. A voz rouca. A pele grossa. Ela é esperta, mas demora a aprender o que as crianças de sua idade sabem." Ele listou todas as características da menina que Grande Ammachi se recusara a ver.

"Consegue dizer tudo isso só de olhar pra ela?", pergunta a mãe, ainda duvidosa.

Ele vai até sua prateleira de livros e, sem hesitar, puxa um volume. Passeia pelas páginas tal como o pai dela era capaz de fazer com a Bíblia, íntimo de cada capítulo e versículo. Rune vira o grande livro para mostrar uma fotografia. É verdade: Bebê Mol se parece mais com aquela criança do que com seus parentes de sangue. A menina põe o dedo gordo na página e ri, identificando-se.

"Há algum remédio para isso?"

Ele suspira e balança sua cabeçorra. "Sim e não. Há um extrato de tireoide, mas não está disponível na Índia. E, mesmo se estivesse, teria de ser administrado desde o nascimento. A essa altura, nenhuma quantidade desse extrato pode mudar o quadro atual."

Grande Ammachi olha para esse homem cuja barba e cabelo são ouro fiado e cujos olhos são da cor do oceano. Muitos malaialas têm olhos claros, influência de antigos visitantes árabes e persas, mas muito diferentes dos desse médico. Além da cor, é a doçura neles que é tão admirável, o que só torna as palavras de Rune ainda mais dolorosas. A porta rumo ao futuro de sua filha foi escancarada. A visão é cruel. Ela quer argumentar, e o médico lê sua mente. "Ela será sempre uma criança. É o que posso dizer. Nunca crescerá, sinto muito." Ele sorri para Bebê Mol. "Mas que criança feliz! Uma filha de Deus. Uma criança abençoada. Queria ter outra notícia para dar. Queria mesmo", ele diz, o rosto grave, os olhos doces agora cheios de tristeza.

A avó da menina observa tudo, os olhos lacrimejantes, a mão no ombro da filha. Bebê Mol se mostra feliz como sempre, alheia à conversa, tão absorta com o médico e sua barba, além dos instrumentos à mesa.

"Deus o abençoe", declara Grande Ammachi, a voz engasgada. Por força do hábito, acabou de agradecer ao homem que lhe deu essa notícia terrível.

"Por favor, entenda. Isso aconteceu *antes* do nascimento de Bebê Mol. Ela nasceu assim. Nada que você ou qualquer outra pessoa tenha feito provocou isso. Entende? Não é culpa sua. Deus, em Jeremias, não diz 'Antes de formar você no ventre de sua mãe, eu o conheci; antes que você fosse dado à luz, eu o consagrei'?"

"Diz!", ela concorda, surpresa ao ouvir um versículo da Bíblia pela boca daquele homem mundano.

Ele abre as mãos, como quem fala: *O trabalho de Deus é um mistério para nós.*

Ela não consegue evitar as lágrimas. Rune põe sua mão sobre a dela, e ela a agarra, curvando a cabeça. *Nada pode me absolver*, é o que quer dizer. Depois de um tempo, ergue o rosto. "E quanto à Condição, os afogamentos que mencionei? Se eu tiver mais filhos, eles padecerão dela? Serão como Bebê Mol?"

Rune responde: "Os afogamentos... Eu não sei. É claramente algo que passa de geração em geração. Só não consigo pensar numa resposta. Mas o que aconteceu com Bebê Mol não acontecerá com a próxima criança, isso eu prometo".

* * *

Elas já estão de saída, quando o médico diz: "Um momento, *Kochamma*". Não é Bebê Mol, mas a avó da criança que chama sua atenção. Ela estava ali com eles, abstraída, porém não indiferente. "Posso?" Ele toca seu pescoço e o avalia, pensativo. Ao retirar a mão, Grande Ammachi vê o nó que ele detectou em sua mãe. Não há limites para as más notícias naquela sala? Rune declara: "Os olhos dela estão um pouco amarelos".

"Ela anda fraca há meses", diz Grande Ammachi. "Tem dificuldade em levantar os braços, e, depois que senta, mal consegue ficar de pé."

Ele guia a mulher à maca de exames e avalia seu abdome. Grande Ammachi nota que parece inchado, apesar da perda de peso. Sua mãe se mostra confusa, mas não protesta. O médico está visivelmente constrangido. "*Kochamma*", diz, dirigindo-se à examinada. "Tenho um remédio para você. Pode levar Bebê Mol para olhar o jardim enquanto preparo a solução? Entrego para sua filha."

À medida que o barco se aproxima do atracadouro, Grande Ammachi vislumbra uma silhueta familiar empoleirada num coqueiro alto. Quando seus pés tocam a terra vermelha, seu marido já está ali, esperando. Bebê Mol regala o pai com as maravilhas que viu: o mar, as luzes elétricas, o médico com a pele pintada de branco — uma história que repetirá pelo resto da vida.

Tão logo o casal fica a sós no quarto, os dois sentados na beira da cama, ela lhe conta tudo. "A mente e o corpo de Bebê Mol estão travados no tempo. Ela sempre será como era ano passado. E no ano anterior."

O marido arfa, suspira, abaixa a cabeça. Depois de um tempo, fala numa voz rouca. "Se você está dizendo que ela sempre será Bebê Mol, uma criança, uma criança feliz… não é tão ruim."

"Não", ela concorda, entre lágrimas. "Não é tão ruim. Um eterno anjo."

Ele põe seu braço ao redor dela, puxando-a para mais perto.

"Tem mais", Grande Ammachi diz, soluçando, e conta da icterícia que o médico *sa'ippu* notou nos olhos de sua mãe, o caroço petrificado que descobriu em seu pescoço e em seu abdome, além do fígado expandido — tudo explicava sua lassidão. Em privado, o médico disse que um câncer de estômago havia se espalhado para o fígado e as glândulas no pescoço. Já estava avançado demais para cirurgia. Não havia tratamento senão tornar a vida da mãe confortável. "Foi como se a mesma mula que tinha me dado um coice dez minutos antes me acertasse de novo", diz Grande Ammachi.

"Ela sente dor?"

"Não. Mas o doutor disse que vai sentir. Precisamos comprar comprimidos de ópio para combater o sofrimento mais para o fim da doença." Ele falou: 'Alguns cristãos acham que a dor confere dignidade, que há uma redenção cristã na dor. Mas eu não'. Esse médico é um santo."

Naquela noite, em suas orações, ela diz: "Você sabia de todas essas coisas, Senhor. O que tenho para contar? Antes que minha mãe nascesse, e antes que Bebê Mol nascesse, Você sabia o que estava escrito na testa das duas". Ela sabe que deve agradecer a Deus pelos poucos anos felizes que teve com a mãe. Porém não hoje. Não estaria sendo sincera. "Rezo para que o Senhor proteja minha mãe da dor. Ela já sofreu bastante nesta vida."

Reza também pelo doce médico. Que dom o dele. Soube de cara do que padecia Bebê Mol e depois percebeu que havia algo errado com sua mãe. No entanto, embora conseguisse nomear esses distúrbios, não podia oferecer nenhum tratamento. Nesse sentido, o *vaidyan* irritante, com seu único tônico para todas as moléstias, poderia dizer que não era pior do que o médico. Mas o *vaidyan* não sabe de nada. "Senhor, aquele médico sabia de tudo... Apesar disso, não conhecia a Condição. Peço-lhe mais uma vez: se o Senhor não vai ou não quer curar a Condição, nos mande alguém que possa fazer isso."

24. Outro caminho

COCHIM, 1922

Rune fecha a clínica à meia-noite. Naquele dia começou a atender mais tarde os pacientes ambulatoriais devido a duas cirurgias de emergência seguidas. Faz dez anos que a sra. Eleanor Shaw mudou sua vida. Em sua tranquila caminhada pela orla rochosa da fortaleza de Cochim, em geral com um livro debaixo do braço, é seu costume, se o clima permite, fumar um último cachimbo sentado num banco de cimento de frente para o mar, saboreando a brisa. As ondas celebram sua longa viagem com um estrondo final contra as rochas. A lua pende como um poste de luz baixo, iluminando na beira da água o andaime angular das redes de pesca chinesas, mais de uma dúzia delas. Os postes se projetam na água como aves marinhas de pescoço longo, enquanto as redes se expandem como as velas dos *dhows*.

O médico se considera uma pessoa feliz. Todo dia é diferente. Não sente falta de nada, tem bons amigos e muitos interesses para além da medicina. Logo, por que, em tantas dessas noites em que senta naquele banco, sente-se irrequieto? A impaciência não falha, ela chega como o velho muçulmano que aparece ao fim do mês, com o velho livro de contas, recolhendo aluguéis, com cara de "desculpe incomodar o senhor". Mas essa inquietação não é a mesma que o levou de porto em porto até se encontrar em Cochim — não é uma questão geográfica. Ele está onde deve estar. Mas então o que é?

Um som de batidas ocas fica cada vez mais discernível. Rune vê se aproximar uma figura de cajado na mão, sua silhueta desenhando-se à luz da lua. O perfil plano e o nariz ausente são imediatamente reconhecíveis: a fácies de um leproso. Tocos, não dedos, agarram o cajado. Moedas tilintam numa lata que pende do pescoço. A figura canta numa voz diminuta, talvez um hino devocional, o rosto voltado para o alto, olhando de um lado a outro, como se inspecionasse o céu oculto. O espectro para, a cabeça cessa o movimento pendular, como se pressentindo a lua baixa. É uma estátua, imóvel, exceto pelos ombros que sobem e descem a cada respiração.

Numa mudança de perspectiva vertiginosa, o médico sente que ele *se transformou* no leproso: é Rune quem espreita através das córneas opacas e laceradas; é Rune quem vê imagens nebulosas, sem foco nem bordas; é ele quem discerne apenas luz e sombras, mas ainda se lembra da sensação da luz da lua lhe banhando o rosto; aqueles são os pés tortos, cheios de úlcera, de Rune, enrolados em sacos de juta, presos com corda de fibra de coco... E então o momento passa. Ele não tem explicação para o que acabou de acontecer, aquela sensação de encarnar-se momentaneamente em outra pessoa.

A figura parte, engolida pela noite, as batidas do cajado se perdendo na distância. Num acesso de clareza, Rune vê todas as coisas que o leproso não podia ver: o horizonte distante onde o mar encontra o céu, o céu que suspende a lua, a lua com o xale de estrelas ao redor... O médico tem a sensação de desaparecer na amplidão do universo. Tornou-se a rede caída, o leproso cego que precisa dormir sob as estrelas... Na imensidão do cosmos, sente que ele próprio não é nada, é uma ilusão. Não existe diferença entre ele e o leproso, os dois são meras manifestações da consciência universal.

Sob essa nova consciência, o falatório dentro de sua cabeça cessa de repente. Tal como o mar se manifesta como onda ou espuma, mas nem onda nem espuma *são* o mar, o Criador também — Deus ou Brahma — gera uma impressão do universo que toma a forma de um médico sueco ou de um leproso cego. Rune é real. O leproso é real. A rede de pesca é real. No entanto, tudo é *maya*, a separação entre eles é uma ilusão. Tudo é um só. O universo não passa de um salpico de espuma no oceano ilimitado que é o Criador. Rune se sente eufórico e aliviado — *a paz de Deus, que ultrapassa toda compreensão.*

Nas primeiras horas da manhã, seu criado sai para procurá-lo, preocupado. Em outros tempos, chegou a levar o patrão para casa, carregando-o da bodega de vinho de palma, onde o encontrava curvado sobre uma mesa. Mas naquela noite ele se depara com um Rune arrebatado, como um *sadhu*, contemplando o mundo com olhos desfocados. O criado o sacode levemente. Rune, sorrindo, volta a entrar na ilusão que o mundo é.

Ao fim daquela semana, já doou todos os móveis e guardou instrumentos e esterilizadores na feitoria de Salomon Halevi, comerciante e banqueiro judeu. Cochim agora tem muitos médicos, recém-formados nas faculdades de Madras ou Hyderabad, e expandiu seu sistema de hospitais públicos. Rune sentirá falta de seus pacientes, mas eles sobreviverão sem ele.

Duas semanas depois, sem despedidas formais, Rune segue para o monastério Bethel Ashram, em Travancore, fundado por BeeYay *Achen*. Um dos primeiros sacerdotes a conquistar um diploma universitário, o monge, guiado pelos escritos de são Basílio, buscava se aproximar do Criador por meio de trabalho manual, silêncio e oração. BeeYay *Achen* encoraja o médico com seu exemplo: serviço, reza e silêncio. Depois de sete meses, Rune, quase irreconhecível, emerge como uma borboleta de sua crisálida, seguro de seu destino, ainda que seu voo seja errático. A barba, a alegria e a gargalhada estão intactas, porém agora um senso místico de propósito ferve dentro dele. BeeYay abençoa o médico em sua partida. "Acredito que Deus trouxe você aqui e lhe revelou sua missão de vida. Mas o importante é que você aceitou. Lembre-se, Deus não falou apenas a Isaías, mas a *todos*, quando disse: 'Quem é que vou enviar? Quem de nossa parte?'. Isaías respondeu: 'Aqui estou. Envia-me!'."

Rune convence o barqueiro que fornece peixe, querosene, velas e outras provisões ao monastério a levá-lo a seu destino final. "Onde? Lá? Como assim! Por quê?", indaga o barqueiro, incrédulo. "Esqueceu alguma coisa por aquelas bandas?" Quando percebe que o médico fala sério, diz: "Nem sei se meu barco passa por ali. E se os canais estiverem secos? Vai saber se ainda existe alguma coisa lá!".

Zarpam ao amanhecer, o homem de pele branca muito maior que seu companheiro de pele escura. A canoa desliza por canais com margens de pedra e lama. À tarde cruzam o vasto lago e passam a outro canal estreito, que deve levá-los ao destino. Gritam para um homem trepado no alto de uma palmeira, que lhes dá as últimas orientações. "Sigam reto: não olhem à direita e à esquerda! Em duzentos metros aparecerá um canal. Cortem por ele. Então vocês verão a escada de muitos degraus, entre dez e cem degraus."

Os "dez ou cem degraus" são, na verdade, catorze, e de tão tomados pelo musgo os homens quase não os avistam. O barqueiro ajuda Rune a levar seus sacos até um portão de dobradiças enferrujadas nos fundos do terreno, mas se recusa a passar dali. "Só mais um favor", o recém-chegado diz, contando mais notas do que o barqueiro viu em toda a sua vida. "Venda esse barco para mim."

* * *

Passa sua primeira noite sozinho na única das seis ruínas de edifícios de tijolos vermelhos que ainda preserva duas paredes intactas e algum telhado de palha. Ao cair da tarde, vê uma pedra se mover — era uma cobra que tomava sol por ali. Deitado de costas, ouvindo o bochicho dos ratos, olha para as estrelas e se pergunta se não estaria louco. A palavra "lazareto" se referia a estações de quarentena onde pacientes infecciosos podiam ser isolados, mas com o tempo passou a significar hospital de leprosos. Este lazareto está escondido no trecho de terra firme mais distante dos remansos. Erguido por portugueses, foi reconstruído e abandonado por holandeses e mais uma vez reconstruído por uma missão protestante escocesa. O estigma dos desafortunados que um dia se abrigaram no local é tão forte que, desde a retirada da última missão, décadas atrás, nenhum ocupante tomou posse da terra.

Na manhã seguinte, munido de um bastão, Rune explora a propriedade. Traça o perímetro, analisa cada prédio arruinado, examina o poço e o portão principal, intacto mas enferrujado. Saindo, encontra uma estrada de cascalho bem preservada que passa em frente ao lazareto; seguindo à direita, ela leva às cabanas e casas de uma pequena vila margeada pelo canal que ele navegou na véspera, quando encontraram o homem trepado na palmeira. À esquerda, a estrada continua reta por uma vasta planície empoeirada, até erguer-se numa leve ladeira, depois da qual passa a correr em zigue-zague, como uma cicatriz sinuosa, no sopé daquelas montanhas fantasmáticas, distintas, titânicas, envoltas em névoas: os Gates Ocidentais.

Seu ânimo desaba quando volta e digere a tarefa que tem pela frente. "A realidade é sempre uma confusão, Rune", ele diz, em voz alta. "Quando você abre uma barriga, nunca é como nos livros de medicina."

Perto do portão principal, um lampejo branco chama sua atenção. Ocultos na relva crescida, encontram-se os ossos descoloridos de um esqueleto humano, decerto espalhados por animais. O crânio e a pélvis estão relativamente intactos, suturados ao chão por trepadeiras. A julgar pela pélvis, trata-se de uma mulher, e uma leprosa, levando em conta as erosões nas maçãs do rosto. Rune tem uma visão daquela mulher chegando àquele lugar, fraca, talvez febril, desejando alívio e só encontrando escombros. Ela se deita sem cuidados, sem comida e sem água. Morre. Aqueles ossos ao sol o deixam terrivelmente triste. "Isso é um sinal, não é, Senhor?"

Naquela noite ele sonha com a irmã Birgitta no orfanato de Malmö, onde cresceu. Sentia pena dela, que dedicava a vida a um lugar que ele só pensava em abandonar. Agora entende. No sonho, a irmã Birgitta está costurando,

177

sentada perto da lâmpada, que se torna cada vez mais brilhante, cegando-lhe os olhos.

Ele acorda e encontra dois rostos aterrorizados, a poucos centímetros do seu, suas feições exageradas pela chama da vela que um deles segura. Rune grita, eles recuam, também gritando. As duas figuras assustadas retiram-se para um canto. Ele acende a lanterna. "Não quis assustar vocês", diz, em malaiala, agravando o choque dos visitantes.

"Pensamos que você estivesse morto", declara um homem com um buraco no lugar do nariz. Chama-se Sankar, e a mulher, Bhava. Estão voltando de um festival num templo. Pedem esmola nesses eventos. "É uma longa caminhada", Sankar diz, "mas aqui tem paredes e um teto sob o qual podemos dormir."

"Só duas paredes e quase nada de telhado", Rune diz.

"Melhor do que ao relento, daí os cães selvagens vêm atrás de nós", fala Bhava, que produz um som sibilante ao respirar. Rune adivinha que sua laringe está tomada de lesões. "As pessoas não deixam a gente nem encostar na parede de um estábulo."

"Você não tem lepra", Sankar observa. "Por que está aqui?"

"O poço está entupido", Rune diz. "Primeiro temos que consertar isso. Depois restauramos o restante, aos pouquinhos." E gesticula para a terra descuidada, os escombros do que antes eram edifícios.

"Você e quem mais?", Sankar pergunta.

Rune aponta para o céu repleto de estrelas.

Na manhã seguinte, os dois leprosos lhe desejam boa sorte e partem, arrastando-se lentamente, na fresca da alvorada. Pendendo do pescoço de ambos, as latas já bem batidas, em geral com moedas ou comida, estão cheias do café que Rune lhes preparou.

Uma hora mais tarde, enquanto seleciona tijolos em bom estado em meio aos escombros, ele vê os dois retornando.

"Decidimos que podemos te ajudar", Sankar diz. Mostra as mãos a e ri. "Já fui carpinteiro." Na direita lhe faltam dois dedos, os demais são garras. A carne da palma está arruinada, dando a ela uma aparência simiesca. Tem todos os dedos na esquerda, mas o indicador e o médio projetam-se em um gesto de bênção papal. Ainda assim, ele recolhe um tijolo usando as mãos como pás e aperta-o contra o corpo. Bhava, cujas mãos estão em condições apenas um pouco melhores, faz o mesmo. Esses dois, Rune percebe, são anjos enviados para ele. *Assim foram concluídos o céu e a terra, com todo o seu exército.*

Ao anoitecer, Rune cozinha arroz e lentilhas e escuta as histórias deles. Sankar acabara de se tornar pai quando notou um vergão no rosto, e outros nos meses seguintes. Suas mãos ficaram dormentes. "Não conseguia segurar o lápis de carpinteiro. Meu cunhado me expulsou. A vila inteira me atirou pedras. Minha mulher assistiu a tudo." A emoção da voz contradiz o rosto, eternamente congelado numa carranca. Quanto à Bhava, a pele de seu rosto foi ficando cada vez mais grossa, lisa de modo atípico, e ela perdeu as sobrancelhas. Seu marido a proibiu de sair de casa. "'Até os cachorros fogem de você', ele dizia. *Aah*, mas isso não o impedia de subir em cima de mim à noite. 'Você ainda é bonita no escuro.'" Quando seus dedos entortaram, ele a expulsou sem que ela pudesse se despedir dos filhos. Ela ri ao lembrar, um único dente na boca, como uma árvore solitária num cemitério. Sankar ri também.

Rune não entende aquele estranho riso deles. A mente deve se fechar a tamanha rejeição. Os dois morreram para seus entes queridos e para a sociedade, e essa ferida é maior do que o nariz despencado, a face horrenda ou a perda dos dedos. A lepra mata os nervos, é indolor; a verdadeira ferida e a única dor que eles sentem é a dor do exílio.

Esse é o propósito do lazareto, Rune pensa. *Um lar no fim do mundo. Um lugar onde os mortos podem viver com seus semelhantes e onde o espírito pode se elevar.* Ele observa suas mãos, cheias de bolhas. O polegar é suficiente para provar a existência de Deus. Se a mão é útil ao trabalho, é um milagre; as suas são capazes de remover um rim ou empilhar tijolos. *Senhor, e se eu perder minhas mãos?* Ele aprendeu que raramente a lepra é contagiosa. É provocada por uma bactéria que vive no ambiente, sobretudo em lugares sujos, mas só pessoas com uma suscetibilidade particular contraem a doença. Lembra-se do professor Mehr, em Malmö, cobrindo as feridas de leprosos, dizendo: "Preocupem-se com outras doenças que vocês podem pegar, não com a lepra". De fato, Rune perdeu um colega de classe para a tuberculose e outro para uma septicemia contraída num corte de bisturi. Ele agora debate mentalmente com o professor. *E quanto ao padre Damien, que serviu todos aqueles anos com os leprosos em Molokai? Contraiu lepra e morreu!* Ele imagina a resposta de Mehr: *Mas pense na irmã Marianne, que cuidou do padre Damien. Pense em todas as freiras que serviram em Molokai — nada aconteceu.* Rune decide que não se preocupará com a possibilidade de contágio. *Não fie em sua própria inteligência.* Deixe que Deus se preocupe.

Em um mês, no portão já se vê uma placa em dois idiomas: LEPROSÁRIO SANTA BRÍGIDA. O nome honra a amada irmã Birgitta, de seu orfanato em Malmö. Por acaso é também o nome da santa padroeira da Suécia, e talvez isso ajude a conseguir apoio de alguma missão sueca. Eles reformam dois edifícios e retiram os sedimentos do poço. Rune compra provisões da loja dos *mudalalis* no vilarejo. Mathachen, o coletor de seiva de palmeira que ele avistou no dia de sua chegada, é um intermediário eficiente, deixando-lhe outras compras — palha, madeira, ferramentas, corda — em frente ao portão ou nos degraus à beira do canal. Se por um lado as pessoas do vilarejo têm dúvidas em relação ao trabalho de Rune, por outro não apresentam nenhuma objeção a seu dinheiro. Logo ele está com uma bicicleta, além do barco. Thambi, Esau, Mohan, Rahel, Ahmed, Nambiar, Nair e Pathros juntam-se a seus dois anjos. Como uma floresta de teca com raízes subterrâneas, os leprosos têm uma rede; a notícia da ressurreição do lazareto viaja rápido.

A quase um quilômetro do leprosário há uma propriedade murada onde uma tradicional casa de palha com beirais adornados e paredes de madeira foi fundida com muito bom gosto a uma construção moderna e mais ampla de paredes caiadas, telhado vermelho, janelas altas, uma grande varanda circular, um pórtico na entrada principal, com um carro estacionado, e uma estrada de acesso de cascalho ladeada por tijolos. A inserção na pedra do portão diz THETANATT — o nome da casa — e, embaixo, o nome do proprietário: T. Chandy. Uma vez, quando passava por ali de bicicleta, Rune avistou um homem fumando na varanda, quase de olhos fechados, com um relógio de ouro no pulso. Em outra ocasião o viu passar de carro em frente ao portão do Santa Brígida, com uma mulher do lado, bem quando Rune saía. O médico acenou, o casal sorriu e acenou de volta. Sempre que passava em frente à casa, Rune sentia-se inclinado a fazer uma visita, mas, pela primeira vez em sua carreira, seu tipo de atendimento médico deixava as pessoas desconfortáveis. Mathachen, o coletor de seiva, conta que Chandy havia sido empreiteiro do Exército Britânico em Aden — ele "rasgava dinheiro". Quando voltou, comprou uma grande propriedade nas montanhas, tão grande que Rune a avista do Santa Brígida. Durante a semana, Chandy fica no bangalô da propriedade, administrando a plantação e a colheita; nos fins de semana, faz uma viagem de três horas de carro para sua casa, onde vivem sua esposa e sua mãe, já em idade avançada.

Três meses depois da chegada de Rune ao lazareto, há uma comoção na entrada — alguém grita "Doutor-ay! Doutor-ay!". O empregado agitado da casa Thetanatt está a três metros do portão, com uma mensagem: a mulher de Chandy implora por uma visita urgente, pois o sr. Chandy está tendo um ataque. Rune se apressa de bicicleta. Na varanda, encontra um par de chinelos largados. Espirais de fumaça sobem preguiçosamente de um cinzeiro ao lado de uma lata de cigarros State Express 555. Ele ouve o arrastar de móveis dentro da casa. É quando vê Chandy combalido no chão, seu *mundu* torto, os grandes pés coiceando. A esposa aterrorizada se inclina sobre a figura de bruços. Usa um sári, brincos cintilantes e pulseiras em ambas as mãos — o casal parece vestido para sair.

Rune se ajoelha, sente a respiração de Chandy e seu pulso, que é forte e constante. "O que aconteceu? Me conte, por favor."

"Obrigada, doutor", diz a mulher, chorosa, em inglês. "Ele estava se comportando de um jeito estranho hoje. Não me deixou levá-lo ao hospital. Daí agorinha deu um grito e caiu no chão. Logo ficou duro, muito, e inconsciente. O motorista não está aqui. Eu não sabia o que fazer, então enviei nosso garoto até você. E há pouco ele começou a tremer."

De rabo de olho Rune vê uma anciã de *chatta* e *mundu*, grandes brincos de ouro nas orelhas, com aspecto pálido, apertando o batente da porta com mãos que parecem sem sangue, o lábio inferior tremendo. Ele se dirige a ela em malaiala. "*Ammachi*, não tenha medo, é só uma convulsão, ele já vai ficar bom." Bem quando diz isso, o tremor cessa. "Mas quero que você se sente, pois, se desmaiar, não vai poder ajudar." Ela obedece.

Rune nota as glândulas parótidas de Chandy inchadas, as palmas vermelhas, o peito avantajado e a explosão de novos vasos sanguíneos nessa região e nas faces. Desconfia que o homem entornou mais álcool que a maioria dos homens beberá na vida. Um odor de amoníaco e uma mancha amarela no *mundu* branco revelam que ele urinou.

"Isso já aconteceu antes?", Rune pergunta.

"Nunca! Ele estava normal quando voltou da propriedade ontem à noite, apenas cansado da viagem de carro." A esposa agora fala em malaiala.

"Não, ele não estava *normal*", diz a anciã, encontrando sua voz: "Era como se o tempo todo estivesse sendo mordido por formigas. *Ahh*, brigava com todo mundo". A esposa constrangida a encara, mas a sogra se mantém firme: "*Molay*, é a verdade, e o médico precisa saber".

"Ele sempre fica irritadiço no começo da Quaresma", admite a esposa.

"Ah", Rune diz. "Ele larga o uísque por quarenta dias?"

"Cinquenta dias. Sim. Larga o brandy. Faz isso por mim", ela declara, tímida. "Foi um voto que ele fez, no primeiro ano depois que casamos."

A Quaresma havia começado no dia anterior. A súbita abstinência de Chandy provavelmente precipitou um "surto do rum", uma convulsão induzida pela abstinência de álcool. Rune fica de pé. "Não se preocupem." A respiração de Chandy é ruidosa, mas constante. "Ele acordará logo mais, porém bastante confuso. Volto já com um remédio."

Rune usa como antisséptico uma infusão que Mathachen, o coletor de seiva, prepara. É um *áraque* ilícito — não o *arak* do Norte da África, com sabor de anis, que Rune conhece, mas um destilado sem sabor. No Santa Brígida, o médico prepara uma mistura de extrato de ópio, *áraque*, limão e açúcar, e volta à casa do paciente.

Chandy está no chão, mas desperto, um travesseiro sob a cabeça, o *mundu* já substituído. Está confuso, mas toma obedientemente o remédio, qual uma criança.

"Dê a ele uma colher de sopa mais quatro vezes antes da meia-noite", Rune diz a Leelamma — o primeiro nome da sra. Chandy. "Amanhã, dê três vezes ao dia. No dia seguinte, duas vezes, e, a partir de então, uma vez por dia. Deixei anotado."

À noite ele reaparece, e a essa altura Chandy já está mentalmente recuperado, embora se sinta sonolento. Rune diz a eles que, no futuro, Chandy precisará reduzir o consumo de brandy quando a Quarta-Feira de Cinzas estiver se aproximando.

Uma semana depois, um carro buzina ao portão e entra. É Chandy. Fora Rune, ele é o primeiro não leproso a adentrar a propriedade desde que o médico a administra. Chandy, que agora aparece bem-disposto, se revela um homem robusto, com peito largo e poderosos antebraços, com um excesso de peso na cintura. É um dos raros malaialas sem bigode, tem o cabelo repartido ao meio e penteado para trás. Em sua *juba* amarela de seda e *mundu* esbranquiçado, parece ser um homem que se sente tranquilo em qualquer lugar, mesmo ali no Santa Brígida. Sua gratidão toma a forma de uma garrafa de Johnnie Walker. Ele diz: "Ficaríamos honrados se se juntasse a nós no almoço do Domingo de Páscoa. Poderíamos convidá-lo para ir antes, mas Leelamma não quer servir arroz e feijão-verde. E eu gostaria de poder lhe oferecer uma bebida". O médico aceita.

O olhar de Chandy observa os arredores com interesse e não se abala com os curiosos residentes. Rune oferece um tour, e Chandy logo aceita. Os dois caminham pelos edifícios em reconstrução. O médico tinha esperanças de reutilizar as vigas de madeira de uma das ruínas, mas Sankar acha que estão tomadas por cupins. Chandy se agacha, examina as vigas com cuidado e diz: "Concordo com seu colega. Cupins e também inundações. Está vendo como a cor é diferente aqui pela metade?". Chandy entende muito de concreto e dos vários tipos de telhado. Nos campos, inclina-se várias vezes para pegar um punhado de terra e esmagá-la entre os dedos. "Espero um dia tornar o lugar autossuficiente", Rune declara. Chandy não comenta nada, mas alguns dias depois retorna com seu motorista, num carro cujos assentos traseiros foram retirados; há também uma plataforma soldada à traseira. O motorista descarrega vasos com mudas de mangueiras, ameixeiras e bananeiras, bem como sacos cheios de uma mistura de ossos e esterco. Chandy desdobra um mapa do terreno desenhado à mão, onde marcou o melhor local para um pomar. Uma área mais rebaixada e mais úmida perto do canal é ideal para as bananeiras. "Esse fertilizante, por sinal, é para os coqueiros e as tamareiras que já existem. Parecem não ser cuidados há muitos anos. Mantenha essa terra aqui, entre esses dois coqueiros, livre para pastagem; suporta duas vacas. Um galinheiro também seria bom."

A Páscoa na casa Thetanatt marca o começo de uma amizade duradoura. Rune passa a ser um convidado frequente aos domingos, desfrutando dos pratos suntuosos de Leelamma e do brandy de Chandy. No verão, quando o calor castiga, a família foge para as montanhas por dois meses. Em alguns fins de semanas convidam Rune para visitá-los.

Salomon Halevi envia os instrumentos de Rune que haviam ficado sob sua guarda, e agora o médico dispõe de uma clínica e uma sala de cirurgia rudimentar. Pode fazer mais do que cobrir feridas e drenar abscessos. Opera mãos, procurando preservar-lhes a função ou restaurá-las aliviando contraturas. Para arrecadar dinheiro, escreve muitas cartas. Os judeus paradesi patrocinam o forno de tijolos, enquanto uma missão luterana em Malmö cobre as despesas para uma serralheria e uma pequena oficina de marcenaria. No Natal, a mesma missão se compromete com uma contribuição anual e publica em seu boletim informativo as longas cartas de Rune em sueco. O sr. Shaw, cuja esposa foi paciente de Rune, dá de presente duas vacas leiteiras e um bom carregamento de madeira.

Cinquenta anos depois de Armauer Hansen descobrir, no microscópio, o bacilo em forma de bastão no tecido dos leprosos — *mycobacterium leprae* —, ainda não há remédio que cure a lepra. Rune oferece aos residentes um lar e um trabalho, mas se sente frustrado por não poder fazer quase nada para remediar as lesões progressivas em suas mãos e pés. No dia em que abrem a serralheria, ele encontra um dedo decepado nas aparas. O dono do dedo, ainda trabalhando, só percebe o que aconteceu quando vê o toco ensanguentado. A partir de então o médico passa a promover encontros semanais sobre prevenção de lesões. Escolhe duplas de residentes para inspeções diárias dos pés e mãos dos colegas e faz curativos nos novos ferimentos, sempre agindo rápido para pôr um dedo ou um pé sob a proteção do gesso para evitar danos maiores e permitir que a ferida sare. Toda ferramenta no Santa Brígida possui uma alça acolchoada para aqueles cujos dedos não conseguem segurá-las e como proteção para a pele. Baldes e carrinhos de mão têm arreios que se prendem ao pescoço.

No primeiro ano do lazareto, um recém-chegado sorridente adentra o complexo, alheio ao fato de que seu tornozelo está grotescamente deslocado, com o osso projetando-se através da pele. Qualquer não leproso estaria gritando de dor, mas esse camarada tagarela mostra-se orgulhoso por ter caminhado o dia inteiro. Rune notava nos residentes esse mesmo orgulho perverso: a "vantagem" que tinham sobre aqueles que os rejeitavam era poder caminhar eternamente, como também ficar parados, de pé, por horas a fio, sem necessidade de mudar o peso de um pé para o outro. O trauma cumulativo de caminhar sobre pés lesionados, e da postura ereta prolongada, inflama, tensiona e acaba por romper os ligamentos que unem os ossos do pé. Quando o tálus — o osso em forma de sela embaixo da tíbia que transfere o peso do corpo para o calcanhar — finalmente cede, o arco do pé fica plano como um *appam* e, em seguida, convexo, como o fundo de uma cadeira de balanço. O peso do corpo já não se distribui pelo pé inteiro, concentrando-se em um só ponto, e o resultado da pressão é uma úlcera. Se negligenciada, ela cresce e gangrena, forçando a amputação — que é sempre indolor.

25. Um estranho na casa

PARAMBIL, 1923

Quando Grande Ammachi está com trinta e cinco anos, no ano da Graça de 1923, ela engravida de novo. Parece um milagre. A primeira pista é um sabor metálico na boca, seguido pela perda de apetite. Assim que conta ao marido, ele se espanta. Ela se sente tentada a dizer: *Não me diga que você não sabe como aconteceu!* Mas o semblante preocupado dele a impede; já teve três abortos espontâneos nos longos anos desde que Bebê Mol nasceu, cada um deles acarretando uma tristeza devastadora, a sensação de que ela estava sendo punida por JoJo. O marido nunca menciona seus medos, mas ela sabe o quanto ele deseja um filho a quem legar sua criação, Parambil; um filho que cuide dos pais na velhice. Se ele se sente ansioso, ela, por seu turno, está tranquila, confiante de que essa gravidez vingará. Sua convicção deve vir de Deus. Já se passaram mesmo quinze anos desde que ela trouxe uma criança ao mundo? Sua única tristeza é já não ter a mãe ao lado. O câncer a levou dois meses depois da visita ao médico em Cochim.

Quando entra no sétimo mês, seu centro de gravidade rebaixado, os pés entortando ao caminhar, ela encontra o marido sentado na varanda depois do jantar, contemplando o quintal inundado pela luz da lua. Sua expressão é sonhadora, uma rara visão. De perfil, não parece velho, embora não escute bem e o cabelo, praticamente grisalho, esteja ralo. Aos sessenta e três anos, ele ainda restaura um dique ou cava um canal de irrigação. Ao ver a esposa, ele lhe cede assento, sorrindo. Ultimamente, anda perseguido por dores de cabeça, ainda que nunca reclame; ela sabe por sua posição da mandíbula, a testa franzida, e porque ele se retira em silêncio para o quarto com um pano molhado sobre os olhos.

Grande Ammachi se aconchega ao lado dele, as costas doídas, o bebê pressionando. Comenta dos pés inchados e que não consegue imaginar como Odat *Kochamma* teve dez filhos... Vez por outra ela observa, com certa avidez, Shamuel e a esposa Sara em momentos descontraídos, o tête-à-tête entre os dois, a conversa atropelada. Até suas discussões parecem íntimas. Já ela precisa falar pelos dois.

Ele observa os lábios dela para não perder nenhuma palavra, seus pés balançando quase imperceptivelmente ao ritmo de seu batimento cardíaco. "Por que você fala tão pouco?", ela pergunta, depois de algum tempo. Ele responde erguendo e baixando as sobrancelhas e os ombros. *Quem é que sabe?* Ela o sacode, irritada. É como tentar sacudir o tronco de uma figueira.

Ele responde: "Como você preenche os espaços em que eu poderia dizer algumas palavras... fico calado".

Ela faz que vai levantar, ofendida, mas ele a puxa para perto de si, rindo em silêncio. Sua risada, silenciosa ou não, é ainda mais rara que sua fala, e Grande Ammachi sente uma afeição especial quando essa risada escapa, desarmada e luminosa. Os braços dele a envolvem. Ela ri. Por que ver os dois assim, abraçados, deveria embaraçá-la? Seus sobrinhos, os gêmeos, andam de mãos dadas (ainda que as esposas vivam em pé de guerra); a caminho da igreja, ela vê mulheres de mãos dadas. Mas os casais se mantêm notadamente separados, como se para negar que, no escuro, tocam-se e muito mais.

Ele a solta, mas seus ombros ainda pressionam os dela. Ela espera. É fácil abafar o que ele vai dizer falando primeiro. "Nunca aprendi a ler", ele diz, por fim. "Mas aprendi que a ignorância nunca é revelada se prendemos nossa língua. Falar é o que remove qualquer dúvida." *Você não é ignorante! Você é sábio, meu esposo.* A confissão dele paira entre os dois no entardecer amistoso. Ela o envolve com os braços como se fosse cobri-lo, porém é como se tentasse abraçar Damodaran.

Nas dores do parto, ela anuncia aos gritos seu ressentimento contra os homens, que são poupados do que fizeram acontecer, assim como se ressente do infante mal-agradecido que carregou dentro de si e agora quer parti-la ao meio. Mas então, quando aquela boca minúscula se lança a seu mamilo,

Grande Ammachi sente um jato tanto de colostro quanto de perdão, este último trazendo uma espécie de amnésia. De que outro jeito ela consentiria em dormir de novo com o homem que lhe causou tamanha dor?

Depois da primeira respiração, o bebezinho olha à volta para o mundo de Parambil com uma expressão séria e alerta, franzindo a testa, concentrado. Ela já se decidira (com a bênção do marido) a lhe dar o nome de seu pai, Philip. No entanto, a expressão erudita do recém-nascido a leva a adotar Philipose no registro batismal. Poderia ter escolhido "Peelipose", "Pothen", "Poonan" — variantes locais de "Philip." Mas gosta de "Philipose" pelo eco da antiga Galileia, a última sílaba, reconfortante, que soa como água fluindo. A mãe reza para que o filho conheça o prazer de ser levado por uma corrente, capaz de nadar de volta à margem.

Seu nome de batismo será usado na escola e em tudo que seja oficial. Ela torce para que antes disso não seja substituído por algum diminutivo. Muitas crianças ganham apelido muito cedo e não conseguem se desgrudar: "Regi", "Biju", "Sajan", "Renju", "Tara" ou "Libni"; ao apelido acrescentam um complemento: *mon* (garotinho) ou *mol* (garotinha); "bebê" (sem gênero) ou *kutty* (criança). Bebê Mol tem dois complementos no lugar do nome cristão, que resta abandonado na certidão de nascimento. Na meia-idade, Philipose será interpelado por pessoas mais jovens com um sufixo respeitoso: Philipose *Achayen* ou *Philipochayen* (para a mulher, pode ser *Kochamma*, *Chechi* ou *Chedethi*). Quando for pai, será *Appachen*, ou *Appa* para os filhos, tal como logo mais chamará sua mãe de *Ammachi* ou *Amma*. Alguma confusão é inevitável. Ela ouviu falar de um homem conhecido na família como Bebê *Kutty* e entre os amigos adultos como Bebê Goodyear, embora tenha deixado essa empresa depois do casamento e agora trabalhe para o Departamento de Finanças de Jaipur. Os parentes de sua mulher o conheciam como Bebê Jaipur. Um tio imponente da esposa chegou a Jaipur depois de uma longa viagem, foi procurá-lo nesse departamento e ficou furioso quando a equipe lhe disse que nenhum Bebê Jaipur trabalhava ali. Acionaram a polícia, que o levou preso. Quando George Cherien Kurian (também conhecido como Bebê Jaipur) soube disso, foi pagar a fiança, mas não conseguiu localizar o tio, pois só o conhecia como Bebê *Thadiyan* (Bebê Gordo) e não pelo nome sob o qual fora registrado: Joseph Chirayaparamb George.

Poucas semanas depois do nascimento de Philipose, o marido cai de cama por cinco dias com uma dor de cabeça paralisante, acompanhada de vômitos alarmantes. Ela fica louca de preocupação, cuidando do recém-nascido enquanto esfrega óleo na testa do doente, além de consolar Bebê Mol, triste com o estado do pai. Shamuel acampa do lado de fora do quarto do *thamb'ran*, recusando-se a ir para casa. Os comprimidos e emplastros do *vaidyan* não adiantam nada. Ela quer levar o marido a Cochim, para o doutor *sa'ippu* Rune, mas ele se recusa a viajar de barco. Então, tal como surgiu, a dor de cabeça diminui misteriosamente, só que, ao fim de tudo, ele termina com parte da face esquerda caída. Não consegue fechar o olho esquerdo, saliva escorre pelo canto da boca. Isso a incomoda mais do que a ele. Em pouco tempo ele vai para o campo. Shamuel relata que o *thamb'ran* está trabalhando duro como sempre, embora agora esteja surdo do ouvido esquerdo.

O rosto do marido se ilumina sempre que vê o filho recém-nascido, mas o sorriso é desigual; Grande Ammachi aprende a mirar o lado direito de seu rosto em busca de sua verdadeira expressão. Há algo novo nos olhos dele; primeiro, ela pensa que é tristeza. O marido estaria relembrando o destino do primeiro filho? Não, não é tristeza, mas ansiedade; uma ansiedade que não se liga a nada que ela possa determinar, e isso a perturba. Bebê Mol também está preocupada e agora abandona o banco para seguir o pai quando ele perambula pela casa, ou empoleira-se na cama dele, calada, permanecendo ali até que a mãe a ponha para dormir.

Quando Philipose completa um ano, Grande Ammachi não pode negar a verdade acerca de seu garotinho: ele toma banho de boa vontade, mas ela se alarma sempre que entorna o balde d'água sobre sua cabeça — os olhos dele se fecham, e quando abrem, os globos oculares giram, e muitas vezes seus membros amolecem. Mas, ao contrário de JoJo, ele ri, como se apreciasse a desorientação. Para ele é uma brincadeira. Seus olhos pedem bis. Como é grande o bastante para que a mãe o ponha no *uruli*, o vaso imenso mas raso, nunca usado, destinado ao preparo de *payasam* em festejos, o menino se bate na água com prazer, rindo enquanto a vertigem o derruba do *uruli* para o *muttam*. Como um marinheiro bêbado, recompõe-se e engatinha para dentro da água de novo. Seus pais, chocados, assistem a tudo incrédulos.

Grande Ammachi diz ao marido: "Não posso perder essa criança linda".

"Então deixe que ele viva. Não aprisione o menino", ele diz, veemente. "Foi assim que meu irmão mais velho pôde tirar vantagem de mim. Porque minha mãe nunca me deixava ir a parte alguma. Eu te contei essa história?" *Ele terá mesmo esquecido?* "O que não entendo é por que meu filho busca a água, quando ela não lhe é amigável", conclui.

Poucos meses depois, à noite, enquanto Odat *Kochamma* cuida de Philipose, Grande Ammachi escapole para um mergulho no rio. Diferentemente do marido e do filho, nada a restaura ou renova mais do que aquilo. Ao voltar, escuta um som repetitivo de algo sendo raspado e encontra o marido agachado, cavando sem muita convicção com uma vara na beira do *muttam*. Por um momento, ela se sente como se observasse uma criança brincando, mas o rosto do marido é sério.

"O que você está cavando aí? E ainda mais *depois* do banho!" Ele a olha. Por um breve momento é como se não tivesse a menor ideia de quem ela seja. Em seguida se ergue, cambaleia e quase cai. O coração de Grande Ammachi lhe salta à boca. O que ela vê ali é o futuro.

Nas semanas seguintes, acontece de novo: ela o encontra cavoucando o solo sem que lhe diga por quê. "Fique de olho em seu *thamb'ran*", ela diz a Shamuel, que não entende. "O que houve? Por que diz isso?" Ela não responde, apenas o olha fixamente. "Não há nada de errado com ele", Shamuel diz, veemente. "Seu rosto está caído de um lado, mas quem precisa de dois lados? É o que digo a ele. Basta um."

"Bem, ele já não é jovem. Quantos anos você tem, Shamuel?" O cabelo dele é grisalho, e o bigode, onde não está amarelo do *beedi*, é branco. As rugas ao redor dos olhos são tão numerosas como as de Damodaran.

Shamuel faz um movimento de torção com o pulso. "Pelo menos trinta, talvez mais", responde. Ela desata a rir, e ele a segue — algo raro para os dois naqueles dias.

Ela decide mencionar as escavações, e é como se lhe desferisse um golpe. Quando se recupera, ele diz: "Talvez o *thamb'ran* esteja procurando moedas que enterrou. Antes de construir o *ara* fizemos isso. Pode ter uma, ou cem moedas. De ouro, prata, cobre". Prefere refugiar-se nos nomes a nos números.

"Você acha mesmo que tem um tesouro enterrado?", ela pergunta. Ele evita encará-la, sua voz treme. "Por que a pergunta? Só penso o que o *thamb'ran* pensa."

O medo de Shamuel é palpável. Para seus antepassados nunca havia garantia de abrigo ou comida. Eram servos de uma propriedade, pagando eternas dívidas ancestrais, mas essa prática agora é ilegal. Ele recebe por seu trabalho, e o terreno onde ergueu sua casa é dele. Pode trabalhar onde bem quiser. Mas não consegue se imaginar trabalhando para qualquer outra pessoa. O coração dela se parte por esse homem que, ao longo de todos esses anos, esteve sempre ao lado de seu marido, como sua sombra. Grande Ammachi sente o amor de Shamuel pelo patrão. Sem o *thamb'ran*, o que acontecerá com sua sombra? Se ele não puder contar com o *thamb'ran*, terá de contar com ela.

* * *

Passados alguns dias, ela está na varanda, com Philipose no colo. É fim de tarde e os dois observam Damo. De repente os pelos da nuca de Grande Ammachi se eriçam, e ela sente uma presença esmagadora atrás de si. Não pode ser Damo, mas é como se fosse: uma forma imensa projeta uma sombra sobre ela. Ela se volta e vê o marido, que por sua vez olha por sobre seu ombro para Damodaran, que come, barulhento, chutando as folhas. Ao lado do marido está Bebê Mol, que tateia de levinho o próprio rosto. Ela, que nunca chora, não entende a natureza das lágrimas, por que são salgadas e demoram a cessar.

Damo fica imóvel, os olhos fixos no *thamb'ran*. Os dois velhos gigantes se encaram, sem expressão, e por um momento ela pensa que avançarão um contra o outro. O marido põe a mão sobre ela — não em busca de apoio, mas para indicar posse.

"O que ele quer?", ele pergunta baixinho, a saliva cintilando num canto da boca.

"Como assim? É o nosso Damodaran!"

"Não, não é. É outro elefante. Mande ele embora." E se retira, um pouco desorientado, só encontrando o caminho para o quarto graças à Bebê Mol.

No jantar, Damodaran se arrasta para perto da casa, ignorando as frondes frescas de coqueiro que Unni colheu para ele. Parece esperar por *thamb'ran*, talvez para reclamar por ter sido chamado de impostor. Grande Ammachi leva um balde com arroz e *ghee* para Damo, que recusa a oferta.

Ela preparou o prato preferido do marido, *erechim olarthiyathu*. Quando ele senta à mesa, não parece notar que Damo se aboletou na varanda da parte velha da casa, embora seja impossível ignorá-lo. Como sempre, tão logo a carne em brasa toca a folha de bananeira, ele não resiste a prová-la antes que o arroz seja servido. Mas então, para choque da esposa, ele cospe. Como os lábios não se fecham bem, o queixo fica sujo, engordurado. O que sobrou na folha ele atira no *muttam*.

"Isso não serve nem para cachorros!"

César, o mais novo vira-lata da casa, discorda, correndo para lamber os cubos de carne. Damodaran se aproxima.

"*Ayo*! Por que você fez isso?" Ela nunca ergueu a voz para o marido antes. Prova a carne. "Pelo amor de Deus, não tem nada de errado com a comida! O que deu em você? Faço esse prato há quase um quarto de século!"

"*Aah*, taí! Não teria errado por descuido. Deve ter sido de propósito."

Ela olha para ele incrédula. Esse homem que quase nunca fala, e nunca de modo ríspido, agora a trespassa com suas palavras. "Por todos esses anos sempre quis que você falasse mais! Eu deveria agradecer a Deus por seu silêncio." Ela se vira e sai, espumando, reação igualmente inédita. Encontra Damo e ele olha para ela, a tromba encaracolada na boca. *Perdoe seu marido, ele não sabe o que faz.* Ela escuta a frase como se ouvisse uma voz humana.

Seguindo a orientação de Damo, a esposa volta à cozinha com legumes e picles. O marido mal come. Ela segura o *kindi* para que ele possa limpar os dedos. Ele caminha a passos pesados para o quarto, passando por Bebê Mol. Grande Ammachi percebe que, pela primeira vez em muito tempo, a filha não se pôs ao lado do pai durante o jantar. Em vez disso, retirou-se para o velho banco. As lágrimas da menina cessaram, e ela agora se mostra feliz, conversando com as bonecas em vez de andar atrás do pai. Grande Amachi olha a filha esperando que ela se agarre ao pai, como tem feito há vários dias. Nada.

Depois de cobrir as brasas na cozinha, ela vai dar uma espiada no marido. Ainda se sente mal com o que aconteceu. Ele está na cama, os olhos no teto. Ela senta a seu lado. Ele a olha e pergunta se ela pode lhe dar um pouco de água. O copo está bem do lado dele e ela o oferece. Ele se levanta e, como uma criança, segura-o com as duas mãos. São poderosas, mas nodosas e envelhecidas pela idade, e cheias de calos por causa de todas as árvores que ele escalou e em função de cordas, machados e pás que empunhou. Juntos, erguem o copo e ele bebe. A mão dela, minúscula perto da dele, já não é a mão daquela menina que veio para Parambil e deixou uma vida inteira para trás; exibe cicatrizes das faíscas de incontáveis chamas e de óleo quente. Seus dedos com nós ressaltados revelam o desgaste de tanto cortar, moer, descascar, fatiar e picar. As mãos dos dois, sobrepostas, guardam os muitos anos como marido e mulher. Quando já não há uma gota no copo, ele relaxa as mãos, deita, suspira e fecha os olhos.

Ela se retira depois de um tempo. Mais tarde pretende verificar como ele está, assim que botar Bebê Mol e Philipose para dormir. Mas adormece com as crianças. Acorda no meio da noite e levanta para ver o marido, como tem sido seu hábito há alguns meses. A figura escura do esposo está muito quieta. Quando o toca, sente a pele gelada. Mesmo antes de acender o lampião, sabe que ele se foi.

O rosto dele está imóvel, a expressão perturbada e penitente. No silêncio, o coração dela bate furioso, como se quisesse se desprender, buscando libertar-se do peito e pulsar pelo marido, pois o coração que labutou por tantos anos já não pode fazê-lo.

Chorando baixinho, sobe na cama e deita ao lado dele, contemplando o rosto que viu pela primeira vez no altar, o rosto que tanto temeu e que depois amou tão ferozmente; seu marido silencioso, tão constante no amor por ela. À volta de Grande Ammachi os sons da terra onde ele viveu e que tomou para si parecem mais agudos e exagerados: o canto dos grilos, o coaxar dos sapos, o sussurro da folhagem. Ela então ouve uma trombeta prolongada: um lamento de Damo por aquele que o resgatou quando ele estava ferido, pois um bom homem se foi.

Seu marido ficaria muito contente por não ter precisado receber ou conversar com toda a gente que foi chorá-lo, parentes e artesãos cuja vida e destino ele alterou tão profundamente. Os naires do *tharavad* nos confins de Parambil vêm prestar homenagens. Todos os *pulayar* comparecem, de todas as casas, detendo-se silenciosos no *muttam*, o rosto carregado de tristeza. Shamuel sobressai, chorando, despedaçado — Shamuel, que ela conduziu ao quarto, apesar dos protestos dele, para que se despedisse do *thamb'ran* que idolatrava. O marido ficaria impaciente com o funeral, desejaria tomar logo seu lugar na terra que tanto amava e deitar-se ao lado da primeira esposa e do primogênito.

Poucas semanas depois do enterro, com a vida em Parambil lutando para encontrar o novo normal, Grande Ammachi ouve sons de escavações e arranhões no pátio, quando estava prestes a dormir. O barulho cessa. Na noite seguinte, ele volta. Ela sai e senta na varanda, voltada para a fonte do ruído. "Escute", ela diz, "você tem que me perdoar. Eu me martirizo por não ter ido até você assim que botei as crianças para dormir. Caí no sono. Sinto muito pela discussão no jantar. Exagerei. Sim, também queria que tivesse sido diferente. Mas foi só uma noite ruim entre tantas perfeitas, não? Eu esperava ter muitas outras noites perfeitas, porém cada uma delas foi uma bênção. E ouça: eu te perdoo. Depois de uma vida inteira de doçura, você tinha todo direito a um chilique. Então fique em paz!"

Ela espera. Sabe que ele a ouviu, pois, como sempre foi seu hábito, o esposo expressa amor por ela à sua maneira: pelo silêncio.

26. Muros invisíveis

PARAMBIL, 1926

Quando seu filho tem quase três anos, ela o leva de barco à igreja de Parumala, onde está a tumba de Mar Gregorios, o único santo dos cristãos de São Tomé. Philipose se delicia com sua primeira viagem de barco, mas a mãe não tira os olhos dele. Nem seu marido nem JoJo jamais aceitaram subir num barco, já o menino não pode ver água sem querer desafiá-la. Seus amigos pulam no lago como peixes, e ele não consegue entender por que não pode fazer o mesmo; Philipose adquire uma obstinação de formiga-de-fogo, ferozmente determinado a superar o interdito. Suas muitas tentativas de "nadar" deixam a mãe aterrorizada; os fracassos são um espetáculo patético.

A tumba do santo fica de um lado da nave da igreja. Acima dela há a foto em tamanho real de um retrato de Mar Gregorios; essa imagem (ou então o retrato largamente difundido do artista Raja Ravi Varma) pode ser vista em calendários e pôsteres emoldurados em qualquer residência dos cristãos de São Tomé. A barba do santo contorna lábios delicados, e suas tranças laterais emolduram um rosto bonito e bondoso, com olhos joviais. Ele advogou sozinho para que os *pulayar* fossem convertidos e acolhidos nas igrejas, o que não viu acontecer em vida. Grande Ammachi acha que também não verá.

O garotinho se encanta com a igreja, e ainda mais com a tumba e as centenas de velas diante dela. Ele puxa o *mundu* da mãe. "Ammachi, peça pra ele me ajudar a nadar." Ela não o escuta; de pé, com a cabeça coberta, contempla em transe o rosto do santo.

Mar Gregorios olha diretamente para ela, sorrindo. *Sério? Você veio até aqui para pedir que eu ponha um feitiço no menino?*

Ela fica chocada. Ouviu a voz do santo, mas, quando olha ao redor, percebe que ninguém mais ouviu.

Mar Gregorios lê seus pensamentos. Ela não consegue encará-lo. "Sim", ela diz. "É verdade. Você ouviu o que meu filho disse. Ele está tão determinado. O que devo fazer? O menino perdeu o pai. Estou desesperada!"

Uma das lendas conta que Mar Gregorios queria cruzar o rio que flui em frente àquela igreja para visitar um paroquiano na outra margem. Contudo, perto do atracadouro, três mulheres banhavam-se alegremente no raso, suas roupas molhadas colando-se à pele, os gritos e gargalhadas flutuando no ar como faixas festivas. Por pudor, ele voltou atrás. Meia hora depois, elas continuavam lá. O santo desistiu, murmurando consigo mesmo: "Fiquem na água, então. Vou amanhã". Naquela noite o diácono reportou que três mulheres pareciam impossibilitadas de sair do rio. Mar Gregorios sentiu remorso pelas palavras que disse tão sem pensar. Ajoelhou-se, rezou e disse ao diácono: "Diga a elas que já podem sair". E elas saíram.

Grande Ammachi está ali para pedir descaradamente pelo inverso: que o santo impeça seu único filho de entrar no rio. "Sou uma viúva com duas crianças para criar. Além disso, tenho que me preocupar com esse garoto, que, tal como o pai, corre riscos perto da água. Nasceram com essa Condição. Já perdi um filho para a água. Mas este está determinado a nadar. Por favor, eu imploro. E se quatro palavras suas — 'Não entre na água' — lhe permitirem viver uma longa vida em honra de Deus?"

Ela não obtém resposta.

Philipose se assusta ao ver a mãe, seu rosto iluminado de modo fantasmagórico pelas velas diante da tumba, conversando com a fotografia do santo.

Na volta para casa, ela diz a Philipose: "Mar Gregorios te vigia todos os dias, *monay*. Você me ouviu fazer uma promessa diante da tumba dele, não foi? Prometi que jamais deixaria você entrar na água sem companhia. Se desobedecer, alguma coisa ruim acontecerá comigo". Essa parte é verdade: ela morreria se alguma coisa acontecesse com ele. "Você vai me ajudar a cumprir minha promessa? Nunca irá sozinho?"

"Mesmo depois de eu aprender a nadar?"

"Mesmo depois. Sempre. Uma promessa não pode ser quebrada."

O menino se abala com a ideia de que alguma coisa pode acontecer à mãe. "Eu prometo, Ammachi", diz, sincero. Com frequência ela o lembrará daquela promessa.

Quando completa cinco anos, Philipose começa a passar três horas por dia na "escola", uma simples cabana com telhado de palha, aberta em três de seus flancos. No primeiro dia, ele e os outros cinco novos alunos levam folhas de betel, noz-de-areca e uma moeda para o *kaniyan*, que recebe os presentes e em seguida pega o dedo indicador de cada uma das crianças e traça a primeira letra do alfabeto em um *thali* cheio de arroz. Essa escola é criação de Grande Ammachi, para manter as crianças longe de confusão por algumas horas e ensinar-lhes as letras. Os pupilos — filhos e netos das famílias de Parambil e do *ashari*, do oleiro, do ferreiro e do ourives — aprenderão o alfabeto.

O *kaniyan* é um homem careca, pequeno e inquieto, com um calombo, ou cisto, no topo da cabeça que Bebê Mol chama de "Bebê Deus". Ele sobrevive lendo horóscopos para aspirantes a noivos e noivas. As aulas lhe dão uma renda extra muito bem-vinda. Alguns brâmanes acham que a casta *kaniyan* dos astrólogos e professores é de charlatões ou de pseudobrâmanes, mas esse *kaniyan* não dá atenção a esse tipo de preconceito.

Mal Grande Ammachi vira as costas, Joppan, filho do *pulayan* Shamuel, surge do bosque de bananeiras onde se escondera. Pisca para Philipose e entra na sala de aula. Os dois brincam juntos e são os melhores amigos um do outro. Como Joppan é quatro anos mais velho, é também o acompanhante oficial de Philipose. Quando andam por aí abraçados, parecem gêmeos, sobretudo à distância, pois Joppan é baixo para a idade.

Joppan leva uma folha que não é de betel, uma pedra que faz as vezes de noz-de-areca e uma moeda talhada na madeira. Entra na sala sem camisa, segurando os presentes e exibindo dentes fortes, o cabelo penteado para trás com água, mas já se desgrenhando.

O *kaniyan* diz: "*Ah ha!* Então *você* quer estudar?", com um sorriso estranho. O caroço em sua moleira fica túrgido. "Pois eu ensino. Fique ali depois do umbral. *Aah*, muito bem." O *kaniyan* acerta as coxas do menino com a vara de bambu. Os gritos de protesto de Philipose são abafados pelos gritos do *kaniyan*: "Seu *pulayan* metido! Nojento! Cão imundo! O que mais você quer? Tomar banho no tanque do templo?". Joppan foge correndo, mas depois se vira, incrédulo, com uma expressão de dor e vergonha. Os outros ficam constrangidos. O menino é o herói deles, nenhum outro tem tanta autoconfiança, nenhum consegue cruzar o rio a nado ou matar uma cobra sem medo. Algumas crianças (pequenos adultos que são) se deleitam secretamente com a humilhação de Joppan.

O peito do menino se expande e ele grita com a voz de alto-falante pela qual é conhecido: "PEGUE ESSE OVO AÍ NA SUA CABEÇA E COMA! QUEM É QUE QUER ESTUDAR COM UM IDIOTA COMO VOCÊ?". Essa blasfêmia chega ao arrozal e Shamuel ergue a cabeça. Brandindo a vara, o *kaniyan* se lança atrás de Joppan, que faz uma finta, levando seu perseguidor a tropeçar e cair. As crianças riem com as gargalhadas amplificadas do menino, que se retira desfilando. O professor tem um momento de dúvida: será que foi Grande Ammachi que teria enviado o filho do *pulayan*? Sabe-se que Parambil dá terrenos para seus *pulayar*, mas será que esse tipo de excentricidade abrange oferecer também uma educação a eles? *Ela pode até pagar meu salário, mas prefiro morrer de fome a educar uma criança da lama.*

Em casa, Philipose chora de ódio e conta tudo para a mãe. A hipocrisia do mundo lhe queima o rosto. Grande Ammachi abraça o filho e o embala. Sente vergonha. A injustiça que ele testemunhou não é culpa apenas do *kaniyan*. Suas raízes são profundas e tão antigas que parecem leis da natureza, como o fluxo dos rios ao mar. Mas a dor naqueles olhos inocentes lhe recordam o que é fácil esquecer: o sistema de castas é uma abominação. Vai contra tudo que está na Bíblia. Jesus escolheu pescadores pobres e um coletor de impostos como discípulos. E Paulo disse: "Não há mais diferença entre judeu e grego, entre escravizado e homem livre, entre homem e mulher, pois todos vocês são um só em Jesus Cristo". Porém eles estão bem longe de serem um só.

Ela tenta explicar a estrutura de castas de maneira simples, sabendo que tudo soa absurdo: segundo a lei divina, os brâmanes — ou *nambudiris*, como são chamados em Travancore — são a casta mais elevada, a casta sacerdotal, e, como monarcas europeus, têm a posse da maior parte das terras. O marajá, claro, é um brâmane. Um nambudiri desfruta de refeições gratuitas em todos os templos, pois é uma honra alimentar um brâmane; hospedam-se de graça nas pensões mantidas pelo Estado. Só o primogênito nascido da união entre duas casas de brâmanes, ou *illam*, pode casar e herdar a propriedade, além de tomar para si várias esposas, como muitas vezes o faz, já em idade avançada. Filhos que *não* são primogênitos apenas têm direito a uniões não oficiais com *naires*, guerreiros logo abaixo dos nambudiris. Os filhos desses relacionamentos são naires, uma casta elevada que, como os nambudiris, se considera poluída se tiver contato com castas inferiores; seus membros costumavam ser os feitores dos vastos territórios dos nambudiris, mas hoje são donos de terras. Um degrau abaixo dos nambudiris e dos naires vêm os ezhavas — artesãos que tradicionalmente recolhiam seiva da palmeira para produzir vinho, mas que no entanto se dedicam cada vez mais à produção de cordas ou têm suas próprias terras. A casta mais baixa são os trabalhadores sem-terra: os *pulayar* e os *cheruman* (também chamados de *adivasis, parayar* ou "intocáveis"). As populações "tribais" que vivem nas montanhas estão fora de qualquer hierarquia de casta; seu vínculo tradicional com a terra em que vivem, caçam e plantam nunca foi registrado em papel — o que é uma vantagem para os recém-chegados das planícies.

"Quanto aos cristãos, *monay*", diz Grande Ammachi antes que ele pergunte, "nós vagamos por essas estratificações." Reza a lenda que as primeiras famílias convertidas por são Tomé eram brâmanes. Rituais hindus continuam imbricados aos rituais cristãos, como o pequeno *minnu* de ouro, no formato de folha de manjericão, que o marido pôs no pescoço dela no casamento; ou os princípios Vastu, obedecidos na construção das casas. Os cristãos não se livraram do casteísmo. Em Parambil, como em qualquer outra comunidade cristã, um *pulayan* jamais adentra a casa; Grande Ammachi serve Shamuel em um conjunto separado de vasilhas — como Philipose certamente já observou.

O que ela não conta é que os cristãos de são Tomé nunca tentaram converter seus *pulayar*. Os missionários ingleses que chegaram séculos depois do apóstolo só conheciam uma única casta na Índia: os pagãos que tinham de ser salvos do inferno. Os *pulayar* converteram-se deliberadamente, talvez na esperança de que, abraçando Cristo, suas famílias se igualassem às de Parambil, onde eram servos ou empregados. Isso nunca aconteceu. Precisaram construir suas próprias igrejas onde seguir os ritos da Igreja Anglicana ou da Igreja do Sul da Índia. "O sistema de castas é discutido há séculos, e é muito difícil mudá-lo", ela diz.

O rosto do filho não esconde sua decepção com a mãe, a desilusão com o mundo. Ele se retira. Ela quer chamá-lo. *Você não pode caminhar sobre um lago só porque decide chamá-lo de "terra". Rótulos importam.* Mas ele é novo demais para entender. Grande Ammachi tem a sensação de que seu coração vai se despedaçar.

O *ashari*, o ceramista e o ourives chamam Shamuel, que sai de sua cabana. "Seu filho merece uma surra", diz o ceramista. "Por que ele achou que poderia ir pra escola? Você não ensinou nada?" Shamuel fica parado, mortificado. Implora perdão, cruzando as mãos para apertar os lóbulos da orelha enquanto dobra os joelhos, gesto de obediência que faz sorrir o Bebê Ganesh. Mais tarde, Shamuel bate de vara em Joppan com muito mais força do que fez o *kaniyan*, gritando que o filho envergonhou a família — ele quer que os que vivem rio acima escutem. O único choro que se escuta é o da mãe do garoto, que por sua vez aceita a surra em silêncio e não parece nem um pouco penitente. Retira-se como um tigre ferido que se mete pelo mato. Os olhos ressentidos de Joppan deixam Shamuel temeroso. Não tem medo *do* filho, mas *pelo* filho.

Grande Ammachi poderia insistir junto ao *kaniyan* para que aceitasse Joppan como pupilo. Mas ela sabe que com isso ele pedirá demissão, e, mesmo se concordasse, os pais das outras crianças as retirariam da escola. No dia seguinte, as aulas do *kaniyan* começam pra valer, usando o chão de terra como quadro negro. Grande Ammachi manda chamar Joppan, mas Shamuel diz que o menino deve estar nadando em algum lugar. Quando Philipose chega em casa, mostra à mãe o "livro" de folha de palmeira onde o professor escreveu as primeiras letras — *a* e *aa, e* e *ee* (അ e ആ, e എ e ഏ) — com um prego afiado. No dia seguinte, outra folha será presa à anterior com um fio.

Mais tarde, ela avista Joppan com Philipose, que prepara folhas para fazer um livro para o amigo e traça as letras na areia para que ele copie. Sua alegria desaparece quando ela vê as marcas nas costas do menino. Por que punir o garoto por um sistema que ele não criou? Grande Ammachi diz a Joppan que, enquanto os outros estiverem na escola, ela própria o ensinará a ler. Se não pode desfazer os males do casteísmo, pode ensinar o garoto a ler. Em um ano as crianças estarão prontas para a escola primária do governo, perto da igreja, aberta a *todos*. Uma unidade de ensino secundário está sendo construída logo atrás e atenderá várias cidades e vilas no distrito.

Joppan aprende rápido, mostra-se pontual e agradecido. Sua postura fanfarrona segue intacta, apesar das surras. Mas Grande Ammachi sabe que ele queria estar na sala com seus amigos. Chegará o dia em que tanto para seu filho quanto para Joppan os estudos chegarão ao fim e eles terão de encarar o mundo lá fora, com todas as suas hipocrisias.

27. Subir é bom

PARAMBIL, 1932

Quatro anos depois de traçar as primeiras letras com o *kaniyan*, Philipose ainda precisa dominar uma habilidade mais primordial para sua vida: nadar. Não quer se dar por vencido e todo ano, quando as águas das inundações recuam, ele tenta de novo. Joppan, mais à vontade na água do que em terra, é o que mais o estimula. Mas chega o dia em que Joppan se recusa a acompanhá-lo ao rio, e não só por trabalhar o dia todo. Foi o primeiro desentendimento entre os dois amigos.

Quando Philipose entrou na escola primária, Joppan se matriculou com ele. Shamuel não aprovava: de que servem as letras a um menino *pulayan*? Não podia, porém, dizer isso para Grande Ammachi. Um dia, depois da terceira série, Joppan avistou uma balsa à deriva no novo canal perto de Parambil. Estava encalhada e cheia de água. O barqueiro estava inconsciente de tão bêbado. De alguma forma Joppan conseguiu liberar a balsa e então, sozinho, a conduziu com a vara até o rio e de lá ao atracadouro em frente à feitoria do dono da balsa, Iqbal. Agradecido, o proprietário ofereceu um emprego a ele, que aceitou. Grande Ammachi ficou furiosa com Shamuel, como se a culpa pelo filho ter abandonado a escola fosse dele. Mas o emprego era bom. Ainda assim, o pai queria que o rapaz trabalhasse em Parambil e só. Quando se aposentasse, Joppan poderia substituí-lo. Não era a coisa mais natural a se fazer? Os amigos se desentenderam por isso. E Philipose persuadiu Shamuel a acompanhá-lo até o rio, pois prometeu jamais ir sozinho.

"Você acha que esse ano eu aprendo, Shamuel?", Philipose pergunta, enquanto os dois caminham. Tem nove anos e faz um movimento de moinho com os braços, ensaiando uma nova braçada que ele acredita que o fará flutuar. Shamuel não responde, apressando o passo atrás do "pequeno *thamb'ran*", tal como no passado corria para acompanhar o ritmo do pai do menino.

Na doca, dois barqueiros estão por ali matando tempo. Os incisivos frontais de um deles são longos como remos, o lábio superior dobrando-se sobre os dentes. Quando veem Philipose tirando a camisa, os barqueiros saem da letargia. "*Adada!* Olha só quem voltou!", diz o dentuço, seus gestos tão lânguidos quanto o rio vagaroso. "O Senhor Nadador!" Philipose não escuta. Com os olhos escancarados, apertando o nariz, o menino respira fundo e mergulha. Essa parte ele já dominou: com os pulmões cheios de ar, sempre reaparece na superfície, embora só tente fazer isso no raso. E, de fato, ele reaparece, seu cabelo brilhante escorrendo sobre os olhos como um tecido negro. Agora seus braços se agitam ferozmente: está tentando "nadar".

"De olhos abertos", grita Shamuel, pois sabe, desde os tempos com o *thamb'ran*, que essa confusão com a água é sempre pior com os olhos fechados. Mas o menino não o ouve. Joppan acha que Philipose não escuta direito, mas Shamuel acredita que o pequeno *thamb'ran*, ao contrário do grandalhão, só escuta o que quer.

"Aqui é raso, *monay*", grita o dentuço. "Fique de pé!" Aquela agitação tresloucada remexe a lama no fundo do rio e faz Philipose girar em círculos, primeiro com a barriga na água, depois de costas; em seguida mergulha, exibindo a sola branca dos pés. Shamuel se cansa daquilo, entra no rio e endireita o menino como se Philipose fosse um vaso caído.

Os barqueiros aplaudem, Philipose se alegra. Apesar dos olhos por um momento vesgos, ele sorri, vitorioso, interrompendo a celebração para regurgitar a lama que pegou emprestada do rio. "Acho que nadei até quase a metade dessa vez, não foi?"

"*Ooh, aah*, mais do que metade!", diz o dentuço. O outro barqueiro ri tanto que quase perde seu *beedi*.

A expressão de Philipose murcha. Shamuel o acompanha à casa, gritando por cima do ombro: "Por que precisam de remos, se a língua de vocês pode fazer o serviço?". Ele olha preocupado para o garoto, que se mostra estranhamente calado. Não herdou a natureza taciturna do pai. Será que o pequeno *thamb'ran* perdeu a fé?

"Estou fazendo alguma coisa errada, Shamuel."

"O que está fazendo de errado é entrar na água, *monay*", diz Shamuel, severo. Ele será firme, mesmo que Grande Ammachi não seja. "Seu pai não gosta de nadar. Você já viu ele perto da água? Seja como ele."

Sem perceber, Shamuel fala do grande *thamb'ran* como se ele ainda estivesse trabalhando ali, no campo próximo. Afinal, seu senhor continua presente: estão ali o cavalete, a picareta, o arado, as cercas que os dois cavaram juntos, todos os campos que cultivaram, todas as árvores... Como o *thamb'ran* não estaria aqui?

Philipose se afasta desanimado e chuta uma bola. Shamuel segue para a cozinha.

"Ele foi mais longe dessa vez?", pergunta Grande Ammachi.

"Mais longe lama adentro. Enfiou a cabeça no leito do rio como um *karimeen*. Tirei lama dos ouvidos e do nariz dele."

Ela suspira. "Você nem imagina como me custa deixar ele entrar no rio."

"Então não deixe!"

"Não posso. Prometi a meu marido. Só posso cobrar a promessa de ele não ir só."

Mais tarde ela encontra Philipose sentado com sua bola à sombra do coqueiro mais antigo, cutucando com um graveto um formigueiro abandonado. Está desolado. Senta-se com ele, bagunça seu cabelo.

"Talvez eu devesse tentar *subir*", ele diz, baixinho, apontando para a copa da árvore, "em vez de..."

Que fascinação é essa dos homens de subir ou descer, virar pássaro ou peixe? Por que não ficar com os pés no chão? O filho a encara com tanta intensidade que ela estremece. *Ele acha que tenho todas as respostas. Que posso protegê-lo das decepções da vida.* "Subir é bom", ela declara.

Depois de uma pausa, o menino fala. "Sabia que meu pai subiu nessa árvore uma semana antes de morrer? Shamuel diz que nesse dia ele tirou coco pra todo mundo!" A animação em sua voz começa a voltar, como um arbusto ressecado se desfraldando depois da chuva. *Graças a Deus ele não herdou o silêncio do pai.*

"Aah. Bem... Ele quase caiu..."

"Ainda assim, ele conseguiu subir até o céu", o menino diz, levantando e pondo um pé no calço talhado daquele lado do tronco, olhando para cima e visualizando a façanha, observando onde a árvore termina e onde começa o firmamento.

"Aah, isso é verdade...", ela concorda.

Mas não é. Shamuel, é óbvio, não contou o que aconteceu. O marido deixou de escalar os coqueiros no último ano de vida. Mas, uma semana antes de morrer, algum impulso o impeliu para o alto. A árvore lhe era tão familiar quanto o corpo das duas mulheres que lhe deram filhos. Décadas atrás ele talhara aqueles calços que serviam de apoio. Não foi a árvore, mas a falta de força que o traiu. Empacou ao cumprir um quarto do caminho. Shamuel foi atrás, uma volta de corda presa entre os pés, subindo até alcançá-lo. Shamuel tocou o pé do *thamb'ran* e conseguiu fazê-lo deslizar para o próximo calço. "*Aah, aah*, aí. É bem fácil, não é? Agora o outro... e deslize as mãos." Grande Ammachi só conseguiu respirar quando o esposo voltou à terra, o único lugar ao qual aqueles pés pertenciam agora. "Tirei uns cocos pra você", o marido lhe disse, apontando vagamente atrás de si, mas não havia coco nenhum. "*Aah*. Fico muito contente", ela respondeu. Caminharam de volta para casa de mãos dadas, sem ligar para quem os observava.

Philipose a tira do devaneio. "Acho que não quero subir nessa árvore. Ainda é um pouco alta para mim, não é?" Ela detecta uma rara nota de precaução na voz dele.

"Por ora, é."

"Ammachi, se ele tinha forças para subir nessa árvore... por que morreu?"

Essa pergunta a pega de surpresa. A seus pés, formigas-de-fogo carregam uma folha, absortas no trabalho. Se ela soltasse uma pedrinha em cima da folha, elas considerariam uma calamidade natural? As formigas conversam com Deus, ou respondem a perguntas impossíveis dos filhos?

"A Bíblia diz que vivemos sessenta anos mais dez, se tivermos sorte. Ou seja, setenta. Seu pai estava bem perto disso. Sessenta e cinco. Sou muito mais nova do que ele. Eu tinha trinta e seis anos quando ele morreu." Ela vê a preocupação no rosto dele e sabe que o menino está fazendo as contas. "Tenho quarenta e cinco agora, *monay*."

Seu filho põe o braço magrelo ao redor dela e a abraça. Ficam daquele jeito por muito tempo.

Abruptamente, vira-se para ela e diz: "Eu nunca vou conseguir nadar por algum motivo, não é? Meu pai também não conseguia pela mesma razão". A expressão em seu rosto já não é a de um garoto de nove anos. Ao admitir a derrota, parece mais velho, mais sábio. "Que motivo é esse, Ammachi?"

Ela suspira. Não sabe *qual* é o motivo. Talvez *ele* o descubra. Como seria maravilhoso se sua teimosa determinação se transformasse numa busca pela cura da Condição! Ele poderia ser o salvador das gerações futuras. Poderia poupar os filhos *dele* de igual sofrimento. Por ora, Grande Ammachi pode apenas nomear o problema, descrever o estrago que aquilo causou na família desde tempos imemoriais. Talvez ainda não lhe mostre a genealogia — a Árvore da Água — para não assustá-lo com visões de uma morte prematura. Ela respira fundo e diz: "Vou contar o que sei".

28. A grande mentira

PARAMBIL, 1933

Um menino de dez anos que não pode conquistar a água volta-se ferozmente para a terra. O ceramista sai à caça de barro aluvial azul nas margens dos rios, já o fazedor de ladrilhos mergulha em afluentes rasos, de cesta na mão, enchendo o barco com lama de rio, descartando qualquer outro material. Philipose tem gostos ecléticos; com os dedões preênseis dos pés, calibra as proporções de areia, barro e lodo. No que diz respeito à sensação das solas dos pés, o solo arenoso acolchoado ao lado da igreja é imbatível, contrastando com o laterito vermelho impenetrável perto do poço de Parambil. O torrão rico em granito perto da escola tem cor de sangue diluído e é tão frio quanto o aperto de mão do diretor; no entanto, essa variedade, quando pisada, filtrada e ressecada no papel, deixa manchas vívidas e cromáticas. Fazendo experiências como um alquimista, o menino chega a uma fórmula para uma tinta que cintila na página mais do que qualquer marca conhecida e torna a escrita prazerosa. A receita final inclui carcaça de besouro amassada, groselhas e algumas gotas de um frasco com um fio de cobre embebido em urina humana (a sua).

Como seu falecido pai, ele caminha distâncias prodigiosas. Que os outros sejam levados à escola de barco impulsionados por varas, remos ou motores. Ele vai a pé. Sim, podem dizer que o menino tem uma questão com a água. Não perdeu a vontade de ver o mundo. Em todo caso, evitará os sete mares. Quem caminha vê mais e sabe mais, é o que diz a si mesmo. Só os que caminham poderiam travar amizade com o lendário "sultão *pattar*", que está sempre sentado sobre uma galeria em frente ao grande *tharavad* dos naires. *Pattar* é o termo para brâmanes tâmeis que migraram de Madras para Kerala. O apelido de "sultão" vem da forma peculiar como ele enrola seu *thortu* em volta da cabeça, deixando um pequeno rabo de pavão de sobra. O que faz dele uma lenda é seu *jalebi*. Convidados de um casamento logo esquecem se a noiva era bonita ou se o noivo era feio, mas nunca deixam de se lembrar da sobremesa preparada pelo sultão *pattar*, que arremata a festa. Em certas manhãs o *pattar* oferece ao jovem caminhante um pedaço de *jalebi* que sobrou das festividades da noite anterior. Ao longo de mais de um ano Philipose implora pela receita secreta. Um dia, sem avisar, antes que o garoto possa anotá-la ou memorizá-la, o *pattar* desembucha a fórmula, como um sacerdote recitando uma *shloka* em sânscrito. Foi inútil, pois as medidas do *pattar* para a farinha de grão-de-bico, o cardamomo, o açúcar, o *ghee* e sei lá mais o quê eram todas em baldes, barris e carros de boi.

Certa tarde, quando o caminhante está voltando para casa, uma voz em pânico lhe grita às costas: "Saia da frente!". Uma bicicleta passa por ele com grande estrépito, quicando no barro ressecado dos sulcos talhados pelas rodas das carroças. O ciclista de cabelo branco salta momentos antes de o veículo se esborrachar contra o aterro. Philipose o ajuda a se levantar. Os óculos do menino estão tortos, a lama sujou seu *mundu*, mas pelo menos a caneta ainda está no bolso da camisa. O bigode grisalho e cerrado do ciclista alcança seu lábio inferior. "Sem freio!", ele declara. Um hálito de álcool acompanha o pronunciamento. O homem se levanta, ergue a bicicleta e apruma o guidão, depois dá um tapinha na caneta presa ao bolso de Philipose e pergunta, mas em inglês: "Que modelo é esse? Sheaffer? Parker?".

Philipose responde em malaiala: "Nada tão chique assim. Mas o que importa é a tinta, e essa eu batizei de Rio de Cobre Parambil. Feita à mão por mim mesmo a partir de um filtrado de solo de laterito, cobre e ureia". Sem revelar a fonte da ureia, esboça um desenho no caderno como demonstração. As sobrancelhas do ancião, que fazem frente ao bigode, se alçam. "Humm!", ele exclama, agitando a trinca peluda.

Quase um quilômetro mais tarde, Philipose revê o ancião, agora sem camisa, parado no topo de uma escada íngreme que leva a um barracão. Ele discursa em inglês numa voz poderosa, como se falasse a uma multidão, embora não haja ninguém por ali além de Philipose. "Canhão à direita deles, canhão ao fundo…" é tudo que o garoto consegue compreender. Contudo, para seus ouvidos, aquele inglês soa melodioso e convincente, bem diferente do inglês do mestre Kuruvilla, que ecoa parecido com o malaiala do próprio mestre Kuruvilla, com palavras pisando no rabo umas das outras — "Ocachorroestá-sempreseguindoomestre" ou "AderrotadeNapoleãoemWaterloo" —, sempre intercaladas por um *nayinte mone* (filho da puta) e outras expressões em malaiala que sugerem que seus pupilos têm casca de coco no lugar do cérebro. Philipose julga autêntico o inglês daquele homem, o idioma do progresso, da educação superior, ainda que seja a língua dos colonizadores.

"Menino da Tinta!", ele grita em inglês, enquanto volta a amarrar o *mundu* logo abaixo dos mamilos. "Bom samaritano! Identifique-se, meu bom camarada."

"É comigo que o *Saar* está falando?", pergunta Philipose, em malaiala.

"EM INGLÊS!", o outro ruge. "Conversaremos apenas em inglês. Qual é sua graça?"

"MechamoPhilipose, *Saar*", responde o garoto, torcendo para que aquilo corresponda à sua graça.

"*Senhor!* Não *Saar*."

Philipose repete. O bigode se agita. "Muito bem, suba. Vamos começar."

"Ammachi!", Philipose grita animado, invadindo a cozinha. "*Saar* Koshy tem estantes cheias de livros em todas as paredes. E pilhas de livros dessa altura no chão!"

Grande Ammachi digere aquilo. A "biblioteca" dela tem duas Bíblias, um livro de orações e pilhas de antigos *Manoramas*. Ela sabe quem é *Saar* Koshy, porque junto com os peixes frescos da vendedora chegam sempre as fofocas mais recentes. Koshy terminou seus estudos pré-universitários em Calcutá, depois trabalhou num escritório por muitos anos. Durante a Primeira Guerra Mundial, tentado pelo bônus e pelo salário, alistou-se. Retornou outro homem. Depois estudou no Madras Christian College e lá permaneceu como professor. Agora voltou com uma pequena pensão e mora na casa de seus ancestrais, numa pequena propriedade afastada, com um terreninho onde consegue cultivar mandioca e outras ninharias.

Odat *Kochamma*, de pé atrás dele, se mete na conversa: "Viu a mulher dele, *monay?*". Philipose não a ouve. Ela lhe dá uma batidinha no ombro e repete a pergunta.

"*Ooh-aah*. Vi, sim. *Saar* me mandou buscar chá pra gente. Ela perguntou de onde eu era, que família, tudo isso. *Saar* gritou da sala em inglês: '*Aquela mulher* está te perturbando?'. Ela respondeu em malaiala" — Philipose a imita — "'Seu rato velho, se falar comigo em inglês, você que faça seu chá!'"

"Rato velho", diz Bebê Mol, caindo na gargalhada.

"Coitada dessa senhora", diz Grande Ammachi.

"Você não sabe o que diz", corrige Odat *Kochamma*. "Conheci Koshy na infância. Tão inteligente... *Ayo*, e bem bonito, de farda, antes de ir para o estrangeiro. Botas reluzentes, cinto e *athum ithuk okke*", ela diz, suas mãos flutuando pelo corpo para sugerir uma barafunda de botões, medalhas e dragonas. Estufa o peito como um pombo e se põe em posição de sentido, mas as pernas tortas e a corcunda lhe dão um ar cômico. Bebê Mol a imita, e as duas se saúdam. Odat *Kochamma* suspira. "Quando ele era menino, teve propostas bem mais interessantes... Por que casou com ela não me entra na cabeça." Um corvo grasna no telhado. "Talvez Deus entenda. Eu, não."

Notando os olhares em sua direção, ela diz, rispidamente: "O quê?... Só estou dizendo que, se cérebro fosse óleo, o dela não dava para acender um lampiãozinho."

"Você a conhece?", Philipose pergunta, confuso.

"*Aah, Aah*. Não precisa. Algumas coisas eu simplesmente sei."

Philipose declara: "O Exército Britânico deixou que ele ficasse com a bicicleta. Diz ele que vale mais do que um dote. Ele lutou em Flanders. Ficou irritado por eu nunca ter ouvido falar em Flanders. Ah, e me emprestou este livro. Disse que a vida humana inteira está resumida nele".

Bebê Mol, Odat *Kochamma* e Grande Ammachi espiam o livro ao mesmo tempo. "Não parece ser uma Bíblia", diz sua mãe, desconfiada. O texto é denso e tem ilustrações, mas os versos não estão numerados.

"É a história de um peixe gigante. Tenho que ler dez páginas até a semana que vem. E anotar todas as palavras que não conheço. Ele me emprestou este dicionário. *Saar* diz que o livro vai melhorar meu inglês e me ensinar tudo sobre o mundo. No próximo encontro preciso estar pronto para discutir o que li."

Grande Ammachi não consegue evitar certa inveja. Agora que o filho desistiu de nadar, voltou sua curiosidade para aprender tudo mais que há no mundo, como uma espécie de vingança. Sua fome por conhecimento há muito eclipsara o que Parambil tinha a oferecer. A escola mal dava conta. Koshy *Saar* é sem dúvida mais educado e sabe mais coisas do que os professores de Philipose. Assim, ela vê o menino esfomeado sendo alimentado, embora não por suas mãos.

"Ele espera ser pago?"

"Com um fornecimento regular da Rio de Cobre Parambil, minha tinta."

Odat *Kochamma* diz: "*Aah*. Só não conte tudo que você bota nessa tinta, é só o que digo".

* * *

Na semana seguinte, Philipose volta ainda mais animado. "Ammachi, ele consegue recitar de cor páginas inteiras do livro! 'Não pense, é meu décimo primeiro mandamento; e durma quando pode é o décimo segundo.'"

Aquele tipo de conhecimento a preocupa. "E daí que ele decorou esse livro? Odat *Kochamma* sabe recitar o Evangelho de João inteiro, mesmo sem saber ler. Era assim que ensinavam no passado, não é?", ela argumenta, voltando-se para a velha e tentando defender o único livro que Philipose devia estar tentando memorizar. Mas Odat *Kochamma* está mais interessada no relato do garoto.

"*Saar* só me fez uma pergunta: 'Quem está contando a história?'. A resposta é Ismael! É o que diz na primeira linha. Ismael é o 'narrador'. Sei que meu inglês vai melhorar, pois ele não me deixa usar uma só palavra em malaiala."

Por muitas semanas a família se reúne para ouvir Philipose traduzir, ou então resumir, as páginas de *Moby Dick* que teve de ler. Quando ele diz "Melhor dormir com um canibal sóbrio do que com um cristão bêbado", elas caem na gargalhada. Grande Ammachi fica escandalizada com a narrativa, mas também enfeitiçada. Certa manhã, tão logo Philipose sai para a escola, ela decide examinar de novo a ilustração do selvagem tatuado, Queequeg. Vai ao quarto do filho e dá de cara com Odat *Kochamma* e Bebê Mol debruçadas sobre o livro.

"Ele é um *pulayan*, esse Cuic-*achine*!", diz Odat *Kochamma*. "Quem mais lê o destino nos dados? Quem mais constrói o próprio caixão? Lembram quando Paulos *pulayan* se convenceu de que um demônio estava grudado nas costas dele? Ele não conseguia fazer nada para se livrar, então se enfiou numa fresta nas rochas, tão estreita que o diabo não poderia seguir ele…"

"E perdeu metade da pele e quase morreu de picadas de formiga", Grande Ammachi diz.

"*Aah*. Mas ele saiu de lá sorrindo. O diabo soltou."

Até então, o transcurso dos anos em Parambil se media com a Páscoa e o Natal, os nascimentos e as mortes, as inundações e as secas. No entanto, 1933 é o ano de *Moby Dick*. Lá pela metade do livro, Grande Ammachi quer que Philipose pergunte a Koshy *Saar* se essa história não é inventada. "É divertida. Mas não é tudo uma grande mentira? Pergunte a ele."

A resposta de Koshy *Saar* é indignada: "É ficção! A ficção é a grande mentira que diz a verdade sobre o mundo!".

* * *

Como se tivessem combinado, a monção chega a Travancore bem na parte em que o *Pequod* afunda. Em Parambil, ninguém repara na chuvarada, pois o caixão de Queequeg virou a tábua de salvação de Ismael, enquanto Queequeg é visto pela última vez agarrando-se ao mastro. Quatro cabeças se encolhem debaixo do lampião, debruçadas sobre um livro que apenas uma delas consegue ler. "Deus os guarde", diz Odat *Kochamma* assim que terminam; Bebê Mol fica triste, Grande Ammachi faz o sinal da cruz. Ela aprendeu a amar Queequeg. Pensa em Shamuel, em como aquela palavra, *pulayan*, o diminui, quando na verdade, tal como Queequeg, ele é superior a quase todos os homens que ela conhece. A bondade em seu coração, o caráter industrioso, o empenho em fazer as coisas corretamente seriam qualidades que muito serviriam aos gêmeos — Georgie e Ranjan —, por exemplo. Ela já não sente culpa por seu fascínio por essa "mentira que diz a verdade" que *Moby Dick* é.

"Koshy *Saar* não acredita em Deus", Philipose confessa na noite em que volta da aula com um livro novo. Fica evidente que ele vinha mantendo segredo sobre o ateísmo do mentor até que terminassem *Moby Dick*. Há certa culpa em seu rosto, medo de que a mãe ponha um fim às suas visitas, mas agora ele tirou um peso da consciência.

Ela espreita com avidez o novo livro nas mãos do filho — *Grandes esperanças* —, o romance que definirá 1934, tal como *Moby Dick* definiu 1933. "Bem, Koshy *Saar* pode não crer em Deus, mas que bom que Deus acredita naquele velho. Por que mais Ele ia botar esse homem na sua vida?"

29. Milagres matinais

PARAMBIL, 1936

Certo dia de chuva forte, Grande Ammachi se enche de incertezas quando seu adolescente se arrasta para a escola, adentrando a escuridão nas primeiras horas da manhã. Em seus ombros sonolentos, ela não reconhece sinal do marido. O filho é mais delicado — mais broto do que tronco. Ela quer chamá-lo de volta, pois ao sair ele cruzou o umbral com o pé esquerdo — para que dar chance ao azar? Só que convocar uma pessoa de volta quando ela já embarcou numa viagem traz ainda menos sorte.

"Ammachi?", ouve atrás de si. É sua filha que começa a despertar. Ela espera ansiosa o que Bebê Mol dirá. Além de antecipar visitantes, a filha tem o dom de prever tempo ruim, desastres e mortes. "Ammachi, o sol está saindo!" Grande Ammachi respira aliviada. Nos vinte e oito anos de vida de Bebê Mol, o sol nunca deixou de sair, e no entanto toda manhã o retorno do grande astro a deixa extática. Ver o milagroso no comezinho é um dom mais precioso do que a profecia.

Depois do café da manhã, Bebê Mol estende sua palma larga, e Grande Ammachi conta três *beedis*. Nenhuma cristã que se respeite fuma, mas algumas mascam tabaco, e as senhoras mais velhas não abrem mão de suas caixinhas de ópio. Não se sabe quem introduziu Bebê Mol ao hábito do *beedi*, e ela não conta. Mas a alegria que aquilo lhe dá torna difícil negar-lhe sua porção de três *beedis* por dia. Sua mãe não pode imaginar um mundo em que a filha não esteja sentada no banco da varanda, o rosto engelhado sorrindo enquanto canta para as bonecas de pano. O *muttam* é o palco que a distrai. Quando o arroz escaldado é posto para secar, espantalho nenhum se equipara à sua vigilância.

"Onde está meu bebezinho?", pergunta Bebê Mol. Sua mãe a lembra de que ele foi para a escola. "Que bebezinho lindo ele é!", Bebê Mol diz, entre risinhos.

"Verdade. Mas não tão bonito quanto você."

Bebê Mol ri alto, um som rouco de alegria. "Eu sei", declara, modesta.

Mas de repente uma sombra cruza seu rosto e ela diz: "Alguma coisa aconteceu com nosso bebê!".

Quando Philipose sai de casa para ir à escola, o céu está baixo e pesado como lençóis molhados no varal. As escarpas altas e cheias de musgo em ambos os flancos formam um túnel escuro. À frente, um relâmpago esboça um objeto sinuoso, com aspecto de corda. Ele congela até se alegrar por não ser nada vivo. Apenas um graveto.

Seu cérebro de treze anos ainda carrega a lembrança de quando tinha sete e brincava com César entre as árvores-da-borracha. O pequeno vira-lata corria de um lado a outro, inclinando-se sobre as patas dianteiras, sorrindo e desafiando Philipose a acompanhar seu ritmo. Abanava o rabo tão vigorosamente que sua traseira parecia prestes a se descolar, até que ele se lançava de novo na carreira, delirando de alegria. Naquele dia, de repente seu companheiro deu um salto no ar, como se tivesse pisado numa mola. O Éden acabou. Philipose conseguiu ver algo se movendo e ouviu um som de bicho se arrastando no mato. Era uma *eetadi moorkhan*, ou "serpente dos oito passos". Oito passos é tudo que resta a quem é picado, e isso se a pessoa for rápida. César conseguiu dar quatro passos. "Cachorros têm nome", ele diz, amargamente, sentindo a dor da morte do cão como se tivesse acontecido ontem e retomando o diálogo que travou com um gato que apareceu na cozinha, de olho no *karimeen* — o lanche que a mãe havia lhe preparado. "Um cachorro vive *por* você. Um gato apenas vive *com* você."

Sua gola está úmida, sua camisa se gruda à pele enquanto ele caminha ao longo do canal transbordante. Sente uma presença atrás de si; uma onda de arrepios corre por seus braços. *Não deixe Satã dominar sua vontade, pois ele o arrastará para a perdição.* O garoto diz em voz alta o que a mãe lhe ensinou: "Deus está no controle!". Volta-se para ver uma forma sinistra na água, bloqueando o céu. Uma grande balsa de arroz para aos poucos. Está atracando.

De acordo com Joppan, os balseiros debochados que ele gerencia tem atracadouros secretos onde mulheres lhes vêm vender companhia e bebida, aliviando-os de seus salários e surrupiando carga. Philipose tem inveja de Joppan, que, no lugar da chatice da escola, desfruta de entardeceres no lago Vembanad e de filmes nos cinemas de Cochim e Quilon. Joppan sonha em motorizar essas balsas e revolucionar o transporte de mercadorias; segundo ele, ninguém pensou nisso, pois os canais são rasos e as balsas são antiquíssimas, mas Joppan esboçou desenhos detalhados que mostram como esses motores poderiam ser adaptados.

O canal se alarga e se bifurca ao redor de uma ilhota, a água alcança os pés das duas novas igrejas ali construídas. O que havia sido uma única congregação pentecostal dividiu-se em duas quando os ânimos se exaltaram, como fogo na palha. Depois de trocas de socos, o grupo dissidente construiu a própria igreja em sua parte do terreno. As igrejas ficam tão próximas que os sermões de domingo se confundem.

Agora Philipose ouve, muito mais alto do que o normal, o rugido do rio principal mais à frente, onde o canal deságua. Sente um estrondo sob os pés. Ele se lembra de Shamuel dizendo que inundações rápidas haviam carcomido as margens dos rios, o que explica por que a balsa resolveu atracar. Gotas de chuva grossas abrem pequenas crateras na terra vermelha, batendo repetidamente contra seu guarda-chuva. O menino se abriga debaixo de um aglomerado de palmeiras. Vai se atrasar para a escola. Tem duas opções: ficar seco e levar bronca por chegar atrasado, ou chegar pontualmente, mas encharcado até os ossos. De todo modo, os nós de seus dedos sofrerão nas mãos de Saaji *Saar*, que é professor de matemática e técnico do time de futebol na St. George's Boy High School. O atletismo de *Saar* se mostra na forma e na perícia com que lança um pedaço de giz ou acerta um tapa na cabeça de um aluno. Como Philipose pode atestar, conhecendo isso na pele, o golpe chega sempre de surpresa. "Eu *não* estava desatento", ele diz para Grande Ammachi. "*Saar* murmura as coisas! Como entender o que ele fala quando está de frente para o quadro?" A mãe visitou *Saar* e insistiu para que Philipose se sentasse na frente, pois ele sofre para escutar dos fundos. Com isso suas notas subiram, ultrapassando até mesmo Kurup, que em geral é o primeiro em tudo. Em contrapartida, virou alvo fácil para as bolinhas de papel mastigado que o atingem pelas costas e para os ataques frontais de *Saar*. Philipose está ficando conhecido na escola, e não pelos melhores motivos.

Há, contudo, uma terceira opção. "Encha o estômago e decida depois!" Ele desembrulha o lanche. "Caí na tentação", diz em voz alta, para a mãe.

Contempla, meditativo, a crosta deliciosamente escurecida e os sabores de pimenta, gengibre, alho e malagueta. Sua língua busca as belas espinhas do *karimeen*, o peixe frito, que é como a natureza pode dizer: *Calma, saboreie*.

Nesse momento, um som aterrorizante mas humano lhe fere os ouvidos. O naco de peixe em sua boca vira barro. Seus cabelos se arrepiam. Um homem chora.

Uma figura de tanga bate no peito, se lamuriando para os céus. Philipose reconhece os incisivos frontais que erguem o lábio superior como as estacas de uma tenda. É o barqueiro do atracadouro perto de sua casa, um homem que até hoje gosta de provocar Philipose, chamando-o de "Senhor Nadador". Hesitante, o menino caminha na direção dele. A piroga do barqueiro, um palito oco, está largada na margem. É com ela que ganha a vida, transportando passageiros solitários como a vendedora de peixe e sua cesta. Quando o rio está daquele jeito, ele sofre para encher a barriga... Ei, o que é aquela trouxa aos pés do homem? Um bebê! Philipose vê o rosto pequeno, inchado e imóvel, os olhos iguais aos de César no dia em que morreu. O bebê foi picado por uma *ettadi*?

O barqueiro desesperado bate a cabeça contra uma palmeira até que Philipose o segura. Ele se vira, o rosto amedrontado, os olhos ensandecidos, vermelhos como os de um mangusto. Demora para compreender a figura que paira diante dele, um menino que tem metade de sua idade. O barqueiro o reconhece.

"Foi cobra?", Philipose pergunta, docemente.

O barqueiro balança a cabeça e torna a chorar. "*Monay*... Faça alguma coisa, por favor. Você tem educação... Salve o bebê!"

Philipose se agacha para olhar melhor, desejando que o barqueiro pare de gritar. Educação? Numa ocasião dessas, o que vale o que ele aprendeu na escola? O garoto toca com cuidado o peito do bebê e se assusta quando ele se agita, com esforço. Mas nenhum ar parece passar pelos lábios do infante, cujo pescoço está estranhamente inchado. Alguma coisa branca, como o látex coagulado de uma árvore-da-borracha, se projeta por trás da espuma da saliva.

"Pare! Por favor!", ordena Philipose ao barqueiro que não para de chorar. Dominando sua repulsa, Philipose enfia o dedo indicador na boca do bebê. A pele branca borrachosa sangra nas bordas. Ele puxa, e, de início, a coisa sai fácil; é preciso arrancar a última parte. O pequeno peito se agita, e agora há um rumor de ar — o som da vida! Aquilo foi puro bom senso, não educação. Era só remover o que engasgava. No entanto, depois de alguns suspiros, o bebê parece sufocar, o peito cresce imensamente, a boca se abre e fecha como a de um peixe, mas o ar não entra. A visão é agonizante, desesperadora — sua própria respiração lhe parece dolorosa. Ele enfia o dedo mais fundo dessa vez e puxa um grande naco de casca borrachosa cheia de sangue. O ar entra com um grasnado de ganso, sua passagem é ruidosa, como se houvesse pedrinhas soltas na traqueia.

"*Saar!* Eu sabia! Eu sabia que você podia salvar meu filho!"

Nada de "Senhor Nadador" agora? Agora eu sou Saar? Ele diz para o barqueiro: "Escute. Temos que levar o bebê para uma clínica".

"Como, com o rio desse jeito?", diz o homem, aos prantos de novo. "E sem dinheiro e…"

"Pare!", Philipose o interrompe, gritando. "Não consigo pensar com seus gritos." Mas o barqueiro não para. Aquele lamúrio enlouquecedor e a luta desesperada do bebê por ar deixam Philipose num frenesi. No instante seguinte, esquecendo de sua questão com o rio, Philipose toma o bebê nos braços e empurra o barqueiro com tanta força que o homem tomba de volta na piroga. Antes que ele possa se erguer, Philipose joga o bebê no colo do pai e empurra o barco para o rio, saltando para dentro da embarcação no último momento. "Vamos!", grita Philipose. "Reme!"

"Meu Deus! O que você fez?", grita o barqueiro. Philipose tira o bebê dele, e o barqueiro automaticamente se agacha procurando os remos no fundo da canoa, enquanto a corrente sacode a piroga e ameaça virá-la. Por reflexo o barqueiro faz a única coisa que pode mantê-los em curso: aponta a proa para a corrente. Num piscar de olhos, eles se veem nas garras do rio, navegando em seu centro a uma velocidade atordoante. Olhando para o lado, Philipose vê a água espumando na margem, devorando ainda mais a areia. "Vamos morrer!", o barqueiro grita.

Philipose grita de volta: "Reme, reme!". A água do céu martela sem parar. O rugido do rio é alto, seus gemidos soam humanos. A canoa sobe e desce, Philipose sente o estômago chegar à boca, mas ele precisa segurar o bebê com firmeza para que ele não voe pelos ares. É possível viajar nessa velocidade? Uma larga parede de água se eleva de um lado, e a onda quebra dentro da canoa. O que era um rugido se transforma num sibilo ainda mais alto, é como se a água risse daquela desfaçatez. Pela primeira vez na vida Philipose sente terror de verdade.

"Shiva, Shiva!", grita o barqueiro. "Vamos morrer!"

Ammachi, quebrei minha promessa. Verdade seja dita, ele não entrou na água sozinho, porém um barqueiro inútil não conta. *Mas, veja, não estou na água, apenas sobre ela.* O barqueiro inútil desistiu de remar e agora deixa o barco à deriva de um lado a outro, ao sabor do rio. Ao vê-lo Philipose se enfurece, orgulhoso demais para confessar seu medo ou reconhecer seu equívoco.

Aproxima-se do barqueiro e o estapeia com toda força. "Mostre alguma coragem, idiota! Mantenha o barco aprumado! Você só serve para zombar de mim quando nado? Não quer salvar seu filho? Reme!"

O barqueiro afunda o remo na água, grossa e nervosa como arroz cozinhando. Com uma das mãos Philipose tenta escoar a água freneticamente. Quando olha para baixo, vê que o bebê parou de respirar de novo. Sem olhar, enfia dois dedos na pequena garganta, sentindo dentes de leite lhe raspando os nós dos dedos. Crava as unhas em outra porção de material borrachoso até sentir o ar passando por seus dedos. O peito volta a se mover.

O fim deve chegar a qualquer momento, mas, só Deus sabe como, seguem a todo vapor. Passam voando pelas árvores paradas nas margens, movendo-se mais rápido do que um trem em aceleração. Philipose não para de tentar escoar a água. Por quanto tempo aquilo pode continuar? Há quanto tempo estão no rio? Quando o barco vai virar?

O pesadelo parece não ter fim, até que, de repente, numa curva fechada, a piroga gira, afastando-se do centro do rio, e é sugada de ré para um canal de águas turbulentas. Eles se chocam contra um obstáculo oculto — um atracadouro submerso na base de uma escadaria de pedra. A canoa se estraçalha. Philipose pula da embarcação, erguendo o bebê sem fôlego para o alto. No último segundo, o barqueiro aturdido pula para a margem, e o quique de seu pulo impele a canoa como um dardo para o canal e depois para a confluência efervescente, onde é imediatamente tragada. Ao ver isso, Philipose se põe a tremer. Não de frio, mas de raiva da própria estupidez. Ele poderia ter morrido! O caixão flutuante de Queequeg lhe vem à cabeça: o caixão salvou vidas, mas não a de Queequeg.

Apertando a criança, com as pernas bambas, Philipose cambaleia pela escada íngreme e lisa de laterito, talhada na margem; o barqueiro o segue, ofegante. Os degraus terminam num portão de madeira.

PARTE QUATRO

30. Dinossauros e montanhas

FAZENDAS ALLSUCH, TRAVANCORE-COCHIM, 1936

A memória que Digby tem do inferno, de Celeste se contorcendo no sári de seda flamejante, qual uma criança brincando com a roupa da mãe, da fumaça lhe queimando a traqueia quando ele grita, do estrondo das portas derrubadas e das mãos que o arrancam de lá, tudo se dissolve na agonia de sua hospitalização. Ele está coberto de ataduras e sedado, mas o fogo, penetrando a névoa da morfina, ainda devasta e arde por mais cinco dias. Vê o rosto de Celeste, mascarado pelo tecido que derrete, se revirando de medo enquanto ele luta para alcançá-la. Suas narinas estão tomadas pelo fedor de açougue, do pelo chamuscado da carcaça de um animal. Quando tosse, cospe partículas de fuligem; a voz rouca que grita o nome dela já não é a dele. Mente e corpo se separam. A dor atroz é ainda menor do que a dor que ele merece. Não tem ideia do alcance das queimaduras. A lesão terrível, mortal, é a lesão em sua mente, que jaz estilhaçada. Ele já não pode ser reconhecido como Digby de Glasgow; Digby, o filho fiel; Digby, o estudante de medicina dedicado; Digby, o cirurgião de mãos boas.

Cada rosto que paira sobre sua cama — Honorine, Ravi, Muthu, o estagiário cujo lábio leporino ele operou em sua vida prévia — ferem-no de vergonha. Vergonha por desapontá-los. Vergonha porque ele é Digby, o adúltero; Digby, o assassino. A vergonha o persegue desde que desperta. Deseja se arrastar para uma caverna onde a luz não entre, onde seja poupado do olhar alheio, sobretudo dos amigos que o perdoam. Se pudesse deixar a raça humana e virar o verme que merece ser! Diante de seu estado mental, os amigos se desesperam.

No sexto dia depois do incêndio, antes da aurora, ele se levanta. Estremecendo de dor, retira as ataduras. Sob o brilho de uma lâmpada que permanece acesa a noite inteira, cataloga suas feridas. O dorso da mão esquerda o assusta: do pulso ao nó dos dedos a anatomia está exposta, veem-se as resplandecentes tiras dos tendões numa moldura de carne queimada. Não fosse a escara escura na superfície, seria uma ilustração de *A anatomia de Gray*. Não dói, portanto deve ser uma queimadura de terceiro grau, a mais profunda, que destruiu os nervos cutâneos. Durante o incêndio ele deve ter cerrado o punho por reflexo, expondo o dorso da mão e poupando a palma e os dedos. Na esquerda, o fogo queimou tanto as superfícies dorsais quanto palmares, a pele é de um vermelho vivo, tomada de pus e bolhas, os dedos como salsichas, duas vezes maiores do que o tamanho normal. Devem ser queimaduras de primeiro e segundo grau, os nervos estão intactos: a dor é lancinante. Um dia a pele da região vai se regenerar, embora com cicatrizes. O mesmo não se pode dizer da mão direita.

Suas costas doem, decerto estão queimadas. Nu, aproxima-se, hesitante, do espelho, tentando não gritar de dor, o quarto girando. Quem é essa criatura chamuscada sem cílios, sem sobrancelhas nem cabelo, as orelhas em couve-flor como as de um pugilista? Uma criatura sem pelos, meio humana, meio estegossauro, o olha de volta. Ela diz: *Você já está metade grelhado, o melhor é terminar o serviço. Pode esquecer aquele testemunho cheio de moralismo, não acontecerá, não com o sangue dela em suas mãos. E ninguém terá pena, seu imbecil. Os corações sangrarão pelo pobre viúvo, não por você. Fuja! Corra!*

O céu se ilumina. Ele vê uma figura na esteira a um canto. "Muthu", sussurra, e a figura se levanta de imediato. "Muthu, por favor, eu imploro. Não posso ficar aqui."

Descalço, envolto num único lençol, sem as ataduras, ele sai furtivamente, com o auxílio de Muthu. A viagem de riquixá é excruciante. Numa pensão perto da Estação Central, o camarada na recepção se assusta com o hóspede fantasmagórico que talvez seja um homem branco. Muthu se apressa em cumprir as orientações de Digby.

Ao anoitecer, Digby, agora com ataduras novas, uma camisa folgada e *mundu*, estende-se no vagão de bagagens do Shoranur Express. Nessa fuga, Owen Tuttleberry não é condutor de locomotivas, mas acompanhante, engolindo sua inquietação. Lacrimoso, Muthu se demora desesperado na plataforma. Owen diz: "Se minha senhora descobrir que menti, vai me dar um belo *jhaap* na cara. Certeza que ela acha que tenho outra". Ele esconde sua decepção: o açougueiro Claude Arnold, que matou Jeb, escapará, pois a principal testemunha se deitava com a mulher dele.

Franz e Lena Mylin — e Cromwell, o motorista — vão para a estação, tendo dirigido de AllSuch até lá no escuro. Acomodam o fugitivo desacordado e drogado no banco de trás e depositam sua bolsa com ataduras, pomadas e ópio no chão do carro. Ele geme, mas não fala nada durante a viagem de três horas na estrada sinuosa que leva à cordilheira dos Gates. AllSuch tem um chalé para hóspedes. Com bastante cuidado deitam Digby na cama. Ele dorme o dia inteiro.

Ao fim da tarde, Lena e Franz batem à porta. Digby abre, um lençol de cama lhe cobre a cabeça e o corpo. Olha com pupilas dilatadas para o homem de bermuda cáqui, camiseta e chinelos que está parado atrás do casal.

"Este é Cromwell", diz Lena. "Ele estará aqui para ajudá-lo com tudo que…"

"Não é preciso, me arranjo sozinho!", Digby diz, ríspido. Reconhecendo sua grosseria, pede desculpa e baixa a cabeça. Ele lhes deve uma explicação. A vergonha, ele diz, sem meias palavras, era mais dolorosa que as queimaduras. Tinha de fugir de Madras. A hospitalidade do casal foi um presente dos deuses. Digby implora que não digam que ele está lá. "Um dia eu os recompensarei. Preciso de suprimentos. Pinças — as melhores que conseguirem encontrar. E boas tesouras. Álcool para desinfetar. Uísque serve. Mais ataduras como esta. Petrolato. E lâminas de barbear."

Lá no alto das montanhas, sem nenhum rosto que espelhe sua vergonha, ele pode pensar. Uma crosta preta e grossa já se formou no dorso da mão direita. Se não a remover, a escara endurecerá como pedra até cair, quando então o corpo preencherá o buraco com tecido de granulação, que se firmará como uma cicatriz grossa, com aspecto coriáceo, que aprisionará os tendões eternamente. Digby dá início ao processo tão logo as pinças chegam; usa lâmina de barbear quando necessário, e trabalha a ferida até que os tendões e os músculos pareçam limpos. Os nervos mortos garantem a ausência de dor só até certo ponto: nas bordas, o tecido sangra e a dor é intensa.

Ele muda os móveis de lugar para o que precisa fazer em seguida, se quer ter alguma esperança de reaver a função da mão direita. Para se manter alerta, evita a dose de ópio; é a mão esquerda que deve ajudá-lo agora. Imobilizando a coxa direita entre a penteadeira e o canto da mesa, repuxa um pedaço de pele — sua "área doadora". Depois de limpá-la com álcool, corta um naco do tamanho de um botão. A dor é absurda, intolerável. Grita e engole uma dose de uísque. As pinças tremem entre seus dedos ao recolher a pele recortada, que ele deposita na superfície crua do dorso da mão direita, aplainando-a delicadamente. Por uma hora os anfitriões escutam seus gritos, como se uma roda de tortura girasse devagar, cortando-lhe um naco a cada volta. Ele recusa ajuda. Deixam comida à sua porta, e Cromwell fica de guarda. A esperança de Digby é que essas "pitadas" de enxerto, como um aglomerado de ilhotas, criem raízes, cresçam e preencham o dorso da mão. Não é uma operação corriqueira. Um cirurgião não deve jamais ser o próprio paciente, nem o uísque deve substituir o éter.

No dia seguinte, Digby sai do chalé mancando. Cromwell se materializa como uma sombra atrás dele. "Preciso andar", o médico diz. A cada dia ele aumenta a extensão do passeio, sempre pelas trilhas planas à sombra dos bosques de árvores-da-borracha; a natureza o embala. Ele se mantém distante de Franz e Lena, já lhe basta aquela primeira confissão. Tolera Cromwell, pois não o conhece, não há nada no passado que precise honrar. Cromwell dirige os passeios diários com delicadeza, conduzindo Digby para diferentes partes da propriedade.

Três semanas depois de sua chegada, Cromwell diz a Lena: "Doutor muito triste. Não mexe". Lena encontra Digby sem camisa, sentado nos degraus em frente ao chalé. Estremece diante de sua expressão de desespero absoluto. Em silêncio, ele exibe o dorso da mão direita: um fosso de lava deformado e escuro. Ela não sabe o que pensar daquela mão, exceto que o dono parece pronto para decepá-la.

"Lena", ele diz, depois de um tempo. "Não deu certo. Meus tendões continuam presos." Ela não consegue se segurar, precisa tocá-lo, então escolhe o ombro, onde a pele parece normal. Digby estremece ao toque, mas não se afasta. "Lena, o que fiz de minha vida?"

Ela se mantém por perto, oferecendo sua presença, falando que ele não está sozinho. Por fim, diz: "Digby, olhe para mim. Você disse que não queria visitas. Que partiria caso alguém viesse te ver. Mas, por favor, preciso falar de um amigo que vem das planícies para as montanhas nos fins de semana. Ele é cirurgião. Especialista em mãos".

31. A ferida maior

SANTA BRÍGIDA, 1936

O Santa Brígida sofre nos últimos dias de verão, a água no poço paira a poucos centímetros do leito lodoso. Rune dirige pela estrada que leva à propriedade de Chandy nas montanhas, deixando um rastro de poeira. Nos catorze anos desde que chegou, tornou-se parte da família. No verão, ele muitas vezes os visita nos fins de semana. No espaço de três anos, Chandy e Leelamma tiveram um filho, e depois uma filha. O menino nasceu temperamental, e, hoje, aos doze anos, segue o mesmo. A menininha, Elsie, é o oposto, e adotou o barbudo "tio Rune" de imediato. Há cinco meses a vida deles mudou drasticamente: Leelamma contraiu febre tifoide. A febre parecia recuar quando ela sentiu uma dor abdominal severa e Chandy a enviou para Cochim. Os cirurgiões descobriram que uma úlcera de intestino havia se rompido; ela morreu na mesa de cirurgia. Para as crianças foi como se a foice que ceifara a vida da amada avó no mês anterior, ao passar rasante agora, no movimento de retorno, colhesse também a mãe. Rune jurou fazer a viagem de três horas todo fim de semana no verão para ficar de olho na família, que mal se aguentava de pé.

No que diz respeito a ele, os anos lhe foram gentis. Ele construiu um pequeno bangalô perto do portão principal, com entrada independente, separado do leprosário para que seus amigos de fora fiquem à vontade para visitá-lo. O

Santa Brígida agora tem um carro oficial, presente da Missão Sueca, um reforço para o caquético veículo de Rune. Graças ao galinheiro, ao pequeno laticínio, à horta e ao pomar — tudo administrado pelos habitantes —, a comunidade é autossuficiente, com certo excedente para vender ou doar. Só que nem um mendigo ousaria encostar os lábios em comida oriunda de um leprosário. A exceção é o vinho de ameixa. No primeiro dia da Quaresma, Chandy, sozinho na propriedade, viu-se de novo sob risco de convulsão. Para reduzir a tentação, Leelamma havia removido todo álcool do bangalô, mas algumas garrafas empoeiradas do vinho de ameixa escaparam de seu radar. Um copo curou o tremor de Chandy, que decidiu que aquele vinho, dada sua origem santificada, podia ser consumido durante a Quaresma. Passou a comprar caixas, e a bebida também agradou a população da fazenda, sobretudo as damas, pois era leve, deliciosa e — assim jurava Chandy — "medicinal". Nessa visita Rune leva quatro caixas.

As crianças dormem quando ele chega ao bangalô de Thetannat. Chandy está de guarda e conta que Lena Mylin lhe deixou uma mensagem; ela e Franz querem vê-lo na noite seguinte, é urgente. Os fazendeiros da região com suas famílias — os amigos de Chandy — são, por tabela, também amigos de Rune.

Antes de se retirar, o médico fuma um último cachimbo na varanda, apreciando os sons da noite. O véu enevoado sobre ele se abre para revelar as estrelas, o céu tão baixo que ele sente que, se estender a mão, tocará a bainha do manto de Deus. Está em paz. Tem quase certeza de que as dores no peito que o incomodam são angina, mas ele a aceita com equanimidade. Está vivendo sua fé, seu amálgama de cristianismo e filosofia hindu. A medicina é seu sacerdócio, ele se dedica à cura do corpo e da alma de seu rebanho. Enquanto puder, é isso que fará.

Ao anoitecer, depois de uma manhã inteira com as crianças, e um pouco de bridge à tarde, Rune segue para AllState. Ao dobrar para a estrada de acesso à propriedade dos Mylins, vê de relance uma aparição: um homem branco num lungi xadrez, caminhando apressadamente, as mãos cobertas por ataduras. Rune fica intrigado: é como avistar um leopardo que se meteu por acaso em um enclave humano.

Na sala de estar, Lena narra uma história que começa com um cirurgião salvando-lhe a vida com uma operação de emergência em Madras e termina com o casal abrigando o mesmo cirurgião no chalé das visitas. Os dois juraram manter sua presença em segredo — até agora. Franz está sentado em silêncio.

* * *

Rune se dirige ao chalé com uma garrafa de vinho de ameixa e avista o hóspede no pórtico, com um xale de caxemira sobre a cabeça e os ombros, as mãos expostas. A visão daquele cirurgião beirando os trinta anos o comove. É como se encontrasse um camarada em armas, um companheiro de pelotão, caído no campo de batalha. Tudo que pensara em dizer se evapora. Sem palavras, Rune pega duas taças, serve o vinho e senta-se perto daquele desconhecido silencioso. A varanda se estende sobre uma inclinação íngreme. Quando olha para baixo, Rune sente certo desequilíbrio, a sensação de estar à beira de um precipício. Lá embaixo, arbustos de chá seguem em fileiras paralelas bem-dispostas, como se alguém tivesse corrido um pente gigante ao longo das colinas.

Depois de um tempo, o visitante aproxima o abajur, vira a cadeira para o hóspede, põe os óculos e apoia os antebraços do jovem sobre suas mãos. O espetáculo ali representado — as ferramentas de trabalho de um cirurgião arruinadas — enche Rune de tristeza. Este, afinal, é seu pesadelo, embora em seu sonho a culpa seja sempre da lepra. Tomado de emoção, ele respira fundo. A jornada na qual os dois embarcarão deve começar com amor, Rune pensa. Amar o doente — não é esse sempre o primeiro passo?

Ele dá um apertão significativo e demorado nos antebraços de Digby e o olha nos olhos. O jovem se assusta. É como um animal selvagem, Rune reflete; seu instinto é rosnar, recuar... Mas ele mantém o olhar e os antebraços de Digby firmemente presos. Torce para que esse homem veja em seus olhos não piedade, mas reconhecimento — dois guerreiros lutando ombro a ombro contra um inimigo comum. Segundos se escoam. O jovem pisca furiosamente, depois é forçado a virar o rosto. Rune, em geral loquaz, conseguiu — graças a silêncio, toque e presença — comunicar uma mensagem: *Antes de tratarmos a carne, temos de reconhecer que há uma ferida maior, uma ferida no espírito.*

Rune tenta digerir o que vê. O dorso da mão direita é um mosaico de ilhotas de pele ressecada, fina como papel, que ladeiam uma cicatriz grossa que se contraiu, arqueando o pulso. Rune puxa a cicatriz, ela quase não se move. Os dedos são garras que se dobram, imobilizadas, pois os tendões estão entumecidos. Ele ergue o lungi de Digby até a coxa direita, onde se veem cascas de feridas do tamanho de uma moeda — como ele previa. Testemunhos da tentativa desesperada de um cirurgião de tratar a si mesmo.

A mão esquerda está em melhores condições, os danos se concentram na palma, atravessada por uma cicatriz grossa, com aspecto coriáceo, que se estende como uma tira; a cicatriz tem bordas bem definidas — aquela mão claramente agarrou algum objeto superaquecido. A cicatriz contraída franze a palma, repuxando os dedos. As orelhas e as bochechas têm nacos de pele descolorida, descamando, resultado de queimaduras superficiais. A cicatriz linear no canto da boca deve ser antiga, sem relação com o fogo.

Rune lhe entrega o vinho e, em seguida, enche e acende o cachimbo, refletindo.

"Voltarei a operar um dia?" A voz de Digby soa como gravetos secos que se quebram mal pisamos neles.

Então, Rune pensa, *ele consegue falar*. Fecha os olhos. Pondera uma resposta enquanto sopra a fumaça do cachimbo. "Da mão esquerda cuidarei de imediato. Tenho um truque para soltar a cicatriz da palma. Ficará funcional. Já a mão direita... Bem, foi uma boa tentativa cobri-la com aqueles enxertos."

"E...?"

Rune enche seu copo de novo, gesticulando para que Digby prove o vinho. Ele prova. "Digby — posso te chamar assim? Já ouviu falar do nariz de Cowasjee?"

Digby olha para Rune como se visse um doido. E então aquiesce: "Já".

Rune se impressiona. Cowasjee era um carroceiro do século XVIII que trabalhava para os britânicos. Capturado pelo exército do sultão Tipu, foi libertado, mas antes lhe cortaram uma das mãos e o nariz. É possível viver sem uma das mãos, mas nada desfigura mais do que um buraco no meio do rosto. Como os cirurgiões britânicos nada podiam fazer, Cowasjee desapareceu. Retornou meses depois, com um novo nariz. Fora operado em Poona, por pedreiros que praticavam uma técnica do século VII, ensinada por Sushruta, o "pai da cirurgia". Eles moldaram um nariz de cera — uma pirâmide oca — na medida do buraco no rosto de Cowasjee. Depois removeram esse molde e o achataram, dispondo-o de cabeça para baixo no centro da testa de Cowasjee, para servir como modelo. Com um bisturi, traçaram uma incisão em torno desse molde, exceto na parte onde as sobrancelhas se encontravam. Descartando o molde de cera, recortaram e soergueram a pele da testa, formando uma aba que pendia entre as sobrancelhas. Dobrando-a para baixo, costuraram-na às bordas do buraco do nariz, usando pequenos pauzinhos para manter abertas as narinas. O enxerto funcionou, já que havia um suprimento de sangue partindo da conexão perto das sobrancelhas. Verdade que o nariz era um pouco mole por não ter cartilagem, mas o ar passava, e, mais importante, a aparência do homem estava salva. Um cirurgião britânico relatou essa técnica numa revista de medicina.

"É isso que você tem em mente para mim? Uma aba?"

Rune contra-ataca com perguntas: "Por que levamos tanto tempo no Ocidente para aprender uma técnica que estava bem debaixo do nosso nariz? O que mais não sabemos, Digby? O que mais?".

"Dr. Orqvist, por favor. O que você propõe?"

"Rune, por favor. *Homo propronit, sed Deus disponit*", ele diz, apontando para o céu. "Proponho que você me acompanhe ao Santa Brígida. Partiremos pela manhã. Mas depende de uma coisa."

Digby parece ansioso. "O quê?"

"Diga que você gosta de nosso vinho de ameixa."

32. O guerreiro ferido

SANTA BRÍGIDA, 1936

Digby desembarca em um planeta alienígena. Depois de semanas vivendo nas grandes altitudes de AllSuch, o calor e a umidade das terras baixas reforçam a sensação de deslocamento. Se hospeda no bangalô de Rune, que já no primeiro dia o leva para passear até a clínica, por entre os jardins bem cuidados, conversando em malaiala com os residentes que encontra no caminho. Digby junta as mãos rígidas para devolver os cumprimentos dos locais. Sua experiência com a lepra limita-se aos mendigos que via nas ruas de Madras. E agora já tem problemas o bastante para temer o contágio. Além do mais, a aparente despreocupação de Rune ajuda.

Numa sala que parece destinada a moldes ortopédicos, o grande sueco massageia e estica com vigor as mãos de Digby, medindo o grau de contração. O pessoal do Santa Brígida se amontoa ao redor das janelas abertas, todo mundo intrigado por aquela visão, como quem assiste a um espetáculo de aberrações numa feira. Quando Digby grita de dor, o público rompe em murmúrios excitados. "Bem, você acaba de convencê-los de que não tem lepra", Rune diz. "Eles gritam por muitas razões, mas nunca de dor." O médico prepara uma seringa. "Sua direita precisa de muito mais flexibilidade antes de qualquer operação. E a esquerda? A esquerda fica direita hoje mesmo, ok?" Rune dá risada do próprio trocadilho. Parece uma criança crescida, pensa

Digby. Então o cirurgião lhe diz em linhas gerais o que pretende fazer. "Eu pensava que *eu* tivesse inventado isso. Mas um francês pediu os créditos antes. Chamou a técnica de '*méthode de pivotement*'. Já eu batizei de 'a marca do Zorro'. Consiste em transformar essa cicatriz horizontal em uma cicatriz vertical, criando espaço, entende?"

Sem esperar resposta, Rune injeta anestesia em dois pontos dos nervos do pulso de Digby e na cicatriz grossa horizontal. Esfrega a palma com antisséptico, depois traça um desenho com uma caneta cirúrgica, valendo-se de um semicírculo e de uma régua. Quando Digby atravessa um corredor até a pequena sala de operação, a palma de sua mão já está anestesiada. Rune põe luvas e máscara e faz a longa incisão horizontal contornando a marca da caneta, bem no meio da cicatriz. Nos extremos desse longo corte, faz dois outros menores a sessenta graus, formando um ↰. Digby observa tudo como se estivesse fora de seu corpo. Com pinça e bisturi, o cirurgião recorta a pele e soergue uma aba em cada ângulo. Em seguida, ele as transpõe, lançando a fatia de baixo para cima, e a fatia de cima para baixo, suturando-as para fixá-las. O ↰ agora se tornou um Ƶ, criando um afrouxamento na cicatriz. Digby já vê os dedos se endireitando.

"*Voilà!*", Rune diz, retirando as luvas. "A marca do Zorro!"

Toda manhã e toda noite Rune trabalha para soltar o pulso direito de Digby, sessões de tortura que deixam o convalescente suando. O sueco parece apreciar a presença de um hóspede com quem conversar, ainda que as conversas sejam um tanto unilaterais. Certa noite, Rune chega ao bangalô com o rosto pálido, a mão direita sobre o peito. Escora-se no umbral, quando então Digby se levanta-se para ajudá-lo, mas o cirurgião o afasta com um gesto. "Só preciso recuperar o fôlego… Estou com esse… incômodo no peito às vezes. Quando está quente e ando da clínica para casa. Passa logo." E passou.

Dez dias depois da chegada de Digby, Rune diz: "Hoje você não janta, Digby. Amanhã vamos operar sua mão direita. Dessa vez vou te sedar por completo".

Quando o éter faz efeito, Rune higieniza a mão direita de Digby, fazendo o mesmo com a pele acima do peito esquerdo. Usando pinça e bisturi, remove laboriosamente os pequenos enxertos que Digby havia feito na mão direita, bem como o tecido cicatrizado que o circunda. "Não se sinta mal, meu amigo", Rune murmura. "Seus enxertos foram úteis. Sem eles, os tendões teriam ficado duros feito cimento. Agora estão sendo estrangulados por ervas daninhas." Leva uma hora para que o dorso da mão, do pulso até o nó dos dedos, fique exposto, cru, sangrando, com os tendões à vista, mas movendo-se livremente. O pulso arqueado cede e fica reto quando Rune o pressiona para baixo.

O cirurgião posiciona a mão de Digby, de palma para baixo, no lado esquerdo do peito. Em seguida, traça o contorno da mão no peito com uma caneta cirúrgica, a ponta mergulhando entre os dedos esticados.

Pondo a mão de lado, protegida por toalhas esterilizadas, Rune faz uma incisão vertical bem à esquerda do esterno de Digby, correspondendo ao pulso do traçado da mão. A partir dessa incisão cria um túnel por debaixo da pele, inserindo e abrindo as lâminas de uma tesoura, até criar um bolsão largo o suficiente para acolher a mão de Digby. Depois, com a marca da mão desenhada como guia, faz cinco incisões perfurantes no peito, correspondendo à base de cada dedo. Em seguida insere a mão descarnada de Digby dentro do bolsão de pele que acabou de criar, puxando cada dedo por sua respectiva incisão. Quando termina, os dedos de Digby estão dentro de um saco de pele, sua mão como uma luva sem dedos. *Meu jovem Bonaparte*, Rune pensa. Ele o imobiliza com uma argamassa do ombro até o cotovelo, e ao redor do tronco, para coibir qualquer movimento.

No dia seguinte, Digby caminha pela propriedade, zonzo, a mão encarcerada no próprio bolsão marsupial, o cotovelo, preso na argamassa, sobrando como uma asa. Ao passar pela oficina, os residentes o avistam e param de trabalhar. Eles vão a seu encontro, e seus sorrisos de canto de boca e acenos de cabeça dizem: *Já vimos esse truque antes.* Mas Digby não. Não está em nenhum livro de medicina. Eles o convidam a entrar, sempre tagarelando em malaiala; seus acompanhantes coxos mostram-lhe o torno, a broca, a serra, e a mesa e a cadeira não envernizadas que o carpinteiro do grupo produziu; também exibem mãos e pés para revelar a carpintaria que Rune fez em suas carnes. Digby fica impressionado com a recepção generosa. Não é deferência à sua profissão, já que ele não tem mais uma. É porque ele é hóspede de Rune? Por que ele é branco? Não, é porque ele é um deles, ferido, com uma asa de gesso, desfigurado. E querem que testemunhe como eles ainda são úteis, ainda que o mundo já não espere nada deles. Com gestos faciais e acenos de mão, a esquerda, Digby expressa espanto, admiração. Sente-se arrebatado por aquelas faces marcadas e distorcidas, os membros rígidos e deformados, e pergunta-se se escapou a seu destino ou se o encontrou.

Nos dias seguintes, Digby enfrenta uma tarefa que vinha adiando: escreve para Honorine, com mensagens para Muthu e Ravi. O ato de escrever com a mão esquerda é de longe mais fácil do que expressar sua contrição.

* * *

Vinte dias depois da cirurgia, Rune decide que os vasos sanguíneos na pele do peito de Digby já tiveram tempo de criar raízes no jardim que é sua mão descarnada. Com o paciente sob a anestesia do éter, ele recorta o saco de pele e liberta a mão de Digby, que agora veste um novo casaco de pele viva. O cirurgião cobre a ferida aberta no lado esquerdo do peito do paciente com finos retângulos de pele, extraídos do flanco. Diferentemente das pitadas de enxerto que Digby tentou fazer, essas tiras longas não encolherão muito, preenchendo o vão no peito, em formato de escudo.

Digby acorda vomitando da anestesia. Um rosto paira sobre ele, alguém sustenta sua cabeça, e a voz lhe é familiar. Sente uma dor abrasadora no flanco, mas também a libertação da mão direita. E volta a dormir. Quando acorda para valer, é noite. Honorine o vela com carinho. Com a mão esquerda, ele lhe toca o rosto para conferir se é real. Fecha os olhos, sem coragem de encará-la.

"Pronto, pronto. Shhh, pare. Olhe pra mim! Está tudo bem, garoto. Está tudo bem." Ela acolhe a cabeça dele no peito até que ele se acalme. "Digby, vamos caminhar até a casa do Rune. Não há nada de errado com suas pernas. Então você poderá dormir. Teremos muito tempo para pôr a conversa em dia."

Pela manhã, ele se sente um pouco zonzo, mas refeito. A visão de sua mão direita com a nova capa de pele torna suportável a dor aguda no peito e no flanco.

"Ah, então acordamos?", diz Honorine, aproximando-se com uma bandeja. "Sente-se melhor, garoto?" Digby gagueja um pedido de desculpas. "Ah, bico fechado, sim? É verdade, você nos deixou morrendo de preocupação. Achamos que poderia fazer bobagem. Felizmente Muthu não conseguiu guardar segredo de mim. Eu sabia que você mandaria alguma mensagem quando se sentisse pronto. Agora, coma alguma coisa."

Ele devora a omelete e come dois pedaços do pão caseiro amanteigado com geleia.

"Digby querido, que carta foi aquela? Fiquei em prantos. Tive que vir ver com os próprios olhos. Não sabia de sua cirurgia."

"Sou tão idiota, Honorine… Não, por favor, me ouça. Vai me fazer bem. Celeste e eu só nos tornamos amantes depois que Jeb morreu. Essa é a verdade. Antes a gente tinha se encontrado em duas ocasiões, socialmente. Eu me apaixonei de imediato, assim que nos conhecemos. Talvez porque sabia que nada poderia acontecer." Ele ri com amargura. "E nada *teria* acontecido, se ela não tivesse ido me alertar que Claude planejava me citar em um processo de divórcio. Ele não dava a mínima se não era verdade ou se mancharia a reputação dela!" A hipocrisia do tom indignado lhe ocorre. Ele cora. "Bem, naquela visita, a mentira de Claude passou a ser verdade."

Honorine, que estava inquieta, interrompe: "Digby, por que desencavar tudo isso? Sim, você cometeu um erro terrível. Com consequências trágicas. Sim, ficamos todos com raiva de você. Desapontados. Não vou dourar a pílula. Mas eu já tinha superado isso muito antes de receber sua carta. Você é humano. Falho. Não é o único. Merece ser perdoado. Todos merecem. Não sei se algum dia perdoará a si mesmo, mas deve tentar."

Digby quer saber dos filhos de Celeste, mas Honorine não teve muitas notícias. Não foram ao funeral, não havia tempo. Digby se pergunta o que esperava ouvir a respeito. Que eles juraram vingar a morte da mãe? Que sabiam da infelicidade dela no casamento? Iriam julgá-la apenas à luz de seu caso extraconjugal?

Honorine fica surpresa ao saber que ele não sabe nada do processo referente à morte de Jeb.

"Eu achava que fosse ser uma farsa, considerando tudo", ela diz. "Claude estava com uma cara terrível, mais pela bebida do que pelo luto — sim, estou sendo pouco benevolente. Ele mentiu, Digs. E culpou você. Disse que você andava com Celeste desde que chegou. E que toda a coisa do Jeb era uma manobra sua para sabotar a carreira dele, apesar de todas as horas que ele gastou para te ensinar a operar! Disse isso, acredita." Digby ri amargamente. "Que a morte de Jeb foi uma infelicidade, mas era uma complicação conhecida de um abscesso que pode enfraquecer a artéria. O patologista externo o desmentiu na hora, não havia abscesso algum, apenas necrose sobre o aneurisma. Ao fazer a incisão, Claude matou Jeb. O aneurisma não tratado talvez viesse a se romper, porém não naquele dia." A voz dela fica tensa. "Então foi a minha vez. Contei que você nos chamou para a sala de cirurgia, porque conhecia Jeb e também porque não achava que fosse um abscesso e porque Arnold relutaria em aceitar sua opinião. Descrevi o que vi. E disse que, longe de aprender com Claude, que mal operava, você andou estudando com Ravichandran, que estava lá. Ele se levantou, sem que pedissem, e confirmou tudo. E mais: disse confiaria em você para realizar uma cirurgia nele ou em qualquer familiar dele."

A parte mais imputável do testemunho de Honorine foi a inação de Claude diante do sangramento torrencial, quando Digby e ela assumiram e deram o melhor de si.

"O superintendente do hospital teve que trazer os registros da enfermaria e da sala de operação referentes a Claude. Você e eu sabíamos. Mas ainda assim foi chocante ver aquelas páginas em branco. O comitê ainda não deu o veredito, mas recomendou a imediata suspensão dele. Não uma licença, suspensão. Aliás, você está em licença médica indefinida. Foi automático, assim que foi hospitalizado com queimaduras."

Honorine parte na noite seguinte. Naqueles dias, as mãos de Digby não estão prontas para nada que não massagem e suaves alongamentos. Ele precisa dar tempo ao tempo, e isso ele tem em abundância.

Ele vive com Rune há mais de um mês. Aquele homem com mais do dobro de sua idade o preocupa. Mais de uma vez ele o viu empacar numa caminhada, esperando passar aquele "incômodo" no peito. Certa noite em que estão na sala, Digby aborda o assunto, mas o Rune sai pela tangente. O jovem médico se cala, observando-o limpar o cachimbo, enchê-lo de tabaco e, finalmente, correr os dois fósforos ao redor do fornilho. A facilidade daqueles movimentos coordenados, complexos e em grande parte automáticos sempre estará além de suas capacidades. Nuvens de um aroma adocicado invadem o ar.

O cirurgião estuda seu interlocutor, um homem que logo completará trinta anos, nascido pouco antes da Primeira Guerra Mundial. Rune já tinha trinta e tantos quando desembarcou na Índia. Sente-se um tanto paternal em relação ao jovem escocês que se ocultava sob um muro de silêncio quando os dois se conheceram. É possível testemunhar um espírito se curando, ele pensa, tal como vemos uma ferida se curar.

"E aí, Digby? Você gosta do Santa Brígida?"

"Gosto." Quando chegou, Digby não pensava no lugar como um destino final, mas depois de suportar cirurgias e tantas dores, aquele leprosário começou a lhe parecer um lar. Ele é um pária numa comunidade de párias. "Sinto que estou em casa, Rune."

"Veja só! Você é sueco e nunca disse?"

A risada do outro soa mais humana: "Sou de Glasgow. Do lado errado dos trilhos".

"Já fui a Glasgow. Tem um lado certo?"

Digby enche de novo as taças dos dois, usando ambas as mãos. "Você me entende. Toda mão que vejo aqui tem parentesco com a minha. O 'rebanho', como você diz, eles são… meus irmãos e irmãs." E se cala, envergonhado.

"São meus também." Rune vira o copo e declara: "Mãos são uma manifestação do divino. Mas você precisa usá-las. Não podem ficar paradas, como as de um funcionário público incumbido da escritura de terrenos. Nossas mãos têm trinta e quatro músculos individuais, mas os movimentos nunca são isolados. É sempre uma ação coletiva. A mão sabe antes da mente. Precisamos libertar suas mãos, começando com movimentos naturais, cotidianos — sobretudo a direita. O que você gosta de fazer com as mãos?"

"Operar." Digby não consegue evitar o ressentimento.

"Sim. E o que mais? Bordado?"

"Bem... em outra vida, gostava de desenhar, pintar."

"Excelente! Essas paredes e portas precisam de retoques."

"Digo aquarelas, pinturas a carvão."

"Ah, maravilha! Mãos à obra! A melhor reabilitação é fazer alguma coisa que o cérebro e as mãos estejam acostumados. E tenho a professora certa para você."

33. Mãos escrevendo

SANTA BRÍGIDA, 1936

Na tarde seguinte, a nova terapeuta de Digby sai da casa Thetanatt e se dirige ao Santa Brígida, suas tranças quicando sobre os ombros, a mochila cheia de materiais de arte. A criada que acompanha a menina de nove anos se agacha na varanda de Rune, cobrindo o nariz com o *thorthu*, seu olhar esmiuçando o entorno como os olhos de uma sentinela. Rune apresenta o jovem cirurgião à sua terapeuta; diverte-se ao notar que Digby se mostra mais tímido que ela.

Rune recebe Elsie com agrados — chocolate quente, torradas e geleia de ameixa. A morte da mãe arrancou daquela garotinha simpática e brincalhona a inocência da qual ela deveria ter desfrutado por mais alguns anos, pensava Rune. Estava perdida, uma flor cujas pétalas viraram para dentro. Na dor, descobriu um consolo e um dom, tudo graças ao presente que Rune lhe deu: um caderno de desenhos, carvão e aquarelas. Ela não sentia necessidade de anunciar, mas seria artista.

Elsie dispõe o papel sobre a mesa, entrega uma vareta de carvão a Digby e senta ao lado dele para fazer os próprios desenhos. Em pouco tempo seu papel se enche de formas. Observando-a, Digby lembra de seu rabiscar compulsivo nos dias em que monitorava a mãe deprimida. Elsie captura Rune no meio de um passo largo, começando pela barba, o rabo folgado de sua *juba* estendendo-se atrás dele como uma vela. O esboço impressiona pela velocidade e pela precisão. A folha de Digby continua em branco.

A garota saca uma nova folha para si. Busca um livro pesado da prateleira de Rune. Digby reconhece as ilustrações características de Henry Vandyke Carter que fizeram de *A anatomia de Gray* um clássico, casando clareza e habilidade artística. Não lembra do texto, mas os desenhos são inesquecíveis. Será que Elsie sabe que o londrino Henry Gray não pagou direitos a Henry Vandyke Carter nem o incluiu nos agradecimentos da obra? Amargurado, o cirurgião Vandyke Carter se alistou no Serviço Médico Indiano, onde fez carreira, vendo seu nome ausente das edições subsequentes do livro icônico, embora as ilustrações lá permanecessem. Henry Gray morreu aos trinta e quatro anos de catapora, com o nome imortalizado pelo livro epônimo. Qual dos dois teve o pior destino, Digby se pergunta: morrer jovem, mas famoso? Ou viver uma vida inteira sem obter reconhecimento por seu melhor trabalho?

Quando Elsie vai embora, a folha de Digby tem algumas linhas e muitas falhas onde a vareta de carvão, manejada por uma mão direita desajeitada, enterrou-se demais. Inspirado por Vandyke Carter, a imagem que ele tinha em mente, um perfil dos músculos da cabeça e do pescoço, encontrou um bloqueio no caminho entre o cérebro e os dedos.

Digby espia o desenho que Elsie deixou. Primeiro pensa que é a mão de um leproso. Mas aquelas unhas quadradas, a pele descolorida, inchada, no dorso, as marcas de sutura... é a mão *dele*. Ele contempla o desenho com uma fascinação horrorizada. Aquele apêndice ossudo, rígido e pesado segurando o carvão é o inverso das mãos em *A criação de Adão*, de Michelangelo. O dom que a jovem artista possui é de tirar o fôlego. Ela não demonstra repulsa, não se intimida com o tema — pelo contrário. Com uma precisão devastadora e sem nenhum julgamento, desenhou a mão de Digby tal como ela lhe pareceu, e a aceitou tal como era. Ele próprio ainda não conseguiu aceitá-la.

Naquela noite, chega uma carta de Honorine; os esforços desastrados de Digby com o abridor de cartas acabam rasgando-a ao meio, mas ela ainda é legível. A comissão decretou a dispensa de Claude Arnold do Serviço Médico Indiano. A família de Jeb será generosamente indenizada. "Só Deus sabe o que Claude fará agora", ela escreve.

O consolo é pequeno. Claude poderá operar em clínicas particulares em todo o mundo. Um cirurgião criminoso e incompetente sobrevive para matar de novo. *E o que você é, Digby? Por acaso também não é um assassino?* A carta partida ao meio lhe diz que suas mãos estão mais aptas a destruir do que a qualquer outra coisa. Pensamentos sobre Celeste, nunca distantes demais, engolfam-no. Se ela não tivesse ido lá naquele dia, se... Tantos "ses". Sente talhada em si uma culpa permanente, como seu sorriso de Glasgow.

No dia seguinte, quando Elsie chega, Digby comenta seu desenho. "É muito bom!"

"Agradeço demais", ela diz num inglês formal de estudante, com um sorrisinho discreto. Digby sente que apenas enunciou em voz alta o que ela já sabe. A garota lhe dá uma nova folha de papel, e então diz: "Será que posso...?". Ela encaixa o carvão entre os dedos rígidos dele. Digby se empenha em pressionar a vareta de modo a não quebrá-la, tentando também fazer com que fique firme sobre a página, movimento que antes ele fazia sem esforço, como quem respira. Removendo uma fita de sua trança, e mordendo os lábios, concentrada, Elsie amarra a vareta nos dedos dele. Ela desce cuidadosamente a mão de Digby para o papel, como quem pousa a agulha de um gramofone sobre o vinil. "Tente agora." Uma linha brusca e escura emerge. O movimento parece se originar nos ombros. A ponta se firma, mas lhe escapa. Ela dá um empurrãozinho no braço dele, como se acionasse uma máquina. Outra linha hesitante emerge, todavia o carvão gira — a agulha do gramofone entortou. Digby olha para cima e encontra os olhos cinzentos de Elsie, enviesando-se nos cantos, a íris mais pálida do que a da maioria dos indianos que ele conheceu. Vê compaixão naqueles olhos, mas não piedade. A menina não vai desistir.

Ela desenrola a fita, hesita por um instante, depois põe sua mão sobre a de Digby e envolve ambas num laço, os dedos dela dando apoio ao carvão. Ela faz um gesto de "tente agora", o queixo conduzindo o movimento de cabeça. Ele não entende malaiala, mas domina cada vez mais esses pequenos meneios de cabeça.

O movimento da mão dele (ou dela?) sobre o papel lhe parece mais suave, o maquinário deslizando sobre novas fundações. Sua mão carrega a dela nos ombros, fazendo círculos grandes e libertadores no papel — um aquecimento, mera brincadeira inconsequente. A menina puxa uma folha nova, e eles passeiam sem esforço, os pneus se aquecem, escurecendo o papel com voltas sinuosas em S; depois, já em outra folha, triângulos, quadrados, cubos e pirâmides sombreadas.

Ele fica mesmerizado com a visão da sua mão brincando pela página, com os movimentos fluidos que ela agora parece capaz de realizar. Ver a própria mão daquele jeito excita seu cérebro, convocando imagens, memórias, sons: um casulo rompendo-se na floresta da fazenda dos Mylins; um bando de pássaros mynah em revoada; o som das ondas sobre a areia molhada; a pele que se abre ao toque de um bisturi número onze.

Uma haste de luz vinda da janela cai sobre o papel. Estava lá desde o começo? Partículas de poeira giram na luz como acrobatas sob holofotes, livres de toda gravidade, uma visão tão bela que Digby sente uma pontada no peito. Novas folhas substituem as já preenchidas, como se Elsie reconhecesse que o movimento é salutar e não pode ser interrompido, e, de fato, as linhas de carvão fluindo sobre o papel transcendem o espasmo em seu pulso e na palma, degelando uma parte congelada de seu cérebro e deflagrando um fluxo rápido de ideias que viajam pelo braço até o papel. Ele ri enquanto sua mão — as mãos dos *dois* — agora se move com deliberação, fineza e propósito.

Um rosto de mulher emerge do papel. Não é o rosto de Celeste — ele o desenhou centenas de vezes. Não, é o rosto de sua mãe, seus belos traços aos poucos surgindo: os olhos sonolentos, o nariz longo, os lábios atrevidos e salientes — uma tríade que era sua marca. Para sinalizar a linha do cabelo, o carvão produz uma pequena nuvem no topo de sua cabeça, e, em seguida, tranças longas e ondeadas emolduram-lhe as maçãs do rosto.

Esta é sua mãe nos dias mais felizes; às quartas, quando ela ia tomar chá no Gallowgate. Ela teria amado o desenho. Diria: "Muito bom, Digs. Que belo dom você tem!". A alquimia das mãos unidas, esse *pas de deux*, passou por seus dedos, por seus nervos, até libertar de seu córtex occipital um retrato, arrancando-o da memória, marcando-o com amor e riso.

Na faculdade de medicina memorizou as expressões faciais diagnósticas, as fácies das doenças: a máscara do Parkinson; a fácies hipocrática do câncer terminal, com bochechas e têmporas descarnadas; o *risus sardonicus* — riso sardônico — do tétano. Enlaçada a essa garotinha, sua mão produziu função e forma, tecendo um retrato amoroso. Digby ergue os olhos para a parceira. *Elsie, filhotinha que também sofreu a perda da mãe, sabia que conseguimos fazer o que o tempo não pôde? Por todos esses anos a única imagem que eu levava de minha mãe, a fácies que se sobrepunha a todas as outras, era a de sua obscena e monstruosa máscara da morte.*

Sua mãe emerge no papel. Ele sente o cheiro da lavanda que ela borrifava em seus casacos dobrados; sente-se em seus braços de novo. *Perdoe-a*, ele ouve uma voz dizer. "Eu perdoo", responde, em voz alta, entre lágrimas. Elsie franze os lábios, preocupada... A escultura viva, em movimento, das duas mãos vacila e então estaca. Com sua desajeitada mão esquerda Digby desfaz o laço e liberta a mão de Elsie, tentando oferecer-lhe um sorriso tranquilizador.

Chega o dia que ninguém do Santa Brígida jamais esquecerá. A voz de Rune ecoa pelo complexo, como toda manhã; o som vem da plataforma atrás de seu bangalô, onde o grandalhão se banha e entoa "Helan Går", uma ani-

236

mada canção de taberna sueca, segundo ele. Digby, no pomar, admira-se ao ouvir três colegas de trabalho se juntarem à cantoria. Não entendem o significado, mas reconhecem a emoção: uma chamada para o dia de trabalho. A melodia é acompanhada do barulho da água, quando Rune enfia o balde no tanque e o despeja sobre a cabeça.

A cantoria, contudo, é interrompida no meio de um verso, e ouve-se um baque metálico. Por todo o complexo o rebanho se paralisa. Digby larga a enxada e corre. A plataforma de banho tem divisórias de palha em três lados. Ele encontra Rune de costas sobre o concreto, imóvel, a mão apertando o peito, uma barra do sabão caseiro do Santa Brígida ainda nos dedos. O coração do Golias encalhado, o grande coração nórdico está quieto. Apesar dos procedimentos de Digby, ele não voltará a bater.

O leprosário costuma ser um lugar silencioso e escuro depois do pôr do sol, mas naquela noite está tomado de luzes, os portões escancarados. O coletor de seiva das palmeiras, os *mudalalis* e outros do vilarejo que conheciam e amavam o gigante sueco vêm prestar homenagens, ainda que isso implique cruzar a fronteira do Santa Brígida pela primeira vez. Carros chegam de todas as propriedades: Franz e Lena Mylin, os Thatcher, os Kariappa, a equipe toda da Forbes, o secretário do clube, o cozinheiro e dois garçons — todos amigos de Rune — dirigiram horas a fio para estar ali. Os visitantes ficam de pé, respeitosos, do lado de fora da pequena capela, enquanto o rebanho choroso ocupa os bancos feitos à mão — um dos residentes conduz a cerimônia. O ar da capela rescende ao aroma de madeira recém-cortada do caixão, produzido na serraria local.

Quem carrega o caixão de Rune é seu próprio rebanho, Sankar e Bhava à frente, de muletas, avançando numa procissão desajeitada rumo ao cemitério na clareira colada ao muro da frente. Mãos desfalcadas de dedos, mãos fechadas, com aspecto de garras, e mãos que não são mãos, mas clavas de carne, afrouxam as cordas para enterrar os restos mortais do santo que dedicou a vida a melhorar a deles. Os lamentos do rebanho cortam o firmamento e partem o coração das testemunhas que, pela primeira vez, conseguem enxergar para além dos rostos grotescos, desfigurados, neles se reconhecendo.

Nos dias seguintes, os residentes traumatizados voltam-se para Digby como antes iam até Rune; Digby, por sua vez, apoia-se em Sankar e Bhava. Valendo-se das traduções de Basu, que sabe algum inglês, Digby os encoraja a continuar trabalhando, cuidando das plantações, do pomar e dos animais. À noite, na solidão do bangalô, Digby dá vazão à sua dor. O sueco não era apenas seu cirurgião: era seu salvador, seu confidente, e o mais próximo que ele teve de um pai.

Talvez Rune tenha tido uma premonição. Devia saber melhor do que ninguém que tinha angina, pois seu testamento é recente. A soma considerável na poupança vai para a Missão Sueca, com instruções para que o capital principal seja mantido e que os rendimentos sejam destinados ao leprosário.

Digby manda um telegrama para a Missão Sueca. A resposta chega prontamente:

LAMENTAMOS PROFUNDAMENTE PT HOMEM MELHOR NUNCA HOUVE PT ENVIAMOS NOSSAS ORAÇÕES PT ESPERAMOS INSTRUÇÕES DE UPPSALA

Ele então escreve uma carta para o bispo indiano em Trichinopoly que lidera a missão, copiando a parte relevante do testamento de Rune. Encerra assim:

Sou um cirurgião em licença médica indefinida do SMI, devido a lesões nas mãos não relacionadas à lepra. O dr. Orqvist realizou duas cirurgias em minhas mãos. Eu nutria grande afeição por ele e sinto muito apreço pelos residentes daqui. Tenho dado o meu melhor para manter o Santa Brígida em funcionamento e oferecer atendimento médico básico. Se isso atende aos requisitos da Missão, posso continuar aqui. Contudo, minhas mãos jamais serão capazes do tipo de cirurgia que Rune realizava.

A resposta chega em dez dias. A missão vai enviar duas freiras para comandar o Santa Brígida; esperam recrutar um médico no futuro. Digby sorri com amargura e amassa a carta. "Fizeram algumas investigações, não?"

Por ora, a licença médica de Digby continua indefinida. O que o Serviço Médico Indiano fará quando esse período terminar? Vai forçá-lo a algum tipo de trabalho obrigatório? Dispensá-lo, sem indenização?

Não há lar para ele neste mundo? Nem mesmo num leprosário?

34. De mãos dadas

SANTA BRÍGIDA, 1936

Philipose, encharcado até os ossos, de pé com o bebê nos braços, observa a placa diante de si e se pergunta se não teria de fato se afogado. O rio, no fim das contas, os engoliu? Nela, lê-se:

സെന്റ് ബ്റിജിറ്റ് കുഷ്ഠരോഗ
ചികിത്സാ പരിരക്ഷാ കേന്ദ്രം.

Em sua mente aquilo se traduz como *Centro de Tratamento Santa Brígida / Asilo para os que sofrem de lepra*, embora as palavras em inglês logo abaixo sejam mais concisas: LEPROSÁRIO SANTA BRÍGIDA. Aquele portão leva a um leprosário ou ao inferno? Há alguma diferença?

Os pulmões de Philipose estão queimando, mas pelo menos ele inala oxigênio, não água de rio. O bebê parece pesado como uma pedra de descanso, e igualmente imóvel, com o rostinho arroxeado. Um leprosário terá um médico ou uma enfermeira? Terá leprosos, disso ele tem certeza. Entrar ali lhe parece tão inconsequente quanto ter empurrado a canoa para o rio. Como explicaria à mãe por que arriscou a vida para salvar o bebê do barqueiro? *Ammachi, senti como se o bebê fosse eu mesmo. Era como se ele fosse eu me afo-*

gando, lutando por ar, tentando voltar à superfície, lutando para sobreviver. Não tive escolha!

Ele continua sem escolha. Empurra o portão e corre com seu fardo. O barqueiro não tem ideia de onde estão. No céu escuro aqui e ali cintila alguma luz. Lá adiante há uma casa central coberta de telhas, cercada de outras menores, como brotos projetando-se do tronco principal, todas caiadas de branco, embora manchadas de um vermelho barrento na base, onde encontram a terra. Se isso é o inferno, então o inferno é muito bem organizado. O garoto se dirige à estrutura principal.

"O que está acontecendo? Criança não pode entrar aqui! O que está fazendo aqui?" Um homem magro de camisa azul e *mundu* não o deixa prosseguir. Philipose o olha: ele parece um ovo, o rosto liso inexpressivo, sem sobrancelhas e sem cabelo. Um dos olhos é branco, e o nariz é chato. O barqueiro recua.

"Esta criança está morrendo", Philipose diz. "Chame um médico."

"*Ayo!* Nosso médico morreu!", o homem grita. "Não sabia? Ele não pode ajudar."

Ouvindo o alvoroço, um homem branco surge da casa principal. É bonito, alto, tem por volta de trinta anos. As mãos laceradas, porém, pertencem a um ancião, e olheiras profundas e escuras circulam seus olhos.

O barqueiro grita: "Se ele morreu, então quem é aquele branco? Fala pra ele ajudar a gente, pelo amor de Deus!".

"Não estou me referindo a esse médico. Me refiro ao outro, o grande. Agora deem o fora! Nada de criança aqui, já disse."

O homem branco estremece diante do desespero que vê. Acolhe os desconhecidos enlameados e ofegantes: um deles de pele escura, baixote, sem camisa e magro; o outro, um menino em uniforme escolar encharcado, com o cabelo colado na testa, carrega um bebê moribundo, de olhos foscos como os de uma cavala na barraca de peixe.

"Gowon, sossega!", o médico diz em inglês, enquanto chama Philipose. Suas palavras são claras em qualquer língua. "O que temos aqui?", ele pergunta a si mesmo, curvando-se sobre o bebê.

"O bebê parou de respirar", Philipose explica. Enrubesce quando o médico olha para ele, surpreso. O garoto nunca esteve tão perto de um branco, jamais conversou em inglês com um falante nativo da língua. Tinha até certas dúvidas de que existisse mesmo um mundo onde as pessoas falavam o idioma de *Moby Dick*. "Bebê cheio de… craca branca na boca e na garganta. Como gordura de baleia. Mas endurecida… como couro. Arpoei um pouco, e ele respirou. Funcionou naquele momento, senhor."

O médico observa o menino, admirado daquele estranho vocabulário.

Arpoei? Ele escancara a boca do bebê com mãos rígidas e desajeitadas, movimentos desengonçados conduzidos mais pelo cotovelo do que pelo pulso. Faz gestos para que Philipose deite a criança na mesa, enquanto ele vira uma bandeja de instrumentos de cabeça para baixo, fazendo um barulho tremendo, à procura de alguma coisa.

"Nenhum tubo traqueal, Rune?", ele murmura. Sua aparência bizarra combina com o lugar, como se ele, igual àquelas construções brancas, com o rés do chão manchado de terra, tivesse emergido do solo, as mãos ainda não completamente formadas.

"Você! Meu arpoeiro! Preciso de sua ajuda", o médico diz. Ele umedece o pescoço do bebê com uma pincelada de um líquido pungente. "Vocês são parentes, então?", pergunta, apontando na direção do barqueiro.

"Parentes, não. Eu marchava no rumo da escola, tendo este destino como certo." Não consegue evitar o tom recitativo, ainda que não seja de fato seu, mas de Ismael. Melville é musical, Dickens um pouco menos, e o inglês de Philipose se fundamenta em grandes trechos da prosa daqueles dois, guardados em sua memória. "Deus me permitiu discernir o choro, e vi a criança. O pai temia o rio... Mas em mim o rio instigou propósito, e flutuamos para lá e para cá, embarcados."

"E como chegaram até aqui?"

O garoto pareceu atordoado. "Pela graça de Deus?"

O médico sorri. Puxa o lampião para perto do pescoço do bebê. Tenta alcançar um instrumento, não consegue. Ele o aponta para Philipose, que lhe entrega o bisturi.

"Qual seu nome?"

"Chamam-me Philipose."

Os lábios do médico se movem, como se praticassem o som que pretendem emitir. "Escute, é você quem vai ter que fazer isso", diz, entregando-lhe o bisturi.

"Não!" A palavra sai mais alta do que Philipose pretendia.

"O bebê está praticamente morto", sussurra o médico. "Entende? Você não tem nada a perder. Neste instante o cérebro dele está morrendo. Vamos lá. Você já salvou a vida dele uma vez."

"Mas não passo de um menino, aluno da..."

"Olhe, não posso fazer isso com as mãos assim. Passei recentemente por cirurgia. Ainda estou recuperando o movimento. E não, não tenho lepra. Eu te digo exatamente o que fazer."

Os olhos azuis não lhe dão outra alternativa. Com um dedo erguido numa curva rígida, o médico traça a linha vertical onde Philipose deve cortar, na parte mais inferior do pescoço, quase no encontro com o esterno. "A traqueia. É para lá que vamos. Rápido! Corte!"

O garoto já viu Shamuel cortar o pescoço de uma galinha, mas o *pulayar* nunca tinha em mente salvar a vida do animal. Philipose roça o bisturi pela linha imaginária e recua, apavorado, esperando um jato de sangue e uma reação agitada do bebê. A criança não se esquiva.

"Foi muito levinho. Segure como um lápis. Pressione mais. Até a pele romper. Vai!"

Philipose obedece, e agora uma linha pálida surge onde a lâmina deslizou, depois o sangue negro brota, verdadeiro rio transbordando sobre as margens. O garoto sente a sala girar e seu estômago se contrair. O médico ignora o sangue e, com gaze na ponta do dedo, afasta a pele dos dois lados do corte, revelando uma teia de tecido branco.

Entrega a Philipose um instrumento que parece uma tesoura, mas de pontas cegas. "Enfie isso aí e abra", diz, imitando o movimento com dois dedos. Philipose desliza o instrumento fechado para dentro do vão da ferida e então o abre. Seu gesto é vacilante, pois a garra dura do médico sobrepõe-se à sua mão, mostrando a posição certa. "Abra até o fim." O menino sente o tecido se rasgar. Mais sangue brota, escuro e ameaçador.

"E o sangramento?"

"Isso significa que ele ainda está vivo", diz Digby, sugando o sangue com a gaze num gesto que lembra o tamanduá, até revelar um cilindro rugoso e pálido, menor do que um canudo.

"É a traqueia. Agora fazemos um pequeno corte vertical na parede frontal, usando somente a ponta do bisturi." Vendo Philipose hesitar, o médico diz: "Só tem ar na traqueia, não tem sangue. Mas não corte fundo. Só queremos fazer uma pequena abertura". Quando Philipose hesita, a garra se fecha sobre sua mão, firmando-a. Juntos, os dois conseguem pressionar suavemente a ponta do bisturi na traqueia, onde ele se fixa como um machado numa árvore. O barqueiro se aproxima para espiar, horrorizado, a ferida no pescoço do filho.

"Pronto, não vá mais fundo", o médico diz. "Agora cortamos muito delicadamente para baixo."

O tecido cede à ponta da lâmina como se fosse madeira de balsa. A bile sobe à garganta de Philipose. Ele olha para cima, como se perguntando: *E agora?*

Nesse exato momento ouve-se um som úmido, de algo que suga, cuja origem não é na boca nem no nariz, mas no pescoço sangrento, uma absorção borbulhante de ar ao redor da ponta da faca. O peito do infante se infla. Ao expirar, um borrifo tênue salta da ferida e acerta a bochecha de Philipose.

O médico retira o bisturi, inverte-o, então enfia a ponta cega no corte que fizeram, virando-a noventa graus para alargar a fenda. Dentro da traqueia oca, lutando por espaço com o ar borbulhante, há um coágulo. O médico puxa algo que parece um fio de linho, longo e maleável. Na mesma hora o ar entra e sai pela pequena abertura, um som áspero e esfomeado.

"Essa é a membrana da difteria. Termo grego para 'couro'. Você usou essa palavra, não? 'Couro'? Fez o diagnóstico correto. Trata-se do tecido morto da garganta que se desprendeu, misturado a células de pus. Já ouviu falar de difteria? Bem, é uma doença comum. Hoje existe vacina. São os mais novinhos que morrem dela."

Ele vê salpicos de sangue no rosto do médico, como no dele.

"É contagiosa?"

"Provavelmente tivemos a doença na infância, mesmo sem saber, então estamos imunizados. Este bebê está desnutrido, não conseguiu combater a doença. Nos mais velhos, as vias respiratórias são maiores, assim, caso se infectem o quadro não será tão severo."

O médico pega um canudo de metal e o insere com cuidado na fenda da traqueia. O ar corre pelo tubo como por uma flauta, as aspirações ríspidas. A cor inunda o rosto do bebê. E ele se mexe.

Philipose fica pasmo ao testemunhar aquela ressurreição. Tem as mãos manchadas de sangue de um estranho, e aquela visão lhe traz outra onda de náusea. O momento é transcendente, mas também repulsivo; sentindo-se suspenso acima daquela sala que exala um odor pungente, olha na direção da criança, do pai, do médico e de suas mãos. Metal, sangue, água, terra, carne, tendões, pele clara e morena, tudo é uma coisa só. O garoto não tem a sensação de triunfo, apenas um desejo de fugir. No entanto, as mãos do médico lhe entregam um alicate com uma agulha curva e um fio preso a ela, e a garra branca daquele homem logo se aboleta sobre seus dedos. Os movimentos não partem de Philipose, porém ele os executa mesmo assim, costurando o tubo à pele e fechando o corte. "Você é o meu amanuense", o médico diz ao assistente, que não conhece aquela palavra.

Os olhos do bebê, alertas, focam-se neles, como se prestes a falar. Então, quando vê o rosto do pai, estica os braços e os cantos de sua boca caem. Enche os pulmões e seu rosto se contorce, preparando-se para um choro majestoso... Mas nenhum som emerge, apenas ar pelo tubo. O bebê se surpreende.

"Suas cordas vocais estão um pouco deslocadas, nenê", o médico diz. "Bem-vindo de volta a este mundo louco. Talvez você possa fazer alguma coisa para mudá-lo."

35. A cura do que te aflige

SANTA BRÍGIDA, 1936

Philipose corre para a varanda quando o estômago insiste em pôr para fora seu conteúdo, sua garganta queimando especiarias e suco gástrico. Ele lava as mãos e enxágua a boca sob uma calhe. Suas unhas têm contornos escuros de sangue. O garoto as esfrega loucamente.

Quando olha para cima, uma face monstruosa a centímetros da sua o espreita. A aparição tem buracos no lugar das narinas, e olhos que não veem, embora arqueie a cabeça como se ouvisse sua respiração. O grito de Philipose sai como um gargarejo abafado. A criatura recua ao ouvi-lo, mais assustada do que ele.

Precisa dar o fora dali. Precisa voltar para casa. Mas onde ele está exatamente?

O leproso que atuou como vigia e tentou despachá-los lhe responde, mas Philipose não consegue acreditar. Outro leproso, aproximando-se, confirma. Notam a surpresa do garoto ao saber que eles conhecem muito bem aquelas estradas. "Não há lugar por onde a gente não tenha andado! Você acha que pegamos ônibus? Barco?" A risada deles é macabra. Até então, as únicas interações de Philipose com leprosos se deram ao depositar moedas em latinhas; quem diria que eram inteligentes e falavam? A caminhada de volta demandará certo circuito, pois a principal ponte da região foi devastada pelas águas. É um desvio de oito quilômetros na direção oposta, e depois disso precisa retornar por mais dezesseis. Nenhum ônibus passa pelo leprosário. Seu coração se desespera. E pensar que ele estava com medo de chegar atrasado na escola! Vai chegar em casa tardíssimo.

O médico vem procurá-lo. "Meu nome é Digby Kilgour. Pode traduzir a conversa pra mim?" Entram e vão falar com o barqueiro, que está ninando o bebê. "Diga que esperamos tirar esse tubo dentro de vinte e quatro horas. É melhor ele ficar aqui até lá."

O barqueiro diz: "Que escolha eu tenho? Perdi meu barco. Perdi meu sustento. Mas e daí? Tenho meu filho, não é?".

Dr. Kilgour repara na inquietação e na ansiedade de Philipose. Quando o garoto expõe suas razões, ele afirma: "Vamos te levar pra casa. Você salvou uma vida hoje". E explica que um amigo seu, Chandy, deve retornar de sua propriedade — de carro — essa tarde mesmo. O médico lhe garante que o motorista de Chandy vai levá-lo à sua casa.

É uma longa espera, ainda mais porque Philipose recusa a comida e a bebida que Digby lhe oferece, temendo o contágio. O sol saiu, o céu está limpo, como se a tempestade da manhã tivesse sido uma piada ruim. Ele encontra uma sombra no pomar, e, quando já não pode mais, puxa água do poço e bebe do balde com a concha das mãos, tentando não tocar na borda.

Lá pelo meio da tarde um carro estaciona. O homem corpulento e bem apessoado que o dirige desce e vai ao bangalô onde está Digby. Philipose soletra o nome no emblema do carro: "Che-vro-let". A palavra lhe é familiar. Tem certo sentido de movimento, com um estalo ao fim. Soa tal como ele imagina a América: uma terra de pessoas ambiciosas e trabalhadoras, como os personagens de Melville. Aquele carro lhe parece um homem rico que pôs de lado as frescuras e se entregou à labuta junto de seu *pulayar*. Os paralamas já eram, as rodas e entranhas estão expostas, a lataria coberta de barro como a carroça de Kurian, o vendedor de coco. O banco do passageiro está sendo usado para transportar algum tipo de motor, disposto sobre uma lona. À traseira do carro atraca-se uma plataforma de metal com latas de óleo, corda, um guincho… e uma figura escura, agachada, que o olha indiferente. Philipose não o teria visto, não fosse o branco de seus olhos quando ele pisca.

Digby reaparece com Chandy, que fala com Philipose em malaiala, perguntando onde ele mora. "Tudo bem, vamos te levar pra casa, *monay*. Espere aqui. Volto já."

Mas Chandy só retorna às cinco da tarde, de banho tomado, *juba* bege de seda impecável, *mundu* engomado. Em seu pulso, balança folgado um relógio tão dourado como a lata dos cigarros State Express 555 que o homem leva na mão. Philipose senta no banco de trás, ao lado de uma menina de uniforme escolar. Ela tem o cabelo preto reluzente, repartido ao meio, com tranças. A filha de Chandy, decerto. A garota sorri para o dr. Kilgour, que lhe acena. Ela é alguns anos mais nova do que Philipose, mas seus modos diretos e a forma franca como o analisa a fazem parecer mais velha. Aquilo o deixa mais embaraçado: com exceção de Bebê Mol, nunca se sentou tão perto de uma menina.

Philipose pensa no rugido do rio ao ouvir o arranque do motor. Quando o carro se põe em movimento, ele bota a cabeça para fora. O vento sopra em seus cabelos e no rosto, desenhando um sorriso. É a primeira vez que anda de carro.

A voz de Chandy soa como um motor. "Então, *monay*", diz, olhando por sobre o ombro. "O médico disse que você salvou a vida daquele *kutty*. Você é algum santo disfarçado?" E se vira para sorrir, um dente de ouro reluzindo sob o bigode frondoso.

"As mãos do médico sobre a minha me mostraram o que fazer."

Os dedos da filha deslizam pelo banco. Philipose observa a aproximação, incrédulo. Logo os dedos dela estão sobre os dele, pressionando-os um por um, como se ela tocasse um harmônio. Antes que ele possa reagir, ela retira a mão, tendo concluído o experimento. Em seguida saca um caderno de desenhos.

"*Monay?*", Chandy diz. Philipose congela. Será que Chandy pensa que foi o garoto quem fez a aproximação? "O bebê está curado?"

"Ainda não. O médico disse que a difteria produz um veneno que afeta os nervos e o coração. Mas, segundo ele, se tiver sorte, o bebê vai se recuperar."

"Elsie teve difteria. Lembra, *molay?*" Ela o olha interessada. "Você tinha seis anos. A garganta inflamou. Só soubemos que era difteria na semana seguinte, quando a levamos ao médico, porque, toda vez que você bebia água, ela saía por seu nariz." O homem ri, uma gargalhada sonora, e Elsie sorri para Philipose. "Lá descobrimos que seu palato não fechava. O nervo ficou temporariamente danificado. Como uma válvula presa."

Philipose está extremamente consciente da presença de Elsie. Sente vontade de tocar seu cabelo cheio, lustroso. Aquele pensamento o enrubesce. Tem a impressão de que ela o observa e estuda, o que o deixa ainda mais sem jeito. O garoto volta a atenção para as casas que passam voando pela estrada, para a sensação de velocidade que parece mais imediata do que quando anda de ônibus. *Che-vro-LET*.

* * *

Assim que avista o telhado de Parambil, Philipose luta para não perder a compostura, pois aquela paisagem o comove de forma inesperada. Pelos últimos dois anos andou se coçando por aventuras, querendo correr o mundo como Joppan, só que mais para dentro dos campos. Mas por pouco essa manhã não foi a sua última na terra. Por tudo que se sabe, ele deveria ter se afogado. Nem mesmo a lepra ou a difteria se comparam ao perigo de cavalgar um rio transbordante. No momento em que pulou da canoa, no momento em que seus pés tocaram terra firme, ele soube que havia enganado a morte. No entanto, só se sentiu *seguro* ao avistar Parambil. Sempre imaginara que, adulto, moraria numa cidade fervilhante bem longe dali, um lugar cheio de vida. Só agora entende como Parambil lhe é vital, tão necessária quanto o coração ou os pulmões. Quando uma pessoa sai de casa, fica por sua conta e risco.

Carroças e carroções puxados a cavalo, riquixás, um elefante já passaram por aquela estradinha que leva à casa, mas um veículo motorizado, nunca. Philipose vê muitas figuras na varanda. A família estendida deve ter se reunido, temerosa do pior. Ao ver o carro, todo mundo congela, qual fossem uma família de bichos-preguiças surpreendida na floresta. O garoto vislumbra as silhuetas dos gêmeos, Georgie e Ranjan, de mãos dadas, e a figura esbelta de Dolly *Kochamma*, ao lado da figura mais baixa de Grande Ammachi, junto de Bebê Mol. Isolada, mais larga e rotunda, está Decência *Kochamma*. Uma alma solitária guarda vigília no *muttam*. Shamuel.

Grande Ammachi observa o filho descer do carro, mas não consegue sair do lugar. Só quando ele corre em sua direção ela vence a paralisia. Abraça-o, sente sua carne. "*Monay, monay*. É mesmo você? Está ferido? O que aconteceu?" Ela aperta a própria garganta para exprimir sua agonia, dizendo "Ammachi *thee thinny poyi!*" Eu engoli fogo!

Bebê Mol, com as mãos na cintura, parece contrariada e dá um tapa na perna do irmão. Mas logo salta em seus braços, rindo. Mesmo Decência *Kochamma* o aperta contra o peito, onde ele se afoga em talco e suor, o crucifixo machucando-lhe a bochecha. Shamuel fica parado, chorando de felicidade. Philipose o abraça. "Shamuel, estou bem."

O menino descobre que Shamuel encontrou o guarda-chuva e o invólucro de folha de banana. Organizaram buscas nas margens do canal. Sua mãe diz: "Amanhã iremos à igreja de Parumala. Prometi ir até lá e agradecer se Deus me devolvesse você".

* * *

Philipose teme que Parambil pareça precária aos olhos de alguém como Chandy, que anda de Chevrolet. Mas aquele homão fica à vontade, age como um primo há muito afastado, e não como o mensageiro divino que lhes trouxe de volta o filho perdido. *"Ayo, Kochamma"*, ele diz, numa voz tonitruante, dirigindo-se à Grande Ammachi, "esse seu filho é um herói de verdade." E começa a contar uma história mirabolante, falando com tanta autoridade que até Philipose começa a crer naquela versão. No entanto, a sacada genial de Chandy é deixar os leprosos de fora do relato. Encerra com *"Kochamma*, é um sinal do Todo-Poderoso para que seu filho seja médico, não é? Que dom!"

Philipose sente todos os olhos sobre ele. Força um sorriso educado, mas por dentro treme. Nunca sentiu o menor desejo de ser médico. E, se tivesse o sentido, os eventos daquela manhã teriam varrido aquela veleidade.

As mulheres ajudam sua mãe a preparar refrescos. Georgie faz o gesto de "uma dosezinha" com o polegar e o indicador e um meneio de cabeça, ao que Chandy responde com outro meneio de cabeça e uma piscadela. Os gêmeos somem e depois ressurgem com um vinho de palma preparado pela manhã que, àquela altura, já fermentou o suficiente para descer forte como um coice de bode. Philipose se surpreende com o banquete: *appam* recém-saído da chapa quente, *ooperi* — chips de banana-da-terra — recém-fritados, *thera* de manga, peixe frito e frango assado. Então compreende que aquela comida veio das casas ao redor que anteciparam uma longa vigília e a possibilidade de notícias terríveis.

Na hora da partida, Chandy grita: "Elsie, cadê você?". Bebê Mol responde da varanda: "Ela está comigo!".

No banco de Bebê Mol encontram Elsie, de pernas cruzadas e desenhando, com Bebê Mol atrás dela, juntando fitas às tranças de Elsie com suas mãos gorduchas. Espalhados por ali, desenhos que Bebê Mol pediu: um fazedor de *beedi*, um elefante, uma de suas bonecas... Tudo desenhado com muita técnica. Elsie enrola todos os desenhos em um só rolo de papel, enlaçando-os com uma das fitas de Bebê Mol.

"*Chechi*", diz a pequena, como se Elsie fosse sua irmã mais velha, embora Bebê Mol tenha idade para ser sua mãe, "*Povu aano*"?

"Sim", Elsie responde, "preciso ir."

"Você volta logo?"

Com um gesto de cabeça, Elsie diz que sim, voltará.

Bebê Mol responde da mesma forma, dizendo *"Poyeete vah"*. *Então vá e volte.*

Mais tarde, a pedido da irmã, Philipose abre o rolo de papéis. A primeira folha é um retrato de alguém bastante familiar: um menino de perfil, seu rosto voltado para a janela, os olhos semicerrados, o cabelo soprado pelo vento. Ele nunca tinha se visto pelos olhos de outra pessoa; esse Philipose é tão diferente daquele que o cumprimenta no espelho. Impressiona-o a economia dos traços ao redor das narinas e dos lábios, permitindo que a imaginação do espectador complete o sombreamento. Elsie capturou a sensação de movimento, de velocidade. No modo como desenhou os olhos, a inclinação das sobrancelhas e o vinco de ansiedade na testa, ela registrou para a posteridade a loucura e o terror de um dia como nenhum outro, um dia que poderia ter sido o último dele. E, embora ninguém saiba, capturou também seu desejo ardente de voltar para casa.

36. Não há o que aprender na sepultura

SANTA BRÍGIDA, 1936

Quando as freiras da Missão Sueca chegam, Digby se despede de Bhava e Sankar, depois vai procurar os demais na destilaria, no depósito de grãos, no pomar e na horta. No dia em que chegou ao Santa Brígida, os residentes lhe pareceram indistinguíveis, idênticos demais em fealdade. Mas agora ele os conhece um por um, bem como sua personalidade: o piadista, o apaziguador, o estoico, o rabugento. Contudo, no coletivo, compartilham certa qualidade brincalhona e travessa. Pelo menos quando Rune era vivo.

O médico agradece a cada um por recebê-lo em seu meio e se diz triste por partir, unindo as mãos e olhando-os nos olhos. Nesse mundo invertido, caretas são sorrisos, o feio é bonito, o aleijado trabalha mais do que os de boa condição física, mas as lágrimas são as mesmas. Os residentes retribuem largando as ferramentas para acenar como podem. Digby se comove com os "namastês" de dedos ou mãos ausentes ou tortas. A *imperfeição é a marca de nossa comunidade, nosso sinal secreto*. Rune disse que o divino nunca lhe era tão visível quanto no Santa Brígida, *por causa* das imperfeições. "[Deus], porém, me respondeu: 'Para você basta a minha graça, pois é na fraqueza que a força manifesta todo o seu poder'." O pensamento o consolaria, se Digby tivesse fé.

Sozinho no bangalô de Rune, relembra suas noites juntos, marinados no vinho e no fumo de um tabaco rico e amadeirado. Numa dessas noites, pouco antes da morte de Rune, Digby repetiu uma pergunta que já lhe fizera. "Eu voltarei a operar?" Rune ponderou e então deu um leve tapinha na cabeça de Digby com a base do cachimbo. "O que nos diferencia dos outros animais não é o polegar opositor. É o cérebro. Foi ele que fez de nós a espécie dominante. Ou seja, a diferença não está em nossas mãos, mas no que decidimos fazer com elas. Conhece nosso lema aqui no Santa Brígida? É do Eclesiastes: 'Tudo o que você puder fazer, faça-o enquanto tem forças, porque no mundo dos mortos, para onde você vai, não existe ação, nem pensamento, nem ciência, nem sabedoria'."

Ainda lhe resta uma última despedida. Chandy e seu filho saíram; apenas Elsie e a criada estão em casa. Ele senta em frente à menina na varanda, surpreso por não saber o que dizer, como se ele é que tivesse nove anos, e ela vinte e oito. Ela espera; há uma maturidade em seus olhos, certa sabedoria e serenidade que muito lhe ultrapassam a idade.

"Vim me despedir. Eu... Você sabe que as cirurgias de Rune reconstruíram minhas mãos. Mas foi você quem deu vida de novo a esta daqui." Ele estende a mão direita. O gesto da menina, inspirado, de parear sua mão à de Digby, a palma dela sobre a nova pele da mão dele, reativou os dedos paralisados, destruiu barreiras de ferrugem e falta de uso para reconectar o cérebro à mão. Ele quer que ela saiba que, ao ver o belo rosto da mãe na folha, ele apagou a grotesca máscara da morte talhada em sua memória, uma imagem que bloqueava toda lembrança que tinha dela. Agora, porém, descobre-se embaraçado demais para essa confissão. Talvez consiga quando Elsie for mais velha, se seus caminhos se cruzarem de novo. Ele então entrega um presente para sua terapeuta.

Elsie desembrulha o pacote. Seus olhos se arregalam de alegria tão logo reconhece a cópia de Rune de *A anatomia de Gray*. Digby acredita que ela tenha o dom de Henry Vandyke Carter: desenhar o objeto tal como ele é, deixando que ele fale por si mesmo.

Os lábios de Elsie soletram em silêncio a dedicatória na qual Digby muito labutou. A primeira linha é do grande escocês Robert Burns; as seguintes são de um escocês que não deixará nenhuma marca na história.

"Alguns livros mentem do começo ao fim, e algumas grandes mentiras jamais foram escritas."

Mas dou minha palavra de que este livro não mente, pois sua verdade eu conheço de trás para frente.

Para Elsie, que me ajudou a entender que passado e presente andam de mãos dadas.

Eternamente grato,
Digby Kilgour
Leprosário Santa Brígida, 1936

Ela encosta o volume no peito e pousa a cabeça sobre ele, qual abraçasse uma boneca. Ao olhar para cima, sua expressão substitui qualquer agradecimento.

Digby se levanta e Elsie caminha com o jovem médico, abrigando sua mão na dele, como se fosse a coisa mais natural do mundo. Quando saem, ela a solta.

Ele sente sua alma se desatracando do cais, partindo à deriva, sem vela ou mapa.

37. Um sinal auspicioso

ALLSUCH, 1937

Franz e Lena oferecem uma ceia de véspera de Ano-Novo para seu círculo próximo; a ocasião é um tanto agridoce, já que também seria o aniversário de Rune. Chandy ficou detido na planície, mas os habitués — os Kariappa, os Cherian, Gracie Cartwright (mas não Llewellyn), Bee e Roger Dutton, os Isaac, os Singh — estão sentados ao redor da mesa de jantar de Lena, os antebraços descansando sobre a toalha adamascada, o candelabro iluminando seus rostos como num quadro de Rembrandt. Fazem um brinde a Rune com vinho de ameixa e recordam o amigo entre risos e lágrimas.

Digby chegou há três semanas e mais uma vez ocupa o chalé de visitas de AllSuch. Em nada se parece com a criatura carbonizada, oculta sob um manto, que se isolou de todos, exceto de Cromwell, até que Rune o levasse. Dessa vez senta com Franz e Lena a cada refeição; passeou com Franz pela propriedade, observou-o na sala de prova do chá e o acompanhou ao leilão semanal onde ele vende sua produção. Teve oportunidade de andar a cavalo com Cromwell, aprendendo particularidades da colheita do chá e do cultivo de cardamomo e café. Toda manhã bem cedo ele desenha por uma hora, disciplinado, buscando restaurar a fluidez, se não a graça, dos dedos. Seu plano era retornar a Madras e ficar com Honorine — mas os Mylins insistiram para que permanecesse até o aniversário de Rune. Quando sua licença médica expirar, ele não tem ideia do que acontecerá.

Agora, na ceia, Digby, encorajado pelos clamores dos convidados e desinibido pelo vinho, evoca certo aspecto de Rune só dele conhecido. Fala de sua excelência como cirurgião, ele mesmo a experimentara na carne. Chega a desabotoar a camisa timidamente para mostrar a cicatriz em forma de escudo na parte esquerda do peitoral. ("O sagrado coração de Jesus!", exclama Gracie, apertando a mão contra o peito.) "Ele morreu cantando", Digby diz, "cheio de vida, como sempre…" O jovem médico engasga, já não consegue continuar.

O silêncio não é rompido nem mesmo quando Franz oferece uma rodada de brandy e eles voltam a brindar a Rune. A noite silenciosa pulsa ao redor deles. Betty Kariappa leva um fósforo para o restinho de líquido dourado em seu copo. Uma chama azul, um fantasma, espalha-se pela superfície do brandy, galgando as paredes do copo até desaparecer.

Nas primeiras horas de 1937, os comensais continuam à mesa — o clima nostálgico ficou celebrativo e depois numinoso, como se o nível de álcool no sangue tivesse alcançado o limiar que destrava a natureza mística das pessoas. É então que esses fazendeiros falam do que melhor conhecem: os declives montanhosos onde vivem; o solo fecundo e sua munificência. Sanjay traz à baila uma propriedade distante chamada Loucura de Müller, e fala da oportunidade de ouro que sua venda representa — desde que o preço seja bom. A partir daí, numa sequência de passos que nem Digby nem os demais se lembram, estabelecem um consórcio cujo estatuto é esboçado num guardanapo, e cuja primeira resolução é aprovada unanimemente: Lewis e Clark, na condição de delegados, acompanhados de Digby e Cromwell, devem procurar Müller e prospectar sua propriedade.

Dois dias depois, Cromwell e Digby partem no Chevy dos Mylins, com pneus reservas, gasolina e equipamento de acampar. Os Gates Ocidentais correm paralelos à costa por mais de seiscentos quilômetros, a maior parte deles tomada por florestas verdejantes intocadas, salvo uma dúzia de modestas áreas que aventureiros ousados cultivaram no século passado. Esses pioneiros escalaram velhas trilhas de elefantes conhecidas apenas pelos nativos, os "tribais", e delimitaram terras em declives férteis. Contudo, se não abrissem uma estrada, quebrando rochas e construindo túneis e rampas, suas supostas propriedades logo se mostrariam sem valor algum — era preciso levar trabalhadores da planície para as terras, que ficavam a mil e quinhentos metros de altura ou mais, como também transportar chá, café ou especiarias para os mercados. Os primeiros donos vendiam terras a preços nominais ou simplesmente doavam grandes áreas, só para dispor de parceiros com quem dividir os custos de construir e manter uma estrada nos Gates. As maiores regiões com propriedades estabelecidas são Wayanad, Highwavys, Anaimalais, Nilgiris e, por fim, as Cinnamon Hills, onde os Mylins e seus amigos têm terras.

A partida de Digby e Cromwell é pouco auspiciosa, com problemas no motor logo no começo, mas o motorista resolve o enguiço desmontando o carburador, limpando-o e reconstruindo-o. Cromwell pertence ao povo *badaga* — nativo das montanhas Nilgiri, vive em comunidades fechadas, cultiva as terras coletivamente e se orgulha de nunca ter sido servo. Esses *badagas* que migraram são conhecidos por serem bons soldadores, carpinteiros, mecânicos e comerciantes. Digby sente-se à vontade com Cromwell, que ao nascer recebeu o nome de Kariabetta, mas hoje é conhecido apenas pelo apelido (até a mãe o chama de Cromwell). Um ex-empregador o descreveu como um "verdadeiro Cromwell", depois que ele conteve, com bravura e inteligência, uma situação envolvendo o filho do patrão, uma mulher casada e um esposo ofendido — Digby ouviu essa história de Lena.

Digby e seu escudeiro passam a noite acampados às margens de um riacho. Ao meio-dia chegam ao sopé da cordilheira cujos contornos repicados lembravam a Digby os picos escarnados de Càrn Mòr ou Lochnagar. Em algum lugar dentro daquelas nuvens se encontra a Loucura de Müller. Gerhard Müller foi um pioneiro que nunca construiu uma estrada de gate. Possuindo uma vasta propriedade que jamais poderia cultivar — daí a loucura —, ele e a esposa pregavam os evangelhos aos nativos e se mantinham a duras penas. O filho deles, Bernard, se saiu um pouco melhor, buscando possíveis parceiros, mas logo os afugentou com o preço que pedia pela terra. Construiu uma estradinha precária que era varrida a cada estação chuvosa. Agora, Bernard Müller de repente decidiu pôr tudo à venda e se mandar para a terra natal de seus ancestrais, Berlim, que nunca conheceu. O preço já caiu três vezes em três meses, sinal de desespero.

Chegar à propriedade de Müller prova-se tarefa extremamente complicada. Um pneu fura, e eles decidem seguir a pé, em meio a tremenda neblina. *O que estou fazendo aqui?*, pergunta-se Digby. Sabe que não pode ser cirurgião. Focou-se por tanto tempo em se transformar em um que simplesmente não pode se imaginar exercendo qualquer outra atividade. Ser fazendeiro é mais atraente que ser clínico geral, distribuindo unguentos e ervas, atendendo cem pessoas por dia. Se está fugindo do passado, essas montanhas são perfeitas. Ele segue Cromwell com muito esforço, perdendo o fôlego. Se Müller aceitar a oferta do consórcio, o plano é que Digby, tendo Cromwell como administrador, cuide da propriedade, recebendo uma parte dela com o tempo.

Se Müller topar, Digby tomará isso como sinal de que esse é seu destino. *Rune aprovaria. Tudo que lhe vier à mão para fazer, faça com vontade.*

O vale lá embaixo, os rochedos sob seus pés e a montanha adiante sobreviverão a ele. Diante dessa terra, o jovem médico não é nada; palavras como "vergonha" e "culpa" pouco significam ali, e uma reputação não vale mais do que uma flama azul passageira, um espírito evanescente num copo de brandy.

PARTE CINCO

38. Correio

PARAMBIL, 1938-41

A chegada do homem que ficaria conhecido como Senhor Melhorias, junto com Shoshamma, sua mulher, não chamou a atenção das pessoas em Parambil. Quem poderia prever que um só camarada estimularia de modo tão vigoroso a comunidade? Em pouco tempo o apelido colou e ninguém mais conseguia lembrar seu nome de batismo. O casal vivia feliz em Madras, quando o irmão de Shoshamma morreu de repente — de tanto beber. Ele não era casado nem tinha filhos e, assim, do nada, a irmã herdou a propriedade. O terreno da casa, com cerca de um hectare, ficava na parte mais oeste de Parambil, bem longe do rio, e era uma das terras que o pai de Philipose havia vendido ou dera a parentes na última década de vida.

Segundo Grande Ammachi, o irmão de Shoshamma tinha menos iniciativa que uma pedra de beira de rio. Deixou uma casa caindo aos pedaços, mas a madeira e os coqueiros no terreno eram bons. Quando o casal vai visitar Grande Ammachi pela primeira vez, a matriarca se impressiona com o bom comportamento de seus filhos, um menino de sete anos e uma menina de nove. Shoshamma tem um rosto agradável, o riso frouxo e parece cheia de energia. O marido, a despeito dos anos trabalhados numa prestigiosa empresa britânica, é modesto e discreto. Grande Ammachi apresenta Philipose, dizendo que seu sonho é que ele estude medicina em Madras. O Senhor Melhorias diz: "Que maravilha! O Madras Medical College é a mais antiga faculdade do país. Estive lá uma vez. Vi um professor britânico e todos os estudantes ao redor de um leito...". Ele se cala, pois algo no sorriso forçado do garoto lhe diz que ele não tem a menor vontade de estudar medicina, só é educado demais para contradizer a mãe.

Pouco depois que o casal se estabelece, o homem consegue um empréstimo da Secretaria de Desenvolvimento — quem poderia saber que algo do tipo era possível? Ele compra uma vaca, abre uma estrada e reconstrói a casa. Propõe aos vizinhos que assinem uma petição para rever o imposto de propriedade, mas é ridicularizado. Decência *Kochamma* diz: "Que cara de pau! O sujeito chega de Madras e acha que o governo deve cobrar menos impostos dele!". Só Grande Ammachi adere à petição, dividindo o custo da análise e da papelada. O recurso dá certo. Quando aqueles que se negaram a participar entendem o quanto poderiam ter poupado, imploram a ajuda do Senhor Melhorias. "Com prazer", ele diz. "A próxima reavaliação é em dois anos, então temos tempo."

A chegada do casal coincide com uma mudança nas atitudes entrincheiradas do povo de Travancore. Há mais opções de jornais e mais leitores. Os iletrados sempre podem encontrar uma casa de chá onde o jornal é lido em voz alta. Notícias da crescente oposição ao domínio britânico, e de um mundo à beira da guerra, se fazem presentes na vila mais minúscula. O letramento altera padrões que atravessaram gerações sem serem perturbados. Prova disso, como conta à mulher o Senhor Melhorias, é o que lhe aconteceu na casa de chá. "Um camarada sem camisa, sentado num banco, diz, só para me impressionar, acho: 'O marajá é um espantalho dos britânicos. Estou com Gandhi! Semana passada, quando ele marchou para o mar, por que ninguém me contou? Eu teria ido com ele! Por que pagar imposto pelo sal, quando o sal está bem à nossa mão?'. Pobre homem. Não tive coragem de dizer que a Marcha do Sal, liderada por Gandhi, aconteceu há oito anos. Mas só o fato de ele *saber* sobre o evento já é um progresso!"

Quando o recém-chegado descobre que Philipose é um leitor voraz, cumprimenta-o e lhe fala de sua paixão pela leitura: "Ela é a porta do conhecimento. O conhecimento, por sua vez, aumenta o rendimento do arroz. Combate a pobreza. Salva vidas. Há alguma família por aqui que não tenha perdido um ente querido para a icterícia ou a febre tifoide? Infelizmente, poucos entendem que a comida e a água são a causa das doenças, e que um saneamento melhor pode prevenir a contaminação!".

O entusiasmo do homem atrai Philipose e seus pares como um ímã. Os adolescentes adotam seu lema: *Todo mundo deve ensinar alguém.* Encorajados pelo recém-chegado, criam a Associação Cristã de Moços e a Associação Cristã de Moças, a Biblioteca e a Sala de Leitura de Parambil, tudo alocado em metade de um galpão na propriedade do homem, onde um cartaz de papelão anuncia as três instituições. Philipose, agora com treze anos, lidera os colegas de associação na perfuração de fossos de latrina em cada moradia, tentando eliminar o acúmulo de fezes e, assim, as infestações de tênias. As moças dão aulas sobre o manejo e o armazenamento de alimentos.

Da outra metade do galpão o Senhor Melhorias fez seu escritório. Perto de um armário alto ele dispôs uma pequena mesa sobre a qual descansa, qual uma divindade, a preciosa máquina de escrever. Esse instrumento lhe permite acossar vários departamentos do governo com petições que demandam estradas, saneamento, educadores no campo da saúde, uma parada de ônibus e outras melhorias, tudo no mais oficioso inglês Raj. "*Monay*", diz o batalhador, explicando ao discípulo mais devoto, Philipose, sua filosofia: "Para conquistar mudanças sociais, é preciso entender um princípio básico do dinheiro: ninguém quer largá-lo. Seja o marido dando à esposa, ou você quando precisa pagar o barbeiro, ou o marajá repassando nossos impostos aos britânicos, ou enviando dinheiro para as nossas causas — quem dá dinheiro de modo espontâneo? Minha palavra para isso é 'resistência'. Nossas vilas não entendem que o governo tem *obrigação* de financiar projetos cívicos que melhorem nossa vida. Por que pagaríamos impostos? O dinheiro está no orçamento! Mas o oficial na secretaria resiste a nossa demanda. O camarada pensa: '*Aah*, aquelas famílias de Parambil sobreviveram todo esse tempo sem uma ponte. Bem, se *meu* primo conseguir o financiamento, e a ponte finalmente chegar à *minha* vila, *nossa* propriedade não vai valorizar?'. *Monay*, é por isso que datilografo 'c.c. Sua Excelência, o Marajá' na minha correspondência. E 'c.c.' para qualquer outro funcionário acima da pessoa a quem a carta é endereçada. Isso faz com que o camarada pense duas vezes, não?". Philipose fica intrigado e pergunta se ele arquiva as cópias em carbono. "*Aah*", ele responde, com um brilho nos olhos, "na verdade, não. Mas *eles* não sabem."

Quando o Senhor Melhorias convida o marajá (dessa vez enviando cópias de carbono de verdade a uma legião de oficiais) para inaugurar a Primeira Exposição Anual de Parambil de Novos Desenvolvimentos em Fertilização, Irrigação e Criação de Animais, até Grande Ammachi se pergunta se ele não teria ido longe demais. Ele garante que não acredita nem por um segundo que o marajá apareça — está apenas buscando a cooperação dos oficiais a quem enviou as cópias para que a exposição aconteça.

Ninguém fica mais impressionado do que ele mesmo, o Senhor Melhorias, quando o marajá aceita o convite! Naquele dia inesquecível, as pessoas assomam de todas as partes, com suas melhores roupas; inválidos se arrastam para testemunhar aquele acontecimento, uma visita real de Sua Excelência, Sree Chithira Thirunal. Todos esperam que ele seja como nas fotografias coloridas ubíquas exibidas em escolas, lojas e secretarias do governo: um rosto plácido com bochechas bem fornidas de *ghee*, a cabeça apequenada por um turbante cravejado de cristais, o peito resplandecente de medalhas, atravessado por uma faixa. Chocam-se ao ver um jovem de seus vinte anos, inteligente, autoconfiante e sem turbante, descendo do carro real numa impecável jaqueta preta com gola padre, calça de equitação cáqui e sapatos marrons. Sua curiosidade e interesse genuíno pelos detalhes da exibição obrigam o público a prestar de fato atenção a tudo que está exposto. A afeição do marajá por sua gente se mostra naqueles olhos suaves e amigáveis e no sorriso tímido. O mesmo marajá, dois anos antes, desafiou seus parentes e conselheiros ao emitir, corajosamente, a Proclamação de Entrada nos Templos, permitindo que *todos* os hindus de *todas* as castas entrassem nesses locais. Esse ato revolucionário enfureceu os brâmanes e levou Gandhi a dizer que era o marajá, e não ele, quem merecia o título de "Mahatma", ou Grande Alma.

O jovem marajá faz questão de que o Senhor Melhorias o acompanhe durante a visita, obrigando os funcionários distritais a se acotovelarem para se aproximar. Sua Excelência, em discurso, cita o Senhor Melhorias nominalmente e celebra o espírito progressista de Parambil, dedicado ao desenvolvimento do vilarejo, como "um modelo para Travancore". A fotografia de Sua Excelência com o Senhor Melhorias sai no jornal e é emoldurada na biblioteca/associação. É nesse dia que o homem que teve a ideia da exposição, que fez todo o trabalho e levou o marajá àquele pequeno cantinho do mundo, ganha o cognome de Senhor Melhorias. A partir daí ninguém lembrará seu nome de batismo.

Quatro anos depois da chegada a Parambil e três anos após a histórica visita do marajá, o Senhor Melhorias apresenta a Grande Ammachi sua ideia mais ousada: se contarem o número de cabeças em cada família, incluindo os *pulayar* e os artesãos; e se fizerem uma lista das serrarias, beneficiadoras de arroz, creches de uma sala só, casas de chá, alfaiatarias e outros estabelecimentos; e se somarem o total de animais de criação, então talvez Parambil poderia ser classificada como "vila distrital". Ele lhe explica as vantagens daquela designação. Grande Ammachi lhe dá sua bênção na mesma hora. O Senhor Melhorias é quem está levando adiante a visão de seu marido para aquelas terras. Aquele homem consegue as assinaturas necessárias de todas as famílias, invocando o nome de Grande Ammachi quando hesitam. Os céticos dizem: "Para quê? Ser uma vila distrital vai fazer o galo cantar na hora certa? O arrozal vai prosperar sozinho?".

Dizimada uma floresta de papel e empreendidas muitas viagens de ônibus que o Senhor Melhorias faz até a Secretaria em Trivandrum, em sete meses e seis dias Parambil obtém a designação de "vila distrital", e com isso um considerável investimento do marajá para "desenvolvimentos estruturais". Quem duvidava se cala. Trabalhadores pagos pelo governo constroem galerias e drenos para que o asfalto novo não seja levado pelas chuvas. O canal nas proximidades é estendido, alargado e desentupido, margeado por novos muros de concreto, aumentando o tráfego de barcaças. Com a nova designação, chega uma agência de correio com um funcionário na folha de pagamento do Estado. Por gerações os marajás de Travancore enviaram sua correspondência pelo sistema Anchal: o portador, levando uma vara adornada com sinos, goza de direito de passagem por decreto real, embora hoje eles andem de ônibus, trens e também embarcações. Uma agência de correio Anchal também os conecta ao Serviço de Correio Anglo-Indiano; um residente de Parambil agora pode enviar cartas para qualquer lugar da Índia e do estrangeiro — sem necessidade de incomodar o *Achen* para que leve e traga cartas da diocese em Kottayam.

Chega, então, o dia da inauguração da modesta agência cuja placa anuncia CORREIO DE PARAMBIL. O Senhor Melhorias insiste: Grande Ammachi, a matriarca de Parambil, é quem deverá cortar a fita. No dia seguinte, a primeira fotografia que ela tira na vida é publicada no jornal. À primeira vista, o que se vê é uma garotinha sorrindo no centro da foto, segurando a tesoura, apequenada pelos adultos mais altos que se aglomeram atrás dela. Mas não. Trata-se de ninguém menos que Grande Ammachi, e o orgulho que brilha em seu rosto é inequívoco.

Na noite em que recebe a fotografia, ela a aperta na mão, conversando com Deus. "Meu finado marido não sabia ler nem escrever, mas tinha visão, não tinha? E ela acabou por se tornar realidade de uma maneira que ele nunca imaginou." Seus olhos lacrimejam. "Queria tanto que ele pudesse ver isso."

Em geral Deus se cala, mas naquela noite Grande Ammachi O ouve falar com clareza, como falou a Paulo na estrada para Damasco. *Seu marido* vê, *sim. Ele vê você. E está sorrindo.*

39. Geografia e destino marital

COCHIM, 1943

Devido ao esforço de guerra, todos os alfaiates de Cochim estão empenhados em costurar fardas, e por isso não atendem ao pedido do Senhor Melhorias e de Philipose, que precisa de roupa para a universidade. Um alfaiate lhes sugere procurar no bairro judeu. No trajeto, passam pelo mercado de especiarias e se maravilham com as montanhas de pimenta, cravo e cardamomo conservadas nos armazéns de pé-direito alto. A certa altura param para observar um antigo ritual: um comprador se agacha diante de um vendedor e toma sua mão; o vendedor cobre as mãos de ambos com seu *thorthu* e com os dedos eles fazem sinais silenciosos centenários que dispensam um idioma comum. Sob o *thorthu* que se agita, as ofertas e contraofertas não são visíveis aos outros compradores.

Um alfaiate no bairro judeu tem as roupas prontas que eles procuram. Numa outra loja, compram um baú de metal, um saco de dormir e roupa de cama, sandálias de couro, sabão (azul para roupa, branco para o corpo) e pasta de dente. "Nada de xampu de grama verde ou pasta de dente de carvão moído, meu amigo!", diz o Senhor Melhorias, esforçando-se para levantar o ânimo do jovem.

O desejo mais ardente de Grande Ammachi era que o filho estudasse medicina, afinal, Deus vaticinou essa vocação quando ele salvou a vida do bebê do barqueiro. Mas Philipose achava o contrário, que naquela ocasião Deus lhe revelou exatamente o oposto: que ele não tinha estômago para doenças e moléstias. Se antes daquele evento ele já se mostrava impressionável ao ver sangue, depois precisava sentar rapidamente para não desmaiar. Além do mais, o bebê morreu passados seis meses, de diarreia, o que só enfraquecia o argumento de Grande Ammachi. Se o jovem tinha alguma vocação, uma paixão, era pelas palavras nas páginas, e pela magia com que elas transporta-vam a terras distantes. "Ammachi, quando chego ao fim de um livro e tiro os olhos dele, só se passaram quatro dias. Mas nesse meio-tempo vivi por três ge-rações e aprendi mais sobre o mundo e sobre mim mesmo do que em um ano inteiro de escola. Ahab, Queequeg, Ofélia e outros personagens morrem no papel para que possamos viver vidas melhores." Era quase uma blasfêmia, mas ele conseguiu a bênção materna para estudar literatura. Inscreveu-se no prestigioso Madras Christian College, o mesmo onde Koshy *Saar* havia estu-dado e ensinado, de modo que lhe pediu uma carta de recomendação. Ficou em êxtase ao ser aceito, mas duas semanas antes de partir Grande Ammachi e o Senhor Melhorias perceberam que a euforia havia se transformado em apreensão. O Senhor Melhorias deu o melhor de si para animá-lo.

Às três da tarde o Senhor Melhorias e Philipose embarcam num riquixá para ir à estação de trem. Com o calor e a umidade, àquela hora as moscas perdem altura e caem no chão, e os meninos que trabalham no comércio sentam-se imóveis, com as pálpebras pesadas. A cidade só voltará à vida ao anoitecer, com a fresca.

Na plataforma da nova estação Ernakulam South, porém, a partida imi-nente do *The Mail* provoca um redemoinho de gente. Carregadores camba-leiam com fardos de bagagem, os rostos franzidos. Um Romeu segurando guirlandas salta sobre um carrinho de carga e corre para um último adeus. O maquinista anglo-indiano, apoiando um pé no vagão, recua para examinar a nuvem de fumaça com um olhar de artista misturando cores, antecipando o momento de puxar a corrente de engate e desengate.

"Primeiro apito", diz o Senhor Melhorias, entusiasmado. Ele está na pla-taforma, olhando já saudoso o compartimento de terceira classe no qual Phili-pose, sentado à janela, foi o primeiro a entrar; os outros sete passageiros estão se acomodando.

"Quando chegarem a Madras amanhã de manhã", o Senhor Melhorias sussurra, "vocês aí nesse vagão serão uma grande família, pode apostar". Phili-pose não consegue ouvi-lo e ergue as sobrancelhas, sem entender. O ho-mem fala mais alto: "Eu disse que daria tudo para ir com você até lá. Grande

Ammachi até ofereceu… Mas Shoshamma…". Ele afasta da mente a lembrança da careta de sua mulher ao ouvir a sugestão. "Você vai se divertir muito!" E dá um tapinha na lateral do vagão, como se se despedisse de um boi querido. "Nunca dormi tão bem quanto num trem, sabia?"

De calça e camisa polo — Philipose nunca o viu com roupas tão formais —, o Senhor Melhorias traz um lenço dobrado em retângulo dentro da gola para protegê-la do suor. "O segundo apito está atrasado", ele diz, conferindo o relógio. Nesse momento, escutam passos de centenas de botas, e a plataforma é logo tomada por soldados indianos que passam marchando, levando kits e rifles. Aqueles homens silenciosos, bronzeados e de aspecto feroz mal registram o que há em volta deles. Um terço deles são siques de barba e turbante. A insígnia da Quarta Infantaria da Águia Vermelha está reproduzida em estêncil nas malas que chegam nos carrinhos. "*Aah*, claro, a Águia Vermelha, não é de admirar", declara o Senhor Melhorias. Esses rapazes foram enviados às pressas para o Sudão Britânico e lutaram pela libertação da Abissínia dos italianos; viram a morte e mataram. A Quarta está indo agora para Burma, onde os japoneses têm avançado. A guerra, que em Parambil parecia tão abstrata, faz-se de súbito real, talhada no rosto daqueles homens corajosos.

O Senhor Melhorias acaricia o bigode com a unha do polegar. Vê Philipose imitá-lo sem perceber, embora, em sua opinião, aquela vaga sombra no jovem de dezenove anos ficaria melhor se raspada e não aparada. Mas quem pode culpá-lo? Um homem sem bigode está exposto e vulnerável, com a alma em risco, como uma criança não batizada.

"Por via das dúvidas", diz o Senhor Melhorias, "leve esta carta. É para meu amigo Mohan Nair, que você deve procurar em caso de necessidade. Ele administra a Hospedaria Satkar, perto da Estação Egmore." Philipose guarda o envelope. O Senhor Melhorias suspira. "Ah, Madras… Que saudade! Marina Beach, Moore Market…"

Philipose nunca o ouviu falar num tom saudosista. "Por que você saiu de lá?"

"Verdade, por quê? Eu tinha um bom trabalho, fundo de pensão… Mas todo malaiala sonha em voltar para casa. Meu pai não tinha terra para nos deixar. Quando Shoshamma herdou a propriedade em Parambil, foi um sonho. Uma bênção."

"Pra gente também", diz Philipose, gentil. "Minha mãe sempre diz isso."

O Senhor Melhorias finge que não liga para o comentário, porém fica contente. O vagão se move. O homem estica a mão e aperta o ombro de Philipose. "Estamos todos muito orgulhosos! Alguém de Parambil vai para o Madras Christian College. Você será o primeiro de nossa família a conseguir um diploma! É como se todos estivéssemos indo nesse trem. Deus te abençoe, *monay*!"

Ele acompanha o trem, cujo vagão se move a passo de lesma, e lamenta o semblante amedrontado de Philipose. "Não se preocupe, *monay*. Tudo ficará bem, prometo!" O jovem segue acenando quando a mão de seu protetor já não é visível.

Com vontade de chorar, o Senhor Melhorias quer correr atrás do trem: sente-se partido em dois, e isso não tem a ver com Philipose. Metade dele, a metade boa, deseja pular no trem e retomar a vida de funcionário daquela que foi um dia a velha Companhia das Índias Orientais. A outra metade, uma figura solitária de ombros caídos e uma calça que ele já não consegue abotoar, espera, desolada, na plataforma deserta, tendo apenas um vira-lata por companhia, incapaz de se imaginar voltando para casa.

Quando ele fecha os olhos, consegue sentir o cheiro do couro nos livros fiscais daquela que foi um dia a velha Companhia das Índias Orientais (nome que prefere ao "Postlethwaite & Sons", que lhe dá um nó na língua). Para um filho de vendedora de peixe, que só estudou até o ginásio, ter sido escrivão foi uma façanha memorável. Ele e Shoshamma eram felizes em Madras. Como todos os malaialas, sonhavam em comprar uma propriedade no torrão natal amado, retornar à terra verdejante onde nasceram, com um quintal repleto de banana-da-terra e *kappa*. Às sextas-feiras eles iam para Marina Beach, sentavam na areia, apoiando-se um no outro, e até se davam as mãos. Quando o homem da loteria passava, compravam um bilhete e faziam uma oração. Inevitavelmente, ao chegar em casa faziam amor, o cabelo de Shoshamma cheirando a jasmim e maresia.

Assim que Shoshamma herdou a propriedade, não houve discussão quanto ao que fariam. Tinham ganhado na loteria. Ele pediu demissão, o casal se despediu dos amigos e se mudou. As melhorias do vilarejo o mantinham ocupado, mas ele sentia falta do alvoroço do escritório em Madras, bem como dos corretores e dos agentes — britânicos e nativos —, indo e vindo. Ele era uma peça no maquinário do comércio global, e, à noite, contava as histórias do dia a uma Shoshamma impressionada. Claro, nunca mencionava Blossom, a estenógrafa anglo-indiana de vestidos floridos e corpetes apertados que sempre tinha um sorriso todo especial para ele. Blossom dava brecha à sua imaginação. Ah, as coisas que lhe passavam pela cabeça! Em momentos de intimidade com Shoshamma, por vezes imaginava a estenógrafa lhe dizendo sacanagens no ouvido, pois com a esposa aquelas intimidades aconteciam num silêncio sepulcral. Agora, em Parambil, até a lembrança de Blossom desvaneceu. Uma fantasia, longe da fonte de origem, é difícil de sustentar, assim como ganhar na loteria não traz felicidade eterna.

"Geografia é destino", seu chefe, J.J. Gilbert, adorava dizer. O Senhor Melhorias acha que o certo seria falar: "Geografia é personalidade". Porque a Shoshamma de Madras, que depois do banho mascava um cravo, vestia um sári fresco e botava um jasmim no cabelo para esperar sua chegada do escritório, deu lugar à Shoshamma de Parambil, que vestia a *chatta* largona e o *mundu*. Foi-se a visão de sua pele entre o sári e a blusa, ou as vestes que acentuavam seios e nádegas. Em Madras, iam à igreja vez por outra, mas agora ela insistia em comparecer à missa todo domingo e também ficou adepta de orações noturnas. Mostrava-se amorosa e brincalhona como nunca, contudo começou a se meter em questões de trabalho que antes deixava a cargo dele. De início, pequenas coisas, como contrariar as ordens que ele dava ao *pulayan*. Depois, havia não muito tempo, ao voltar de Trivandrum ele descobriu que Shoshamma tinha vendido toda a colheita de coco para Kurian, o comerciante de coco. Ele ficou pasmo, magoado e indignado, mas mordeu a língua. Decidiu puni-la pelo silêncio. No dia seguinte, um édito antiaçambarcamento foi emitido e o preço dos cocos desabou, pegando Kurian e outros no contrapé, enquanto, graças a Shoshamma, o casal se saiu extremamente bem. Foi pura sorte, isso não justificava as ações dela. Naquela noite, sempre em silêncio, por hábito, ele a buscou na cama. Em muitas outras noites — de fato, na maioria delas — e sobretudo no sábado e no domingo, tinham intimidades. Ela em geral se deitava numa posição convidativa, mas naquela noite, quando ele a puxou delicadamente pelo quadril, ela não se virou. Ele a puxou de novo. "É só isso que você tem em mente?", ela disse, numa voz brincalhona e sonolenta, de costas para ele. "Depois de dois filhos, acho que podemos dar um basta nisso."

Ele se sentou, mordido por aquelas palavras que nem de longe acenavam a brincadeiras preliminares, mas à abolição de qualquer brincadeira! Quer dizer que ao longo de todos aqueles anos ela apenas tolerara seus carinhos na cama? Quebrando o silêncio, ele, indignado, disse, dirigindo-se às costas dela: "O quê? Todas as noites eu tomo a iniciativa para cumprir meus deveres conjugais, como está escrito em Coríntios, e meu prêmio é ser caracterizado como um homem lascivo?". A mulher nem se mexeu, o que o deixou furioso. "Se é assim que você se sente, guarde bem minhas palavras: daqui para a frente, não tomo mais a iniciativa!" Ela se virou lentamente para olhá-lo, alarmada com aquela ameaça — ou pelo menos foi o que ele achou. "Sim, juro por Mar Gregorios que não tomarei a iniciativa. De agora em diante, Shoshamma, a iniciativa deverá ser sua." Ela o olhou abismada, depois sorriu docemente e disse: *"Aah. Valare, valare thanks."* Muito, muito obrigada. Seu uso da palavra inglesa *"thanks"* só tornava seu sarcasmo mais doloroso. Ela virou de costas e dormiu.

Na hora ele entendeu que cometera um erro terrível: Shoshamma nunca tomava a iniciativa. Com sua nova decência cristã, então, jamais o faria! Ele mal dormiu, ao passo que ela teve o sono dos puros. De manhã, ela lhe levou café e sorriu. Se sentia remorso, ele não viu nenhum sinal. Seu celibato autoinfligido, estendendo-se agora havia um ano, é como uma prévia da morte. Com o tempo seus sentimentos por ela endureceram, porém o desejo segue intacto. No sono, ele se guia por preceitos carnais. Acordado, toda a sua energia vai para seus empreendimentos.

Agora, enquanto o trem se afasta com uma parte dele, o Senhor Melhorias sente o coração pesado, como se desmoronasse. As melhorias podem sozinhas sustentar seu espírito? Mesmo se um dia o marajá lhe conceder um título formal, isso abrandará a dor? A melhor parte de sua vida já chegou ao fim?

Do lado de fora da estação, seu olho é capturado por um cartaz pregado numa palmeira ao lado de um canal. Há uma seta tosca sob as letras escritas à mão: കള്ള്. *Kall-uh.* Vinho de palma. Ele segue a seta ao longo do canal com água verde e brilhante, até encontrar uma barraca se desfazendo entre caniços altos, com o mesmo cartaz, como um *pottu* na testa. No interior escuro, ele bebe sozinho pela primeira vez na vida. Um homem que se sente satisfeito em casa não tem razão para estar numa barraca de vinho de palma. Entorna um belo gole na cumbuca de bambu. Não há nada de novo naquela bebida, mas, nessa tarde, para seu espanto, o líquido branco enevoado se transforma num elixir mágico que restaura seu equilíbrio, alivia seu estresse. É como se lhe tirasse de cima do peito uma pedra do tamanho de um elefante, que estava lá desde aquela noite lamentável com Shoshamma. Agora, na barraca sombria, por efeito do vinho de palma, a pedra desliza e cai. Naquele momento, ele percebe que se apaixonou, e que nem toda paixão requer uma segunda pessoa.

40. Rótulos que diminuem

MADRAS, 1943

Quando Philipose abre os olhos já amanheceu, e agora o trem rasga ruidosamente cruzamentos ferroviários na periferia de Madras, passando por estradas pavimentadas e casas rebaixadas. Céu e horizonte podem ser vistos em qualquer direção, não há nenhuma palmeira à vista. A paleta de Madras é de um único tom: o solo é marrom, as estradas de piche são revestidas de um marrom empoeirado, os prédios caiados também têm um matiz marrom. Não parece haver riachos ou rios. A locomotiva cruza um túnel, seu apito se amplifica, e então ela adentra uma espécie de hangar, a Estação Central, uma cidade em si. Carregadores com turbantes vermelhos se agacham na beira da plataforma, o nariz a alguns centímetros dos vagões que passam. Ao som de um apito, eles saltam nos compartimentos como macacos, ignorando os passageiros, atacando as malas e rosnando uns para os outros.

O carregador de Philipose costura entre a multidão, o baú e o saco de dormir sobre a cabeça, seu bigode branco se projetando como o limpa-trilhos de uma locomotiva. O barulho tamborila nos tímpanos de Philipose: rodas de vagões guinchando, implorando por um pouco de óleo; vendedores gritando; crianças chorando; corvos agigantados dobrando-se descaradamente sobre restos de arroz em folhas de bananeira descartadas; carregadores gritando "*Vazhi, vazhi!*", *Abram caminho, abram caminho!*, tudo isso culminando com a voz tonitruante dos alto-falantes que anunciam as chegadas nessa e naquela plataforma. A cabeça de Philipose gira com aquele ataque sensorial.

As plataformas convergem para um lobby maior que três campos de futebol, seu piso de cimento protegido por um telhado de metal de cinco andares de altura, suspenso por vigas de aço. Há mais soldados ali do que na plataforma em Cochim. A multidão fervilha como formigas sobre um cadáver, movendo-se em correntes e redemoinhos que contornam ilhas de viajantes acampados sobre bagagens. Uma delas consiste numa família em que todos têm a cabeça raspada e vestem túnicas cor de açafrão — peregrinos de Tirupati ou Rameswaram. O carregador contorna um aglomerado de ciganos coloridos, entre eles uma mulher num sári rubro que estuda Philipose com olhos escuros, delineados com kohl. Ela está sentada num caixote, de pernas abertas, como se regiamente acomodada sobre almofadas, uma *maharani* um tanto desleixada. Ele não consegue tirar os olhos dela, que de propósito ergue um pouco o sári e, entreabrindo os lábios, desliza a língua úmida e carnuda por sobre cada dente, depois ri da expressão chocada do jovem. *Isso aqui é apenas uma estação de trem, seu provinciano. Espere até ver o que há lá fora.* Sob o olhar dela, sua ambição de se dedicar às letras parece piada. O que seu nariz, olhos, ouvidos e corpo estão vivenciando não pode ser capturado por palavras. Se naquele exato instante pudesse voltar atrás e subir no trem de volta, ele o faria.

"oy! oy! oy!", alguém grita, e ele se vira e dá de cara com um homem branco atarracado, de bochechas esbaforidas, chapéu de palha e expressão alarmada. O homem aponta alguma coisa, ainda aos gritos, os botões de seu terno de linho espremidos contra seu torso abarricado. Philipose se pergunta se os brancos são criaturas de sangue frio — como ele consegue usar todas aquelas camadas de roupa? Ele afasta Philipose no exato momento em que um carrinho cheio de caixas de metal passa rente ao rapaz, uma borda afiada chegando a rasgar-lhe a camisa. Os carregadores gritam para Philipose em tâmil, idioma parecido o suficiente com o malaiala para que ele entenda a mensagem: tire a cabeça de dentro do rabo para poder ouvir. Deviam estar gritando havia um bom tempo, porém, com aquele barulho esmagando-o por todos os lados, como poderia escutar?

Seu salvador aponta para as orelhas de Philipose num gesto enfático que diz: *Use-as!*

Embaraçado, Philipose trota atrás do carregador, atravessando um vão em uma montanha de três andares de pacotes embalados em tecido de juta com informações em letras roxas nas laterais. O suor do maquinário, os fumos das locomotivas e o vapor da multidão apinhada por pouco o impedem de respirar. Chega, por fim, ao lado de fora, de onde ele pode contemplar o forno de tijolos vermelhos que é aquele prédio. Entre os objetos feitos pelo homem, o relógio da torre da Estação Central é o mais alto que já viu na vida. Ele preferiria voltar para casa a pé a entrar ali de novo.

Philipose faz o trajeto para Tambaram de riquixá e bonde elétrico, até o Madras Christian College, onde se junta aos calouros que vão quitar a mensalidade no escritório do tesoureiro. Os rapazes temem uma coisa que ele não havia considerado: os trotes dos mais velhos. O Senhor Melhorias o havia prevenido. Ele esquecera.

E é tiro e queda: na residência que lhe foi designada, o Saint Thomas Hall, uma falange de veteranos conduz os calouros aos *"bogs"*, os banheiros comuns, e os obriga a tirar o bigode, raspando-lhes também as costeletas dois centímetros e meio acima do lóbulo da orelha, o que lhes confere um aspecto de galinha depenada que serve para identificá-los facilmente. Na sequência, aos berros, verdadeiros sargentos num treinamento militar, ensinam os novatos a executar a saudação do calouro, necessária para cumprimentar um veterano e que envolve dar grandes saltos apertando os testículos. Philipose considera tudo aquilo chocante, e um pouco cômico. Alguns colegas tremem de medo, um desmaia. Horas depois já está cumprindo tarefas para os veteranos de sua ala: comprar cigarros para Thangavelu e lavar as cuecas de Richard Baptist D'Lima III.

Domingo de manhã, os calouros fazem a barba dos veteranos, que se enfileiram na varanda. Philipose opera a lâmina numa tarefa delicada, pois Richard D'Lima III nunca para quieto, seu pomo de adão subindo e descendo quando ele cumprimenta aos gritos outros veteranos. Philipose e os demais calouros são como a casta mais baixa, invisíveis, cumprindo tarefas servis para seus mestres.

"Quem vai ao Madame Florie, em Saint Thomas Mount?", D'Lima pergunta. "Tem desconto para virgens. Thambi, comece o ano com o pé direito!" Thambi e os outros veteranos o ignoram. Philipose luta para manter a navalha firme. D'Lima percebe e ri. "Ei, Philipose. De que vale a educação, se você desconhece as coisas mais práticas?"

"Sim, senhor, verdade", Philipose gagueja. Consegue sentir o rosto enrubescendo.

D'Lima o olha quase com compaixão. E fala baixinho: "Escute aqui, veadinho, você não vai saber o que é viver se não for ao Madame Florie. No mínimo vai aprender como agir na noite de casamento. Piadas à parte, estou falando sério. Vou te levar lá. Fica por minha conta. Que tal?". Philipose está nervoso demais para falar. D'Lima espera, então se levanta, indignado por ter sido rejeitado. "Um avião japonês bombardeou Ceilão duas semanas atrás, sabia disso, Philipose? Só para mostrar o alcance que eles têm. Se nos bombardearem esta noite, você vai morrer virgem com o pau numa das mãos e seu livreco na outra, punhetando até o além. Idiota, está perdendo sua chance de ouro."

Philipose olha de relance para o próprio rosto no espelho de barbear. Vê o que a cigana na estação viu quando lhe mostrou a língua: um menino perdido, agora com um lábio superior desnudado e costeletas curtas; um garotinho destinado a morrer virgem.

Num auditório velho e sombrio, com assentos dispostos como em um anfiteatro, a primeira aula, Gramática Inglesa e Retórica, é aberta a todos os calouros, das ciências ou das artes. O palestrante é A. J. Gopal, mas haverá um breve discurso de boas-vindas do professor Brattlestone, o reitor. Um punhado de mulheres ocupa a primeira fileira; os homens deixam vazia toda uma fileira atrás delas, como se fossem contagiosas. Philipose senta na última fileira, bem no alto. Dois homens entram — um indiano magro e alto, que deve ser Gopal; o outro é um homem branco que Philipose logo reconhece: é aquele que o salvou de ser atropelado na estação e lhe disse para usar os ouvidos. Como Gopal, ele agora veste uma capa preta de professor universitário. Philipose tenta se fazer invisível.

Os rapazes estão anotando alguma coisa que Gopal deve ter dito. Mas o quê? Ele espia o caderno do colega ao lado. "Primeira sessão de revisão, sexta-feira, duas da tarde." Enquanto escreve, o mesmo estudante o cutuca. "Ei, não é você? Você não é Philipose?" Philipose ergue o rosto e encontra todos os olhos do auditório voltados para ele. Gopal deve ter chamado seu nome. Ele se ergue de um salto e diz: "Sim, senhor?".

"Só diga 'presente'", Gopal explica com voz severa. "Pode fazer isso?"

"Presente, senhor."

O professor Brattlestone o observa por um bom tempo. Quando vê que ele parou de olhá-lo, Philipose, embaraçado, sussurra para o colega ao lado: "Não ouvi Gopal!".

"Não foi nada, não se preocupe", diz o colega, embora sua expressão, entre penalizada e zombeteira, sugira o oposto. Quando todos olharam para ele — inclusive Brattlestone —, Philipose quis que um alçapão se abrisse sob sua cadeira. O curso ainda não começara, e ele já se sentia marcado, com uma coroa de merda na cabeça.

O discurso de boas-vindas de Brattlestone é longo. Deve ser engraçado, pois o público ri em vários momentos. Philipose consegue ouvi-lo, mas, curiosamente, não consegue entender o que ele diz, exceto por algumas palavras aqui e ali. Quando Brattlestone se retira, Gopal puxa uma cadeira, saca as notas que trouxe para sua palestra e diz: "Sentados!". Eles sentam empertigados, esperando. Então Gopal confere suas notas. Lá do alto, Philipose vê apenas sua careca. Ele começa a ler as notas, erguendo o rosto de vez em quando para balançar a cabeça ou enfatizar um argumento. Ao redor de Philipose, canetas anotam sem cessar; a dele, contudo, não se move. A aula seguinte, Introdução à Poesia, acontece no mesmo auditório. O rapaz passa discretamente à primeira fileira dos homens, que, ainda assim, fica três para trás do tablado. O professor K. F. Kurian parece gostar de sua disciplina, caminhando de um lado a outro, fazendo piadinhas. Philipose o ouve bem, mas só quando o professor olha em sua direção.

O rapaz sobrevive aos trotes ao longo da semana; aquilo não o incomoda tanto quanto a sensação de deslocamento em classe. Anda pela faculdade sentindo que está num país onde as pessoas falam uma língua diferente. Toma emprestado anotações de amigos e copia. Os livros didáticos que compra no Moore Market — *Poetas elisabetanos* e *Literatura medieval inglesa* são os mais grossos — não são muito estimulantes. Tirando *Shakespeare: uma introdução*, nenhuma daquelas obras ele leria por prazer.

Na terceira semana, um funcionário o procura: Brattlestone quer vê-lo. Philipose espera na sala de espera até ser chamado. Oferecendo-lhe uma cadeira, Brattlestone pergunta, caminhando lentamente para sua mesa: "Como vão suas aulas?".

"Muito bem, senhor."

"Desculpe perguntar, mas você... Está tendo dificuldade para ouvir as aulas?"

Philipose emudece, surpreso. "Não, senhor!" é sua resposta automática. Sente um arrepio percorrê-lo, alguma coisa nele reconhece que está em perigo, encurralado. Pisca para Brattlestone, que o estuda, se não com empatia, com curiosidade clínica.

O professor se vira e empurra um livro para que o volume se alinhe aos demais na prateleira. Volta-se para Philipose, à espera. "Você ouviu o que acabei de dizer?"

Philipose se sente afundar. O menino que insiste em nadar mas que sempre afunda e precisa ser pescado, cuspindo lama, enquanto os barqueiros racham o bico de rir. "Não", diz, baixinho. "Não, não ouvi."

"Sr. Philipose, testemunhei você em apuros na Estação Central, certamente você se lembra. Alguns professores, não todos, notaram que você tem enfrentado dificuldades. Que, quando fazem uma pergunta, você ou não ouve a questão, ou sua resposta é insatisfatória, pois não entendeu direito o que foi perguntado. Temo que sua surdez seja severa a ponto de impedir a continuidade de seus estudos."

"Surdez." A palavra é uma paulada em sua nuca. Chamem-no de desatencioso, digam que é incompetente, desmotivado, mas não surdo. *Eu não sou surdo.* A questão é o volume. As pessoas balbuciam, sussurram, falam com meias frases. Ele sempre manteve distância daquela palavra terrível. Odeia os rótulos que rebaixam. *Não sabe nadar. Não ouve direito. Não pode...*

No silêncio que se segue não há muito que ele possa ouvir: o tique-taque do grande relógio, o rangido de uma cadeira quando o reitor se senta. Essa reunião deve ser desconfortável também para o professor, que por fim diz: "Sinto muito. Vou encaminhá-lo ao médico da faculdade. Ele vai marcar uma consulta com um especialista. Não vejo como você possa continuar, a não ser que sua audição melhore. Melhor que esteja preparado".

41. A vantagem da desvantagem

MADRAS, 1943

Mas Philipose não está preparado. Não está preparado para o alívio que o assalta, alívio misturado à humilhação. Seu corpo sabia que a faculdade seria uma luta, mas ao mesmo tempo sua alma sofre por Parambil. Aquela ideia romântica de estudar literatura inglesa foi cruelmente destruída por textos insípidos e aulas ainda mais insípidas — a julgar pelas anotações que ele copia dos colegas. Secretamente, desejara que um milagre o libertasse, mas não estava pronto para uma saída assim degradante.

Nem está pronto para a fila que serpenteia diante da Clínica de Ouvido, Nariz e Garganta no Hospital Geral, em frente à Estação Central. Cada paciente bafora na nuca do seguinte, até chegar ao banquinho de exame ao lado do dr. Seshaya. Nenhum paciente permanece sentado por mais de um minuto. O dr. Seshaya tem a papada e o hálito de um buldogue — além dos grunhidos. Ele vira Philipose de lado no banquinho giratório, prende sua orelha em um grampo, depois baixa o espelho frontal que traz preso à testa para espreitar e cutucar o canal auditivo do rapaz, girando-o em seguida para aplicar o mesmo tratamento direto e ríspido ao outro ouvido.

O médico encosta o punho ao pé do ouvido de Philipose e pede: "Diga-me o que você ouve". *Ouvir o quê?* "Deixa pra lá." Ele repete o teste no outro ouvido. O médico abre o punho e devolve o relógio ao pulso. Agora pressiona um diapasão aqui e ali, e diz, com enfado, "Diga-me quando o som para" e "Você escuta do mesmo jeito dos dois lados?", sempre ignorando as respostas. Terminado o exame, ele faz umas anotações. "Seus tímpanos estão ok. O ouvido médio também. Mostre esta nota ao meu assistente. Ele vai levá-lo a Gurumurthy para testes audiológicos formais."

"Então estou bem, senhor?"

"Não", Seshaya responde, sem olhá-lo. "Eu disse que não há problema no tímpano nem nos ossículos — os ossos dos ouvidos. Coisas que dá pra consertar. O problema é no nervo que leva o som para o cérebro. Você tem surdez neural. É algo muito comum e hereditário. Apesar de você ser jovem, acontece."

"Senhor, há algum tratamento para…"

"Próximo!"

O paciente seguinte é uma mulher com um inchaço vermelho, em formato de cogumelo, explodindo da narina; ela expulsa Philipose do banco com um "chega pra lá" de quadril, e o assistente logo o tira de lá.

Vadivel Kanakaraj Gurumurthy, bacharel (reprovado), não escuta quando batem à porta nem quando entram, nem quando chamam seu nome, pois está ocupado escrevendo, os dedos sujos de tinta, vários papéis espalhados diante dele, todos tomados por sua caligrafia. O assistente finalmente grita: "GURUMURTHY *SAAR!*".

"Sim?... Sim, bem-vindo, sim!" Ele afasta a papelada rapidamente e lê o papel que lhe é entregue. "Estudante universitário, *aah?* Oh… Sinto muito." E ele sente *muito* mesmo, ao contrário de Seshaya, que mal reparou na sua existência. Os pacientes de Gurumurthy devem ser bem surdos, pois sua voz é bizarramente alta. "Não se preocupe! Vamos fazer um teste! Auditivo e vestibular. Um exame completo!"

Os testes de Gurumurthy são mais sofisticados do que os de Seshaya. Com um gerador de som, Philipose escuta tons que Gurumurthy não ouve — a audição do audiologista é pior que a do paciente. Ele emprega dois diapasões, faz testes de equilíbrio e, por fim, injeta água fria nos ouvidos enquanto estuda os movimentos oculares de Philipose. O último teste desestabiliza o paciente.

"O dr. Seshaya está miseravelmente certo", Gurumurthy diz, por fim. "Sinto muito, meu amigo. É surdez neural. Eu também tenho! Nada no canal nem nos ossículos, só nos nervos."

"Não há nada que se possa fazer?", Philipose ouve sua boca dizer, de modo automático. Seu cérebro ainda está em choque.

"*Tudo* pode ser feito! Você está fazendo tudo, só não sabe! Leitura facial, não é? É um termo preferível à leitura labial, pois temos que aprender a ler o rosto inteiro. Vou te mostrar como ler o mundo, meu amigo, não se preocupe! Vou dar umas dicas e algumas observações pessoais em um livreto. Veja, posso não ser médico, mas sou audiologista. E físico também. Bacharel! Pela Universidade de Madras!"

"Sim, vi na porta."

"*Aah*, sim. 'Reprovado', mas um dia se lerá 'Aprovado com louvor'." Seu sorriso é de um homem que com frequência deve dar palestras motivacionais para si mesmo. "Veja, sempre sou aprovado nos exames escritos", diz, como se Philipose tivesse perguntado. Depois o sorriso desaba nos cantos da boca: "Mas todo ano, no exame oral, o professor Venkatacharya me reprova. Ele fala sussurrando — quem é que consegue ouvir perguntas assim? Enfim, se eu não for aprovado enquanto ele estiver vivo, depois que ele morrer certamente serei."

O rapaz passa as duas horas seguintes com Gurumurthy. Ao que tudo indica Seshaya não lhe encaminha muitos pacientes, então o audiologista tem bastante tempo livre e está louco para compartilhar o que sabe.

De volta à residência universitária, Philipose faz a mala, fecha o saco de dormir e retira a "foto" que Bebê Mol lhe deu. O autorretrato dela captura o essencial: um sorriso que se estica até a borda do disco que é seu rosto, e uma fita vermelha no cabelo. Ele espera até o corredor ficar silencioso, quando todos foram para as aulas. Procura a carta que o Senhor Melhorias lhe deu na estação de trem.

A Hospedaria Satkar é uma estrutura de cinco andares em meio a vários outros prédios iguais, cada um a poucos centímetros do vizinho. Mohan Nair, o tal "o homem que deve buscar em caso de necessidade", não está em lugar nenhum. Philipose ouve o som de um rádio com interferência. Grita. Um rosto tão amarrotado quanto um mapa velho surge da área oculta por uma cortina atrás do balcão. Os olhos de Mohan Nair parecem cansados e avermelhados, mas ele tem o sorriso fácil. "Como anda aquele bode velho?", ele pergunta depois de estudar a carta de apresentação. "Ainda usa aquele relógio Favre-Leuba? Não me pergunte como consegui aquilo para ele. E por aquele preço!"

Philipose diz que precisa de um quarto para duas noites "e uma passagem de trem para Cochim em três dias, se possível, por favor." Tenta soar como alguém que sabe o que quer, em vez de alguém que acabou de ficar sem chão.

"*Aah, aah!*", Nair declara. "Passagem em três dias? O que mais? Um tapete voador? *Monay*, se pegar a fila lá na estação, só vai encontrar passagem para no mínimo daqui a dois meses." O coração de Philipose murcha. Nair toca um sino. "Mas… vejamos o que posso fazer." Ele pisca e abre um sorriso que diz: *Está no inferno, abraça o capeta.*

No dia seguinte, Philipose sai com os livros didáticos adquiridos recentemente. O Moore Market é um vasto hall quadrangular feito de tijolos vermelhos, lembrando muito uma mesquita, mas com um labirinto de vias ladeadas de tendas. Uma voz aguda grita: "Venha, madame, temos o melhor preço!". Dois pássaros mynah numa gaiola o desafiam a adivinhar qual dos dois falou. Ele evita olhar para os cachorrinhos, os gatinhos, os coelhos, as lebres e as tartarugas à venda. Há até um filhote de chacal. Essa área de odor pungente de amônia dá lugar a uma seção que cheira a papel-jornal e livros encadernados. É como voltar para casa.

As estantes e as mesas na JANAKIRAM LIVROS USADOS E NOVOS se dividem em seções de direito, medicina, ciência, contabilidade e humanidades. Janakiram preside tudo em cima de um estrado, o ventilador de teto girando a centímetros de seu crânio. Seus óculos meia-lua sem hastes se apoiam num ossinho no meio do nariz. "J. B. Thorpe é o Gita e o Veda da contabilidade", ele diz a um jovem. "Por que pagar por um Priestley quando Thorpe garante sua aprovação na prova?" Seu olhar recai então sobre Philipose e, depois, sobre os livros que ele traz. Com dedos de aranha, o livreiro toca delicadamente os exemplares que o rapaz havia encapado com papel pardo. Manda um menino buscar chá e convida o recém-chegado para uma saleta nos fundos — sua sala de *puja*. "*Thambi*, devolvo o dinheiro integralmente, não se preocupe. Mas, *Ayo*, me diga o que aconteceu." Sentam-se de pernas cruzadas, um de frente para o outro.

Philipose não pretendia contar sua história, mas a gentileza desse livreiro lendário, amigo de todo estudante universitário de Madras, o dobra. A expressão de Jana vai da preocupação à indignação e, por fim, à tristeza. Ser ouvido é curativo, como o chá avermelhado, denso de leite, fortemente adoçado, com vagens gordas de cardamomo flutuando na superfície.

"Ótimo chá, esse", Jana, por fim, exclama, estalando os lábios. "A vida é assim. As decepções estão ali, e o sucesso também. Nunca *apenas* o sucesso." O homem faz uma pausa enfática. "Eu queria estudar. Meu pai morreu. E então?! O que fazer? Trabalhar! Primeiro comprando jornal velho e revendendo, depois livros velhos. E aí? Estou sentado sobre o conhecimento. Leio qualquer coisa e tudo. É *melhor* do que uma faculdade. O que estou dizendo é que você *vai* conseguir! Nunca desista!"

Decepções, Philipose as tem aos montes. Queria navegar pelos mares como Ismael, mas a Condição esmagou aquele sonho logo cedo. Disse então a si mesmo que exploraria o mundo por terra, mas cá está ele em Madras, doido para voltar para casa. Se as decepções ele já as tinha, o que haveria de ser o sucesso? Janakiram tem a resposta. "Sucesso não é dinheiro! Sucesso é amar plenamente o que se faz. Só isso é sucesso!"

De volta à hospedaria, Philipose encontra Mohan Nair com um bilhete de trem para dali a pouco mais de uma semana. "É um milagre. Todos estão preocupados com a possibilidade de os japoneses bombardearem Ceilão. Os trens estão lotados. Por falar nisso, deixa eu te mostrar uma coisa." Ele leva Philipose para a área oculta por cortinas atrás do balcão, onde o rapaz se surpreende ao ver não apenas um, mas uma dúzia de rádios. "Estou vendendo sem licença. Ninguém estava nem aí pra essa história de licença até a semana passada, até surgir o medo dos japoneses. Todos estão muito cautelosos. E não estão liberando licenças." Com um giro no botão, Nair traz à tona a voz de um inglês. Por instinto, Philipose põe as mãos no aparelho e na mesma hora está no *lugar* onde o som se origina, ouvindo-o com todo o seu corpo. Outro giro de botão, música orquestral. "Com um rádio", Nair diz, "o mundo vem bater à sua porta. Você nunca encontrará um mais barato."

No dia seguinte, chuva torrencial, uma visão estranha e bem-vinda. As estradas inundam. À noite Madras fica sem energia. Velas e lampiões iluminam o interior sombrio do Moore Market, não há eletricidade na cidade inteira. Philipose está ali por causa de uma ideia inspirada pela frase de Nair: "O mundo vem bater à sua porta". *Posso estar voltando para casa, mas não ficarei exilado. Enquanto tiver meus olhos, os romances, as grandes mentiras que contam a verdade, o mundo em suas formas mais heroicas e obscenas pode sempre ser meu.* Mesmo depois de pagar pelo rádio, ainda lhe sobra algum dinheiro da mensalidade, que lhe devolveram. É o dinheiro que a mãe economizou para sua educação; o jovem espera que ela leve em conta que ele o terá gastado exatamente para aquele propósito.

"Perfeito, meu amigo!", Janakiram diz, depois de escutá-lo. "Mas você não é o primeiro com essa ideia!" E conduz Philipose para um conjunto de volumes encadernados em azul com letras douradas em relevo, empacotados cuidadosamente em sua própria prateleira de papelão com três níveis — uma visão belíssima. Na lombada de cada volume consta: CLÁSSICOS DE HARVARD. Jana lê no volume introdutório: "Uma prateleira de um metro e meio, fornida de livros, valerá como uma boa educação liberal para qualquer um que os leia com devoção, ainda que só possa dedicar quinze minutos por dia".

Philipose recua diante do preço. "Não se preocupe", o livreiro o acalma. "Tenho os mesmos autores, em exemplares usados. Contudo, questiono as escolhas de Harvard. Poucos russos! Muito Emerson... Posso sugerir os *verdadeiros* clássicos?" O rapaz aquiesce.

Philipose compra outro baú para guardar seus tesouros: Thackeray, mas não Darwin; Cervantes e Dickens, mas não Emerson. Hardy, Flaubert, Fielding, Gibbons, Dostoiévski, Tolstói, Gógol... Embora tenha lido *Moby Dick* e *Tom Jones*, Philipose quer ter os próprios exemplares. *Tom Jones* é a coisa mais empolgante que leu na vida. Como presente de despedida, Jana inclui os volumes catorze, dezessete e dezenove da *Enciclopédia Britânica*: de *HUS* a *ITA*, *LOR* a *MEC* e de *MUN* a *ODD*. Os livros usados têm cheiro de gente branca, bolor e gatos.

Dois baús de livros e a caixa de papelão que embala o rádio de mogno polido e botões de falso marfim agora ocupam o chão de seu quarto. Aquelas compras são a única coisa que lhe permite voltar para casa com uma sensação de missão cumprida em vez de derrota abjeta. Philipose não está sendo despachado de volta para o correio de Parambil ou fugindo da vastidão do mundo. Está levando o mundo para sua casa.

42. Todos se dão bem

DE MADRAS PARA PARAMBIL, 1943

Os outros passageiros há muito já se acomodaram no cubículo, guardaram as bagagens, puxaram travesseiros e baralhos, quando Philipose, sujo e ensopado, embarca. Seus carregadores empurram as malas dos outros passageiros, tentando abrir espaço debaixo dos dois bancos para acomodar tanto os baús quanto a caixa com o rádio. Uma mulher gorda de sári amarelo e bebê no colo fica indignada quando um dos carregadores derruba sua mala e lhe faz um esculacho num tâmil da melhor qualidade, ao qual o homem responde na mesma moeda. No momento em que o trem se põe em movimento, uma jovem de óculos escuros e lenço no cabelo resolve a situação orientando o carregador a colocar a caixa e um dos baús no leito mais elevado — o dela.

Dez cubículos em cada vagão, seis passageiros por cubículo, três em cada banco, um banco de frente para o outro. À noite, abrem-se dois leitos sobre cada banco, e os bancos se tornam leitos. Nos cubículos adjacentes escutam-se risos e vozes animadas. No de Philipose reina o silêncio, e por culpa dele.

O rapaz pega o caderno. Na primeira página, havia anotado alguns axiomas de Gurumurthy: "Escrevemos para saber o que pensamos". "Se a audição está prejudicada, atente para que o olfato e a visão desenvolvam uma precisão superior."

Na visão periférica de Philipose ele está ciente do pomo de adão saltitante do sujeito magricela ao lado, cujos dedos inquietos, ajustando os óculos, prenunciam uma fala por vir. Ele exala um cheiro misterioso de cânfora, mentol e tabaco.

"A próxima estação é Jolarpet", o homem solta. "O cruzamento *supostamente* mais agitado da Ásia!" Philipose percebe que escuta melhor no trem, tal como Gurumurthy previu, pois em espaços barulhentos as pessoas falam em alto e bom som.

"É mesmo?", Philipose responde, pousando a caneta, grato por se dirigirem a ele.

"Sem sombra de dúvida! Tecnicamente, não é um cruzamento. Cruzamento implica quatro caminhos, não é? Em Jolarpet, só há três! Salem, Bangalore e Madras."

Philipose faz cara de quem se impressionou. Seu colega de assento brilha de satisfação e lhe oferece uma mão ossuda. "Arjun-Kumar-Ferrovias." Ele abre uma caixinha de metal que explica aqueles estranhos aromas; o homem pega uma pitada com a ponta dos dedos e cheira, reprimindo com maestria o espirro duplo que lhe chega no mesmo instante. Reclina-se, claramente mais calmo.

A jovem de lenço na cabeça sentada ao lado de Arjun, aquela que permitiu que os carregadores alojassem a bagagem de Philipose em seu leito, tira os óculos de sol e se inclina. "Posso ver?", pede, educada. Ela contorna com a unha a gravura na caixinha de metal, um desenho de folhas e botões. É raro uma mulher sozinha iniciar uma conversa. Philipose admira a delicada veia que cruza o dorso de sua mão, onde desembocam afluentes que partem do nó dos dedos. Suas mãos parecem competentes, como as de um alfaiate ou relojoeiro.

"É uma gravura tão bonita." A voz da jovem impressiona pelo timbre grave. Vira a caixinha e cerra os olhos para ler a inscrição, gasta pelo uso. "Você sabe o que diz?"

"Sim, claro, minha jovem!", diz Arjun-Kumar-Ferrovias, engolindo uma risadinha, os olhos ampliados pelas lentes. Ela espera.

"E... Pode me dizer?"

"Sem sombra de dúvida que sim!"

Ela e Philipose trocam olhares e chegam à mesma conclusão: para Arjun-Kumar-Ferrovias, qualquer coisa que não uma resposta literal é algo tão equivocado quanto chamar de "cruzamento" o que não é cruzamento. Ela sorri. O cheiro dela é fresco, um leve toque de sabonete perfumado que Gurumurthy não aprovaria (os perfumes subjugam o olfato), mas que Philipose acha delicioso.

"Então poderia nos dizer, por favor?"

"Certamente! Diz: 'Chega de palavrão, aqui estou eu'."

Há uma pausa, então ela ri, um som claro e prazeroso.

Arjan-Ferrovias fica encantado. "Veja, Jovem Senhorita, o hábito de cheirar rapé é muito impaciente! Suponha que seja hora do rapé, e suponha que você esteja precisando de sua pitada; se não a tem, os palavrões se farão presentes, não é?" A voz aguda e animada dele contrasta com a dela. "Tenho uma coleção dessas caixinhas de tabaco em casa", ele declara, orgulhoso. "Meu hobby. Esta aqui é só para viagens. Contudo, há pouco em Madras comprei uma nova. Um segundinho, Jovem Senhorita."

Enquanto ele procura, a Jovem Senhorita rasga uma folha de seu caderno e, sobrepondo-a à gravura, decalca com o lápis o intrincado desenho. Arjun lhe mostra sua mais nova aquisição, uma caixa adornada de pedrinhas brilhantes, pintada à mão com pincel fino, exibindo cavaleiros de turbante galopando por um deserto de madrepérola.

"Arte numa caixinha de rapé", diz a Jovem Senhorita, quase para si mesma, completamente absorta, traçando o contorno com a unha.

"Exatamente, Senhorita! Todo mau hábito humano gera arte! Cigarreiras, garrafas de uísque, cachimbos de ópio, não é mesmo?"

"Li que isso se chama 'tabaqueira anatômica'", diz a Jovem Senhorita, arqueando o polegar para trás, o que exagera a depressão rasa, triangular, no dorso de sua mão, entre os dois tendões que correm da base do polegar ao pulso. Philipose fica mesmerizado pela elegância daquele dedo recurvado, parecendo o pescoço de um cisne, e por causa dos pelos translúcidos, belos, em seu antebraço. Ela ergue o olhar para os dois homens, com um ar inquisitivo. Seus olhos, mais próximos um do outro do que o normal, decaem nas extremidades, o que lhe dá certo aspecto exótico, como uma rainha egípcia. O nariz é pontiagudo, combinando com o rosto alongado. A Jovem Senhorita começa a apagar da cabeça de Philipose todas as outras mulheres do mundo, tal como, na peça de Shakespeare, Julieta borra Rosalina da mente de Romeu.

Arjun franze as sobrancelhas. "Sem sombra de dúvida, alguns andam colocando *podi* nessas latinhas e cheirando ali mesmo! A pitada é preferível."

Embora sentada, a Jovem Senhorita parece alta, tem a postura de dançarina. O lenço na cabeça desliza, revelando um cabelo preto denso, preso numa trança simples, que ela agora puxa por sobre o ombro esquerdo, um movimento inconsciente, a ponta afunilada como um chicote alcançando sua cintura. A beleza dela não é do tipo óbvio, Philipose pensa. (Mais tarde, no caderno, ele escreverá: "Uma mulher de beleza não convencional dá esperanças de que sejamos os únicos a percebê-la, de tal modo que, ao reconhecê-la e apreciá-la, criamos aquela beleza".)

A Jovem Senhorita diz: "Bem, agora acho que devemos provar". Seus lábios se curvam para cima. Os olhos denotam certo ar travesso. Encara Philipose. "O que me diz?"

Se te alegra, Jovem Senhorita, este vosso criado cheirará filhotes de escorpião. A moça e Philipose pegam cada um sua pitada, obedecendo ao alerta de Arjun para que "deem apenas uma leve fungadela. Nada de inalar. Cheirem delicadamente, só até a parte frontal da narina! É preciso evitar que passe ao compartimento dos fundos". Arjun faz uma demonstração e, de imediato, como o coice de um rifle, espirra duas vezes. Seu rosto, então, relaxa. "*Precisamente* dois espirros virão. A não ser que venham mais."

A Jovem Senhorita e Philipose dão uma leve fungada… Depois espirram em uníssono, duas vezes. A boca dos dois se abre, esperando um possível novo espirro. Acabam espirrando mais quatro vezes. Um dueto. A sra. Sári Amarelo explode em largas gargalhadas, e os demais se juntam a ela. O gelo se quebrou.

Depois de Jolarpet, Philipose embala o bebê, enquanto Meena — a sra. Sári Amarelo — vai ao banheiro e o marido prepara os leitos. Arjun distribui cartas, ensinando a Jovem Senhorita a jogar vinte e oito. Quando o sol se põe, surgem marmitas e embrulhos. Todas as distinções de classe desapareceram na Terceira Classe, Cubículo C. Todos oferecem comida a Philipose, e ele se sente grato, pois não levou nada. O brâmane taciturno com brincos de diamante e chinelos estropiados é, claro, vegetariano; oferece seu *thayir sadam* (arroz ensopado em iogurte e sal) em troca de um pouquinho do frango assado de Meena. "Não vou contar para minha mulher. Por que irritá-la por nada?" A marmita de oito compartimentos de Meena é do tamanho de um míssil. A contribuição da Jovem Senhorita é uma latinha de deliciosos biscoitos Spencer, embrulhados num lenço rosa.

Pelas dez da noite, o marido de Meena e o bebê dormem no beliche do meio, e o brâmane ronca acima deles. Meena, a boca vermelha de *paan*, inclina-se para confidenciar à Jovem Senhorita (e, logo, a Arjun e Philipose) que o homem roncando no beliche do meio "é apenas meu primo". Viveram como marido e mulher em Madras por três anos. "Você deve estar se perguntando como aconteceu, certo?" A Jovem Senhorita não tinha perguntado. "Estudamos juntos até os onze anos. Eu gostando dele, e vice-versa. Mas somos primos. O que fazer? Meus pais arranjaram meu casamento com outro. No dia da cerimônia vejo pela primeira vez meu marido. Bonito, compleição boa, de pele clara, como vocês. Mas depois descubro que ele é uma criança. Por fora, normal. Por dentro, tem dez anos. Após dois anos, sigo inocente. Ele

285

não sabia o que fazer!" Os sogros de Meena a culparam. Quando seu primo, que havia prosperado em Madras, veio visitar a família, eles se apaixonaram e fugiram.

O anonimato de uma viagem de trem, Philipose pensa, dá licença aos estranhos para revelar esse tipo de intimidade. Ou a liberdade para inventar. *Se me perguntarem quem, onde e por quê, vou inventar alguma coisa. Se querem uma história, terão exatamente isso. Mas qual é minha história?*

"Eu? Acho que fugi também", diz a Jovem Senhorita, instada por Meena. Aquilo surpreende os ouvintes. Não é de surpreender que uma garota em idade universitária viaje desacompanhada. A atmosfera comunitária da terceira classe é mais segura do que a da primeira (não há segunda classe), onde as cabines individuais têm portas que fecham, deixando uma mulher vulnerável a quem quer que entre em sua cabine. "As freiras da faculdade não ligavam para mim", conta. "Talvez porque eu não ligasse para elas."

"E seu pai e sua mãe?"

"Minha mãe faleceu. Meu pai não vai ficar muito feliz."

Philipose se emociona ao perceber que os dois enfrentam uma situação parecida. A confissão dela diminui a dor do retorno a Parambil. Mas a Jovem Senhorita está lidando melhor com a situação. Ele nota o pingente de cruz em seu colar; ela deve ser uma cristã de São Tomé, embora até aquele ponto toda essa conversa no cubículo com passageiros de Madras, Mangalore, Vijayawada, Bombaim e Travancore tenha sido em inglês.

Meena dá de ombros, compreensiva: "Pra que faculdade? Uma perda de tempo. Depois do casamento, não vai valer de nada".

"Espero que meu pai veja as coisas assim. Mas não estou pronta para o casamento, Meena. Ainda não."

Meena logo vai dormir, e agora apenas os três tabaqueiros estão acordados. O leito de Philipose é o banco onde estão sentados, logo, o rapaz só pode dormir quando eles forem dormir também. O lápis da Jovem Senhorita voa pelas páginas de um caderno duas vezes maior do que o seu. Philipose bem gostaria que Arjun fosse para seu leito, mas ele está fazendo cálculos numa folha com informações sobre corridas de cavalos. Claro, se Arjun for se deitar, Philipose ainda teria de encontrar coragem para falar com a Jovem Senhorita. Sua caneta rabisca sem parar com uma tinta brilhosa, dando voz a um diálogo interior que talvez tenha sempre existido. É excitante. Por que o "Menino-Tinta", como Koshy *Saar* o chama, chegou a essa descoberta tão tardiamente? Quantos aprendizados sumiram do mapa por não terem sido anotados?

Uma folha solta e dobrada de papel almaço cai de seu caderno. É um esboço de lista de possíveis carreiras, profissões que não demandavam sala de aula ou audição normal. Uma memória dolorosa então vem à tona, os colegas de classe virando-se para ele: *Acorde! Não é seu nome que estão chamando?* Triste, ele guarda o papel. De qualquer modo, todas as carreiras ali foram eliminadas. Sim, sempre soube que sua audição não era tão precisa quanto a dos outros, mas naquele mundo insular da escola secundária, sentando debaixo da saliva dos professores, deu um jeito. Sempre achou que os outros é que tinham de garantir que ele os ouvisse. Por toda sua vida até então, achara que sua questão com a água — a Condição — era seu verdadeiro empecilho. Nunca a audição.

A Jovem Senhorita vai ao banheiro. Arjun sobe para o leito do meio e logo já está roncando. Philipose precisa tirar sua bagagem do leito da Jovem Senhorita para que ela possa deitar. Retira a grande caixa de papelão com o rádio, depondo-a em seu banco. Depois, luta com o baú cheio de livros, puxando-o para a beirada, mas, então, quando ele tomba em suas mãos, Philipose quase sucumbe ao peso. Um par de mãos fortes — a Jovem Senhorita! — vem em seu socorro, e, juntos, descem o baú para o banco. Ela sorri, como se os dois tivessem realizado uma façanha sobre-humana. Ela espera.

"De nada", a moça diz, encarando-o.

Ele esqueceu de agradecer! Por causa da presença dela, tão próxima. Philipose foi abduzido pelo cheiro de pasta de dente de menta, esquecendo seus bons modos, esquecendo tudo.

"Desculpa! Quer dizer, obrigado. E obrigado por deixar o carregador…" Parece-lhe íntimo demais olhar diretamente para as pupilas dela. Nunca fez contato visual com uma mulher que não fosse de sua família. O trem parece suspenso no ar.

"Parece que o baú está cheio de tijolos", diz ela, sem rodeios.

"Sim, todos os livros que consegui comprar." *Ela disse livros ou tijolos?* "E tem mais naquele outro baú também", ele afirma, apontando o baú debaixo do assento, que derrubou a mala de Meena.

Ela reflete sobre aquela informação. "E aquela caixa? Livros também?"

"Um rádio. Estou indo pra casa. Por razões parecidas com as suas", ele revela. O que aconteceu com o plano de inventar uma história? "Também fui enviado a uma faculdade, ainda que sem freiras. Questões com minha audição… Eles alegam. Mas está tudo bem. É uma bênção provavelmente." Choca-se com a própria confissão.

Ela concorda com a cabeça. "Eu também. Estudava economia doméstica." A Jovem Senhorita faz careta e ri. "Uma coisa que evidentemente se pode estudar em casa. Ainda assim, eu teria continuado na faculdade. Mas a decisão não era minha."

"Sinto muito."

"Tudo bem. Como você disse, é uma bênção."

"Bem... Para o que quero estudar — literatura — não precisava estar em Madras. Não vou deixar que isso seja um impedimento. Uma coisa eu sei: amo aprender. Amo literatura. Com esses livros posso viajar os sete mares, caçar uma baleia branca..."

A moça olha para baixo. "Diferentemente do Ahab, você tem as duas pernas."

Ela conhece seu livro favorito! Philipose segue o olhar da jovem com obediência, como se para confirmar que ele tem, de fato, duas pernas. E ri. "Sim", declara, impressionado. "Sou mais sortudo que Ahab. A vida me dobrou, me quebrou, mas espero que tenha me tornado uma pessoa melhor."

Ela digere aquele comentário. "Que bom", ela diz, finalmente. "E, com um rádio, o mundo vem até você, não é?"

Essa é a conversa mais longa que teve com uma moça de sua idade. Seus olhos pousam nos lábios dela. Uma pergunta lhe foi feita. Ele já invocou Ahab. E Dickens. Será que está sendo muito metido? Era o caso de fazer uma piadinha. E se ele parecer estúpido? Além disso, nenhuma piada lhe vem à mente. O rapaz abre a boca para falar, para dizer algo... Mas, Deus do céu, ela é tão bonita, os olhos de um cinza tão pálido... A jovem vê todos os pensamentos dele batendo-se dentro de seu crânio. O cérebro de Philipose superaquece e entra em parafuso, quando tudo que ele precisa dizer é "sim".

"Bem, boa noite então", ela fala, suavemente. Volta-se para a escada, um pé no primeiro degrau, e então se detém. "Aquilo era *Grandes esperanças*?"

"Sim! Sim, era. Estella é quem diz isso!"

"Você pode citar de novo?"

"Sem sombra de dúvida que posso."

Depois de um segundo, ela explode numa gargalhada. Os dois se entreolham, envergonhados da troça com o dorminhoco Arjun. Assim, ela se inclina para ele, baixando a voz. "Bem, você me *diria* então de novo?"

"A vida me dobrou, me quebrou, mas espero que tenha me tornado uma pessoa melhor."

Ela agradece com um sorriso, acena lentamente, e então seu rosto desaparece.

Philipose observa a sola pálida dos pés da jovem, tão macia e suave, subindo a escada, seguida pela bainha do sári de algodão e o saiote. Ela desaparece, mas sua imagem se demora — o breve vislumbre do calcanhar, da parte interna do dedão, os outros dedos seguindo-lhe o movimento, como bebês seguindo a mãe. Um calor lento se deflagra na barriga do rapaz, espalhando-se para os membros. Ele se larga pesadamente no banco, depois recosta a cabeça nas grades da janela — mas de modo leve. *Idiota! Por que não conversaram mais? Você perguntou o nome dela? Não quis ser impertinente. Como assim "impertinente"? É uma conversa!* Com atraso, uma piada lhe ocorre: quem é o malaiala que não pergunta ao interlocutor o nome de sua família, onde mora, quanto ganha e o que há em sua bolsa? Um surdo-mudo. *Você.*

Philipose se acomoda o melhor que pode contra sua bagagem, sem espaço para se esticar. Põe de lado o papel almaço com a lista de carreiras eliminadas, e agora sua caneta corre de uma ponta a outra no diário encadernado. *Ela deve achar que sou do tipo que dá fungadelas quando os outros dão, que come quando os outros comem e que só fala quando se dirigem a ele. Por favor, não me julgue, Jovem Senhorita, por minha hesitação.* Mas era justo que ele a tivesse julgado, como fez, como uma pessoa segura de si, disposta a fazer perguntas, mas também capaz de dar de ombros, pacificamente, caso não lhe respondam? Philipose está bem consciente da presença dela no leito acima, tendo apenas Arjun-Ferrovias entre os dois.

O rapaz acorda com uma forte luz no rosto e uma espantosa paisagem verdejante: arrozais inundados com estreitos diques de lama serpenteando entre eles, mal contendo a água cuja superfície calma espelha o céu; coqueiros, tão abundantes quanto o capim; cipós de pepino na margem de um canal; um lago tomado por canoas; uma barcaça majestosa cruzando em meio às embarcações menores, como uma procissão avançando pela nave de uma igreja. Suas narinas registram jaca, peixe frito, manga e água.

Antes mesmo de o cérebro digerir essas visões, seu corpo — além de pele, terminações nervosas, pulmões e coração — reconhece a geografia de seu nascimento. Ele nunca entendeu o quanto tudo aquilo importava. Nessa faixa de costa abençoada onde se fala o malaiala, a carne e os ossos de seus ancestrais foram filtrados pelo solo, chegaram às árvores, à plumagem iridescente dos papagaios dispersando-se na brisa. Philipose sabe o nome dos quarenta e dois rios que correm pelas montanhas, mil e seiscentos quilômetros de canais, alimentando o solo fértil, e ele se irmana a cada átomo dali. *Sou a semente em suas mãos*, pensa, contemplando muçulmanas em blusas coloridas e *mundus*, panos cobrindo-lhes folgadamente o cabelo, mulheres curvando-

-se como folhas de papel dobradas ao meio, movendo-se em fila pelos arrozais, cutucando a terra para revivê-la. *O que aparecer em meu caminho, seja lá qual venha a ser a minha história, as raízes que devem nutri-la estão aqui.* O rapaz se sente como que transformado por uma experiência religiosa, porém aquilo nada tem a ver com religião.

A Jovem Senhorita volta do banheiro e detém Philipose quando ele faz menção de retirar o baú e a caixa do banco; ela se espreme entre ele e Arjun. Põe os óculos escuros e enrola o lenço no pescoço. Arjun acabou de se barbear, ostenta uma camisa limpa e um *namam* de Vishnu, sua forquilha tripartida contrastando com o *namam* do brâmane mais idoso a bordo, que tem uma pincelada horizontal, indicando aliança à Shiva. Linhas são traçadas — xivaístas contra vixenuístas —, mas os dois sorriem. Arjun confessa à Philipose: "Passo metade da vida em trens. Estranhos de todas as religiões e de todas as castas convivem tão bem no mesmo compartimento. Por que não é assim fora do vagão? Por que não vivemos em paz, todos juntos?". Arjun olha pela janela e engole em seco.

Philipose não tem tempo de responder, pois adentraram Cochim. Um carregador pega um de seus baús, enquanto o carregador de Meena ameaça levar seu rádio. Na confusão, a Jovem Senhorita dá um tapinha em seu ombro e lhe entrega sua folhinha de papel almaço, com a lista de profissões. Deve ter caído do caderno. Ela se despede sem falar nada, apenas inclina cabeça e sorri. *Boa sorte*, os olhos dela falam. E então ela parte.

Quando Philipose está no ônibus para Changanacherry, sem nenhuma peça de bagagem a menos, pode relaxar. Mas se enfurece consigo por não ter perguntado o nome da Jovem Senhorita. "Idiota! Idiota!", pensa, e bate com a testa no assento da frente. O ocupante se vira e o encara. Ele abre o papel almaço, constrangido ao imaginar a Jovem Senhorita lendo sua lista de profissões. Mas há uma folha a mais dobrada ali. É uma folha do caderno dela, um retrato: Philipose adormecido, a cabeça descansando contra a janela do trem, o corpo caído de lado, a caixa de papelão com o rádio pressionando-lhe as costelas. Sua boca está fechada, o sulco abaixo do nariz é uma canoa escavada na carne sobre a borda vermelha do lábio superior.

Não estamos acostumados, ele reflete, a ver nosso rosto verdadeiro. Mesmo diante de um espelho, compomos uma expressão que vá ao encontro de nossas expectativas. Mas a Jovem Senhorita capturou-o por completo: a ambição frustrada, a ansiedade com o porvir. Além disso, capturou sua determinação. Ele fica comovido e ainda mais emocionado ao ver o modo como ela desenhou suas mãos — uma delas descansando sobre o rádio, a outra sobre o baú cheio de livros. Essa postura no sono fala de sua velha coragem, sua confiança; as mãos de um homem determinado. *Meu pai capinou uma selva inteira; fez o que outros consideravam impossível. Não deixarei por menos.*

Como é possível que, com apenas alguns traços, ela tivesse capturado tudo aquilo, até a brisa fria que soprou na manhãzinha, deixando uma de suas faces dormente? Que bom que ele não inventou nenhuma história e só contou a verdade, pois a moça viu tudo.

Ao pé da página, ela escreveu:

Dobrado e quebrado, porém melhor. Boa sorte.
Sempre,
E.

Muito tempo atrás, uma garota chamada Elsie o desenhou no Chevrolet do pai dela. Era a primeira vez que ele andava de carro. Naquele dia ele estava doente de preocupação, imaginado que, devido à inundação, sua mãe fosse esperar o pior. Uma Jovem Senhorita muito mais jovem sentada no banco de trás deslizou os dedos para tocar a mão que ajudara a salvar a vida de um bebê. Ele colou aquele antigo retrato na parte interna do armário: era um reflexo mais preciso do que a imagem no espelho.

Se a Jovem Senhorita não é ninguém menos do que a filha de Chandy, crescida e ainda mais habilidosa com o lápis, então foi o destino que os uniu. Ele repassa a conversa dos dois no trem, o semblante dela... O adeus silencioso, o sorriso de despedida.

O ônibus dá uma guinada para o acostamento, e o motorista corre para trás de uns arbustos. "Não conseguiu segurar?", resmunga uma mulher. "Se os homens soubessem como sofrem as mulheres!" Os cheiros dos companheiros de viagem — óleo de coco, fumaça de lenha, suor, folhas de betel e pedaços de tabaco — sufocam-no, trazendo-o de volta para a realidade. Os cristãos de São Tomé são uma comunidade relativamente pequena e poucas vezes se casam com gente de outra fé. Ainda assim, Chandy, com o Chevrolet e a vasta propriedade de chá e o estilo de vida State Express 555, com certeza tem muitos candidatos para sua única filha, e todos hão de ser rapazes extremamente ricos e bem-sucedidos, ou pelo menos extremamente ricos. Em Parambil, Philipose e a família passam bem, mas nem se comparam aos Thetanatts.

O ônibus arranca de novo, e o movimento deflagra uma mudança em sua atitude, uma nova determinação se firma. *Não desistirei dela.* Elsie é bonita, talentosa e obstinada. Ela sem dúvida sentiu a conexão entre eles, sentiu que os dois compartilharam mais do que uma fungadela. Provavelmente o reconheceu de imediato, embora só se revelasse ao fim da viagem. *Elsie, construirei uma reputação, serei digno de você*, ele pensa. *Então farei com que Grande Ammachi fale com o casamenteiro Aniyan para que ele proponha uma aliança entre nossas famílias. O pior que pode acontecer é que vocês neguem. No entanto, pelo menos terei tentado, e você saberá disso.* "Mas, ah, Elsie, por favor, espere. Dê-me pelo menos alguns anos." O casal no banco à frente se volta para olhá-lo — ele deve ter falado em voz alta. O homem diz para a esposa: "*Avaneu vatta*".

Sim, estou louco. Não se pode correr atrás de seus objetivos sem um pouco de loucura.

43. Para vossa própria casa

PARAMBIL, 1943

Na ausência de Philipose, Parambil tende à desordem. Shamuel cai ao trepar numa palmeira que ele escalou sem nenhum motivo e agora seu tornozelo está do tamanho de um coco. O velho fantasma do porão derruba uma urna e geme. Grande Ammachi, já num humor irritadiço, desce pronta para a luta. Então, naquele espaço abafado, cheio de teias de aranha, não vê nenhum estrago: a urna estava vazia e permanece intacta. Ocorre-lhe que o espírito sofre de solidão. Senta e conversa, parecendo a vendedora de peixe ao descrever as recentes calamidades. "Desde que voltou de Cochim, o Senhor Melhorias se mostra confiável durante o dia, mas quando o sol se põe bebe até cair. E nossa Decência *Kochamma* escorregou e quebrou o pulso, culpando Dolly *Kochamma* pela cera no piso da cozinha compartilhada. Dolly disse com sua voz calma e pacífica: 'Da próxima, se Deus quiser, você quebra o pescoço'." Grande Ammachi se retira, não sem antes prometer visitas mais frequentes.

Às tardes, por hábito, ela se pega esperando Philipose chegar da escola gritando: "Ammachio!". "Ammachio" significa que novas ideias estão nadando na cabeça dele, como girinos em poças de lama. Quanta coisa ela aprendeu sobre o mundo com o filho! O mapa que ele desenhou cobre uma parede do quarto, marcando os locais onde as forças indianas estão lutando e morrendo.

Tripoli, El Alamein — até os nomes são fascinantes. Ela, Bebê Mol e Odat *Kochamma* sentem falta das leituras noturnas, quando as três sentavam na cama de corda, como pássaros num varal, os olhos grudados em Philipose. Naquele ano ele "representou" dois contos malaialas de M. R. Bhattathiripad. E um inesquecível drama inglês, em que interpretou todos os papéis: o rei assassinado, o irmão usurpador e o fantasma do rei falecido. Quando Ofélia enlouquece e cai no riacho, as mulheres de Parambil se abraçaram. Seu vestido, abrindo-se sobre a água como um sári, faz a jovem flutuar por um momento. Depois, apesar das orações desesperadas das ouvintes, ela se afoga. Assim que Philipose partiu, Odat *Kochamma* anunciou: "Vou visitar meu filho. É chato aqui sem nosso menino". Não ficou lá nem uma semana.

Numa manhã de sol, nem um mês depois que Philipose partiu, ela lê o *Manorama*.

AVIÃO JAPONÊS BOMBARDEIA MADRAS. ÊXODO EM MASSA DA CIDADE.

A manchete lhe arranha os olhos, um nó na garganta lhe dá a sensação de que engoliu lixívia. Grande Ammachi se põe de pé, querendo correr para seu filho.

Bebê Mol também se levanta, dizendo: "Nosso bebê está vindo!".

Segundo o jornal, o bombardeio aconteceu há três dias. Um avião de reconhecimento japonês voou sobre uma cidade já às escuras — devido às chuvas havia faltado energia — e jogou três bombas perto da praia. As sirenes de ataque aéreo nunca dispararam, e as explosões ficaram sem explicação: por dois dias, os cidadãos não souberam do bombardeio, pois as estações de rádio não tinham eletricidade e os militares não queriam provocar pânico. Quando a notícia se espalhou, o medo de uma invasão japonesa provocou um êxodo frenético.

Deus, me ajude, como encontro meu filho?

Bebê Mol pula eufórica, distraindo e irritando Grande Ammachi. Para piorar, uma carroça está se aproximando. O que será agora? A expressão arrasada dos animais espelha o semblante do passageiro que desce e diz um "Ammachio" bastante tímido.

Ela esfrega os olhos. É uma alucinação? Então ela e Bebê Mol correm e se agarram a ele como se para impedi-lo de partir de novo. Ele perdeu peso e parece esquelético.

Philipose está aliviado e também espantado. "Não vai perguntar por que voltei?"

Ela bate o jornal contra o peito dele. "Li isso e quase morri. Deus trouxe você para casa para te salvar e me poupar." Philipose lê. Não sabia de nada.

Naquela noite, depois que Bebê Mol e Odat *Kochamma* vão dormir, ela entra no quarto dele com dois copos de água *jeera* quente. Eles sentam na cama, como era costume dos dois. Philipose conta que foi dispensado. Fala do encontro com o professor na estação, um aviso; depois, quando não ouve seu nome em sala. Ela sangra por ele, queria tê-lo poupado daquela tristeza. "Ammachi", ele diz. "Sinto muito te desapontar."

"*Monay*, você nunca vai me desapontar. Estou tão feliz por você estar em casa. Deus te ouviu. Seu destino não era aquele."

Hesitante mas empolgado, ele mostra o conteúdo dos dois baús cheios de livros. Depois, o rádio, à espera num canto. Philipose quer logo justificar suas compras. "Ondas de rádio estão por toda parte, Ammachi, e agora temos a máquina para captar essas ondas, para trazer o mundo até a gente. Só precisamos de eletricidade."

"Tudo bem, *monay*. Você gastou o dinheiro com sabedoria."

Ficam em silêncio à luz do abajur. Ela segura a mão do filho, tão diferente da mão do marido, seus dedos alongados, mais como os dela. É como se ele nunca tivesse partido.

"Ammachi, tem outra coisa."

Meu Deus, e agora? Mas a expressão dele é de uma empolgação maravilhada, como no dia em que chegou em casa com *Moby Dick*, gritando "Ammachio!".

O rapaz fala da jovem que viajou com ele no mesmo cubículo.

"A filha de Chandy?", ela pergunta. "Meu Deus! Lembro dela menina, desenhando com Bebê Mol. Que coincidência. Como ela está?"

"Ammachi, ela está linda!", ele responde. Conta cada detalhe do encontro como se recitasse uma história mítica, desde o embarque até o momento em que ele descobriu aquele desenho. Mostra o retrato à mãe. A imagem lhe parte o coração: seu filho voltando para casa, cheio de preocupação, cercado pela bagagem.

"Ammachi, vou casar com ela", ele sussurra. "Se Deus quiser. Sim, eu sei. Agora que não terei uma graduação, minhas perspectivas não são as melhores. Sem falar de minha audição — e da Condição." O jovem não dá trela para os protestos da mãe. "Mas serei alguém na vida. Só rezo para que ela não esteja casada quando eu estiver pronto."

"Você não disse nada disso para ela, disse? Sobre casamento?", ela se preocupa.

"Não."

*   *   *

Depois que a mãe vai dormir, Philipose permanece bem acordado. Não tinha ideia de quem era a Jovem Senhorita e perdeu a chance de perguntar. Tudo poderia ter terminado ali. Mas Elsie fez questão que ele soubesse. Sua fantasia, sua esperança, sua prece é que ele se demore na consciência dela esta noite, tal como ela vive na dele.

Talvez ela esteja pensando nele, perguntando-se como terá sido sua chegada, assim como ele imagina nesse exato momento como o pai dela a recebeu. Se duas pessoas no mesmo instante têm visões uma da outra, pode ser que os átomos coalesçam numa forma invisível, como as ondas do rádio, e os conectem. O rosto bonito dela lhe aparece diante dos olhos quando ele cai num sono apaziguado, o tipo de sono que só pode acontecer em sua cama, em sua casa, no solo de Parambil, nessa terra de Deus.

44. Em uma terra de abundância

PARAMBIL, 1943

Philipose teve sorte de sair de Madras. Os jornais dizem que os terminais de ônibus e trens estão lotados. Muita gente fugindo. Ele se pergunta se seus colegas de classe terão partido. Tudo na cidade está suspenso. *Ele* está suspenso.

Não queria ter de explicar para todos por que voltou, mas, por ora, nenhuma explicação é necessária. O medo de uma invasão japonesa tomou Travancore. Da noite para o dia, o preço do arroz disparou. O arroz do sul da Índia é tão apreciado que costuma ser exportado, e os consumidores indianos devem se conformar com o arroz barato que importam da Birmânia. Contudo, com a queda de Rangum, as importações cessaram; ao mesmo tempo, os britânicos confiscaram para as tropas os estoques do arroz produzido localmente. É assim que se deflagra uma grande fome.

A guerra logo desliza das páginas do *Manorama* para dentro de casa; materializa-se na forma de um homem vestido decentemente, com um sorriso sardônico, resultado de maçãs do rosto tão magras que se colam aos ossos. As extremidades de seus ombros sobressaem como nozes-de-areca, as saboneteiras nas clavículas se destacam. Sua esposa espera à sombra, com um bebê. A voz do homem treme. Obrigado a deixar Singapura por causa dos japoneses, voltou para casa sem nada, ele diz. "Perdoe. Essa manhã eu disse: 'Meu bebê deve morrer porque meu orgulho não me deixa mendigar?'. Então mendigo, não por dinheiro. Só por um bocado de arroz ou pela água que sobrou do cozimento. Temos vivido de farelo, mas agora acabou. Os seios de minha mulher estão murchos como os de uma anciã. E ela só tem vinte e dois anos."

Outro dia, é um homem esquelético que implora por comida em nome do irmão, que o acompanha em silêncio, levando uma menina pela mão — sua mulher se jogou num poço com os filhos do casal, vendo ali um destino menos duro que a lenta inanição. Só aquela menina se salvou. Philipose identifica um novo cheiro: o odor frutado, acetonado, de um corpo consumindo a si mesmo, o cheiro da fome.

Perturbado por essas visões, ele leva para o *muttam* o grande recipiente de cobre usado durante as celebrações de Onam e do Natal, instalando-o sobre tijolos. Com a ajuda de Shamuel, cozinha uma papa de arroz e *kappa*, acrescentando bananas esmagadas e óleo de coco no lugar do *ghee*. Depois, prepara pacotes de folha de bananeira a serem distribuídos. A pedintes seletos, pois se a notícia correr haverá tumulto.

Passadas poucas semanas do retorno de Philipose, parentes sorumbáticos se reúnem depois da missa, bebendo chá. O rapaz, pela escuta e pela leitura labial, acompanha as conversas deprimentes. Os visitantes, a quem não falta comida, mas que decerto receberam a visita de pedintes, só falam de como as dificuldades os têm afetado.

"Vocês souberam da última de nosso Philipose?", pergunta o supervisor Kora, no tom jocoso de sempre, como se para animar o grupo. Kora tem problemas pulmonares crônicos e entrecorta suas frases para recuperar o fôlego. Fala como se Philipose não estivesse ali, embora sorria para ele. "Ele trouxe um rádio! O problema é que rádio precisa de eletricidade. *Aah!* Se não há eletricidade em Travancore, como chegará a Parambil?"

Aquelas palavras tiram Philipose do sério. O pai de Kora havia conseguido que o marajá lhe concedesse o título de "supervisor" pelo trabalho voluntário que fazia quando viveu em Trivandrum. O pai mereceu o título, ainda que ele só lhe desse direito a um privilégio: ser chamado de "supervisor". O cargo não é hereditário, apesar de Kora insistir que é. A certa altura o pobre pai endossou um empréstimo que Kora tomou para um negócio, que fracassou; com isso, o pai perdeu a propriedade em Trivandrum. Ficaria sem teto se um primo de terceiro grau — o pai de Philipose — não lhe desse um terreno em Parambil. Depois que o pai de Kora morreu, o filho logo deu as caras com uma noiva para demandar sua herança. Foi no mesmo ano em que o Senhor Melhorias e Shoshamma chegaram. Kora era mais jovem e parecia o mais extrovertido dos dois homens; se tivesse de adivinhar, Philipose apostaria que ele tinha mais chances de sucesso. Ledo engano. Kora inventa mil esquemas, mas nada se concretiza.

Todos amam a mulher de Kora, Lizziamma, ou Lizzi, como a chamam com mais frequência. Lizzi é órfã, estudou num convento até o pré-vestibular. É bondosa e bonita, cópia da imagem da deusa Lakshmi, tal como ela aparece na pintura de Raja Ravi Varma, presente em tantos calendários. Varma era da família real de Travancore. A iniciativa de ter a própria imprensa lhe permitiu distribuir cópias de suas pinturas. Sua Lakshmi tem traços distintamente malaialas: face larga de querubim, sobrancelhas espessas e escuras emoldurando olhos grandes e arredondados, um cabelo longo e ondulado até os quadris. Graças à popularidade de Varma e seu tino comercial, sua Lakshmi é a Lakshmi embutida na consciência dos hindus de toda a Índia. Para Philipose, Lizzi não tem ideia de sua beleza; sua postura é humilde, bem diferente da atitude do marido. Grande Ammachi adora Lizzi e a trata como filha. Lizzi passa muito tempo na cozinha com a matriarca, e, quando Kora dorme fora devido a algum "negócio", ela dorme com ela e Bebê Mol. A única coisa boa que se pode dizer de Kora é que ele adora a esposa; apesar de todos os seus defeitos, é preciso admirar, a contragosto, sua devoção a Lizzi.

"Kora", diz o Senhor Melhorias, "apesar de suas conexões, você não sabia que Trivandrum *tem* eletricidade? O *diwan* tem um projeto para levar energia elétrica para toda a região de Travancore." O *diwan* é o diretor-executivo do governo do marajá.

"Quem disse?" O tom de Kora é de desafio, mas aquela informação é claramente uma novidade para ele.

"*Chaa!* Já existem geradores termais em Kollam e Kottayam! E eu aqui achando que você estava a par das notícias de Trivandrum."

Georgie, sentado ao lado do irmão gêmeo, diz: "Kora está a par dos bolsos de Trivandrum, não das notícias".

O sorriso de Kora se esvai. Ele dá uma desculpa esfarrapada e sai. Philipose não sabe se fica contente por Kora ter sido posto em seu devido lugar ou se sente pena do coitado. Mas a "piada" de Kora ainda o incomoda, pois ele sabe que o dinheiro que gastou naquele rádio, que só serve para pegar poeira, poderia ter alimentado muita gente.

* * *

Philipose é assombrado pelos famintos que aparecem todos os dias. A papa que distribui é apenas um lenitivo. *Precisamos fazer mais. Mas o quê?* Ele bola um plano e convoca o Senhor Melhorias para ajudá-lo.

Constroem um barracão próximo ao embarcadouro, depois pedem emprestado grandes caldeirões, daqueles usados em casamentos. Recorrem ao velho sultão *pattar*, lendário cozinheiro de matrimônios. O velho reluta até ver o barracão, a lenha empilhada, os quatro fornos de chão e os caldeirões polidos. O sangue dele se agita. Ele divisa uma refeição barata e nutritiva tendo *kappa* por base, afinal toda casa pode doar alguns tubérculos de mandioca.

Em pouco tempo o Centro de Alimentação é inaugurado. Cada pessoa recebe uma porção de *kappa*, um pouco de *thoren* de feijão mungu, um tiquinho de picles de limão e uma colher de chá de sal. O ancião, empolgado, está irreconhecível: barbeado, dorso nu, saltita e grita ordens a seu exército — as crianças entusiasmadas encarregadas de picar, raspar, servir e limpar. O ancião as entretém, dançando com passos miudinhos e afetados, o peitoral balançando enquanto ele entoa canções de significados dúbios.

No primeiro dia, alimentam quase duzentas pessoas. Depois de duas semanas, um repórter aparece. Descreve a refeição simples como uma das melhores de que se tem notícia e dá o crédito da iniciativa à Philipose, um jovem que não aguentou testemunhar tanto sofrimento e não agir. Philipose cita Gandhi: "Algumas pessoas sentem tanta fome que Deus só pode aparecer a elas na forma de comida". A fotografia que ilustra a reportagem mostra o sultão, o Senhor Melhorias e Philipose de pé, atrás do pequeno exército cujo membro mais novo tem cinco anos, e o mais velho, quinze. O artigo deflagra uma onda de doações e voluntários e… mais esfomeados. Inspirados pelo exemplo, outros centros surgem na região de Travancore.

Ao fim de cada dia, Philipose escreve no diário, tentando registrar as conversas que ouviu no centro, as histórias de miséria e sacrifício, mas também de heroísmo e generosidade. Surpreende-se com a capacidade das pessoas de enfrentar o sofrimento com algum humor. Aqueles escritos são um exercício, não um relato jornalístico, então ele pode amalgamar personagens, inventar elementos ausentes da narração original e criar seus próprios desfechos — "desficções", é como entende naquele gênero. Enquanto escreve, pensa frequentemente em Elsie; é isso que ela faz com o carvão, tentando dar sentido àqueles tempos incertos? Na revista semanal do *Manorama*, estuda atentamente os contos e ensaios que admira. O que está escrevendo lhe parece diferente. Decide inscrever uma de suas desficções num concurso de contos do *Manorama*.

COLUNA DE SÁBADO: O HOMEM PLAVU
por V. Philipose

É possível confundir um homem com uma jaqueira — uma plavu? *Sim, aconteceu comigo. Sou um homem comum, não um escritor, então lhes dou o fim no começo. (Por que não começar toda a história pelo fim? Por que não começar pelos Evangelhos em vez de Gênesis e tudo mais?) Enfim, esta história começa com nosso Centro de Alimentação. Não o chamem de Centro para Esfomeados, pois o governo diz que não há gente passando fome, não importa o que digam nossos olhos. Depois que todos foram embora, um velho magro como um lápis apareceu carregando uma* chakka *gigante, maior do que ele. Isso é para você alimentar as crianças amanhã, declarou. Se tiver um cozinheiro decente, pode fazer um bom* puzhukku. *Irmão, eu disse, perdoe-me, mas você parece faminto, por que doar sua* chakka? *Ah, não estou doando nada. É a* plavu *que dá! A natureza é generosa. Eu queria dizer: Nesse caso, que a* plavu *mande também picles e arroz. No dia seguinte, ele trouxe uma* chakka *maior ainda. De longe ele parecia uma formiga carregando um coco. Eu disse: Irmão, coma um pouco antes de ir. Ele recusou. Quem nesses tempos recusa uma refeição? Eu falei: Irmão, como é que um velho tão magro consegue carregar coisas tão pesadas? Qual o segredo? Ele respondeu: Os segredos se escondem nos lugares mais óbvios.*

Naquele dia passei por nossa famosa plavu *Ammachi — a mãe de todas as jaqueiras —, a mesma em cujo tronco nosso marajá Marthanda Varma escondeu-se dos inimigos, séculos atrás. Sim, a vila do marajá alega possuir a árvore lendária, mas ela fica aqui, não há discussão. Enfim, ouvi uma voz dizer: Você veio descobrir meu segredo? Nesse momento reconheci a voz do velho. Mas não vi ninguém. Mostre-se, eu disse. Ele falou: Você está olhando para mim.*

Se eu disser que ele se encostou na árvore, vocês não entenderão. Não, ele entrou na árvore. Sua pele era casca, e seus olhos eram nós na madeira. Ele disse: Quando a fome começou, eu já não tinha arroz. Recostei-me nesta plavu *e esperei a morte. A casca era áspera, mas pensei: Por que reclamar? Logo deixarei este mundo. Depois de algumas horas afundei na árvore. Era confortável, eu parecia descansar no colo de minha Ammachi.*

Pedi: Oh, poderosa plavu, se podes fazer frutos gigantes mesmo na seca, não podes me alimentar? A plavu respondeu: Por que não? Então por isso estou aqui. A plavu me dá tudo. A natureza é generosa. Eu disse: Velho, se a natureza é generosa, por que tanta fome? Ele falou: Culpe a natureza humana, que faz os mercadores acumularem comida nos depósitos e Churchill levar nosso arroz para suas tropas, enquanto passamos fome. Eu questionei: Não sente falta de companhia, vivendo sozinho assim? Ele sorriu. Quem disse que estou sozinho? Olhe ali aquela pequena plavu — está vendo Kochu Cherian? E aqui, perto de mim, não vê Ponnamma? Por que você não senta aqui de meu outro lado? A natureza tudo provê.

Amigos, eu saí correndo. Que vergonha há em confessá-lo? Moral da história: doem com a generosidade que a natureza doa. E deem uma boa olhada em sua plavu, pois os segredos se escondem nos lugares mais óbvios.

"O homem *plavu*" vence o concurso e é o único, dos três contos vencedores, a ser publicado. Philipose toma isso como um sinal. Em poucos meses, foi mencionado no *Manorama* por inaugurar o Centro de Alimentação, e agora seu escrito é publicado. Talvez escrever para jornal seja sua verdadeira vocação. Seu sucesso não silencia os comentários maldosos de gente como o supervisor Kora — sobre Philipose não voltar para Madras —, e nem todos gostam do tal "homem *plavu*": Decência *Kochamma* acha que é blasfêmia. Mas há apenas uma leitora cuja opinião Philipose deseja, a única leitora para quem escreve. Reza para que Elsie tenha lido seu conto; torce para que ela consiga ver que, apesar de dobrado pelo mundo, ele não quebrou.

Agora já faz mais de um ano que Philipose voltou de Madras, ainda que a ferida daquela breve estadia continue aberta. Depois de publicar o primeiro conto, o editor do *Manorama* se mostra disposto a examinar outros textos. Recusa três contos seguidos, até publicar o quarto, sob a chamada: "A coluna do Homem Comum". Aquilo sugere a Philipose que ele talvez possa vir a ser um colaborador regular, embora não goste muito do título escolhido pelo editor — quem quer ser chamado de "comum"?

Naquele ano e no seguinte, Philipose publica mais algumas de suas desficções. Seus escritos são bem recebidos, a julgar pelas cartas dos leitores, embora os malaialas sempre possam encontrar defeitos, e encontram. Ainda assim, nem ele nem o jornal estão preparados para o imbróglio que se segue à publicação de "Nenhum rato que respeite a si próprio trabalha no Secretariado". O narrador é um rato machucado que se arrasta para um grande edifício do governo à noite e se compraz ao não encontrar ninguém de sua espécie com quem competir. Na manhã seguinte, os funcionários do Secretariado chegam:

> *O grande espaço aberto deve ser um lugar de adoração, concluí. Deus está lá em cima, invisível. Os ventiladores de teto são as manifestações d'Ele, pois posicionam-se bem sobre os sacerdotes (que são chamados de secretários-chefes). Quanto mais baixa sua casta, mais longe dos ventiladores você fica. Qual é o trabalho ali? Ah, levei horas para entender, embora estivesse na cara: o trabalho é ficar sentado. Você chega pela manhã, senta e contempla os arquivos à sua frente e faz cara de enterro. Por fim, puxa uma caneta. Quando o sumo sacerdote olha em sua direção, você pega o primeiro arquivo e desenlaça a fita que prende os papéis. Mas, sempre que ele se retira, você e os demais se põem de pé, apoiam-se nas mesas, sob o ventilador, contando piadas. O trabalho é esse.*

A União dos Trabalhadores Administrativos se ofende profundamente com o texto de Philipose e pede a cabeça do Homem Comum; a confusão só lhe angaria mais leitores. O público (junto com o Sindicato de Jornalistas e Repórteres) está do lado do escritor, pois todo cidadão de Travancore já passou pela experiência de se ver enrolado em burocracias, tendo de se retirar das premissas do Secretariado com o coração desconsolado. O Senhor Melhorias é dos raros indivíduos com paciência e habilidade para encarar a burocracia — uma luta que ele chega a apreciar.

Um leitor anuncia-se tarde da noite, imitando a rola-do-senegal, um som risonho entrecortado, como se alguém fizesse cócegas numa mulher. Philipose aparece na varanda e cumprimenta Joppan, dando-lhe um belo soco no ombro. "Isso é por não vir me visitar por tanto tempo!"

"*Aah*, sente-se melhor agora?" Joppan mostra-se robusto como sempre, de estatura compacta e baixa, os ombros tão largos quanto o sorriso. Tem uma garrafa de vinho de palma em uma das mãos; com a outra, devolve o soco de Philipose. "E *isso* é por eu ter sido o último a saber que você era comunista."

"Sou comunista?", pergunta Philipose, massageando o ombro dolorido.

"Não foi você que fundou o Centro de Alimentação? Sinto orgulho de você. Vladimir Lenin disse: 'A imprensa não deve ser apenas um agitador coletivo, mas também um organizador coletivo das massas'. Então basta ver suas ações e palavras: você é um revolucionário!"

"*Aah*, certo. Agora posso dormir melhor. Então, como anda, Joppan?"

Joppan dá de ombros. O negócio de barcaças de Iqbal, como todos os outros negócios das redondezas, está empacado. Iqbal não pode pagá-lo, mas, já que Joppan é como um filho para ele, o patrão o alimenta. Joppan diz: "Olhe para mim. Falo e escrevo malaiala e sei ler inglês. Sei fazer registros. Conheço esses canais de trás pra frente. No entanto, agora tenho sorte se consigo trabalhar na lavoura aqui e ali. De noite frequento as reuniões do Partido Comunista, que, se não alimentam minha barriga, alimentam meu cérebro. Durmo na balsa porque, se venho para casa, não paro de discutir com meu pai".

Philipose diz: "Você não pode esperar que ele mude".

"Eles querem que eu me case, acredita? Mal consigo sobreviver sozinho!" Ele ri. "Talvez eu case só para que fiquem felizes. Nada que faço satisfaz aqueles dois."

Conversam como nos velhos tempos até depois da meia-noite, quando Joppan se levanta para ir embora, iluminado pelo vinho de palma que enxugou quase todo. "Sobre o Centro de Alimentação. Falo sério, Philipose. Sinto muito orgulho de você. Você está salvando vidas. Mas pense: se nada mudar, se as pessoas não tiverem como escapar da pobreza, se os *pulayar* nunca tiverem direito à terra ou a deixar sua riqueza para os filhos, então, na próxima vez que houver uma grande fome, você encontrará as mesmas pessoas esperando na fila. E gente como você terá de alimentar essas pessoas."

Aquele pensamento tira o sono de Philipose.

Semanas depois, Grande Ammachi anuncia que Joppan vai casar no dia seguinte.

"Quê? Não pode ser. Ele não me contou. Fomos convidados?"

"Não cabe a Joppan convidar. Shamuel nos convidou hoje. E agora estou te informando." Vendo o olhar cabisbaixo do filho, ela diz: "Veja, não deve ser um matrimônio que passaram meses planejando. Devem ter decidido agorinha".

"Onde é o casamento? Vai ser pela Igreja do Sul da Índia? Eu vou."

"Não seja tolo. Não é assim que funciona."

"Eu vou de qualquer jeito", diz, irritado. "Joppan vai ficar contente."

"Não, você não vai", a mãe retruca, com firmeza. "Aquela família significa muito para nós. Não os embarace só porque você não entende seu lugar."

Depois do casamento, o novo casal e os pais do noivo vêm fazer uma visita, trazendo doces de açúcar mascavo. Tímido, Joppan sorri ao apertar a mão de Philipose. Murmura: "Eu disse que ia casar".

"Você disse que talvez se casasse."

A esposa dele, Ammini, é tímida e mantém o tempo todo a cabeça coberta, então Philipose mal consegue ver seu rosto direito. Shamuel está radiante, como se todos os seus problemas tivessem chegado ao fim. Aperta a mão do filho, cheio de afeição. Grande Ammachi presenteia o casal com três rolos de tecido de algodão, um conjunto novo e reluzente de vasilhas de cobre e um envelope gordo. Joppan agradece juntando a palma das mãos e se curva para tocar-lhe os pés, mas ela o detém. Shamuel e Sara correm as mãos pelos presentes, como crianças. Philipose fica admirado com a intuição da mãe. Depois que partem, Grande Ammachi conta que deu a Shamuel um terreno logo atrás daquele que ele já possui, para que ele construa uma habitação separada para Joppan e a nora, se quiser, ou para que o repasse em definitivo para o casal.

Um ano e quatro meses depois da petição do Senhor Melhorias, a eletricidade chega a Parambil, vindo de uma subestação a quase um quilômetro de distância. Só quatro famílias se dispuseram a compartilhar o custo da extensão. O Senhor Melhorias diz: "Quando os outros quiserem eletricidade, vão ter que pagar uma parcela de nossos custos iniciais, corrigida pela inflação. Talvez até recuperemos o investimento".

No clarão das lâmpadas de vinte watts, as residências eletrificadas celebram, enquanto os vizinhos resmungam. A expressão no rosto de Bebê Mol quando ela acende o "pequeno sol" já faz tudo valer a pena. Insetos acorrem da escuridão e volteiam a lâmpada, como se o Messias dos invertebrados tivesse chegado. Philipose aciona o rádio que ficou na caixa, ocioso, por tanto tempo. A voz de um homem preenche a sala, lendo as notícias em inglês, e, naquele momento, o rapaz sente-se justificado. Trouxe o mundo para a porta de casa. Odat *Kochamma*, ouvindo a voz estrangeira sem corpo, logo se aproxima, agarrando a primeira coisa que encontra para cobrir sua cabeça — acontece de ser a calcinha de Bebê Mol. Philipose a vê no umbral, fazendo o sinal da cruz, com a estranha peça de roupa pendendo da testa. "Fique de pé, *monay!*", ela diz, severa. "Uma voz sem corpo é a voz de Deus!" Ela não parece convencida pelas explicações de Philipose. Ele muda de estação, uma música começa a tocar, e Bebê Mol dança até a hora de ir para a cama. Horas depois, o jovem ainda está curvado sobre o rádio, sentindo-se como Odisseu conduzindo sua embarcação sobre mares revoltos de ondas curtas. Depara-se com uma performance de teatro e é transportado de Parambil para um palco distante, ecoando palavras que sabe de cor: "Se vier agora, não virá mais; se não está por vir, será agora; se não vier agora, ainda virá. Prontidão é tudo".

Grande Ammachi dispensa a lâmpada elétrica no quarto ou na cozinha. O lampião a óleo, de base gasta, acostumado às suas mãos, é suficiente; seu halo dourado a consola, bem como as sombras líquidas que projeta no piso e nas paredes, e o cheiro de pavio queimado. Esses elementos ondeantes de sua noite ela prefere preservar.

Antes de deitar, ela leva água *jeera* quente para o filho. O brilho etéreo do botão do rádio ilumina o rosto dele. O mundo merece sua curiosidade, seu bom coração e sua escrita, ela pensa. No passado, o filho buscou um mundo mais largo do que ela podia imaginar. Agora, ele se contenta com os livros e o rádio. Ela torce para que aquilo seja suficiente. *Senhor*, reza, *diga-me que o lugar de meu filho é mesmo aqui.*

Philipose a pressente, vira-se e diz: "Ammachio!". Ele a chama e desliga o rádio pela primeira vez em muitas horas. O rosto dele está vermelho de tanta excitação, e o rapaz parece um pouco nervoso. Ela se prepara para qual há de ser a nova paixão dele.

"Ammachi", afirma. "Chame o casamenteiro Aniyan. Estou pronto."

45. O noivado

PARAMBIL, 1944

Aniyan é um homem circunspecto e fleumático. Tem o cabelo negro, penteado para trás pelas têmporas, o que lhe confere um aspecto luzidio e aerodinâmico. Seu nome de batismo ou possíveis apelidos há muito desapareceram, e hoje só o conhecem por Aniyan, que significa "irmão mais novo". Ele não sorri nem se mostra surpreso quando Philipose conta a história do encontro com Elsie no trem, embora a certa altura o homem lance um olhar à Grande Ammachi.

Para surpresa de Philipose, Aniyan sabe quem é Elsie, e também sabe que ela não está casada, "pelo menos não estava até anteontem". A comunidade cristã de São Tomé é pequena, se comparada aos hindus e muçulmanos de Travancore e Cochim, mas seus fiéis ainda chegam às centenas de milhares, espalhados por todo o mundo. Casamenteiros como Aniyan devem ser repositórios ambulantes de nomes de família e árvores genealógicas, remontando aos primeiros convertidos.

"Bem", Aniyan diz, "sondarei a casa Thetanatt — Chandy, quero dizer. Se ele se mostrar interessado, e já que você já viu a moça, não há necessidade de *pennu kaanal*." Ele se refere à "inspeção da moça", a cargo dos possíveis sogros e que pode dispensar a presença do pretendente.

"Mesmo assim quero um *pennu kaanal*", diz Philipose.

A expressão do casamenteiro não muda. Em seu ramo o rosto não deve revelar nada, não importa qual seja a provocação.

"Se Chandy achar que você jamais a viu, então... é possível."

"E quero conversar com ela", acrescenta Philipose.

"Não é possível."

"Eu insisto."

Há uma discreta distensão nas veias das têmporas de Aniyan, que se levanta, oferecendo um tênue sorriso. "O primeiro passo é apresentar o pedido à Chandy."

"Veja, Anichayan. Eu vou casar com ela. Pense no encontro como sendo uma mistura de *pennu kaanal* e noivado. Nesse caso, com certeza não há problema em trocar algumas palavras."

"O noivado é para arranjar o casamento. Não para falar com a moça."

Lá pelo fim da semana, Aniyan dá notícias: Chandy está interessado. Podem prosseguir para o *pennu kaanal*.

Mas Grande Ammachi tem uma pergunta. "Eles perguntaram alguma coisa sobre JoJo? Ou sobre Bebê Mol? Sobre água..."

Aniyan franze uma sobrancelha. "Perguntar o quê? Um acidente trágico provocou um afogamento. Não é como loucura na família. Ou convulsões. Esse tipo de coisa eu jamais oculto. E, Ammachi, acredite ou não, há mais Bebês Mols em nossa comunidade do que você imagina. Não é um impedimento para uma união matrimonial."

Grande Ammachi se volta para Philipose. "Se esse casamento acontecer, você deve contar tudo para Elsie, ouviu? Nada de segredos."

Aniyan assiste àquela conversa, esperando. Ele diz: "Então... Ammachi, você e um ou dois parentes de idade mais avançada irão à casa Thetannat. *Aah*, e você pode ir também, *monay*", ele acrescenta, de passagem. "Descontando qualquer obstáculo, esse dia poderá ser o dia do noivado. Fixaremos a data do casamento e o dote..."

"Quero um tempo para conversar a sós com Elsie", Philipose diz.

Aniyan lança um olhar a Grande Ammachi, mas logo vê que não terá nenhum auxílio da parte dela. "Bem, talvez depois das orações e do chá..."

"A sós?"

"*Aah, aah*, a sós, certamente. Mas com todos lá."

Na casa Thetanatt, Grande Ammachi está sentada num sofá branco inacreditavelmente grande, com uma xícara de ornamentos dourados. Nas paredes, bem no alto e inclinadas para baixo, fotografias emolduradas dos falecidos. Uma coisa mórbida, ela acha. A esposa morta de Chandy os observa, olhando para baixo. Ao lado dela, um retrato consolador de Mar Gregorios, de Ravi Varma. Ela se dirige ao santo: *Diga-me que estamos fazendo a coisa certa.*

"*Ena-di?* O que está murmurando aí?", pergunta Odat *Kochamma*, um tanto irritada. "Beba o chá." A velha está satisfeitíssima por ter sido convidada como acompanhante anciã, junto com o Senhor Melhorias. Não se sente nem um pouco intimidada pela casa ou pela ocasião; verte o chá fumegante no pires de porcelana ("Para que mais serve isso?") e sopra. "*Aah*, bom chá, sem dúvida!"

Aniyan não come nem bebe, seu rosto imóvel como água parada, os olhos varrendo a sala, catalogando possibilidades futuras, ainda que, de momento, recém-nascidas.

Grande Ammachi olha para Chandy, o anfitrião gregário, que conversa com o Senhor Melhorias. *Por que meu Philipose?* Seu filho é uma joia, claro, um noivo perfeitamente qualificado, e ele herdará Parambil, que, a certa altura, chegou a ter duzentos hectares. Mas não se compara às terras de Chandy, que, segundo lhe dizem, ficam a algumas horas dali e abarcam vários milhares de hectares de chá e borracha, além dessa casa ancestral e outras propriedades por aí. A riqueza dele se mostra na mobília, nos dois carros do lado de fora, um deles bem lustroso, com uma longa proa e popa de barbatana, reluzindo como uma safira sob o pórtico; o outro é o que levou Philipose para casa anos atrás, um veículo com o esqueleto à mostra, e uma plataforma projetando-se da parte de trás. Chandy poderia ter encontrado para Elsie o herdeiro de outro proprietário de terras, ou um médico, ou um coletor distrital. Talvez tenha se afeiçoado ao estudante de anos atrás — naquele dia o chamou de herói. O estudante ganhou fama com seus escritos. Ou então Elsie (que ainda não deu as caras) se mostrou tão insistente quanto Philipose em relação a esse enlace. Ela suspira, contemplando o filho, tão bonito, apesar do nervosismo, sentado ereto, o cabelo espesso repartido ao meio, a *juba* branca destacando sua tez clara.

Depois das orações, mais chá e *palaharam* são servidos por uma mocinha de sári, prima de Elsie, que então conduz Philipose a um dos dois bancos na varanda ampla, à vista de todos os convidados pelas portas francesas abertas. Três velhas *ammachis* da casa Thetanatt, os lóbulos das orelhas flácidos pendendo sob o peso de brincos de ouro, erguem-se de imediato e a seguem. Cada dobra das pontas em forma de leque de seus *mundus* está meticulosamente passada, disfarçando suas colunas recurvadas, e suas *chattas* estão tão rígidas de goma após terem sido encharcadas em água de arroz que quase se rompem quando as anciãs se largam no segundo banco. Elas ajustam os *kavanis* bordados com ouro para ocultar duplamente seus colos.

Odat *Kochamma*, de cenho franzido, depõe ruidosamente o pires e vai para a varanda, sua traseira balançando para lá e para cá, ao ritmo das pernas tortas. As *ammachis* a observam com certa apreensão. Ela se espreme no banco das senhoras, fazendo bom uso do cotovelo e dizendo: "Espaço não falta, cheguem para lá". Pega uma *halwa* que a mocinha oferece, cheira e torce o nariz; devolve o doce à bandeja e dispensa a mocinha enfaticamente, rejeitando a oferta também em nome das outras senhoras, que ensaiam um protesto que a anciã ignora estalando sua dentadura de madeira. As *ammachis* precisam espreitar através de suas cataratas e para além de Odat *Kochamma* para discernir Philipose. Falam muito alto, pois não escutam bem.

"Conversar com a menina, é? Para quê? Só trate de aparecer no dia do casamento — é tudo que ele precisa fazer!"

"*Aah, aah!* Ele terá a vida inteira para dizer o que quiser, não é?"

"*Ooh-aah.* Por que não guarda algumas palavras para quando for velho? Pelo menos terá isso quando tudo mais parar de funcionar!"

Os ombros das velhas tremem com as risadas; mãos rugosas cobrem os sorrisos desdentados. Odat *Kochamma* finge não ouvi-las. Pisca para Philipose antes de soltar um pum, e então olha acusadoramente para as colegas de banco.

Philipose sente todos os olhos sobre ele em meio àquela atmosfera densa. A mãe parece desconfortável na sala, apequenada pelo longo sofá que não permite que seus pés toquem o piso. Ele nota as cabeças e os olhos que se voltam, as vozes hesitando: Elsie deve ter aparecido. Levanta e enxuga o rosto uma última vez. Seu coração dispara.

Ela está ainda mais bonita do que a mulher de quem ele se lembrava — a moça no trem. Philipose é incapaz de dizer "olá". Eles se sentam lado a lado. O sári coral e azul dela faz as vezes de um sereno pano de fundo para suas mãos sem adornos, nem mesmo uma pulseira. Os dedos da mão direita roçam os nós dos dedos da mão esquerda, como os pincéis e lápis que eles empunham. O rapaz se sente intoxicado pelo aroma de gardênia em seu cabelo.

Ele limpa a garganta para falar, mas então vê os dedões dela escapulindo da barra do sári, e suas palavras somem. Philipose está de volta ao trem, a sola dos pés de Elsie se deixando vislumbrar quando ela sobe a escadinha para o leito.

As cordas vocais do rapaz parecem congeladas. *Oh, Senhor, é isso que chamam de apoplexia?* Ele busca o lenço, mas procura no bolso errado e seus dedos pegam uma moeda de um chakram, com a imagem de Bala Rama Varma. Ele mostra a moeda para a moça, e então o objeto desaparece. Ele exibe suas mãos, dorso e palma. *Por favor, examinem tudo cuidadosamente, senhoras e senhores; quedem-se satisfeitos que nada está sendo oculto.* O rapaz estica a mão até a orelha de Elsie, obtendo ali a moeda e pousando-a na palma dela.

Uma das velhas *ammachis* leva a mão à boca, como se tivesse acabado de testemunhar um estupro. "Você viu aquilo?" As outras não viram.

"*Aah*, ele fez alguma coisa! Pôs não sei o quê não sei onde!"

"Foi um truque de mágica", Philipose diz, por fim, reconquistando a capacidade de falar. Suas palavras saem em inglês — uma escolha não deliberada, mas boa, se buscam privacidade. Elsie toma a mão de Philipose e a vira.

"Você tem mãos bonitas. Mãos me interessam", ela diz, em inglês. Foi em inglês que eles conversaram no trem. Ele lembra da voz dela. Seu timbre lento e sedutor demanda que ele observe os lábios dela com cuidado. "Reparei em suas mãos na primeira vez que o vi."

"E eu reparei na sua quando você copiou o desenho daquela tabaqueira", ele conta.

Philipose repara num respingo de tinta verde na palma dela. A pele dele formiga no ponto onde ela o tocou.

"Tenho cadernos inteiros cheios de desenhos de mãos", Elsie diz. Ele pergunta por quê. "Acho que porque tudo que desenho ou pinto começa com minhas mãos. Às vezes sinto que elas conduzem e minha mente segue. Sem as mãos, eu não teria nada."

"Tenho anotações sobre pés", ele declara. "Os pés revelam o caráter. Você pode ser rei ou bispo e adornar as mãos com joias. Mas os pés são o seu ser sem adornos, independentemente de quem você proclama ser."

A jovem se inclina para conferir os pés dos dois, que estão descalços. Põe um pé junto do dele. O segundo dedo dela, indo um pouco além do dedão, as unhas limpas e luminosas e as ondulações das juntas, tudo aquilo, ele pensa, diz da natureza artística de sua pretendente. Seu pé apequena o dela. A pele dela roça na dele.

As *ammachis* estão perto da apoplexia. Se tivessem um apito, soprariam-no agora. "*Ayo!* Primeiro bolinando com a mão, agora tocando os pés. Isso não pode esperar?"

Elsie sufoca uma risadinha. "Você ouviu?"

Ele hesita. "Não peguei todas as palavras. Mas tenho ideia do que seja." O inglês foi uma ideia brilhante.

"Philipose?", ela diz, como se testando seu nome, e o encarando. O som o comove. "Você pediu para falar comigo?" E sorri.

Ele se perde no sorriso dela e demora para responder. "Sim, sim, pedi! Quebrei todas as regras ao pedir. Sim, queria falar. Sinceramente, posso dizer por quê?"

"Sinceramente é melhor do que insinceramente."

"Depois que a gente… Depois do trem… Tive a sensação de que aquele encontro, após todos aqueles anos, os dois no mesmo trem, no mesmo compartimento, no mesmo banco, no mesmo… Nós nos despedimos muito cedo. Desde então, eu… Sonhei casar com você. Mas eu era uma pessoa sem um curso universitário. Alguém que o mundo dobrou e quebrou. Trabalhei duro, e os golpes já não me derrubam, e foi então que pedi que chamassem o casamenteiro Aniyan. Porém eu lembro que, no trem, você disse a Meena que não estava pronta para casar. Elsie, *eu* quero isso. E quero ter certeza de que… de que *você* também quer. Certeza de que você não está sendo forçada."

Ela reflete. Depois se vira e sorri, comunicando sem palavras: *Sim, eu quero isso.*

"Ah, graças a Deus! Temi que seu pai quisesse alguém com… alguém mais…"

"*Eu* quis isso. Você." É como se ela tivesse acabado de beijá-lo. Ele se sente como que tropeçando no labirinto de Elsie, na explosão de marrons, cinzas e até azuis de sua íris. Quer pular de alegria. Sorri para Odat *Kochamma*, que lhe pisca de volta. Ela desliza para fora do banco, lançando a ponta de seu *kavani* sobre o ombro, na direção do rosto das *ammachis*. Com o nariz empinado, volta para perto de Grande Ammachi, pegando um pedaço de *halwa* no caminho.

"Sou tão sortudo. Por que eu?" Agora é ela quem fica muda, numa reticência que não lhe é natural. "É segredo?"

Ela responde: "Segredos tendem a se esconder nos lugares mais óbvios". O rapaz se sente lisonjeado. É a última frase de sua primeira desficção, "O homem *plavu*". "Você quer mesmo saber, Philipose? Devo contar, *sinceramente?*" É uma provocação, mas ela logo fica séria. "É porque sou uma artista", ela diz, sem mais. Ele não entende bem.

"Você diz como Michelangelo? Ou Ravi Varma?"

"Bem, sim, acho… Mas também não como Ravi Varma."

"Então como quem?"

"Como eu mesma." Ela não sorri. "Se Ravi Varma tivesse nascido mulher, você acha que ele teria tido a liberdade de, depois do casamento, estudar com um tutor holandês? Ou fazer uma exposição em Viena? Ou viajar por toda a Índia? Ele comprou uma prensa em Bombaim. Uma iniciativa muito inteligente. É por isso que há cópias dele por toda parte. Ele conheceu e pintou todas as beldades de sua época, as *maharanis* e concubinas. Ficou íntimo de uma ou duas." *Não há nada que ela não se atreva a dizer?*, pensa Philipose, admirado. "Philipose, o que quero dizer é que, se Ravi Varma tivesse sido mulher, não haveria Ravi Varma."

Ele entende o argumento dela, mas não percebe o que aquilo tem a ver com ele.

"Philipose, você também é um artista." É lisonjeiro ouvir aquilo. "Você pode passar a maior parte de seu dia com sua arte. Não há ninguém que lhe diga para não escrever, ou quando escrever. O casamento não vai mudar isso."

Isso ele não discute.

"Meu pai tinha pretendentes em vista desde que voltei. Um rapaz lá das fazendas... outro que tem fábricas têxteis em Coimbatore. Eu não quis. Concluí que, de todos os homens com quem eu poderia me casar, você levaria a sério minha arte, minha ambição." A expressão dela é seríssima. "Minha situação financeira é muito tranquila. Meu pai não está me expulsando de casa. Mas, se algo acontecer com ele, tudo, exceto meu dote, *tudo* vai para meu irmão. É assim que as coisas são em nossa comunidade, não é? É injusto, no entanto é assim. Se não estivesse casada e meu pai partisse, eu não teria um lar de verdade. Por isso ele andava tão ansioso para me casar. Por meu futuro."

"Homens também sofrem pressão para casar. Para agradar a família." Ele está pensando em Joppan.

"Sim, mas depois do casamento ninguém vai dizer: 'Philipose, deixe de lado sua escrita. Seu dever é servir sua esposa e os pais dela pelo resto da vida. Cuide da cozinha, crie seus filhos'." Ela acrescenta, com um toque de amargura: "Meu irmão terá a vida que eu deveria ter tido. Espero que ele faça bom uso dela".

Eles olham na direção do irmão. Sua barriga estufada sob um belo *mundu* duplo. O rosto inchado, com olheiras que logo serão permanentes. Ele poderia passar por dublê glutão do pai, e pelas mesmas razões, mas prematuramente: cigarros e muito brandy. Mas sua feição carece do humor de Chandy, de sua humanidade e vitalidade. Percebendo o olhar dos dois, o irmão os encara com olhos sem viço, sem alma. *Não há amor entre esses irmãos*, Philipose pensa.

Elsie se inclina para se aproximar dele. "Só estou contando isso porque você perguntou. É difícil explicar como uma moça ama o pai. Casar é o maior presente que posso dar a ele. Assim passo a ser uma preocupação sua. Então, se devo casar, quem me respeitará como artista e me permitirá ser quem creio que devo ser? Pensei que essa pessoa pudesse ser você."

Ele se sente lisonjeado. Mas as palavras dela são também um pouco decepcionantes. Onde está o *amor*? Onde está o desejo naquela explicação? Ela lê os pensamentos dele. "Escute, se o que eu disse te decepciona, me desculpe. Isso aqui é apenas o *pennu kaanal*. Você pode dizer que veio, me viu e que não dá certo para você. Pode cancelar tudo. Ou eu posso. Você perguntou. Então falei com sinceridade."

Uma sinceridade tão brutal! Ele teria coragem de dizer o mesmo?

"Elsie, a última coisa que quero é cancelar…"

"Quando desenhei você naquela manhã no trem, pensei ter lido seu coração. Já não era a menininha daquela viagem de carro. E você já não era o menino corajoso que salvou aquela criança. Vi um homem lutando para encontrar seu caminho. Você encontrou sua estrada — vejo isso em seus contos. Quando o pedido de casamento veio, fiquei feliz. Pensei: "Aqui está alguém que vê o mundo como eu vejo. Que tem ânsia de interpretar o mundo como tento fazer. Me diga que não me equivoquei nesse ponto"."

"Não. Você não se enganou. Só para você saber, não quero casar só por casar. Quero casar com *você*. E, quando nos casarmos, vou fazer de tudo para apoiar sua arte."

Ela fica contente. "Tem certeza? Sua querida mãe está na esperança de que eu tome conta da cozinha, guarde a chave do *ara*, faça um bom peixe com curry. Ela vai ficar escandalizada quando o vendedor de peixe aparecer e eu não souber diferenciar um *mathi* de um *vaala*…"

"Como assim, você não sabe? Nesse caso…" Ele finge se levantar. As sobrancelhas em formato de asas de Elsie saltam, e então ela desata a rir, um som adorável, como um sino. A linha perfeita dos dentes, a visão de sua língua, o fundo de sua garganta, tudo o deixa tonto. "Elsie, contanto que você ria assim, não vou me importar. Prometo. Você terá o mesmo tempo e as mesmas oportunidades para trabalhar em sua arte como eu na escrita. Você ainda não conhece minha mãe, mas ela é uma joia."

"Philipose…", ela diz, suave, agradecida, e encosta a cabeça em seu peito. Ele se inclina na direção dela, apoiando seu peso, pouco se importando com as *ammachis*. O ponto onde seu braço a toca pega fogo. Seu coração salta, o pulso galopa, não por medo ou pânico, mas pelo reconhecimento de ter encontrado o que buscava. Sente orgulho de si mesmo. O Homem Comum conseguiu um feito extraordinário.

46. A noite do casamento

PARAMBIL, 1945

Depois de cinco anos, a guerra está quase no fim. Dois milhões e meio de soldados indianos serão desmobilizados, incluindo, pela primeira vez, centenas de oficiais. Durante a Primeira Guerra Mundial, os britânicos jamais nomearam oficiais indianos, temendo que treinassem futuros líderes rebeldes. Estavam certos. Agora esses oficiais que retornam são homens condecorados por seu grande valor; homens que testemunharam a morte de soldados sob seu comando para libertar os abissínios, para libertar os franceses, para libertar a Europa do jugo de Hitler. Não aceitarão nada menos que a liberdade da Índia. Os britânicos anunciam estupidamente que aqueles soldados indianos capturados pelos japoneses e depois forçados a se juntar ao Exército Nacional Indiano de Subhas Chandra Bose, sob o risco de perderem a cabeça, terão de ser julgados como "traidores." A fúria de cada soldado indiano e também do público nacional deixa os britânicos estarrecidos. Se uma única guarnição se amotinar, o efeito dominó será inevitável. Duzentos mil civis britânicos presentes na Índia poderão ser massacrados da noite para o dia por trezentos milhões de nativos.

Em Travancore, um noivo passeia pelas ondas de rádio todas as noites, testemunhando a libertação de Leningrado e Roma, Rangum e Paris. Ele acrescenta novas folhas para estender o mapa na parede, mas a guerra no Pacífico é impossível de desenhar em qualquer escala. Anota os nomes ao lado dos pontos: Guadalcanal, Makin Atoll, Morotai, Peleliu. Homens morreram aos montes naquelas pequenas ilhas. Nada faz sentido. E um toque pessoal: um dos netos do oleiro se alistou por nenhum outro motivo que não o bônus de alistamento e o salário. O pobre-diabo morreu na África do Norte.

Philipose e o Senhor Melhorias decidem fechar o Centro de Alimentação, pois o fornecimento de comida melhorou de modo considerável. Ele não consegue deixar de sentir que a mudança na maré da guerra, como o otimismo na Índia em relação à liberdade iminente, está conectada à mudança de sua própria sorte.

Eles casam na Igreja onde Grande Ammachi casou e onde Philipose foi batizado. Quando Elsie entra, ela cobre a cabeça com o *pallu* de seu sári, baixa os olhos, como reza a tradição, e dá o primeiro passo com o pé direito. Há um suspiro coletivo diante da beleza da noiva, talvez a primeira a casar de sári nessa igreja. Philipose pensa que uma aura dourada a envolve, como uma névoa de canela. Em vez de cobrir-se sob o peso das joias da mãe, ela exibe uma única pulseira no pulso, um fino colar de ouro com um pingente e brincos de ouro. Aos dezenove anos, tem a postura e a determinação de uma mulher duas vezes mais velha. Quando Philipose conferiu-se no espelho uma última vez antes de ir para a igreja, teve uma impressão oposta de si mesmo: um menino de doze anos tentando se passar por um rapaz de vinte e dois.

Joppan, em seu melhor *mundu* e *juba*, está de pé nas primeiras fileiras, orgulhoso, ao lado do Senhor Melhorias e dos parentes de Parambil pelo lado do noivo. Mas, apesar dos apelos de Philipose, Shamuel recusa-se a entrar. Assiste a tudo por uma janela.

O Ford lustroso, alongado, com popa de barbatana, adornado de flores, conduz o casal a Parambil. Aproximam-se pela estrada recentemente ampliada; em um dos lados dela, o enorme *pandal* branco está cheio de convidados sentados. Do outro, está a forma descomunal de Damodaran, que entende a importância da ocasião. Quando saem do carro, Damo faz um carinho em Grande Ammachi, que se estica para acariciá-lo. Ele então puxa Philipose bruscamente para perto de si e bagunça seu cabelo, para espanto dos Thetannat. Unni entrega uma guirlanda de jasmim ao elefante, com a qual ele coroa a cabeça da noiva. Sua tromba cheira as bochechas e o pescoço de Elsie, que ri, contente. Ela retribui com o balde de arroz adoçado com açúcar mascavo que Grande Ammachi lhe repassa.

Garçons cruzam a tenda com pratos fumegantes do delicioso carneiro *biryani* do sultão *pattar*. Ouve-se o som chocante da risada desinibida de Decência *Kochamma*, um tilintar agudo, mas bonito, que ninguém jamais ouvira. O "ponche caseiro" de Chandy, um vinho de ameixa batizado com o nome de uma santa, faz sucesso entre as mulheres.

Na plataforma elevada, os noivos recebem uma fila de convidados, incluindo os amigos de Chandy, vizinhos de sua propriedade, além de vários casais de brancos. Philipose avista Shamuel, fora do *pandal*, vestido como um nobre, com a *juba* de seda cor de mostarda, brilhante, que Philipose lhe comprou, e um belíssimo *mundu* branco. Ele faz careta e não se mexe quando Philipose lhe faz um aceno. Sua expressão diz que o *thamb'ran* deveria saber como as coisas funcionam. Philipose arrasta Elsie até Shamuel, envolvendo-o num abraço, não apenas por amor, mas porque ele está prestes a fugir.

"Elsie, este é Shamuel, o único pai que conheci." O choque de Shamuel com a aproximação dos dois se transforma em consternação diante da blasfêmia do *thamb'ran*. Ele mal consegue olhar Elsie nos olhos quando junta a palma das mãos logo abaixo do queixo. Ela retribui o gesto, então se curva para tocar seus pés. Com um grito, Shamuel é forçado a agarrar as mãos de Elsie para impedi-la. Ela, por sua vez, agarra-se às mãos dele, curva a cabeça e murmura: "Dê-nos sua bênção". Sem palavras, incapaz de negar-lhe o pedido, as mãos calejadas e trêmulas do peloar pairam sobre a cabeça do casal. Philipose tenta abraçá-lo, mas Shamuel o rechaça, fingindo raiva e apontando para o estrado, como quem diz a eles que devem voltar, com o rosto tapado para esconder as lágrimas.

É quase meia-noite quando os dois se veem finalmente sozinhos no quarto de Philipose. Nas cartas que trocaram antes do casamento, ele mencionou o decreto de Odat *Kochamma* de que o mapa dele tinha de ser retirado para que preparassem o quarto para a noiva. Isso deflagrou um telegrama de Elsie, o primeiro com o endereço de Parambil.

MANTENHA OS MAPAS PT NÃO MUDE NADA PT QUERO TE VER COMO VOCÊ É PT

Elsie sorri quando vê o telegrama afixado na parede, parte da rica trama comentada de nações, exércitos, armadas e loucura humana. Com os baús de Elsie, o quarto parece menor. Há um banheiro recém-construído ao lado do quarto; um grande tanque de água na parte de fora precisa ser enchido com água do poço toda manhã para que a água flua das torneiras, embora Philipose planeje comprar uma bomba elétrica. Elsie vai ao banheiro com seus artigos de higiene como se fizesse aquilo em Parambil há muitos anos. Que bom que ela não precisa caminhar ao banheiro no anexo fora da casa ou à bica. Philipose se banha no anexo e corre de volta para o quarto.

Quando ela retorna, ele já acendeu o lampião a óleo, cujo brilho é mais suave que a lâmpada nua na parede. Elsie vestiu uma camisola branca pontilhada por tênues flores cor-de-rosa, ao passo que ele está apenas de *mundu*, o tronco à mostra. Deitam-se um ao lado do outro, olhando para o teto. Durante toda a cerimônia, sempre que as mãos dos dois se tocavam, ele sentia uma eletricidade no braço. No carro para casa, recostaram-se um no outro, sorrindo como criancinhas, como se dissessem: "Conseguimos!".

Ele mexe no lampião, atenuando a intensidade da luz. Seguem deitados por um bom tempo, ouvindo o vento que balança a copa da palmeira, o distante tilintar da corrente na perna de Damo. O quarto está escuro, mas gradualmente os dois retângulos pálidos da janela surgem na parede mais distante, a cortina cobrindo apenas a metade inferior, deixando à vista os galhos mais altos da *plavu* do lado de fora. Os três frutos ainda verdes balançando nas bifurcações dos galhos parecem crianças brincando na árvore.

Ele se vira para ela, e ela rola para ele, como se esperasse aquilo. Os joelhos dos dois se batem, de modo atrapalhado. Ele põe sua perna sobre a dela, e ela desliza a sua por entre as dele; os pés dos dois se encontram. Ele só consegue ver o rosto dela, sentir sua respiração em seu rosto; Philipose registra o cheiro de pasta de dente e sabão, e o perfume natural da pele dela. Timidamente, os dedos de Elsie lhe contornam a têmpora, a mandíbula, o pescoço — as medições de uma escultora. Os dedos dele correm pelos cabelos dela. Os corpos dos dois se apertam, os seios dela suavemente pressionados contra o peito dele. Ela não consegue suprimir um bocejo, e ele também boceja, antes mesmo de o dela terminar. Os dois tentam não rir. Ela suspira e se aconchega mais nele. Sua cabeça descansa na angra formada pelo ombro e pelo tronco dele, enquanto os longos dedos dela se estendem sobre o peito dele.

Seu retorno vergonhoso de Madras deixou-lhe um sentimento de incompletude, emaranhou os fios de seu ser, eliminou algumas seções. Mas, agora, com Elsie ancorada ao seu lado, sente-se inteiro. O estômago dela pressiona-se contra ele, recuando a cada tragada de ar, sua respiração agora mais lenta. Ele observa esse milagre. Depois, apesar da excitação incontrolável de ter essa linda mulher nos braços, ele adormece também.

Quando ele acorda, depois da meia-noite, os dois seguem com as pernas entrelaçadas, mas a camisola dela e o *mundu* dele se moveram, e agora a pele nua da coxa de Elsie toca a sua. De súbito, Philipose se sente tão alerta quanto se tivessem lhe jogado água no rosto. Os pontos em que sua pele toca a dela ardem. Ele se aperta suavemente contra ela, e, para sua surpresa, ela responde. Os olhos dela estão abertos. Ele não sabe exatamente como proceder. Aos poucos, sua cabeça deriva para perto dela, que se aperta contra uma nova dureza que não estava lá no doce abraço antes de adormecerem.

Os lábios dos dois se encontram, um roçar sem jeito — excitante, mas seco. Não o que ele imaginava. Tentam de novo, uma exploração mais determinada, e agora que as línguas se tocam, ele é percorrido por uma sensação elétrica, é invadido por uma intimidade tão profunda que seu corpo treme. Ele tateia de modo desajeitado a camisola de Elsie, e, de súbito, os seios dela ficam expostos. Nada, absolutamente nada em sua vida transcende aquele primeiro momento em que os vê, e os apalpa, e sente a resposta dela. As mãos de Philipose se movem, tímidas, para baixo, enquanto o dorso da mão dela e depois seus dedos tocam, com certa hesitação, aquela parte dele que não pode ser ignorada. A incerteza e a falta de traquejo dos dois é tão erótica quanto tudo que precedeu aquele momento. Arqueando-se, ele sobe em cima dela. Age como um cego que tropeçou numa esquina e tateia com a bengala, mas Elsie o guia com uma das mãos, a outra encostada no peito dele, como um freio. Sempre muito devagar, ela o recebe. Ela vacila, no entanto ainda o mantém junto dela. Só quando percebe que a jovem esposa relaxou, ele, muito gentilmente, se move. *Senhor*, Philipose pensa, *uma vez que se descobre isso, como é possível fazer outra coisa?* Ele se desfez no corpo da esposa, a respiração, a seiva e os tendões dos dois plenamente mesclados. Nem seus experimentos solitários nem o que leu em *Fanny Hill* ou *Tom Jones* o prepararam para a emoção e a ternura do que acabou de acontecer.

Ambos sucumbem a um véu misterioso e anestésico que os cobre, denso de seus cheiros misturados. Ele acorda, lembrando o que acabou de acontecer, e a memória o deixa teso de novo, dolorosamente até, querendo tudo mais uma vez. Ele a faz abrir os olhos, e do nevoeiro do sono ela logo desperta, tentando compreender onde está. De repente, ela parece vulnerável, acordando naquela nova casa. Reconhecendo seu estado, ele a envolve docemente nos braços. Pergunta-se se ela estará sentindo alguma dor. A forma como ela se aconchega o faz pensar que agiu corretamente, abraçando-a. Depois de um bom tempo, ela recua a cabeça, olha para ele e o beija, o gosto dele e do sono em seu hálito. Sussurra algo, mas ele não consegue decifrar seus lábios. "Elsie, tenho dificuldade para ouvir sussurros, desculpe." Ela aproxima os lábios da orelha dele: "Eu disse: 'Não acho que se tivesse me casado com qualquer outra pessoa eu ia me sentir tão segura quanto me sinto com você'. Foi isso". Ela se aninha de novo nele, e os dois adormecem mais uma vez.

* * *

Acordam ao mesmo tempo. A luz flui para dentro do quarto pelos espiráculos em cruz e pelas janelas. O canto do galo preguiçoso, o tilintar distante de um balde contra a borda do poço, o estalar e ranger de corda e roldana. É a casa que desperta.

O suor brilha no vão atrás da clavícula dela. O cheiro misturado dos dois é tão rico, tão carnal. Ele quer dizer como o ato da noite anterior foi incrível, como… Mas as palavras talvez rebaixem tudo. Em vez disso, beija as pálpebras dela, sua testa, e cada centímetro de seu rosto. "Quero que você seja feliz aqui, Elsie", ele sussurra. "Qualquer desejo que eu possa satisfazer, só me diga… Qualquer coisa."

As palavras soam grandiosas até para ele, que sente que elas o enobrecem. Soberano benevolente e apaixonado, contempla amorosamente sua rainha, seu nariz reto, os olhos longos e estreitos. Nos muitos meses depois daquela viagem de trem, ele pensou em seus olhos como se fossem bem próximos um do outro, mas era porque decaíam para o nariz, sua Nefertiti. E sua memória nunca registrou bem o suficiente o desenho do arco do cupido de seu lábio superior. Ele está embriagado, completamente embriagado de sua linda esposa, todo o seu ser explodindo de generosidade, qual o imperador Shah Jahan oferecendo-se para construir um palácio para a amada.

"Qualquer coisa?", ela pergunta, sonhadora, os braços estirados como asas, os lábios mal se movendo, os olhos apenas entreabertos. "Como o gênio da lâmpada de Aladdin? Tem certeza?"

"Sim, qualquer coisa", ele diz.

Apoiada em um braço, ela se vira para Philipose, seus seios no peito dele; a visão é tão estonteante à luz do dia que, se ela lhe ordenasse cortar a própria cabeça para continuar banqueteando-se com aquela visão, ele o faria. Ela se diverte, feliz com a atenção que ele lhe concede, em nada embaraçada, mantendo-se sempre como está para que ele continue a contemplá-la. A pele dos seios é lisa e suave, e mais pálida do que o restante do corpo até passar abruptamente à aréola mais escura. A paixão deles pelo corpo um do outro, tão recentemente descoberta, supera a timidez. A estudante no carro, a Jovem Senhorita que cheirou um pouco de tabaco com ele no trem, é agora sua mulher, e os olhos dela lhe dizem: *Vá em frente, olhe, beije, toque…*

"Qualquer coisa", ele repete, suas palavras embaralhando-se de amor e desejo saciado. "E não estou falando de construir um ateliê. Isso nós faremos. Já desenhei um projeto — estender aquela varanda ao sul, cobrir com um telhado. Terá uma ótima luz, mas é você quem vai decidir. Não, estou falando de qualquer outra coisa. Reconquistar a Terra Santa? Matar o dragão?" Ele faz um carinho no rosto dela.

Ela o estuda, sorrindo, hesitante. Então olha para a janela. Ele segue o olhar dela, tentando ver aquele mundo que ele conhece tão bem através dos olhos da amada.

"Amo a luz da manhã. Aquela *plavu*", ela diz, apontando a árvore onde a jaca mais próxima, do tamanho da cabeça de uma criança, fita-os de volta. "Ela escurece o quarto. Você pode cortar essa árvore? É meu desejo."

Cortar a *plavu*? A árvore que velou seu sono desde a infância?

"Atrás dela a vista deve ser linda", ela diz.

47. Tema a árvore

PARAMBIL, 1945

Ela cairá até o anoitecer, querida! É isso que ele deveria dizer. Mas hesita, o galo canta outra vez. "Essa árvore?", ele pergunta. A nota falsa em sua voz lhe dá náuseas.

Ela desvia o olhar, o sorriso desmorona como o da criança a quem se oferece um doce apenas para tirá-lo em seguida. Em um planeta dividido entre os que mantêm a palavra e os que apenas lançam palavras ao vento, ela entregou seu corpo a alguém do segundo grupo.

"Tudo bem, Philipose…"

"Não, não, por favor, me deixe explicar. Vou cortar a árvore. Prometo. Mas você me dá um tempinho?"

"Claro", ela diz, mas ele já sente a fissura, a fenda que se instaura. Se ele pudesse voltar atrás… Ou se ela tivesse feito outro pedido.

"Obrigado, querida. É que…"

Seu conto "O homem *plavu*" teve um efeito peculiar em alguns leitores. Há quem faça uma peregrinação para ver esta *plavu*, acreditando que a história é real e que se trata da mesma árvore que ele descreveu, e nada que Philipose diga os faz mudar de opinião. Outros lhe escrevem, aos cuidados do jornal, pedindo que suas cartas sejam depositadas na árvore, enfiadas nos sulcos de seu tronco — suas palavras dirigem-se às almas dos falecidos que eles estão tentando rastrear. Tudo isso levou o editor a querer publicar uma foto de Philipose na frente da árvore.

"O fotógrafo logo virá. Enquanto isso, também vou pedir a bênção de Shamuel. Ele me contou muitas vezes a história de seu pai e do meu plantando essa árvore quando limparam a área. Essa foi a primeira árvore daqui. Quando eu era menino, Shamuel me mostrou como plantar uma *plavu*. Cavamos um buraco, colocamos uma *chakka* gigante dentro, intacta. Das cem sementes no interior daquela pele de crocodilo, vinte brotos nasceram. Cada um poderia ter sido uma árvore. Mas os enlaçamos todos juntos e os forçamos a serem uma única *plavu* majestosa." Ele sabe que falou demais.

Da cozinha, ele escuta o alarido das panelas. Um corvo rouco grita para outro: *Olhem nosso amigo idiota, abrindo a boca quando deveria mantê-la fechada.*

"Não se preocupe. Não fale com Shamuel. Você não precisa…"

"Elsie, não! Será feito. Considere seu pedido já devidamente satisfeito. Peça-me algo que eu possa fazer agora mesmo, peça…"

"Está tudo bem", ela diz, mais doce do que ele merece, ajustando os ombros na camisola, cobrindo os seios. "Não preciso de mais nada." Ela se levanta, alta e orgulhosa, abotoando a camisola até que o triângulo negro de seu corpo de mulher e a cintilância de suas coxas fiquem apenas na lembrança.

Ela hesita à porta. Filtrada pelas folhas da *plavu*, a luz que entra pela janela ilumina aquelas íris de um cinza-azulado que brilha como grafite.

"Philipose? Por favor… Mantenha sua palavra em relação à minha arte."

Ele a ouve ao longe, primeiro conversando com Bebê Mol, depois com Grande Ammachi e Lizzi, as vozes claras, felizes, a dela mais grave, fácil de discernir.

O fotógrafo veio e se foi, meses e semanas se passaram. Toda noite no rescaldo sonolento do amor na cama, Philipose diz a si mesmo que vai armar em segredo um plano com Shamuel para que a bela esposa possa acordar numa piscina de luz e, com isso, fique sabendo que o marido é um homem de palavra. Elsie, aparentemente, não pensa mais na árvore. O assunto jamais vem à tona. Mas não sai da cabeça de Philipose.

Do rádio escorre um jazz de um duque americano chamado Ellington. Philipose senta bem perto do aparelho, Elsie desenha a seu lado. Ele confere o que está nascendo na página: é ele, curvado sobre o rádio, o cabelo caindo sobre os olhos. Um arrepio o atravessa — orgulho por ela, mas também uma inquietação que não consegue nomear. O desenho o lisonjeia: linhas fortes para a mandíbula e delicadas para lábios cheios e sensuais. Mas, saiba ela ou não, a esposa capturou a confusão dele, seus medos secretos. Ele, mortal imperfeito — no fim das contas, nem imperador Shah Jahan nem gênio da lâmpada —, apequena-se diante do talento dela; já não se sente confiante, buscando a forma correta de estar com ela, de ser digno dela.

Inspirado pela mulher, Philipose trabalha como nunca. Mas o trabalho, para Elsie, é um estado de relaxamento, tão inconsciente quanto a respiração, ao passo que ele brande a caneta com sacrifício, ainda que seu tema — a vida — esteja sempre ali. Sua arte, ele diz a si próprio, é dar voz ao ordinário de uma forma memorável. E, ao fazê-lo, lançar luz sobre o comportamento humano, sobre a injustiça. Mas não consegue produzir como a esposa, não consegue.

Na cama, Elsie por vezes o surpreende rearranjando-lhe os membros, afirmando-se de forma tão completa que ele se sente como uma das bonecas de Bebê Mol. É absolutamente excitante. Uma vez saciada, ela se retira do mundo, presente apenas na carne que respira, enquanto ele se desvencilha. Observando sua forma inconsciente, a inquietação ressurge: ele era o papel, a pedra, o lápis de carvão, que satisfez a visão que tinha do desejo naquela noite? Quando Philipose assume o controle, ela se entrega tão completamente que suas dúvidas desaparecem... Só para ressurgirem de novo mais tarde, uma suspeita insistente de que parte dela está sempre oculta, um *ara* trancado cuja chave não lhe é oferecida. É tudo imaginação? Se não é, então a culpa é apenas sua, e a causa é a promessa impulsiva sobre aquela árvore idiota. Encolhe-se sempre que pensa nisso, suas entranhas envenenadas. Era o caso de correr para a *plavu* munido de um machado.

Grande Ammachi está encantada com a nora. É um prazer ver o casal tão feliz, seu filho tão cuidadoso com a esposa. Antes do casamento, ele comunicara à mãe o que agora se fazia óbvio: Elsie não assumiria os cuidados do lar, era uma artista de verdade. Para ela, é um prazer que Elsie faça o que bem desejar. A nora tem mania de ficar pela cozinha, sentada num banquinho, contente em esgravatar o arroz em busca de pedras, rindo da conversa de Odat *Kochamma* e ouvindo atenta as histórias de Grande Ammachi. Com isso, a afeição da sogra cresce a cada dia. Como a mãe de sua nora morreu cedo, quem poderia lhe contar essas histórias, chamá-la de *molay*, pentear seu cabelo ou preparar-lhe um banho de óleo? Grande Ammachi faz tudo isso e mais. Aonde Elsie vai, sua cauda, Bebê Mol, a acompanha. A mulher do supervisor Kora está sempre por ali; ela e Elsie logo se tornam íntimas, praticamente irmãs.

Elsie aprova o projeto do *ashari*. O quarto dos dois (o antigo quarto do pai de Philipose) é ampliado para o triplo do tamanho. Um terço é o escritório do rapaz, com suas estantes em duas paredes e um espaço para o rádio nos fundos. Para o ateliê de Elsie, deitam cimento ao chão a fim de fazer um pátio que se alonga por oito metros, partindo dos fundos do quarto ampliado. Um telhado de duas águas, de telha, não de palha, cobre o quarto, o escritório e o pátio. Uma divisória de cimento e tijolo à altura do joelho protege o pátio da intromissão de vacas e bodes mas permite a entrada de luz. Há um grande portão com dobradiças nos fundos. Cortinas de corda podem ser baixadas dos três lados para bloquear sol e chuva. O motorista da casa Thetanatt vai entregar os equipamentos de Elsie: linho retesado, pilhas de pinturas inacabadas, containers de pincéis, lápis e canetas; caixas de madeira com tintas em tubos e tonéis; cavaletes; equipamentos de carpintaria; barris de aguarrás, óleo de linhaça e verniz. Os cheiros de tinta e aguarrás logo se tornam tão comuns em Parambil quanto o da fritura de sementes de mostarda.

Grande Ammachi entreouve Decência *Kochamma* pedir a Elsie um retrato seu ("a óleo, como Raja Ravi Varma"). Elsie hesita. Talvez no futuro. Acrescenta de modo polido que Decência *Kochamma* precisará entender que a artista é livre para pintá-la como bem escolher; a modelo só vê a tela no final, e o retrato pertence a Elsie, a não ser que seja paga por ele. A cada palavra, a boca de Decência *Kochamma* murcha mais. Só a presença de Grande Ammachi a impede de dizer um desaforo. Ela se retira, vermelha de raiva.

Das longas conversas entre Lizzi e Elsie surge a ideia, deliberada ou acidental, de Lizzi ser a primeira modelo. Tudo que Philipose queria era entreouvir os diálogos das duas. Ele reparou que Lizzi tem dormido em Parambil há duas semanas, mas não desconfia de nada, até que o Senhor Melhorias lhe conta que Kora está foragido. Um credor descobriu que ele havia forjado a escritura de um imóvel para conseguir um empréstimo; a escritura original está com outro credor, e também esse empréstimo está em atraso. "Talvez fugir tenha sido o melhor plano", diz o Senhor Melhorias. Philipose se admira que o rosto de Lizzi não denuncie a situação. Ela não disse nada a respeito e ninguém menciona o assunto com ela.

Na mesma época em que a notícia da fuga de Kora se espalha, Philipose tem uma prévia especial da visão de *Retrato de Lizzi* — o equilíbrio de Lizzi é visível; seu conforto, seu senso de pertencer à Parambil também são evidentes. Mas ele se admira ao ver no retrato o que não havia percebido na Lizzi de carne e osso: sua raiva, sem dúvida relacionada à confusão em que Kora anda metido. Philipose está presente quando Lizzi pode ver o trabalho concluído: ela fica paralisada por tanto tempo que Philipose começa a se preocupar. Ele e Elsie se retiram. Quando a retratada finalmente sai do ateliê, seu rosto ostenta uma nova determinação. Em silêncio, ela dá um abraço carinhoso em Elsie, cumprimenta Philipose com a cabeça e segue para casa.

A família nunca mais voltará a vê-la. Na manhã seguinte, descobrem que ela desapareceu durante a noite. Grande Ammachi fica arrasada: perdeu uma filha. "Disse que ela podia ficar conosco para sempre. Esta é a casa dela. Não veio se despedir porque sabia que não conseguiria mentir para mim. Deve ter achado que era seu dever ir para onde quer que ele esteja se escondendo."

Elsie se desfaz em lágrimas, sentindo que o retrato de alguma forma deflagrou a partida da amiga. Philipose declara: "Se deflagrou, foi pelos melhores motivos. Acho que, em seu trabalho, Lizzi viu a si mesma pela primeira vez, viu a força que tinha dentro de si. Ela sabe há muito tempo que Kora não consegue dar um jeito na vida ou prover com regularidade suas necessidades. Sim, ela poderia ter ficado aqui, mas *escolheu* ir para junto de Kora por uma única razão, e não foi para ser a esposa zelosa: Lizzi decidiu tomar as rédeas, ser a chefe da casa. Kora vai ficar muito grato por isso, e ele concordará com os termos dela ou ficará perdido para sempre, e tudo isso graças a seu retrato".

Elsie escuta, de olhos bem abertos. "Isso é uma de suas desficções?"

"Não. É simplesmente a verdade que você capturou. Não vê? Bem, eu vejo. Você esquece que já passei pela experiência de ser desenhado por você. Acredite, seus desenhos dão a quem posa um insight profundo sobre quem realmente é a pessoa."

Nos dias seguintes, os parentes vêm conferir o *Retrato de Lizzi*. Ele vê a mesma reação de Grande Ammachi: contemplam por um tempo, afundam-se em um diálogo silencioso tanto com o tema quanto com eles mesmos, emergindo, ao fim, apaziguados. O retrato talvez os ajude a aceitar o desaparecimento de Lizzi, mas talvez os faça perceber algo que Philipose já sabe: Elsie é uma artista do mais alto nível. Não *como* Raja Ravi Varma, mas muito melhor, porque tem estilo próprio. Seus retratos fazem a obra de Ravi Varma parecer achatada e sem vida, apesar da teatralidade de suas composições.

Em junho daquele ano, Philipose rompe a calmaria da noite com um grito de alegria que leva todos para perto do rádio: "Nehru está livre! Depois de novecentos e sessenta e três dias na prisão! São os ingleses admitindo que acabou".

Philipose permanece grudado ao rádio até tarde da noite. A América, a Irlanda e a Nova Zelândia se libertaram da Inglaterra no passado. Ele imagina os britânicos nas demais colônias — Nigéria, Burma, Quênia, Gana, Sudão, Malaia, Jamaica —, sentados junto a seus rádios, nervosos, pois a Grã-Bretanha logo perderá a joia da coroa, e o sol que nunca se põe no Império Britânico logo o fará. Negociações para uma Índia livre já estão encaminhadas. A estrada à frente é perigosa, pois Jinnah e a Liga Muçulmana querem um país separado para os muçulmanos, que constituem quase um terço da população indiana. Jinnah não confia no Partido do Congresso, dominado por hindus.

Elsie está lendo quando ele vai para a cama. Philipose lhe diz: "Como uma pequena ilha terminou governando metade do mundo? É isso que quero saber".

Ela põe de lado a cópia gasta de *Tom Jones*. Há dias o livro a tem consumido na hora de dormir. "O que *eu* quero saber", ela diz, "é o efeito que o safado desse Tom Jones teve no garotinho que leu esse livro."

"Bem", responde Philipose, "na verdade…", mas ela o silencia cobrindo os lábios dele com os dela. Ele tateia em busca do interruptor de luz.

Em agosto, no espaço de três dias, bombas atômicas arrasam Hiroshima e Nagasaki. Cem mil pessoas morrem na hora. A família Parambil se reúne para contemplar uma montagem do jornal com fotografias das duas cidades. De todas as terríveis imagens da guerra vistas em Parambil, nenhuma se compara àquela.

Mais tarde Philipose encontra Odat *Kochamma* sozinha, olhando a foto no jornal e chorando. Ele a abraça. Ela finge afastá-lo, mas se larga, desolada, contra seu peito. "Posso não ler, mas entendo mais do que você pensa, *monay*. Você acha que estou triste? Errado! Estas são lágrimas de alegria. Estou feliz porque sou velha, então serei poupada do que virá. Se podemos nos matar tão facilmente, então é o fim do mundo, não é?"

Ele tira o mapa-montagem da parede. A guerra havia sido um passatempo vergonhoso, mas agora ele já não é capaz de suportar o sofrimento catalogado naquele mapa. Elsie o observa, em silêncio. "Há coisas bem melhores para se lembrar desses últimos anos", ele diz. "Voltei pra casa, onde é meu lugar. Tornei-me escritor. Mas, acima de tudo, você entrou na minha vida. Essas são as recordações dignas de memória."

Chega uma carta de Chandy dizendo que está de partida para o bangalô nas montanhas, onde passará o verão; convida-os para uma visita. Elsie se anima. "Vai ficar tão úmido aqui, enquanto lá teremos névoas matinais no jardim…Você pode escrever. Eu posso pintar. Podemos fazer passeios, jogar tênis ou badminton. E também tem corridas de cavalo nos fins de semana, se é que elas te interessam. Você precisa conhecer a propriedade. Todo mundo está louco para conhecer você."

"Bem... Parece maravilhoso." Mas a verdade é que cada palavra dela o enche de ansiedade. Sente-se tonto e começa a suar.

"Escolheremos uma data, e pedirei que papai mande um carro, e..."

"Não!", ele diz. A expressão chocada de Elsie o constrange. "Quero dizer, vamos pensar um pouco, pode ser?"

Traços do sorriso de um segundo atrás agarram-se aos lábios dela, relutando em abrir mão da esperança. Alguém que toma notas febrilmente escutando rádio, lê até na mesa de jantar, compra mais livros do que as estantes suportam, com certeza um homem assim se mostraria ávido por explorar novos territórios, vivenciar coisas novas.

"Philipose... É bom que a gente saia de vez em quando. Ver um pouco do mundo." E acrescenta, de passagem: "Bom para nossa arte".

"Eu sei." Mas, se sabe, por que seu coração bate tão forte, e por que esse sentimento terrível de medo, como se não pudesse respirar? Ir para Madras, por mais breve que tenha sido a estadia, o dilacerou. Voltou e tomou posse de si mesmo, reconstruiu seu ser. No entanto, só agora, ouvindo Elsie falar, é que descobriu que a mera ideia de sair de Parambil evoca um terror semelhante ao afogamento. Parambil é sua terra firme, seu equilíbrio, e tudo mais parece água. E não se trata apenas de viajar para as montanhas; os rituais de clubes, festas, corridas vão desafiar sua audição. Pessoas que conhecem Elsie desde menina vão julgá-lo, o que só aumenta seus medos.

Elsie fica à espera de uma explicação. Os receios dele são irracionais, ele sente vergonha. Não consegue admiti-los sem se diminuir, sem parecer um fracasso completo como homem e marido. Seus pensamentos se debatem, fazem sua cabeça doer.

"Deixemos que o mundo venha até nós", ouve-se dizer, por fim, e seu tom lhe parece arrogante e agressivo. Elsie recua. Ele disse uma tolice, e sabe. Mas, como disse, está encurralado. Não há escapatória. "Tenho tudo que preciso aqui. Você não tem? Visito todos os lugares do vasto mundo pelo rádio."

A mulher que o adora olha-o fixamente como se não o reconhecesse.

"Philipose", ela diz, depois de um tempo — sua voz baixa o obriga a prestar muita atenção aos lábios dela. As mãos de Elsie se esticam com hesitação, como uma criança prestes a fazer um carinho num cachorro muito amado que está se comportando de jeito estranho. "Philipose, está tudo bem. Vamos de carro. Nada de barco, nada de rios para..."

Essa alusão à sua outra deficiência envergonha ainda mais seu ser encolhido, acuado e ansioso, e uma feia resposta defensiva e impulsiva borbulha e explode antes que ele possa contê-la. "Elsie, eu te proíbo", diz alguém que ele não reconhece, alguém que está usando seus lábios e sua voz. As palavras soam horríveis ao deixar sua língua. "Eu te proíbo de ir." Pronto. Falou.

As mãos dela recuam. Sua feição se paralisa. Ele a observa retirar-se para aquele lugar fechado para ele. Ela diz algo, ele não capta. "Elsie, o que foi?"

Ela se põe de frente para ele, de cabeça erguida. As palavras que ele lê em seus lábios e que também chegam a seus ouvidos não têm malícia, rancor, apenas tristeza. "Disse que verei meu pai."

Naquela noite, Elsie não vai para a cama. Quando ele a procura, encontra-a dormindo nas esteiras com as outras três, algo que só faz quando Bebê Mol não está bem e lhe pede. Seu orgulho não o deixa acordá-la ou arriscar-se a acordar a mãe. No jantar, quando Grande Ammachi lhe pergunta o que está acontecendo, ele finge não ouvir.

Os dias seguintes são esquisitos. Mas calar ainda é melhor do que confessar. Além disso, como alguém pode explicar racionalmente seus medos irracionais? Ele tenta uma nova persona sempre que está perto dela, como um homem experimenta uma camisa nova ou deixa crescer o bigode, na esperança de que o mundo (e sua esposa) o perceba de forma diferente. Mas nada funciona. Está na ponta de sua língua em todo momento que estão juntos: "Me perdoa, eu fui um idiota". Porém uma voz beligerante dentro dele o aconselha a não dizer aquilo, de outro modo ele terá de fazer concessões pelo resto de sua vida de casado. Quanto tempo durará aquela crise?

No fim das contas, não muito, pois Bebê Mol anuncia que um carro se aproxima. Meia hora depois, o automóvel e o motorista estacionam. Elsie, que deve ter enviado uma carta, entrega uma pilha de telas para o motorista e volta ao quarto para buscar mais. Philipose a segue, furioso, sem acreditar, o sangue pulsando-lhe nos ouvidos. Ela está fixando uma presilha nas tranças enquanto olha pela janela na direção da *plavu*…

Ele percebe. "Olha", ele diz. "Tudo isso é por causa dessa porcaria de árvore, não é? Vou cortar, já disse. Mas, caso você tenha se esquecido, proibi você de sair." Ela se vira para ele, calma, mas não parece surpresa nem abalada por suas palavras. Ele espera. Ela se mantém em silêncio, juntando pincéis e pentes. Sua reação o desmonta. Ele, imóvel, sente-se mais tolo a cada segundo.

"Então fique nesse quarto até mudar de ideia", ele declara, numa voz muito alta, e se retira, batendo a metade inferior da porta holandesa, mas como o ferrolho fica na parte de dentro, ele precisa esticar o braço por cima da porta para fechá-lo. Aquilo tudo só o faz parecer mais estúpido: o carcereiro que deixa as chaves dentro da cela. Ele fica ali parado, respirando pesadamente, e, quando se vira, dá de cara com a mãe, que correu tão logo ouviu portas batendo e o filho falando alto. Tenta contorná-la, mas ela não cede até que Philipose se explique. Ele balbucia incoerências sobre a árvore…

"Que bobagem! Corte essa árvore idiota. É horrenda", ela diz. Empurra-o para o lado e abre a porta. Antes de entrar, volta-se para ele, agora num tom de voz mais baixo. "E você não percebe que ela está grávida? Que estupidez a sua não ir com ela!"

Ele observa impotente a esposa partindo.

Ao longo da semana seguinte ele tem tempo de assimilar a notícia da gravidez de Elsie, a distância dela e a estupidez dele. Bebê Mol não lhe dirige a palavra. A raiva de sua mãe desaparece quando o vê lamuriar-se pela casa. "É bom que ela encontre a família. Eu bem queria ter tido essa chance quando jovem. Se a mãe dela estivesse viva, Elsie teria o filho lá. Por mais que você goste de casa, precisa sair mais, pelo bem dela."

Ele quer ir ao encontro de Elsie, mas não sabe se ela está na casa Thetanatt ou no bangalô, que ele não conhece. Escreve longas cartas penitentes para os dois lugares e espera. Quinze dias depois, ela lhe escreve uma nota breve e formal, sem qualquer referência às cartas dele. Está no bangalô nas montanhas e planeja permanecer mais uma semana, quando retornará com o pai para a casa nas planícies. E não diz nada mais.

Uma semana e um dia depois, ele viaja para a casa Thetanatt pela primeira vez desde o noivado. Dá graças a Deus quando os criados lhe dizem que Chandy e seu filho não estão em casa. Na sala de estar espaçosa, ele senta num pequeno sofá, de frente para aquele canapé branco, longo demais, com mais pernas do que uma centopeia. Uma das fotos emolduradas no alto da parede é um *memento mori*: a família em volta de um caixão aberto. Elsie, com seis ou sete anos, olhos vidrados, ao lado do irmão — como ele não havia reparado nessa foto antes? Aquilo agrava seu remorso.

Quando Elsie aparece, sua beleza lhe tira o fôlego. Ela senta de frente pra ele. À diferença dele, que andou insone e atormentado durante a breve separação, ela parece descansada, como se a distância lhe tivesse feito bem. A gravidez lhe traz certa plenitude ao rosto, um castanho profundo às maçãs e à ponta do nariz. Ela veste o mesmo sári coral e azul do noivado — é um bom sinal? Encara-o sem raiva, indiferente, tal como olharia para uma lagartixa na parede, perguntando-se qual será seu próximo movimento.

"Elsie, me desculpe." Ela não diz nada. Ele fica mortificado ao lembrar que no noivado, naquela varanda, ele prometeu compreendê-la e apoiar seu desejo de ser artista. E ele apoiou. Ele apoia. E, no entanto, ali está ele.

Ele tenta de novo. "E vamos ter um bebê! Se eu soubesse!" Ela não responde. Ele suspira. "Elsie, eu me comportei mal. Como um boi chutando a carroça." Suas palavras parecem entristecê-la, suavizando, talvez, sua expressão. "Elsie, você está bem?"

Ela encolhe os ombros e pressiona os lábios. Ele quer saltar do sofá e abraçá-la.

Ela olha para a cintura. Nada transparece. "Meu estômago se revira... Não suporto o cheiro de tinta. Estou trabalhando com carvão. Mas foi bom ficar com meu pai no bangalô. Ver velhos amigos."

"Elsie, você precisa ver o ateliê. O *ashari* terminou os armários de teca, lindos, para seus materiais. Botei todos no lugar. Está tão bonito."

Ele não diz que, nesse processo, viu como ela era prolífica. E que se sentiu uma farsa. Seus poucos centímetros de divagações são publicados em um jornal regional num idioma regional, ainda que a circulação seja grande. "Elsie, por favor, entenda, depois de Madras... coisas que me tiram da rotina me deixam inquieto, ansioso, especialmente o fato de conhecer um monte de gente nova; sempre me preocupo se vou conseguir ouvir o que dizem. Quando você me falou do convite de seu pai, naquele momento meu coração acelerou. Mas a pior coisa é que eu estava com vergonha demais para contar a verdade, então..."

"Tudo bem, Philipose", ela diz. Olha-o com pena e talvez um pouco de afeição. Ele se expôs diante dela. A agitação dele, sua confusão é o que de mais real ela tem dele. Ele imaginara que, quando se explicasse, ela talvez voltasse com ele para Parambil. Mas agora vê que, se ele a ama, precisa aceitar qualquer decisão. Ainda assim, se ela ao menos o deixasse se sentar a seu lado, segurar sua mão...

A criada traz uma limonada e Elsie oferece um dos copos ao marido, sentando-se ao lado dele. Ele suspira, seu alívio é tão evidente que deve comovê-la. Sempre que se sentavam assim, tão perto, havia uma atração magnética que os fazia se tocar, era inevitável. Talvez ela a sinta, pois se recosta nele e sorri. Ele busca a mão dela, e os dedos dos dois se entrelaçam. Philipose não se contém e solta um gemido com o fim das agonias do último mês.

"Elsie, me perdoe", pede. "Eu te amo tanto. O que posso fazer?"

Ela o olha com afeição, mas ainda hesitante, ainda com certa distância. "Philipose...Você pode me amar só um pouco menos."

48. Deuses da chuva

PARAMBIL, 1946-9

Bebê Ninan chega no ano da graça de 1946, como uma ventania de verão que brota de um céu sem nuvens, sem rumor de folhagem ou balouçar de roupas no varal.

Naquele dia, Grande Ammachi e Odat *Kochamma* estão na cozinha, uma espata de palmeira e lascas secas de coco crepitam nas brasas vermelhas. *"Yeshu maha magenay nenaku"*, *para você, Senhor Jesus, filho de Deus*, canta Odat *Kochamma*, mexendo a panela. Philipose foi ao correio.

"AMMACHI!"

A paz daquela manhã abençoada é quebrada pelo terror na voz de Elsie, vindo da casa principal. Encontram-na no umbral da porta do quarto, como se tentando impedir que a porta caia, suas mãos descoloridas de tanto de apertar a guarnição. O cabelo está solto, emoldurando uma face mortalmente pálida. A luz naquele dia é tão bonita, tão substancial que quase se pode apoiar nela, e disso Grande Ammachi vai se lembrar para sempre.

Entre dentes trincados, Elsie diz *"Ammay!* Mas é cedo demais!". Agarra-se à sogra quando uma onda de dor a abarca. Grande Ammachi sente algo molhado no chão e logo vê uma poça clara e espelhada: a bolsa estourou.

Numa voz calma, Grande Ammachi diz: *"Saaram illa, molay. Vesha-mikanda"*. *Está tudo bem, não se preocupe*. Mas nada está bem. Grande

Ammachi e Odat *Kochamma* trocam um olhar, e sem dizer uma palavra a anciã cambaleia em busca de linha e agulha. Ainda bem que há sempre água fervendo em alguma panela. Grande Ammachi leva Elsie para a cama, como se escoltasse uma menininha sonolenta, não a adulta muito mais alta que ela.

Enquanto lava as mãos, Grande Ammachi ouve o chamado de Elsie: "A*mmay!*". Não "Ammachi", mas "A*mmay*", pela segunda vez. O coração de Grande Ammachi se derrete. *Sim, agora sou a mãe dela. Quem mais haveria de ser?* Ela corre a tempo de ver a moleira de uma pequena cabeça. Odat *Kochamma* volta com uma panela de água.

Bem nessa hora, quase sem esforço, o bebê mais minúsculo que as duas já viram pousa na palma de Grande Ammachi, um montículo débil, molhado e azul.

As duas mulheres contemplam incrédulas aquele lindo menininho em miniatura, com uma história de vida ainda por se escrever… Mas ele chegou cedo demais ao mundo. É como um boneco de cera, o peito não se move. Mais uma vez, Grande Ammachi e Odat *Kochamma* trocam olhares, e esta última inclina-se rigidamente, esticando as mãos para trás por uma questão de equilíbrio, as pernas tortas plantadas com uma abertura maior do que o normal, e dirige um sussurro rouco para o pequenino caracol que faz as vezes de orelha: "*Maron Yesu Mishiha*". *Jesus é nosso Senhor.*

Com um arranque súbito, os braços se debatendo, o bebê chora. Ah, aquele choramingo agudo tão doce, tão precioso do recém-nascido, o som que diz que Deus existe e que, sim, ainda faz milagres. Mas é um choro fraquinho, quase inaudível. A cor do bebê não melhora muito.

Odat *Kochamma* corta o cordão umbilical. A placenta escorrega para fora. Vendo Elsie apoiada nos cotovelos, espiando o bebê, Odat *Kochamma* diz, zangada: "Meninos! Sempre apressados!". Grande Ammachi limpa o bebê com cuidado — não há tempo para o banho ritualístico. Ele pesa menos do que um coco pequeno. Descascado. Ela afasta a blusa de Elsie e põe a criança desnuda sobre seu peito, mais para cima, onde ele não parece muito maior do que um pingente grande, e cobre mãe e filho com um lençol. Elsie envolve o bebê timidamente, olhando-o com fascínio, medo e muitas lágrimas. "Ah, A*mmay!* Como ele vai sobreviver? Seu corpo está tão frio!"

"Ele vai se esquentar em você, *molay*, não se preocupe", diz Grande Ammachi, disfarçando a preocupação. Vê Bebê Mol no banco, despreocupada, tagarelando sozinha — ou com espíritos invisíveis que a deixam entrever o que está por vir. A calma de Bebê ou é um bom sinal ou um sinal terrível.

Bebê Ninan — é o nome que Elsie escolheu para o bebê — parece um coelhinho recém-nascido, as unhas malformadas e azuis, os olhos apertadinhos, a pele pálida contra a pele nua da mãe. Está tudo errado, pensa Grande Ammachi. Veio cedo demais, pequeno demais, azul demais, gelado demais, e o pai não está aqui. As palavras *"Maron Yesu Mishihal"* devem ser ditas ao pé do ouvido do infante por um sacerdote ou um parente do sexo masculino. O pensamento rápido de Odat *Kochamma* a impressionou: não havia tempo, e as duas estavam convencidas de que aquele rapazinho voltaria para os braços do Pai Celestial antes que o pai terreno voltasse do correio.

Os lábios de Elsie tremem, e ela olha ansiosa para as mulheres em busca de um sinal do que virá. Grande Ammachi diz: "Ele vai ouvir os batimentos de seu coração, *molay*. Vai se aquecer". Sem dizer nada, Odat *Kochamma* remove o anel de casamento de Elsie, raspa um salpico de ouro do interior, mistura-o numa gota de mel e com a ponta do dedo lambuza aquele mel de ouro nos lábios da criança, pois toda criança dos cristãos de São Tomé deve conhecer o sabor da sorte, ainda que brevemente.

Odat *Kochamma* intercepta Philipose antes que ele entre na casa. Ele ouve tudo com atenção, depois diz: "Elsie sabe que o bebê pode morrer?". Ela finge não ouvir.

Elsie sabe. Ele percebe ao ver seu semblante desabar quando ele entra no quarto. Pressiona seu rosto contra o dela e espia o filho. A força em suas pernas se evapora.

Três horas depois, Bebê Ninan ainda pertence a este mundo, a ponta de seus dedos menos azuis, sua respiração regular mas rápida, pulsando contra o corpo da mãe, que tenta lhe oferecer o peito, em vão: sua auréola é grande demais para o pequeno rosto, assim como o mamilo para a abertura da boca. Grande Ammachi a ajuda a derramar o primeiro leite, grosso e dourado, em um copo. "É sua essência concentrada. Muito boa para ele." Elsie mergulha o dedo no leite e leva-o à boca de Ninan; uma gota escorrega para dentro.

Grande Ammachi se oferece para segurar o bebê e liberar Elsie. "Não!", ela diz, abrupta. "Não. Ele viveu todos esses meses ouvindo os batimentos de meu coração. Vai continuar aqui, ouvindo." Segurá-lo não exige esforço, é como acalentar uma manga ao peito. Ainda assim, um delicado *sling* de musselina segura o bebê junto ao corpo de Elsie. Grande Ammachi cobre a cabeça do bebê com a mesma musselina.

Naquela noite, eles três guardam vigília. Elsie recostada na cabeceira da cama, Grande Ammachi ao lado e Philipose numa esteira no chão. Elsie não tira os olhos do filho. "Meu corpo mantém o bebê quente, como quando estava dentro de mim. A temperatura dele é a minha. Ele ouve minha voz, os batimentos de meu coração, minha respiração, como fez todo esse tempo. Não me ocorre melhor estratégia. É sua melhor chance de sobreviver." O lampião a óleo ilumina aquela vida nascente.

Elsie evita visitantes pelos dois meses seguintes. Caminha pela varanda, e Philipose a segue como uma sombra. Não sente vontade de ler ou de que leiam para ela, nem de desenhar: dedica cada tico de sua concentração àquela frágil obra-prima. Se um recém-nascido em geral empurra o pai para as margens da órbita da casa, esse puxa Philipose para o centro da família.

Certa noite, quando mãe e avó estão alimentando o bebê pelo laborioso método da ponta do dedo, Ninan abre os olhos, as pálpebras separando-se o suficiente para que ele veja o entorno e para que elas o vejam desperto pela primeira vez. Grande Ammachi acha os olhos do neto muito claros e luminosos.

Em dez semanas Bebê Ninan sinaliza que já não depende de seu ninho, agitando os membros, chutando; quando acordado, seus olhos agora passam mais tempo abertos do que fechados. Consegue até chupar o mamilo, ainda que apenas por breves períodos. Um dia ele cochila pela primeira vez em um corpo que não é o de sua mãe, mas de seu pai, sobre o peito peludo e confortável. As mulheres da casa rapidamente massageiam e besuntam Elsie com óleos, esfregam-na com casca de coco; depois ela vai mergulhar no riacho e se delicia com a água corrente. A jovem mãe logo corre para casa, refeita após semanas lavando o corpo por partes.

Grande Ammachi dá o primeiro banho em Bebê Ninan, depois elas o secam, agasalham-no e o colocam pela primeira vez na cama. Ele dorme. Pai e mãe deitam-se cada um de um lado do filho, acostumando-se a vê-lo separado do corpo da mãe. O bebê de repente estende os braços, como se, num sonho, caísse. Depois, o dedo indicador permanece estendido, uma bênção para os pais. Os dois trocam um sorriso feliz.

A louca paixão dos pais por Bebê Ninan lhes permite renovar o amor que sentem um pelo outro. É uma alegria para Philipose que Elsie tenha sempre um olhar todo especial para o pai de seu filho sempre que ele entra no quarto. Suas mãos se buscam, e, se não há ninguém por perto, ele a beija. O roçar dos lábios os enlouquecia, mas agora sinaliza um novo laço, e a paciência para protelar o outro impulso.

Sempre que recorda seu comportamento infantil diante do desejo de Elsie de visitar a propriedade do pai, Philipose se encolhe, envergonhado. "Aquele não era eu", diz um dia, sem razão alguma, quando Ninan está no colo da avó e os dois estão sozinhos. Ele dá um tapa num lado da própria cabeça.

335

"Aquele era outro, Elsie. Uma criança estúpida e medrosa que tomou posse de meu corpo e de meus sentidos. É a única explicação que tenho." Ela lhe lança um olhar indulgente.

Vez por outra Philipose olha pela janela e lembra da promessa fracassada. O fotógrafo veio e se foi, e a coluna do Homem Comum é agora ilustrada pela fotografia de Philipose em frente à árvore; Shamuel não se opõe. Mas, de alguma a forma, a *plavu* segue de pé. Felizmente, Elsie parece ter esquecido o assunto.

O montículo de barro azul que veio ao mundo de maneira tão precipitada compensa o tempo perdido. Seus movimentos incessantes e certa curiosidade precoce malaiala deixam todos convencidos de que ele próprio instigou sua chegada prematura; o bebê deve ter escalado os muros que o confinavam na cela aquosa, buscando uma saída. Agora, do lado de fora, retoma as explorações. Sua missão de vida é muito simples: SUBIR! Quando nos braços de alguém, tudo que deseja é subir para os ombros ou o pescoço da pessoa, valendo-se de orelhas, cabelo, lábios ou nariz como corrimão. Lança-se prontamente ao colo de qualquer um que queira pegá-lo, mas o que busca de verdade é locomoção e altura. O peito da mãe é seu lar, mas mesmo o mamilo que o sacia é atropelado por seu desejo de ser erguido, balançado e lançado para cima, mesmo se aquilo lhe faz arfar e ficar sem fôlego. Ele sorri e chuta, sinalizando: "De novo!".

Um dia, sem estardalhaço, Elsie entra no ateliê, e a partir de então retorna ao cavalete sempre que o bebê permite. Philipose nota que a última paisagem dela tem uma conexão frouxa com a realidade: como a água no arrozal pode ser da cor do gengibre ou o céu, verde-limão? Nuvenzinhas se enfileiram como vagões. Esse estilo primitivo exagerado é, de alguma forma, agradável. Além disso, cedendo às súplicas de Decência *Kochamma*, que promete respeitar as condições da artista, Elsie embarca na produção de seu retrato. Sempre que Philipose vê aquela dama corpulenta posando sentada, convence-se de que Decência *Kochamma* se vê como o próprio Mar Gregorios, faltando-lhe apenas o báculo, as vestes e a santidade.

Ninan não está muito interessado em caminhar, exceto como um meio de escalar. *Por que usar dois membros, se temos quatro?* é a filosofia dele. Quatro membros permitem-nos ascender. Em pouco tempo o baque surdo de um pequeno corpo desabando no chão duro torna-se familiar. Um breve silêncio é seguido por um choro de vida curta, feito mais de indignação do que de dor, e logo o escalador retoma as atividades. Shamuel diz: "Ele é como o avô, meio leopardo".

Grande Ammachi sabe que ele é como o avô e o pai também em outro aspecto: qualquer água que se derrame sobre sua cabeça o desorienta, põe seus olhos trêmulos derivando de um lado a outro. Ele sofre da Condição.

A avó convoca os pais a seu quarto e, espelhando os movimentos do falecido marido, desembala e abre a Árvore da Água — o nome que ele deu à genealogia. Na época do casamento, Philipose contou tudo para Elsie a respeito da Condição. Ela não se preocupou, e, além do mais, já ouvira rumores aqui e ali. "Toda família tem alguma coisa", Elsie dissera. O que havia na família dela? "Bebida. Meu avô. Meu pai. Meus tios. Até meu irmão."

Agora Grande Ammachi conduz Elsie pela genealogia. "Você só precisa ter cuidado com Ninan quando houver água por perto. Não precisa ensiná-lo a evitar. Ele não vai querer saber de água. A não ser que seja como seu marido, que lutou para aprender a nadar — felizmente, a certa altura, desistiu." Philipose não diz nada. Nunca se preocupou com a própria segurança como se preocupa agora com a segurança do filho.

Perto da meia-noite de 14 de agosto de 1947, ouve-se a voz do primeiro-ministro Jawaharlal Nehru no rádio; são as palavras mais empolgantes que saíram daquele aparelho desde que começou a funcionar. Naquele mesmo dia, mais cedo, nascera o Paquistão. "Muitos anos atrás", diz Nehru num inglês britânico, "marcamos um encontro com o destino. Quando der meia-noite, quando o mundo adormecer, a Índia despertará para a vida e para a liberdade".

Mas o despertar da Índia prova-se sangrento. Vinte milhões de hindus, muçulmanos e siques são forçados a se desenraizar das terras onde suas famílias viveram por incontáveis gerações. Muçulmanos fluem para a recém-formada nação paquistanesa, enquanto hindus e siques, que descobrem que já não estão na Índia, rumam em direção a ela. Trens lotados com refugiados são atacados por gangues da religião oposta. Turbas sanguinárias esmagam crânios de crianças, estupram mulheres e mutilam homens antes de matá-los. A vida e a morte de um homem e de sua família depende da presença ou da ausência de um prepúcio. Philipose lembra da viagem de trem, retornando de Madras, e de Arjun-Kumar-Ferrovias, o cheirador de tabaco, louvando como todas as religiões, todas as castas se davam bem dentro de um vagão. "Por que não é assim fora do vagão? Por que não vivemos em paz, todos juntos?"

No sul da Índia, particularmente em Travancore, Cochim e Malabar, vive-se em *paz*. A violência do norte parece acontecer em outro continente. Os muçulmanos malaialas, cujas linhagens remontam aos mercadores da Arábia que navegaram para a Costa das Especiarias nos *dhows*, não têm por que temer os vizinhos não muçulmanos. Geografia é destino, e a geografia compartilhada da Costa das Especiarias, e o idioma malaiala, une todos os credos. Mais uma vez, a fortaleza dos Gates Ocidentais, que repeliu invasores e falsos profetas por séculos a fio, poupa-os do tipo de loucura que leva ao genocídio. No caderno, Philipose escreve: "Ser malaiala é em si mesmo uma religião".

Pouco antes de Bebê Ninan completar dois anos, um envelope selado com cera chega para Elsie, encaminhado da casa Thetanatt. *Retrato de Lizzi* foi aceito para a exposição do Fundo Nacional em Madras. Os olhos de Elsie brilham de orgulho.

Philipose diz: "Não sabia que você estava concorrendo".

"Não fazia sentido contar. Eu participo desde os catorze anos. O homem que vende o chá de meu pai em Madras me inscreve — ele gosta de meu trabalho. Porém até hoje sempre rejeitaram minhas obras." Ela olha para o esposo com uma expressão cheia de malícia. "Este ano, em vez de 'T. Elsiamma', pedi que me inscrevesse como "E. Thetanatt.""

"Isso fez diferença?"

Ela dá de ombros. "Os juízes são homens. Vão pensar que sou homem também. Mas, enfim, preciso enviar outras obras para acompanhar o *Retrato de Lizzi*. Não tenho muito tempo."

"Bem… Isso é incrível. Estou tão orgulhoso", Philipose se esforça para dizer.

Ela o abraça, e o aperto é tão forte que ele perde o fôlego. Com atraso, percebe que deveria tê-la abraçado primeiro.

Philipose fica feliz por Elsie, mas se envergonha ao reconhecer que aquela notícia o perturba. Será por ter usado o nome de solteira? Não é isso. Ele lembra de todas as vezes que se lamentou pela recusa de seus manuscritos, ficava abatido por dias a fio. Por sua vez, Elsie não acha sequer que valha a pena mencionar quando suas obras são rejeitadas.

Elsie continua a contemplá-lo de modo sonhador, perdida em pensamentos. Com mesquinhez, ele diz a si mesmo que ela está imaginando suas obras na exposição e vencendo o prêmio principal. No entanto, equivoca-se.

"Philipose, eles não pedem que os artistas compareçam à exposição. Mas e se a gente fosse para a abertura? Passamos um tempo em Madras, só nós. Grande Ammachi pode cuidar de Ninan. Não vai ser empolgante pegar o trem de novo, na direção oposta?"

O marido se volta para ela pálido, incapaz de ocultar sua angústia. O suor logo lhe brota na testa. Ela percebe, e ele confessa. "Elsie, prometi ir com você para a propriedade de seu pai e posso ir na hora que você quiser. Ou para qualquer outro lugar. Basta dizer. Mas Madras? Meu coração pula só de ouvir esse nome. É algo que me afeta fisicamente. A cidade onde fui derrotado e humilhado. Onde me mandaram fazer as malas."

"Eu também, por isso estava naquele trem. Mas dessa vez estaremos juntos."

"Querida", Philipose diz. Ele quer agradá-la, mas sua garganta parece estar se fechando, e o suor escorre por seu rosto. "Estou tão orgulhoso de você. Por favor, entenda. Vou para qualquer lugar a seu lado. Kanpur, Jabalpur, qualquer-*pur*. Só para Madras que não."

"Foi só uma ideia", ela diz. Contudo, a nota desolada em sua voz rouca o fisga como um anzol, enchendo-o de vergonha. O antídoto para esse sentimento é a indignação, a raiva cheia de razão. Felizmente, dessa vez ele se reprime; sabe que aquelas emoções não se justificam. Teme retornar à Madras, e não pode escondê-lo. Mas tem mais medo de perdê-la, medo de que ela perca o interesse por ele.

Naquela noite, atipicamente, Ninan sobe no peito de Elsie e fica quietinho, colado ali, as pernas dobradas até que ele adormece, lembrando o pai e a mãe do tempo em que vivia acoplado naquele corpo. Ela diz: "Seria um choque para ele se eu me ausentasse, mesmo por uma noite. E eu sentiria falta dele também". Ela olha para Philipose, travessa. "Você sentiria minha falta se eu fosse sozinha?"

"E como! E ia me torturar de ciúme imaginando você apreciando tabaco com algum estranho. Provavelmente saltaria no primeiro trem atrás de você."

Ela sorri e olha para Ninan. "Bem, se tivéssemos ido, pelo menos sentiríamos falta dele juntos. E poderíamos substituir nossas lembranças dolorosas naquela cidade por novas recordações."

Philipose diz: "Eu sei. Mas vamos conhecer outra cidade primeiro. Madras pode ficar para quando eu me sentir mais forte".

Seis semanas depois, quando ele deita na cama e apaga a luz, Elsie diz: "O motorista de meu pai trouxe uma carta hoje. Você tinha saído com o Senhor Melhorias. O *Retrato de Lizzi* ganhou medalha de ouro na exposição em Madras. E o retrato de Decência *Kochamma* ganhou uma menção honrosa".

Ele salta da cama. "Quê? E você só me conta agora? Vou acordar a Ammachi…" Elsie põe um dedo sobre os lábios dele e insiste que tudo pode esperar até o amanhecer.

A notícia sai no *India Express* no dia seguinte. O repórter pergunta por que levou tanto tempo para que as habilidades da artista fossem reconhecidas. Ao usar um nome que não revelava seu gênero, Elsie ganhou a medalha de ouro. No entanto, quando assinou Elsiamma, alguns daqueles trabalhos foram rejeitados no ano anterior pelos mesmos juízes (A fonte do repórter é o amigo de Chandy, apoiador fervoroso de Elsie: o chefe da corretagem de chá em Madras, aquele homem que inscreveu seus trabalhos.) Três dos quadros de Elsie foram vendidos na abertura. O *Retrato de Lizzi* alcançou o melhor preço no leilão. No dia seguinte, os jornais malaialas citaram a reportagem do *Express*.

Quando Ninan faz três anos, o Senhor Melhorias especula que talvez o garoto venha a ser um político do Partido do Congresso, pois ele visita regularmente todas as casas de Parambil. Ama compota de manga, mas come tudo que é lhe oferecido, um apetite tão impressionante que as pessoas se perguntam se ele passa fome em casa. Felizmente não manifesta nenhuma vontade de nadar. Tem os olhos voltados para as alturas: o topo do guarda-roupa, o alto do palheiro, a pilastra central do telhado. O ponto mais elevado em que já esteve até agora foi o lombo de Damodaran, que o ergueu e o entregou a Unni, que estava à espera. O príncipe está proibido de buscar o cálice sagrado de todas as elevações: o topo da palmeira cujas frondes garantem o vinho de palma e a sobrevivência de quem as colhe. Emulando seus heróis, ostenta um cinto de pano dentro do qual enfia um osso desidratado e um graveto que fazem as vezes de faca. Ninan tem uma jovem *pulayi* cujo único trabalho é mantê-lo o mais próximo possível do nível do mar. Certa noite, a família está sentada na varanda quando vê boquiaberta Ninan escalando a pilastra da varanda, as solas espalmadas contra a superfície lisa como os pés de um lagarto, enquanto suas mãos, agarrando-se à parte de trás da pilastra, garantem um contrapeso. Antes que possam reagir, ele já sorri entre as vigas.

Certa manhã, ao retornar do correio Philipose encontra Elsie na cama, o olhar ansioso e a pele queimando. Ele a massageia com panos molhados para baixar a temperatura. Pelos dias seguintes a febre não cede, o que sugere à família uma possível febre tifoide. A algum custo, Philipose aluga um carro e traz um médico que trabalha a uma hora de distância de Parambil. O diagnóstico é confirmado. Não há tratamento específico, ele diz, mas Elsie deve melhorar.

Philipose cuida sozinho da esposa, dispensando toda ajuda. Descobre que sua melhor versão — a melhor versão *deles* — vem à tona quando ela depende dele, como agora. O amor não deveria sempre ser assim, como as duas pernas da letra A? Quando ela está absorta no trabalho e não se apoia nele, Philipose se sente sem equilíbrio, instável.

Lá pela terceira semana da doença, Elsie esboça alguma melhora. Toma um banho de verdade com a ajuda de Philipose, mas depois se sente tão fraca que ele tem de carregá-la para a cama. Elsie aperta a mão dele e não solta. Seu dedo roça a depressão atrás do polegar de Philipose, entre os tendões do pulso. O rosto dela se abre num sorriso bobo. "Só uma leve fungadela", diz, acariciando o vão da "tabaqueira anatômica".

"Precisamente dois espirros virão", ele diz. "A não ser que venham mais." Ela ri baixinho, e ele lhe beija a testa, sentindo uma onda de ternura e uma forte necessidade de dar vazão a suas emoções imaturas. Mas, ele sabe, é nesses momentos que ele se mostra mais perigoso para si mesmo.

Ela pergunta por Ninan, que eles têm mantido longe, para segurança da criança. "Ele subiu em cima do barracão dos bodes de Decência *Kochamma* e roubou as mangas dela", diz Philipose. "Ela não ficou nada feliz. Disse que ele era bode da cintura pra cima e macaco da cintura pra baixo. O que nos toca de um modo nem um pouco lisonjeiro." Elsie ri, depois estremece. Sua barriga está dolorida. Ela abre os olhos para olhar o marido, que pousa a cabeça na dela, de forma que os dois se olham vesgamente, sorrindo como crianças bobas.

Que nome ele pode dar a essa energia que paira pelo quarto, unindo-os? Queria tanto poder engarrafar esse elixir que a doença deixou tão potente. É possível amá-la mais? Ou sentir-se tão valorizado quanto se sente agora? Que nome dar a isso, senão amor? Um pouco mais tarde, Elsie chora. Estará pensando na mãe, levada por essa mesma doença quando a filha não era muito mais velha do que Ninan? Ele sente uma necessidade desesperada de reconfortá-la.

"O que é? O que posso fazer por você, Elsiamma? Me diga. Qualquer coisa…"

"*Idiota! De novo!*" Ele fica envergonhado. Prestes a falar, ela desiste. Ele espera. A vitalidade que havia no quarto desaparece, deixando apenas tristeza em seu rescaldo.

Ela olha pela janela.

"Ok." Ele diz, teatral. "Eu prometo. É o fim da árvore. Sem mais desculpas." Os olhos dela se fecham. Era mesmo esse o significado daquela mirada pela janela? Em todo caso, ele fez uma promessa. De novo. E não vai decepcioná-la.

* * *

Nos primeiros dias de junho daquele ano, 1949, a casa está irritadiça. Nervos à flor da pele são um sintoma pré-monção que aflige toda a costa ocidental da Índia. Colunistas escrevem artigos rabugentos que reelaboram artigos rabugentos anteriores sobre essa irritabilidade, cuja única cura é a chuva. A monção sempre chega no dia primeiro de junho, e já estamos no quinto. Os agricultores pedem que o governo faça alguma coisa. Multidões se organizam para rezar. Em Mavelikara uma mulher corta a cabeça do marido com quem viveu por vinte e cinco anos. Ela disse que o bom humor e a loquacidade dele a exasperaram.

Nesse período, com pouco trabalho para os *pulayar*, Philipose encarrega Shamuel de cortar a árvore. O ancião ouve as instruções e se retira, confuso.

Philipose vê Shamuel retornar com uma equipe de *pulayar*, Joppan, inclusive, que ele raramente encontra. Sempre vê a mulher dele, Ammini, trabalhando com Sara, tecendo painéis de palha, mas quase não o vê. Ouviu dizer que o amigo reformou sua casa, trocou as paredes de palha por madeira e botou um piso de cimento que se estende até o terraço. O ramo das barcaças está a todo vapor de novo. Agora é Ammini quem varre o *muttam*, e é paga para isso.

"Primeiro, retirem as jacas. Cada um pode pegar uma", diz Shamuel para a equipe. Ele se acocora para assistir, com Sara a seu lado. Os homens vão tirando aquelas orbes pesadas e espinhentas. "Ainda bem que esses frutos crescem rente ao tronco", diz Shamuel. "São como pedras! Cocos caindo já são perigosos, mas uma *chakka* pode matar. Veja meu dedão do pé se acha que estou de brincadeira. Você sabe, não é?"

Sara faz que não o escuta e levanta sem dizer uma palavra. Shamuel foi urinar atrás de uma jaqueira, buscando privacidade, pois havia mulheres por perto. Acabara de colocar o pênis para fora e olhava para baixo. Na idade de Shamuel, para que as coisas comecem a fluir, é preciso tossir, cuspir, imaginar cachoeiras, encostar a mão em algo ou olhar para cima. A história dele sempre termina com "Se eu estivesse olhando para o meu pinto, teria sido o fim. Se eu não tivesse olhado pra cima, não estaria falando com você agora!" Ele teve tempo de esquivar a cabeça, mas a jaca caiu em cima de seu dedão.

Enquanto se afasta, Sara pensa: *Por que os homens olham pra baixo? O troço não está sempre lá? Ele não sai caminhando por aí. Só mire e atire!* Ela volta para junto de Ammini para terminar o painel de palha e lhe diz: "Aquele homem é a minha vida. Mas, se ele repetisse aquela história da *chakka*, eu terminaria o serviço que a *chakka* começou".

* * *

Uma vez colhidos os frutos, Shamuel orienta os homens a amputar cada galho perto da origem, "só um pouquinho depois dos ombros". Eles o olham sem entender. Seu sobrinho, Yohannan, pergunta: "Por que não cortar a árvore toda de uma vez?".

"*Eda Vayinokki!*", Shamuel diz. *Intrometido!* "Quem é você para fazer perguntas? 'Por quê?' Porque o *thamb'ran* pediu. Não basta?"

O que há de errado com Yohannan?, pensa Shamuel, irritado. *Ele acordou e esqueceu o que é ser um de nós?* Mas na verdade nem ele entende por que a árvore tem de ser cortada desse jeito. E daí? Quantas coisas ele já fez só porque o *thamb'ran* assim pediu? É só isso que importa.

Os homens decepam cada galho com suas *vakkathis* afiadas, atacando a madeira de um lado e de outro, até o galho tombar, sobrando uma ponta aguda, um coto afiado. Desses cortes brota seiva, que eles prontamente coletam com cabaças. As crianças usam a seiva como visgo para caçar passarinhos, uma prática cruenta, na opinião de Shamuel. Mas é uma cola excelente para calafetar sua velha canoa. Quem diria que a essa altura de junho ainda se pode calafetar uma canoa? Salpicos de seiva branca pontilham a pele dos homens e grudam-se às *vakkathis*. Será preciso passar óleo e raspar um bocado com casca de coco para limpar as lâminas e os punhos daqueles machetes.

"Essa madeira é boa", Shamuel grita. "Deixem só um galho para mim, vou fazer um remo. Não é uma madeira fácil, mas sabendo tratar brilha que é uma beleza. Podem levar e fazer o que quiserem. Vendam para o *ashari* se são preguiçosos, que me importa?"

Em pouco tempo o ar está tomado pelo cheiro nauseante de jaca madura. Quando os trabalhadores se vão, Shamuel e Joppan contemplam o que sobrou: um tronco alto e grosso, com braços e dedos que parecem adagas. Uma deusa maligna. Joppan diz, com amargura: "Isso é uma estupidez. Não deviam permitir a posse da terra a quem não sabe o que fazer com ela". Retira-se antes que o pai, pasmo, possa responder.

Do quarto, Philipose observa tudo. Talvez Elsie considere aquele tronco uma espécie de escultura, um candelabro com uma dúzia de membros pontudos e curvos. Mas ele sabe que está se enganando. O que sobrou é um espantalho desagradável, cravando as unhas no céu. Esse meio-termo foi a solução que encontrou para iluminar o quarto, preservando seu talismã. O resultado, porém, é feio e constrangedor, como a nudez de um velho. Era melhor cortar tudo. Shamuel está ali, sozinho, e Philipose está prestes a gritar

"*O'Shamuel'O! Mande cortarem tudo*", quando vê Joppan ao lado do pai. O orgulho impede que as palavras saiam de sua boca. Aquilo só o faria parecer ainda mais tolo.

O quarto *está*, de fato, mais claro, a luz chega a revelar uma teia de aranha a um canto. Elsie estava certa: a árvore obstruía a vista. E o que é isso que ele vê agora? Inclina-se para conferir melhor. Uma mudança no céu? Não há nuvens, mas o tecido azul tem uma textura diferente. E há também um novo aroma no ar. Será que é?

Philipose sai. César late. Uma lufada de vento sopra seu *mundu* entre suas pernas. Um bando de pássaros dá um rasante no ar. Se ele estivesse na praia em Kanyakumari, talvez tivesse visto a grande monção sudoeste assomando na véspera, refazendo um caminho que nos tempos antigos trouxe romanos, egípcios e sírios a essas praias.

Evita olhar para a *plavu* amputada. Cruza o pasto, até chegar ao dique elevado na margem dos arrozais que se estendem na distância, oferecendo uma vista desobstruída do céu e um horizonte de copas de palmeiras. Outros se juntam a ele, os rostos tensos por antecipação. Esqueceram-se de que a monção os confinará por semanas a fio, inundará os arrozais ressecados, se infiltrará pelos telhados, depauperando os depósitos de grãos; tudo que sabem é que seu corpo, como o solo seco, anseia pela chuva; suas peles descamadas têm sede. Assim como os campos ficarão de pousio, também o organismo precisa descansar para ressurgir renovado, lubrificado e maleável.

No alto do céu, uma ave de rapina que parece imóvel, as asas desfraldadas, surfa o vento constante. O céu à distância está avermelhado e mais escuro. Um relâmpago provoca uma onda de excitação entre os observadores. Apreciam esses minutos antes do dilúvio, esquecendo-se de que logo estarão com saudade do tempo em que as roupas secam direito e não têm aquele cheiro bolorento e mofado de coisa do século passado; amaldiçoarão também as portas e gavetas que emperram como um bebê mal posicionado. Por ora essas memórias estão enterradas. O vento sopra errático, e Philipose se esforça para se manter equilibrado. Um pássaro desorientado tenta voar na ventania, que lhe ergue uma ponta da asa e o despacha rodopiando.

Agora Shamuel está ao lado dele, a pele salpicada de seiva branca, sorrindo para o céu. Por fim, uma escura montanha de nuvens se aproxima, um deus negro — ah, homens de pouca fé, por que duvidaram do meu advento? Parece estar a quilômetros, mas já assoma sobre eles, pois é a chuva, a chuva abençoada, a chuva lateral, a chuva que vem de baixo, a chuva nova, da qual não se pode fugir, contra a qual nenhum guarda-chuva serve de proteção. Philipose segue olhando para o alto, mesmo quando Shamuel o encara, sorrindo, murmurando: "Mantenha os olhos abertos!".

Sim, velho, sim, fiquemos de olhos abertos para esta terra preciosa e sua gente; de olho no pacto da água, água que lava os pecados do mundo, água que se congregará em riachos, lagos e rios, rios que correm para os mares, água na qual jamais entrarei.

Ele corre para casa, Shamuel em seus calcanhares, pois há um ritual ainda mais importante. Afluem pessoas das outras casas, todos chegam a tempo.

Depois de uma última olhada no espelho, Bebê Mol segue para a varanda da frente — uma criança baixinha, os ombros para trás, embora vá ficando mais corcunda a cada ano, o traseiro balançando de um lado a outro, como um contrapeso para as pernas. Uma vez que sentiram o cheiro de chuva, Grande Ammachi tratou logo de adornar o cabelo de Bebê Mol com laços e jasmins, vestindo-a apressadamente com sua roupa mais especial: a saia azul brilhante de bainha dourada e um meio-sári de seda que se enrola por sobre a blusa dourada, preso ao ombro. Elsie pintou um grande *pottu* vermelho no centro da testa de Bebê Mol e aplicou *kajal*, o que lhe dá uma aparência mais madura.

Bebê Mol sorri, tímida, ao ver o público se aproximar, seus amigos e familiares juntos para assistir à dança das monções. Sente o peso da responsabilidade: depende dela a constância das chuvas. Essa tradição começou na infância de Bebê Mol, e, como ela sempre será uma criança, a tradição continuará. Ela vai ao *muttam*, os espectadores lotam a varanda ou, no caso dos *pulayar*, recostam-se na parede, sob o beiral.

Ela começa a gingar, bate palmas para marcar o ritmo, arrasta o pé. À medida que se aquece, o milagre ocorre: os passos deselegantes e truncados se tornam fluidos, e logo todas as suas limitações — a corcunda, a baixa estatura, as mãos grandes e os pés largos — se dissolvem. Vinte pares de mãos batem palmas com ela e a celebram. Ela lança os braços ao céu, convocando as nuvens, arfando do esforço, distribuindo olhares aqui e ali. É o *mohiniyattam* de Bebê Mol, e ela é a *mohini* — a encantadora —, rebolando, telegrafando uma história com os olhos, o semblante, os gestos das mãos e a postura dos membros. Seu *mohiniyattam* é telúrico, próximo do chão, indisciplinado e autêntico. O suor se mistura às gotas de chuva na seriedade da dança. Cada espectador deve intuir a mensagem que há nessas rotações, mas os temas são o trabalho duro, o sofrimento, a recompensa e a gratidão. *Quanta sorte*, diz a mensagem à Philipose, enquanto cai a chuvarada. *Quanta sorte! Sorte de poder julgar a si mesmo nessa água. Sorte de poder purificar-se sempre e sempre...* Quando a dança se encerra, tudo está feito: Bebê Mol lhes assegurou o pacto, a monção lhes jurou lealdade, a família está segura e tudo no mundo está bem.

49. A vista

PARAMBIL, 1949

Um dia depois do começo da monção, Bebê Mol está inexplicavelmente inquieta e infeliz; não senta no banco, caminha de um lado a outro, sem apreciar o aguaceiro, como de costume. Temem que esteja doente, que seus pulmões e o coração sobrecarregado a estejam incomodando. Ela deita com Elsie, que massageia suas pernas, enquanto Grande Ammachi lhe ampara a cabeça. Ninguém acredita que ela tenha quarenta e um anos; nem um pouco bebê, mas ainda assim sempre bebê. Grande Ammachi implora: "Diga-me o que há de errado", porém ela apenas geme e chora, inconsolável, por vezes respondendo com raiva para o fantasma que lhe sussurra coisas no ouvido.

À noite, marido e esposa estão deitados na cama, ouvindo os céus se esvaziando sobre Parambil, Ninan adormecido ao lado de Elsie, Philipose abraçado à esposa, ambos preocupados com o que anda perturbando Bebê Mol.

Na manhã seguinte, há uma estranha trégua e os céus se abrem. O sol sai. As pessoas se arriscam a sair com cautela, incertas de quanto tempo durará aquilo. O Senhor Melhorias se apressa para colher a assinatura de Grande Ammachi em um formulário de um recurso para redução de impostos. Georgie e Ranjan decidem que aquele é o momento de conversar com Philipose sobre um arrendamento com pagamentos atrasados. Shamuel e outros também se reúnem atrás da cozinha; vieram buscar o ordenado e receber sua cota de arroz, como é o costume no início da monção. Joppan também se aproxima, vindo de sua cabana. Odat *Kochamma* leva as roupas lavadas para pendurar no varal, pessimista em relação à probabilidade de qualquer coisa secar. Tão logo termina a tarefa, uma bela garoa começa a cair. Ela resmunga contra os céus, diz que ele deveria se decidir.

É quando um grito rompe a calmaria, um som tão terrível que suspende a garoa. Philipose, na escrivaninha, sabe de imediato que vem do quarto adjacente, dos lábios de Elsie, embora nunca tenha ouvido um som como aquele antes, um berro violento de horror que lhe gela o sangue. O marido é o primeiro a alcançá-la.

Elsie agarra-se à guarnição da janela, ainda gritando. Philipose acha que ela foi picada por uma cobra, mas não vê nenhum sinal do bicho. Ele segue o olhar da esposa pela janela até a *plavu* desnuda. O que vê ali traz-lhe bile à boca.

Bebê Ninan. Suspenso de cabeça para baixo, o rosto pálido, exangue, congelado numa expressão de surpresa, o corpo entortado de um jeito que desafia os sentidos.

Um dos galhos pontudos amputados da árvore cresce de dentro de seu peito; o sangue coagulado ao redor da ferida forma uma franja irregular.

Philipose, aos gritos, corre e sobe na árvore, sentindo as pernas escorregarem na casca molhada, friccionando as bochechas contra o tronco ensopado, ferindo as mãos ao escalar — como Ninan chegou ali em cima? Movido por adrenalina e desespero, agarra um toco afiado, encontra um e outro apoio para os pés até alcançar o filho. Tenta soltá-lo. Shamuel, que estava perto do quarto de Philipose quando ouviu os gritos, agora também trepa na *plavu*, desafiando sua idade, esforçando-se atrás do *thamb'ran*. Joppan chega a tempo de ver o pai alcançar Philipose. O corpo do velho, da cor da casca da árvore, pressiona-se contra o de Philipose, que pode sentir o hálito quente com cheiro de nozes-de-betel e *beedi* enquanto, juntos — e é preciso que sejam duas pessoas —, puxam Ninan, precisando primeiro desacoplá-lo do toco. Soerguem-no, e, com um som viscoso nauseante, o torso se liberta.

O corpo desliza das mãos deles para as de Joppan e as muitas outras que esperam lá embaixo, e Ninan é depositado no chão, flácido e imóvel, a coluna em um ângulo torto, a chuva agora caindo sobre o corpo inerte e sobre todos. Shamuel desce da árvore, e, quando se afasta, Philipose, não se dando ao trabalho de descer com cuidado, simplesmente se lança lá do alto da árvore, tombando fortemente contra o chão e gritando da dor excruciante que lhe atravessa os tornozelos assim que seus calcanhares afundam na terra. Contudo, já no instante seguinte todos o veem curvado sobre o filho, gritando, sua voz ecoando pelos campos e entre as árvores. "*Ayo! Ayo! Ente ponnu monay! Meu bebê precioso! Monay!* Ninan! Fale comigo!", grita, recusando-se a aceitar o que os olhos lhe mostram, surdo aos gritos de Elsie e de Grande Ammachi e dos outros ao redor; surdo ao choro, aos golpes que alguns dão no próprio peito, aos ruídos dos vômitos. Não ouve nada disso, pois o tronco de Ninan é o mundo solapado, um poço escuro de horror, o centro de um universo que traiu uma criança; traiu a mãe, o pai e a avó, e todos que o amam. Tudo que pertencia ao pequeno corpo — a respiração, o pulso, a voz e o pensamento — se foi e está morto, mais do que morto.

Philipose recolhe seu menino partido. Quando mãos tentam impedi-lo, bate-se contra elas e as afasta. Aninha o filho nos braços, um lunático que pretende correr para dentro da escuridão das nuvens de monção. E, se não para aquelas nuvens curativas, para onde correrá? Para um homem de tornozelos quebrados que busca ajuda para o primogênito, o hospital mais próximo é mais longe do que o sol.

Shamuel e Joppan trotam atrás dessa figura enlouquecida, a mão do rapaz em volta da cintura do amigo de infância, em volta da criatura cambaleante que grita, como se uns decibéis a mais pudessem despertar o que jamais despertará de novo: "*Monay*, não nos deixe! *Monay, ayo Ninanay!* Espere! Pare! Me ouça! *Monay*, perdão!".

Os homens de Parambil — tios, sobrinhos, primos, trabalhadores —, convocados pelos lamentos, seguem a trilha de sangue, enfileirando-se atrás do pai e do filho morto. Duzentos metros adiante, Philipose ainda cambaleia, um bêbado de tornozelos moles, o pé esquerdo virado para dentro, caminha e chora, e os homens também choram, homens feitos, cercando-o, mas não se atrevendo a detê-lo, uma marcha contida ao longo do pai que pensa que corre quando mal se move, e por fim se detém no mesmo lugar, trêmulo como um ancião.

Seus tornozelos cedem, e os homens o amparam; os braços fortes de Parambil depositam seu irmão com cautela na terra, sobre os joelhos, enquanto ele ainda se agarra ao fardo terrível que tem nos braços. Philipose, voltando a face aos céus, grita, suplica a Deus, qualquer Deus. Deus se cala. Chuva é o melhor que os céus conseguem oferecer.

É Shamuel, o mais velho e o mais nobre desses homens, agachando-se docemente ao lado de Philipose, quem tem a coragem e a autoridade de desembaraçar a criança das mãos ensanguentadas do pai. Ele cobre o menininho com o próprio *thorthu* desfraldado, e de alguma forma esse pano desbotado, utilitário, transforma-se num sudário sagrado, a materialização do amor do velho. Shamuel acolhe o corpo do pequeno *thamb'ran* nos braços, aninha-o com cuidado, amorosamente, seus velhos ossos rangendo ao erguer--se; Ranjan, Georgie, o Senhor Melhorias, Yohannan e dez outros ajudam o velho Shamuel a se levantar, todos eles irmãos, todas as barreiras de casta e costume apagadas na solidariedade imposta pela morte, enquanto Joppan, sozinho, cuida do pai despedaçado, põe-no de pé, enfia a cabeça por baixo de seu braço, envolve sua cintura e o apoia, praticamente o carrega, enquanto o amigo manca sobre tornozelos quebrados.

As mulheres, tomadas de dor, recuaram para a varanda de Parambil, chorando, lamuriando-se ou soluçando em silêncio, tapando a boca com panos. Elsie está de joelhos, as mãos no peito, enquanto Grande Ammachi se agarra a uma pilastra; Odat *Kochamma*, silenciosa e ritmicamente, bate no próprio peito, ora com um punho, ora com o outro, o rosto para cima, e todas esperam. A última coisa que viram foi Philipose cambaleando pela estrada, os pés grotescamente tortos, a forma morta do filho nos braços; tinham esperança, contra toda esperança, de que, de alguma forma, quando não fossem mais vistos, o pai, ou Deus, ou ambos, pudessem operar algum milagre, consertar o menino quebrado, reaver o que estava perdido.

Toda esperança é destruída assim que as mulheres veem a falange de pais e filhos regressando, um muro de homens fortes, de bigodes, os braços sobre os ombros uns dos outros, irmãos no sofrimento, caminhando como um só, aos soluços ou com olhos secos, mas cada rosto distorcido pela perda, se contorcendo de dor, raiva, choque e ira. Com eles vai o pai despedaçado, um louco, um braço sobre o ombro de Joppan, cujos músculos se retesam e tensionam sob seu peso, até que Yohannan se enfia por debaixo do outro braço de Philipose.

No centro da falange está Shamuel, quase nu, vestindo apenas sua tanga suja de lama; seu *mundu* ficou perdido na árvore amaldiçoada. Caminha com dignidade, o torso desnudo em ângulo reto com o horror que leva nos braços, que seu *thorthu* não pode ocultar por completo. Com passos comedidos, aproxima-se lentamente das mulheres à espera, como se cada minuto de sua labuta ao longo da vida, capinando essa terra com seu *thamb'ran*, o trabalho sem fim que moldou bíceps tendinosos e um peitoral forte, conduzisse àquele momento, a esse triste serviço: carregar nos braços, solene, o primogênito do temporão de seu falecido *thamb'ran*, que agora se junta aos ancestrais no além divino.

Depois do enterro, Philipose, apoiado em muletas, observa pela janela o lugar onde ficava a plavu. Sem consultar ninguém, Shamuel cortou o restante dela. Ventilou sua fúria e sua dor, estraçalhando a árvore com o machado, e tudo que Philipose queria era tomar o lugar da árvore, para que o machado do velho lhe cortasse a carne. Joppan, sem ser chamado, veio juntar-se ao pai, para ajudá-lo — de fato, para tomar o machado dele, pois os golpes de Shamuel tornaram-se cada vez mais selvagens e inconsequentes, e logo Yohannan se fez presente ali, e outros mais, e dessa vez não pouparam nada: atacaram a árvore violentamente, arrancando até a última raiz e, depois, enchendo a cratera de terra, para que nem sequer a cicatriz de sua existência desse testemunho: a execução brutal de uma árvore maldita. Philipose bem queria que aqueles homens também o tivessem executado, enterrando-o naquele exato local, naquela terra barrenta onde já crescia o musgo alimentado pelo sangue de seu filho e a chuva de monção, ocultando qualquer traço de onde um dia se ergueu certa árvore em Parambil.

Mais tarde, Shamuel conta a Philipose que encontraram um pedaço da camisa de Ninan no penúltimo galho, duas vezes mais alto do que aquele no qual o corpo foi empalado. Não diz nada além disso, mas os dois imaginam a camisa presa naquele galho alto, e o menino por um momento suspenso, até que o tecido se rasgou e Ninan caiu na direção daquela espora aguda. Philipose estava no escritório, trabalhando. Não ouviu a queda, só o grito da esposa.

Agora há luz demais no quarto — uma luz obscena, odiosa. Philipose ferve de raiva de si mesmo. Por não ter visto Ninan dando início à escalada. Por não ter ouvido o filho gritar. Por não ter cortado a árvore inteira. Tudo isso é culpa sua. Mas... Se Elsie nunca tivesse se incomodado com a árvore, *sua* árvore, se ela tivesse respeitado seu trabalho como ele respeitava o dela, então Ninan, seu primogênito, ainda estaria vivo. Quando Elsie manifestou seu desejo, muitas monções atrás, tudo que ele precisava ter dito era "Não!". Ou que dissesse um verdadeiro "Sim". Na vida, as situações em que ficamos em cima do muro são fatais; essa indecisão matou seu filho. Porém, em sua dor, em sua amargura, ele pensa, naquele momento, que tudo começou com o desejo fatídico: "Você pode cortar essa árvore?".

Por que tudo era tão difícil? Ele só queria amá-la. Desde o noivado, não fez concessões infinitas o tempo todo? Alterou suas atividades para que as dela florescessem. Foi isso que matou o pequeno Ninan — a teimosia *dela*. Alguma parte de Philipose deve saber que aquele raciocínio não é razoável. Mas sua mente não pode aceitar a alternativa. Se é tudo culpa sua, que desculpa poderia ter para continuar respirando?

Passos se aproximam e ele sabe, sem se voltar, que ela entrou no quarto. Desde a morte do filho, os dois não ficam sozinhos. Vira-se para encará-la, coxeando com suas muletas, ignorando a dor, mal podendo ocultar sua raiva.

Philipose se depara com uma raiva que se equipara e supera a dele. Os olhos de Elsie expressam fúria, e algo pior, que ele não pode suportar: uma acusação. O rosto duro como as barras de ferro da janela, sulcado por lágrimas secas que lhe salgam a pele.

O clima entre os dois ferve com a bile da recriminação e do desprezo. Ela o desafia a acusá-la, e ele a desafia a pôr em palavras o que ela está pensando.

Elsie olha por sobre o ombro do marido e vê que aquele resquício letal e assassino da árvore se foi... Tarde demais. Seus olhos se voltam para ele. Enquanto viver, Philipose jamais esquecerá daquela expressão. De um deus vingativo.

Ele pressente o desejo primitivo dela de se lançar contra ele, de atacá-lo, ferir seus olhos, rasgar seu rosto com as unhas. Em sua mente, pode acompanhar a trajetória desse ataque e, ato contínuo, seu próprio salto feral para bloquear a arremetida com as mãos e empurrá-la, amaldiçoando-a por pedir o que nunca deveria ter pedido, acusando-a de matar seu filho, condenando-a por ter entrado em sua vida e não ter trazido nada além de tragédia.

No instante seguinte, ela olha para além dele, tal como por muitos anos olhou para além da *plavu* e fingiu que aquela fealdade não estava lá, que nada obstruía sua vista. Naquele momento, Elsie o fez desaparecer, apagou-o de sua tela, e tudo que sobrou foi uma superfície manchada, testemunhando algumas linhas falsas, a figura que não saiu como planejado, as pinceladas equívocas de um casamento, e um mundo que se estragou e que não tem reparo, em nada parecido com o que ela imaginou. Ela passa rapidamente por ele, empurrando-o para o lado com o ombro — o homem menos do que comum, o homem vazio, invisível, o marido que não estava lá —, enquanto junta algumas coisas.

Ele ouve gavetas abrindo e fechando. Depois a escuta dizer: "Vamos".

PARTE SEIS

50. Riscos nas montanhas

GWENDOLYN GARDENS, 1950

As batidas de Cromwell na porta da cozinha e o estalar ensopado de galochas sendo largadas no chão dão início ao ritual noturno dos dois. O fiel camarada de Digby pisa descalço no gabinete, sempre de bermuda cáqui e camisa de manga curta. E sempre sorrindo.

"Quero o meu duplo", diz Digby, enquanto Cromwell os serve. O sorrisinho de Cromwell se alarga.

Um drinque, e nunca sozinho, é a regra de Digby. Por autopreservação. "Contra um dos riscos que corremos nessas fazendas", ele diria, se lhe perguntassem. Passaram-se catorze anos desde que adquiriu a propriedade de Müller para o consórcio — o grupo de amigos que se reuniu à mesa de jantar dos Mylins em uma véspera de Ano-Novo. Treze anos desde que comprou parte da propriedade, que chamou de Gwendolyn Gardens, em homenagem à mãe. Nesse período, ele testemunhou a queda de três administradores na Perry & Co., propriedade vizinha: jovens que, na terra natal, sabiam lidar com o copo. De início era uma grande aventura: bangalô, empregados, motocicleta da empresa e o orgulho de administrar uma quantidade inimaginável de chá, café e borracha. No entanto, subestimaram a solidão e o isolamento da primeira monção e buscaram consolo na bebida.

O único arrependimento de Digby em relação à propriedade é a distância de Franz e Lena. Mesmo com tempo bom é uma viagem de um dia inteiro, passando por Trichur e Cochim, para alcançar as imediações do Santa Brígida e, depois, várias horas subindo até chegar a AllSuch. Hoje sua família consiste de Cromwell, os Mylins e Honorine, que vem todos os verões e fica por dois meses. Quando ela vai embora, uma melancolia o assola. Sem Cromwell, sem esse ritual de todas as noites durante a monção, ele talvez se perdesse.

Cromwell dispensa as poltronas e se agacha perto da lareira, o copo logo abaixo do nariz — uísque, para ser aspirado tanto quanto bebericado. Essa mistura de deliberação e prazer está em tudo que ele faz. Digby pensa nele como alguém atemporal, então, quando vê fios grisalhos se apossando das têmporas do amigo, sente-se perversamente satisfeito. Digby mantém o cabelo sempre bem curto, o que torna seu grisalho menos evidente. Tem quarenta e dois anos, parece mais jovem; Cromwell, em suas estimativas, é um pouco mais velho.

Nesse ritual noturno, "passeiam" pelos trezentos e sessenta hectares dos Gwendolyn Gardens. Se houvesse só café, seria fácil, pois café demanda poucos braços — ainda menos desde que passaram a cultivar o café robusta, quando a ferrugem devastou a plantação do arábico. Numa mágica manhã de março, quarenta acres dos Gwendolyn Gardens acordaram como se cobertos por um manto de neve, graças à explosão noturna das gloriosas flores brancas do café. Mas a concorrência brasileira fez os preços caírem. O chá é muito lucrativo e compõe o grosso da propriedade, no entanto é uma criança delicada que requer a maior parte dos trabalhadores. Estando perto da linha do Equador, o chá dali pode ser colhido durante todo o ano, diferentemente do que acontece em Assam ou Darjeeling. A demanda é insaciável. Nas extensões mais quentes e menos elevadas da propriedade ficam os muitos hectares de árvores-da-borracha.

"Curva onze. Deslizamento. Mesmo lugar de antes", diz Cromwell, ao fim do relatório.

Eu sabia que havia uma razão para meu desejo por uma dose dupla. Um deslizamento de terra na décima primeira curva é um desastre. As reservas de arroz acabam em uma semana; para os trabalhadores, as provisões desse grão são mais indispensáveis do que os salários. Digby imagina o local, a estrada terminando abruptamente numa fenda de lama, pedregulhos e árvores desenraizadas. Logo acima, água brota de modo misterioso da face plana da montanha. Um estigma. Os povos nativos erguem montículos de pedra no local, oferendas a Varuna ou Ganga, mas dessa vez os deuses não foram aplacados. O tratamento é doloroso: é preciso abrir uma passagem paralela ao deslizamento, penetrando a floresta densa, até alcançar o fim do declive mais abaixo, então abrir uma passagem para o outro lado e subir de novo, religando a estrada. Todas as propriedades da região vão colaborar. Trabalhadores terão de levar os sacos de arroz na cabeça ao longo desse desvio em formato de U até que a estrada seja reconstruída. O desvio talvez se torne parte da nova estrada.

Na manhã seguinte, como se alguém desligasse um interruptor, a monção cessa, silenciando o zumbido incessante de chuva no telhado. Por muitas semanas o horizonte de Digby consistiu de uma névoa sinuosa; em certas ocasiões, muito raras, ele imitava Zeus, contemplando as aglomerações de grandes nuvens no vale. Agora, quando sai, está claro e ensolarado; os galpões de processamento e a palha no telhado da clínica, ensopados e enlameados, parecem um vira-lata sem abrigo. Apesar do deslizamento, seu espírito está leve.

Skaria, responsável pela compostagem, corre para a clínica, ostentando um suéter cor de vômito. Fumaça de tabaco verte-se de suas narinas, adensando-se no ar fresco. O homem é tão viciado em nicotina que chega a mascar charutos nojentos como se fossem *beedis*. Ao ver Digby, prende a respiração para esconder a fumaça ao cumprimentá-lo. Numa consulta médica de rotina, esse agitado Skaria até que é de alguma serventia, mas numa emergência é menos que inútil, é um entrave.

Cromwell traz os cavalos. Seus olhos parecem cansados, mas ele sorri. Já foi vistoriar o deslizamento e levou consigo todos os funcionários capacitados para começar o desvio. Relata que uma vaca está prestes a parir e que a gata polidáctila no mesmo celeiro deu à luz vários gatinhos. "Os filhotes também têm seis dedos! Que coisa!"

Digby monta Billroth. As margens de terra que ladeiam a estrada estão tomadas de não-me-toques, que se contraem em resposta à brisa súbita, assim como a pele do potro. Ele se arrepia ao ver aquilo. Se você joga um palito de dente nesse mato, ele logo vira uma plantinha. Digby foi menino de cidade, depois cirurgião, e agora fazendeiro. O solo fecundo é o que o mantém ali; é a pomada para feridas que nunca se fecham.

Billroth tensiona as orelhas e relincha, bem antes de Digby ouvir o ruído da carroça movendo-se em alta velocidade, contrariando a física que envolve rodas de madeira, eixos frágeis, estradas irregulares e bovinos. Só depois avista os bois de olhos esbugalhados, filetes de saliva escorrendo da boca, o condutor que não poupa o chicote, como se o diabo estivesse em seu rastro.

Cromwell adianta-se trotando ao encontro da carroça. Depois de uma breve conversa, aponta para a trilha que termina em um prédio baixo, com a palha do telhado caindo-lhe sobre as orelhas, como um gorro. É a clínica.

"Vieram do outro lado da montanha", Cromwell diz. "Deslizamento lá também. Viraram e tocaram para cá. Alguém disse que o médico estava aqui. Nada bom."

Digby sente apenas o medo, não a excitação inebriante que sentia no hospital, quando lidava com a vida humana tal como reduzida a seus elementos essenciais — a respiração, um coração pulsante — ou à ausência deles. Sabe o que *deve* ser feito na maioria das emergências, no entanto não tem os meios de fazê-lo. Para casos que *não* se enquadram em emergências... Bem, mais de um proprietário de terra já entendeu que, se buscam um simpático clínico-geral disposto a fazer uma visita só porque Mary ou Meena não andam comendo mingau, Digby não é essa pessoa. Ele encheu o ambulatório com o necessário para cuidar de seus trabalhadores, mas é, em primeiro lugar, um produtor rural. Em uma emergência fará o que pode, porém não consegue não se sentir um tanto incomodado e apreensivo com aquela aparição.

"SENHOR, DIGBY, SENHOR!", grita Skaria, emergindo da clínica, agitando os braços naquele suéter tenebroso. Billroth trota em direção à clínica; o potro sabe onde o dever o obriga a ir, ainda que seu mestre hesite.

O punho de um bebê golpeia o ar.

O que confunde os sentidos de Digby é que o membro emerge do rasgo de uma ferida no ventre da mãe, gravidíssima e terrivelmente apavorada.

A mãozinha cerrada parece intacta, sem lesões. A mãe, de seus vinte anos, está sobre a mesa, consciente — até bastante alerta. É lindíssima, o cabelo preto encaracolado emoldurando um rosto bonito e oval. Sua blusa é verde, o sári e o saiote, de seda, são brancos. Não é de modo algum uma trabalhadora rural. O pequeno pingente em seu pescoço — uma folha com pontinhos em relevo formando um crucifixo — marcam-na como cristã de São Tomé. Seus traços são familiares, é bonita de um jeito genérico, Digby pensa. Talvez seja a semelhança com a imagem de Lakshmi nos calendários, tão ubíquos nas casas dos trabalhadores e nos mercados, uma cópia da pintura de Raja Ravi Varma. Ele não consegue ignorar esses detalhes: o anel de casamento, as olheiras de cansaço e a postura admirável, como se ela fosse sábia o suficiente para compreender que seu quadro não é muito bom. Por trás dessa fachada, a bela mulher está aterrorizada. E constrangida.

A pele sobre sua barriga está esticada ao limite. A incisão de dois centímetros inclina-se logo à esquerda do umbigo, uma boa incisão, que só pode ter sido feita com faca ou bisturi. O sangue goteja lentamente de uma das extremidades; não há risco de perder sangue demais. Digby imagina a lâmina cortando a pele, depois o músculo reto... e então o útero, o qual, como se trata do fim da gestação, cresceu para além da bacia, empurrou intestino e bexiga para trás e alcançou as costelas, ocupando o abdome por completo. Só por isso os intestinos foram poupados: a lâmina perfurou a pele e o músculo, e encontrou um músculo maior, mais grosso e mais forte: o útero. Ela fez um rasgo, uma escotilha no ventre, e o bebê reagiu como qualquer prisioneiro: buscou a luz do dia.

Os dedos do infante estão dobrados, formando um punho, as unhas, muito tênues, brilham como vidro. Digby limpa a ferida e o punho com antisséptico, enquanto faz essas observações. O iodo incomoda a mãe, mas não parece afetar o bebê. Se ela tivesse dado entrada em um hospital, certamente teriam feito uma cesárea. Em teoria, Digby poderia fazê-la. Tem clorofórmio guardado em algum lugar, se ainda não evaporou. No entanto, sem bons retratores abdominais e um assistente capacitado, uma cesárea poderia facilmente pôr em perigo mãe e bebê.

Digby reflete sobre as opções. Mas é distraído por um fedor de adubo e tabaco barato que o faz pensar no Gaiety, em Glasgow, memória que vale a pena enterrar. Volta-se e vê Skaria no batente da janela, a cigarrilha nojenta na boca. O homem sabe muito bem que não deve fumar perto de Digby ou nas instalações. Porém, abalado, é impossível não recorrer ao palito umedecido, como um bebê buscando o mamilo.

A mão esquerda de Digby, agora sua mão dominante, move-se com a precisão de um gatuno na plataforma da estação ferroviária de Santo Enoque. Ele arranca a cigarrilha dos lábios de Skaria e...

... no mesmo gesto, leva a ponta acesa ao nó dos dedos do infante, colocando-a a um décimo de centímetro da pele.

O universo vacila, indeciso. Então o pequeno punho recua viscosamente para seu mundo aquoso, expulso pelo insulto nocivo. O espaço onde o punho havia pairado é agora apenas ar reluzente, carregado pelo que já não está lá. Na breve carreira cirúrgica de Digby, viu vermes arredondados rastejarem para fora de vesículas biliares, tumores de células germinativas contendo cabelo, dentes e orelhas rudimentares; mas nunca aquilo.

Digby dá um peteleco na cigarrilha na direção de Skaria, pega uma atadura esterilizada e a pressiona contra a ferida. "Mãos sob custódia", diz em voz alta, dirigindo-se ao feto. (Imagina a criança indignada no útero, soprando o nó dos dedos queimados, amaldiçoando Digby e tramando a revolução.) *Mãos sob custódia*. Nos tempos de Glasgow, a irmã Evangeline pontuava essas palavras com golpes de régua nas juntas dos dedos dos alunos.

"O punho desse bebê um dia vai arrumar encrenca", Digby murmura. Skaria se retirou, e então ele toma a mão da mãe e a põe sobre a atadura, pedindo-lhe que pressione.

Do lado de fora ouve um homem se lamuriando e murmurando algumas palavras, e logo em seguida um grito terrível; quem quer seja parece bêbado ou delirante. Digby ouve Cromwell intervindo.

Digby prepara a agulha curva e a sutura e sinaliza para que a mãe tire a mão da ferida, rezando para que o bebê não tente escapar. Ele abre as bordas da ferida só o suficiente para ver a parede uterina. Felizmente o útero, graças ao suprimento nervoso muscular, não é sensível como a pele. Ele passa a agulha pela parede do útero o mais rápido que pode por um lado do rasgo e depois pelo outro, faz um nó e corta o fio. A mãe nem pisca. Digby dá mais dois pontos no útero. Agora a única saída para o bebê é pela porta da frente. Ele fecha a pele com dois pontos. A paciente estremece uma vez, mas não diz nada. Se ele usasse anestesia local para toda laceração de pele que sutura já teria gastado toda a sua preciosa tetracaína em uma semana.

"Muito bem, tudo feito", ele diz, procurando Cromwell, seu tradutor. A mãe está pálida, exausta, mas ainda calma.

"Obrigado, doutor", ela agradece, em inglês, surpreendendo-o. Ele volta a estudá-la: brincos de ouro, unhas bem cortadas. Pergunta seu nome. Lizzi. Ele se apresenta.

"Você está com contrações?". Ela balança a cabeça. Não. "Quanto tempo falta?"

"Acho que tenho mais duas semanas."

"Ótimo. Espero que o parto seja normal. Mas é melhor ter o bebê num hospital, certo?". Ela diz que sim com um movimento sincero, infantil, do queixo. A gritaria do lado de fora o distrai. Quem poderia estar bêbado de manhã tão cedo? "Por ora, fique aqui. Talvez leve alguns dias até que as estradas sejam liberadas."

Ele se vira para preparar o curativo. "Doutor", ela diz. "Foi um acidente."

Quantas mulheres já disseram isso? E quantos médicos, policiais, enfermeiras e crianças ouviram aquelas palavras, sabendo se tratar de uma mentira? Por que uma mulher protegeria um homem tão indigno é um mistério. O rosto de Celeste lhe surge num flash.

"Esse é meu marido. O nome dele é Kora", ela declara, apontando na direção da janela. "É escritor de propriedade." Escritores de propriedade são agentes que negociam mão de obra com o representante do vilarejo na planície; a alcunha "escritor" vem do ato de escreverem o nome de cada trabalhador em um livro de contas. Representantes inescrupulosos muitas vezes fazem contratos com vários escritores, deixando na mão uma ou outra propriedade no começo da estação. Digby tem sorte de ter trabalhadores fiéis que voltam todo ano, pois ele faz de tudo para lhes garantir as melhores acomodações, cuidado médico, uma escolinha infantil e uma creche.

"Meu marido surtou do nada ontem à noite, doutor. Achou que eu fosse o diabo."

"Você quer dizer que ele estava bem antes disso?"

"Sim. Apenas com asma severa. Aqui, nas montanhas, a asma dele fica muito ruim. Geralmente ele usa cigarros para asma, mas depois de três dias não ajudou. Ontem comeu um cigarro. Talvez mais. Os olhos dele ficaram grandes. Ele não consegue sentar, ouve vozes. Diz que demônios estão vindo pegá-lo. Quando lhe levei comida, estava escondido atrás da porta e me atacou. Ficou arrasado em seguida."

A avó de Digby fumava cigarros de estramônio pré-enrolados. Na Índia ele sabe que os asmáticos enrolam os próprios cigarros, usando estramônio seco ou folhas de datura. A atropina nas folhas dilata os brônquios; no entanto, em excesso, produz um envenenamento característico, que dilata as pupilas, resseca a boca e pele, provoca febre e agitação. Todo estudante de medicina conhece a forma mnemônica para relembrar os sinais: "Cego como um morcego, quente como uma lebre, seco como um osso, vermelho como uma beterraba e doido como uma galinha molhada".

"Pode ter sido envenenamento por atropina. Vou examiná-lo. Ele deve melhorar à medida que o efeito da substância passar. Vocês são dessas bandas?"

A pergunta parece entristecê-la. "Não, somos da região central de Travancore. Tínhamos casa, terras e família amorosa. Mas ele… Nós perdemos tudo. Ele pegou dinheiro emprestado de gente perigosa. Muitos problemas. Ele fugiu. Eu podia ter ficado. Às vezes acho que é o que deveria ter feito."

É muito mais informação do que Digby buscava. Ele esquece que ela o vê não como um produtor rural, mas como médico, alguém com quem pode desabafar. Após toda aquela tribulação, falar da situação é catártico para ela. A Digby não custa nada ficar ali, contemplando os traços clássicos do rosto dela, a beleza malaiala em sua forma ideal.

Os dois ficam em silêncio. Depois, e pela primeira vez desde que ela chegou, sua compostura vacila. Seu lábio treme. "Doutor, meu bebê vai ficar bem?"

Ele mira aquele rosto adorável que o olha com tanta franqueza, mas seus pensamentos são interrompidos por outro grito selvagem do marido. Naquele momento Digby tem um vislumbre do futuro dela, uma premonição perturbadora de uma catástrofe, algo que ele nunca vivenciou. "O bebê ficará bem", Digby responde, confortando-a. O alívio inunda o semblante de Lizzi. "Bem demais." Ele torce para que seja verdade. "Seu bebê tem ótimos reflexos — como já sabemos. Estava ali com o punho para cima, feito Lênin", ele declara, tentando dissipar a tensão. Estende a palma da mão sobre a barriga dela, uma bênção pastoral, e se inclina para falar diretamente ao bebê: "Proclamo-o Lênin, imorredouro. Se for menino, claro". E sorri, embora sua cicatriz ainda deforme levemente seu sorriso.

"Lênin Imorredouro", repete a bela Lizzi, a cabeça movendo-se de um lado a outro, enfatizando cada sílaba, como se as memorizasse. "Sim, doutor."

51. Uma disposição para a dor

PARAMBIL, 1950

Ninan morreu há seis meses, e desde então Elsie se foi de Parambil, esposo e esposa viraram as costas um para o outro. É quando Grande Ammachi e o Senhor Melhorias viajam à casa Thetanatt, vestindo suas melhores roupas. A última vez que ela esteve na casa de Chandy foi há seis anos, no noivado. Naquela visita, a sala ecoara o riso solto do anfitrião. Agora ele se encontra num caixão no centro da sala, coroas de jasmim e gardênia ao redor. Os lóbulos de suas orelhas e a ponta do nariz estão escurecendo. Se vivo, dispensaria o cheiro enjoativo das flores e a água de colônia que lhe espargiram para mascarar o odor. Grande Ammachi vê-se sentada de novo no longo sofá branco, os pés suspensos do chão, desejando que Odat *Kochamma* estivesse ali, como da última vez.

Senhor, nos últimos seis meses, a quantos funerais o Senhor me fez comparecer? Se há mais um, que seja o meu. Primeiro, Você levou Bebê Ninan. Não vamos nem falar disso. Depois Odat Kochamma. Sim, ela era velha. Ou sessenta e nove ou noventa e seis anos. "Você escolhe", ela diria. "É um ou outro. Por que preciso saber?" Mas ela não precisava morrer visitando a casa do filho. Rezamos e dormimos no mesmo quarto por mais noites do que dormi com qualquer outra alma que não Bebê Mol. Ela precisava estar comigo quando se foi. Depois Você veio levar a esposa de Shamuel, agarrando-lhe as entranhas. Ela morreu antes de podermos levá-la a um hospital. Já chega, Senhor. Você é todo-poderoso, onipotente, sabemos. Por que não se senta um pouco sem fazer nada? Finja que é o sétimo dia pelos próximos anos.

Ah, aquilo é blasfêmia pura, mas Grande Ammachi não se importa. Ela é uma árvore-da-borracha envelhecida que já não sangra quando lhe cortam o tronco, seca de lágrimas, embora não de sentimentos — assim pensa. Mas as lágrimas chegam quando ela ouve as mulheres cantando "Samayamaam Radhathil", *Na carruagem do tempo.* Esse canto lutuoso entrelaça-se à memória da morte de seu pai — o pior dia de sua vida —, reforçado pelas perdas que se seguiram. As rodas da carruagem estão sempre rolando, aproximando-nos do fim da jornada, para nosso doce lar, os braços do Senhor... *Mas, Senhor, alguns, como Jojo e Ninan, mal subiram na carruagem. Qual a pressa?*

Mais cedo, quando ela chegou à casa Thetanatt, Elsie correu para seus braços, o corpo trêmulo dos soluços que não paravam. Só lhe restava enxugar as lágrimas da jovem e beijá-la e abraçá-la. "*Molay, molay*, Ammachi sente sua dor." Tinham se passado seis meses desde que Grande Ammachi vira a nora pela última vez — Elsie partiu logo depois do funeral. Ela ficou chocada ao notar como a nora emagrecera, fios de cabelo embranquecidos pelas têmporas, imagem perturbadora numa jovem.

Grande Ammachi queria muito dizer: *Por onde você andou, molay? Não sabe como Bebê Mol e eu sentimos sua falta!* Havia tanto a dizer, coisas que Elsie talvez quisesse saber: que Lizzi escreveu, mas sem revelar seu endereço, para dizer que teve um menininho... Mas, claro, agora não era o momento. Grande Ammachi abraçou a jovem e sentou-se com ela no sofá por duas horas, pois a nora não largava sua mão; parecia uma criança assustada tentando encontrar um lugar onde a vida não lhe infligisse mais dores. E então Grande Ammachi ofereceu a si mesma, seus braços, mãos, beijos e... sua disposição para a dor. Não é isso que as mães fazem pelos filhos?

No cemitério, tão logo baixam o caixão, o Senhor Melhorias diz: "Devemos partir, se queremos chegar esta noite". Elsie se agarra à mão da sogra, chorando, não querendo que ela parta. Grande Ammachi declara: "*Molay*, eu ficaria, mas Bebê Mol...". E quer acrescentar: *Você não voltaria comigo? Parambil é seu lar. Deixe que sua Ammachi cuide de você...* No entanto, claro, com tantos convidados na casa Thetanatt, Elsie precisa ficar, e seria indelicado fazer aquele pedido. Além disso, a cisão entre a nora e Philipose é tão grande que é improvável que sua súplica faça alguma diferença.

No ônibus de volta, Grande Ammachi contempla, admirada, os arrozais sem fim, um leproso sentado numa galeria, as casas em cujos interiores mal iluminados ela vê um velho que lê, duas meninas brincando, mulheres cozinhando... Famílias vivendo sua vida, nenhuma delas livre da dor. Todas essas pessoas um dia serão sombras, assim como ela mesma um dia será enterrada e esquecida. Afasta-se de Parambil tão raramente que esquece que é o grão de areia mais minúsculo no universo de Deus. A vida vem de Deus, e é preciosa justamente porque é breve. O presente de Deus é o tempo. Contudo, seja uma passagem longa ou curta, é d'Ele que vem. *Perdoe-me, Senhor, pelo que disse. Que sei eu? Perdoe-me por pensar que meu pequeno mundo é tudo que importa.*

Depois de uma breve viagem de barco, eles caminham do atracadouro para casa. Ela agradece ao Senhor Melhorias e vislumbra Parambil mais adiante, uma vaga silhueta contra o céu, tal qual viu, como noiva, meio século atrás. Nem lampião nem lâmpada acesa, o que só aprofunda sua irritação com Philipose.

Quando o mensageiro chegou com a notícia de que Chandy havia falecido de repente em sua propriedade nas montanhas, ela correu para contar ao filho. "Você tem que ir. Fique com sua esposa", Grande Ammachi disse. "Então, depois de alguns dias, talvez você possa trazer Elsie para casa." Ele lia na cama, as pupilas parecendo duas pintas minúsculas. Philipose riu. "Ir? Como? Não consigo ficar de pé por muito tempo, imagine caminhar longas distâncias. E por que ir, de muleta, e ficar lá sentado, como uma espinha detestável na testa dela? Ela me culpa pelo que aconteceu. E a culpa é minha." Philipose andava tão culpado que chegava a gostar quando a mãe ralhava com ele. Grande Ammachi desistiu e pediu ao Senhor Melhorias que a acompanhasse. "Meu filho virou uma faca que não corta, uma fogueira que não serve nem para esquentar a água do café."

Bebê Mol adivinha que a mãe está de volta, sem Elsie. Levanta do banco e vai para a esteira. A mãe ouve seu choro. Bebê Mol chora muito raramente.

Grande Ammachi acende o lampião. Philipose cambaleia para fora do quarto escuro, cerrando os olhos como uma civeta. Agora usa apenas uma muleta. O tornozelo direito está curado, mas o calcanhar esquerdo que se despedaçou continua doendo. De início ninguém entendeu a gravidade da lesão dele, resultado do momento em que saltou da *plavu* depois de recuperar o corpo de Ninan; só compreenderam no dia seguinte, quando seus tornozelos pareciam os de Damo, inclusive da mesma cor, mas entortados. A dor emocional insuportável de perder Ninan foi reforçada pela dor física.

Ele se larga no banco de Bebê Mol. Grande Ammachi senta ao lado dele, esperando alguma pergunta sobre Elsie. Mas não: com o pensamento longe, ele tateia a borda de seu *mundu*, como um macaco procurando carrapatos, até que encontra a caixinha de madeira. Ela nota que suas unhas precisam ser cortadas quando ele abre a tampa, revelando a pastilha de ópio. Toda casa tem uma caixinha como aquela, a panaceia dos velhos para dores nas costas, insônia e artrite. Grande Ammachi usava para a cefaleia do marido. Agora lamenta ter dado a caixinha para o filho, que virou um comedor de ópio.

Ele está concentrado, tentando pescar com um palito de bambu uma espiral de ópio, que enrola entre os dedos até moldar uma reluzente pérola negra. Quando Grande Ammachi era menina, a avó também comia ópio e essa pérola parecia-lhe bonita. Certa vez a anciã a convenceu a lamber seus dedos, o sabor amargo nojento a fez vomitar. Sente-se tentada a dar um tapa na mão de Philipose, seu filho antes tão bonito, no entanto o ópio já está em sua boca. Ele diz: "Ammachi, pode me trazer um pouco de iogurte com mel?". Ela se levanta antes de lhe dar uma resposta horrível. Ele que pegue o iogurte.

Algumas semanas depois do funeral de Chandy, Grande Ammachi escreve para Elsie de novo. Suas cartas até então ficaram sem respostas, mas ela precisa dizer à nora que a respiração de sua amada Bebê Mol está pior que nunca. A verdadeira doença de Bebê Mol é a ferida na alma. Mal come, diz que comerá assim que Elsie voltar. Grande Ammachi escreve: "Quando as pessoas que ela ama vão embora, é como uma espécie de morte. Imploro que você a visite". Ela deixa muita coisa de fora da carta. Lizzi tornou a escrever, ainda sem revelar seu endereço — aparentemente não quer que saibam por onde anda. Ela diz que, na gestação, sofreu um acidente no qual a mão do bebê escapou de seu ventre. Milagrosamente, o bebê, batizado Lênin, nasceu saudável. Grande Ammachi também não menciona o dia em que Philipose desapareceu, retornando com uma nova bicicleta, tendo ralado o queixo, os joelhos e os tornozelos tentando aprender a andar. Ele a adquiriu depois de Joppan se recusar a comprar-lhe ópio e lhe dizer para parar com aquilo. Depois da morte de Ninan, Joppan dormiu no mesmo quarto de Philipose por semanas a fio. Agora o ópio os afastou. Grande Ammachi suspeita que o único propósito da bicicleta é permitir que seu filho compre seu próprio ópio no mercado do governo perto da igreja. Nada disso ela menciona na carta.

A condição de Bebê Mol se deteriora. Desesperada, Grande Ammachi escreve a última carta, uma mensagem breve — parece inútil continuar escrevendo.

Querida Elsie,

Rezo para que esta carta chegue até você. Bebê Mol está morrendo. Chame de inanição ou coração partido, no fundo dá no mesmo. De uma mãe para outra, imploro que venha visitá-la. Tudo que ela diz é: "Onde está Elsie?". Se você vier, ela vai comer. Então talvez sobreviva.

Sua Ammachi que te ama

Philipose está sentado na varanda, barbeando-se, o espelho apoiado no parapeito. O sol saiu. A tal monção não durou nada, provou-se uma impostora. No reflexo do espelho, ele vê se aproximar alguém. Um mendigo, pensa. Não, é uma mulher vestindo um sári branco. Alta, pálida, esquelética e linda. O coração lhe salta à boca. Uma onda de arrepios cobre seus braços.

É uma alucinação? Se aquela é Elsie, onde está o carro dos Thetanatt? Da névoa da memória lembra que Shamuel falou algo sobre uma galeria colapsada que transformou a estrada em riacho. Só se passa a pé, subindo num tronco quarenta e cinco metros acima.

Boquiaberto, o rosto cheio de sabão, ele olha para a esposa que não vê há um ano. Houve ocasiões em que imaginou que ela nunca havia existido, que a vida em comum dos dois não passara de um sonho. Agora as memórias o inundam: a estudante, a noiva que ele trouxe para casa, a primeira noite, a árvore amaldiçoada… Philipose fica ali, imóvel, uma escultura de pedra. Nem dez minutos atrás, Bebê Mol, que havia dias não levantava da esteira, surgiu ao lado de seu cotovelo, dizendo: "Temos visitas!". Se tivesse prestado atenção, ele poderia ter se banhado, vestido uma camiseta e um *mundu* limpo.

Elsie surge como a deusa Durga, seus olhos opalescentes cravados em Philipose, que se preocupa com a própria aparência: o machucado acima do nariz de uma queda de bicicleta, a orelha inchada de outra. O chão atrai seu lado esquerdo mais do que o direito. O vago aroma floral de Elsie o alcança, bem diferente do que ele se lembra.

"Elsie!", Philipose diz, de lâmina na mão. *El-sie*. Duas sílabas que dizem sua alegria, a tristeza compartilhada dos dois, e o perdão que ele busca, mesmo não podendo perdoar a si mesmo. Naquele momento, ficar sem palavras é uma bênção — com Elsie, as palavras nunca lhe serviram.

"Philipose", ela diz, e olha para alguma coisa atrás dele. Seu rosto vazio se ilumina, Bebê Mol corre para os braços de sua *chechi*, rindo alto. Elsie a segura pelos ombros e a olha, espantando-se ao ver suas maçãs do rosto, até então invisíveis, ou a blusa que parece sobrar naquele corpinho. Grande Ammachi aparece, tendo ouvido as risadas auspiciosas, e abraça Elsie, dizendo, simplesmente: *"Molay!"*.

Philipose observa tudo com inveja. As mulheres mais importantes de sua vida se confundem numa frisa de tranças negras, sáris brancos, cabelo grisalho, fitas claras e uma *chatta* manchada de cúrcuma. Elas somem dentro da cozinha. No espelho ele vê a boca aberta do Homem Comum, pronto para comer moscas.

52. Como era antes

PARAMBIL, 1950

Como um Deus vingativo, a verdadeira monção chega logo depois de Elsie e os pune por a terem confundido com a falsária anterior. Uma chuva torrencial acompanhada de ventos de tufão espalma as folhas das palmeiras, que ficam como caudas de pavão até se partirem. O vento que entra pelas janelas cria um zumbido estranho, como se alguém soprasse na boca de uma ânfora. Os postes elétricos desabam, silenciando o rádio. Shamuel se arrisca a sair e volta chocado: depois da pedra de descanso formou-se um lago cuja margem oposta não se consegue ver. As inundações lendárias de 1924 provocaram destruição por toda a região de Travancore, mas não afetaram Parambil. Agora o riacho onde Grande Ammachi se banha ameaça as cabanas dos artesãos e dos *pulayar*. O rio transborda, perde as margens, arrasa o atracadouro e pela primeira vez na memória de Grande Ammachi é possível vê-lo desde sua casa, cuja localização o marido escolheu por considerar fora do alcance do rio. Pela quinta semana, o espanto diante da violência da natureza dá lugar à desolação. A terra pede misericórdia. Não há vocabulário para o profundo senso de isolamento. O jornal não é entregue desde o início da monção.

Grande Ammachi se preocupa com Elsie, que passa horas caminhando para lá e para cá na varanda, mesmo à noite, estudando o céu com um ar de desespero, como uma mãe que tivesse deixado o bebê sozinho do outro lado do rio. Houve um tempo em que Elsie ficava tão imersa nos desenhos que, se o telhado fosse destroçado pelos ventos, não notaria. O plano de Elsie era sem dúvida uma visita rápida; ainda assim, por que tanta pressa em partir?

Quando compreendeu que Elsie veio somente visitar Bebê Mol e não pretendia ficar, Philipose recuou, desistindo de qualquer tentativa de interação. Mal a vê; para ele, a diferença entre o dia e a noite está borrada por causa de uma pequena pérola, e agora ele é, cada vez mais, uma criatura da noite. Vez por outra a vê patrulhando a varanda, contemplando a chuva como se acreditasse que, de tanto olhá-la, poderia interrompê-la. Philipose quase ri quando a ouve rente à sua janela perguntando a Shamuel se há como enviar uma carta. O velho diz que o posto do correio está submerso. Philipose fica tentado a gritar: *Você é boa nadadora, Elsie. Por que não vai você mesma entregar a carta?*

Uma noite ele acorda pouco antes da meia-noite e, por costume, afasta as cortinas e olha para fora. Distingue uma figura empoleirada no batente da varanda, os joelhos puxados para o peito, uma mulher de pedra, talvez uma aparição, contemplando a chuva sem fim. Seu estômago se contorce de medo, até que reconhece Elsie. Seu rosto, coberto por sombras, parece alterado, como se sob um grande peso. Vendo-a chorar, ele se apieda, ainda que involuntariamente. Levanta-se da cama, pensando em ir vê-la… mas desiste. Talvez sua presença não leve nenhuma consolação, talvez só piore tudo. Elsie se tornou uma estranha. Ele não sabe nada sobre sua vida no último ano. No entanto, fica intrigado. *Por que tanta angústia? Por que é tão importante partir? O que é, Elsie?* Não tem a ver com Ninan, certamente.

Ele deve ter cochilado, pois quando abre os olhos o céu está mais claro. Foi tudo imaginação sua? Espreita pela janela, e ela ainda está lá, de costas para ele, dobrando-se sobre a mureta, vomitando. Dessa vez corre para ajudá-la. Ao vê-lo, ela se apruma, porém logo se desequilibra. Philipose a segura e a guia até o banco de Bebê Mol. Sentada, ela se curva, apertando a barriga. Philipose traz água. "Elsie, Elsiamma, me conte. O que é?"

A expressão dela é tão cheia de sofrimento, de tormento, que Philipose sente um calafrio. Por instinto a abraça, conforta-a até que aquele espasmo passe. Por um breve momento ele tem certeza de que ela está prestes a abrir o coração, a se desafogar. Ele espera… E a vê mudar de ideia. Ela baixa os olhos. "Pode ter sido o picles…", balbucia.

Ele a solta. Picles não causa esse tipo de tristeza. Ele diz: "Não me fez mal".

"Você mal comeu uma refeição conosco", ela afirma, numa voz áspera.

"Eu sei… Trabalho e durmo em horários estranhos."

De modo inconsciente, Philipose imita a postura dela: curva-se para a frente, olhando para baixo. Seu tornozelo direito está inchado; o esquerdo está torto, uma condição agora permanente. Os pés dela são como ele se lembra, talvez mais bronzeados, os dedões mais flexionados. Uma imagem dos pés dos dois emparelhados no noivado lhe vem à mente. Um abismo separa aquela memória do presente. Ele aspira o novo cheiro dela, que é completamente diferente. Em certo momento, o corpo de ambos compartilhara a mesma fragrância, uma função da água, do solo e da comida de Parambil. O cabelo de Bebê Ninan, ele ainda lembra, tinha um odor doce, tênue, um cheiro de cachorrinho misturado ao aroma geral da família.

Elsie o observa com a desesperança de uma prisioneira condenada. Balança a cabeça. Se não estivesse olhando para os lábios dela, não teria entendido o que ela disse: "Não planejei ficar tanto tempo". De novo, os olhos dela se enchem de lágrimas.

As palavras dela o ferem. A chuva fica mais forte, como se dando voz à frustração de Philipose, que por fim diz: "Não é só Bebê Mol que precisa de você aqui". Seu pé deformado estremece por conta própria.

As palavras dele fazem-na pensar. Ela o olha de novo: "Desculpe", diz, enxugando os olhos. "Era difícil continuar aqui depois de Ninan…" Talvez agora lhe ocorra que ele não tinha escolha senão ficar, pois logo acrescenta: "Mas não escapei de nada. A dor estava lá comigo. Em todos os momentos. Como deve estar com você. Eu sabia que Bebê Mol precisava de mim. Grande Ammachi precisava de mim…". Sua voz fica cada vez mais baixa, um sussurro. "Você precisava de mim. Porém não consegui." Ela põe o copo d'água sobre o banco. "Vou me deitar, tudo bem?" A mão dela resvala no ombro dele, desculpando-se, ainda que sem afeto.

Dois dias depois, Philipose vê o sol refratando-se entre nuvens alaranjadas, dando à terra um brilho etéreo. Aquela luz passa em questão de segundos, mas a essa altura ele já está em um frenesi, montado na bicicleta, pedalando furiosamente. Está perto do fim da estrada, contornando poças de lama, ganhando velocidade, radiante…

Quando abre os olhos, sua visão está escura. Mesmo um amante do solo não quer afundar a cara na terra. Por quanto tempo esteve desacordado? A chuva cai pesada. Ele rola no chão. Um par de pés descalços se aproxima, claro nos tornozelos, as solas como bronze pintado, sujas de lama. Elsie o ajuda a levantar e, depois, lentamente, a se erguer. "Eu não sei", ela responde, quando ele pergunta o que aconteceu. "Por acaso olhei nessa direção e vi alguma coisa caída. Aí você se mexeu." O cotovelo dele está esfolado. O joelho esquerdo lateja. O ombro dói. Ele apoia todo o peso na bicicleta torta, enquanto caminham em silêncio, ambos ensopados. Philipose busca a caixinha na cintura do *mundu* e fica aliviado ao constatar que não a perdeu. Precisa muito de uma pérola, mas não na frente de Elsie. De repente, desabafa: "Elsie, podemos começar de novo. Construir uma nova casa em outro ponto da propriedade. Ou ir embora". Ela não o olha, nem responde. Depois de um tempo, mais para si mesmo do que para ela, ele diz: "Como a situação chegou a esse ponto? É tudo minha culpa".

No quarto dele — antes o aposento que os dois compartilhavam —, ele enrola rapidamente uma pérola, uma dose extraforte para a dor no joelho, no ombro, nos tornozelos, na cabeça e... no coração. Depois de tomar banho, Philipose deita e deriva, flutuando em um ventre, batendo-se gentilmente contra paredes acolchoadas. De repente ouve o ranger do guarda-roupa ao lado. É Elsie, de costas para ele, que tomou banho e agora busca suas velhas roupas. Geralmente ela envia Bebê Mol naquela missão, mas ele sabe que a irmã está adoentada. Um *thortu* envolve seu cabelo molhado, e o *mundu* úmido enrolado no torso deixa ombros e pernas descobertas. Ela está se retirando na ponta dos pés com seu fardo de roupas quando, por impulso, Philipose agarra sua mão. Ela o encara assustada, qual um camundongo preso numa armadilha. Ele a solta.

"Elsie... por favor. Eu imploro. Sente um pouco." Ela hesita. Aproxima-se, depois senta, tímida, na beirada da cama. "Quero te agradecer", ele diz, tomando-lhe a mão de novo. O olhar dela permanece no chão. O simples ato de envolver os dedos dela com os seus traz conforto a ele. "Não fosse por você, uma carroça poderia ter rolado sobre minha cabeça... Não fosse por você..." A voz dele vacila. "A culpa é minha. Já disse isso?" E estende a mão buscando docemente o queixo de Elsie. Levanta seu rosto. "Elsie. Me perdoe." A expressão dela o espanta. Sem entender, o camundongo olha para a armadilha que lhe pede perdão. Ela entende o que ele diz? Ela vira o rosto, seus lábios se mexem. "Elsie, não consigo te ouvir."

"Eu disse que sou eu quem precisa de perdão."

Ele ri, um som estranho e sem lugar. "Não, não, Elsie! Não. O mundo sabe que minha dignidade se foi. Minhas pernas se foram. Meu filho se foi. Minha esposa se foi. Mas, quanto à culpa disso tudo, ela é minha. Não me roube a única coisa que possuo." Philipose se senta, estremecendo, e põe o braço com o cotovelo esfolado em volta dela. A dor não importa. Seu tom é jocoso. "Elsie, você nasceu perdoada. Podemos voltar a focar neste pobre-diabo, por favor? Ele precisa de perdão, de piedade."

Ele não percebe que ela recusa sua tentativa de humor. O desespero que viu naquela outra noite recobre permanentemente o rosto de Elsie, e aquilo o fere. Se segurar a mão dela lhe serve de curativo, então deveria curá-la também, não? O nó do *mundu* no peito de Elsie está se soltando. Ele não consegue desviar os olhos e sente vergonha das movimentações do sangue em sua pélvis. *Não, esse não era meu propósito quando pedi que se sentasse, eu juro pelo deus das monções.* Mas o desejo tem vocabulário próprio, mais convincente do que as palavras que sua língua pode plasmar; apesar de sua resistência, o desejo se impõe.

Sentindo uma onda de ternura, Philipose a abraça. Ela não o rejeita. O *thortu* escorrega de seu cabelo, e, quando ela tenta segurá-lo, o nó do *mundu* se desfaz. *Eu não fiz isso acontecer. É o universo, ou o destino, ou o deus dos* mundus *e dos* thortus, *o deus do mal-entendido, o deus no qual não creio.* Ela segura o *mundu*, mas a mão dele a impede gentilmente. Ele beija suas faces, depois as pálpebras. Ela treme, o rosto tão cheio de tristeza que o machuca. Ele quer apenas consolá-la, mas também está dominado por um espanto que ele conhece bem, o antigo assombro diante da constatação de que aquela mulher belíssima é sua esposa. *Senhor das decepções, Senhor das tristezas, por que me abençoar e depois me tirar suas bênçãos?* Sente o corpo dela crescendo diante dele, e o dele também — é a pérola negra que faz aquilo? Os lábios dela estão mais cheios, o vão ao pé das escápulas, que ele tanto ama, está mais amplo, e a auréola negra mais larga — todas as características mais sensuais dela lhe parecem magnificadas, crescendo a seu olhar.

Quanto prazer seus corpos trocavam! Não importa o que mais estivesse acontecendo, nunca falhava. Talvez fosse esse o bálsamo que os dois precisavam para suportar o insuportável. Depois da perda, nunca se deram a chance de chorar nos ombros um do outro. Em vez disso, trocaram olhares perversos. Ele vê tudo isso, entende o que deviam ter feito. Corre seus dedos pelo cabelo molhado dela, um cabelo tão denso que sempre lhe pareceu uma coisa viva, com vida própria. Com doçura, reclina-a, deitando-a na cama. Sem forçá-la. A porta está escancarada, então ele se ergue lenta e dolorosamente, e vai fechá-la. A cabeça de Elsie não está voltada para ele, seus pensamentos estão longe, como se ela tivesse esquecido a presença dele; contudo, quando Philipose se aproxima, ela o olha, contemplando seu corpo cheio de feridas e cicatrizes, o olhar de uma artista, mas não sem curiosidade e preocupação.

Ele sobe na cama. As pupilas dela são o oposto das dele: grandes e sem fundo. Seus pés contra os dele parecem-lhe ásperos e calosos, não mais suaves e delicados. Ela tem andado de pés descalços, sinal claro da negligência de um marido. Ele beija a mão que lhe protege os seios, e seus lábios encontram uma crosta dura na lateral do indicador da esposa. Pode imaginá-la trabalhando loucamente, ferindo os dedos até os ossos, brandindo os pincéis dia e noite para remodelar um mundo que se despedaçou. Sua compleição é pálida e irregular. Ele sente remorso deparando-se com mais provas de sua negligência. "Oh, Elsie, Elsie", diz, o coração se partindo. "Tenho que consertar tudo isso, colar esses cacos." Ela não parece entender, mas não importa, contanto que ele entenda. Os dois são um par perfeito, ele pensa, ambos testados pela dor e pelo tempo. E o que é o tempo, senão uma só perda acumulada?

Os lábios de Philipose pousam sobre os dela, hesitantes. Ele não quer forçar nada. Desistirá, se aquilo angustiá-la. Mas não eram os beijos que sempre os ressuscitavam? Um beijo nunca pode dizer uma palavra errada. Ele quer rir, relembrando os primeiros beijos dos dois, sempre desajeitados, que pressionavam os lábios como se estivessem selando envelopes. Mas se tornaram especialistas. Ela, contudo, esqueceu. *Devo relembrá-la. Meu dever é ressuscitar esses lábios e abrir nosso coração.* Ele o faz ternamente, e imagina que ela corresponde. Sim, ele diz a si mesmo, houve movimento nos lábios dela — não paixão, mas isso levará tempo.

Ele cobre os peitos dela com as mãos, circula seus mamilos com os dedos. Mal consegue se conter. Os olhos dela estão fechados, as lágrimas vazando dos cantos, e ele entende, pois como aquilo não os lembraria de Ninan? Ela não se opõe, nem o busca, como nos velhos tempos. *Está tudo bem, meu amor. Está tudo bem. Eu farei tudo. Não é disso que precisamos? O bálsamo de Gileade, a cura para o que nos aflige.*

No passado, quando seus corpos se movimentavam, lembravam esculturas extáticas entalhadas em Khajuraho, girando para um lado e para o outro, os lençóis caindo no chão. *Mas há tempo para tudo isso*, ele pensa, pondo-se por cima. Não se trata do que ele precisa, porém apenas de seu desejo de comunicar amor, cuidado. Lenta e gentilmente, tateia, explora, toca, e, quando sente que ela está pronta, ele entra. Agora são um único corpo. Ele se move pelos dois. E, de súbito, apesar das melhores intenções, ele sente a ascensão, o ímpeto, a necessidade egoísta, o sentimento renascido, e ouve o nome dela crescer dentro de sua boca, pronuncia-o tão urgentemente que pela primeira vez ela abre os olhos, e dos buracos negros de suas pupilas um outro ser sem nome o espreita — mas ele já se foi, e agora colapsa sobre ela, e dentro dela, a única mulher com quem já esteve, a única para todo o sempre. Que gesto haverá contra a morte, senão aquele? Isso é perdão, é o fim da tristeza solitária. Alegria e tristeza, triunfo e tragédia são as flores e as ervas daninhas do Éden dos dois, e esse Éden sobreviverá às floradas mortais deste mundo.

* * *

Depois de um tempo, ele não sabe bem quanto, o horto calmo e particular dos dois estremece, e ela sai de baixo dele. Suas pálpebras estão pesadas como remos, quando ele senta e estica a mão em busca do *mundu* de Elsie. Philipose está flutuando, saciado, o coração em paz, a barreira entre os dois dissolvida. Sente um déjà-vu ao vê-la na beirada da cama, de costas para ele, os braços erguidos enquanto prende o cabelo, enrolando-o em torno da palma da mão e depois em um nó, os cotovelos formando os pontos de um triângulo que emoldura sua cabeça, a curva das miçangas de sua coluna repercutindo a curva para dentro de sua cintura e a curva para fora de suas ancas. Elsie se volta para ele, não encara seu olhar, mas põe a mão em seu peito, com os olhos fechados, a cabeça caída, como se rezando, assim permanecendo por um bom tempo. Depois levanta, e ele sabe que, em seguida, ela correrá delicadamente o *mundu* úmido entre as pernas...

No entanto, ela não faz isso. Amarra o *mundu* e pega as roupas dobradas sobre a cama. Olha-se no espelho para ver se está coberta. Seus olhos no espelho encontram os dele, e ele sorri, um pouco zonzo, outra reencenação do velho ritual dos dois. Mas é uma estranha quem o olha de volta, uma alma que já partiu desse mundo, porém que concedeu uma derradeira mirada para sua antiga vida. Retira-se sem dizer uma palavra.

53. Mulher de pedra

PARAMBIL, 1951

Sem as vozes incorpóreas do rádio de toda noite, sem o jornal, sem as novidades que a vendedora de peixe traz, sentem-se os últimos humanos da terra. Decência *Kochamma*, aterrorizada, patina de casa em casa, gritando para que os habitantes se arrependam dos pecados, só assim a vila sobreviverá. Philipose, sem camisa, impede-a de cruzar o umbral de sua casa. Trata de informá-la que todas as famílias concordam que, se Decência *Kochamma* sozinha se dispusesse a se sacrificar no rio, a magnitude de seus pecados bastaria para apaziguar o bom Deus.

Quando todos já perderam a esperança, a monção se afunila e cessa. Ainda leva duas semanas para que a entrega do jornal se normalize. É nesse momento que descobrem que centenas de pessoas morreram afogadas, milhares estão desabrigadas, há epidemias de cólera e disenteria.

Assim que a unidade do correio reabre, Philipose se irrita, pois isso implica a possibilidade de Elsie partir. Seu orgulho não lhe permite pedir a ela que não vá embora, e, além disso, não voltaram a ficar a sós. Naquela noite, mais tarde, sua colherinha de bambu raspa o fundo da caixa de ópio. O som lhe gela a alma, como a quilha de um navio batendo num rochedo. Toda noite esfrega bálsamo de menta no corpo e geme de dor. Na manhã seguinte, pedala até a loja de ópio, passando por campos pegajosos de lama, sentindo náuseas devido ao fedor dos peixes mortos que, com o refluxo da água, enca-lharam. Três homens inquietos esperam do lado de fora do estabelecimento, fungando e se coçando. *Não sou como eles.* Philipose se esforça para conter as mãos inquietas. Krishnankutty abre seu comércio tarde e não se desculpa. O único vendedor licenciado de ópio naquela área tem enormes cicatrizes de varíola no rosto. Um de seus olhos se move à deriva, e o cliente é desafiado a decidir a qual olho se dirigir. Krishnankutty pega a matriz do ópio — uma massa reluzente do tamanho da cabeça de um homem, sua superfície úmida assemelhando-se às costas cobertas de suor de um trabalhador, exalando um fedor mofado repulsivo — e fatia um pedaço... Mas logo sente um espirro se formando. Esfrega o bigode com vigor, enquanto a ponta globular solta do nariz se move de um lado para outro, até que o espirro é neutralizado. O fiel da balança ainda não parou de todo e ele já enrola o naco num jornal e o lan-ça para o cliente. Philipose morde a língua, desprezando-se por ter de engo-lir aquela indignidade. Uma vez do lado de fora, rapidamente enrola uma bo-linha três vezes maior do que sua dose de sempre. Engasga com o amargor, mas seus nervos trêmulos suspiram aliviados.

Em pouco tempo as dores do corpo que o azucrinam e as cólicas do es-tômago desaparecem. O punho cerrado que era seu coração se abre. Sorri para estranhos que o observam com cautela. Logo volumes inteiros se desenham em sua cabeça, coçando-se para serem escritos. Alguns talvez pensem que a pérola negra é a fonte de tal inspiração, mas isso é absurdo. As ideias estão sempre lá! No entanto, a dor é o cadeado, o carcereiro severo que as mantém presas. A perolazinha apenas as liberta, e sua caneta faz o restante.

Aproximando-se da casa, ele ouve um estranho som de martelo. Elsie de avental, os antebraços cobertos de poeira, bate numa rocha no ateliê. Uma se-nhora rocha! Do tamanho de um bezerro, mas larga numa ponta e afunilada na outra. Com que pernas chegou ali? Shamuel e seus ajudantes. E aquelas ferramentas? A marreta, o cinzel enorme e o raspador? O ferreiro, sem dúvi-da. É doloroso saber que ela conversa mais com Shamuel e o ferreiro do que com ele. Todavia, o sentimento passa quando ele entende que a ambição da-quela empreitada significa que ela não vai partir! Philipose fica ali, mesmeri-zado, observando-a manusear a marreta, desferindo golpes masculinos, expe-rientes, os quadris movendo-se num ritmo constante. Elsie parece tão absorta que nem mesmo uma procissão de elefantes poderia distraí-la. Ele se retira para o quarto, para trabalhar, inspirado pelo exemplo dela.

Philipose pretende juntar-se à família para o almoço, e até para o jan-tar... Mas acaba adormecendo. É meia-noite quando acorda. A casa está si-lenciosa. Abre uma página aleatória de sua bíblia, *Os irmãos Karamázov.*

Mesmo quando não presta atenção, a cadência das palavras, o sentimento que provocam, a sensação de penetrar no sonho de Dostoiévski é apaziguante. Lê: *Deus o poupe, meu garoto, de um dia pedir perdão por um deslize a uma mulher que você ama.* "Chaa!", ele diz, largando o livro. Dessa vez o tom de Dostoiévski não bate com seu estado de ânimo.

Na manhã seguinte, Elsie não está nem na cozinha nem em sua área de trabalho. Quando Philipose vai ao quarto onde dormem as três mulheres, Bebê Mol o intercepta, pedindo silêncio. "Você não pode entrar."

"Como assim? São quase dez da manhã. Ela não está bem?"

Sua mãe passa por ali e diz "Shh!" Todas enlouqueceram? Quando Elsie marreta uma pedra por horas seguidas, todo mundo acha normal, e agora *ele* está sendo barulhento? Ele esboça um protesto, mas Grande Ammachi põe um dedo sobre seus lábios. "Fale baixo", diz, sorrindo. "Ela precisa dormir por duas pessoas. Era assim quando eu estava com você na barriga."

Ele olha para a mãe, sem entender nada.

"*Chaa!* Homens! Sempre os últimos a perceber", ela diz, beliscando a bochecha do filho antes de seguir para a cozinha com uma alegria que há séculos não demonstra. Seus joelhos enfraquecem. Desde aquela noite em que os dois tiveram intimidades, ele torceu para que Elsie viesse a seu encontro quando Bebê Mol e Grande Ammachi dormissem, os lábios delas curvando-se naquele sorriso de desejo de uma dançarina de templo. Mas ela não veio. E, no entanto, Deus — o Deus *delas*, não seu — decretou que uma vez era suficiente. Um bebê! Uma segunda chance! Começarão tudo de novo. Por que ela não lhe contou? Ele se retira para seu quarto e espera a esposa acordar.

Adormece e é acordado pelo som do cinzel na pedra. Parado no umbral do ateliê, vê os pelos claros nos antebraços da esposa delineados em poeira, reluzindo como fios de prata; há uma pátina de pó em sua testa. Ela faz uma espécie de dança vagarosa ao redor da pedra, mudando o peso de um quadril para o outro. Observando-a, ele pensa: *O Deus que nos desapontou está tentando nos compensar, está fazendo concessões depois de mijar em nossa cabeça.* Ele sente certa leveza. O peso da frustração se dissipa e...

Um novo pensamento lhe ocorre, uma ideia tão excitante, tão perturbadora, tão cheia de alegria e redenção... Não, ele não vai se permitir dizê-la em voz alta. Ainda não.

Aparece para jantar, surpreendendo a todos. Elsie se levanta para trazer-lhe um prato, mas ele diz que não precisa: "Comi mais cedo". Não comeu. Grande Ammachi suspira e vai à cozinha buscar-lhe iogurte e mel — é disso que ele tem subsistido. Quando se vê a sós com Elsie, ele declara: "Estou sabendo de tudo!".

Ela tenta sorrir. Então, sem sobreaviso, seu rosto desaba, e precisa lutar contra as lágrimas. Claro, ele entende: a bênção de uma nova criança é também uma lembrança da perda que sofreram.

Dois dias mais tarde, Bebê Mol anuncia, como um ritual: "Bebê Deus está vindo". Elsie, tendo acabado de tomar banho, trança o cabelo de Bebê Mol. Grande Ammachi espera que ela termine, segurando um copo de leite quente para Elsie.

Dez minutos depois, o primeiro professor de Philipose, o *kaniyan*, trota pela estrada, suando da caminhada, o *sanji* cruzando-lhe o peito. "Quem chamou esse sujeito?", pergunta Grande Ammachi, cuspindo um jato de sumo de tabaco na direção dele, revelando sem querer o mau hábito que finge não ter.

"Fui eu", Philipose responde.

Os ombros lustrosos do *kaniyan* são miniaturas de sua cabeça careca, uma trindade que revela uma vida inteira esquivando-se do trabalho manual. Alguém disse de brincadeira para Bebê Mol que o quisto era um deus bebê vivendo na cabeça do *kaniyan*.

"Aparecendo numa quarta-feira?", resmunga Grande Ammachi. "Ele deve saber que isso não traz boa sorte. Mesmo um filhote de leopardo não sai do ventre da mãe numa quarta." E se retira para a cozinha. O *kaniyan* a segue, a mão descansando na guarnição da porta, recuperando o fôlego enquanto pede "algo" para matar sua sede, torcendo para que seja soro de leite coalhado ou chá. Com um olhar desconfiado, ela lhe dá água.

Agachado no *muttam* diante do banco de Bebê Mol, o *kaniyan* puxa pergaminhos do *sanji*. Grande Ammachi volta. O *kaniyan* traça um triângulo na areia com uma vareta, depois o divide em colunas e fileiras, murmurando: "*Om hari sri ganapathaye namah*".

Grande Ammachi torce o crucifixo no colar e olha para Philipose; ele a ignora e põe uma moeda em um dos quadrados. Ele não entende por que a mãe está inquieta; não foi esse homem que ela contratou para ensinar-lhe as primeiras letras? Ela age como se os conhecimentos védicos que lhe permitem prever o futuro fossem uma bobagem sem sentido, mas acabou de falar que é de mau agouro visitar alguém numa quarta-feira. Shamuel, que está de saída, um saco dobrado sobre a cabeça, acocora-se para assistir.

O *kaniyan* cantarola o nome dos pais, recita seus astros e a data de nascimento de memória e então pergunta indiretamente a respeito da última menstruação de Elsie. Ela é pega de surpresa. Sem se incomodar com a ausência de resposta, ele murmura frases em sânscrito, contando com os dedos e lançando um olhar para o estômago de Elsie; seu dedo paira sobre os mapas astrológicos, depois o homem escrevinha com um estilete de metal numa pequena tira de folha de papiro. Deixa a folha se dobrar, formando um cilindro apertado, amarra-a com um fio vermelho e recita um *slokum* antes de entregar a folha para Philipose, que só falta rasgá-la de tanta impaciência. Nela se lê:

O REBENTO SERÁ UM MENINO.

"Eu sabia! O que foi que eu disse? Que seu Senhor seja louvado", diz Philipose, numa voz que ele mesmo sabe que ressoa alta demais. "Nosso Ninan renascido!"

Cinco pares de olhos o fitam, pasmos. Elsie fica boquiaberta. Grande Ammachi diz: "*Deivame!*". *Deus Pai!*, e se benze. Shamuel dá um tapinha na cabeça para conferir que o saco continua ali e se retira. Bebê Mol olha fixamente o Bebê Deus. "Venha", diz Grande Ammachi para Elsie. "Deixemos de lado essa tolice."

O júbilo de Philipose é cortado pela descortesia das mulheres. Não percebem que acabaram de testemunhar a profecia em toda a sua potência? Sua convicção é inabalável: a criança no ventre de Elsie é Bebê Ninan reencarnado. Essa é a justificativa para todo o tormento que ele passou, para o pesadelo recorrente em que ergue o corpo sem vida do galho e corre com os tornozelos quebrados, corre para lugar nenhum. O olvido do ópio não consegue impedir que os cães da memória o persigam. Ah, mas agora esses cães terão de fugir com o rabo entre as pernas! Bebê Ninan voltará!

Semanas e meses se passam, e Elsie trabalha firme na grande pedra. Não mexe na extremidade mais larga e pesada, mas logo atrás um pescoço emerge, depois o rosário da coluna flanqueado pelas escápulas. Aos poucos, Philipose compreende que é uma mulher de quatro no chão. Talvez ela esteja se voltando para olhar por cima do ombro, no entanto ele não tem certeza, pois o rosto está oculto na ponta larga da pedra. Os seios pendem inteiros, e a barriga posiciona-se de modo convexo à terra, numa curva suave. Uma das mãos está plantada na terra. O outro braço desaparece na pedra logo depois do ombro. O braço sinaliza uma atitude de desafio? Entrega? Estende-se em busca de algo?

Numa noite que, mais tarde, ele desejará apagar da memória, enquanto a casa dorme, ele vai ao ateliê de Elsie para examinar a Mulher de Pedra. Esse tem sido seu costume por incontáveis noites. Sua mente se debruça naquela superfície como sobre um enigma. Na semana anterior trouxe uma fita métrica e confirmou suas suspeitas: ela é um quarto maior do que uma figura em tamanho real. Uma escolha decerto deliberada. A razão de quatro para cinco, paradoxalmente, torna a escultura ainda *mais* real. Ela está ajoelhada sobre uma esteira, peneirando arroz? Ele já viu Elsie de quatro naquela pose, brincando com Ninan, deixando o cabelo cair sobre o rosto dele. Viu Ammini, a esposa de Joppan, brincando assim com a filha recém-nascida dos dois. No entanto, a torção no pescoço da Mulher de Pedra, a posição do suposto queixo sugere que talvez esteja olhando para trás. Um convite? É possível que o braço ainda oculto que se estende para a frente esteja agarrando-se à cabeceira da cama, apoiando o corpo enquanto seu amante a penetra? Quando Elsie terminará o rosto? A espera é insuportável e o deixa ansioso.

Volta para seu quarto, puxa a caneta, mas antes enrola uma pérola para se acalmar. Só depois de engoli-la lhe ocorre que já tomara uma dose minutos antes.

Elsie, rodeei sua Mulher de Pedra esta noite, como um achen rodeando o altar. Três voltas é seu limite, mas seus rituais de magia negra não me limitam. Elsie, por favor, quem é essa Deusa que engatinha para trás, saindo de um ventre de pedra? É você? Além disso, se isso é um nascimento, a natureza concorda que o melhor é que a cabeça saia primeiro. Diga-me que ela está saindo, não voltando para dentro. Que verdade seu rosto revelará sobre você, ou sobre nós dois? Esperei semanas a fio que terminasse esse rosto! Toda noite vou lá na esperança de que seja esta noite. Nos velhos tempos, quando nossas mentes estavam tão conectadas quanto nossos corpos, poderia simplesmente perguntar a você. Elsie, Ninan está vindo. Ninan retorna. Como pais, deveríamos nos aproximar...

Ele fecha os olhos para pensar, a caneta na mão. Cochila, a cabeça na mesa, à revelia do temporal que cai. Não é nem uma das chuvas pequenas, nem a monção, apenas um tempo caprichoso. Meia hora depois, desperta numa agitação terrível. Teve um sonho vívido! Um sonho tão brilhante, delicioso e profundo. Olha para baixo e está excitado! No sonho, a Mulher de Pedra se voltava para ele. Acenava-lhe. Philipose viu o rosto dela claramente.

Sua expressão revelava uma verdade profunda sobre… sobre… Ele acerta um tapa na própria cabeça. Verdade sobre *o quê*? A verdade paira no ar, próxima, mas inalcançável. Lamenta-se e raspa outra pérola.

Suas pernas o levam ao ateliê de Elsie, mas ele esqueceu os chinelos. Farpas agudas de raspas de pedra machucam seus pés. Philipose confronta a escultura: "Ouça, já vi seu rosto no sonho. Pergunto só mais uma vez… Por que se esconder? Você está com medo? O que é?".

A Mulher de Pedra fica em silêncio. Um raio de luz a ilumina. Os respingos de chuva soprados pelo vento fazem sua pele parecer úmida e viva. Outros relâmpagos animam seus braços e pernas. Ela está se contorcendo, lutando para libertar a cabeça! Será que ele ainda está sonhando? Aquele bloco de pedra a aprisiona em um capuz rochoso. É Elsie a carcereira cruel? Ou a Mulher de Pedra não é outra, senão Elsie?

O próximo relâmpago seguido de trovão torna inequívoco o medo na figura. Ele deve agir! *Espere, minha querida, libertarei você. Estou indo!* No instante seguinte segura uma marreta gigantesca, erguida para o alto. É mais pesada do que imaginava, difícil de equilibrar. Desce com muito mais força do que ele pretendia, quica ao bater na pedra, saem faíscas, uma onda de choque se arrasta por seu cotovelo. No golpe, como se por vontade própria, a marreta acerta sua clavícula, e ele ouve o som do osso sendo esmagado. Grita enquanto a dor se espalha pelo pescoço e pelo ombro. A marreta tomba no chão. Por instinto, a mão esquerda toma a direita e a pressiona contra o peito, pois o menor movimento de seu braço ou ombro provoca uma dor excruciante na clavícula. Contorce-se em agonia. Os batimentos cardíacos ressoam mais altos do que a chuva. Em meio à névoa da dor, pensa: *Sem dúvida, estou acordado.* Ele tem certeza de que seu grito e o baque da marreta no chão acordaram a casa. Um minuto se passa. Ninguém aparece.

Fica horrorizado ao ver que não apenas não conseguiu libertar a Mulher de Pedra, como garantiu que jamais um rosto surgirá dali. O pedaço que arrancou deixou uma cratera onde os olhos, uma testa, um nariz e um lábio superior poderiam vir a nascer.

Cambaleia para o quarto, a clavícula latejando. Qualquer movimento do braço direito, mesmo o mínimo gesto dos dedos, lhe provoca uma dor insuportável. A única forma de minimizar a dor é pressionar com a mão esquerda o braço direito contra o peito. No espelho, vê o inchaço terrível e a irregularidade no contorno do osso. É possível viver toda uma vida sem reparar na clavícula, sabendo apenas que ela está ali, acima do peito como um cabide. Então um ato de estupidez lhe dá uma bela medida da existência dela. Com grande dificuldade, prepara uma tipoia. O esforço o deixa coberto de suor.

Logo amanhecerá. Elsie não pode ver o que ele fez. Como esperar que ela entenda se ele próprio mal pode compreender? Se não é assassinato, é homicídio involuntário, mas, em todo caso, há um corpo a ser despachado. Volta para o pátio e esconde a coleção de marretas e cinzéis de Elsie atrás das prateleiras de seu quarto.

Antes do amanhecer espera por Shamuel na varanda. A tempestade da noite anterior cobriu o *muttam* de folhas mortas e folhas de coqueiro. Por fim Shamuel aparece, apresentando-se como um totem escuro, nu da cintura para cima. O cheiro de *beedi* que Philipose associa ao velho apega-se a ele, como o *thorthu* puído que estava enrolado sobre sua cabeça ao chegar, mas que, por respeito ao *thamb'ran*, está dobrado sobre o ombro. O *mundu* está amarrado pela metade, e as rótulas dos joelhos são discos brancos. Agora tudo nele é grisalho, até as sobrancelhas, e há também um toque acinzentado nas profundezas de suas pupilas.

"Que chuva ontem à noite", Philipose diz. Sabe que ele é uma decepção para esse homem que o amou e o serviu desde o nascimento. O velho estuda a tipoia em seu ombro, vê o machucado. "Vejamos, Shamuel... Hoje... Lembre de levar o arroz para o moinho."

"*Aah, aah*", Shamuel fala de modo automático, embora tenha moído o arroz na semana anterior.

"E peça para o *vaidyan* vir aqui." Antes que Shamuel possa perguntar por quê, Philipose acrescenta: "Mas, antes de tudo isso, peça ajuda e leve essa pedra em que Elsie anda trabalhando".

"*Aah, a...*" Shamuel se detém. "Você diz a mulher grande?" Também tem acompanhado a evolução.

"Sim. Tire-a de lá o mais rápido possível, por favor. Não espere", Philipose diz, afetando um tom de voz casual, enquanto se levanta da cadeira. "Tire-a de vista, bote ali atrás do tamarindeiro, talvez. Mas logo. Ela voltará a trabalhar depois que o bebê nascer."

Philipose entra, deixando Shamuel a sós no *muttam*, coçando o peito.

Em meia hora, Shamuel retorna com dois homens, cordas enroladas nas mãos. Philipose fica feliz por Joppan não ser um deles. Aproximam-se do pátio semifechado que é o ateliê de Elsie. Rodeiam a Mulher de Pedra, a sola dos pés impenetráveis às lascas de pedra. Philipose assiste a tudo discretamente. O que pensam da escultura? Será que acham que a arte é uma terrível indulgência? Em especial agora que a tal arte está lhes dando trabalho. Arrastam a pedra deformada.

Mais tarde, o *vaidyan* aparece. Philipose pouco crê em seus tônicos e comprimidos, mas sabe que o homem entende de fraturas. No fim, a tipoia que Philipose preparou é o tratamento para a fratura. Deve mantê-la por pelo menos três semanas.

No café da manhã, Elsie come *idli* no vapor, suculentos e brancos como nuvens. Depois, sob a supervisão de Grande Ammachi, aplica *dhanwantharam kuzhambu* morno por todo o corpo. Todo *vaidyan* tem sua própria fórmula, mas a base é óleo de rícino e de gergelim, e raízes de erva-moira. Uma hora depois ela toma banho, esfoliando o óleo com pó de gravanço. Antes que a sogra a deixe ir, ela bebe uma infusão de leite quente com *brahmi* e raiz de *shatavari*. São onze da manhã quando Elsie chega ao pátio, atando um avental ao sári. Philipose a espera, de pé; balança o corpo de cansaço, sonolência e ópio.

Ela se vira lentamente para ele.

"Elsie, posso explicar. Guardei sua escultura num lugar seguro. Só até nosso filho nascer."

Uma mosca paira na frente do rosto dele, e o mero pensamento de espantá-la já lhe dispara a dor.

Ela vê a tipoia, o inchaço feio azulado e a deformidade ossuda com curiosidade e até certa preocupação. Depois se volta para o que já não está lá. Inclina-se para recolher do chão o fragmento que se partiu quando a marreta cumpriu o serviço. Ele se lastima por ter deixado aquilo ali. Segurando a peça à distância de um braço, ela a vira de um lado a outro, tentando imaginar sua origem. Philipose ficaria mais feliz se ela explodisse e lhe dissesse tudo que ele merece ouvir.

"Foi um acidente, Elsie", desabafa. "Tive um pesadelo terrível." Não era isso que ele queria dizer! "Estava convencido de que ela queria escapar. Acho que eu ainda estava sonhando quando vim até aqui. Queria libertá-la." E se cala, esperando o pior.

"Então, você não fez por mal." A voz dela é neutra. Sem sarcasmo. Sem nada.

Ela compreende! Graças a Deus. "Sim. Sim. Sinto muito. Elsie, depois que nosso filho nascer, trago de volta a escultura. Ou consigo dez outras pedras para você, se quiser", ele diz.

"Nosso filho?", Elsie questiona, por fim.

Que ela já não queira falar da Mulher de Pedra é uma bênção. "Sim, nosso filho! Ele está reclamando", ele responde, arriscando um tom de piada. "Ele andava dizendo 'Appa, estou muito animado para chegar ao mundo, mas essas marteladas estão me enlouquecendo!'."

Elsie diz: "Você tem tanta certeza de que é um filho".

Não é uma pergunta. Ele ri, nervoso.

"Você esqueceu da visita do *kaniyan?* É nosso Ninan renascido!" Sua voz vacila quando ele diz o nome, e a expressão no rosto dela muda. Um fantasma se põe entre os dois.

"Deus é penitente, Elsie. Deus pede perdão. Deus quer nos oferecer uma razão para acreditarmos de novo. Deus está nos devolvendo Ninan para que nos curemos."

Ela olha para o fragmento de pedra em sua mão, como se não tivesse certeza do que fazer com aquilo, até que o deita no chão com cuidado, como se fosse um objeto sagrado. De repente parece cansada. Quando fala, é sem rancor, e talvez até haja alguma compaixão pelo homem com quem casou.

"Philipose, oh, Philipose, o que aconteceu com você?" Sob o olhar de Elsie, ele se sente encolher, tornando-se do tamanho do fragmento de pedra. "Tudo que queria era seu apoio para que eu pudesse trabalhar. Mas, de alguma forma, sempre que você acha que me dá alguma coisa, na verdade tira."

A COLUNA DO HOMEM COMUM: A ANTICURA
por V. Philipose

Vale para qualquer um que você abordar numa estrada: assim que entendem que não é dinheiro — ou o último restinho de tabaco — que você busca, mas uma história, as pessoas te contam alegremente a lenda da vida delas. Quem não quer falar do karma ruim, da traição que se interpôs entre eles e a grandeza, que os impediu de serem famosos como Gandhi ou Sarojini Naidu? Ou ricos como Tatas ou Birlas? Todo malaiala tem uma lenda pessoal, e, garanto, é tudo ficção. Da mesma forma, um malaiala tem também mais duas histórias, tão infalíveis quanto seu umbigo: uma delas é sobre fantasmas, e a outra, uma receita de como curar verrugas. Querido leitor, sou um coletor de histórias sobre como curar verrugas. Tenho centenas. Se você quer levar uns sustos coletando histórias acerca de fantasmas, a escolha é sua. Então, seja lá o que pense de minha coleção de histórias a respeito de como curar verrugas, reserve sua opinião para você, por gentileza.

Por que histórias sobre como curar verrugas, você me pergunta? Por acaso estou coberto de verrugas? Não. Mas tive uma neste dedo quando garoto. Naturalmente, achava que fosse consequência de um pecado que cometi. Em vez de contar para minha mãe, fui a um amigo de infância, um camarada mais velho e confiante, meu herói. Ele compartilhou comigo seu método de cura secreto: urina fresca de bode, que ainda não tenha molhado o chão; aplicar pouco antes do nascer do sol. Irmão, por favor, tente encontrar mijo de bode em algum lugar que não no chão. Irmã, pode ser que seu bode mije o tempo todo e olhe para você de modo insolente enquanto molha sua perna, mas tente recolher um pouco de urina num coco vazio no escuro, sem levar uma cabeçada ou um coice em locais que não podemos mencionar. Mas, enfim, eu consegui. É uma história à parte, mas consegui... E a verruga caiu! Quando contei ao meu amigo, ele rolou no chão de tanto rir. Era tudo invenção dele! Mas eu ri por último, não? A cura funcionou.

De geração em geração, famílias transmitem histórias sobre como curar verrugas, como quem passa receitas secretas. "Corte uma cabeça de enguia e enterre. Quando ela apodrecer, a verruga também apodrecerá." "Vá a um velório e esfregue discretamente a verruga no cadáver." "Caminhe por três minutos à sombra de alguém cujo rosto esteja coberto de cicatrizes de varíola."

Foi por isso que fui ver o doutor X. (Não é seu nome, significa apenas que não direi quem é.) Verrugas são sua especialidade. Seu nome estava na placa, seguido pelas letras: "DM(h) (USA), MRVR". Era de esperar que uma placa desse tipo se encontrasse em um prédio pukka com telhado forrado, não em uma cabana perto de uma oficina mecânica, tendo à frente uma vala de água fedorenta. Um homem sem camisa, com um mundu sujo, sorria do lado de fora. Perguntei: Onde está o dr. X.? Ele respondeu: Sou eu. Perguntei sobre aquelas siglas depois de seu nome. Ele explicou que DM(h) era doutor em medicina homeopática. Eu disse: Aah, então você fez faculdade de homeopatia? (Cá entre nós, eu tinha minhas dúvidas.) Ele declarou: Ah, sim! Aqui mesmo em casa estudei a Pharma-copeia Britânica, de 1930. Decorei tudo. Pergunte qualquer coisa! Eu queria dizer: Você deve saber que lançaram uma nova edição, não? Em vez disso, perguntei: O que tem a ver a Pharmacopeia com a homeopatia? Ele respondeu: Se há diluição, por que não? A diluição é essencial! Aah, eu disse. E quanto ao USA, depois do DM(h)? (Ele não parecia ter viajado para muito além da supracitada valeta fedorenta.) Ah, isso, ele contou, significa Unani, Siddha e Ayurveda. Três sistemas de medicina pelos quais tenho grande interesse. Pode-se dizer que são minhas especialidades.

A cara de pau desse camarada! Senhor, eu disse — ele me interrompeu. Chame-me de doutor, por favor. Aah, doutor, então, você não acha que as pessoas podem confundir aquelas letras com o país? Não prossiga, ele dis-se, esticando um braço, como um policial faria. Deixe-me lembrá-lo que Unani, Siddha e Ayurveda são práticas ancestrais que existiam já muito antes da América. Desafio Churchill ou qualquer outro que diga o contrário. Aah, eu respondi, que seja, mas e quanto a esse MRVR? Ele explicou: É do latim, Medicus Regius Vel Regis, ou médico da realeza. Eu disse: Calma lá! Você tratou alguém no Palácio de Buckingham? Não, ele falou. Prescrevi, com sucesso, um purgativo para um homem severamente constipado que era primo em sexto grau do último marajá de Travancore — todos os outros tratamentos falharam. Em vez de diluição, no caso dele optei pela concentração. Usei cáscara, senna, óleo mineral, leite de magnésia e meu ingrediente secreto. Perguntei: Funciona? (Eu tinha certo interesse pessoal, pois quem de nós não sofre de prisão de ventre?) Aah! Meu amigo, ele respondeu, rindo de maneira desagradável e baixando a voz. Se funciona, você pergunta? Digamos assim: se você por acaso estiver lendo um livro ao tomar esse remédio, ele arrancará as páginas da lombada! Enfim, meu paciente ficou muito agradecido. Portanto, consultei o dicionário de malaiala-latim e acrescentei MRVR ao meu nome.

Aah, eu disse. Chega. Não vim aqui falar de sua placa. Sou um coletor de histórias sobre como curar verrugas, das quais existe uma legião. Sim, sim, ele assentiu, de pleno acordo, e, além do mais, acrescentou, o ingrediente comum a todas as curas é a convicção. Quando um método de cura funciona, é porque o paciente de fato tem fé. Quando os métodos são bem elaborados, é mais fácil de acreditar. Assim é a natureza humana. Muito bem, eu disse, pois finalmente concordei com ele em alguma coisa. Então, eu falei, diga-me, o que você faz para os pacientes com verrugas? Mostrou-me sua mão. O que significa isso?, perguntei. Bote dinheiro aí, por favor. Se o paciente puser dinheiro na minha mão, significa que tem fé. Logo, meu método de cura certamente funcionará.

Peguei minha bicicleta, pronto para partir. Não tenho verrugas, eu disse. Estou perguntando como jornalista. Ele respondeu: Você está terrivelmente enganado — diagnostiquei verrugas tão logo o vi. Onde? Mostre-me! Aah, mas suas verrugas estão todas dentro de você, como bem sabe. A mão dele continuava estendida.

Querido leitor, não seja muito severo comigo, mas nesse momento entendi tudo e me emocionei. Pus dinheiro na mão do médico. Doutor, eu falei, estou desesperado. E tenho fé.

54. Um anjo pré-natal

PARAMBIL, 1951

Uma trégua desconfortável se impõe ao longo da gravidez de Elsie. Grande Ammachi percebe que a nora tem evitado o marido. Quem pode culpá-la? Desde a visita do *kaniyan*, o comportamento de Philipose se tornou mais errático.

No sétimo mês de gestação, Grande Ammachi convoca Anna, uma jovem que na igreja é conhecida por sua bela voz. Ammachi ouviu dizer que seu marido desaparecera e que ela e a filha passavam dificuldades. A matriarca tem sessenta e três anos, e cada um deles lhe pesa. Com a chegada de um novo bebê, um pouco de ajuda não cairia mal; se Anna se dispusesse, o arranjo poderia ser mutuamente benéfico. Ammachi sente muita falta de Odat *Kochamma*; a presença da velha seria uma bênção durante o parto. Ela não tem nenhuma fotografia de sua amada companheira, então num jarro na cozinha conserva sua dentadura de madeira — uma dentadura que a velha pegou "emprestada" do pai de sua nora e que usava quando lhe dava na telha. Grande Ammachi sorri sempre que seu olhar recai sobre aqueles dentes maliciosos que tudo observam. Todas as noites, em suas orações para os falecidos, chora ao chegar ao nome de Odat *Kochamma*.

Anna aparece depois do almoço, bem quando Grande Ammachi descansa na cama de corda com o jornal e um pouco de tabaco; com exceção das moscas na passagem coberta ao lado da cozinha, ninguém pode criticá-la por aquele hábito. Anna tem quase trinta anos, testa larga, quadris largos e um sorriso mais largo ainda. Para uma mulher de seu porte, seu rosto parece um tanto chupado, mais magro do que Grande Ammachi se lembrava da última vez em que a viu na igreja. Uma menininha frágil, com uma bermuda grande demais, amarrada com cadarço, se esconde atrás da mãe, seus olhos maiores que todo o rosto.

"E essa pequena cauda que você traz aí, quem é?"

"É minha Hannah!", diz a mãe, cheia de orgulho, mostrando mais dentes do que poderiam caber numa boca. As manchas ressecadas em padrão concêntrico em sua *chatta* não escapam ao olhar de Grande Ammachi. É o leite materno que impede que aquele anjinho com olhos de besouro passe fome.

"*Aah*, acho que talvez Hannah queira comer algo", diz Grande Ammachi, não dando ouvidos aos protestos de Anna e logo se metendo na cozinha. Enquanto as duas comem, Grande Ammachi lhe pergunta sobre o marido ausente.

"Ammachi, a má sorte seguia meu pobre marido como gatos atrás do vendedor de peixe. Ele adormeceu debaixo de um coqueiro depois de beber vinho de palma e um coco caiu e quebrou as costelas dele. Azar demais." Grande Ammachi pondera sobre a visão caridosa que Anna tem do esposo. "Depois ele perdeu o emprego e não conseguiu encontrar serviço. Ficou frustrado. Numa manhã decidiu que se enfiaria secretamente num trem rumo a Madras, Delhi ou Bombaim, em busca de trabalho. Isso foi há três meses. Não temos arroz em casa", ela diz, ainda sorrindo, como se descrevesse mais uma reviravolta cômica na aventura marital, embora seus olhos se encham de lágrimas. "Quero encontrar meu marido, mas como?" Esfrega as bochechas. "Quando Hannah crescer e me perguntar se fiz de tudo para encontrar seu *Appachen*…"

Grande Ammachi finge certa irritação, mas aperta a mão de Anna. "Você não pode revirar o país atrás dele!"

Desde o primeiro momento, Anna é como quatro pares extras de mãos, e Grande Ammachi se pergunta como ela conseguia viver antes de Anna *Chedethi*. Esse sufixo dá a ela o status de parente, não de empregada. Hannah segue Grande Ammachi para cima e para baixo, como Jojo fazia. *Senhor, cheguei aqui também quase criança, com saudade de minha mãe e sem pai. Agora sou mãe de tantos.* A menininha parece ter três anos, mas mostra cinco dedos quando lhe perguntam a idade. Não demora muito e suas bochechas crescem como pão fermentado. Grande Ammachi a ensina a ler, usando a Bíblia como texto de apoio. Depois da lição, Hannah permanece sentada com a Bíblia por muito tempo.

Grande Ammachi e Anna *Chedethi* preparam o quarto para o parto de Elsie. O cômodo fica ao lado do *ara*, logo acima do celeiro, sendo possível vigiar dali os tesouros da residência. A cama sobre a plataforma elevada com quatro colunas de canto erguendo-se como pináculos de igreja está atulhada de fardos de tecidos. Grande Ammachi teve seus filhos nessa cama, e sua mãe dormiu naquele quarto nos últimos meses de vida, quando sentia dificuldade em se erguer da esteira no chão. As paredes têm painéis de teca escura, ornamentos em cobre e um teto falso. É um museu de velhos artefatos de Parambil, cada um com sua história; Grande Ammachi não consegue se desfazer de nenhum. Há um conjunto de *kindis* de bronze de bico longo e lampiões a óleo e querosene belamente enfeitados; os lampiões pegam poeira desde que a eletricidade chegou. A um canto repousa o castiçal de sete velas, peça cerimonial mais alta que Grande Ammachi. As duas mulheres esvaziam o aposento, deixando apenas a cama. Anna *Chedethi* limpa as paredes e o teto, esfrega o piso até conseguir ver o próprio reflexo. O parto de Elsie será ali, naquele cômodo de memórias, cerimônia e transição.

Na cozinha, Grande Ammachi ouve um estrondo e corre para o velho quarto; encontra Philipose com uma escada, escarafunchando um vão acima do *ara*.

"Estou procurando o velho velocípede de Ninan, aquele sem rodinhas", ele diz. "Não está aqui?"

"Você enlouqueceu? Saia já daí!"

Mais tarde ela ouve o filho dando instruções a Shamuel. "Segundo meu calendário, o parto será no dia seis. Quero que o sultão *pattar* faça *biryani*…"

Grande Ammachi se aproxima, furiosa. "Que besteira! Acha que isso é um casamento? A lua é que segue esse tipo de calendário, não os bebês. Shamuel, você pode ir. Sem sultão *pattar* nenhum." Shamuel retira-se lentamente, chegando a ouvir: "O que há de errado com você, Philipose? Que comportamento infeliz! Não quero celebrações, não antes de ter nos braços um bebê sadio".

Os olhos de Philipose são os olhos de um homem que perdeu toda razão. Ela talvez compartilhasse com ele a ansiedade em relação à gravidez de Elsie, mas esse espectro jamais entenderia. Que loucura o possuiu a ponto de despachar a escultura de pedra de Elsie? Grande Ammachi se solidarizou com a nora, mas Elsie disse: "Está tudo bem. As ideias em minha cabeça são inesgotáveis. E ninguém pode tirar essas ideias de mim".

Grande Ammachi sabe de uma coisa que Philipose não sabe: Elsie está construindo outra escultura no lugar onde se banhava, um ponto que o marido nunca visita. Começou como uma pilha de gravetos, que se transformou numa parede curva que aos poucos virou um ninho gigante. Elsie caminha sem parar pela propriedade, partindo ramas verdes e maleáveis, e gravetos secos, que entrelaça ao ninho junto com objetos encontrados ao léu, incluindo panos velhos, fios de vime do encosto de uma cadeira velha, fitas, uma roldana imprestável, corda de casca de coco, uma maçaneta. Depois da visita de um clérigo, Grande Ammachi encontra o terço dele entrançado ao ninho. Elsie é como um pássaro-alfaiate, girando a cabeça para um lado e para o outro, vasculhando a terra enquanto caminha de pés descalços entre arbustos. Suas mãos estão cheias de bolhas. Grande Ammachi se pergunta: *Um ninho é mesmo arte? Será que a gravidez lhe afetou o juízo?*

Certa manhã, nota Elsie caminhando de forma um tanto rígida, como se estivesse com pernas de pau. Força a nora a se sentar. "Olhe seus pés! Logo mais vão estar iguais aos de Damodaran! Chega de caminhar". Os tornozelos de Elsie desapareceram. As unhas dos pés estão sem brilho, os calcanhares fissurados como um leito seco de rio. Calos amarelos se acumulam nas solas. "Por que não tem usado chinelos? Eu devia ter prestado atenção." Mas Grande Ammachi tem focado é na barriga da nora, atentando se está alta ou baixa — e acaba de perceber que está baixa, a cabeça do bebê adentrou a pélvis. Ammachi torce para estar errada, pois ainda é cedo. "Você não sai mais da minha vista", ela diz, severa. "Sente-se comigo. Desenhe ou pinte em vez de andar por aí coletando *kara-bura*", declara, improvisando uma palavra inventada.

Ela e Elsie mudam-se para o velho quarto, Elsie na cama, Grande Ammachi numa esteira. Na primeira noite ouve Elsie se revirando, uma inquietude que anuncia o parto iminente. A espera acabou, embora seja mais cedo do que o esperado. Perto do amanhecer, quando abre os olhos, Grande Ammachi se depara com Elsie a olhando fixamente. Por um breve e estranho momento, tem a sensação de que outra pessoa ocupa o corpo da nora, alguém que quer contar algo que ela, Grande Ammachi, não quer ouvir.

"*Molay*, o que há?"

Elsie balança a cabeça e admite que tem tido câimbras intermitentes, outro sinal do parto. Ao amanhecer, ela diz: "Ammachi, por favor, caminhe comigo até meu ninho". Elas vão até lá, o braço de Elsie em torno dos ombros, mais baixos, de Grande Ammachi. Metem-se pela entrada imbricante do ninho que, num primeiro olhar, é invisível. O topo dele alcança o peito de Grande Ammachi. "Espero poder fazer outras peças grandes como esta. A céu aberto. Quer dizer, se eu sobreviver ao parto."

"Que besteira é essa? 'Se eu sobreviver'?", Grande Ammachi finge irritação.

Elsie olha para a sogra e parece prestes a desabafar. Mas então se vira e suspira.

"O que é, *molay*?"

"Nada. Ammachi, se algo acontecer comigo, por favor, cuide do bebê. Promete?"

"*Chaa!* Não fale assim. Nada vai acontecer. Mas por que a pergunta? É claro que cuidarei."

"Se for menina, quero que tenha seu nome."

Como resposta, ela abraça Elsie, que se agarra a ela. Quando as duas se separam, Grande Ammachi se espanta com a expressão cheia de tristeza de Elsie. Consola-a com palavras, com toques. Grande Ammachi lembra bem da intensidade de suas próprias emoções, seu medo à medida que o parto se aproximava, e, no caso de Elsie, esse momento é iminente. Essa fragilidade é um sinal.

Grande Ammachi vai até Philipose: "Agora, me escute. Elsie está decidida a ter o parto em casa. Mas não gosto do que estou vendo. Não sei explicar. Ela vai ter a criança a qualquer momento. Arranje um carro e…".

Ele salta da cama, alarmado. "Agora? Mas meu calendário…"

"O que foi que eu disse sobre o calendário? Podemos ir para o hospital missionário em Chalakad. Na verdade, achei que ainda teríamos mais tempo. Se pelo menos houvesse um hospital mais perto…"

Nesse exato momento, Anna *Chedethi* a chama em um tom alarmado.

"Deixa pra lá", diz Grande Ammachi. A bolsa de Elsie deve ter estourado.

Anna *Chedethi* prendeu lençóis brancos sobre a metade de baixo das janelas do velho cômodo. Philipose, do lado de fora, olha para aquilo sem entender. Ele encurrala Shamuel que passa por ali e lhe diz: "Parece que nosso Ninan está com pressa de aterrissar, como da outra vez. Temos que matar um bode. E providencie vinho de palma…". Sua mãe, no quarto com Elsie, entreouve a conversa e está prestes a sair para repreendê-lo, quando ouve a voz de Shamuel, quase irreconhecível.

"*Chaa!* Pare! Faça silêncio. Não fale comigo. Se quer ajuda, vá para a igreja e reze. Faça uma promessa de não ir à loja de Krishnankutty. É isso que você pode fazer."

O silêncio impera.

Os gemidos de Elsie são rítmicos. Grande Ammachi se prepara, prendendo o cabelo num coque apertado, olhando-se no espelho. Seus cachos estão mais ralos, e mais cinza que brancos. Ontem mesmo era uma jovem esposa se contorcendo de dor nesse mesmo quarto com sua primeira criança. Mas não foi ontem. Foi no ano da graça de 1906. Parece que acabou de dar as costas a esse mesmo espelho... e é 1951, e ela já está em sua sétima década! Os lóbulos de suas orelhas estão caídos. Mas a beleza que tanto desejava quando moça não lhe significa nada agora. Apruma-se; se não tomar cuidado, logo os ombros tocarão as orelhas. Já anda curvada como uma palmeira torta — primeiro carregou JoJo, depois bebê Mol, depois Philipose, depois Ninan, sempre na banda esquerda, deixando livre a mão direita para mexer a panela ou acender as brasas. Suspira e faz o sinal da cruz. "Senhor, minha rocha, minha fortaleza, meu libertador... esteja conosco agora."

Elsie grita: "*Ammay...?*". Uma contração deve estar vindo.

"Pronto, pronto, *molay*, não se preocupe", Grande Ammachi diz por reflexo, prendendo a última presilha. "Estou indo."

Anna *Chedethi* puxa e repuxa lençóis que já não necessitam de arrumação. A contração é como uma nuvem distante, visível da copa das árvores, que depois lança sua sombra no rosto de Elsie, quando a dor lhe torce o corpo, contorcendo-o como um pano molhado. Elsie agarra as mãos de Grande Ammachi com força suficiente para estraçalhar o nó de seus dedos. "Pronto, pronto. Respire. Você já passou por isso", ela fala. Mas a verdade é que Elsie não passou por isso. Bebê Ninan deslizou para fora como um gatinho atravessando as grades de uma janela.

A contração passa, e Elsie busca ar de modo desesperado. Grande Ammachi se espanta ao ver nos olhos dela não medo, o que seria natural, mas de novo aquela terrível tristeza. "Ammachi, leve-me para o ninho."

"Mas estivemos lá uma hora atrás, lembra? Vamos caminhar aqui pelo quarto, se é isso que você quer."

Ela acaricia Elsie, esperando, revivendo a própria provação, abençoada e terrível, de dar à luz. Lembra que tudo que não fosse aquele quarto deixou de existir. Quem, senão uma mulher, entenderia? Quando achou que a dor não poderia piorar, piorou. O fio entre ela e o mundo se partiu, e ela se viu terrivelmente só, lutando com Deus, com a criação miraculosa que Ele permitira que crescesse em seu ventre, e que agora a rasgava — ela, também uma criação de Deus — ao meio. Os homens gostam de pensar que as mulheres se esquecem da dor tão logo veem o bebê abençoado. Não. Uma mulher perdoa a criança, e talvez perdoe até o pai. Mas nunca esquece.

Com a próxima contração, Elsie começa a fazer força. "Segure as mãos de Anna *Chedethi*." Movendo-se para o pé da cama, Grande Ammachi abre as pernas de Elsie e empurra os joelhos da nora em direção à barriga.

Ela não entende o que vê. Em vez do cabelo escuro e grudento da cabeça emoldurada na abertura, vê uma polpa pálida. E uma covinha. É o traseiro! Aquela covinha é o ânus. Ouvindo batidas fortes ela se distrai, perguntando-se quem estaria tentando derrubar a porta, até que compreende que é seu próprio coração. A criança está de cabeça para baixo. Isso é um problema. A contração passa, e o traseiro recua, sem se firmar. Talvez o canal vaginal não esteja completamente aberto, talvez, se esperarem...

De repente as pernas de Elsie se arreganham como se roldanas invisíveis estendessem seus membros. "Elsie, não! Dobre os joelhos de novo!" Mas Elsie já não ouve nada, as pernas rígidas, os dedões apontando para a porta, seus braços dobrados contra o peito numa postura estranha. Grunhidos atávicos lhe escapam entre os dentes cerrados, junto com uma saliva espumosa, tingida de sangue. "Ela está mordendo a língua!", diz Anna *Chedethi*. Os olhos de Elsie se reviram, agora exibindo apenas a parte branca. Ela convulsiona, os membros se agitam, o corpo bate na cama. Grande Ammachi puxa a cabeça de Elsie para seu colo, como se para combater o espírito que está se apossando da nora, impedi-lo de chacoalhá-la. Depois de uma eternidade, o intruso se retira. Mas leva Elsie com ele: o corpo mole, a respiração rouca, os olhos semiabertos, olhando para a esquerda. Ela está inconsciente.

Grande Ammachi dobra as pernas da nora mais uma vez, encostando seus calcanhares nas nádegas. Para seu desespero, o cenário não mudou. Lava as mãos em água quente, pensando no que deve fazer. Tira o anel e besunta a mão direita com óleo de coco, até depois do pulso.

"Anna *Chedethi*, ajoelhe-se na cama. Ponha a mão aqui na barriga dela e empurre quando eu disser. Senhor, minha rocha, minha fortaleza, minha... bem, Você já sabe o que vou Te pedir", ela diz, com a mesma voz severa com que falou a Anna *Chedethi*. Não fosse a convulsão, elas também esperariam a natureza seguir seu curso, o traseiro expandir o canal, Elsie fazer força... Mas a passagem não dá sinal de que se alargará mais, e Elsie, desacordada, já não pode fazer força.

Ammachi junta os dedos num bico de passarinho e os insere dentro do canal. As pontas dos dedos passam delicadamente pelo traseiro da criança, e os dedos então se separam, avançando como minhocas pelo caminho, o espaço tão apertado que suas juntas uivam. Ela fecha os olhos como se para ver melhor na escuridão do útero. Vasculhando, depara-se com tocos macios. Dedos dos pés! E a parte de trás de um tornozelo! Com a ponta de um dedo, puxa aquele pé, mantendo um ângulo com a canela, que também localizou. Bem quando acha que a canela pode quebrar, o pé desliza, passando pelo bumbum, e sai. Encontra o outro pé mais para cima e o guia delicadamente, e agora, sem confusão, o bumbum também sai, junto com uma volta do cordão umbilical. Anna *Chedethi* observa, pasma.

As pernas pendem do canal, molhadas e pegajosas, um joelho curvado e outro reto, como se a criança estivesse dando um passo, tentando escalar para dentro do útero. A coluna aparece, um colar de pequenas contas sob a pele. Ela enrola uma toalha em torno do torso e puxa. O tronco não cede, mas rotaciona glacialmente, como uma roda-d'água. Grande Ammachi vasculha o interior de Elsie mais uma vez e pesca a curva de um cotovelo e, como bônus, os dois ombros vêm à luz. Só a cabeça permanece encastrada. Ela olha para Elsie, que não se mexe. A baba em seus lábios borbulha a cada respiração rápida e pouco profunda.

Ela puxa, mas a cabeça parece cravada numa pedra. Ela fantasia: se chamar a criança, ela dirá "Sim, Ammachi" e virá para ela, como tantos pequenos o fizeram. O suor que escorre sobre seus olhos a cega. Anna *Chedethi* limpa seu rosto e abana o leque de bambu. O cordão umbilical pende como uma serpente branca, pulsando e se contraindo a cada batimento cardíaco de Elsie, nós de veias sob a superfície gelatinosa distendida e irritada. Vendo aquele corpinho sem cabeça, ela pensa na escultura de Elsie. Antes de Philipose desfigurá-la.

"Anna, empurre quando eu mandar", ela diz, irritada, embora sejam os devaneios de sua própria mente que a irritam. Agacha-se quando a próxima contração começa, seus joelhos rangem. Anna *Chedethi* empurra a barriga inchada, enquanto Grande Ammachi puxa a criança. No entanto, o ângulo terrível entre pescoço e corpo a assusta. "Pare! empurre para cima, não puxe mais", uma voz diz claramente. Não foi *Chedethi* quem falou. Quem foi então? A velha do porão, oferecendo conselhos? Insere um dedo e encontra uma boca; então, na contração seguinte, enquanto mantém a cabeça curvada, levanta-se e puxa o torso da criança para cima, na direção da barriga de Elsie, porque alguém ou algo lhe disse que aquilo era o certo a fazer. "Empurre, Anna!" A cabeça se solta com um gorgolejo, mãe e bebê rendendo-se à lei da natureza de que nenhuma alma pode demorar-se a meio do caminho, não se quiser vencer nesse mundo.

Anna *Chedethi* corta o cordão com muita habilidade, enquanto o novo ser jaz azul e sem vida nos braços de Grande Ammachi. Ela assopra delicadamente para dentro das pequenas narinas. "Vamos lá, minha joia! Você saiu da água e está em Parambil!" Nada acontece. Ela tem então uma lembrança muito clara de Odat *Kochamma* se inclinando sobre suas pernas tortas, os braços apontando para trás, a título de equilíbrio, falando no pequeno ouvido de Ninan: "*Maron Yesu Mishiha*", *Jesus é nosso Senhor*. Olha para o falso teto e suplica, certa de que sua companheira de tantos anos está assistindo a tudo. *Diga, Kochamma! Você quer que eu faça tudo?*

… e a criança enche os pulmões e berra, um som glorioso, um idioma universal, a primeira enunciação de uma nova vida. As roupas de Grande Ammachi estão encharcadas de suor, seus ossos doem, os olhos ardem, mas sua alegria transborda.

Há ruídos de felicidade do lado de fora: aqueles que lá esperavam ouviram o choro.

Grande Ammachi se agacha, a criança nos braços. Sente que nasceu de novo. Que criaturinha perfeita! Ela se deleita com aquele choro agudo, peculiar, penetrante, um som que sinaliza o fim da solidão, o retorno da mãe ao mundo, a superação de um perigo mortal. O que estava dentro agora está fora, ainda igualmente frágil, igualmente preso à mãe, mas, pela primeira vez, separado.

"Que bebê grande você é, não? Deus seja louvado. Tinha medo de que fosse outra miudeza." Está acostumada com recém-nascidos ofuscados pela claridade, que mal abrem os olhos, e, se os abrem, fazem-no apenas para dar uma espiadela no mundo com um olhar sem foco. Mas a criança que acabou de nascer olha diretamente para a avó, com uma expressão séria.

A respiração de Elsie é constante, seus olhos já não olham para o além. Ainda inconsciente, mas viva. A placenta sai, empapada e pesada, tendo cumprido seu trabalho. Anna *Chedethi* troca o lençol manchado por uma toalha branca grossa. Embrulha a placenta numa folha de jornal.

Anna *Chedethi* se aproxima, agachando-se ao lado de Grande Ammachi, as duas sorrindo para a criança, de costas para Elsie. Nesse momento, sob seus pés, ouvem o som de algo se despedaçando. Do porão. Aquilo as assusta, as duas olham para baixo, depois se viram. Veem ao mesmo tempo: um rio de sangue cor de cereja jorra do canal vaginal, encharcando a toalha branca, gotejando no chão. Grande Ammachi rapidamente enrola a criança num pano e a deposita com cautela sobre a esteira. Anna *Chedethi* abre as pernas de Elsie mais uma vez, enquanto Grande Ammachi limpa o coágulo de sangue na abertura, mas logo em seguida vê outro coágulo — a face de Satã — carregado por um rio rubro constante e caudaloso que se junta ao lago sangrento sob as nádegas de Elsie.

Grande Ammachi nunca presenciou nada como aquilo, embora já tivesse ouvido falar. *As mulheres têm tantas formas de morrer, Senhor. Se não é o parto que empaca, matando mãe e criança, então é isso. Não é justo!* Massageia a barriga da nora, pois já ouvira que aquilo pode ajudar o útero flácido a recuperar o rigor, contraindo-se, interrompendo o sangramento. No entanto, nesse caso, a massagem só piorou, o jorro de sangue ficou ainda mais pronunciado. Grande Ammachi se afasta, derrotada, observando a vida de Elsie escapar entre seus dedos.

Ouve os gritos de Philipose: "O que está acontecendo? Meu filho está bem?".

Elas não respondem. Contemplam a hemorragia torrencial, sem que possam fazer alguma coisa. Anna *Chedethi* diz: "Ammachi, deixa eu tentar uma coisa".

Ela besunta a mão com óleo e penetra delicadamente os dedos pelo canal. Uma vez lá dentro, no útero, cerra o punho e faz um movimento para cima. Sua outra mão, por fora, pressiona o abdome para baixo, de forma que, entre o pulso por dentro e a palma por fora, ela imprensa o útero, comprimindo-o. Escorre sangue por seu braço, mas então o fluxo diminui e... para.

Falando de maneira entrecortada, o rosto congestionado pelo esforço, mas, ainda assim, sorrindo, Anna *Chedethi* diz: "Uma freira branca... lá depois de Ranni... que era enfermeira... Salvou uma *pulayi* que sangrava como um rio... Apertando o útero assim".

"Você estava lá?"

"Não...", ela responde, olhando Grande Ammachi nos olhos. "Mas ouvi falar... E lembrei agora."

Os braços de Anna *Chedethi* estremecem, as veias em suas têmporas parecem prestes a explodir. Grande Ammachi é a ajudante agora, enxugando-lhe o suor. É uma bênção que Elsie não sinta nada. Mas seu rosto está branco como um *mundu* descolorado. Grande Ammachi lança um olhar à recém-nascida enrolada que observa a luta da mãe pela vida.

"Ammachi", Anna *Chedethi* diz, "que som foi aquele que ouvimos... lá embaixo?"

"Um jarro de picles deve ter caído", ela diz. "Aquelas prateleiras empenaram."

Mas Grande Ammachi sabe quem foi e está grata. Se tivessem ficado admirando a criança, encontrariam Elsie morta quando se virassem para ela. "Anna, e se você soltar agora?" Ela teme que a outra desmaie do esforço.

De início, Anna *Chedethi* parece não ouvir. Outro minuto se passa. Então, devagar, ela afrouxa a pressão na barriga de Elsie, mantendo dentro, contudo, o punho cerrado. Elas prendem a respiração. Não há outro derramamento. Mais um minuto se passa, e Anna *Chedethi*, com cuidado e delicadeza, retira a mão, encapuzada em sangue das pontas dos dedos ao cotovelo. As duas mulheres rezam em silêncio, movendo os lábios, os olhos grudados nas

pernas de Elsie. Cinco minutos. Dez. Outros dez. Aos poucos Grande Ammachi sente que pode respirar de novo.

Chama Elsie pelo nome. A nora está num sono profundo e estranho.
Mas viva. Meu bom Deus, será que essa pobre menina pode sobreviver, depois de perder todo esse sangue? Elas continuam esperando. Esperam um
pouco mais, agora com a criança nos braços da avó, que por fim põe a mão
sobre a cabeça de Anna, abençoando-a com os olhos voltados para os céus.
"Obrigada, Senhor. Você viu o que aconteceria. E me enviou um anjo."

Quando Grande Ammachi sai do quarto, está irreconhecível: exausta,
esbaforida e pálida, como se ela, não Elsie, tivesse acabado de passar pela provação. Suas mãos estão limpas, mas os cotovelos estão ensanguentados, a parte
da frente da *chatta* e do *mundu* está encharcada de sangue, e há uma mancha
de sangue em seu rosto. Mas sorri, sonhadora, segurando a criança. Olha para
cima, surpresa ao ver um pequeno grupo ajoelhando-se a seus pés. Bebê Mol,
Shamuel, Dolly *Kochamma*, o Senhor Melhorias, Shoshamma e Philipose.

"Quase perdemos nossa Elsie. Agradeçam a Deus, que nos ajudou. Foi
um parto muito difícil", diz, com voz rouca. "O bumbum veio primeiro. Depois Elsie teve uma convulsão. De alguma forma estávamos conseguindo.
Mas de repente Elsie começou a sangrar, tanto sangue… Quase a perdemos.
Ainda há risco. Ela está muito fraca. Por favor, rezem para que não sangre de
novo. Mas a criança está bem. Graças a Deus, graças a Deus, graças a Deus…"

Ela dá alguns pequenos passos cansados na direção do filho, sorrindo.
Ele parecia fora do ar enquanto ela falava, mas, agora, quando a mãe se aproxima, o rosto dele se ilumina, e estende os braços. Grande Ammachi diz: "Já
temos um nome para sua filha".

Philipose pisca, deixa cair os braços.

"Sua filha", repete Grande Ammachi.

Ele cambaleia para trás, só não cai porque Shamuel puxa uma cadeira
para ampará-lo. Ele olha para a mãe sem acreditar, boquiaberto, uma expressão abismada no rosto. "Deus nos decepcionou de novo", murmura.

Grande Ammachi se aproxima da cadeira onde o filho está sentado, pairando sobre ele. Quando fala, suas palavras soltam faíscas, caindo sobre ele
como óleo quente na água: "Depois da provação que Elsie atravessou… Depois do que Anna *Chedethi* e eu passamos, é isso que você tem a dizer? 'Deus
nos decepcionou'?". Sua voz se eleva: "Uma mulher arrisca a vida para dar à
luz e no fim um homem que não fez *nada* — menos que nada — em nove
meses diz 'Deus nos decepcionou'?". Se dependesse de Grande Ammachi,
qualquer homem que dissesse o que seu filho falou mereceria por lei uma

surra de pau. "Sim, Deus nos decepcionou", ela declara. "Quando distribuiu bom senso, esqueceu-se de lhe dar um pouco. Se Ele tivesse te feito mulher, talvez não saísse esterco de sua boca em vez de palavras! Tenha vergonha!"

Nada se move em Parambil. Philipose olha para cima, pasmo, a decepção agora se transformando em mágoa. Mas não ousa falar.

Grande Ammachi mira o filho fixamente. Ele um dia foi um bebê, tal como a criança que ela agora segura. A mãe não tem alguma responsabilidade pelo que Philipose se tornou? "Veja, há uma hora eu poderia ter saído e dito que Elsie teve convulsões e morreu. Quarenta minutos atrás, poderia ter dito que a criança estava presa ao contrário, e que mãe e filha morreram. E, há dez minutos, poderia ter dito que Elsie sangrou até morrer. Você entende? No entanto, eu não disse nada disso, e sim que sua esposa segue viva, mas por um fio. E o que você vê aqui é a graça de Deus manifestada nessa criança perfeita."

Philipose não diz uma palavra. Não olha para a filha, seu rosto está tão angustiado como se Bebê Ninan tivesse morrido de novo e ele segurasse nos braços mais uma vez o corpo sangrento do filho, entre vísceras horríveis.

"Mariamma", Grande Ammachi anuncia com uma entonação forte. Elsie queria esse nome. Ela não esperará pela opinião do filho. "O nome da criança é Mariamma."

Sim, é o nome cristão de Grande Ammachi. *Mariamma*. Nome pelo qual ninguém ali presente a ouviu ser chamada, nome que não foi pronunciado desde que ela, aos doze anos, chegou a Parambil como noiva.

Mariamma.

55. O rebento é uma menina

PARAMBIL, 1951

Elsie está consciente, mas confusa e muito fraca devido à perda de sangue. Só consegue sentar sem se sentir tonta depois de três dias. A recuperação é lenta e dolorosa. Não tem a menor condição de amamentar. Anna *Chedethi*, de sorriso desdentado, cuida da bebê, o que para Grande Ammachi é prova de que Hannah, por capricho, ainda mama à noite. Se tivesse percebido antes, teria recriminado as duas. Agora reza em agradecimento.

Só no quinto dia Grande Ammachi leva Mariamma para sua mãe. A sogra se assusta ao ver na nora a mesma expressão assombrada e miserável que a intrigou antes do parto. Elsie olha para a filha com grande ternura, mas aquele sentimento é obscurecido, afogado pela tristeza inexplicável. Suas mãos são como folhas murchas, e ela nem tenta tocar a criança. Depois de uma eternidade, ela fecha os olhos, como se já não suportasse olhar. Vira-se, os ombros tremendo, chorando sem controle.

O pai da criança não sai do quarto, ou só quando a casa dorme, um degredado no próprio lar, a observar pela janela as idas e vindas no velho cômodo.

Parambil mais uma vez se transforma com a criança recém-nascida e a indústria em torno dela. Fraldas de pano no varal, Bebe Mol pelas redondezas, pedindo silêncio a todos que se aproximam. Grande Ammachi se deleita com a neta que leva seu nome. Mas uma bebezinha não deveria trazer alegria aos pais? Esta fez justamente o contrário.

Grande Ammachi concentra suas energias em Elsie, alimentando-a com caldos, depois peixe e carne, para revigorar o sangue, junto com os tônicos restaurativos do *vaidyan*. Depois de uma semana, Elsie consegue caminhar com o auxílio de Grande Ammachi, e as duas andam pelo quarto. Lá pela terceira semana, a parturiente aparece com as faces mais rosadas, fazendo caminhadas cada vez mais longas, sozinha, e até se banha no riacho. Embora fique de olho na bebê, não tenta niná-la, só a contempla nos braços de Anna *Chedethi*. Grande Ammachi não consegue entender isso nem ignorar certo presságio, a sensação de que, depois de tudo que elas passaram, ainda há algo mais prestes a acontecer.

Três semanas depois do nascimento, Elsie sai no começo da noite, no crepúsculo, para se banhar no riacho. Antes de partir, pergunta se Grande Ammachi pode, por favor, fazer de novo sardinhas na folha de bananeira cozidas no vapor, tal como no dia anterior, sem condimentos que não uma pitada de sal.

Passam-se duas horas até alguém se dar conta de que ela não voltou do riacho.

56. Desaparecida

PARAMBIL, 1951

Eles fazem uma busca pela casa e pelas redondezas. Shamuel caminha ao longo do riacho e do canal; pergunta para as famílias do ferreiro, do ourives e do oleiro se alguém viu Elsie. Joppan percorre de bicicleta as estradas escuras e vai a todas as casas da vizinhança. Outros andam pelas margens do rio. Pela meia-noite, os membros da família estendida se aglomeram na varanda, as vozes agudas das mulheres em contraste com as dos homens, mais graves. César corre de um lado a outro, latindo. Joppan inspeciona todos os poços, iluminando o interior com uma folha de palmeira em chamas.

No dia seguinte, à primeira luz, Georgie segue de ônibus para a casa Thetanatt, nas planícies. Se nem Elsie nem o irmão estiverem lá, alugará um carro e partirá para a propriedade nas montanhas.

Para facilitar as buscas, o Senhor Melhorias divide Parambil em setores, num raio de quase dois quilômetros da casa. Shamuel interpela todos os barqueiros, ninguém a transportou na noite anterior. Joppan, corajoso, sondando o caminho com uma vara longa, penetra o mato alto da *sarpa kavu* no extremo da propriedade, local onde grandes rochas sinalizam um antigo templo devotado ao Deus serpente, uma área que ninguém ousa adentrar. Há muitas formas se contorcendo por ali, mas nada de Elsie.

Só Bebê Mol não se perturba. Quando a mãe lhe pergunta se sabe onde a cunhada está, ela diz: "As bonecas estão com fome". Grande Ammachi sente um nó na garganta.

Pelo começo da tarde, Georgie está de volta: ela não está na casa da família, e seu irmão, que havia acabado de vir do bangalô, garantiu-lhe que ela tampouco estava lá. O irmão de Elsie não foi muito simpático, tratando-o como um empregado e não como um dos anciãos de Parambil. Parecia bêbado e só ficou reclamando do cunhado.

Os esforços para encontrar Elsie cessam. Só Shamuel persiste, voltando a lugares já vistos e revistos. Vinte e quatro horas depois do desaparecimento de Elsie, Grande Ammachi, Philipose e o Senhor Melhorias estão na varanda quando Shamuel se aproxima pela estrada, segurando alguma coisa, qual uma oferenda. Seu passo sombrio, quase cerimonial, chama a atenção de todos. "Do atracadouro caminhei pela margem do rio. Cheguei a um ponto onde os arbustos de pandano são muito densos. Notei um ponto onde um arbusto se achatava para trás. Abri caminho e cheguei a uma pequena clareira, com espaço para uma única uma pessoa de pé." Sua voz vacila. "Lá, encontrei isso." E estende os braços. Uma barra de sabão equilibra-se sobre um *thorthu* muito bem dobrado, uma blusa, e um *mundu*; debaixo dessas coisas, os chinelos de Elsie.

O Senhor Melhorias informa a polícia na subestação. Por ora, o máximo que podem esperar é a notícia de um corpo à deriva rio abaixo.

Anna *Chedethi* cuida da bebê. Grande Ammachi, insone, segue até o local onde Shamuel encontrou as roupas de Elsie. Põe-se de pé ali, sentindo o solo entre os dedões, como a nora deve ter sentido. Olha fixamente para a superfície barrenta e ondeante do rio, cujos humores ela conhece bem, pois por toda a vida se entregou ao abraço daquelas águas. As canoas no atracadouro flutuam mais elevadas, sinal de chuva nas montanhas. Estremece ao imaginar Elsie, enfraquecida desde o parto, despindo-se e mergulhando. O que deu na cabeça daquela garota? Ela ansiava por uma comunhão com a água, um desejo de ser purificada e renovada? Elsie é uma boa nadadora, mas isso antes de quase sangrar até a morte. O rio é impiedoso com aqueles que o subestimam, e as águas nunca são as mesmas. Parada ali, Grande Ammachi sente o peito oprimido. Depois de um bom tempo, desaba no choro, não sem antes se ajoelhar para beijar o solo onde Elsie pisou pela última vez.

Seus pés a conduzem para o ninho de Elsie. Sente que está se aproximando de um altar, um santuário escondido do mundo. O musgo do lado de fora é denso, e os objetos que ela encontrou e trançou à construção parecem ter sido aprisionados ali há décadas.

Ao entrar lá, Grande Ammachi vê um papel branco e retangular preso ao chão por uma pedra oval polida, uma pedra de rio do tipo que Elsie usava como peso na mesa de trabalho. Seu coração acelera. Quem quer que a tenha procurado por ali buscava uma pessoa, não um pedaço de papel, que passou despercebido. Ela se curva para recolhê-lo. É do tipo grosso e granulado que a nora usava para desenhar e pintar. Antes da morte de Ninan, houve um tempo em que esse tipo de papel dominava a casa, espalhado pelo chão do banco de Bebê Mol até a cozinha. Desde seu retorno, as mãos fortes de Elsie tinham trocado o carvão e o pincel pelo peso do martelo e do cinzel, antes de ela passar a entretecer o ninho. O orvalho umedeceu as bordas do papel — estava naquele lugar desde o dia anterior, não mais do que isso, pois seu branco ainda é puro. Os dedos de Grande Ammachi tremem ao desdobrá-lo. Ela vê um simples desenho, comunicando com o mínimo de linhas na página um tema familiar: mãe com criança. Os rostos e as figuras não estão detalhados, mas, com uma curva aqui e um toque ali, os traços permitem entrever sobrancelhas, nariz, lábios...

"Isso é importante, não é, *molay*?" O papel treme em suas mãos. Ela o estuda. Há a criança, claro. Mas a mãe não é jovem, a julgar pela leve corcunda, pela inclinação do pescoço. "*Molay, molay*", exclama. "*Ayo, molay*, o que você tentava dizer? Essa sou *eu*, não é? Se fosse você, seria mais alta, mais jovem, e não haveria aquela ruga entre as sobrancelhas. Está me dizendo para cuidar de sua bebê? Você já me pediu isso. Sabe que eu cuidaria. Mas tenho sessenta e três anos! Pais são dispensáveis, mas uma criança precisa da mãe. Ah, Elsie, o que você fez? Isso era um adeus?"

Seu corpo lhe diz com certeza que Elsie jamais retornará; que ela se entregou às águas deliberadamente. A ideia da jovem deixando essa mensagem ali, momentos antes de ir ao rio acabar com a própria vida, é devastadora. Grande Ammachi aperta o papel contra o peito e se rende à tristeza que a consome.

Ao longe escuta Anna Chedethi chamando-a da cozinha. "Grande Ammachi-o?" Por aquele "o" musical ao fim da palavra, agudo, sabe que, seja lá o que Anna quer, não é urgente. Mas aqueles chamamentos melódicos parecem também uma conclusão. É um lembrete de que Parambil deve seguir em frente. Uma dona de casa, uma mãe, uma avó tem deveres preciosos que não cessam, que continuarão até o dia de sua morte.

Ela não conta a ninguém o que encontrou. Com ciúme, protege o desenho, uma mensagem privada para ela. Guarda-o junto com a genealogia, no mesmo armário onde mantém o *kavani* níveo bordado com ouro de verdade que usa em casamentos e funerais.

Nos anos seguintes, no aniversário de Mariamma, e em outras ocasiões em que Elsie lhe vem à mente, sacará o desenho, mas sempre à noite, à luz tênue do abajur. Toda vez que o vê, a economia daquelas linhas volta a impressioná-la. Poderia ser a Virgem Maria com a criança. Poderia ser muitas coisas. No entanto, sabe que é ela, ninando a menina que leva seu nome. Nunca vê Elsie no desenho.

A folha retangular de papel abarca o mundo redondo e seus quatro cantos imaginados, as lembranças dos desaparecidos e mortos, e o coração palpitante dos fiéis que rezam todas as noites para que a vontade de Deus seja feita, sem saber qual será ela.

PARTE SETE

57. Invictus

MANSÃO DO SUPERVISOR NA VILA DE M..., 1959

Lênin Imorredouro está a uma semana do nono aniversário no momento em que a pestilência se abate sobre o barracão de um cômodo que é seu lar. Ela chega de repente, como um lagarto que despenca do teto. Quando sua mãe, Lizzi, disse certa manhã que a escola estava fechada, ele celebrou, tão feliz que nem perguntou por quê. Na manhã seguinte, em vez de acordar com os sons da mãe da lida na cozinha, tudo é silêncio. Os pais estão na esteira, a irmãzinha, ainda neném, entre eles. Seus rostos brilham de suor. Ele lembra que haviam se sentido mal na noite anterior.

A pele da mãe queima. Lênin toca na irmãzinha, Shyla, de cinco meses, e ela grita como se ferida por uma agulha. O choro desperta o pai, que leva a mão à testa, com uma careta, e se esforça para se levantar, em vão. Lênin se pergunta se ele está de ressaca. Mas não, o pai voltou sóbrio na véspera. Como não encontraram comida, encheram a barriga de água *kanji*, com um mero vestígio de arroz.

"Tenho que alimentar a vaca", diz Kora, a voz mais sibilante que o normal e rouca como pedra ralando pedra. Não consegue levantar. Sacode o ombro da esposa, mas ela apenas geme. Pai e filho se entreolham. Lizzi é a espinha dorsal da família.

"Você também está com febre, *monay?*" Lênin faz que não com a cabeça. "Então busque água pra gente. E dê palha e água para a vaca, por favor." Como um pensamento que chega atrasado, Kora diz: "Tudo vai ficar bem." Então ensaia seu melhor sorriso, do tipo que o "supervisor" Kora usa para persuadir um chefe de vila que leite e mel jorrarão se os habitantes do vilarejo fecharem com ele, e *não, não, não tem malária lá na propriedade — quem disse? — só abrigos palacianos, e leite e mel — não mencionei isso?* Mas, naquela manhã, não consegue sustentar aquele sorriso. "Já vi isso antes", Kora declara, esfregando as protuberâncias na pele. "Se as pessoas souberem que estamos assim, ninguém vai nos ajudar. Não vão se aproximar." Encosta a mão nas bochechas da esposa, que também exibe caroços. "Sua abençoada mãe. As coisas que ela sofreu por minha causa." Lênin fica surpreso; esse tipo de confissão não é típica do pai. Depois, Kora repete: "Tudo vai ficar bem".

Lênin só ficou mesmo com medo quando o pai pronunciou aquilo pela segunda vez. Aquilo significava que as coisas *não* ficariam bem. Que coisas ruins estavam prestes a acontecer por causa de algo ruim que Kora fizera? Houve um tempo, antes de Lênin nascer, que eles moraram em Parambil, lugar onde o menino nunca esteve, mas que, pelas histórias da mãe, imagina ser um Éden, com uma família amorosa por toda parte. De ouvir os pais, sabe que as confusões de Kora os levaram a fugir de lá. Depois disso, a mãe assumiu o controle da casa. Ajudou o marido a encontrar emprego como escritor de propriedade em Wayanad, no Malabar. Lênin tem vagas memórias desse tempo. Mas o pai se encrencou de novo quando o menino tinha por volta de quatro ou cinco anos. Lizzi vendeu suas últimas joias e comprou um barracão num terreno minúsculo, para garantir que ela jamais ficasse sem ter onde morar. Proibiu Kora de tomar dinheiro emprestado ou fazer qualquer coisa que não trabalhar em troca de um salário. O barracão é onde têm vivido desde então, o lugar que o pai chama de "A Mansão do Supervisor".

Lênin dá comida para o corvo e traz água para a família. Tenta fazer com que a mãe beba, mas ela não consegue. Ela vive segundo o lema "Diga a verdade e diga logo", não "Tudo vai ficar bem". Seu marido não consegue encontrar trabalho ou permanecer firme em um emprego. É a habilidade de Lizzi como parteira que traz a prata, ou a carne e o peixe. Aprendeu com uma mulher nas fazendas em Wayanad. Duas semanas atrás, Kora chegou tarde da noite com uma vaca, dizendo que a ganhou em um jogo de azar. Lênin nunca viu a mãe tão brava. Insistiu para que ele devolvesse o bicho. Seu pai pareceu assustado; ele apanharia se tentasse devolver, contou. A vaca não tem permissão de deixar as redondezas do barracão deles. E, para completar, suas tetas estão secas.

Lênin passa a maior parte do dia do lado de fora da casa, pois é perturbador olhar para a família. Ao anoitecer, não encontra nada além de condimentos. Mastiga um dente de alho. Sua fome dói. Tenta fumar um *beedi* que descansa na caixa de cigarros para asma do pai. Antes de dormir, tenta dar água para todos. Ainda não consegue despertar a mãe. Seu belo rosto está marcado por pequenas protuberâncias. Seus cachos, colados na testa. O pai não consegue erguer a cabeça; toma um gole de água, depois faz uma careta de dor. Seus olhos cravam-se com urgência nos de Lênin, e ele aperta o ombro do filho. O terror em seu rosto é diferente de tudo que Lênin viu na vida. "Escute!", sussurra. "Não faça o que fiz. Siga no caminho reto." Aquelas são as últimas palavras sensatas do pai.

Siga no caminho reto. Houve muitas ocasiões em que Lênin o odiou e lhe desejou coisas terríveis. Mas ele não o odeia agora. A sensação demorada de sua mão em seu ombro o entristece. No momento ele está bem assustado. Toleraria a escola sem reclamar, se aquilo fizesse todos ficarem bem.

Na manhã seguinte, antes de abrir os olhos, pensa: *Que tudo não passe de um pesadelo. Que eu veja minha mãe andando pra lá e pra cá, e meu pai segurando a neném.* Mas a pele do pai está fria como pedra. Ele esqueceu de respirar. Suas feições estão distorcidas pelas bolhas, e uma expressão confusa congelou-se em seu rosto. A boca da irmã mexe-se como um peixe fora d'água, o peito agitando-se esporadicamente, até que, sob o olhar do irmão, sua respiração cessa. Lênin nunca viu um cadáver, mas sabe que está olhando para dois. A mãe ainda respira. Algo se parte dentro dele. Lança o vaso de água vazio contra a parede e sacode Lizzi violentamente. "Como vou fazer sem ninguém para cuidar de mim?" Cai sobre ela, chorando. "Sou seu bebê. Por favor, Amma, não me deixe." Os olhos dela estão revirados e nada veem. Os ouvidos nada escutam.

Lá fora está quente, mas ele treme de fome e medo. *Siga no caminho reto* — foi a última coisa que o pai disse. Ele fará isso. Andará em linha reta até conseguir comida ou cair morto. Nada o impedirá. Se topar com água... Bem, nesse caso ele vai se afogar.

A linha reta o leva a saltar uma cerca, passar por um touro ameaçador, cruzar um campo, e logo uma grande residência caiada surge à sua frente. A família cristã que vive ali é dona de boa parte das terras da redondeza. Nunca quiseram nada com Kora e Lizzi. Lênin estranha a casa, que lhe parece diferente. É porque cada porta e janela estão fechadas com travas de madeira. A voz de um homem grita lá de dentro: "NÃO SE ATREVA A CHEGAR MAIS PERTO! VÁ EMBORA ANTES QUE EU SOLTE O CACHORRO!".

Lênin para, chocado. Essa família tem coqueiros, *kappa*, galinhas e muitas vacas. Não podem compartilhar? Não têm piedade? Chora. Mas ele está decidido. *Siga no caminho reto.* Força-se a seguir. *Mande o cachorro. Se ele não me comer, talvez eu possa comê-lo. Me mate ou me dê comida.*

Um rosto surge entre os juncos à sua direita, assustando-o. É uma mulher *pulayi* bem magra, um *thortu* cobrindo-lhe os seios. Ela lhe fará mal?

"*Monay*, venha para cá, aqui eles não podem ver você", ela afirma. Os juncos a escondem do olhar do casarão. Ele obedece. "Eu me chamo Acca, moro ali", ela diz, apontando um pequeno barracão que só agora ele vê. "Você é Lênin, não é?" Ela intui a condição dele com um só olhar. "Espere aqui. Vou te trazer um pouco de comida."

Ele treme de ansiedade. Ela volta com um pacote de folha de bananeira e duas bananas, depositando tudo ao pé dele e recuando para acocorar-se a uns seis metros do garoto. Peixe frito! Arroz! Ele devora tudo, depois dá cabo das bananas.

"*Monay*", ela diz, "você não tem feridas?" Ouvindo-a dizer "*monay*", chora novamente. Quer correr para o colo dela. Ergue os braços para mostrar que não foi afetado. "E os outros?", a mulher pergunta.

Ele esfrega o rosto molhado. "Appa e a neném estão mortos. Amma não consegue nem me ver nem me ouvir."

Ele ouve Acca inspirar com força e profundidade. "Sua mãe…Você pode viver muitas vidas e não conhecer ninguém tão decente quanto Lizzi *Chedethi*. Um coração de ouro. E linda." Ela enxuga os olhos com um pano. "*Monay*, isso é varíola. É ruim. É por isso que dizem 'Não conte com seus filhos antes da varíola passar por aqui'. Meu marido e eu tivemos. Por isso não pegamos de novo. Muita gente morreu nessa região."

"Queria ter pegado", Lênin diz. "Assim, quando minha mãe se for, posso ir com ela." O menino chora.

A mulher se entristece. "Não. Não diga isso. Deus o poupou por alguma razão." Ela fica de pé. "Vou avisar alguém para te ajudar."

"Acca! Espere." Ela se vira. Que uma *pulayi* lhe dê peixe e arroz quando eles vivem de *kanji* e picles é de uma generosidade sem limites. "Acca, você me salvou. Prometo que, se eu viver, encontrarei um jeito de lhe dar muito mais do que me deu. Aquelas pessoas na casa queriam soltar o cachorro em cima de mim. Não são cristãos?"

A risada dela tem uma nota amarga. "Cristãos, é? *Aah*. Meu avô virou cristão, então também viramos. Ele tinha certeza de que agora o dono dessas terras iria convidá-lo para comer dentro da casa com ele! Ninguém lhe disse que o Jesus dos *pulayar* morreu numa cruz diferente. Era a cruz baixa e escura atrás da cozinha!" Ela ri de novo.

Lênin não sabe o que dizer. "Acho que você é uma santa."

"Escute, se isso te consola, *eles* me enviaram ao mercado para comprar peixe e carneiro dois dias atrás. Quando voltei, ficaram com medo e não queriam que eu me aproximasse. E se eu estivesse com varíola? Ou se estivesse na comida? Disseram que eu podia ficar com tudo. Então cozinhamos e fizemos um banquete! Sorte sua que sobrou." A expressão dela é séria. "Não, não sou santa, *monay*." Ela se levanta. "E eu estava brincando. É a *mesma* cruz. O *mesmo* Jesus. Só que as pessoas não se tratam do mesmo jeito. Você anda rezando, não é? Espero que sim. Vou buscar ajuda."

Enquanto caminha para casa, ele se dá conta de que, por todo aquele tempo, não rezou nenhuma vez. Nunca lhe ocorreu! Teria feito alguma diferença?

O cheiro o alcança antes mesmo de abrir a porta. Sua mãe respira ruidosamente. O rosto do pai está encovado, quase irreconhecível. A irmã está rígida como uma boneca de madeira.

Ele arrasta a mãe para a porta, na direção do ar puro, puxando sua esteira. Deita-se ao lado dela, cujo hálito é fétido. A mãe que ele conhece se foi, mas quer ficar perto do que restou dela. *Uma última vez, Amma, me abrace.* Ergue o braço de Lizzi para se aninhar, expondo sua barriga. Nisso vê a cicatriz onde o pai, enlouquecido pelos cigarros para asma, esfaqueou-a, e por onde a mão de Lênin buscou a luz. O dr. Digby devolveu a mão para dentro da barriga e o batizou de Lênin Imorredouro.

Deitado ali ao lado da mãe, tenta rezar. O rosto de Acca lhe vem à mente e o consola. Talvez ela fosse Maria. Uma Maria *pulayi*. "Deus, por favor, envie outro anjo para salvar Amma. Se não enviar, então, quando levar minha Amma, leve-me também."

Ao amanhecer, o anjo chega vestindo batina branca, cinto na cintura e barrete preto de sacerdote. De sandálias, seus pés estão brancos de poeira até os tornozelos. Ele é magro como um trilho de ferrovia, com olhos doces e penetrantes, e uma barba grisalha crescida. O anjo dá uma olhada no interior do barracão, abismado. O cheiro é coisa que se pode alcançar e tocar. Quando o homem olha para a mãe de Lênin, o menino, vendo a expressão no rosto dele, sabe que ela está morta. No momento em que adormeceu, o corpo da mãe estava quente. Agora está muito frio.

"Lênin Imorredouro? Não é seu nome?" O anjo estende os braços.

58. Acenda o castiçal

PARAMBIL, 1959

Grande Ammachi está sentada à luz do lampião na varanda em frente ao *ara*, dando de comer à neta de oito anos.

O lampião lança as sombras na parede de teca atrás delas, duas formas ovais, uma delas maior do que a outra. As pedrinhas no *muttam* cintilam depois da chuva que caiu naquela noite, e aqui e ali uma rocha maior parece se mover. Avó e neta ouvem Philipose chamando: "Hora de rezar!".

"*Chaa!* Seu pai!", diz Grande Ammachi. "Antes era *eu* quem tinha de lembrar das orações."

"Meu pai diz que os sapos vêm das pedras." Mariamma está empoleirada na borda da cadeira e balança as pernas, quando outra pedra saltita, desafiando a gravidade.

"*Aah*. Isso significa que a cabeça dele ainda está cheia de pedrinhas. Pensei que eu tinha tirado todas de lá." A risada da menininha exibe vãos entre os dentes, e Grande Ammachi desliza uma bolota de arroz para dentro de sua boca. "Talvez ele tenha lido isso em um daqueles livros em inglês que lê para você", ela declara, fingindo ciúme. Philipose fala em inglês com Mariamma, deixando o malaiala para os outros. "Ele está lendo a história do grande peixe branco?"

Mariamma balança a cabeça, ficando séria. "Não. Outro. Sobre um menino, Oliver, não tem pai nem mãe. Está sempre com fome. As outras crianças são ruins e obrigam ele a ir mendigar comida. O homem ficou bravo e vendeu Oliver para outro homem. Ele organiza funerais."

Grande Ammachi queria que o filho escolhesse histórias sem pais mortos ou crianças sendo vendidas. "*Molay*, talvez esse fosse o destino desse pobre menino. Talvez estivesse escrito na testa dele."

"Como minha 'singularidade'?", pergunta a neta, tocando a mecha branca no cabelo, à direita do fio central.

"Não, sua singularidade é só isso. Singular! Uma marca de boa sorte." Grande Ammachi acha que a mecha dá gravidade a tudo que Mariamma diz. "O que quero dizer é que o azar do menino foi ter nascido na família errada, no dia errado."

"Eu nasci em que tipo de dia?"

"*Aah!* Eu não te contei sobre o dia em que você nasceu?" Mariamma balança a cabeça, tentando não rir. "Contei essa história ontem. E antes de ontem, acho. Bem, contarei de novo, pois é *sua* história, e é melhor do que a desse rapazote Oli ou Olamadel." Mariamma ri. "No dia em que você nasceu, mandei Anna *Chedethi* arrastar o grande castiçal de bronze aqui para fora. Em todos os meus anos em Parambil, nunca vi aquele *velakku* aceso. Pois seu avô já tinha tido um primogênito. Sempre que eu entrava naquele quarto, tropeçava no castiçal. Mas, no dia em que *você* nasceu, eu falei: 'Quem disse que só acendemos o *velakku* para o primogênito? Que tal acendermos para a primeira Mariamma?'. Viu só? Eu sabia que você era especial."

Philipose surge em silêncio, o cabelo penteado para trás. Grande Ammachi ainda se maravilha com a pontualidade desse novo Philipose, infalível como a chamada das notícias da BBC que ele costuma ouvir. O filho vive pela rotina, escrevendo às cinco da manhã, vistoriando a propriedade com Shamuel às nove, barbeando-se e tomando banho às dez, depois seguindo para o correio às onze... Antes do jantar, um banho, e orações em seguida. Ela não está inteiramente livre da preocupação de que um dia a rotina de Philipose despenque como um barracão numa chuva torrencial e que ele busque de novo a maldita caixinha de madeira, com as pérolas negras. Não é apenas a fé que o leva às orações noturnas ou à igreja: ele precisa desses rituais para reconstruir a autoconfiança. Se Deus não existisse, o filho teria de inventá-lo.

"O *velakku* foi ideia de meu pai?"

"*Chaa!*", diz Grande Ammachi, como se ele não estivesse ali parado. Mariamma ri. "Bem, seu pai tem muitas ideias inteligentes... Talvez tenha sido ideia dele. Não lembro." Philipose, olhos postos em Mariamma, sorri.

Grande Ammachi é tomada pelas memórias do parto angustiante, e da resposta insensível do filho. Lembra do *kaniyan* tendo a desfaçatez de aparecer tão logo soube que a criança era uma menina; o homem recuperou um pequeno pergaminho escondido debaixo do beiral da cozinha, e o entregou para Philipose. Nele se lia: "O REBENTO SERÁ UMA MENINA". Ele disse que o pusera ali na última visita, pois tinha uma forte suspeita de que seria uma menina, porém não queria desapontar Philipose. Grande Ammachi agarrou o manuscrito e o lançou na cara do *kaniyan*, dizendo: "Não venha com essas baboseiras! César vê o futuro tanto quanto você! Deus nos deu uma linda menina, e isso é ótimo, pois não precisamos de outro homem tolo. Desses já temos o suficiente". Ela se lembra então de outro espectador, certo velho silencioso que guardou vigília do lado de fora do quarto onde Elsie pariu, e que depois esteve observando as mulheres acendendo o castiçal; Shamuel era um tradicionalista, mas ela teve a impressão de que ele aprovara a iniciativa.

Grande Ammachi é bruscamente devolvida ao presente pela neta que lhe sacode o ombro: "Ammachi! O que aconteceu com o castiçal da noite em que nasci? Diga!".

"*Aah*, o castiçal", ela declara. Philipose ouve com a dignidade de um homem que aceitou o passado. Ele sabe para onde os pensamentos da mãe a levaram. "Pedi para Anna *Chedechi* polir o *velakku* até que pudéssemos ver nosso rosto refletido nele. Foram precisos três homens para levar o castiçal até ali, entre os dois pilares. Ela verteu óleo, pôs pavios novos — quatro no topo, depois seis, oito, dez, doze, catorze e dezesseis. Levantei você e disse para as moças: 'Esta é nossa noite!'. As mulheres vieram das casas de Parambil e além, de todas as direções, pois ficaram sabendo e porque viram as luzes de longe. Trouxeram doces, cocos. Era sua noite, e também a nossa. Em toda a cristandade, ninguém jamais celebrou o nascimento de uma menina como celebramos o seu. Eu disse a elas: 'Nunca haverá outra como minha Mariamma, e vocês nem imaginam o que ela fará'."

"O que eu farei, Ammachi?"

"Deus diz, em Jeremias: 'Antes de formar você no ventre de sua mãe, eu o conheci; antes que você fosse dado à luz, eu o consagrei'. Deus ama histórias. Deus permite que cada um de nós construa a própria história de vida. A sua não será como a de ninguém."

A menina se cala, refletindo sobre aquela narrativa que ela conhece tão bem. Mas nessa noite faz uma pergunta que surpreende a avó. "Ammachi, quando você era uma garotinha, o que imaginou pra você?"

"Eu? Isso foi em tempos muito antigos. Tudo é tão diferente agora. Suponho que tenha imaginado o que meu tempo permitia. Imaginei exatamente isto: um lar, um bom marido, crianças amorosas, uma neta linda..."

"Mas, mas, mas... se, por mágica, você tivesse oito anos de novo, agora mesmo, o que imaginaria?"

"Por mágica?" Ela não precisa pensar muito tempo. "Se *eu* tivesse oito anos hoje, sei o que imaginaria. Ia querer ser médica. Construiria um hospital bem aqui." Ela tem atormentado o Senhor Melhorias com isso por anos: se Parambil pode ter um posto do correio e um banco, por que não uma clínica ou hospital?

"Por quê?"

"Para que eu pudesse ser mais útil às outras pessoas. Sabe quanto sofrimento testemunhei sem poder fazer nada? Mas, no meu tempo, *molay*, uma menina não podia sonhar com esse tipo de coisa. Mas *você*, que leva meu nome, pode ser médica, advogada, jornalista... o que quiser. Acendemos o castiçal para iluminar o *seu* caminho."

"Eu poderia ser uma bispa", Mariamma diz.

Grande Ammachi fica sem resposta de tão surpresa.

Philipose diz: "*Aah*, por falar em bispos, é hora das orações".

59. Doces opressores e gratos oprimidos

PARAMBIL, 1960

Sem sobreaviso, Parambil recebe um jovem visitante. O menino de dez anos que põe os pés na varanda e olha nos olhos de todos tem um nome que se iguala à sua autoconfiança precoce: Lênin Imorredouro. Faz um ano que Bee-Yay *Achen* escreveu para Grande Ammachi com a notícia chocante de que Lizzi, o supervisor Kora e a filhinha dos dois haviam morrido de varíola. Só Lênin Imorredouro sobreviveu. Grande Ammachi respondeu de imediato que ficaria feliz em criá-lo como um filho e que ele era da família: o pai do rapaz e Philipose eram primos de quarto grau. Mas então BeeYay *Achen* escreveu dizendo que Lênin sentia que Deus o poupou por uma razão: para ser sacerdote. BeeYay ia enviá-lo para o seminário em Kottayam, onde ele frequentaria uma escola da vizinhança até ter idade suficiente para ser seminarista. Mas ele poderia passar as férias de verão em Parambil. A matriarca exultou com a ideia de o filho de Lizzi tornar-se sacerdote e esperou com muita animação pelas primeiras férias do garoto.

Agora, vendo Lênin em carne e osso, Grande Ammachi fica tão contente que nem lhe passa pela cabeça que as férias estão longe, as aulas não terminaram. Abraça-o. O lindo garoto tem todos os melhores traços de Lizzi. A notícia de que "o menino de Lizzi, o Bebê *Achen*, está aqui" corre pelas outras casas. Todos querem vê-lo e falar a respeito de sua mãe; ninguém menciona Kora.

Lênin, sem que precisem insistir, conta a história da pestilência que recaiu sobre a Mansão do Supervisor e arrebanhou sua família. Sua voz poderosa e as imagens vívidas parecem casar com sua vocação sacerdotal. Diz que, à medida que os dias se passaram, e só sua mãe se agarrava à vida, teve certeza de que morreria, não de varíola, mas de fome. As últimas palavras do pai na terra foram: "Siga no caminho reto". Seu público se comove com o arrependimento e a contrição de Kora, prestes a conhecer o Criador. Mariamma observa tudo, com um pouco de inveja do recém-chegado, seu primo de quinto grau, mas se mostra igualmente enfeitiçada pela história. Desesperado, Lênin decidiu partir em linha reta, fosse para onde fosse. Um proprietário do casarão do qual se aproximava lhe mandou manter distância, senão soltaria o cachorro. Nesse ponto, uma mulher apareceu. "Eu acho que foi a Virgem Maria disfarçada de uma *pulayi*. Tal como se lê em Mateus, ela me alimentou quando eu tinha fome." O público mais uma vez suspira, pois quem não conhece aquela parábola? "Ela mandou um recado para BeeYay *Achen* e seus monges, que cuidavam dos doentes de varíola no vilarejo. Não sei por que Deus me poupou. BeeYay *Achen* diz que *não* preciso saber. E que para tudo há uma estação e uma época. Deus me salvou. Devo servir a Deus. Disso eu sei." Decência *Kochamma* fica tão emocionada com aquele testemunho que aperta Lênin contra seus seios avantajados.

Alguém pergunta se o menino gosta de viver no seminário. Pela primeira vez a confiança do rapaz vacila. "Eu gostava mais no *ashram* com BeeYay *Achen*. Não gosto do seminário. Tive alguns… desentendimentos com eles." O Senhor Melhorias pergunta se as aulas terminaram. "Terminaram. Tive alguns desentendimentos na escola também. O diretor do seminário disse que é melhor eu viver e estudar aqui. E me enviou."

"Sozinho?", Ammachi pergunta.

"Um *achen* viajou comigo. Nós… tivemos um desentendimento", Lênin diz, relutante. A resposta não é satisfatória. "Quando estávamos no ônibus, vi que passaríamos a quase três quilômetros da Mansão do Supervisor. Queria visitá-la. O *achen* disse que não…" O rosto de Lênin se fecha. "Então saltei do ônibus e caminhei até lá. Depois vim pra cá. Andei o dia inteiro."

Havia uma horta de *kappa* onde antes ficava o barracão da família, Lênin relata. O proprietário do casarão — o mesmo que ameaçou soltar o cachorro — apareceu com uma vara na mão, achando que Lênin fosse um ladrão. O garoto se explicou e o proprietário disse que a terra agora era sua, pois Kora tinha tomado dinheiro emprestado dele, usando a terra como garantia.

419

Lênin protestou, era sua herança. O homem falou que Lênin podia processá--lo à vontade. Lênin pediu para ver Acca, a *pulayi* que o alimentara: ele queria lhe dar o crucifixo que tinha no peito, abençoado pelo próprio BeeYay *Achen*. O homem disse para Lênin guardar sua cruz e contou que Acca e o marido participavam de reuniões do Partido Comunista e apareceram cheios de ideias, achando que, como aravam a terra, tinham direito a ela. Ele disse que os dois haviam esquecido que o arroz na barriga deles e o telhado sobre a cabeça de ambos eram resultado de sua generosidade; e aí os expulsou do terreno e tacou fogo na cabana. O rosto de Lênin se contorceu de raiva ao contar isso.

Philipose faz a pergunta que está na cabeça de todos. Lênin diz: "O que eu poderia fazer? Se fosse do tamanho dele, eu o teria surrado com a vara. Então eu disse: 'Um dia encontrarei a abençoada Acca e darei a ela toda a sua terra e seu casarão, pois você é um ladrão e uma só Acca vale mais do que cem proprietários como você'. Ele correu atrás de mim. Mas com aquela pança nunca me alcançaria".

Alguns dias depois, eles recebem uma carta do *Achen* que fora designado para acompanhar Lênin à Parambil e que tentou impedi-lo de visitar a Mansão do Supervisor. Contou que certo dia Lênin esperou o *Achen* dormir e então amarrou suas sandálias. Quando o monge se levantou para correr atrás do menino, ele caiu de cara no chão. Lênin gritou que o *Achen* o sequestrara. O *Achen* conclui: "Lênin, sem dúvida, chegou a Parambil. Deem duas semanas, e logo estarão procurando um lugar para onde mandá-lo, mas, por gentileza, não enviem esse demônio de volta para o seminário".

Lênin se adapta à escola e à vida em Parambil rapidamente. Mas, quando descobre que Decência *Kochamma* arrancou as páginas "indecentes" de sua revistinha favorita do *Mandrake, o mágico*, o garoto substituiu as páginas faltantes com desenhos de homens e mulheres nuas, sob o título: IMAGENS ORIGINAIS DE SACANAGEM DA COLEÇÃO DE DECÊNCIA KOCHAMMA. Quando descobre, a mulher rotunda e artrítica, agora beirando os setenta anos, corre atrás dele, surpreendendo a todos com a velocidade de seu trote. A visão de Decência *Kochamma* assomando é suficiente para levar Lênin a "seguir no caminho reto". Ele corre entre porções de arroz secando em esteiras, pisoteia um arrozal, atravessa urtigas e se mete no barracão do jovem ourives, tentando sair pelos fundos. O ourives original falecera, mas ainda se referem a seu filho de meia-idade como o "jovem" ourives. Lênin explica mais tarde que, uma vez ativada, sua compulsão da linha reta só termina ao se deparar com um obstáculo intransponível ou quando recebe um sinal de Deus. O jovem ourives é as duas coisas, pois esculacha Lênin com fervor e o arrasta pela orelha inchada para Grande Ammachi. Lênin está coberto de urtiga. O jovem ourives diz: "Este aqui é tão torto quanto o pai". Mariamma observa que as lambanças de Lênin acontecem em geral durante o dia; à noite, o garoto perde o ímpeto, seus passos tornam-se incertos, e ela já o viu cambalear feito um bêbado. Enquanto a menina sempre implora para ficar acordada até mais tarde, Lênin mal pode esperar para se deitar na esteira.

Como punição pela última escapadela, Lênin fica confinado em casa por duas semanas. Mariamma diz: "Por que você não tenta escalar, em vez desse negócio de linha reta? Pode acabar quebrando o pescoço, mas pelo menos não destrói nada de ninguém".

"*Aah*, o problema de subir é que logo você alcança o topo."

Alguns dias depois, ainda durante o confinamento de Lênin, cai uma tempestade de raios. As paredes tremem, como se os relâmpagos andassem caçando uma presa. No meio disso, o "menino abençoado" desaparece. Avistam-no do lado de fora, no telhado do estábulo, de braços erguidos, o cabelo para trás, parecendo Cristo no Gólgota, surdo a gritos e acenos enquanto vento e chuva o açoitam. Trovões abalam a casa, ao passo que as nuvens faíscam, reluzindo. Um raio acerta uma palmeira a seis metros de Lênin, com um trovão instantâneo. O raio parte a árvore, e um galho derruba o garoto de seu poleiro. O menino abençoado usa o molde de gesso no pulso como se fosse uma medalha. Alega à Grande Ammachi que subiu ao telhado em busca da "graça", mas para Mariamma ele admite que queria que relâmpagos penetrassem seu corpo e lhe dessem o poder de disparar raios pelos dedos, tal como Lothar, em *Mandrake, o mágico*.

Um mês depois de sua chegada, Mariamma e Podi mal conseguem se lembrar de como era a vida em Parambil antes de Lênin. Podi é a melhor amiga de Mariamma, e ambas têm quase a mesma idade. Na infância, o pai de Podi, Joppan, e o pai de Mariamma, Philipose, também eram melhores amigos. Podi significa "minúscula" ou "poeira". Mariamma e Podi concordavam em quase tudo, até que Lênin apareceu. Mariamma ressente-se dele, porque o garoto é "abençoado" e não tem medo de nada, e é um herói para todas as crianças das redondezas, incluindo Podi — embora esta negue. Lênin não dá a mínima para a opinião de Mariamma, o que só piora tudo. Ela não consegue admitir que, apesar de detestá-lo, sente-se compelida a observá-lo, para não perder sua próxima façanha.

Mariamma ouve o pai dizer à Grande Ammachi: "A escola me chamou de novo. Outra briga. Lênin queria criar uma filial do Partido Comunista. Ele tem dez anos! Ammachi, sem discussão. O que ele precisa é de um internato". Mariamma devia ficar contente ao ouvir aquilo, mas, por algum motivo, não fica.

Naquela noite ela sonha com um homem, que reconhece como Shamuel, lhe dizendo: "Obedeça seu pai! Ele sabe que você infringe as regras dele. Você é igual a Lênin e talvez ele tenha que te mandar para um colégio interno". Acorda perturbada. Qual era o significado daquilo? Se ela ainda compartilhasse uma cama com Hannah, teria uma resposta. Para Hannah, todo sonho tem um significado, assim como para José, no Gênesis. Mas Hannah foi para uma escola de freiras com uma bolsa de estudos. Anna *Chedethi* não sabe que Hannah quer ser freira — a menina gosta mais de jejuar do que de comer, e ama "martirizar" a própria carne com um cinto de corda cheio de nós debaixo da roupa. (Mas a mãe não sabe nada disso.) Hannah disse que freiras fazem isso. Mariamma não tem a menor vontade de ser uma.

Sem Hannah, Mariamma se debruça sobre seu sonho sozinha. Por que Shamuel? Todos falam dele no presente. Uma pessoa pode mesmo estar morta, quando se fala dela como se estivesse viva? Ela lembra de ter ouvido sobre o dia em que Shamuel desapareceu. Ele tinha ido ao mercado e, como demorava para voltar, Philipose foi procurá-lo e sentiu-se aliviado ao vê-lo acocorado na pedra de descanso, apoiado numa das vigas, o costumeiro saco na laje horizontal. Seu queixo estava no peito, como se dormisse. No entanto, sua pele estava fria. O coração de Shamuel havia parado.

Foi a primeira morte na jovem vida de Mariamma. O pai foi de bicicleta à feitoria de Iqbal e voltou com Joppan sentado de lado na barra horizontal. Foi a primeira vez que viu homens adultos chorando. Eles depositaram o corpo de Shamuel do lado de fora de sua cabana, num caixão que repousava sobre o velho cavalete que ele amava. Muitos vieram homenageá-lo — foi como se um marajá tivesse morrido. A dor de Grande Ammachi assustou Mariamma; sua avó chorou ao lado do caixão, acariciando a testa de um homem que, segundo disse, tomara conta dela desde o dia em que pôs os pés em Parambil, sessenta anos atrás. Shamuel foi enterrado ao lado da esposa, no cemitério da Igreja do Sul da Índia. Muito depois, seu pai e Grande Ammachi puseram um painel de bronze sobre a face horizontal da lápide. Com um pedaço de papel e carvão, Mariamma fez uma cópia da inscrição em letras maiúsculas. Em malaiala, dizia:

"VENHAM PARA MIM TODOS VOCÊS QUE ESTÃO CANSADOS
DE CARREGAR O PESO DO SEU FARDO E EU LHES DAREI DESCANSO."
À LEMBRANÇA AMOROSA DE SHAMUEL DE PARAMBIL

* * *

Está quase amanhecendo, e Mariamma ainda está longe de compreender o sonho. Escapole do quarto e agacha-se sob a janela do pai. Ele não vai ouvi-la, mas ela não pode deixar que veja sua sombra. Uma vez do lado de fora da casa, ela corre para o riacho e depois para o canal. Ouve passos atrás dela: Podi. Compartilham o mesmo pensamento: sempre que Mariamma sai da cama, de alguma forma Podi sabe. As regras ditam que elas não podem nadar sem adultos por perto. Regras só servem para tapeçaria e freiras. Ela mergulha, a água rugindo ao redor de seus ouvidos. Momentos depois, uma explosão ao lado: é Podi mergulhando. Nadar no canal é o maior segredo e prazer delas, ainda que, se descobrirem, as consequências serão…bem, ela não gosta de pensar nas consequências.

Mariamma precisa se preparar para a escola, mas Podi se demora, pois Joppan não está em casa. Quando o pai está fora, ela não vai à aula e faz o que bem quer. Se Joppan descobrir, e geralmente descobre, ele a recrimina. Mariamma já o ouviu gritar: "Eles me expulsaram quando eu queria estudar! Agora você é bem-vinda, mas é preguiçosa demais para ir?". Mariamma tem fascínio por Joppan. Ela só conhece esse canal, ao passo que ele conhece *todos* os canais. Algumas pessoas, não importa o que façam, parecem simplesmente elevadas, mais importantes e confiantes do que outras. Joppan é assim. Lênin também. Ela sente inveja.

Então, no café da manhã, ao ver seu pai lhe ocorre: o sonho. Shamuel dizia que Philipose sabe do canal! Talvez sempre tenha sabido. Antes de partir para a escola, ela vai ao quarto dele, onde ele está organizando contas, murmurando consigo mesmo. Ao vê-la, ele bota o livro de contas de lado e lhe sorri. Ela se põe ao lado da mesa dele, ajeita seus lápis, pronta para confessar. Ela tem uma regra: sempre diz a verdade… quando lhe perguntam. Ela abre a boca… Mas dizer a verdade quando *não* lhe perguntam prova-se difícil. Precisa dizer *alguma coisa*. Está decidida. "Appa, sonhei com Shamuel", ela diz.

"Foi?"

Ela faz que sim com a cabeça. "Appa? Joppan passa muito tempo fora."

"E?"

"Tudo bem, eu te vejo mais tarde." *Não* confessar é muito mais fácil que confessar.

Shamuel? Joppan? Philipose fica ali admirado, depois balança a cabeça e dá uma risadinha. Joppan, de fato, passa muito tempo fora. Se Mariamma tivesse permanecido ali por mais de dez segundos, se ela realmente quisesse saber, ele talvez lhe contasse que houve um tempo em que achou que convenceria Joppan a se fazer presente em Parambil o tempo *todo*. Foi logo depois do funeral de Shamuel. Sua mãe convocou Joppan. Ele lembra que ela sentou, de olhos inchados, na cama de corda do lado de fora da cozinha, enquanto ele e Joppan sentaram de frente para ela em dois banquinhos baixos, como estudantes. Grande Ammachi disse que, sempre que pagava os salários a Shamuel, ele pegava o que precisava e lhe pedia que guardasse o restante no caixa-forte do *ara*. Quando o banco abriu, ela pôs as economias dele numa conta conjunta. "Agora, esse dinheiro é seu, Joppan", Grande Ammachi falou, entregando-lhe a caderneta. A casa e o terreno de Shamuel também eram de Joppan, que já possuía um terreno ao lado da terra do pai. Ela contou ainda que estava passando para ele a escritura da faixa longa e estreita de terra atrás de seu terreno que se conectava com a estrada. Era dele agora, para fazer o que bem quisesse. Abençoou Joppan e, entre lágrimas, disse que Shamuel era parte da família, e Joppan, Ammini e Podi também.

Depois disso, Philipose perguntou a Joppan se ele teria um minuto. Os dois se sentaram no velho ateliê de Elsie. Joppan acendeu um *beedi* e estudou a caderneta. Após um tempo Joppan sorriu e disse: "Quantas vacas você acha que há aqui?". Philipose ficou sem entender. "Sempre que eu mencionava a meu pai uma quantia que ultrapassava algumas rupias, ele dizia: 'Isso dá quantas vacas?'. Ele sabia quanto valia uma vaca — essa era sua moeda." O sorriso de Joppan se desvaneceu. "Meu pai podia ter me mostrado essa caderneta antes. Não era de imaginar que ele teria orgulho de mim, que sei lidar com números e contabilidade? Pois se ele me visse lendo, franzia a sobrancelha. Assustava-o que eu tivesse esse tipo de conhecimento. Ele era um homem bom. No entanto, queria que eu fosse igual a ele. O sucessor de Shamuel, *pulayan* de Parambil."

Ele se sentiu culpado ao ouvir aquilo, pois Shamuel ficou orgulhoso quando Philipose terminou o ginásio e foi para a faculdade. Incomodava-o pensar que Shamuel media um e outro com critérios diferentes. Embora vivessem às turras, Shamuel e Joppan se uniram para salvar Philipose no pior momento de seu vício no ópio. Certa manhã, pouco depois do afogamento de Elsie, com a bênção de Grande Ammachi, e alistando Unni e Damo, eles carregaram Philipose para fora do quarto. Damo o fisgou com a tromba e o pôs no lombo, e Unni o segurou. Philipose sentou-se, apertado, entre Shamuel e Unni, acompanhado de Joppan na bicicleta. Eles foram para o acampamento madeireiro de Damo. Philipose gritou e implorou durante todo o caminho. Dali Damo seguiu por uma trilha para o interior, até a cabana onde Unni mantinha seus potes de pomada e as grandes limas de metal e foices com que tratava as unhas e as plantas dos pés de Damo. Sempre que Damodaran decidia vagar livremente pela floresta, era naquela cabana que Unni o esperava, muitas vezes embriagando-se. Nas seis semanas seguintes, Joppan foi e voltou de lá, mas Shamuel permaneceu com Philipose na cabana o tempo todo, aguentando as acusações e maldições, cuidando dele durante suas câimbras, alucinações e febres, até que, passadas duas semanas, seu corpo livrou-se do jugo do ópio. Mas ainda o mantiveram ali. Philipose, envergonhado, teve longas e comovidas conversas com Shamuel que lhe permitiram ver o que aquela pequena caixinha de madeira havia feito com sua vida. A tentação nunca desaparecia por completo, porém, mais do que tudo, a ideia de desapontar Shamuel, Joppan e a mãe o mantinha no caminho certo.

"Joppan, minha mãe e eu queremos te fazer uma oferta, mas acho que, pelo que acabou de dizer, você provavelmente vai declinar. Mas vou falar ainda assim." Joppan ouviu que ele e Grande Ammachi deviam muito a Shamuel, perfeito guia na administração diária de Parambil, sem o qual ele, Philipose, estaria perdido como ser humano e também como administrador. "Esta é uma proposta de negócios. Não se trata de assumir o papel de Shamuel. Queremos que você se torne o administrador dessas terras, que tome todas as decisões em troca de vinte por cento dos lucros da lavoura. Também pagaríamos um pequeno salário mensal, de forma que, se tivermos um ano ruim, você ainda teria uma renda. Se decidir plantar em alguma terra inculta, é mais trabalho para você, mas mais lucro também." Joppan ficou em silêncio. "Vinte por cento dos lucros é substancial", Philipose acrescentou, "mas para mim vale a pena. Eu poderia escrever mais. Não levo jeito para esse tipo de serviço."

O silêncio foi ficando desconfortável. Joppan parecia hesitar. "Philipose, o que vou dizer para você eu não poderia dizer para Grande Ammachi. Eu respeito demais a sua mãe, pelo amor que ela nutria por meu pai e que tem por mim. Vai ser difícil que vocês entendam, mas vou dizer mesmo assim. Esse dinheiro na caderneta…?" Ele fez uma pausa, estudando Philipose.

"São muitas vacas?"

Joppan assentiu. "Sim. Mas… são bem menos vacas do que meu pai merecia. Se pensar em como meu *avô* ajudou seu pai a limpar todos esses hectares de terra. Se levar em conta como meu pai labutou aqui desde criança até o dia de sua morte. A *vida toda!* E, no fim, o que ele tem? Sim, muitas vacas. E o próprio terreno de sua cabana — coisa rara para um *pulayan*. No entanto, imaginemos que ele não fosse um *pulayan*, mas um primo de seu pai. Digamos que ele tenha trabalhado lado a lado com seu pai. Então, depois que seu pai se foi, digamos que ele tenha continuado trabalhando abnegadamente por Grande Ammachi e por você ao longo de mais trinta anos. Todos os dias! O que esse primo receberia por uma vida inteira de trabalho? Não seria muito mais do que a soma nessa caderneta? Talvez chegasse a ser metade dessas terras."

A saliva amargou na boca de Philipose. "É isso que você está pedindo?"

Joppan olhou para Philipose com irritação — ou era pena? "Não estou *pedindo* nada. Foi sua mãe que me chamou. De outra forma eu nem ficaria sabendo dessa caderneta. E depois *você* me chamou para conversar, lembra? Agora há pouco avisei que não ia ser fácil me ouvir. Vocês dois disseram a mesma coisa: o quanto *deviam* a meu pai. Ele era da família. Estou falando com você como meu melhor amigo, como alguém que fala pelo Homem Comum. Achei que talvez você *realmente* quisesse entender a verdade. E a verdade é que nem todo mundo vê as coisas como você e Grande Ammachi veem. Se dessem a esse parente de vocês que trabalhou a vida toda aqui a mesma recompensa — um terreno para uma cabana e os salários economizados —, as pessoas diriam que ele foi explorado. Mas é para Shamuel, o *pulayan*… Então é generosidade. O que vemos como generosidade ou como exploração tem tudo a ver com o destinatário do gesto. Com meu pai, era mais fácil, pois ele acreditava que fosse seu destino ser um *pulayan*. Ele se achava *bem-aventurado* por trabalhar em Parambil! Se sentia rico no fim da vida, com salários guardados, um terreno para sua cabana e outro para o filho e agora mais um."

Philipose tinha a sensação de ter trombado num galho de árvore que ele não tinha visto. A palavra "exploração" o feria. Doía-lhe sentir que se aproveitara de Shamuel, um homem por quem estava disposto a morrer. Pensava em si mesmo e em Parambil como um lugar livre de castas, acima desse tipo de consideração. No entanto, só tinha que olhar para o rosto à sua frente e lembrar do baque da bengala do *kaniyan* na carne de Joppan e da humilhação daquele garoto que apareceu tão confiante na escolinha de Parambil.

"Porque você amava meu pai, fica mais difícil entender", Joppan diz. "Vocês se veem como tendo sido bons e generosos com ele. Os 'bons' senhores de escravizados na Índia, ou em qualquer parte, eram sempre os que tinham mais dificuldade em ver a injustiça da escravização. Como não tratavam os escravizados com crueldade, mas com bondade e generosidade, ficaram cegos para a injustiça de um sistema de escravização que *eles* criaram, que mantinham, e que os favorecia. É como os britânicos se vangloriando pelas ferrovias, as universidades e os hospitais que nos deixaram — a *bondade* deles! Como se isso justificasse nos roubarem o direito de autodeterminação por séculos a fio! Como se devêssemos agradecer por aquilo que nos roubaram!

Inglaterra, Holanda, Espanha, Portugal ou França seriam o que são hoje sem o que conquistaram escravizando outros povos? Durante a guerra, os ingleses adoravam se gabar de como nos tratavam bem, supondo o tratamento que receberíamos caso os japoneses nos invadissem. Mas é justo que uma nação governe outra? Isso só ocorre quando um grupo pensa que o outro é inferior por nascimento, cor da pele, história. Inferior, ou seja: merece menos. Meu pai não era escravizado. Era amado aqui. Mas ele *nunca* foi seu igual, então não foi recompensado como tal." Joppan balançou a cabeça. "Alguns de seus parentes, aliás muitos deles, *ganharam* terrenos generosos de alguns bons hectares, mais do que um *pulayan* ganha para sua cabana. Era terra suficiente para passar muito bem. Porém, sendo sincero, tirando o Senhor Melhorias e alguns poucos, quem teve êxito? Imagine só se meu pai tivesse recebido *um* único hectare de terra para plantar. Imagine o que não teria feito."

A sofisticação dos argumentos de Joppan surpreende Philipose. Todavia apenas pensar nos argumentos dele como "sofisticados" revela o tipo de cegueira a que ele se referia. Nesse caso, o termo "sofisticado" implicava que pessoas como Joppan e Shamuel não tinham o direito de se valer da história, da razão e de seus intelectos.

"Suponho que sua resposta seja 'não'", Philipose concluiu.

Joppan respondeu: "Amo Parambil. Não há um campo aqui onde você e eu não tenhamos brincado, ou que eu não tenha ajudado meu pai a cultivar em algum momento. Mas não posso amar Parambil como ele amava. Porque as terras não são minhas. No entanto, há uma questão maior. Você pode me chamar de administrador, e me pagar bem, mas, para seus parentes, ainda serei o filho do *pulayan* Shamuel, o *pulayan* Joppan. Aquele cuja esposa *pulayi* trança *ola* e varre o *muttam* de Parambil. Não há muito que eu possa fazer quanto a ser chamado de *pulayan*. Todavia posso escolher se quero *viver* como um".

Pouco depois dessa primeira conversa, Philipose voltou com uma segunda proposta: dariam a Joppan oito hectares de terra razoavelmente desbastada que nunca fora cultivada, terra que seria só sua. A escritura seria mantida em contrato de depósito por dez anos; durante esse período, Joppan administraria todas as terras de Parambil, ganhando vinte por cento dos lucros, mas sem um salário mensal. Depois de dez anos, ele poderia se desobrigar, ou poderiam negociar um novo contrato para mais lotes. Joppan ficou surpreso: ele teria mais terras do que qualquer um dos parentes de Philipose.

Joppan abriu seu famoso sorriso. "Philipose, se meu pai ouvisse isso, diria que você enlouqueceu." Disse que precisava de um drinque e pegou uma garrafa de *áraque*. "Sua oferta significa que me ouviu. Que me entendeu, por mais doloroso que tenha sido. É muito generosa. Pode ser que eu me arrependa depois, mas vou recusar." E tomou um grande trago. "Trabalhei tantos anos com Iqbal, atravessando tempos difíceis. Incontáveis noites dormindo na barcaça, olhando as estrelas e sonhando com uma frota que possa se mover em um quarto do tempo que se leva hoje. Sim, sofremos um revés com a lancha motorizada. O problema não eram os jacintos-de-água emaranhando-se às hélices, mas as burocracias. No entanto, estamos chegando lá. Mesmo se eu fracassar, preciso tentar. Se desistir de meu sonho, algo em mim vai morrer."

Philipose sentira-se encolher, relembrando *seus* sonhos antes de ir para Madras, os sonhos quando conheceu Elsie, quando casaram, quando ela partiu e voltou. Foi sua vez de engolir um belo trago para anestesiar a dor. Ouviu sem interesse Joppan falar a respeito do "Partido" — que significava, sempre, os comunistas. Aquela palavra — "comunista" — pode ser anátema em muitos lugares, sinônimo de traição, mas em Travancore-Cochim-Malabar, em Bengala, e em outros estados da Índia, os comunistas constituíam um partido legítimo, concorrentes reais. Nos territórios dos falantes do malaiala, os esteios do PC eram antigos membros do Partido do Congresso que se sentiram traídos quando o Congresso chegou ao poder e cedeu aos interesses dos grandes proprietários de terras e dos industriais. Os membros do PC não eram apenas os pobres e excluídos, mas também intelectuais e estudantes universitários idealistas (geralmente de castas superiores) que viam a sigla como o único grupo disposto a desfazer os privilégios de casta enraizados. Naquele ano em que Shamuel morreu — 1952 —, o Partido Comunista conquistou vinte e cinco assentos, e o Congresso, quarenta e quatro. A fusão do Malabar com Travancore-Cochim para formar o estado de Kerala era iminente e traria novas eleições.

"Pode escrever", dissera Joppan ao se despedirem naquela noite, "um dia Kerala será o primeiro lugar do mundo onde um governo comunista terá sido eleito por meio de uma votação democrática e não pela revolução sangrenta."

Enquanto Philipose relembra essa conversa de quase uma década atrás, é forçado a reconhecer que Joppan estava certo: poucos anos depois, o Partido Comunista conquistou a maioria dos assentos em Kerala, constituindo o primeiro governo comunista democraticamente eleito do mundo.

60. A revelação do hospital

A CONVENÇÃO DE MARAMON, 1964

Malaialas de todas as religiões duvidam de tudo, menos de sua fé. Todos os anos a necessidade de renová-la, de renascer, de beber de novo da fonte, leva os cristãos malaialas ao grande encontro de fevereiro: a Convenção de Maramon. A família de Parambil não é exceção.

Desde a primeira convenção em 1895, que aconteceu sob uma tenda no leito seco do rio Pamba, multidões cada vez mais numerosas têm comparecido a esse evento. O primeiro microfone, presente do missionário norte-americano E. Stanley Jones, surgiu apenas em 1936. Até então, "mestres repetidores", dispostos a intervalos regulares em tendas-satélites, transmitiam a palavra do orador às multidões nas margens do rio. Mas era da natureza malaiala que os repetidores tomassem como dever cristão questionar e aperfeiçoar a mensagem traduzida. Em certa ocasião, a advertência de E. Stanley Jones de que "preocupação e ansiedade são areia no maquinário da vida, e a fé é o óleo" chegou às barracas de cerâmicas como "Ah, homens de pouca fé, sua cabeça está cheia de areia, e não há óleo em seu lampião", o que quase provocou um tumulto.

Da transmissão humana, a convenção passou ao excesso de amplificação — pelo menos é o que parece ao reverendo Rory McGillicutty, de Corpus Christi, nos Estados Unidos das Américas, ao ver homens escalando palmeiras para pendurar outra leva de alto-falantes. Enquanto espera nos bastidores, seus tímpanos são ameaçados por sons de retorno e estrondos semelhantes a tiros de rifle que botam os vira-latas para correr, deixando rastros de urina na areia. O eletricista ceceia: "Tessstando umdoissstrês, *kekamo?*". Sim, pode ser ouvido lá atrás e mesmo para lá do estreito de Palk, no Ceilão.

Os olhos do reverendo estão tão sobrecarregados quanto os ouvidos. A começar pelo primeiro vislumbre da massa humana e daquela cidade de tendas infinitas. Sentiu-se um gafanhoto solitário numa praga bíblica, lutando para acompanhar o *chemachen* compenetrado que o escoltava. Aquela multidão apequenava qualquer aglomeração que ele tivesse visto na Feira Estadual de Tulsa ou mesmo naquela do Texas. As pessoas estavam ali para ouvir a Palavra e apertavam suas Bíblias contra as vestes brancas, não se deixando distrair pelas barracas de comida ou bijuterias. Tampouco pelos shows de mágica ou o Globo da Morte — um grande hemisfério escavado na terra, com paredes numa lisura perfeita, no interior do qual dois motociclistas com os olhos delineados com kohl se perseguiam um ao outro numa velocidade aterradora, desafiando a gravidade, subindo à borda da cavidade e pondo-se quase em paralelo ao chão sobre o qual os espectadores os assistiam.

O reverendo ficou extremamente chocado com a guarda de honra dos aleijados que ladeavam o acesso ao palco. Leprosos de um lado, não leprosos do outro — para estes, não havia outro denominador comum que não o sofrimento. Entre eles havia crianças que mal poderiam ser reconhecidas como crianças: uma delas tinha os dedos fundidos, o rosto semelhante a uma panqueca, olhos onde deveria haver orelhas, enfim, um peixe exótico. O *chemachen* disse que elas foram mutiladas na tenra infância para serem exibidas por toda a Índia. "Mas", dizia ele, "são indianos do *Norte*", como se fosse um consolo que mitigasse o horror. Agora, esperando nos bastidores, McGillicutty, nervoso, sente-se uma mosca presa num pote de visgo. Tampouco ajuda o fato de que está lá para substituir de última hora o reverendo William Franklin Graham, o célebre Billy Graham. Mas mesmo assim sua maior preocupação é o tradutor.

É uma preocupação legítima. Se a medida da fluência no inglês é a capacidade de regurgitar uma frase mal memorizada de um manual de ensino básico, como *Por que o cao isttá saeguindo o sinhor?*, então muitos se sentem qualificados. Afinal, argumentam que para traduzir só é necessário que se fale com fluência o malaiala, não o inglês. Mesmo o *achen* formado na Yale Divinity School provou-se um tradutor desastroso, pois se comportava como se as palavras do orador traíssem sua tradução.

Rory não precisava se preocupar; a convenção contava com um tradutor experiente, descoberto pelo bispo Mar Paulos num evento beneficente em certa vila alguns anos atrás, onde testemunhou o dito tradutor atuar como intérprete para um especialista em grãos de Coralville, Iowa, América. Traduzia com fidelidade as palavras do palestrante, evitando chamar atenção para si mesmo.

Na manhã da convenção, esse tradutor veterano estava sentado diante do espelho, aparando seu bigode em forma de lagarta. Posicionado abaixo do nariz e a um quarto de polegada acima do lábio superior, o bigode, emancipado, não jurava lealdade a nenhum dos dois. Para um homem malaiala que já passou da puberdade, a ausência de bigode não é viril. As opções são inúmeras: bigode escovinha; sargento-major, com pontas para cima; brigadeiro, com pontas para baixo; bigode cheio; bigodinho fascista... O segredo para o bigode de lagarta é achegar-se ao espelho, inflar o lábio superior e usar a lâmina pinçada entre o polegar direito e o indicador, enquanto a mão esquerda estica a pele. Com minúsculas raspadas de cima para baixo, define-se a margem superior e — mais decisivamente — a inferior. Se fosse escrever um manual, o redator diria que a faixa de pele raspada *abaixo* do bigode, que o separa da borda avermelhada do lábio superior, é a chave de tudo.

Shoshamma observava o marido trabalhando meticulosamente aquelas margens e disse, como provocação: "Acho que sobrou um pelinho solto à esquerda no bigode do Senhor Melhorias" — e nisso o homem acaba se cortando de leve.

"Mulher, por que a zombaria? Viu o que fez?" Ela se desculpa, mas continua com risadinhas. Ele bate no peito. "Você não tem ideia da paixão que arde aqui dentro! *Paixão!*" Ela dá de ombros e se retira. *Paixão sem o escape conjugal normal, devido à sua cabeça dura!* Foi culpa dele, que jurou esperar que ela desse o primeiro passo. E segue esperando.

O ônibus que tomaram estava tão lotado que pulou as paradas de sempre. Perto de Changanur, uma figura familiar desafiou a morte saltando para dentro do veículo, dizendo: "Meu bilhete é tão bom quanto o de vocês! Aqui não tem sistema de castas!". Lênin tinha catorze anos. Fora despachado para um internato religioso de regras duríssimas aos dez. Viram-no nas últimas férias, mas agora ele já estava mais alto, com um tênue bigode e um pomo de adão protuberante. Mas seu couro cabeludo parecia ter sido pastado por um bode, o rosto exibia machucados. O rapazote ficou felicíssimo ao vê-los.

"Um desentendimento com meus colegas de classe", ele explicou. "Eu sou o encarregado das refeições do dormitório. Decidi dar nosso *biryani* de domingo para os famintos em frente à igreja."

"*Aah*. E seus colegas estavam preparados para jejuar?"

"O sermão de domingo foi Mateus 25. 'Pois eu estava com fome, e vocês me deram de comer.' Bem significativo para mim. Depois, no grupo de estudos bíblicos, meus piedosos colegas juraram viver de acordo com esses princípios. Então..."

Shoshamma disse: "*Monay*, você conhece o dito *Aanaye pidichunirtham, aseye othukkinirthaan prayasam*". *Mais fácil controlar um elefante do que controlar o desejo!*

O Senhor Melhorias lançou um olhar para a esposa. Era uma indireta?

"Verdade, *Kochamma*. Ainda assim, que hipócritas! O que Jesus diria quando a gente tem comida em casa e os vizinhos passam fome? Se Ele voltar, não acha que votará nos comunistas?"

Um homem atrás de Lênin gritou: "Blasfêmia infame! Cristo votando nos comunistas?". O Partido tinha feito história e conquistado muitos eleitores, mas poucos deles estariam num ônibus rumo à Convenção de Maramon. No bate-boca que se seguiu, o ônibus freou bruscamente e Lênin saiu. Ria, sacudindo os braços e girando a pélvis como um herói de Bollywood, antes de escapulir a toda velocidade.

Devido à acne dos tempos de juventude, o rosto de Rory McGillicutty é cheio de marcas, como uma jaca, e ele próprio é robusto como uma jaqueira. Tem uma espessa cabeleira em que cada folículo parece ter sido martelado como um prego de ferrovia, mas ele ainda não foi apresentado ao Óleo Brahmi de JayBoy, então seu cabelo se mostra selvagem e desgrenhado. É um milagre que um homem que cresceu pescando nas planícies da baía do Aransas, no Texas, tenha terminado como pescador de almas na vila de Maramon, em Kerala, na Índia.

Ao se encontrar com Rory nos bastidores, o Senhor Melhorias fica preocupado: o orador não trouxe um texto pronto, nem notas, nem identificou os versículos bíblicos que vai citar. A preocupação de Rory é diferente. Ele acabou de ouvir o discurso monótono de um bispo cujo único gesto expressivo era um vacilante erguer de dedo, como uma criança cutucando o nariz de um mastim. Mas o público sorridente parece não ter se incomodado. Seu estilo, como ele agora explica ao tradutor, é o oposto. "Quero que meus ouvintes sintam o cheiro do cabelo chamuscado, o calor dos fogos eternos da danação. Só então se pode apreciar a Salvação, entende?"

O Senhor Melhorias soergue as sobrancelhas, alarmado, embora seu gesto de cabeça possa significar sim ou não. Ou muito pelo contrário.

"É verdade e dou fé", diz McGillicutty, "porque vivi isso. Ainda estaria na sarjeta se não tivesse sido salvo pelo sangue do Cordeiro." Esse estilo que evoca fogo e enxofre faz sucesso no sul dos Estados Unidos; no norte, vai bem até Cincinnati. Triunfou em Cornwall, na Inglaterra, daí seu convite de última hora para a Índia. Rory não tem outro recurso: seu estilo é sua mensagem. Ele agarra os ombros do Senhor Melhorias, olhando-o com muita seriedade. "Meu amigo, quando você traduzir, precisa comunicar *fisicamente* minha paixão. De outra forma, será um fiasco."

O Senhor Melhorias tem suas dúvidas. "Reverendo, faça o favor de lembrar que estamos em Kerala. Na Convenção de Maramon não falamos em línguas. Isso é coisa dos pentecostais. Aqui, somos… sérios."

A expressão de McGillicutty é de desolação. Ele não é de falar em línguas, mas, quando o Espírito Santo leva uma alma sensível a tagarelar, quem é ele para se opor? Uma visão assim pode transformar uma tenda inteira de pecadores.

"Bem… Dê seu melhor, combinado? *Tente* imitar meu tom, meus gestos. Paixão! É paixão que eu quero!"

Um *chemachen* avisa que eles são os próximos, depois do coral. McGillicutty retira-se a um canto.

O Senhor Melhorias o observa. *Que descarado esse cara de jaca, sem roteiro!* Mas logo se compadece ao vê-lo se ajoelhar, curvando a cabeça para fazer uma oração. Aquilo não devia nem surpreender nem amolecer o Senhor Melhorias, mas é o que acontece. Sente-se um hipócrita — não acabou de fazer um sermão sobre paixão para Shoshamma? Quando McGillicutty se levanta, o Senhor Melhorias põe a mão nos ombros daquele branco — algo que nunca fez na vida. "Não se preocupe. Darei o meu melhor. A paixão se fará presente. Em grande parte. Na medida do possível." O alívio de McGillicutty o convence de que agiu como um bom cristão. O reverendo lhe dá um tapinha nas costas e em seguida se serve de uma garrafa de metal, oferecendo um copo ao tradutor. No primeiro gole o Senhor Melhorias chega a um novo entendimento do visitante, que o incita a beber tudo. Rory vira um copo e suga o ar entre os dentes. O Senhor Melhorias sente um "não sei o quê" feroz no peito. A paixão em seu interior se infla. Está um pouco de ressaca, verdade seja dita, e a tal garrafa do reverendo foi uma intervenção divina. Eles bebem outro copo cheio. O Senhor Melhorias não se sente apenas bem: nunca esteve melhor. Sua trepidação inicial desapareceu. Relaxa os ombros e diz a si mesmo: *Se McGillicutty fracassar, não será por falta de um bom tradutor.*

* * *

Um murmúrio percorre a multidão ansiosa: um pastor branco estrangeiro sempre desperta interesse, mesmo não sendo Billy Graham. *Continuamos escravizados, mesmo depois de livres*, pensa o Senhor Melhorias. *Supomos que a mensagem de um branco seja melhor do que a mensagem de um dos nossos.*

McGillicutty é anunciado, e os dois sobem ao palco. O silêncio é total.

O reverendo abre com uma piada longa e complicada. No desfecho, ergue as mãos aos céus, fala bem alto e volta-se para o público. Muitos milhares de faces sem expressão o olham. Vermelho dos pés à cabeça, vira-se para o tradutor, com olhos suplicantes.

O Senhor Melhorias alisa o cabelo oleoso. Corre os olhos pelo público, confiante, até com certo desdém. Expõe-se ao escrutínio por um bom tempo. Então os interpela, como se fossem íntimos.

"Meus sofridos amigos. Querem saber o que acabou de acontecer? O alto reverendo Sahib Mestre-Rory *Kutty* contou uma piada. Para dizer a verdade, fiquei tão surpreso que não posso lhes dar os detalhes. Quem espera uma piada na Convenção de Maramon? Digamos apenas que envolvia um cachorro, uma velha senhora, um bispo e uma bolsa…" Alguém na ala das mulheres dá uma risadinha aguda, seguida pelo riso das crianças. Agora, ondas de riso se espalham em resposta à audácia do Senhor Melhorias.

"A piada não é tão engraçada quanto pensa o reverendo. Além disso, alguma senhora em Kerala anda com bolsa? No máximo algumas moedas enroladas num lenço, não é? Mas, por favor, não vamos desapontar um convidado que veio de tão longe. Abençoados os que riem das piadas de uma visita. Não é o que se diz nas Bem-aventuranças? *Aah.* Então, quando eu contar até três, todo mundo, por favor, ria — e falo especialmente às crianças sentadas aqui na frente, mestres em artimanhas e em fingir santidade para os pais, pois esta é a chance de vocês. Finjam agora, com a bênção do Senhor. Um, dois… três!"

McGillicuty fica animadíssimo. A velha, o bispo e a bolsa não deixaram a desejar em lugar nenhum, de McAllen a Murfreesboro — e agora em Maramon. E se saíram *melhor* em malaiala do que em inglês!

O reverendo faz cara séria e ergue a mão, pedindo silêncio. O Senhor Melhorias, sua sombra amorenada, imita sua postura.

McGillicutty curva a cabeça, a mão ainda no ar. "Meus irmãos e irmãs, é como pecador que me apresente diante de vocês…"

O Senhor Melhorias traduz: "Acabaram as piadas, graças a Deus. Ele disse: 'É como pecador que me apresente diante de vocês'…".

Um murmúrio de apreciação se espalha pela multidão.

"Apresento-me diante de vocês como um adúltero... Um fornicador."

"Apresento-me diante..." A voz do Senhor Melhorias empaca. Seu estômago está como naquela vez em Madras, quando teve disenteria. Se usar a primeira pessoa para traduzir o que McGillicutty disse, não vão pensar que *ele* é o fornicador, o adúltero? Procura Shoshamma na multidão.

O reverendo, os olhos inquietos fixos no tradutor silencioso, diz: "Amigos, eu não sou de suavizar minhas palavras. Um fornicador, eu disse. Um homem que dormia com toda mulher da vida e com outras que, não sendo mulheres da vida, depois de mim, passaram a ser. Eu era essa pessoa".

Os bispos e pastores nas fileiras da frente, que entendem inglês muito bem, entreolham-se com certo nervosismo.

O Senhor Melhorias sorri sem graça para McGillicutty, depois para a multidão, enquanto tenta desesperadamente organizar seus pensamentos. "O reverendo disse: Amigos, minha Igreja lá do outro lado do oceano é grande. Enorme. No entanto nunca vi tanta gente de fé quanto vejo aqui hoje. E fico contente que o Senhor Melhorias esteja aqui traduzindo para mim. Sua reputação se estende de Maramon até minha cidade natal. Foi por isso que eu mesmo pedi que fosse ele meu tradutor. Obrigado, Senhor Melhorias".

O tradutor agradece com a cabeça, modesto. Em seguida, olha para McGillicutty ansioso, tentando antecipar o que está por vir. Quando o homem pega ritmo, sua boca se escancara a ponto de quase engolir a própria cabeça.

"O número de pessoas com quem preciso me desculpar, o número de pessoas que desviei do caminho certo", diz o reverendo, desenhando um longo arco com a mão, "estende-se desse lado da multidão àquele."

Os olhos do Senhor Melhorias seguem a mão do reverendo, e ele vê uma mulher na terceira fileira tombar, esmagada pela umidade e pelo calor; ele reconhece Grande Ammachi como a primeira a socorrê-la, abaixando e abanando a mulher desmaiada com o programa impresso da convenção. E, bem ao lado da tenda, parece que há uma criança sofrendo uma convulsão. Adultos aglomeram-se ao redor dela.

O tradutor faz o mesmo arco com a mãos: "Quando olho daquele lado do rio para este, penso em todas as pessoas aqui nesta linda terra que sofrem de doenças raras, ou de câncer, ou que precisam de cirurgião cardíaco, e que não têm aonde ir... Bem, isso me perturba, e eu preciso falar disso".

"Parti o coração de minha mãe quando conheci carnalmente minha própria babá!", diz o reverendo, apertando o próprio peito. "Uma mulher inocente do campo. Fui ninado em seu colo, no entanto me aproveitei dela aos treze anos."

O Senhor Melhorias, quase sem esperar Rory terminar, aperta o peito e diz: "Se uma criança nasce com um buraco no coração, como o filho de nosso Papi, e precisa de operação, aonde ela pode ir?". Ele acabou de inventar esse tal de Papi e o filhinho, mas é em nome do Senhor. "Aquele pobrezinho tinha dez anos e estava mais azul do que marrom quando Papi arrecadou o dinheiro para levá-lo a outro estado, até os confins de Vellore, para o Christian Medical College... Mas então já era tarde demais!"

Agora McGillicutty surpreende seu tradutor ao descer do palco e se dirigir a um grupo de crianças que estão ali sentadas, de pernas cruzadas. Puxa uma delas. O camaradinha desengonçado é todo ouvidos, joelhos e cotovelos, e tem um buraco nos dentes tão grande que se pode passar um poste de tenda entre eles. O Senhor Melhorias o reconhece como um dos desgraçados, um *potten* — nascido surdo-mudo — que sempre ganha lugar de honra bem na frente. Mais cedo, esse menino foi quem riu mais alto e foi o último a parar. O Senhor Melhorias sempre o vê na convenção, ano após ano, pois os pais torcem por um milagre. Essa criança nunca falou uma palavra inteligível. Que azar do reverendo escolher logo o *potten* entre tantas!

"Quando fui pai", diz o reverendo, agora de volta ao palco, junto com o *potten* sorridente, "abandonei meu próprio filho, da idade deste anjinho. Ele passou fome. Meus sogros tinham de levar comida, pois eu gastava meus salários com jogo e mulheres!"

A mulher que desmaiou sai carregada. O Senhor Melhorias vê que Grande Ammachi o encara, animada e ansiosa. Ele diz: "Por que uma criança tão seriamente doente precisa viajar para Madras ou mais longe ainda para ser tratada? E se houvesse socorro disponível aqui mesmo? Não estou falando de uma clínica minúscula com um único médico e uma vaca na porta de entrada. Estou falando de um hospital *de verdade*, de muitos andares, com especialistas para o topo da cabeça e a sola dos pés, e tudo que vai no meio. Um hospital tão bom quanto qualquer outro do mundo. Se uma missionária branca, Ida Scudder, que Deus a abençoe, pôde construir uma instituição de primeira classe em Vellore, no meio do nada, não podemos nós, cristãos, construir algo semelhante nessa terra de leite e mel?".

"Só um demônio pode negligenciar uma criança como esta para ir beber uísque e deitar com prostitutas", disse o reverendo, a voz falhando. "Mas, então, um dia, quando eu me encontrava deitado na sarjeta em Corpus Christi, no Texas, o Senhor me chamou. Ele ordenou: 'Diga meu nome!', e eu disse: 'Jesus, Jesus, Jesus!'."

O Senhor Melhorias traduz: "Amigos, esta não é a mensagem que eu pretendia pregar, mas parece que o Senhor me trouxe lá do Corpo de Cristo

436

no Texas e pôs essas palavras em minha boca para que fossem comunicadas a vocês. Ele diz: Atentem ao sofrimento à sua volta! Ele diz: Não é hora de mudar isso? Ele pergunta: Vocês precisam mesmo de outra igreja? Ele diz: Glorifiquem meu nome com um hospital que me faça justiça. Eu ouço sua voz tal como ouvi muitos anos atrás, quando eu era um homem perdido, um pecador caído na sarjeta, e o Senhor apareceu diante de mim e me chamou e disse 'Diga meu nome!', e eu disse: 'Yesu, Yesu, Yesu!'".

A multidão está mortalmente silenciosa. O único som que se escuta é o grasnar dos corvos perto das barracas de comida. Rory McGillicutty e o Senhor Melhorias esperam, ambos torcendo para que o público responda com "Jesus, Jesus, Jesus". Mas o esquema pergunta e resposta não é bem o estilo dos malaialas. O Senhor Melhorias acha que a multidão não o olha com muita simpatia. *Querem que eu fracasse. Shoshama vai morrer de rir.* Só Grande Ammachi o observa com esperança, acenando com a cabeça para encorajá-lo. *Estou dando o meu melhor, Ammachi!* Sente-se péssimo quando a desaponta.

De súbito o *potten* quebra o silêncio, dizendo com a voz alta e sem a modulação dos surdos: "Yesu! Yesu! Yesu!."

McGillicutty se apressa a colocar o microfone na boca do menino, de forma que o "Yesu" do *potten* reverbera pela tenda e além. Rory se curva para o garoto, dispensando o tradutor. "Diga de novo, filho, diga Yesu, Yesu, Yesu", ele grita.

"Yesu! Yesu! Yesu!", grita o *potten*, feliz que suas palavras virem ondas sonoras que lhe fazem tremer o corpo. Ele ouve! Fala! Dança de alegria. Há um crescendo de murmúrios da multidão quando, das fileiras da frente para o fundo, depois para as tendas-satélites e para os que estão de pé mais além, para os vendedores de bijuterias, e os mendigos, e os motociclistas malucos: *Um* potten *acabou de falar pela primeira vez! Um milagre!*

"Digam com ele, meus amigos", McGillicutty grita, seu rosto vermelho do esforço, tentando insuflar vida na multidão dócil. "GRITEM dos telhados: Jesus! Jesus! Jesus!" Mas apenas o *potten* obedece, gritando: "Yesu! Yesu! Yesu!".

"*Aah*", diz o Senhor Melhorias, indignado com essa reserva reticente malaiala. "Então Deus acabou de dar voz ao mudo. Um milagre! Agora, por meio de Seu mensageiro, esse toco de *plavu* de Corpo de Cristo, Texas, Deus lhes pede um sinal de sua atenção. Ele pergunta: Vocês estão ouvindo? Vocês estão aqui para receber o Espírito Santo? Para serem purificados e renovados em sua fé? Ou têm vergonha de gritar o nome do Senhor? Vocês estão aqui para passear e fofocar e ver quem engravidou, e qual rapaz está sendo proposto para qual mocinha?" Há um riso nervoso vindo da ala das crianças. O Senhor Melhorias percebe uma oportunidade e se vira para elas. "Então fiquem aí sentados. Deixem suas crianças mostrar a vocês o que é fé e coragem. Crianças abençoadas, por favor, mostrem a esses adultos como é que se faz. Vocês viram a coragem de um dos seus que está ali em cima. Apoiem-no! Digam: 'Yesu! Yesu! Yesu!'."

Abençoadas as crianças, pois nunca dispensam uma autorização para desmascarar os pais. Põem-se de pé aos gritos, e centenas de vozes gritam: "Yesu, Yesu, Yesu", um som que vai direto aos ouvidos de Deus. O Senhor Melhorias estende as mãos, as palmas para cima, apontando para a ala infantil, enquanto mira os adultos com um olhar cheio de intenções. *Estão vendo?* Então ele diz: "Por isso Cristo disse 'Deixem as crianças, e não lhes proíbam de vir a mim, porque o Reino do Céu pertence a elas'. Agora vocês podem gritar também? Yesu, Yesu, Yesu!".

As mulheres, as mães, erguem-se e emprestam sua voz: "Yesu, Yesu, Yesu!". Que alternativa têm os maridos? Os homens se erguem: "Yesu, Yesu, Yesu!". Os bispos e pastores, modelos de reticência e decoro cristãos, ficam numa sinuca de bico, pois há algo de profano naquela paixão desmedida, sem falar na tradução bizarra. Mas como poderiam se manter calados quando o nome do Salvador está sendo celebrado? Juntam-se ao coro. "Yesu, Yesu, Yesu!"

Fervor semelhante nunca se vira naquela plácida convenção. A multidão está embriagada de sons e não consegue parar. O Senhor Melhorias sente os pelos da nuca se arrepiarem. Glória, glória, glória! O Espírito Santo certamente *está* aqui. Ele corre os olhos pela multidão em busca do rosto de Shoshamma. *Agora você vê a paixão?* O reverendo pisca para ele.

Depois de um longo tempo, o canto é substituído por uma explosão de palmas, a multidão aplaudindo a si mesma. O *potten* é recebido de volta na ala infantil como se fosse Jesus voltando a Jerusalém, e seus colegas o erguem no ar, celebrando. O público volta aos assentos, sorrindo, todos chocados por terem rompido com o tradicional decoro.

"Meus amigos, meus amigos", diz McGillicutty. Ele toma como texto Mateus vinte e cinco, trinta e três, apontando-o para o Senhor Melhorias. "O Senhor medirá nossas vidas no Dia do Juízo, e meus queridos amigos…" McGillicutty mantém a Bíblia aberta contra o peito e aproxima-se da borda do palco, com cara de quem está prestes a chorar. Apoiando-se sobre um joelho, aponta o dedo trêmulo na direção do céu. "Marquem minhas palavras: teremos que RESPONDER a Ele!"

O Senhor Melhorias acha que aquilo é a prova de que o Espírito Santo está presente, pois McGillicutty recorreu à mesma citação que Lênin. Também agarrando-se à Bíblia, ele se apoia sobre um joelho, não sem antes erguer um pouco o *mundu*. E traduz: "Deus senta-se em uma *kasera* de ouro, como a que vocês têm em suas varandas, só que mil vezes maior. Ele medirá nossa vida no Dia do Juízo. Se o Senhor permitir que vocês entrem em Seu reino, será *kappa* e curry de *meen* todos os dias. Mas, se não permitir, vocês irão para aquele outro lugar. Lembram-se daquele poço abandonado naquela propriedade onde 'não sei quem' caiu, e não havia corda que chegasse ao fundo?". (Ele tem certeza de que todo mundo ali tem uma versão daquela tragédia.) "Aquela profundeza não é nada em comparação ao lugar para onde vocês irão. As serpentes que vivem lá procriaram com humanos decaídos por tanto tempo que o local é ocupado por criaturas com presas, mãos humanas com garras nas pontas, e corpo de serpente."

Ele não tem ideia de onde essas palavras possam estar vindo que não do Espírito Santo. Avista Kurian, o vendedor do coco, entre o público, os olhos brilhando em sua direção, os braços cruzados contra o peito, e continua, antes que McGillicutty possa prosseguir: "Digamos que você está lá por ter estocado coco e aumentado o preço, pense em como será viver com aquelas criaturas te mordendo e te rasgando a carne, enrolando-se em você por toda a eternidade".

Há certo espanto na plateia — ele foi longe demais. Ninguém jamais falou com imagens tão vívidas na Convenção de Maramon. Por outro lado, não há muita simpatia pelos que estocam coco.

"Deixem-No entrar, meus irmãos. Ele está batendo à sua porta", McGillicutty diz, numa voz apaixonada, lágrimas nos olhos. "Abram vosso coração para o Senhor. Agasalhem seu vizinho. Confortem-no na tristeza. Lembrem-se do que se diz em Mateus: 'Pois tive fome e me destes de comer. Estive doente e me visitastes…'"

Dessa vez o Senhor Melhorias traduz palavra por palavra e acrescenta: "Ano após ano, quando nossos entes queridos adoecem, nós os levamos de ônibus e de trem para bem longe, em busca de ajuda, e isso só se tivermos dinheiro. Ano após ano, nossos entes queridos entregam a alma porque falta um hospital como o de Vellore aqui em Kerala! Juntos poderíamos construir dez hospitais de primeira classe, mas gastamos dinheiro ampliando nossos estábulos! O Senhor diz: 'Construam meu hospital!'. Vocês não ouviram? Vocês não gritaram o nome d'Ele? Façamos história. Que cada um de vocês tire aquelas cédulas de seus bolsos". O Senhor Melhorias puxa um maço de notas da dobra do *mundu*. É dinheiro da venda do arroz, dinheiro que tinha que depositar. "Minha esposa me pediu que doasse com generosidade!"

Ele põe as notas uma por uma na cesta de doação sobre o palco, para que as pessoas possam ver. Em algum lugar na multidão, tem certeza de ouvir Shoshamma engasgando. Os assistentes lançam-se à tarefa da coleta, passando cestas à esquerda e à direita, e mesmo os fiéis do lado de fora da tenda, nas margens dos rios, descobrem que não podem se retirar estrategicamente, pois assistentes com cestos bloqueiam o caminho.

"O que estão esperando?", diz McGillicutty, que entende muito bem esse momento, embora não compreenda direito como seu tradutor se adiantou. "Lembrem-se de Lucas seis, trinta e oito. 'Deem, e será dado a vocês; colocarão nos braços de vocês uma boa medida, calcada, sacudida, transbordante. Porque a mesma medida que vocês usarem para os outros, será usada para vocês.'" O Senhor Melhorias traduz o versículo, enquanto McGillicutty saca algumas notas do bolso para depositar no cesto.

O Senhor Melhorias pode ouvir a mente da multidão trabalhando, influência de Tomé, que duvidava. Aah, *onde ficará esse hospital?* Aah, *qual a pressa? Por que o governo não faz isso? Por quê?*

Os pais do *potten* sobem ao palco com o filho. A mãe tira as pulseiras e o colar de ouro do pescoço e os deposita na cesta que Rory aproxima. O pai oferece sua corrente. McGillicutty grita: "Deus os abençoe!".

Depois, para espanto do Senhor Melhorias, vem Grande Ammachi, sozinha, surpreendendo sua família, que continua sentada. Põe-se de pé ali, uma figura pequenina no palco, e desenrosca seu *kunukku* de cada orelha. A seguir, desata a corrente. Agora sua neta de treze anos, Mariamma, bem como Anna *Chedethi*, correm para se juntar a ela, oferecendo pulseiras e colares.

O Senhor Melhorias diz: "'Vocês serão medidos com a mesma medida com que vocês medirem'. Entendem? O Espírito Santo a tudo observa! Nada ofereçam agora, e nada colherão para sempre. Nada!".

Agora uma fila se forma para ir ao palco, como se, em vez de oferecer ouro, fossem pegá-lo. Para espanto do clero, homens e mulheres põe-se a tirar ouro das orelhas, dedos e pulsos... Nesse momento ninguém se contém. Pois, se há uma coisa que os malaialas temem, é ficar de fora no dia da colheita.

61. O chamado

PARAMBIL, 1964

"Um milagre!", diz Grande Ammachi, enquanto esperam o ônibus que vai levá-los para casa. Inconscientemente leva as mãos às orelhas, estranhando a leveza pouco habitual. "Rezei por uma clínica em Parambil por muitos anos. Hoje, o Senhor interveio através da pessoa de nosso Senhor Melhorias. Haverá não apenas uma clínica, mas um hospital em Parambil. Como o de Vellore!"

Philipose tem suas dúvidas. "Mas, Ammachi, não temos por que acreditar que, se de fato construírem um hospital, será em Parambil..."

"Será!" Ela se volta para encará-lo, e sua expressão exibe tamanha certeza e determinação que Philipose se cala. "Temos que fazer tudo para que seja! *Em* Parambil!"

No ônibus, Mariamma estuda sua avó com orgulho e admiração. Grande Ammachi nunca esteve tão empolgada. A garota não acredita no que viu no palco, e em quão comovida ela própria ficou, tomada pela excitação geral. Aquelas emoções estão misturadas ao prazer de ver Lênin, que com quase catorze anos passou da noite para o dia de garoto a homem, embora de cabelos tosquiados. Ela, cujo corpo de treze anos também mudou, notou como ele a observava. Quando veio cumprimentá-la antes do começo da fala do pastor, ele nem sabia o que dizer. Pergunta-se se Grande Ammachi ou seu pai perceberam.

Mas este ano a convenção foi diferente também por outra razão — uma razão inquietante. Na chegada, quando passaram pela enorme fila dos mendigos de sempre a caminho das tendas, a visão daquelas pessoas a desalentou. Aquele choque diante dos aleijados e mutilados demorou-se nela por muito tempo, mesmo depois que já haviam sentado. Agora, no ônibus, a menina o confessa à avó.

"Antes, os mendigos simplesmente estavam *ali*. Uma visão desagradável, um pouco assustadora, mas não mais do que outras coisas desagradáveis que vemos pelo mundo."

"*Ayo!* Eles são pessoas, Mariamma, não coisas."

"É disso que estou falando, acho. Neste ano, eu realmente *vi* os mendigos como pessoas. Entendi pela primeira vez que eles nem *sempre* foram cegos, nem *sempre* foram mancos. Talvez tenham nascido sãos, e só depois uma doença os afetou. Eu pensei: *Isso pode acontecer comigo!* Fiquei com medo, abalada. Mesmo quando já estávamos sentadas, continuei me sentindo assim."

"Eu reparei na sua inquietação. Mas achei que era por causa do Lênin." Mariamma enrubesce. Grande Ammachi põe os braços ao redor da xará, que adora a sensação daquele aconchego. "*Molay*, é preciso ser alguém especial para ver aqueles pobres mendigos como seres humanos. Muitas pessoas nunca reparam. É como se fossem invisíveis. É um bom sinal de sua maturidade. Nós *devemos*, sim, ter medo e nunca podemos descuidar de nossa saúde. Devemos rezar e agradecer todos os dias."

"Ammachi, quando aquela mulher teve um ataque perto da gente, fiquei apavorada. Mal conseguia respirar. Minha vontade era sair correndo. Mas você... você foi ajudá-la imediatamente. Eu me envergonho disso."

"*Chaa!* O que foi que eu fiz, além de deitá-la e abanar seu rosto? Não se envergonhe." Elas viajam em silêncio por um tempo. Grande Ammachi diz: "Eu já vi muito sofrimento e tragédia na vida, *molay*. E assisti a tudo de mãos amarradas. Quando seu avô adoeceu, não pude fazer nada. Quando puxamos JoJo da água, se tivéssemos um hospital por perto... quem sabe? Quando nossa Bebê Mol adoece, você sabe as distâncias que percorremos para encontrar um médico. Foi por *isso* que subi naquele palco, Mariamma. Porque não quero ficar desamparada ou assustada. Os médicos sabem o que fazer. Um hospital pode cuidar dos doentes. É por isso que quero um hospital mais perto de nossa gente. Já estou velha, então isso é tudo que posso fazer."

"Talvez fosse melhor quando eu não reparava nos mendigos", Mariamma declara. "Agora vou andar por aí com medo de ficar cega, ou ter convulsões, ou ter um ataque como aquela mulher."

"Ouça, ela desmaiou, só isso. Estava quente, talvez ela não tivesse bebido muita água. Acontece o tempo todo. Seu pai vê sangue e fica zonzo. Já vivi tanto que sei reconhecer um desmaio." Depois de um tempo, sua avó se vira e diz: "Mariamma, às vezes, no momento em que você mais tem medo, quando mais se sente desamparada, é justamente quando Deus está apontando um caminho para você".

"Você se refere a querer um hospital por perto?"

"Não, estou falando de você. *Seus* medos. O medo vem de não saber. Se você *sabe* o que está vendo, se você *sabe* o que fazer, então não terá medo. Se…" A avó deixa a frase incompleta.

"Você quer dizer se eu fosse médica?"

"Bem, algumas pessoas podem não ter vocação. Não é uma coisa natural para elas. Não posso te dizer o que fazer. Mas, se eu pudesse viver esta vida outra vez, é o que gostaria de fazer. Por medo, por desamparo. Para sentir menos receio e ajudar *de verdade*. Reflita sobre isso em suas orações. Só você pode saber." Grande Ammachi hesita. "Se Deus te apontar esse caminho, eu vou ficar muito feliz."

Mariamma se aconchega naquele ombro familiar, refletindo sobre o que acabou de ouvir. Em um ano e meio, partirá para o Alwaye College e começará seus estudos preparatórios. Planejava estudar zoologia. Mas, se o sofrimento *humano* e as doenças a comovem e assustam, por que estudar formigas-tecelãs e girinos? Por que não medicina? Se Deus está apontando alguma direção, seria bom se o fizesse mais explicitamente. *Imaginar* o que Deus está dizendo é o mesmo que ouvi-lo falar?

Quando chega em casa, sente-se mudada. Conversar com Grande Ammachi, falar de seus medos, trouxe-lhe consolo e uma curiosa calma mental que perdura. Será que Deus lhe falou agora mesmo por intermédio da avó? A menina não sente nenhuma compulsão de continuar conversando sobre aquelas coisas, nem com Grande Ammachi nem com o pai. Rezará, também, mas tentará acima de tudo preservar aquele sentimento de tranquilidade. Se Deus falou ou ainda falará, agora não importa: ela está em paz.

O fundo para a construção do hospital criado no rescaldo da Convenção de Maramon guarda as esperanças e expectativas dos milhares que compareceram ao sermão inesquecível de Rory McGillicutty (e do Senhor Melhorias). Aquele evento, hoje referido como a Revelação do Hospital, é seguido por um milagre ainda maior: uma generosa doação de sessenta hectares de terra em Parambil, no centro da velha Travancore. Fica difícil pensar em razões para construir o hospital em qualquer outro lugar.

Mais de um ano depois, quando chega o momento de Mariamma partir para o Alwaye College, ela está convencida: pretende estudar medicina. Ao compartilhar a decisão com a família, a alegria da avó é palpável. O pai não poderia se sentir mais feliz: "Minha mãe queria isso pra mim, mas eu não tinha vocação. Já você está predestinada".

Grande Ammachi puxa Mariamma de lado para lhe dar um colar de ouro e uma cruz. "Anos atrás, quando Jojo morreu, meu coração se partiu. Em minha tristeza, rezei para Deus: 'Se o Senhor não vai ou não quer curar a Condição, nos mande alguém que possa fazer isso'. *Molay*, vou te dizer uma coisa que nunca disse antes, que sempre omitia quando você queria ouvir a história do dia de seu nascimento, ao acendermos o *velakku*. A verdade é que rezei para que Deus lhe apontasse o caminho da medicina. Mas não queria te pressionar com minha expectativa. Estou feliz que tenha tido essa revelação. Saiba que rezo por você toda noite e sempre rezarei. Estou velha demais para te acompanhar, e além disso não posso deixar Bebê Mol. Mas saiba que sua Grande Ammachi estará com você a cada passo. Mesmo quando eu já tiver partido, você levará meu nome. Nunca esqueça: *Eis que eu estou com vocês todos os dias, até o fim do mundo.*"

62. Hoje à noite

PARAMBIL, 1967

Certa noite, não muito depois da partida de Mariamma, Bebê Mol acorda de repente de um sono sem sonhos e senta-se ereta, as mãos gorduchas agarrando as barras da janela. Vendo a expressão aterrorizada dela, que, transpirando, se esforça para respirar, Grande Ammachi teme que sua preciosa filhinha esteja morrendo. Philipose e Anna *Chedethi* acorrem. As veias na testa e no pescoço de Bebê Mol parecem cordas de tão inchadas, uma saliva borbulhante lhe escapa da boca quando tenta tossir. No entanto, o que é mais chocante aos olhos da mãe é o medo no rosto da filha, que viveu sempre tão livre de temores. Gradualmente, sugando o ar fresco da noite, ela se recupera. Adormece numa cadeira à janela, apoiada por travesseiros.

Ao amanhecer, vão de táxi para a clínica do governo, a uma hora e meia de distância. Se pelo menos o novo hospital já estivesse pronto! A médica aplica uma injeção em Bebê Mol para remover o líquido de suas pernas. Além disso, prescreve um diurético diário e digitalina. Suspeita que o crescimento atrofiado e a coluna torta da paciente pressionaram seus pulmões, e com o tempo aquilo tensionou o coração. E agora é a retenção de líquidos que vem causando estragos.

Depois da consulta, Bebê Mol urina muitas vezes e tem uma noite sem percalços. Grande Ammachi permanece acordada, observando a respiração de sua bebezinha. A casa dorme, então ela conversa com aquele que a acompanha em sua vigília. "Nunca passamos fome, Senhor, nunca nos faltou nada. Não faço pouco das bênçãos que o Senhor nos ofertou. Mas tem sempre alguma coisa acontecendo, Senhor. Todo ano há uma nova preocupação. Não estou reclamando! É só que imaginei que fosse chegar um tempo em que eu *não teria* mais nada com que me preocupar." Ela ri. "Sim, sei que foi tolice esperar isso. A *vida* é isso, não é? Tal como você quis que fosse. Se não houvesse problemas, suponho que eu fosse estar no paraíso, não em Parambil. Bem, fico com Parambil. O hospital que está chegando é dádiva sua — não pense que não estou grata. Ainda assim, vez por outra, Senhor, um pouco de paz seria bom. Um pouco do céu na terra, só isso."

Bebê Mol se recupera, mas, com a partida de Mariamma, Parambil parece um pouco fora dos eixos, como quando Philipose viajou para Madras. É como se o sol nascesse do lado errado e o riacho tivesse invertido seu curso. As lembranças dela estão por toda parte: o retrato bordado de seu herói, Gregor Mendel; os desenhos do corpo humano, copiados do livro de anatomia de sua mãe. Philipose sente falta até das vibrações inequívocas que ele captava no começo da manhã quando a filha se esgueirava por debaixo de sua janela para mergulhar no canal, embora aquilo sempre lhe causasse certo sobressalto. Ela achava que ele não sabia. Todas as noites Grande Ammachi escuta o filho lendo um romance em voz alta, baixinho, embora não haja nenhum ouvinte.

Podi surpreende os pais quando consente em se casar, como se, com a partida de Mariamma, estivesse pronta para deixar Parambil. Joseph, o noivo, é da mesma casta e trabalha em um depósito. Joppan que os apresentou: gostou da confiança e da ambição do garoto, lembrou-lhe seu próprio ímpeto na juventude. O noivo está determinado a ir para o golfo e já tem um precioso Certificado de Não Objeção que lhe permite até mesmo imigrar. Destina seu primeiro ano de salário para cobrir essa despesa, efetuada junto a um despachante. O casamento já ocorreu quando a carta de Philipose chega à Mariamma no Alwaye College. A resposta irritadiça da filha, perguntando por que ela não foi convidada, o lembrou de como se sentiu quando Joppan casou.

Nesses dias, quando Grande Ammachi vai à beira do canal, ela vê o futuro. Na outra margem, em vez de árvores e arbustos, avista barracões temporários, grandes pilhas de tijolos, bambus e areia. O canal está sendo alargado para a passagem de barcos maiores. Damo está sobrecarregado. O que pensará de toda aquela atividade? Ela bem queria que ele agora só aparecesse por saudade dela; há muitas coisas que deseja lhe contar.

446

* * *

Num belo entardecer de fevereiro, uma brisa fresca balança as roupas no varal. Grande Ammachi, sentada no banco de Bebê Mol, compartilha com a filha a vista imutável do *muttam*. "Beba sua água *jeera* e tome seus remédios, então você dormirá bem esta noite."

"Sim, Ammachi. Vou roncar?"

"Como um búfalo-d'água!" Bebê Mol gargalha. "Mas *gosto* de seus roncos, *molay*. Eles me dizem que minha garotinha está tendo uma boa noite de sono e que tudo corre bem no mundo."

"Tudo corre bem no mundo, Ammachi", Bebê Mol repete.

"Sim, minha joia. Você não está preocupada com nada, está?"

"Sem preocupações, Ammachi."

O que são as preocupações, senão o medo do porvir? Bebê Mol vive o presente e é poupada de toda preocupação. Ao contrário de sua filha, Grande Ammachi, agora com setenta e nove anos, habita cada vez mais o passado, revivendo as memórias naquela casa. Sua vida antes de Parambil, a infância passageira, parece um sonho que desvanece ao amanhecer; agarra-se às pontas do sonho, enquanto o miolo desaparece.

Essa hora crepuscular quando vão para a cama é seu momento predileto do dia. Bebê Mol senta-se de banda, enquanto Grande Ammachi desfaz os laços de fita em seus cabelos cada vez mais ralos e a penteia. A filha balança uma perna que pende no ar. Seus adoráveis pés de boneca de antigamente agora estão inchados, os ossos dos tornozelos ocultos, a pele fina e brilhante.

Bebê Mol diz: "Eu amo casamentos!".

Sua mãe busca uma conexão com os eventos do dia, mas não encontra. "Eu também, Bebê Mol. Um dia, nossa Mariamma vai se casar."

"Por que não casa agora?"

"Você sabe por quê! Ela está estudando. No preparatório para medicina."

"*Pré*-medicina", Bebê Mol diz, apreciando o som da palavra.

"Depois ela estudará para ser médica. Como aquele médico que ajudou você. *Depois* disso, ela pode se casar."

"Faremos um grande casamento. Eu vou dançar!"

"Claro! Mas... Precisamos de um noivo, não? Não algum bocó que tira meleca do nariz. Não um toco de árvore que não se mexe e só diz 'traga-me isso, traga-me aquilo'."

Bebê Mol declara "Nada de toco de árvore!" e ri tanto que engasga. "Que tipo de marido queremos, Grande Ammachi?"

"Não sei. Que tipo você acha?"

"Bem, ele precisa ser pelo menos tão alto quanto eu", Bebê Mol diz. "E tão bonito quanto nosso bebê precioso." Ela está se referindo a Philipose. "E precisa saber andar com elegância." Ela se levanta com dificuldade, decidida a fazer uma demonstração. Caminha imitando a passada larga de seu pai, os pés levemente virados para fora. Grande Ammachi suspira.

"*Aah!* Então tem que ser um camarada corajoso, destemido?" Bebê Mol concorda com a cabeça, mas continua caminhando, pois quer comunicar outras coisas. "Ah, entendi. Um camarada confiante, mas não *demais*, é isso? Ele precisa ser humilde, certo?"

"E bondoso", Bebê Mol diz. "E tem que gostar de laços de fita. E *beedis!*"

"*Chaa!* Se ele não gostar de laço de fita, pode esquecer. Mas *beedies*, não sei..."

"Ammachi, *beedis* só para olhar. Mas sem caixinha, sem pérolas negras!"

Talvez a plateia delas estivesse ali há certo tempo: Philipose bota a cabeça para fora do quarto, segura um livro e tem os óculos na ponta do nariz; e Anna *Chedethi* surge da cozinha, a mão abafando uma risada, apreciando aquele desfile de Bebê Mol de um lado a outro, uma visão tão rara ultimamente.

"Ei! O que vocês estão olhando?", ralha Grande Ammachi, apontando um dedo para a plateia, fingindo raiva. "Bebê Mol e eu não podemos ter um momento particular? O *Manorama* disse que estamos distribuindo bananas de graça para todos os macacos?"

"Nada de bananas de graça para os macacos!", canta Bebê Mol, satisfeita. Sua voz é tão cheia de alegria que seu "bebê precioso", muito mais alto do que ela e agora grisalho, junta-se à irmã, repetindo o refrão. "Nada de bananas de graça para os macacos!"

O coração de Grande Ammachi se enche de alegria vendo aquilo: sua velha Bebê Mol de antigamente, a Bebê Mol das danças de monção, sua filha preciosa, preciosa, com seus eternos cinco anos. *Que bênção, Senhor. Obrigada, obrigada.*

A hora de dormir demanda um tempinho para acomodar Bebê Mol contra sua montanha de travesseiros. Sua pantomina a deixou sem fôlego. A mãe massageia seus tornozelos, apertando-os na esperança de que, ao amanhecer, o inchaço terá desaparecido.

Lá fora os sapos se anunciam, César uiva para a lua. Na cozinha, Anna *Chedethi* acende o lampião e uma mariposa vem dançar em volta dele. No quarto de Philipose, o rádio é ligado, uma mulher fala, mas é interrompida quando ele gira o botão para outra voz. Um dia as vozes desses estrangeiros tagarelando à noite foram tão estranhas à vida em Parambil. Hoje, se Grande Ammachi não as ouvisse, sentiria falta. O mundo está mudando depressa, mas a casa ainda se parece com Bebê Mol: atemporal.

Grande Ammachi se deita na esteira ao lado da filha, cujos dedos roliços se agarram ao braço da mãe como a um amuleto, um ritual das duas que data da primeira infância. Grande Ammachi cantarola um hino religioso e ouve Anna *Chedethi* cantarolar da cozinha. A respiração de Bebê Mol desacelera.

Grande Ammachi faz à Bebê Mol *a* pergunta, a mesma que repete todas as noites há mais de uma década, uma pergunta que conta com o dom de profecia de Bebê Mol. Pergunta, meio de brincadeira, e sempre num sussurro:

"Bebê Mol? Minha noite chegou?"

Por todos esses anos, a resposta tem sido a mesma. "Não, Ammachi. Não pode ser. Quem cuidaria de Bebê Mol?" Não houve uma noite em que Bebê Mol não tenha respondido a mesma coisa.

Mas hoje Bebê Mol não diz nada. Seus olhos permanecem fechados, um sorriso brinca nos cantos dos lábios.

De início, Grande Ammachi pensa que ela não ouviu. "Bebê Mol?"

A filha lhe dá um apertãozinho no braço, sem desfazer o sorrizinho. Ela ouviu mas não quis responder. Grande Ammachi espera até a respiração de Bebê Mol desacelerar. E dá um beijo na testa da filha.

O que eu estava pensando? Que viveria para sempre?

Ela sente alguma tristeza, como quando tinha doze anos, na véspera da viagem para casar com um viúvo desconhecido, deixando para trás sua mãe amada e seu lar. Foi o segundo dia mais triste de sua vida. Agora à sua tristeza se mistura certa excitação.

Ela se desvencilha delicadamente dos dedos da filha agarrados a seu braço. Não, não está triste, nem com medo. Sua única preocupação é Bebê Mol. Mas sabe que pode contar com Philipose e Anna *Chedethi*, e até com Mariamma. Cuidarão de sua criança preciosa. É arrogância pensar que só ela pode fazê-lo. Ainda assim, é mesmo possível substituir uma mãe? *Não há mais nada que eu possa fazer, Senhor? Se é minha hora, que seja. Este é o momento em que posso parar de me preocupar, não é? Que seja.*

E, se é assim, há dois rostos que ela quer ver uma vez mais.

Na cozinha, Anna *Chedethi* alimenta um resto de leite com um pouco do iogurte feito naquele dia e cobre-o com um pano. Grande Ammachi corre os olhos pelas paredes escurecidas. Há muito esse lugar deixou de ser uma cozinha e passou a ser um espaço sagrado, uma companhia fiel que a acolhia com seu abraço quente e perfumado. Ela agradece em silêncio.

Anna fez água *jeera*. Grande Ammachi acrescenta um bocado a mais de mel às xícaras quentes, um mimo extra para ela e seu filho. Parada na cozinha pela última vez, é tomada por uma onda de amor por Anna *Chedethi*, o anjo que veio quando ela mais precisava e que se tornou sua companheira por tantos anos. Quando Anna *Chedethi* a vê parada ali, com as xícaras na mão, a olhando com ternura, seu sorriso irrompe como o sol dispersando nuvens escuras.

"O que foi?", pergunta Anna *Chedethi*.

"Nada, só estou te olhando, só isso. Você estava perdida em pensamentos."

"*Aah, aah...* estava?" Anna *Chedethi* ri, sem jeito, um som feliz e musical. Só Grande Ammachi pode ouvir as notas de tristeza. A decisão de Hannah de ir para o convento obscureceu o lampião de alegria perpétua que ilumina o rosto de Anna *Chedethi*. Mas solidificou sua devoção e sua afeição pela família da qual ela agora é parte integral.

"Você e sua risada andam distantes uma da outra, ultimamente."

"É hora de rezar?", pergunta Anna *Chedethi*. "Você estava esperando por mim?"

"Já rezamos, bobinha! Não lembra? Você cantou de um jeito tão doce."

"Meu Deus! Sim, já rezamos", diz Anna *Chedethi*, rindo de si mesma.

"Rezei por você, como rezo todas as noites. E por Hannah. Durma bem. Deus a abençoe." Ela não ousa olhar para trás para ver a resposta de Anna *Chedethi*.

Ela para à porta do *ara*, e então espreita o velho quarto onde deu à luz e no qual sua mãe viveu os últimos dias, e onde Mariamma nasceu — há anos é o quarto de Anna *Chedethi*. Seu olhar passa amorosamente pelo alto *velakku* que ela acendeu depois do nascimento de Mariamma, agora acomodado em seu cantinho. O porão está silencioso há muitos anos, o espírito encontrou a paz.

Ela senta por um momento no banco de sua amada Bebê Mol, ainda segurando as duas xícaras, olhando as vigas, depois o *muttam*, apreciando tudo pela última vez, seus olhos agora enevoados. Então se levanta e vai até o quarto de Philipose. O rádio está desligado, o filho está sentado à escrivaninha. Ele se vira e sorri, depondo a caneta. Ela senta na cama, e ele se junta a ela, que lhe entrega a xícara. Ela não ousa falar enquanto ele a olha. Ama tanto seu filho, amou-o mesmo na época em que era quase impossível amá-lo, quando era prisioneiro do ópio. Ela amara Elsie também, como a uma filha. Como sofreu esse casal. Suspira. *Se já não disse o que preciso dizer, não valia a pena dizê-lo.* Ela sorri, conjurando o marido e seus silêncios. *Estou ficando cada vez mais como você, meu velho. Deixando que os intervalos entre as palavras falem por mim. Te vejo logo mais.*

"O que foi, Ammachi?", pergunta Philipose, apertando a mão livre da mãe.

"Nada, *monay*", ela responde, bebericando o chá. Mas *não* é nada. Agora pensa em Elsie, no desenho que ela lhe deixou: a bebê e a velha senhora — ela. Afogar-se por acidente é terrível, mas se afogar de propósito é um pecado mortal. O desenho foi o meio que Elsie encontrou para confiar Mariamma a seus cuidados. Ela nunca o mostrou ao filho. Nunca compartilhou suas apreensões. Ele o encontrará em seus pertences e tirará as próprias conclusões.

Ao contrário de Bebê Mol, que vê as coisas à frente, ela por vezes só vê as coisas quando olha para trás... Mas, na maior parte, o passado não é confiável. Ela pensa no dia em que Elsie entrou em trabalho de parto, muito mais cedo do que se esperava, quando *duas* vidas ficaram por um fio. Naquele momento, Deus, em sua misericórdia infinita, deu-lhe as duas coisas que ela pediu em suas preces: a vida de Elsie e a vida de Mariamma. Poderia muito bem ter havido dois funerais no mesmo dia. Depois, Elsie se afogou.

"Me perdoa", ela diz.

"Pelo quê?"

"Por tudo. Às vezes podemos ferir sem querer."

Philipose a olha preocupado, esperando que ela se explique. Como ela se cala, ele diz: "Ammachi. Fiz você passar por tanta coisa. E, mesmo assim, você me perdoou há muito tempo. Por que eu não faria o mesmo? Então, seja lá o que for, eu te perdoo".

Ela se levanta, acaricia seu rosto, beija sua testa, deixando que os lábios se demorem ali por um bom tempo. No umbral da porta, vira-se, sorri, lança ao filho seu amor silencioso e segue para o banho.

Gosta do luxo de ter um banheiro dentro de casa, mas, se não estivesse escuro lá fora, iria ao lugar onde costuma se banhar no riacho ou nadaria no rio uma última vez para se despedir. Sentirá falta desses rituais, além da monção e de como, tal qual faz com o solo, ela nutre o corpo e a alma. Grande Ammachi se despe, derrama água sobre a cabeça, suspirando e se deliciando ao senti-la escorrer pelo corpo. *Uma água tão preciosa, Senhor, tão preciosa, água de nosso próprio poço; esta água que é nosso pacto com o Senhor, com este solo, com a vida que o Senhor nos concedeu. Nascemos e somos batizados nesta água, crescemos cheios de orgulho, pecamos, somos despedaçados, sofremos, mas com a água somos purificados de nossas transgressões, somos perdoados, e renascemos, dia após dia, até o fim dos nossos dias.*

* * *

A esteira aceita seu peso com delicadeza, acomoda a dor em suas costas quando ela se estira. Ela pensa em Mariamma, que leva seu nome, tão longe, no Alwaye, estudando à luz de um abajur, os livros abertos sobre uma mesa. Grande Ammachi lhe envia uma bênção e uma prece. Talvez outra matriarca, avisada de sua partida iminente, convocasse a família, a parentela de perto e de longe. *Para quê? Por toda a minha vida eu disse a eles: "Sigam em frente! Tenham fé!".* Ela beija Bebê Mol adormecida, sua criança eterna, torcendo para que não sofra demais com a ausência da mãe. Seus lábios demoram-se na filha, como há pouco se demoraram no filho. Bebê Mol, no sono, mais uma vez apega-se ao braço da mãe.

Ela faz uma prece por todos. Os filhos e a neta. Anna *Chedethi* e Hannah. Pede a Deus que abençoe Joppan, Ammini e Podi. Pensa em Shamuel. É minha vez, meu velho amigo. *Também posso descansar de meu fardo.* Reza pelo incorrigível Lênin, futuro pastor. Lembra de Odat *Kochamma* e sorri — talvez possam rezar juntas de novo à noite. Reza por Damo, que cada vez mais prefere suas trilhas pela floresta e a companhia de seus pares. Ela teria gostado de vê-lo mais uma vez, tocar-lhe a pele enrugada. Deixa o marido por último. Estão separados há mais de quatro décadas, embora ele, como Shamuel, esteja presente em cada partícula de Parambil. Quando se reencontrarem, ela lhe contará tudo que ele perdeu, ainda que leve mais tempo do que todos os anos em que esteve viva. Grande Ammachi terá uma eternidade para pôr a conversa em dia.

Na manhã seguinte, quando o sol se levanta, o fogo do braseiro está apagado. Galinhas ciscam do lado de fora. César corre para o fundo da cozinha e espera, ansioso.

Philipose depõe a caneta para verificar por que a casa está tão silenciosa, e encontra Grande Ammachi e Bebê Mol abraçadas, imóveis, seus rostos cheios de paz.

Ele não faz estardalhaço, apenas senta de pernas cruzadas ao lado delas, imóvel, numa vigília silenciosa. Entre lágrimas rememora a vida da mãe, o que ela e outros lhe contaram, e o que ele próprio testemunhou: sua bondade, sua força, sua paciência e tolerância, mas, acima de tudo, sua bondade. Ele pensa na conversa da véspera. *O que havia para perdoar? Você jamais faria nada que não fosse de meu interesse.* Pensa na irmã amorosa, na vida estreita e confinada que viveu, sem jamais encarar daquela forma; pensa em como ela enriqueceu a vida de todos. Ele era seu "bebê precioso", que, para ela, jamais envelhecia, tal como ela nunca envelheceu. Estranhos talvez tenham tido pena de Bebê Mol, mas, se entendessem como foi feliz, como viveu o presente de modo pleno, sentiriam inveja. Levará tempo, ele sabe, para começar a traçar os contornos do buraco descomunal em sua vida e na de todos que conheceram a matriarca de Parambil e Bebê Mol. Por ora, é algo vasto demais para compreender, e ele apenas abaixa a cabeça.

PARTE OITO

63. Os encarnados e os desencarnados

MADRAS, 1968

No primeiro dia, Mariamma e seus colegas de classe vão ao Forte Vermelho, uma construção à parte, separada dos edifícios da faculdade de medicina, como aquele parente assustador que se esconde no sótão — nesse caso, atrás do campo de críquete. Cipós espessos, musculosos e acinzentados formam um exoesqueleto que sustenta os tijolos vermelhos que aos poucos vão se esfacelando. Os torreões que lembram os das mesquitas e as gárgulas que tudo observam dos frisos evocam *O corcunda de Notre-Dame*.

Madras mudou desde os tempos — breves — em que seu pai foi estudar lá, quando os britânicos estavam por toda parte, seus elmos coloniais indo e vindo pelas ruas, a maioria dos carros transportando gente branca. Agora seus fantasmas se restringem a certos edifícios de escala amedrontadora, como a Estação Central e o University State Building. E o Forte Vermelho. Seu pai contou que essas estruturas o intimidavam; tinha birra delas, pois, para financiá-las, os ingleses deram fim aos teares manuais das tecelãs dos vilarejos — o algodão indiano passou a ser despachado para as fábricas inglesas, que produziam roupas que por sua vez eram vendidas na Índia. Disse que cada quilômetro de trilho de trem construído no país tinha um único propósito: transportar o butim para os portos. Mas Mariamma não experimenta nenhum sentimento em relação a essas construções. Seja lá qual for a origem delas, agora tudo pertence à Índia. Os únicos brancos são turistas desalinhados, com pesadas mochilas, todos precisando desesperadamente de um banho.

Mariamma lança um último olhar para fora, como Jean Valjean dando adeus à liberdade, quando passam sob o arco onde se lê MORTUI VIVOS DOCENT. Dentro do Forte Vermelho, faz frio. As luminárias de brilho embaçado pendendo dos tetos elevados garantem um espaço escuro como um calabouço. Os armários dos corredores são como sentinelas envidraçados — um guarda um esqueleto humano preso por um fio, o outro está vazio, como se seu ocupante tivesse ido dar um passeio.

Dois bedéis descalços e barbados, vestidos em uniformes cáqui, observam a chegada dos estudantes em fila. Um é alto e cadavérico, a boca apenas um rasgo, olhos sem expressão, seria um empregado de abatedouro que acompanha a subida do gado pela rampa. O outro é baixo, a boca tingida do vermelho-sangue da noz de areca, babando de lubricidade. Dos cento e dois estudantes, um terço são do sexo feminino; o segundo atendente só tem olhos para as mulheres; Mariamma se sente conspurcada quando o olhar dele recai sobre seu rosto e logo passa aos seios. Os estudantes veteranos alertaram que, na estrutura de castas da faculdade, aqueles dois, que parecem os mais reles dos reles, reportam-se aos professores e podem determinar o destino de um aluno.

"Fique por perto, Ammachi", Mariamma diz, baixinho. Na noite em que a avó morreu, ela estava no Alwaye College, à escrivaninha, estudando anotações de botânica. Teve a curiosa sensação de que Grande Ammachi estava ali no quarto com ela, que, caso se virasse, fosse vê-la parada à porta, sorrindo. Aquela sensação ainda permanecia quando ela acordou, e continuava lá quando o pai apareceu em um carro alugado para levá-la para casa. Sua dor pela morte de Bebê Mol e de Grande Ammachi ainda é recente, duvida que algum dia passe. Mas, apesar de tudo, a sensação de que a avó a acompanha, encarnada dentro dela, persiste — esse é seu consolo. A avó acendeu o *velakku* na noite do nascimento da neta com a esperança de que sua xará lançasse luz sobre as mortes de JoJo, Ninan e do Grande Appachen, e quem sabe lutasse pela cura da Condição que afeta alguns membros da família, como Philipose e, como se viria saber mais tarde, Lênin. Sua jornada começa aqui, no entanto ela não está sozinha.

O cheiro pungente de formol com um leve odor de abatedouro fere as narinas dos estudantes antes mesmo que eles entrem na sala de dissecação. O espaço cavernoso é bem claro graças aos janelões foscos do piso ao teto e às claraboias que iluminam o mármore das fileiras de mesas de autópsia. Nas mesas, lençóis de borracha manchados de vermelho cobrem formas estáticas que um dia foram vivas. Mariamma baixa os olhos para o piso de cerâmica. O formol arranha suas narinas, seus olhos lacrimejam.

"QUEM É SEU PROFESSOR?"

Todos param ao mesmo tempo, uma manada confusa, aterrorizada por aquele grito. Mariamma sente que pisaram em seu calcanhar.

A voz berra de novo, repetindo a pergunta. Brota de lábios grossos que se equilibram sob narinas exaltadas. Olhos aquosos e injetados de sangue espreitam de um rosto-fortaleza guardado por imponentes sobrancelhas; as faces parecem concreto desgastado, marcado por cicatrizes de varíola. Este irmão de carne e osso das gárgulas no topo do Forte Vermelho é o professor P. K. Krishnamurthy, ou "Gárgulamurthy", como os veteranos se referem a ele. Seu cabelo nem está repartido, nem penteado, mas eriçado como as cerdas de um javali. O longo jaleco, porém, é de um branco reluzente, feito do melhor algodão prensado, contrastando com as batas curtas dos estudantes, de um algodão que pinica e que parece cinza perto do mestre.

Os dedos de Gárgulamurthy se enroscam no braço de um camarada sem sorte, com cara de bebê, cujo pomo de adão proeminente faz parecer que ele engoliu um coco. Seu cabelo denso e ondulado cai sobre os olhos, e ele por reflexo arremete a cabeça para trás, um gesto que pode se confundir com insolência.

"Nome?", pergunta Gárgulamurthy.

"Chinnaswamy Arcot Gajapathy, senhor", ele responde, confiante. Mariamma fica impressionada — no lugar dele, teria gaguejado ou emudecido.

"Chinn-*ah*!" O gárgula se diverte e exibe dentes longos e amarelos. "Arcot Gajapathy-*ah*?" Gárgulamurthy sorri com cumplicidade para os demais estudantes, certo de que todos também acham o nome engraçado. Como um bando de Judas, eles riem. "Então, agora estou sabendo quem *você* é. Mas, Chinnah, pergunto de novo: *Quem eh, o seu-eh, professor-eh?*"

"Senhor... você é nosso professor? Professor..."

"ERRADO!"

Seus dedos apertam o braço de Chinnah, como uma serpente python reajustando sua torção. "Chinnah?", ele diz, mas agora corre os olhos pelo bando, ignorando o aluno. "Por acaso vocês repararam na inscrição que havia na entrada, quando chegaram?"

"Senhor... sim, reparei em alguma coisa."

"Alguma coisa, *aah*?" Gárgulamurthy finge irritação.

"Era alguma outra língua, senhor. Então eu... ignorei..." Chinnah tenta corrigir-se apressadamente: "Acho que dizia 'Macku'... algo assim".

Os estudantes ficam passados. "*Macku*" significa burro. Estúpido.

"*Macku?*" As sobrancelhas se juntam como grandes nuvens de chuva. O pescoço atarracado se retrai para dentro do peito, os olhos se cravam em Chinnah. "*Macku* é o que você é. Aquela "outra língua" é latim, *macku!*" Gárgulamurthy retoma a compostura. Estufa o peito e grita: "Estava escrito 'MORTUI VIVOS DOCENT'. Significa: 'Os mortos ensinarão os vivos'!".

Ele arrasta Chinnah para a mesa mais próxima e, num gesto teatral, retira o lençol de borracha, expondo o que todos ali temiam. Lá está... Um tronco caído, um objeto de couro petrificado, com forma de mulher, mas o rosto é achatado como uma panqueca, difícil de identificar uma figura verdadeiramente humana. Anita, colega de quarto de Mariamma, geme e se apoia nela. Mariamma reza para que ela não desmaie. Na noite anterior, com saudade de casa, Anita perguntou se poderiam juntar as camas, e, sem esperar resposta, deitou juntinho de Mariamma, tal como a jovem fazia com Hannah, Grande Ammachi ou Anna *Chedethi*. As duas dormiram muito bem.

Gárgulamurthy põe a mão de Chinnah na mão do cadáver, qual um padre unindo dois noivos. "Aqui, *macku*, esta é sua professora!" Um sorriso adultera as feições de Gárgulamurthy. "Chinnah, aperte a mão de sua professora! *Os mortos ensinarão os vivos*. Não sou *eu* o professor. *É ela.*"

Chinnah aperta a mão de sua nova professora com prazer, preferindo-a à de Gárgulamurthy.

Mariamma e os cinco colegas de dissecação se empoleiram como abutres em banquinhos ao redor da mesa de autópsia sobre a qual jaz o corpo "deles". Todos ganham uma "caixa de ossos" — uma caixa de papelão retangular, que levarão para casa. Cada uma contém uma caveira, com os respectivos ossos colados mas com o cocuruto, ou melhor, o sincipício solto qual uma tampa de bule, e a mandíbula presa com dobradiças. Há também vértebras amarradas por um fio que atravessa a arcada neutral, compondo um colar; um lobo temporal; uma amostra de costelas soltas; uma hemipelvis com fêmur, tíbia e ulna do mesmo lado; um sacro; uma escápula com respectivos úmeros, rádios e ulnas; uma mão e um pé, com uma perfeita articulação por fios; um pulso solto e ossos tarsais em dois pequenos sacos de pano.

Gárgulamurthy dispõe Chinnah na "posição anatômica": de pé, com as mãos ao lado do corpo, palmas para a frente, lembrando levemente o Homem Vitruviano de Da Vinci.

Ele diz: "Somos criaturas móveis e flexíveis. No entanto, para propósitos anatômicos descritivos, devemos imaginar o corpo fixo, em posição ereta, como Chinnah, entenderam? Só assim é possível descrever qualquer estrutura do corpo em relação às estruturas adjacentes".

Ele vira Chinnah de lado e sobrepõe a escápula da aula à escápula de Chinnah. Em seguida, define seus aspectos mediais (mais próximos da linha do meio), laterais (mais afastados da linha do meio), superiores e inferiores (ou cranianos e caudais), anteriores ou posteriores (ou ventrais e dorsais). Qualquer coisa mais perto da raiz ou mais próxima do ponto de conexão é "proximal" (o joelho, portanto, é proximal ao tornozelo), enquanto as coisas mais distantes são "distais" (o tornozelo é distal ao joelho). Eles precisam desse vocabulário básico para começar. No dia anterior, no Moore Market, Janakiram, velho amigo de seu pai, deu-lhe de presente uma edição usada, mas recente, de *A anatomia de Gray*. "Quebre a cabeça, *ma!*", ele disse. "'Memorização e recitação' é o mantra!" Quando folheou as páginas do livro, ouviu o mesmo mantra ressoar, ecoando nos grifos meticulosos e nas notas marginais do proprietário anterior, sinalizações de trânsito para guiá-la na jornada. *Gray* lhe era familiar. Em Parambil, uma vez que pôs na cabeça que faria medicina, passava horas com a cópia de *A anatomia de Gray* da mãe. Era uma edição antiquíssima, ainda que as ilustrações fossem, na maior parte, as mesmas. A anatomia não mudou, mas sim a terminologia. Os nomes em latim se foram, graças a Deus; a "*arteria iliaca comunis*" agora se chama "artéria ilíaca comum". A jovem ficava fascinada com as ilustrações, e não só porque devem ter sido úteis à mãe. Ela não tinha a veia artística de Elsie, no entanto descobriu ter um talento. Depois de analisar uma ilustração, fechava o livro e era capaz de reproduzir a figura com precisão (embora não de maneira artística), só de memória. Não via nada demais naquilo, mas seu pai, admirado, garantiu-lhe que era um dom. Seu dom era, então, traduzir uma figura bidimensional vista numa página para uma figura tridimensional em sua mente. Então, como uma criança empilhando bloquinhos, ela reproduzia a figura partindo da camada interna para fora, até chegar ao todo. Era uma coisa que a entretinha, um truque de salão. Agora ela precisará saber o nome de cada estrutura e memorizar as páginas de texto que acompanham as figuras.

Duas horas depois todos se retiram enfileirados, os cento e dois, e seguem para um auditório na outra ponta do Forte Vermelho. Tal como no curso preparatório, as senhoritas ocupam as primeiras fileiras da galeria escalonada, os garotos as demais. Fitando-os das paredes estão os chefes do Departamento de Anatomia — CDAs — todos brancos, carecas e de costeletas, de expressão séria, e mortos, mas eternizados naqueles retratos.

O dr. Cowper entra em silêncio, o primeiro e único CDA indiano, nomeado depois da Independência, um parsi de barba devidamente raspada. Cowper tem boa constituição, traços bonitos e agradáveis. Quando seu retrato for parar em uma daquelas paredes, será também o único com cabelo. Os dois assistentes descalços e o professor-assistente fazem uma pantomina ao redor de Cowper, mas o médico não precisa nem espera salamaleques. Enquanto o assistente faz a chamada, Cowper se põe de lado, observando cada rosto com interesse paternal. Quando Mariamma se levanta para dizer "Presente, senhor", Cowper lança um olhar em sua direção, um olhar receptivo, só para ela (pelo menos é o que ela acha, mas depois descobre que todos tiveram a mesma impressão). Naquele instante ela sente uma pontada de saudade do pai.

Os quadros-negros com roletes que se sobrepõem atrás de Cowper brilham como ébano. O bedel mais nanico de olhar lascivo (ou "Da Vinci", como os veteranos o chamam) dispõe giz e um pano para apagar o quadro; sua letargia desapareceu, bem como a protuberância do *paan* em sua bochecha. Os alunos esperam, munidos de canetas e lápis de cor, prontos para reproduzir cada desenho desse lendário professor de embriologia. Os únicos sons que Mariamma escuta são os gemidos e suspiros do antigo forte.

"Senhoras e senhores", Cowper diz, dando um passo à frente e sorrindo, "estamos apenas *alugando* esses nossos corpos. Vocês foram *in*spirados para dentro deste mundo e um dia serão *ex*pirados. Por isso dizemos que tal pessoa... 'Expirou!'" Seus ombros se sacodem em silêncio, divertindo-se com a piada, os olhos brilhando atrás dos óculos de metal. "Sei o que acontece com o *corpo* quando já não há vida, mas não sei o que acontece com *vocês*, com a essência de vocês. A alma." E acrescenta, com pesar: "Eu bem que queria saber."

Ao confessar sua dúvida, esse professor gentil e sorridente conquista a todos.

"Contudo, eu *sei* de onde vocês vieram. Do encontro de duas células, uma de cada um de seus pais — foi assim que passaram a existir. É possível viver uma vida inteira e nunca deixar de se maravilhar com a elegância e a beleza da embriologia. 'Felicidade e paz duradouras são daqueles que escolhem este estudo por seu próprio valor, sem esperar qualquer recompensa.'"

Enquanto fala, Cowper desenha nos quadros com *ambas* as mãos, tão naturalmente quanto anda com os dois pés. Num átimo diagrama a fusão intricada de óvulo e esperma para formar uma única célula, o blastocisto.

Passada uma hora de aula, Cowper espalma o pano que usa para apagar a lousa na mesa de demonstração. Delicadamente, pinça uma dobra no centro do pano, em seu eixo longo, compondo com cautela uma saliência comprida e estreita. "É assim que o tubo neural se forma, o precursor da medula espinhal. E essa ponta bulbosa", diz ele, estufando uma ponta da saliência, "é o princípio do cérebro."

Vem então um momento que nenhum deles jamais esquecerá: ele se abaixa para que seus olhos fiquem no nível da superfície da mesa e, com os dedos pálidos, muito cuidadosamente — como se manuseasse um tecido vivo —, ergue as bordas mais longas do retângulo, de modo que formem um arco sobre a saliência central, encontrando-se ao meio. "E isto", declara, apontando com o nariz e fitando-os pelo cilindro oco que ele formou, "é o intestino primitivo!"

A essa altura Mariamma esqueceu onde está, esqueceu seu nome. Ela é aquele embrião. Uma célula de Philipose e uma célula de Elsie. Os dois se tornaram um, e então se separaram.

O professor Jamsetji Rustomji Cowper larga o pano: já não é um embrião tridimensional, mas um trapo estirado sobre a mesa. Bate uma mão na outra para limpar o giz e contorna a mesa. Ergue as mãos, como se numa atitude de submissão, falando em voz baixa. "Sabemos tão pouco. E o pouco que sabemos me deixa pasmo. Ernst Haeckel disse uma frase célebre: 'A ontogênese recapitula a filogênese'. Quer dizer, os estágios do desenvolvimento do embrião humano — saco vitelino, brânquias, até um rabo — emulam os estágios da evolução humana, da ameba unicelular ao peixe, o réptil, o símio, o *Homo erectus*, o neandertal... até vocês." Ele tem uma expressão distante, os olhos cheios de emoção. Depois se recompõe e retorna ao presente, sorrindo. "Tudo bem? Isso basta como primeira aula."

O professor se vira para sair, então para e diz: "Ah, e bem-vindos, todos vocês, bem-vindos".

64. Articulação ginglimoartroidal

MADRAS, 1969

Todos os dias seis deles serram e raspam "Henrietta" — batizaram-na em homenagem a Henry Gray —, começando pelos membros superiores. É impressionante a velocidade com que aquela reticência inicial se evaporou; enquanto trabalham, três de cada lado, já apoiam o guia de dissecação, *Manual de anatomia prática de Cunningham*, sobre a barriga de Henrietta. Já criaram um vínculo com ela — não conseguem se imaginar trabalhando com nenhum outro cadáver. Ela é uma aliada na labuta. Quando seu ombro é desarticulado, Mariamma talha o número de seu grupo em um pedacinho de pele intacta do braço, que é jogado no tanque de formol no corredor. No dia seguinte, Da Vinci, pescando com mãos nuas, retira um membro gotejante e anuncia o número. Mariamma tenta transportá-lo pinçando o pulso de Henrietta com o polegar e o indicador, mas descobre que é preciso segurar o braço com as duas mãos, como um sabre; ela está de chinelo, e boas gotas de formol se infiltram entre seus dedos do pé. É impossível almoçar depois da dissecação, o fedor de formol em sua pele. Uma breve carta de Lênin na primeira semana é uma surpresa bem-vinda.

Querida doutora: posso ser o primeiro a chamá-la assim? Mas não me chame de Achen, *pois não sei se chegarei a ser um. Por sinal, BeeYay*

Achen *veio fazer uma palestra no seminário. Contei a ele que estou pensando seriamente em sair. Depois de todos esses anos, tudo que sei é que minha vida foi poupada para que eu servisse a Deus. Mas e se Deus tivesse imaginado outro tipo de serviço? BeeYay me encorajou a cumprir meu período à disposição do serviço estudantil rural. Não discorda que Deus talvez tenha outros planos para mim, mas disse que, às vezes, precisamos "viver a dúvida", sem forçar uma resposta.*

Mariamma e Lênin começaram a trocar cartas quando ela entrou no Alwaye College, época em que ele já estava bem adiantado no seminário. As cartas dele oscilam entre o malaiala e o inglês. Ela nunca imaginou que ele fosse ser um correspondente tão assíduo. Mas o que a surpreende ainda mais é o quanto ele se mostra disposto a desafogar seus sentimentos, explorá-los longamente, como se não tivesse outra pessoa com quem compartilhá-los. Antes de Mariamma vir para Madras, ele escrevera:

Aqui sou um furúnculo projetando-se numa pele lisa. Se compartilham minhas dúvidas, meus colegas seminaristas nunca vão admitir. Fingem até que o Livro dos Juízes e as Crônicas — com certeza os livros mais tediosos da Bíblia — são inspiradores. Mas temos uma ou duas joias de seminaristas cuja fé arde em cada ação. Sinto inveja. Por que não me sinto como eles?

A dissecação do membro superior leva seis semanas para ser finalizada, quando então há uma prova sobre o assunto. Depois da prova, Mariamma escreve a Lênin celebrando aquela conquista. "Fico deprimida se penso demais no que ainda falta. Tórax, abdome e pélvis, cabeça, pescoço e membro inferior. Mais um ano disso. Se o Alwaye College era como beber água na mangueira, a faculdade de medicina é como beber de um rio revolto — e é *tanta* coisa para memorizar."

Um ano e dois meses depois de Mariamma conhecê-la, Henrietta parece os restos mortais da caça de um tigre comedor de gente. À noite, Mariamma e Anita se revezam no papel de examinadora e examinanda, praticando para o *viva voce* que se segue à prova escrita. Anita joga um osso dentro de uma fronha vazia e diz: "Pode retirar, senhorita". Mariamma está esperando um pulso ou osso tarsal, que deve identificar apenas pelo toque.

"Fácil: escápula, lado esquerdo."

"Mais devagar, espertinha! Alguém mandou você falar tão rápido? Diga o nome das estruturas ósseas."

"Processo coracoide, acrômio, coluna…"

"Pegue a peça e me mostra a inserção do trapézio e do músculo redondo maior…"

Logo Mariamma se vê escrevendo ao pai para lembrá-lo de enviar dinheiro para a taxa dos exames finais: o ano, de alguma forma, passou.

Acho ótimo que Podi mande lembranças por você, mas pergunte por que ela não me escreve diretamente. Diga que não enviarei nenhuma outra carta até que ela não me escreva. Por favor, diga à Anna Chedethi que todas as noites tomo um chocolate quente. Não me surpreende o que você me contou sobre Lênin. Ele me escreveu dizendo que preferiria dissecar cadáveres a ficar sentado ao lado de colegas que parecem cadáveres.

Appa, depois de um ano estudando o corpo, minha aprovação no exame dependerá de seis dissertações. Se eu fracassar, junto-me ao grupo B e presto de novo o exame em seis meses. Imagine só, centenas de páginas que memorizei, os diagramas todos, tudo isso para terminar em seis questões do tipo: "Descreva e ilustre a estrutura de X". X será o nome de uma articulação, um nervo, uma artéria, um órgão, um osso, um tópico de embriologia. É injusto! Seis dissertações para julgar tudo que aprendi em mais de treze mil horas. (Anita fez as contas.)

Já te falei de Gárgulamurthy e Cowper, não? Eles gostam das minhas dissecações e me convidaram para o Concurso de Anatomia. Pouca gente tem coragem de se inscrever. A competição ocorre num dia sem aula. Temos que escrever um ensaio de nível avançado e depois devemos fazer uma dissecação em até quatro horas.

Em um dos dias livres para estudar, depois de uma soneca vespertina Mariamma se depara com um camarada de cara preta, pele enrugada e costeletas mais claras instalado em sua escrivaninha, piscando rapidamente. Deve ter se pendurado nas grades da janela da classe e deu um jeito de abrir o ferrolho. Quando tenta espantá-lo, ele mostra os dentes e dá um passo à frente, ameaçador. O *kurangu* revira as demais escrivaninhas em busca de comida e, nada encontrando, arranca um varal por pura maldade e sai. O problema dos macacos está mesmo fora do controle.

Mariamma procura Chinnah, o representante da classe. Ele suspira. "Já azucrinei o reitor e o superintendente. É inútil! Queria esperar até depois das provas, mas os macacos declararam guerra."

Chinnah foi a escolha unânime para representante, talvez pelo sangue frio diante de Gárgulamurthy no primeiro dia. Enquanto os demais colegas estudam febrilmente, Chinnah começa a campanha indo-símia. Reforça a regra de não haver comida armazenada nos quartos — os infratores são achincalhados no quadro de avisos. Contrata moleques de rua armados com estilingues para se sentarem nas sacadas superiores e afugentar as incursões vespertinas do inimigo. Então, misteriosamente, um par de macacos termina preso durante a noite no escritório do reitor, e outro par no escritório do superintendente, destruindo e conspurcando essas salas na ânsia de escapar. No dia seguinte, uma equipe de funcionários poda galhos que pendem sobre as moradias dos estudantes e repara as telas de proteção das janelas, e agora o lixo é coletado duas vezes por dia. O quadro de avisos no refeitório proclama: COM CHINNAH NÃO TEM MACACADA. Sua reeleição está garantida.

Chinnah, contudo, confessa à Mariamma que não está preparado para os exames. "Vou dizer a verdade: só entrei no curso de medicina porque meu tio era DEM." O tal DEM, Diretor do Ensino de Medicina, controla todas as admissões e nomeações dos professores da faculdade. "Meu tio mexeu os pauzinhos, mas eu teria preferido estudar direito. Os caras da faculdade de direito não ralam tanto assim, pode ter certeza."

Nas semanas frenéticas rumo à prova final ela recebe uma carta em que o endereço está escrito com a letra de Lênin, mas traz um carimbo de Sulthan Bathery, Kerala. Ele está no Distrito Wayanad, segundo escreve, tomando conta de um velho *achen* — um viúvo, um homem bom, de muita fé, mas que anda muito esquecido. Viu-se finalmente livre do toque de recolher do seminário, no entanto está numa cidade que se mete debaixo dos lençóis às quatro e meia da tarde. O zelador da igreja, um tribal chamado Kochu *paniyan*, é sua única companhia. Ficaram amigos. Lênin diz que ainda está "vivendo a dúvida", como sugeriu BeeYay *Achen*. "Mas minha fé desapareceu", ele escreve. "Na Eucaristia, o *Achen* chora quando ergue a *sosaffa* para sinalizar a presença do Espírito Santo! O bom homem fica emocionado. E eu não sinto nada, Mariamma. Estou perdido. Não sei o que será de mim. Estou esperando um sinal."

Às vésperas dos exames finais, todos na residência universitária estão de olhos vidrados, num delírio de tanto estudar. Cochilam de luz acesa, pois a sabedoria coletiva diz que assim se consegue ficar bem mesmo dormindo pouco. Poucos dias antes da última prova, Mariamma sonha que um homem bonito a leva para uma cama com dossel e com um dedo acaricia delicadamente o perfil de seu rosto. Em seguida beija um ponto embaixo de sua orelha e sussurra: "Isso é a junta ginglimoartroidal."

Ela acorda com uma marca numa das bochechas e descobre que dormiu em cima de uma fíbula. Não lembra de já ter ouvido a palavra "ginglimoartroidal". Pesquisa e aprende que "ginglimo" significa "dobradiça", como as articulações entre os ossos dos dedos, enquanto "artroidal" significa "deslizamento", como as articulações entre os ossos adjacentes do pulso. Porém só há *uma* "ginglimoartroidal", que tanto funciona como uma dobradiça quanto desliza: a ATM, ou articulação temporomandibular.

Ela conta o sonho para Anita.

No refeitório, na hora do café da manhã, os colegas de classe recebem Mariamma estalando beijos no ar e acariciando as orelhas. Anita fez uma investigação sobre perguntas de antigas provas e descobriu que a ATM só foi cobrada uma única vez, dezessete anos antes. Na história de qualquer faculdade de medicina, nunca tantos estudantes decoraram as mesmas duas páginas de *A anatomia de Gray*.

Por fim, chega o grande dia e eles rompem o lacre da prova. Na primeiríssima questão das seis se lê: *Descreva e ilustre a articulação do tornozelo.*

Mariamma corre os olhos pelas outras perguntas. Precisa descrever e ilustrar uma artéria axilar, o nervo facial, as glândulas adrenais, o úmero e o desenvolvimento da corda dorsal.

No entanto, a articulação do *tornozelo*? Seu sonho era uma manobra diversionista, a pista estava na cara: a fíbula! Era parte da articulação do tornozelo. A marca em sua bochecha no dia seguinte era um sinal... Ela sente os olhares fulminantes dos colegas.

No dia seguinte, Mariamma e mais seis prestam as provas do Concurso de Anatomia. Depois do ensaio escrito, a dissecação que lhe foi designada era expor o nervo mediano inervando a mão. Ela faz um trabalho decente e consegue não partir o nervo ou suas ramificações.

Chinnah tem certeza de que se saiu mal no exame escrito. Ele só não vai repetir de ano se por um milagre for muito bem na prova oral, que acontecerá em duas semanas. Só assim. E para tanto ele bola um plano: ao longo dos próximos catorze dias, ele comerá um quilo de cérebro de peixe frito com masala diariamente e pedirá a Gundu Mani, seu primo bacharel em ciências (não aprovado), que leia em voz alta passagens de *A anatomia de Gray* enquanto ele estiver dormindo. Chinnah espera que as palavras do primo fiquem impressas em sua memória na matriz da proteína de peixe. A residência feminina é separada da masculina ("tal qual as Ilhas Virgens ficam separadas da Ilha de Man", como diz Chinnah), mas, da sacada, Mariamma pode ouvir a cantilena de Gundu, como um sacerdote recitando os Vedas.

Dez dias antes do exame oral, ela recebe uma longa carta de Lênin. Hesita em abrir. Se ele foi vítima de algum grave "desentendimento", prefere não saber. Mas não resiste. Lênin conta que as coisas melhoraram agora que ele topou com o Moscou, apelido da Casa de Chá de Baby, que fica aberta até bem depois da meia-noite e serve chá, e também certos líquidos mais fortes. É um ponto de encontro de intelectuais, muitos deles inclinados ao PC. Lênin comenta que anda aprendendo muitas coisas, particularmente com certo Raghu, que tem sua idade e trabalha num banco. "Raghu fala que sou o terceiro Lênin que ele conheceu em Wayanad. Conheceu mais Stálins do que Raghus. Mais Marxes do que Lênins. Nenhum Gandhi ou Nehru. Este é o local de nascimento do comunismo em Kerala."

Mariamma tenta estudar, porém sua cabeça está na carta de Lênin. Kerala do Norte — antes Malabar — é diferente do resto de Kerala. Ela nunca entendeu bem (até ler a carta) que, no Malabar, sessenta e cinco proprietários rurais — brâmanes nambudiri, ou *jenmis* — eram donos de territórios tão vastos que eles próprios jamais os teriam visto de cabo a rabo. Seus arrendatários eram naires ou mappilas que angariavam lucros enormes repassando uma parte aos *jenmis*. Quando os preços da pimenta despencaram, os *jenmis* taxaram os arrendatários e mesmo os povos nativos — gente como Kochu *paniyan*. Segundo Lênin, é por isso que, em Kerala, o comunismo começou em Wayanad. "No seminário, não sabíamos nada sobre o sofrimento de nosso povo. Chame de comunismo ou do que quiser, mas lutar pelo direito das castas inferiores me atrai."

No dia do exame oral, Druva é o primeiro a ser chamado. Tremendo de nervoso, ele entra na sala. Brijmohan "Brijee" Sarkar, o examinador externo, aponta um jarro cilíndrico de formol onde flutua um recém-nascido mal-formado. "Identifique a anormalidade." A cabeça inchada do bebê, do tamanho de uma bola de basquete, é típica da hidrocefalia, "água no cérebro", condição que Druva conhece muito bem. Depois de nomeá-la, deve-se seguir uma discussão sobre os ventrículos e a circulação do fluido cerebrospinal neles produzido. Nesse infante, a saída do fluido está bloqueada, fazendo com que os ventrículos, que geralmente são cavidades — como rasgos — nas profundezas de ambos os hemisférios, estufem, empurrando o cérebro que os rodeia. No crânio não fundido, flexível, de um infante, a cabeça expande. Mas em um adulto, com os ossos do crânio devidamente amalgamados, o cérebro pode ficar espremido entre o crânio e o ventrículo inchado, o que leva à inconsciência. Druva, tomado pela ansiedade, consegue por fim falar mas se confunde: a palavra que lhe escapa dos lábios é "hidrocele" e não "hidrocéfalo".

Logo se dá conta de que cometeu um erro fatal. Há uma enorme diferença entre um fluido ao redor dos testículos e um fluido ao redor do cérebro.

Segue-se um silêncio mortal. Antes que Druva possa se corrigir, Brijee Sarkar explode numa gargalhada contagiosa, e logo dr. Pius Mathew, o examinador interno, também está se contorcendo de rir. (Chinnah e Mariamma, esperando do lado de fora, torcem para que aqueles sejam sons auspiciosos.) Sempre que tentam retomar a pergunta, racham de rir de novo. Por fim, Brijee, enxugando as lágrimas, pede que Druva se retire.

Druva, corajoso, pergunta: "Senhor, eu passei?". Pius ainda sorri, mas não Brijee.

"Meu jovem, um hidrocele pode provocar o inchaço da cabeça?", pergunta Sarkar.

"Senhor, não, mas eu…"

"Então está aí sua resposta."

"O que foi, *da*?", pergunta Chinnah quando Druva sai da sala.

"O que foi? Me fodi, foi isso!"

Chinnah é chamado. Reaparece num piscar de olhos, logo seguido do dr. Pius.

"Me dê cinco minutos, Mariamma", diz dr. Pius, sorrindo tristemente. Pausa para ir ao banheiro.

Quando Pius já não pode ouvir, Chinnah diz à Mariamma: "Grupo B: berinjelas e bordoadas para Chinnah e Druva".

"O que Brijee perguntou?"

"Nada! Disse: 'O filho da mãe do seu tio, o DEM, cancelou minha promoção. Você pode passar a vida inteira comendo cérebro de peixe e quem sabe até criar brânquias e uma barbatana dorsal, mas enquanto o dr. Brijmohan Sarkar for o examinador, vai ser difícil Chinnaswamy Arcot Gajapathy passar no exame oral'. Aquele maldito Da Vinci deve ter falado do meu tio. E do cérebro de peixe." Antes do exame, Chinnah recusou-se a dar uma "gorjeta" de boa sorte para os bedéis. Era extorsão, mas todos, com exceção de Chinnah, aceitaram. Ele fala, vermelho de raiva: "Vou te dizer, nada de bom acontece quando sua família mexe os pauzinhos para você. Os pauzinhos viram cacetetes".

O dr. Pius ainda não deu as caras quando o dr. Brijee Sarkar bota a cabeça para fora e convoca Mariamma. Ela faz um sinal para Chinnah, pedindo que espere. Pode ser que sua sorte não seja muito melhor que a dele.

"Senhorita", diz o dr. Brijmohan Sarkar assim que a porta se fecha atrás dela, "sua dissecação no concurso foi muito, muito boa." Os dois ainda estão de pé. "Você foi a única que conseguiu não partir nenhum nervo auxiliar. Cá entre nós, diria que suas chances são…"

Ele não diz, mas sorri e ergue as sobrancelhas. Mariamma enrubesce, contente.

"Pronta para a prova oral?"

"Acho que sim, senhor."

"Muito bem. Por favor, ponha a mão no meu bolso."

Parada diante dele, a jovem, com seu sári creme e uma bata curta branca, se pergunta se teria ouvido direito.

Apesar do calor opressivo, não há uma gota de suor no rosto empoado do dr. Sarkar, que está em pé, entre ela e a porta. Ele é alto, tem seus cinquenta anos, as faces murchas pela falta dos molares, uma barriga protuberante que destoa de seus membros magros. Balançando nos calcanhares, nariz apontado para o teto, sua expressão agora é tão severa quanto o vinco de sua calça de linho. A posição meio de lado pretende oferecer à Mariamma acesso fácil ao bolso direito da calça.

Ela estudou muito: está preparada, mas não para isso.

Um zumbido dispara em seus ouvidos. O ventilador de teto sopra o ar escaldante que sobe do piso de concreto. Na mesa, o bebê hidrocefálico que fez a ruína de Druva observa tudo com interesse. Uma bandeja aberta contém a metade de uma cabeça serrada ao meio, com a mandíbula removida. De uma sacola de pano, podem-se distinguir os contornos dos pequenos ossos em seu interior.

Se ele se sentasse. Se pelo menos o dr. Pius retornasse. Ou me perguntasse sobre hidrocefalia. Ou me pedisse para retirar algum osso da sacola de pano… Mas Brijee não está oferecendo uma sacola de pano, apenas seu bolso.

Uma pulsação dispara no pescoço de Brijee, uma onda sinuosa, bífida, como a língua de uma serpente. "Ou você põe a mão no meu bolso ou pode voltar em setembro", ele fala, baixinho, olhando sempre para a frente.

Mariamma fica paralisada. Por que não diz não e pronto? Sente vergonha até de contestar. Vergonha de ver sua mão esquerda se aproximar, como se por vontade própria — pela forma como Brijee está posicionado, é mais fácil usar a esquerda.

Ela enfia a mão no bolso do professor. Quer crer que, qualquer que seja a peça esqueletal que Brijee Sarkar enfiou ali — pisiforme ou astrágalo —, ela identificará. Assim ela deseja crer. Não quer fracassar.

Afunda mais a mão e por uma fração de segundo não tem certeza do que está apalpando. Terá sua mão se perdido no caminho? É culpa dela que nesse momento se veja segurando o pênis do professor? É culpa dela que não haja nenhuma peça de roupa se interpondo? O que sente é um órgão mais ossudo, mais firme e menos flexível do que imaginara. Ela deve nomear suas partes? O ligamento suspensório, o corpo cavernoso, o corpus spongiosum...?

Seu cérebro luta para permanecer no modo "examinanda" diante de um órgão com o qual ela não tem nenhuma experiência direta, intumescido ou não; mas seus pensamentos fogem do reino da anatomia e retornam a memórias dolorosas que fazem a bile lhe subir à garganta: um barqueiro em cima de uma balsa se exibindo enquanto ela e Podi nadavam; o estranho que se esfregou contra ela no ônibus; um encantador de serpentes de turbante que se materializou do outro lado da rua da residência das moças e, vendo que Mariamma o observava, fez que removeria o pano que cobria sua cesta, mas não: foi seu lungi que ele levantou — e uma cobra bem diferente surgiu de sua virilha.

A troco de quê os homens a submetiam, a ela e também a todas as mulheres que ela conhecia, a esse tipo de assédio e humilhação? É só quando forçam alguém a tocá-lo ou quando têm uma plateia que ficam convencidos de que o órgão de fato existe? No começo daquele ano, assim que o ônibus da residência feminina as trouxe de volta de uma exposição de sáris, um trecho interditado na estrada forçou o motorista a fazer um desvio por uma via estreita que contornava a residência masculina. Na varanda, um estudante lia o jornal nu. Num gesto rápido, optou por cobrir o rosto, não as partes baixas. Aquilo era compreensível — ele queria se poupar da vergonha de ser reconhecido. No entanto, o que Mariamma não conseguiu entender foi por que ele decidiu se levantar, ainda cobrindo o rosto, porém exibindo tudo mais, enquanto o ônibus e suas passageiras passavam.

Mais tarde, ela mal consegue explicar o que faz em seguida. É o instinto desesperado de um animal encurralado, mas também a explosão de uma raiva primitiva. Mariamma lembra do pesadelo recorrente em que uma víbora mostra as presas e lança cusparadas em sua direção, enquanto ela agarra desesperadamente a cabeça da cobra, afastando-a de seu rosto, lutando enquanto o animal a chicoteia e se espreme e tenta dar o bote... E assim seus dedos se cerram instintivamente ao redor do pênis de Sarkar, com uma força assassina. Sua mão direita salta para a batalha, socorrendo a esquerda, socando a virilha de Brijee por fora, apoiando a torção da esquerda ao agarrar tudo que balança — saco escrotal, epidídimo, testículos, a base do pênis e... que se dane a anatomia —, esmagando tudo com a força de quem luta pela vida.

Por um breve momento, a vaidade de Brijee o faz pensar que ela o acaricia. Quer falar, levanta as sobrancelhas, mas gagueja e fica pálido. Então dá um passo para trás, as veias em sua têmpora se incham, ele cambaleia contra a mesa — derruba as amostras, o vidro se parte, o bebê hidrocefálico desliza pelo piso inundado de formol. Nessa retirada, o inimigo arrasta Mariamma com ele, pois, não importa o que aconteça, ela não soltará a cabeça da serpente. Brijee consegue dar um grito, e Mariamma grita também, um grito de gelar a alma, e os dois caem sobre a mesa. A testa dela bate contra o vidro quebrado, porém nada a distrai do propósito de esganar a serpente, mesmo que pereça na tentativa.

De repente a porta da sala é escancarada, mas ela não pode nem olhar nem soltar a serpente. O rosto de Brijee Sarkar está a centímetros do seu, o *paan* perfumado de seu hálito em suas narinas, seu grito caindo no silêncio, a pele dele ficando acinzentada. Tarde demais, ele agarra os antebraços dela, mas sua força se foi, o gesto é fraco, suplicante. O corpo do professor pende, as mãos tombam, ele é um boneco de pano, seus olhos se reviram. Ela consegue ouvir Chinnah lhe implorar para soltá-lo, enquanto Da Vinci e Pius socorrem Sarkar. Mas ela não consegue soltar nem pode silenciar seu grito de guerra. Chinnah, corajoso, vai com tudo e desgruda os dedos de Mariamma, um por um.

Chinnah tira Mariamma da sala, primeiro a arrastando e depois a levando nos braços. Ele a deita em uma sala de laboratório vazia e pressiona um lenço contra a testa que sangra. Mariamma cambaleia até uma pia e esfrega as mãos furiosamente, depois vomita, enquanto Chinnah segura sua cabeça, ainda pressionando os ferimentos.

Soluços e ódio se misturam com a água e o sangue. Ela abraça Chinnah, e então lembra que ele também é um homem. Ela lhe soca o peito e as orelhas, e ele aceita os golpes, oferecendo-se, disposto a ser ferido. Espera até ela se cansar.

"Desculpe", ele sussurra.

"Desculpar o quê?"

"Sinto vergonha por todos os homens."

"Tem que sentir mesmo. Vocês são todos uns canalhas."

"Você não está errada. Lamento muito."

"Também lamento, Chinnah."

65. Se Deus falasse

MADRAS, 1971

A residência feminina está deserta. A maior parte das estudantes foi para casa no recesso, salvo algumas poucas que já estão praticando na clínica. Como o refeitório está fechado, precisam comer na cantina do hospital.

Mariamma escreve ao pai, dizendo que passou em anatomia... Mas precisará adiar seu retorno a Parambil por mais ou menos um mês, a fim de terminar um "projeto inacabado". O tal projeto é ela própria. Exteriormente, ela relevou o episódio nojento com Brijee, mas seu interior está um caos. Tem vergonha de encarar o pai. Que ficaria louco ao ver a cicatriz em sua testa e ouvir a história. Buscaria justiça. De algum modo, fez-se justiça. Ao menos acreditaram em sua versão — Brijee era conhecido por aquele tipo de comportamento. Mas seu infarto, além da desonra, da suspensão do serviço federal não foram punição suficiente. Ele deveria estar preso. E ela não tem vontade nenhuma de lutar por essa causa e atrair mais holofotes para si mesma. Já algum médico, poeta frustrado, imortalizou sua vergonha em verso:

O dr. Brijee em certo exame
Apresentou o pau como parte do certame
Mas para sua tristeza

Ela respondeu com tanta destreza
Que hoje o doutor, como macho, dá vexame.

No período da manhã, ela acompanha uma veterana designada para a ala de clínica geral. O contato com os pacientes e as doenças a entusiasma, serve para lembrá-la das razões para estar ali. À tarde, fica em seu quarto escaldante, lendo sobre os pacientes que visitou de manhã. É meio perverso, mas ela sente falta da tortura de uma prova iminente ou de um catatau para decorar — qualquer coisa que a distraia do que aconteceu. Ela está à deriva.

Três semanas depois, ao voltar do hospital vê um homem sentado no banco sob o carvalho no pátio da residência. Seu cabelo cacheado desce pelo rosto, mesclando-se a uma barba que desliza pelas maçãs do rosto até chegar à garganta. Essa barba com jeito de tapete não consegue ocultar de todo uma cicatriz na face esquerda. Vestindo uma *kurta* laranja-alvorada, ele parece em chamas. Se estivesse acompanhado de um papagaio e de um baralho, poderia passar por vidente. Não fossem os olhos suaves e sonolentos, ela não o reconheceria. Lênin segura uma xícara de chá da residência — a enfermeira-chefe Thangaraj, de coração mole, deve tê-lo admitido naquele santuário isolado.

Ele a reconhece de imediato, embora a Mariamma que os dois conheciam tenha desaparecido há um ano e meio no Forte Vermelho. Por dentro, ela é outra pessoa.

Ele deixa a xícara no banco e se aproxima. "Mariamma?" Suas mãos se estendem para a jovem, mas ela recua.

"O que você está fazendo aqui? Appa o enviou?"

"Pra mim também é um prazer te rever, Mariamma…"

"Homens não têm acesso à residência." Ela não consegue explicar sua hostilidade, quando, por dentro, está feliz em vê-lo.

"E, não obstante, cá estou", ele diz, desafiadoramente.

"Me surpreende muito que a enfermeira-chefe tenha te deixado entrar."

"Eu disse que era seu irmão gêmeo."

"Em outras palavras, você mentiu."

"Estava falando… metaforicamente. E a enfermeira disse: 'Que fofo! Você deve ter sentido a dor de Mariamma e decidiu vir!'."

"E você sentiu? Sentiu minha dor?"

A expressão de Lênin é a de um garoto que destruiu a bicicleta que ele pegou emprestada, e cuja maldição é dizer a verdade a qualquer preço. "Não", respondeu. "Não, não senti. Você não respondeu às minhas cartas. Supus que estivesse em Parambil. Por acaso desembarquei na Estação Central há poucas horas. Olhei para o outro lado da rua e vi o Madras Medical College. E arrisquei. Perguntei onde ficava a residência feminina, e eis-me aqui."

"Você não deveria estar com o *achen* viúvo?"

"*Aah*. Eu tive..."

Esse não é o velho Lênin. Falta-lhe a indignação convicta. Nem consegue dizer aquela palavra que tantas vezes usou para minimizar suas encrencas.

"Eu também, Lênin. Tive um pequeno 'desentendimento'."

"A enfermeira me contou por cima. Achou que eu soubesse", ele diz, observando-a sem muita firmeza.

"Sim, todo mundo sabe. Só não sabem o que dizer. 'Espero que você se recupere logo'?" Sua risada soa estranha mesmo para ela. Mais estranho ainda é ela estar enxugando os olhos.

Lênin busca de novo sua mão. Depois ele a puxa suavemente para perto dele. Ela se agarra ao rapaz como uma afogada. A *kurta* dele parece lixa ralando seu rosto, mas tecido nenhum jamais lhe pareceu mais acolhedor. Se a enfermeira os visse... Porém, enfim, ele é seu irmão gêmeo.

"Estou com vergonha de voltar a Parambil."

"Vergonha de quê? Você me dá orgulho. A única vergonha é você não ter matado esse camarada."

"Vamos dar o fora daqui, Lênin", ela diz, com urgência. "Vamos sair da cidade. Por favor."

Ele hesita, mas apenas por um momento. "Vamos lá."

O ônibus se aproxima da praia e o mar parece coberto de diamantes. A cada quilômetro ela tem a sensação de que se despe de vestes conspurcadas, de que uma pele contaminada descasca. O barulhento motor a diesel e o vento que entra pelas janelas desencorajam qualquer conversa. Lênin tem manchas de nicotina nos dedos. Está mais magro, seus lindos olhos exibem uma dureza que ela nunca tinha visto. A cicatriz, espessa, é mais extensa do que ela imaginava, correndo até seu pavilhão auricular, uma ferida que claramente não foi suturada. Ambos estão marcados.

Em Mahabalipuram, um ambulante abre uns cocos frescos para eles. Lênin compra cigarros, biscoitos e um colar de jasmim para o cabelo de Mariamma. O aroma paira como uma auréola ao redor dela ao se aproximarem dos templos de pedra.

Não são os templos, mas é o mar o que Mariamma mais deseja: o murmúrio das ondas, a restauração da água. Ela deixa que a espuma das ondas lave seus tornozelos, enquanto Lênin fica para trás, à espera. Os dois estão sozinhos. Pilritos se enfileiram como carregadores na plataforma do trem, esperando a próxima onda; recuam agilmente um pouco antes da língua da água, bicando criaturas invisíveis.

"Lênin, preciso nadar. Nunca nadei no mar. A rebentação é muito forte em Marina Beach." Ele parece preocupado. "Vire o rosto, não olhe." Ela tira o sári, a anágua e a blusa. Mergulha só de calcinha e sutiã. O chão se desmancha sob seus pés. A corrente é imprevisível, porém ela se delicia. Lênin ainda está de costas. "Ei!", ela diz. "Pode se virar." Ele se vira e a olha, nervoso. Grita para que ela tome cuidado. Mariamma tenta nadar, mas luta para acompanhar o movimento do mar. Seus olhos ardem, a água salgada entra em seu nariz. Mas ela sorri. Imersão é piedade e perdão.

Lênin fica aliviado quando ela volta. E saca de sua mochila uma toalha. A jovem se sente audaz, atrevida: depois do que passou, tem direito a um pouco de inconsequência, a ser como bem desejar. Ele a cobre enquanto ela tira as peças de roupa molhadas e veste de novo a blusa, a saia e o sári. A água desfez uma barreira que havia dentro dela.

Sentam-se na areia, e ela lhe fala de Brijee. Tudo bem, já conhecem sua história, mas ninguém sabe como ela se *sente*. E é isso que ela desafoga agora: raiva, vergonha, culpa — tudo que ainda está entranhado nela. Mas, ao falar, vem-lhe um senso de empoderamento. Ela não tem culpa, a não ser a culpa de ser ingênua e de ser mulher. Durante o inquérito ela se convenceu da correção de sua atitude e soterrou qualquer sugestão de que pudesse ter tido alguma responsabilidade. Aprendera uma lição: mostrar-se fraca, lacrimosa ou esgotada não servia a nada. Não se deve apenas rezar por respeito: é preciso demandá-lo com insistência.

Quando termina, ela se sente melhor. Come um biscoito. Lênin, sentado de pernas cruzadas e cabeça baixa, fuma e traça círculos na areia. Ficou visivelmente afetado pelo relato de Mariamma, chegou até a segurar sua mão. Será autocentrismo dela não perguntar sobre os problemas dele, sua cicatriz e a razão de ele estar ali? Ou ela está apenas lhe dando espaço para decidir se fala ou não? Ele pode falar, caso decida fazê-lo. Ou não.

À medida que a luz desvanece, as ondas quebram mais ruidosamente. As silhuetas negras nos templos de pedra contra o céu fazem-na se sentir como se os dois tivessem voltado ao passado. Sua mãe deve ter visitado aquele lugar quando estudou em Madras, deve ter mergulhado naquelas mesmas ondas. Essa água conecta vivos e mortos. Talvez as esculturas até tenham inspirado a Mulher de Pedra. A brisa marítima acalenta e refresca. Madras parece a milhões de quilômetros de distância.

"Os minutos que passamos olhando as ondas não são contabilizados na duração de nossa vida", ela diz.

"Sério? Eu devia ficar por aqui então, para ver se chego aos trinta." Ele sorri, mas Mariamma não gosta do comentário.

Já está escuro quando vão embora, cambaleando na areia, de mãos dadas. O único ônibus para a cidade já saiu. A antiga Mariamma teria entrado em pânico, a nova não dá a mínima.

No cartaz escrito à mão na frente da hospedaria estreitinha de três andares se lê HOTELMAJESTICREFEISSÕESREAIS, sem separação entre as letras. Uma figura solitária salta da cadeira, brandindo um pano como um chicote, espanando poeira das cadeiras e das mesas de jantar. Está tomado de alegria pela presença de clientes. Mostra o caminho por uma escadinha raquítica, enquanto Mariamma admira a forma delgada de seu crânio.

Ela levanta o colchão fininho para ver se há percevejos. Uma lâmpada nua no teto é toda a iluminação. Uma escadinha conduz a um banheiro minúsculo onde há um vaso sanitário instalado diretamente no chão, uma torneira e um balde com uma caneca flutuando dentro dele. Baratas se escondem quando ela acende as luzes. Ela enche o balde e toma banho, deixando escorrer suor, areia e sal. Lênin lhe empresta um *mundu* e ela o enrola sob as axilas. Depois é a vez dele.

O garoto que entrega a comida deve ser filho daquele homem, pois seu crânio também tem a forma de uma torre. "É oxicefalia, não tem cura", ela diz. Lênin fica impressionado, mas então se tranquiliza.

"Pelo menos tem um nome", ele justifica.

Sem saber, a frase dele a desola. Tal como com a Condição, um nome não cura.

O biryani de vegetais que chega embrulhado em folhas de bananeira ultrapassa suas expectativas das RefeissõesReais: o prato do chef é melhor que sua ortografia. Lênin, sem camisa, mal come. Ela o viu assim muitas vezes, mas agora, por algum motivo, ele parece diferente. O rapaz acha graça quando ela traça toda a porção dela e depois o restante da dele. Quando ela termina, ele lhe dá um soquinho no ombro.

"Então, Mariamm*aye*", ele diz, "é aquela velha história: dou as costas por um segundo, e você se mete em apuros." Lênin acende um cigarro. Ela o arranca de sua boca. "Ei! Você deveria perguntar se pode fumar!"

Mariamma traga a fumaça e a expira; a espiral preguiçosa que sobe para o teto é um ser vivo. O sorriso no rosto lembra o velho Lênin, mas de longe. "Então, irmão *gêmeo*. Desembucha. O que aconteceu?" Chega de esperar que ele decida.

O rapaz olha pela janela.

"Eu escolhi um caminho", ele diz.

Ela espera, mas ele não diz nada. "Um caminho reto? Só parando se for obrigado?"

Ele assente. "Mas, nesse caminho, quando eu chegar ao fim, será o fim." Não tem mais nada a acrescentar.

"Então, como está seu amigo nativo — Kochu *paniyan*, não é? E Raghu, o bancário? Está vendo? Eu leio suas cartas."

Ele a encara com uma expressão ainda mais sombria.

"Estão mortos."

Uma mão fria lhe agarra o pescoço, ela quer tapar os ouvidos. Deveria impedi-lo de continuar. Levanta, sem saber por quê. A lâmpada nua lhe cega os olhos, ela a apaga. *Pronto. Isso ajuda.* Caminha pelo quarto, há um pouco de luz entrando pela janela. A voz de uma mulher ecoa no andar de baixo. Ela lembra como, quando menina, detestava o recém-chegado Lênin por causa de suas artimanhas, mas não conseguia deixar de segui-lo. Por quê? Queria ver o que aconteceria depois. Era uma compulsão. O rosto de Lênin à luz do cigarro mostra certa preocupação. E, por trás daquela expressão, Mariamma vê desespero. Ela volta a se acomodar na cama, as pernas cruzadas, de frente para ele. Não consegue evitar. A velha compulsão não a larga. Precisa saber.

"Quando cheguei a Wayanad, comecei a lembrar de coisas estranhas", Lênin diz. "Acho que não falei disso nas cartas. Tínhamos vivido ali quando eu era pequeno. Foi só depois de conhecer Kochu *paniyan* e visitar seu assentamento na floresta, um lugar onde sua família está há três ou quatro gerações, que algumas lembranças me ocorreram. Lembranças da minha mãe, minha mãe tão linda. Lembrei que esperava por ela do lado de fora de cabanas como a de Kochu *paniyan*, tapando os ouvidos para não ouvir os gritos de uma mulher em trabalho de parto. Lembrei que vi um homem igualzinho a Kochu *paniyan* indo pra nossa casa com uma carpa gigante. Pagamento para minha mãe, talvez. Ele limpou o peixe, depois voltou com óleo e acho que arroz. Talvez estivéssemos só ela e eu quando ele veio, o fogo da cozinha apagado, e meu pai fora — o que seria bem provável. Com certeza não imaginei tudo isso. Que outras memórias não estão enterradas em minha cabeça?"

Segundo Lênin, os nativos são um povo desconfiado. Foram usados e abusados por todos que chegaram. Os britânicos aboliram o trabalho escravo, no entanto, para construir navios obrigavam a comunidade local a cortar as árvores que ela considerava sagradas. Se os ingleses não tivessem descoberto o chá, as montanhas estariam carecas. Por outro lado, fizeram os nativos aterrarem as encostas onde tinham vivido por gerações. Depois, mais recentemente, foram os malaialas de Cochim e Travancore que os exploraram ao migrarem para o norte. Oficiais, comerciantes, capatazes. "Gente como meu pai", Lênin disse. Os locais não usavam dinheiro, praticavam escambo. Os forasteiros os encorajaram a construir casas tipo pukka e lhes disseram que se servissem à vontade de machados, carrinhos de mão, pás, roldanas, cimento, roupas — sem necessidade de dinheiro, bastava uma digital. Naquele momento. Ao final, se as pessoas não podiam pagar, elas perdiam a terra. Esse povo aprendeu lições dolorosas. "Uma pessoa roubada ganha consciência política muito rápido. Você não tem nada a perder além das correntes que te prendem. Quem diz isso é Marx, por sinal, não eu."

"Olha só, você citando Marx", Mariamma diz.

Lênin se cala. "Posso parar se você não quiser mais ouvir."

Ela não responde.

Lênin gostava de ir à Casa de Chá de Baby, o tal Moscou, e sentar com Raghu. Ele às vezes o via com um homem mais velho, de uns quarenta anos, Arikkad, que nunca ficava muito tempo. Raghu disse que, se Lênin realmente quisesse compreender as tensões de classe em Wayanad, deveria procurar Arikkad. De uma família cristã de classe-média, ele havia sido preso por participar de uma greve dos trabalhadores das fazendas que produziam fibra de coco. Raghu dizia que não havia educação melhor do que ir parar atrás das grades. *O capital* de Marx, e a *História do Partido Comunista da União Soviética*, de Stálin, circulavam entre os prisioneiros pela simples razão de serem os únicos livros traduzidos para o malaiala. O camarada ia preso por embriaguez e saía da prisão doutrinado, um comunista sóbrio. Arikkad se tornou um membro dedicado do Partido Comunista, vivendo com os povos nativos, lutando por eles. Algo que o Partido do Congresso nunca fez.

"Quando fomos apresentados", Lênin continuou, "vi nele um homem humilde. Inspirador. Até mais do que meu velho *Achen*. Era alguém que estava de fato *fazendo* alguma coisa para melhorar a vida dessas comunidades. Ele se mostrou muito mais interessado em *mim*, em minha vocação sacerdotal."

"*Aah!* Você tinha uma boa história sobre isso, não é?", comenta Mariamma. Falou sem pensar. "Desculpe. Esquece. Continue."

"Não, você está certa. Eu tinha, sim. Esse é o problema. Acreditava na minha história. Mas já não acredito. Não fui poupado para servir a Deus. Fui poupado para servir a pessoas como os *pulayi* que me salvaram. No entanto, não estava fazendo isso, não como seminarista. Enfim, falei das minhas dúvidas para Arikkad. 'Então você está cansado de distribuir ópio?', ele perguntou. Não entendi até que ele me explicasse. Ao que parece, Marx disse que a

480

religião é o ópio do povo. É ela que impede os oprimidos de reclamar ou tentar mudar as coisas. Arikkad também disse que a Igreja não precisa ser como é aqui. Falou que havia jesuítas na Colômbia e no Brasil que viviam e trabalhavam com os nativos locais, fazendo o que Cristo ensinou. Quando os camponeses se insurgiram contra um governo que os oprimia, esses padres se solidarizaram. Juntaram-se aos rebeldes. Desobedeceram à Igreja deles. Um dos jesuítas havia escrito sobre sua crença, que batizou de 'teologia da libertação'. Isso foi uma revelação para mim. Me perguntei se a biblioteca do meu seminário teria esses textos. Provavelmente não."

Tudo mudou certo dia em que Kochu não apareceu para trabalhar. Na manhã seguinte, ele foi bater bem cedo na porta de Lênin, parecia angustiado, desesperado. Seu irmão mais novo havia pegado dinheiro emprestado de um empresário chamado C.T., depois pegou mais, hipotecando a terra da família. A data para quitar os empréstimos havia chegado. Em vez de contar para a família — e ele deve ter recebido muitos avisos —, o rapaz desapareceu. Kochu só soube de tudo quando C.T. apareceu com uma papelada de cartório dizendo que a família tinha setenta e duas horas para sair. Kochu queria que Lênin fosse com ele pedir ao *Achen* para falar com C.T., que era da comissão da igreja. "Gente como C.T. é o oposto de Arikkad. Eles odeiam o comunismo, porque foi explorando os nativos que se tornaram ricos e poderosos." Relutante, *Achen* foi falar com C.T. e voltou quase em seguida, trêmulo. Fora destratado por tentar interceder. *Achen* disse que rezaria. "Eu te digo, Mariamma, nunca as preces me pareceram mais inúteis."

Kochu já tinha se encontrado com Arikkad, que tentava pedir uma ordem de permanência junto ao tribunal. "Isso é ótimo!", Lênin disse para Kochu, que o olhou consternado: "Ótimo? Quando foi que os tribunais ajudaram nosso povo? O tribunal é do povo *deles*". No dia do despejo, Lênin foi ao assentamento de Kochu. Muitas famílias nativas foram mostrar apoio, junto com Arikkad, Raghu e outros ativistas. Embora Arikkad tivesse entrado com um pedido de permanência, o juiz era "um deles". Logo chegaram três jipes, lotados de homenzarrões com correntes de bicicletas e varas de bambu. Um jipe da polícia chegou e estacionou atrás deles. C.T. gritou que a família tinha cinco minutos para ir embora. Seguindo as instruções de Arikkad, todas as pessoas reunidas sentaram-se pacificamente no chão.

"Passados cinco minutos, os *goondas* de C.T. vieram para cima de nós. A polícia só ficou olhando. Vi e ouvi uma vara quebrar a mandíbula de Kochu. Arikkad levou o segundo golpe. Uma mulher tentou proteger a cabeça e uma corrente partiu o braço dela. Entrei em transe, não podia acreditar naquilo. De repente, senti uma dor terrível no ombro. Virei e agarrei a corrente do sujeito que me batia e parti pra cima dele — acabou a não violência ghandiana. Apanhei até, me espancaram sem dó. Depois jogaram gasolina na palha dos telhados e incendiaram as casas. Precisei fugir rastejando, o calor era terrível.

"Kochu foi parar no hospital com uma perna e a mandíbula quebradas. Arikkad e Raghu apanharam tanto que precisaram de atendimento no pronto-socorro. Outras pessoas também foram parar no hospital. Alguém me levou de bicicleta até meu quarto, meu joelho estava do tamanho de uma bola de futebol. *Achen* mal me reconheceu, meu rosto estava tão inchado que parecia uma máscara. Pobre *Achen*: chorava enquanto cuidava de mim. Gritava, clamava aos céus. Caiu de joelhos, pedindo a Deus por justiça. Ah, Mariamma... Se Deus tivesse pelo menos respondido às súplicas do *Achen*, servo fiel que faria gosto a qualquer deus... Se Deus tivesse respondido... minha vida talvez tivesse seguido outro caminho. Eu urinava sangue. Não conseguia caminhar. Ficava na cama ruminando, lambendo as feridas."

Alguns conhecidos do Moscou foram visitar Lênin. Contaram que Kochu se mandara do hospital. "Saída por conta própria, contra o conselho médico", alegou o hospital. De perna e mandíbula quebrada, como alguém sai "por conta própria"? A verdade é que a polícia ou os paramilitares pegaram Kochu *paniyan* e o torturaram em busca de informações. O pobre não sabia de nada! A família não o vira. Provavelmente despacharam o corpo na floresta, onde os animais selvagens darão cabo de qualquer pista. Lênin ficou sabendo que não era a primeira vez que aquilo acontecia. Enquanto isso, ignorava-se o paradeiro de Arikkad e Raghu. A polícia estava no encalço. Entraram para a clandestinidade. Corria o boato de que seriam naxalitas.

Naxalitas.

Um arrepio percorreu a espinha de Mariamma. De repente ela sentiu o quarto gelar. A mera menção daquela palavra — "naxalita" — parece arriscada, seu pulso logo se acelera. "Pare, Lênin", ela diz. "Preciso fazer xixi."

Ela tenta se lembrar do que exatamente entende sobre o movimento naxalita. Sabe que o nome vem de um pequeno vilarejo — Naxalbari — na Bengala Ocidental. Os camponeses, depois de trabalharem como escravizados para os latifundiários, recebiam tão pouco da colheita que chegavam a passar fome. Desesperados, apossaram-se da colheita da terra que lavravam havia gerações. Policiais armados, subornados pelos latifundiários, chegaram e dispararam contra os camponeses que haviam se reunido para uma negociação; uma dúzia ou mais, incluindo mulheres e crianças, foram mortos. Ela se lembra, saiu em todos os jornais. A indignação contra o massacre de Naxalbari se espalhou como cólera, e assim nasceu o movimento "naxalita". À época, Mariamma estava de partida para o Alwaye. Camponeses em muitos lugares ata-

482

caram e até mataram os latifundiários e seus funcionários corruptos. A polícia respondeu com igual violência. Havia um medo palpável de que o país estivesse à beira de uma revolução. Se os grupos camponeses espalhados pela Índia se unissem, poderiam tomar o poder. O governo respondeu criando uma força paramilitar para perseguir os naxalitas, sem qualquer supervisão ou limites a seus poderes. Dois garotos inocentes de sua faculdade desapareceram. O movimento naxalita fora particularmente forte em Kerala. Mariamma temeu que seu pai se tornasse um alvo, mas ele lhe explicou que suas propriedades eram minúsculas se comparadas às terras dos fazendeiros mais ao norte, donos de milhares de hectares; além disso, em Parambil nunca houve meeiros.

Mariamma volta e senta na cama, enrolando o lençol ao redor dos ombros, pois está tremendo. Lênin lhe pergunta se deve parar. "Tarde demais", ela diz. "Continue."

"Eu estava com muitas dores. Levei muito tempo para ficar bem", Lênin diz. "Mas sentia outro tipo de dor. A da injustiça e da crueldade que eu havia testemunhado. Não parava de pensar em Acca, a *pulayi* que me salvou da varíola. Qual foi sua recompensa? Ser expulsa como uma vira-lata. O menininho faminto — eu — tinha prometido: 'Nunca vou esquecer você'. E não esqueci — essa parte é verdade. Mas o que fiz por ela? O que faria por ela como sacerdote? Eu tinha 'vivido a dúvida' por muito tempo. Naquela cama, lambendo minhas feridas, cheguei a uma resposta. Eu não tinha escolha.

"Falei a um frequentador assíduo do Moscou que queria o contato de Arikkad. Ou de Raghu. Ele se alarmou. Disse que não tinha e se foi. Dois dias depois encontrei um bilhete debaixo da porta dizendo que eu fosse ao terminal de ônibus à meia-noite. Uma motocicleta apareceu. Fui vendado e me levaram. Quando tiraram a venda, me vi numa clareira. Três homens se aproximaram, armados. Um deles era Raghu. Ele tentou me dissuadir. Disse que eu poderia fazer outra coisa da vida, se já não queria o seminário. 'Como o quê, Raghu?', perguntei. 'Trabalhar num banco?' Não havia mais volta."

A voz de Lênin parece vir de um lugar muito longe, pensa Mariamma. Ela está num quarto com um naxalita, não com o menino com quem cresceu. Sente uma tristeza terrível, um desespero. Seu corpo e sua mente estão adormecidos, em choque. Ela escuta.

"Fui designado a uma determinada célula, e lá encontrei Arikkad e os outros. Precisávamos desesperadamente de mais armas. Éramos uma dúzia de homens e só tínhamos cinco rifles, dois revólveres e algumas bombas caseiras. Não dá pra fazer resistência armada sem armas. Planejamos dois ataques. Um era para angariar armamento, e seria a uma subestação e depósito de armas da polícia; outro era vingança pura. O alvo era C.T., que tinha um escritório na cidade e um bangalô na fazenda. O bangalô estava situado num ponto que permitia avistar qualquer um que se aproximasse vindo de baixo. Mas tínhamos um acesso lateral, atravessando a mata fechada. C.T. provavelmente estaria armado. Mas nós também, e estávamos em maior número.

"Arikkad atacaria o depósito na mesma hora em que nosso grupo atacaria C.T. No momento em que a gente cortou a cerca de arame farpado para entrar na propriedade, ouvimos o rugido de um motor e vimos o carro de C.T. rasgando a estrada, desaparecendo montanha abaixo. A porta da frente da casa ficou aberta, o jantar à mesa, comido pela metade. Alguém tinha dado com a língua nos dentes. Encontramos seu dinheiro sujo atrás de painéis de madeira da parede que haviam sido mal pregados. Era dinheiro sonegado que ele não poderia guardar no banco. Deve ter pegado o que pôde ao fugir. Levamos duas armas, depois ateamos fogo no bangalô. Como planejado, fomos até a cabana de um simpatizante, lá estocamos as armas e o dinheiro, e esperamos. Em pouco tempo tivemos notícia do outro ataque. Quando se aproximavam do depósito, Arikkad e seus homens sofreram uma emboscada da polícia. Raghu, coitado, morreu na hora. Eles recuaram, perseguidos pela polícia. Arikkad lançou uma bomba caseira no jipe que os perseguia e feriu um policial. O veículo ficou inutilizado. Os homens se separaram e sumiram. Nosso grupo fez a mesma coisa. Partimos sem levar nenhuma arma, para não chamar a atenção por onde passássemos. Foi um fiasco.

"Dormi ao relento e no dia seguinte, ao meio-dia, cheguei ao ponto de encontro numa trilha no alto das montanhas. Estava com fome, medo e raiva. Sabia que esse ponto de encontro poderia estar comprometido. Não havia ninguém lá. Quando pensava em dar o fora, Arikkad apareceu, exausto. Perguntou se eu tinha comida. Só tinha água. Sua pele estava cheia de picadas, pior que a minha. Os policiais não deveriam estar muito longe, ele disse, mas não se arriscariam a deixar a estrada principal à noite. Ainda assim, não podíamos continuar ali. Era preciso comer e dormir. Arikkad tinha um amigo, Sivaraman, dos "velhos tempos" — dos tempos de prisão, imaginei —, que tinha uma casa a alguns quilômetros dali.

"Chegamos às margens de uma clareira à uma da madrugada. Quando vi a casa, alguma coisa ali me incomodou. Me senti de volta à Mansão do Supervisor com o corpo dos meus pais e da minha irmã. Podia sentir o cheiro de morte. Tentei segurar Arikkad, mas ele disse que, se não comesse ou dormisse, estaria acabado. Iria primeiro e me faria um sinal se fosse seguro, mas eu lhe pedi que não fizesse isso. Eu ficaria do lado de fora, numa árvore, e ele não deveria mencionar minha presença. Sivaraman abriu a porta. Parecia relutante, mas deixou Arikkad entrar. Subi numa árvore com a pouca energia que me restava. Fiquei num galho a três metros de altura. Usei meu *mundu* para me amarrar e não cair. Apesar do frio e dos mosquitos fazendo a festa na minha carne, adormeci.

"Uma ou duas horas depois, acordei de repente, alerta. Um policial com um rifle se arrastava bem debaixo de mim! Ele não me via. Tinha estalado a língua, e foi esse som que me acordou. Dois outros agentes apareceram, então vi Sivaraman do lado de fora da casa, gesticulando que entrassem.

"Arrastaram Arikkad e o atiraram no chão, sob o olhar de Sivaraman. Prenderam suas mãos com tanta força que ele gritou. Tremi de raiva e medo, tinha certeza de que meus dentes batendo iam me entregar. Passaram bem debaixo de mim. Arikkad manteve os olhos no chão. Alguma coisa dentro de mim se partiu.

"Minhas pernas estavam dormentes, levei uma eternidade para descer. Fui até a casa e com a boca rente à porta falei: 'Sivaraman, você traiu um homem bom. Você não vai viver para gastar o dinheiro da recompensa. Quando sair, vamos estar te esperando'. Eu ouvi ele choramingar. Queria que morresse de medo. Depois, com as pernas bambas, fui atrás dos policiais, ficando sempre a uma distância segura. Apressados, eles se dirigiram a uma das estradas que correm pelos Gates e uma hora depois, bem quando o céu clareava, alcançaram a estrada e despencaram no chão, exaustos. Ofereceram uma banana para Arikkad. Me aproximei até onde tive coragem, me ocultando atrás de uma árvore. Se espirrasse, iriam me ouvir. Fiquei arquitetando planos para salvar Arikkad, todos eles suicidas. Eu não tinha armas nem forças.

"Pouco depois do amanhecer apareceram dois jipes. Um camarada grandalhão saltou todo animado, cumprimentado seus homens. Era o subcomissário. Foi correndo dar um tapa em Arikkad, que sorriu e disse alguma coisa. O subcomissário xingou e chutou Arikkad. Ordenou que os agentes algemassem seus tornozelos e cobrissem sua cabeça com um saco. Depois ouvi que discutiam perto do jipe. O subcomissário empurrou um dos agentes, o mesmo que tinha se arrastado embaixo da árvore em que eu estava, e puxou o revólver dele. Será que atiraria num colega? Não entendi nada. Mas Arikkad entendeu, mesmo encapuzado. 'Edo, subcomissário?', ele gritou. 'Seja homem. Tire meu capuz primeiro. É tão covarde assim? Não consegue me olhar nos olhos antes?'

"O subcomissário caminhou na direção de Arikkad, o passo forte. Era como se ele não estivesse numa clareira, mas num palco. Arrikad se esforçou para ficar de pé, apesar dos braços presos. O subcomissário arrancou o capuz e cuspiu umas palavras no ouvido dele. Arikkad riu.

"Então Arikkad, com os pés acorrentados, se virou e olhou para o local onde eu estava escondido! Ele sabia que eu estava lá e me queria de testemunha. 'Conte aos meus camaradas, conte ao mundo', era o que tentava me dizer. O subcomissário recuou três passos para tomar distância, o braço direito estirado como uma régua, o revólver apontando para o chão. Eu podia ver o rosto de Arikkad sorrindo. Aquele sorriso era mais poderoso do que qualquer arma. Arikkad gritou: '*Outros levarão a luta adiante!*'. Vi o braço do subcomissário se erguer. '*Vida longa à revolução...*'"

Mariamma mal consegue respirar, os olhos fixos no rosto iluminado pelo brilho fantasmagórico que entra pela janela.

"O tiro foi tão alto que ecoou nas rochas atrás de mim. Gritei. Com raiva. Com ódio. Tinha certeza de que tinham me ouvido. Meus ouvidos zumbiam. Os deles também, com certeza. Arrastaram o corpo declive abaixo. Nenhum dos agentes parecia feliz. Foi uma execução à queima-roupa. Botaram o corpo na traseira do jipe. Mesmo depois que partiram, o zumbido no meu ouvido não parava.

"Encontrei a banana escondida na rocha onde Arikkad tinha sentado. Ele havia deixado para mim, só pode ser. Eu chorava sem parar. De algum modo consegui arrastar duas pedras do mesmo tamanho para o ponto onde a terra estava manchada de sangue. Encontrei uma rocha longa e achatada, e botei essa pedra sobre as outras duas. Fiquei ali por um bom tempo, diante desse memorial, essa lápide dedicada a meu camarada de armas. *A resposta é sempre a mesma*, pensei sozinho, ao me afastar. *Siga pelo caminho reto até o fim.*"

66. A linha divisória

MAHABALIPURAM, 1971

Lênin logo adormece, como se, ao desafogar-se daqueles eventos horríveis, tivesse encontrado um respiro temporário. Já Mariamma não consegue dormir.

Olha pela janela e vê estrelas. Quantos anos-luz aquelas alfinetadas no firmamento negro viajam para chegar à sua retina? Lênin saberia dizer. O mar não está visível, mas ela ouve a rebentação contra esse trecho da costa de Coromandel. O golfo de Bengala se estende a leste por centenas de milhas até abraçar as Ilhas de Andaman e, por fim, a costa de Burma. Se ao menos a imensidão desses elementos — o céu, as estrelas, o mar — pudesse apagar o que Lênin lhe contou. Sente-se acachapada pelo que sabe agora.

Lênin parece em paz. Grande Ammachi admirava-se que um menino tão danado quando acordado pudesse parecer tão inocente dormindo. Ainda é assim. Ao descrever a cena dos agentes saindo da casa com Arikkad e passando debaixo da árvore onde ele se escondia, Mariamma tremeu incontrolavelmente. Depois da morte de Raghu, do fracasso dos ataques, Lênin disse que começou a questionar o que uma resistência armada seria capaz de realizar se todos os vilarejos oprimidos da Índia não se sublevassem em massa. Ele mal se juntara aos naxalitas e já tinha dúvidas. No entanto, ao testemunhar a execução de Arikkad, Lênin soube que tinha de continuar lutando, a despeito do que viesse a acontecer. Segundo ele, para ser eficaz uma resistência armada precisa de armas, e de um treinamento superior. Deixou escapar que sua próxima parada era Vizag. Mariamma apostava que essa viagem de Lênin buscaria remediar as deficiências do movimento.

Ela está exausta. Afasta-se da janela e se deita ao lado dele. A noite está esfriando. Ela puxa o lençol, bastante ralo, e cobre a ambos. O corpo dele está quente. Ele está ali, respirando bem pertinho, mas Mariamma já chora sua morte. Ele jamais poderá visitar Parambil nem comparecer a um casamento ou lhe escrever uma carta. Mesmo essa visita impulsiva é arriscada para ambos. Mas ela está feliz que ele tenha vindo. Se nunca mais voltar a vê-lo, pelo menos agora tem alguma ideia do que ele anda fazendo. Melhor que notícia nenhuma. A polícia não está no encalço dele, ele acha. Mas de agora em diante ele será sempre um fugitivo. Provavelmente morrerá ou será capturado ainda jovem.

Lênin se vira dormindo e põe um braço sobre ela. É suficiente para deflagrar nova leva de lágrimas. Ela chora até dormir.

Bem antes de amanhecer, Mariamma acorda e observa o peito dele subindo e descendo, a barriga se afastando quando a dela recua. Seus pensamentos lhe parecem límpidos, uma lufada fresca de ar depois de uma súbita chuvarada. Sabe que ama Lênin. Talvez desde sempre. Quando pequenos, brigavam e se provocavam, e... era amor. Recentemente, as cartas afetadas que escreviam desnudavam suas almas, e era amor também. "Amor" não é uma palavra na qual ela tenha se permitido pensar, muito menos usar, pois eles são primos de quarto ou quinto grau. A Condição não precisaria de uma base mais sólida. Mas agora a genética lhe parece uma religião na qual ela perdeu a fé.

Ele abre os olhos. Por um momento, o mundo se faz distante, e a palavra "naxalita" vive em outra parte, com outras pessoas. Agora só há os dois. Ele sorri. E então a realidade se intromete.

Ele a provocava dizendo que seus olhos eram sinuosos como os dos gatos. E que suas madeixas variegadas eram evidência dessa origem felina. Talvez nessa manhã seus olhos revelem todas as emoções que ela é tímida demais para articular. A mão que estava disposta sobre a dela agora acaricia seu rosto. Ela sente a barba dele, toca a cicatriz. Ele se aproxima. Por que se segurar agora, se nunca mais voltará a vê-lo? Mariamma beija, pela primeira vez na vida; beija o homem que ama. Os dois recuam depois do choque daquele gesto. A alegria, a surpresa no rosto de Lênin espelham os sentimentos dela. Se ela um dia tinha dúvidas, já não as tem. Ele também a ama. Não há por que se conter.

* * *

Adormecem nos braços um do outro, de pernas entrelaçadas, os corpos cobertos de suor. Só despertam quando o sol espanta as sombras de dentro do quarto e fica quente. O mundo lá fora sc intromete, mas eles não se mexem.

"Não quero que nada aconteça com você", ela diz. "Por que não pode ser assim para sempre?" Os seios dela pressionados contra as costelas dele. Ela agarra um punhado dos pelos do peito dele (*que outro propósito biológico poderiam ter, senão que servissem para que os segurássemos?*) e puxa até ele reclamar. "O que devo fazer agora, Lênin? Como vou viver num mundo sem você? Sem jamais voltar a pôr os olhos em você. Me perguntando se algum dia voltarei a te encontrar. Pensando se você está vivo ou morto. Não posso nem te escrever!" Ela luta contra as lágrimas.

"Ah, Mariamma." O tom de pena dele a irrita. Ela não estava mendigando piedade, e sim lamentando sua falta. Ela morde a língua. Ele não repara. E continua: "Mariamma, vamos casar! Venha comigo! Se você entrar para o movimento, podemos ter uma vida a dois. Seremos marido e mulher".

Ela reflete e então lhe dá um empurrãozinho, suas mãos buscando o lençol. Sente-se pelada demais. "Você escuta as coisas que diz?", ela sussurra. "Percebe a arrogância? Quer que eu abra mão da *minha* vida? Que te siga para a cova? Sabe por que tremi ouvindo você contar quando os agentes passaram embaixo da árvore? Estava aterrorizada, temendo que em seguida você dissesse que matou Sivaraman, pois se sentia no direito. Se estivesse armado, você teria matado, certo?"

"Mariamma…"

"Pare! Não diga nada. Dei tudo — força, sono, todos os meus dias — para estudar o corpo humano. Para curar, não para ferir, entende? Talvez até para um dia curar a Condição. Grande Ammachi rezava por isso todas as noites. Para *te* curar, seu idiota! Sabe por que acabei de me entregar a você? Porque sei que nunca mais vou te ver de novo. Mas, meu Deus, se acha que eu te seguiria nessa trilha de sangue, nesse caminho… estúpido que você escolheu, que não é nem de longe um caminho reto, então você não me conhece nem um pouco."

Lênin se estira de costas, castigado.

Mas ela ainda não terminou. Sacode o ombro dele. "Por que você não diz que vai desistir da luta e viver uma vida normal comigo, que sacrificará seus sonhos por mim? Pelo nosso amor…"

Ele olha para ela, seu rosto uma máscara de dor. "É tarde demais", ele diz, por fim. "Se soubesse o que você sentia por mim, talvez nunca tivesse escolhido esse caminho."

"Se não sabia, você é um *macku*. E digo mais: não há nada heroico nos seus atos. Quer ajudar os desvalidos? Seja assistente social! Ou entre para a política. Junte-se à porcaria do seu partido e dispute eleições. Mas, não, você ainda está no telhado esperando por um raio, brincando de Mandrake, o mágico. Cresça! Você não é melhor que seu pai." Aquilo é cruel, e ela sabe. Foi longe demais.

Eles escutam risadas do lado de fora, a voz aguda de uma mulher, e uma garota que responde. O som de um trator ou de um caminhão a diesel. Quanto Mariamma daria pelo *comum*! O comezinho seria precioso. O ordinário seria extraordinário com Lênin. Quem quisesse desaprová-los poderia sentar com as mãos cheias dessa desaprovação e fazer um curry com ela.

Ela enxuga lágrimas. "Me perdoa."

"Você está certa. Foi estupidez minha sugerir que você arriscasse a vida por algo que não é seu. E a recompensa é... Não há recompensa."

"Minha recompensa era você, Lênin. Mas não um Lênin escondido. Ou na prisão."

"Me perdoa", ele repete, baixinho.

Ela faz que sim com a cabeça. Deve. Precisa. O perdão é vazio, mas é tudo que pode oferecer ao homem que ama.

67. Melhor fora do que dentro

MADRAS, 1971

Ela não tem nenhuma esperança de rever Lênin, a não ser em alguma cela ou no necrotério, e ainda assim seu sentimento por ele só cresce. Precisa escondê-lo, deixar em salmoura como as conservas guardadas no *ara*. Mas fantasmas abundam em lugares assim, e o que fica engarrafado pode explodir.

Na segunda semana da prática médica em obstetrícia, ela acorda com enjoo. E esse mal-estar se repete nas manhãs seguintes. É uma luta tomar banho, se vestir e subir no riquixá de Gopal, que a observa com preocupação. Ele é perceptivo, porém discreto: nada dirá até que ela rompa o silêncio. Mariamma o contratou para, durante o mês inteiro, levá-la ao hospital Gosha e trazê-la de volta ao anoitecer.

O Gosha fica a três quilômetros da moradia universitária, perto de Marina Beach. Os únicos sons matinais são o rangido dos pedais, o grasnar das gaivotas e o murmúrio das ondas. Nesse horário o tempo é fresco. Logo mais o sol será um disco flamejante a se refletir na água, e o pavimento estará quente o bastante para fritar um ovo. Gopal vira na esquina do Depósito de Gelo de Madras. No passado, barras gigantes de gelo dos Grandes Lagos eram recobertas de serragem, transportadas por navios americanos e armazenadas nesse depósito para oferecer aos britânicos algum alívio contra o calor. O ar salgado impregnado do aroma de peixe seco é um duro teste para o estômago dela.

À distância, pescadores que partiram antes da aurora agora retornam. Suas cabeças avermelhadas balançando e o golpe sincrônico dos remos de madeira fazem-na pensar num inseto de cabeça para baixo debatendo-se na água.

Na praia de uma terra distante, ela imagina ondas que se sucedem naquele mesmo ritmo, produzindo o mesmo marulho quando quebram e recuam. Naquele lugar, imagem espelhada desse, vive outra Mariamma, uma Mariamma livre desse tormento. Essa outra está casada com um Lênin amoroso que não é naxalita e terá preparado chá para quando ela voltar do hospital. No quarto da moradia estudantil, ela conserva o *Guia dos céus*, que Lênin esqueceu em Parambil e que agora fica ao lado da preciosa edição de 1920 de *A anatomia de Gray* que foi de sua mãe — uma edição que não é para ser consultada, mas guardada como um tesouro. Os livros são seus talismãs, seus amuletos da sorte. Porém, se a fortuna é isso, Deus a livre de um dia experimentar o azar.

Seu pulso acelera ao ver a buganvília escalando os muros de pedra calcária do Gosha. As flores são de um vermelho placental. Ninguém as rega, Mariamma crê que suas raízes se alimentam de um destilado dos ralos da ala obstétrica, uma *aqua vitae* mais rica do que água e esterco. O sorridente Gurkha a cumprimenta no portão — ela nunca o viu de cara feia. Na entrada, a inscrição desbotada diz HOSPITAL REAL VITORIANO PARA MULHERES DE CASTA E DE GOSHA 1885. Mas sempre foi conhecido como "Hospital Gosha", "*gosha*" sendo sinônimo de "*burqa*" ou "*purdah*". Os britânicos o construíram para mulheres hindus de castas superiores (que jamais compartilhariam um hospital com intocáveis) e para muçulmanas de Triplicane, o bairro vizinho, que ficam isoladas no hospital e saem cobertas da cabeça aos pés. Ela ouviu histórias de muçulmanas às voltas com um parto obstruído que faziam barricadas nos quartos para impedir que os maridos as levassem a um hospital onde algum obstetra branco poderia tocá-las. Preferiam morrer. Mas os tempos mudaram. A obstetrícia já não é uma especialidade só de homens na Índia. Os colegas homens de Mariamma que se revezam na ala obstétrica reclamam de se sentirem párias, pois o local é dominado por mulheres. Além disso, ela teve sorte ao ser enviada para o Gosha, e não para o hospital e maternidade em Egmore — é uma bênção, já que apenas o Gosha tem na equipe a enfermeira Akila.

Uma mulher grávida e pálida passeia nas alamedas do hospital, apoiada pela mãe e pelo marido. Em seu passo vacilante, o barrigão acentua sua curvatura lombar. As contrações ainda não chegaram à frequência ideal, então a orientaram a caminhar. Toda manhã Mariamma vê essas personagens; às vezes imagina que se trata da mesma mulher, uma futura mãe num sári branco rústico de hospital, com aquela absurda blusa de manga longa. A adaptação do casaquinho e do corpete vitorianos não cai bem no calor paralisante. Agora que os colonizadores se foram, por que insistir nesse uniforme? A grávida nem vê Mariamma; só pensa em botar aquele bebê para fora. "Melhor fora do que dentro" é o lema da enfermeira Akila. A regra dos quatro Fs: "Flatulência, fluidos, fezes e fetos ficam melhores fora do que dentro".

Senhor, em seis meses, será minha vez? Meus sintomas são inequívocos. Ela não pode desabafar com ninguém, nem mesmo com Anita, sua colega de quarto.

Ao passar pelas portas vai e vem da ala obstétrica, Mariamma adentra uma fornalha; o cheiro forte e adocicado a acerta como um trapo molhado fumegante. Nessa manhã, gritos e maldições de uma só mulher imperam sobre tudo mais; seu marido é poupado de ouvir as imprecações, pois espera no pátio, com outros da tribo masculina, à sombra de uma árvore-da-chuva. Os protestos da mulher são interrompidos por um tapa, que soa como um disparo de rifle, seguido pela voz aguda da enfermeira: "Cala a boca! Você devia ter xingado assim nove meses atrás. Agora não adianta mais. *Mukku, mukku!*". *Empurre, empurre!* "*Mukku*" é a palavra mágica, o "abra-te, sésamo" da ala obstétrica que está na ponta da língua da equipe noite e dia. *Mukku!*

O fluxo diário de bebês proporciona aos estudantes de medicina uma rica experiência — Mariamma deu conta dos vinte partos normais obrigatórios nos primeiros quatro dias. O parto "normal" não é de especial interesse das residentes, que se demoram em sáris coloridos ao redor da mesa de madeira lascada, desvencilhando-se da inércia apenas quando as coisas *saem* do normal.

No púlpito branco, a enfermeira-chefe Akila, uma mulher baixota, de pele escura, esbelta e de traços angulosos, não se abala com nada, anotando as solicitações de medicação, o rosto liso de pó de arroz. Seu chapeuzinho de enfermeira se destaca contra um cabelo preto brilhoso. Por cima do uniforme branco há um avental bem passado, em tom de azul ciano, tão duro de goma que é capaz de desviar balas. Sua língua desanca qualquer um cujo trabalho ela considere descuidado, mas sua alma é amorosa e prestativa. Ao vê-la Mariamma se lembra de Grande Ammachi, embora as duas não pudessem ser mais diferentes. As rezas para Parvati, Alá e Jesus; os gritos repicando nas paredes azulejadas e sacudindo as janelas foscas; o miasma de sangue, urina e fluidos amnióticos emanando de pisos grudentos, permeando narinas, sáris, pele, cabelo e cérebro; as mesas de parto ao longo de cada parede; as cortinas verde-musgo que estão sempre presas, tornando comunal a experiência mais íntima — o que sua avó acharia daquilo tudo? Ela era forte e não ia se intimidar. Quanto à Mariamma, ela simplesmente ama aquilo!

O quadro-negro da ala obstétrica parece o quadro de chegadas e partidas na Estação Central, mas com anotações como "G3P2 RPM" (terceira *gravida*, ou gravidez; segunda *para*, ou nascimento vivo; e rotura prematura das membranas). Mariamma se aproxima pelas costas de Akila, porém a enfermeira tem olhos na parte de trás de seu quépi. "Escutem aqui, senhoritas!", ela grita. "A *dra*. Mariamma está aqui! Força total agora, ok? *MUKKU-MUKKU!*" Akila ri da própria piada. Ninguém dá atenção, exceto Mariamma, que se emociona ao ouvir a palavra "doutora" antes de seu nome.

"Olá, enfermeira", Mariamma diz, pondo um ramo de jasmim no púlpito. Comprou de uma anciã perto da moradia universitária, uma mulher que passa o dia preparando buquês numa velocidade que humilharia qualquer cirurgião. Sob a pele de seu rosto e de seu corpo há caroços horrendos, alguns do tamanho de bolas de gude, outros do tamanho de ameixas. A condição se chama neurofibromatose, ou doença de Von Recklinghausen, tumores fibrosos benignos que crescem a partir de nervos cutâneos debaixo da pele. Ao que parece, o célebre Homem Elefante, Joseph Merrick, sofria de uma variante da neurofibromatose.

"Ayo! Quem é que tem tempo para jasmim aqui?", pergunta a enfermeira, levando a flor ao nariz. Sorri. "Vá conferir a número três. Caso para fórceps. Guardei para você." Em seguida, grita: "ESCUTEM TODOS! HOJE VAMOS TER MUITO TRABALHO. POSSO SENTIR EM MEUS OSSOS!". Nunca houve um dia que não fosse cheio de trabalho, ou que a enfermeira não o sentisse em seus ossos.

A mulher malaiala no leito 3 tem um lençol de borracha laranja sob as nádegas, com uma mancha permanente de violeta de genciana, que foi herdada das inúmeras mulheres que a precederam. Quando Mariamma, de luva, abre o indicador e o dedo do meio no formato de V dentro do canal vaginal, seus dedos mal tocam as laterais do colo do útero; a mulher está totalmente dilatada. O quadro diz que está em trabalho de parto há sete horas, no entanto a cabeça do bebê ainda não se meteu para além do assoalho pélvico. Mariamma aplica o estetoscópio com aspecto de funil — o fetoscópio — à barriga distendida. Mesmo no silêncio absoluto, é difícil ouvir o feto. Akila diz que ela precisa "*imaginar* o coração do bebê" para diferenciá-lo dos batimentos cardíacos da mãe. *Imagine!* Subitamente, ela ouve, como as bicadas monótonas de um pica-pau. Menos de oitenta é preocupante — esse bebê está em sessenta. Agora é o coração de Mariamma que acelera.

"Enfermeira!", grita, mas Akila já providenciou o carrinho. O fórceps, recém-saído do esterilizador, ainda fumega. Os cintos do avental de plástico que Mariamma cata apressadamente ainda estão molhados do último usuário. Ela anestesia a pele vaginal com novocaína e faz a incisão. Pequenos jorros de sangue pulsante seguem a trilha da tesoura angulada de episiotomia. Mariamma só usou o fórceps uma única vez. As duas hastes são como colheres de servir curvas, com cabos longos e finos; quando as colheres (ou "lâminas") estão corretamente posicionadas, prendendo a cabeça do bebê, os cabos podem ser aproximados e travados. À altura em que o fórceps se faz necessário, a cabeça do bebê já está encharcada e inchada, e é difícil encontrar os pontos de referência. Usando o indicador e o dedo do meio como guias, Mariamma desliza a lâmina esquerda por sobre a cabeça do bebê, depois faz a mesma coisa com a direita. Reza para que as lâminas estejam pinçando um crânio de fato, não espremendo um rosto. Todavia, por mais que tente, não consegue juntar os dois cabos. Forçar pode esmagar o crânio. Quando está à beira do desespero, a mão da deusa Akila aparece por sobre seu ombro, faz um pequeno ajuste em uma das lâminas, e os cabos se articulam e travam. A enfermeira desaparece.

Só que a haste de tração que Mariamma tenta fixar ao cabo não conecta! Mais uma vez, a mão da deusa Akila surge por sobre seu ombro e completa o encaixe, apesar da incompatibilidade. Mariamma planta os pés no chão, pronta para puxar. Akila posiciona uma estagiária atrás da jovem para o caso de ela recuar quando a cabeça sair. Mariamma dá um puxão na contração seguinte. "*Ayo*, você chama isso de puxar, doutora?", grita Akila lá do outro lado da sala, sem olhar. "O bebê vai acabar arrastando você lá para dentro, de chinelo e tudo, se não fizer melhor do que isso." Mariamma se agacha e dá tudo de si. A cabeça do bebê empaca no promontório do sacro. "Enfermeira!", ela grita, com dentes cerrados. "Vai dar certo, *ma*", berra Akila do púlpito, e logo em seguida brada para outra pessoa: "Doutor, quando você finalmente terminar de costurar essa episiotomia, o bebê já vai estar andando!".

E *dá* certo, pois a cabeça subitamente aparece. Não fosse a escora da estagiária, Mariamma e o bebê teriam desabado no chão molhado. A criatura azul e frágil sofre a indignidade de uma cabeça em formato de ovo graças ao fórceps. Mariamma aciona freneticamente o sugador de muco na boca do bebê, sem resultado, depois assopra-lhe suavemente o rosto. Nada. A mãe olha tudo apavorada. Uma das dez mãos da deusa Akila se aproxima e dá um tapa no traseiro do bebê, que, com um soluço, deixa escapar um grito agudo. "Melhor, *ma*?", pergunta Akila, com um sorriso, o "melhor fora do que dentro" implícito. Mariamma fica tão feliz que tem vontade de berrar. Os pequenos punhos erguem-se no ar... Ela pensa subitamente em Lênin, e fica com vontade de chorar. "Olá, senhorita Mariamma", grita a enfermeira, agora perto da autoclave. "Se não quer cortar o cordão, então dê a tesoura para o bebê. Pare de sonhar!" Akila, que tudo vê, pode até ler mentes. Mariamma corta o cordão e se prepara para tratar a episiotomia. *Assim que eu terminar hoje, vou me abrir com Akila e contar tudo. Não posso suportar isso sozinha.*

Ao fim do expediente, Mariamma pergunta a Akila se poderia acompanhá-la. Hesitante, conta seu segredo. Akila explode de rir.

"*Ma*, toda estudante de medicina que vem para a obstetrícia acha que está grávida. Até alguns rapazes! Pseudociese, chamam. Mas digo: como vocês podem estar grávidas, se são virgens?" Akila racha de rir de novo.

"Enfermeira...? Não sou virgem", Mariamma diz, baixinho.

Akila olha para ela com novo interesse. Pega seu queixo e o vira para um lado e para o outro. "*Ma*, trabalho com isso desde antes de você nascer. Akila sabe quando uma mulher está grávida. Sei antes de Deus saber, antes mesmo da mãe. Maridos são idiotas, não sabem de nada, então esqueça. Mas Akila nunca erra. O corpo me diz. As faces, a cor, *ithu-athu*. Posso jurar que você não está grávida. Acredita? Claro que não! Então, vamos fazer um teste, mas só para você não ficar preocupada."

No banco de sangue, Akila recolhe uma amostra. "Mando para o laboratório com outro nome. Mas não vai dar nada, *ma*. Gravidez na cabeça, não no útero." Ela faz uma pausa. "*Dessa* vez. Na próxima vez pode ser no útero. Então, use a cabeça na próxima vez."

68. O cão do paraíso

MADRAS, 1973

Com o resultado negativo, seus "enjoos matinais" desaparecem. Mariamma sente-se como uma condenada que recebeu um indulto. A perspectiva de ser mãe solo de um filho cujo pai era um naxalita que nunca mais foi visto a deixara paralisada.

Está envergonhada demais para fazer uma segunda confissão à Akila: ficou decepcionada. Por que *não* engravidou? Há algo de errado com ela? Sua noite com Lênin não impressionou o universo? Um amor como o deles, aquela primeira intimidade tinha de deixar uma marca. Não é racional, ela sabe, mas o pensamento permanece mesmo quando ela já arruma a mala para o recesso de Natal. Vai para casa, finalmente. Uma visita por muito tempo protelada.

Quando tem o primeiro vislumbre de Parambil, ela admira a serenidade do lugar, tão afastado de todo o caos dos dois anos que passou longe. A fumaça saindo da chaminé, de um braseiro que nunca apaga. E lá está o pai dela, emoldurado pelos pilares da varanda, Anna *Chedethi* ao lado, como se os dois estivessem em vigília desde o dia em que ela partiu. Seu pai a abraça com tanta força que ela mal consegue respirar.

"*Molay*, sem você falta uma parte de mim", ele sussurra. Seu abraço transmite segurança, tal como quando ela era menina. Depois é Anna *Chedethi* que a esmaga. Ambos notam a cicatriz na testa, agora bem mais leve. Ela culpa o piso escorregadio do laboratório e um estilhaço de vidro. Não deixa de ser verdade, ainda que falte contexto.

Os fantasmas da avó e de Bebê Mol pairam sobre a propriedade, lembrando-a mais uma vez da razão de sua partida. Tudo que é, e tudo que deseja, começa nessa morada e em seus habitantes amorosos. Depois de voltar do Alwaye College para o funeral conjunto, só esteve ali uma única vez, uma estadia breve antes de começar o curso de medicina. Em ambas as ocasiões, a casa ainda parecia destroçada pelas mortes. Mas agora sente que seu pai e Anna *Chedethi* aprenderam a viver com a perda, estabeleceram uma nova rotina. Para Mariamma, isso só torna mais gritante a ausência daqueles dois amados pilares da morada — como um rasgo em um tecido que mais ninguém pode ver.

Anna *Chedethi* prepara seu prato favorito, *meen vevichathu*, o molho tão denso que poderia sustentar um lápis em pé. "A vendedora de peixe apareceu ontem. A velha — não a nora. A única coisa que tinha era esse *avoli*. 'Diga a Mariamma que trouxe esse camarada só para ela. E que estou com uma dor horrível no pescoço e nos braços. Os comprimidos do *vaidyan* são inúteis. Se eu jogasse no rio, seria melhor para mim, mas pior para os peixes', ela disse." Mariamma imagina a velha, os antebraços secos e empedrados, como se enxertados com as escamas de peixe que caem da cesta que carrega na cabeça. Agora seu presente jaz na panela de barro de Grande Ammachi, transformado num filé untado de vermelho, a carne branca desmanchando na boca, o curry tingindo de púrpura o arroz, seus dedos e o prato de porcelana.

Seu pai está ávido para compartilhar novidades que para ela não são novas... Ela sente a questão no ar, ressaltada pelos esforços de Philipose para ignorá-la. Ele espera que a filha termine.

"*Molay*, tenho que contar uma coisa que vai te chatear. Mas aqui só se fala disso." Anna *Chedethi*, que retirava os pratos, para e senta. "Lênin desapareceu", ele diz.

"Estive preocupada. Faz tempo que ele não me escreve." Outra meia verdade.

"Bem... Acredite ou não, ele se juntou aos naxalitas", seu pai declara.

O preço da mentira é sentir-se um verme. Ela o escuta recontar as notícias dos jornais sobre os ataques e a morte de Arikkad em fuga. "Toda essa história dos naxalitas parecia uma coisa tão distante, e de repente está aqui, em nosso colo", ele comenta.

Seu pai sempre foi um homem bonito. Mas pela primeira vez ela nota a pigmentação escura sob seus olhos, as linhas de preocupação na testa, o rosto murcho e o couro cabeludo brilhando sob o cabelo ralo. Ela se dá conta de que ele tem cinquenta anos, viveu meio século. Mas, ainda assim, por acaso o tempo em Parambil acelerou desde sua partida?

Quando uma filha se apaixona, talvez seja inevitável certo distanciamento do pai — o primeiro homem que teve seu coração deve agora competir com outro. Porém, no caso de Mariamma, são seus segredos que criam a distância. Anna *Chedethi* olha para ela com ansiedade, temendo que aquela revelação a despedace.

"Que notícia terrível", Mariamma diz, pois precisa falar alguma coisa. "Se ele aderiu aos naxalitas, então é mais estúpido do que imaginei. Se queria ajudar os pobres, por que não se filiar ao partido, concorrer nas eleições?" Era o que dissera a Lênin. "Que idiota. Jogar a vida fora!" Sua veemência os assusta. Será que exagerou?

"Bem", diz seu pai, depois de um tempo, "uma coisa é preciso dizer a favor dele: desde o dia em que pisou aqui, ele declarou suas intenções. O jugo no pescoço dos *pulayar* pesava no dele. Nós nos sentamos aqui e nos achamos muito iluminados, justos. Mas a verdade é que podemos estar cegos para a injustiça. Ele nunca esteve."

Se Lênin pudesse ouvir aquilo…

Quando Anna *Chedethi* vai tomar banho, Mariamma se vê sozinha na cozinha escura, repleta de aromas e memória. Relembra Damodaran metendo o olho imemorial pela janela, e Grande Ammachi fingindo irritação, repreendendo-o. Na semana em que a avó morreu, Damo desapareceu. Só ficaram sabendo depois. Unni esperou por ele semanas a fio, e nada. Ficou arrasado. Com certeza Damo foi fazer companhia a Grande Ammachi. Mariamma encontra a caixa de fósforos e acende um dos pequenos lampiões, daqueles que a avó preferia para levar consigo quando ia para a cama. A neta chora, imaginando aquele rosto amoroso à luz suave do lampião. Mas a matriarca está sempre com ela; essas lágrimas são para o passado, para os tempos inocentes em que sentava naquela cozinha e era alimentada por aquela mão amorosa, entretida por suas histórias, sabendo-se sempre amada.

Ela se recompõe antes de ir ao escritório de Philipose. Que saudade daquele cheiro de jornal velho e cadernos — e de tinta caseira! E do aroma tão familiar do pai, que cheira a sabonete de sândalo e pasta de dente de nim; saudade desse tempo ocioso ao fim do dia, quando ele lia histórias para ela. Por que, para apreciar uma coisa, era preciso perdê-la? Essa noite, contudo, a narradora é ela e o pai está louco para ouvir cada detalhe de seu mundo médico — a curiosidade dele é como uma mariposa, sempre procurando ficar perto de qualquer coisa que lance luz sobre um novo conhecimento. Ele exige todos os detalhes, e a filha os concede, descrevendo-lhe tudo... tudo, menos Brijee.

Quando vão dormir, Philipose diz: "Deve ser muito difícil ver tanto sofrimento todos os dias". E estremece. "Não conseguiria. Só a sorte e a graça de Deus nos mantêm a salvo dessas aflições. Somos tão abençoados, não?"

Impressiona-a que um homem que sofreu tanto possa se sentir daquele jeito. "Appa, sinto até vergonha em confessar que muitas vezes faço pouco disso. Antes tinha medo dos doentes, agora me concentro tanto na doença que às vezes mal noto a pessoa que sofre. Quando volto para casa depois de um dia de trabalho na obstetrícia, ou nas alas cirúrgicas, só penso em jantar ou ver se chegou alguma carta. Acho que nós, médicos, temos a ilusão de que fazemos um tipo de barganha com Deus. Cuidamos dos doentes e, em troca, somos poupados."

"Por falar nisso", diz o pai, entregando-lhe um papel. "Encontrei em uma das minhas leituras o juramento de Paracelso. 'Tenho que copiar para Mariamma', disse a mim mesmo." Em geral a caligrafia de Philipose é ilegível, mas o juramento foi copiado com capricho: "Pensei: 'Quero que minha Mariamma seja esse tipo de médica'." Ela lê: "Ame os doentes, cada um deles, como se fossem gente sua".

Naquela noite ela dorme na cama de Anna *Chedethi*, no quarto vizinho ao *ara*. Sente-se acolhida ao se aconchegar a essa mulher que lhe deu de mamar, que foi uma mãe para ela tanto quanto para Hannah. Anna *Chedethi* lhe conta que Joppan tem passado por tempos difíceis. Iqbal queria largar o negócio das barcas e se aposentar. Joppan comprou toda a operação com um empréstimo do banco, mas, para conseguir pagar, precisava trabalhar dobrado, expandindo as rotas, aceitando todo serviço que aparecesse. Pagava os funcionários generosamente, afinal, foi um deles. Porém eles também trabalhavam o dobro. Antes de Onam, na época mais atarantada do ano, os barqueiros e carregadores fizeram greve. Queriam sociedade na empresa. Joppan tentou argumentar. Queriam parte da dívida também? Não queriam saber, e Joppan se sentiu traído. "Lembra de um camarada do Partido por quem ele fez campanha e ajudou a eleger naquele distrito?", Anna *Chedethi* pergunta. "Bem, ele e o Partido ficaram do lado dos trabalhadores. Melhor sacrificar o voto de Joppan do que perder todos os votos dos trabalhadores. Joppan demitiu os funcionários e tentou contratar outros, mas os que foram demitidos afundaram uma das barcaças e tentaram tacar fogo no depósito. Em vez de ceder às demandas, Joppan fechou a empresa. Deixou que o banco ficasse com ela. Não sei quanto dinheiro conseguiu salvar, mas me preocupo." Mariamma acha que fome eles não vão passar, Ammini tem uma renda vendendo cestas de palha. E eles têm a propriedade. Além disso, talvez Podi pudesse ajudar, embora tenha se mudado para Sharjah com o marido. Mas de qualquer modo não era essa a vida que Joppan imaginava para si. Mariamma se surpreende que o pai não tenha mencionado nada daquilo. Decerto não quis expor o amigo.

Pela manhã, Mariamma pega um *thorthu* e sai. Quer ver as obras do hospital, mas antes visita o ninho. Inspira profundamente seu aroma amadeirado, seco. Cipós de videira avançam na direção do sol. Era isso que a mãe imaginava? Que a natureza renovasse e alterasse o ninho todo ano, a cada estação? Os dois banquinhos seguem ali, e ela senta num deles, apoiando o queixo nos joelhos e pensando em Podi, que se sentava na frente dela. Jogavam damas ou se revezavam no "Posso te contar uma coisa?", quando compartilhavam segredos que os adultos não queriam que elas soubessem. Às vezes Mariamma ia sozinha e fazia de conta que a mãe estava sentada no outro banquinho. Tomavam chá e conversavam sobre a vida.

A Mulher de Pedra está no caminho para o canal. Ela e Podi a descobriram por acaso, praticamente escondida sob o capim e os ramos de pimenteiras. Mariamma se emocionou pelo poder da escultura, sua presença sem rosto. A peça apequenava as duas meninas. E ainda o faz. Seu pai disse que era uma obra abandonada por sua mãe. Ela e Podi a libertaram, limpando o terreno em volta dela, e plantaram calêndulas. Mariamma pensava na Mulher de Pedra como outra encarnação da mãe, diferente daquela que lhe sorri na fotografia no quarto. Quando criança, deitava-se nas costas da Mulher de Pedra e imaginava que a força da mãe penetrava sua carne, como uma seiva brota de uma árvore. Agora se limita a correr as mãos pela Mulher de Pedra, numa saudação silenciosa.

Do outro lado do canal, o concreto para a fundação do hospital foi vertido. O andaime de bambu preso por cordas sugere uma estrutura maior do que ela imaginara. A jovem tenta visualizar como ficará o prédio. Alegra-a que o bracelete de ouro que doou na convenção esteja embutido ali de alguma forma, como parte da estrutura do hospital.

O canal foi recentemente alargado e dragado até a confluência com o rio. A superfície da água é um caleidoscópio verde e marrom; as folhas correm nela com mais velocidade, diferente do que Mariamma lembrava. Ela encontra um trecho mais discreto e se despe, em seguida desce pela inclinação de pedra, a sola dos pés deslizando no musgo, até que salta e mergulha de cabeça. A sensação de transição súbita é deliciosa, familiar, nostálgica e... triste. Esperava voltar no tempo ao mergulhar. Mas não é possível; o tempo e a água fluem sem parar. Ela emerge do mergulho muito mais adiante do que imaginava, surpreendida pela força da correnteza. A confluência se anuncia ruidosa à frente. Mariamma desvia, encontra um apoio e sobe para a margem. Não, não é o mesmo canal, assim como ela não é a mesma.

Ao fim do breve recesso, Philipose freta um táxi de turista para Mariamma, não para levá-los ao terminal de ônibus, mas até a estação de trem em Punalur, uma viagem de duas horas e meia. Sentam-se no banco de trás, com a sensação de nobres. Seu pai confidencia que a tarefa de administrar as terras o consome. "Nunca fui bom nisso. Se tivesse a paixão de Shamuel ou do meu pai, cultivaria mais terra e ganharíamos mais." Ele olha para a filha, meio sem jeito. "A verdade é que seu pai prefere a caneta à enxada."

Mariamma acha que ele está sendo modesto demais. Além de ser conhecido por suas desficções, uma ou duas vezes por ano escreve longas reportagens investigativas para a edição de fim de semana do *Manorama*.

"Então, venho conversando com Joppan para que ele administre Parambil. Tenho esperança. Ele vai deixar o negócio das barcaças, dá muita dor de cabeça. Anos atrás, quando Shamuel morreu, fizemos uma boa oferta — ele mesmo reconheceu que era boa. Ganharia lotes consideráveis de terra, mais do que qualquer parente nosso, e uma parte da colheita. Mas seu sonho era conquistar o mundo. Ou pelo menos os canais. Além disso, não queria que pensassem nele como 'Joppan *pulayan*', assumindo o lugar de Shamuel."

"E dessa vez você ofereceu alguma coisa diferente?"

"*Que bom* que perguntou. A propriedade um dia será sua, então é bom que saiba. Ofereci quatro hectares de imediato. Em troca, ele administra nossas terras por dez anos e leva dez por cento de toda a produção. Depois, quando Joppan cultivar a terra dele e ganhar dinheiro, se quiser, poderá comprar mais terra."

"É uma proposta generosa", Mariamma diz.

Seu pai parece contente. "Espero que ele também encare assim. A oferta que fiz tempos atrás era muito melhor, mas tanta coisa mudou. Me sinto mal por ele." Philipose olha através da janela em silêncio. "*Molay*, Joppan era nosso herói, nosso são Jorge na infância, sabia? O destino é uma coisa engraçada. Veja meu caso. Terminei a escola, tinha ambição de fazer faculdade, ver o mundo. Em vez disso, cá estou, onde comecei, e foi Joppan quem viajou o mundo. É em Parambil que me sinto completo. Joppan pode muito bem descobrir que justamente aquilo de que fugia pode ser sua salvação e sua felicidade. Você pode até lutar contra o destino, mas os cães te encontram. *Atentai, todas as coisas fogem de ti, pois tu foges de Mim!"*

Separar-se do pai na plataforma é doloroso. Ela sente culpa por tudo que escondeu dele. Seus segredos. Não consegue imaginar o pai com segredos, mas talvez até ele os tenha.

O longo abraço dos dois é diferente de outros abraços. Trocaram de lugar. Agora é ela quem deixa na plataforma seu filho, que terá de lutar por conta própria e que se agarra a ela. Quando o trem se põe em movimento, o pai segue ali, acenando e sorrindo, uma figura solitária e desolada.

69. Ver o que você imagina

MADRAS, 1974

Ao fim da residência em clínica médica, a dra. Uma Ramasamy, no Departamento de Patologia, chama Mariamma para uma reunião. A primeira reação da jovem é o receio de ter feito alguma coisa errada. Se bem que o curso de patologia acabou faz muito tempo. E o temor é logo substituído por certa empolgação. Uma Ramasamy é uma mulher divorciada de trinta e poucos anos, professora fenomenal. Todos os colegas de Mariamma têm uma queda por ela. Chinnah diz: "Ela tem *tema*", o que no jargão daquela faculdade significa ter domínio de campo. "Chinnah, você tem certeza de que é o 'tema' e não outra coisa que te atrai?" "O quê, *ma*? O Premier Padmini da madame?", ele retruca, inocente. "*Chaa!* Nada disso!"

Um Fiat Premier Padmini combina mais com a doutora do que o pesado Ambassador ou a baratinha Standard Herald. Rebatizados, esses três modelos estrangeiros são os únicos que podem ser construídos na Índia socialista; quem quiser qualquer outro carro deve estar disposto a pagar uma taxa de importação de cento e cinquenta por cento. O Fiat de Uma ostenta pintura personalizada em tom de ébano com capota vermelha, faróis extras, vidro fumê e um escapamento potente. E, coisa rara, ela mesma o dirige.

Quando a dra. Ramasamy deu sua primeira palestra para a classe de Mariamma no centenário Auditório Donovan, mesmo os alunos do fundão, que nunca paravam de cochichar, se calaram assim que aquela mulher alta e confiante adentrou a sala num jaleco de mangas curtas. Já começou falando de inflamação, a primeira resposta do corpo a qualquer ameaça, o denominador comum de todas as doenças. Em poucos minutos levou os estudantes para o centro da batalha: os invasores (bactérias causadoras da febre tifoide) são avistados pelas sentinelas no topo da montanha (macrófagos), que enviam sinais para o castelo (medula óssea e gânglios linfáticos). Os veteranos de batalhas anteriores com a febre tifoide (os linfócitos T de memória) são obrigados a se levantar, convocados a ensinar de modo apressado a conscritos inexperientes as habilidades necessárias para domar os invasores, armando-os então com lanças personalizadas, feitas especificamente para atacar e penetrar o escudo tifoide — em essência, os veteranos clonam seus eus do tempo de juventude. Esses veteranos de antigas campanhas tifoides também reúnem um pelotão de guerra biológica (os linfócitos B), que produzem rapidamente um óleo fervente único (anticorpos) para verter por sobre as muralhas do castelo; o óleo derreterá os escudos dos intrusos tifoides, sem prejudicar mais ninguém. Enquanto isso, tendo ouvido o chamado para a batalha, mercenários autônomos (neutrófilos), armados até os dentes, ficam de prontidão. Ao primeiro sinal de sangue derramado — qualquer sangue, amigo ou inimigo —, eles se lançam numa matança desenfreada... Enquanto caminhava na frente da lousa, a professora chutava a barra em dourado e fúcsia de seu sári vermelho. Mariamma lembrou das mulheres conjuradas nos desenhos da mãe; as linhas sinuosas de carvão comunicavam não apenas a dobra de um sári, mas a forma da mulher sob ele.

Uma placa de cobre do lado de fora do laboratório diz apenas CENTRO DE PESQUISA HANSEN. Aparentemente, a dra. Ramasamy não precisa inscrever seu nome na placa, algo incomum. O frio do ar-condicionado na sala faz Mariamma pensar nas lojas de sári no subúrbio afluente de T. Nagar, onde vendedoras puxam sem muito cuidado um sári atrás do outro, todos estupendos, desdobrando-os e cascateando-os diante da cliente. Mas, ali, refrigeradores cromados, banhos-maria, incubadoras, lustrosas bancadas de laboratório e centrífugas tomam o lugar das paliçadas de seda e algodão. Os olhos de Mariamma recaem sobre o microscópio binocular, que lhe dá água na boca. O aparelho conta com segundo binocular acoplado — para o professor —, de forma que mestre e aluno possam estudar a mesma lâmina, cuja base é iluminada por lâmpada. Comparada a essa beleza, o microscópio monocular de Mariamma, que só funciona perto de uma janela bem iluminada e com muita oscilação do espelho refletor, é uma carroça.

"Uma belezinha, não é?" A dra. Ramasamy veste um sári azul-oceano. Nas orelhas, botõezinhos de ouro. Ela aponta para os bancos altos perto do microscópio. Depois de alguns comentários preliminares, diz: "Então... Pedi que viesse porque gostaria de convidá-la para trabalhar em um projeto comigo sobre...".

"Sim-eu-amaria-senhora!", Mariamma responde, as palavras se atropelando.

A dra. Ramasamy sorri. "Não quer saber sobre o que é? Ou diz 'sim' para tudo?"

"Não-quero-dizer-sim, senhora." Mariamma não consegue conter os movimentos da cabeça. Deve estar parecendo uma garotinha muito tola. É preciso falar mais lentamente, como Anita sempre lhe diz.

"Seria para trabalhar numa pesquisa sobre nervos periféricos. Sobre hanseníase."

Por que não dizer simplesmente lepra?, Mariamma se pergunta.

"A tarefa é dissecar os membros superiores que preservamos de pacientes com hanseníase e expor por completo os nervos medianos e ulnares, e suas ramificações. Então fotografamos os espécimes macroscópicos antes de sacrificar os nervos e fazemos múltiplos cortes para examinar tudo microscopicamente. E enviamos a Oslo algumas dessas lâminas para tingimento e análise imuno-histoquímica."

Mariamma pensa nos leprosos da Convenção de Maramon, ou nos que viu pela estrada para Parambil — alienígenas, que mantêm distância enquanto pedem esmolas, chacoalhando canecas. Estremece ao pensar em dissecar um dos membros dessas pessoas. Talvez "hanseníase" seja mesmo um nome melhor.

"Fico honrada com o convite."

A dra. Ramasamy ergue a cabeça, o sorriso alargando-se no rosto. "Mas...?"

"Não, nada... Só por curiosidade, senhora, por que eu?"

"Boa pergunta. O dr. Cowper me recomendou você. Vi a dissecação que fez no concurso. Foi incrível o que produziu em duas horas. É exatamente o que preciso. Mas minhas amostras serão mais capciosas."

"Obrigada, senhora. Fico contente por não ter me escolhido por causa do..."

"Porque você esmagou as bolas de Brijee?", ela pergunta, com uma expressão seríssima. Mariamma explode numa gargalhada, em choque.

"*Ayo*, senhora!"

"Isso serviu como mais uma recomendação, para ser franca. Também estudei aqui. Tínhamos os nossos Brijees, embora ninguém tão tóxico. Infelizmente, alguns ainda estão por aí."

Mariamma começa no dia seguinte, retirando uma amostra de um tanque de formol que parece conter uma pilha de antebraços com suas respectivas mãos. Ela disseca rente à janela que tem a melhor luz. Caso necessite, na bancada há uma lupa à disposição. Deve encontrar os troncos dos nervos medianos e ulnares no antebraço e dissecar as ramificações que os conectam aos dedos, ou aos tocos, já que a amostra carece de dedos. Quando se aproxima do nervo, não pode usar nada muito agudo, como bisturi ou tesoura. Por quatro horas Mariamma escava, puxa e raspa com gaze enrolada no dedo, ou com o cabo do bisturi — "dissecação bruta", como se diz no jargão cirúrgico. Ela é igual a uma caçadora buscando um rastro. Os sinais são sutis, como certos sulcos tênues, mais escuros, produzidos na terra por uma minhoca. Sentada, curva-se sobre a amostra, tal como fazia quando bordava com Hannah. Freiras enclausuradas têm direito a esse tipo de hobby?

Depois de uma semana, pulsos doloridos e um pescoço travado, completa a primeira dissecação.

"Que maravilha!", diz Uma, quando a examina. "Contratei você porque não tenho tempo para fazer isso. Mas confesso que tentei. E fiz um trabalho de açougueiro! Qual é o segredo?"

Mariamma hesita. "Em parte, é minha visão. Aprendi a bordar muito nova. Descobri que podia fazer coisas muito ínfimas que Hannah — a menina que me ensinou — não conseguia, embora não tivesse problemas para enxergar. Nem tenho usado a lupa, porque fico tonta. Além disso…" Ela faz uma pausa. Quando tentou explicar aquilo à Anita, sua colega de quarto achou que ela havia enlouquecido. "Não quero parecer arrogante ou… louca. Porém, durante a dissecação anatômica, sentia que via as coisas de um jeito *diferente*. Digo, a turma podia observar um tecido fixado em formol todo achatado e esborrachado. Mas eu conseguia ver em três dimensões. Conseguia girar o tecido em minha cabeça. É algo que envolve mais do que saber o que eu *devia* ver — para isso, tínhamos o manual de dissecação à nossa frente. Eu era capaz de perceber como o tecido diferia da figura. Capaz de *imaginar ele* por inteiro, quase como se visse através dele. Depois disso, o desafio é trazer essa visão à tona, usando todos os sentidos. Presto atenção à resistência do tecido, à sensação, e mesmo à vibração ou fricção dos instrumentos ao se moverem por ele."

Uma pondera a questão. "Não se preocupe — não acho que esteja louca. Você tem um dom, Mariamma. Só assim para dissecar desse jeito. O cérebro tem capacidades extraordinárias. Em nosso entendimento simplista, colocamos cada função numa caixinha — área de Broca para a fala, área de Wernicke para interpretar o que ouvimos. Mas essa ideia de caixa é superficial. Simplista. Os sentidos se entrelaçam e transbordam de uma área a outra. Pense no membro fantasma. A perna é amputada, porém o cérebro sente dor em um membro que não está lá. Então posso imaginar seu cérebro pegando o sinal visual e fazendo algo diferente com ele."

Mariamma pensa na Condição. Com o conhecimento de anatomia e fisiologia que tem, especula que a Condição deva envolver partes do cérebro associadas à audição e ao equilíbrio. Talvez, para aqueles afetados, a imersão na água leve os sinais a transbordar para áreas cerebrais que deveriam estar fora do alcance — o oposto de um dom. Ela precisa interrogar Uma sobre isso, mas, antes, a doutora fala.

"Vi alguns de seus desenhos. Você desenha bem."

"Não muito. Queria ter os dons artísticos de minha mãe."

"Que tipo de arte ela faz?"

"Bem, não faz. Mas fazia… Nunca conheci minha mãe. Ela se afogou logo depois que nasci."

"Ah, Mariamma!"

A tristeza na voz de Uma faz a jovem sentir um jato de dor. Não pela mãe. Como poderia sofrer por alguém que não conheceu? E jamais superará a dor pela perda de Grande Ammachi, que era mãe, avó, a pessoa de quem recebeu o nome, tudo isso em uma só. Mas estar perto de Uma Ramasamy, dada a sua idade, e natureza dinâmica e vibrante, oferece à Mariamma um vislumbre do que seria uma conversa com a mãe se ela não tivesse se afogado.

Uma se levanta, aperta o ombro de Mariamma.

As aulas, a prática clínica, as dissecações e os livros mantêm a mente de Mariamma ocupada. Vira e mexe ela sente o ímpeto absurdo de escrever para Lênin, que, claro, está inacessível. As únicas cartas que ela recebe agora são do pai, cheias de notícias de casa. Joppan concordou em ser o administrador de Parambil, e logo no primeiro dia foi como se ele estivesse na função desde sempre. Philipose diz que, pela primeira vez, pode respirar. E há certo drama envolvendo o Senhor Melhorias e o fundo para a construção do hospital. Podi trabalhava para o Senhor Melhorias, ajudando-o na contabilidade. Depois que ela foi embora, ele contratou uma nova assistente, que aparentemente desviou dinheiro. A confusão está sendo resolvida, mas, por ora, o pobre homem está suspenso, ainda que seja inocente. O caso não afetou as obras:

Os muros estão quase prontos. Dei uma olhada e me sinto num sonho diante de um belo prédio moderno aqui, em nossa Parambil. Quem dera Grande Ammachi pudesse ver. Tem o dedo dela nisso. Talvez veja, sim. Com certeza sabia que estávamos perto disso. Anna Chedethi *envia lembranças. Temos muito orgulho de você.*

   Seu Appa que te ama

Em um sábado, quando Mariamma está trabalhando nas dissecações, Uma passa por lá, e as duas conferem juntas alguns dos primeiros cortes no microscópio binocular. "Penso muito em Armauer Hansen. Tantos cientistas olharam para tecidos com lepra pelo microscópio antes dele, mas não viram o bacilo. Não é muito difícil de ver! É que os anteriores tinham decidido ser impossível que aquilo existisse. Às vezes precisamos *imaginar* uma coisa para então encontrar essa coisa. Isso, por sinal, aprendi com você!"

Aquilo envaidece e inspira Mariamma a se esforçar ainda mais. Sente-se atraída por Uma. Quando menina, sonhava acordada, pensando na mãe voltando para casa, coberta de joias, sempre numa carruagem, o cabelo esvoaçando, a mãe livre do feitiço que a manteve adormecida por anos a fio. Geralmente essas fantasias lhe vinham sempre que estava com a Mulher de Pedra, ou no ninho, pois Elsie estava viva naquelas criações, viva em seus esboços e pinturas — uma artista interrompida que voltaria a qualquer momento. Mas, com o passar dos anos, a Bela Adormecida nunca voltou, as pinturas continuaram incompletas. Uma, sua vibrante mentora, que respira, cheia de vida, uma mulher que, como Mariamma descobre, compete em corridas de automóveis e está reconstruindo um motor com as próprias mãos, é mais real do que qualquer desenho, mais real do que qualquer relíquia de pedra sem rosto em Parambil.

Mariamma reserva uma passagem de ida para casa, onde passará uma semana de recesso. Dois dias antes de ir, está no laboratório, preparando a dissecação para ser fotografada, quando sente uma presença atrás dela.

Vira-se. Uma está parada à porta, uma banda do corpo para dentro, com uma expressão estranhíssima, os olhos lacrimosos. O primeiro pensamento de Mariamma é que Uma andou pescando no tanque de formol e a fumaça a fisgou.

Em câmera lenta, como uma sonâmbula, Uma flutua até Mariamma e lhe toca suavemente os ombros.

"Mariamma", ela diz, "aconteceu um acidente."

70. Mergulhe

COCHIM, 1974

Philipose passa uma rara noite longe de Parambil, no famoso Hotel Malabar, em Cochim, cortesia do jornal. Propôs um artigo com um ponto de vista diferente sobre Robert Bristow, homem que era visto como santo naquela cidade portuária, e o editor gostou da ideia.

Bristow, engenheiro naval, chegou a Cochim em 1920 e viu que, apesar do pujante comércio de especiarias, o local estava fadado a ser sempre um porto de menor envergadura por causa de um banco de areia rochoso e um rebordo gigantesco que só permitiam a passagem de pequenos barcos. As embarcações tinham de ancorar ao largo, passageiros e mercadorias seguiam de bote até a praia. Bristow levou a cabo uma façanha de engenharia tão formidável quanto o canal de Suez: removeu os obstáculos e, no processo, gerou quantidade de rochas e sedimentos suficientes para criar a ilha Willingdon. Os navios agora contam com um porto em águas profundas situado entre o continente e a ilha, que hospeda o aeroporto de Cochim, secretarias do governo, empresas, lojas e o magnífico Hotel Malabar.

Philipose janta ao ar livre no hotel, contemplando o largo canal que corre entre a ilha Vypin e o forte de Cochim e deságua no mar Arábico. Diverte-o — dada sua questão com a água — ver-se acomodado numa terra que antes era água. Ele está ali porque um biólogo mal-humorado andou azucrinando o

Homem Comum, convidando-o a explorar o que a façanha de engenharia de Bristow fez com o equilíbrio ecológico do lago Vembanad, que se abre para o oceano naquele ponto. Os canais e remansos, que são o sangue vital de Kerala e se alimentam do lago, estão expostos à água salgada. "Um dano imensurável ocorreu às comunidades bentônica, nectônica e planctônica", disse o homem, por carta. "E como a dragagem ocorre o ano inteiro, o dano é constante. A preciosa ostra-de-pedra, *Crassostrea*, é vital para uma cadeia alimentar que vai das larvas de peixe a peixes adultos e crianças com cérebro em desenvolvimento!" Philipose não é avesso ao argumento: viu questões semelhantes com a construção de represas, o desmatamento de florestas de teca ou a mineração — consequências acidentais existem. Os pobres habitantes dos vilarejos cuja vida pode ser afetada raramente têm voz para questionar de antemão esses projetos. Uma vez que o dano está feito, o que dizem pouco importa.

Philipose não se apressa para terminar o jantar, depois do qual lhe é servido um brandy, cortesia do chef que, como ele fica sabendo, é um admirador do Homem Comum. Sente a brisa delicada lhe acariciando o cabelo como os dedos de uma mulher. Bem que gostaria que Mariamma estivesse com ele naquele hotel!

Estou nas franjas do meu mundo, ele pensa. *Não irei mais longe que isso.*

Ele fareja a história naquela brisa. Holandeses, portugueses, ingleses… Todos deixaram sua marca. E todos se foram. Sombras. Seus cemitérios foram tomados pelo mato, seus nomes ilegíveis nas lápides, desbotados pelo vento. Que marca *ele* deixará? Qual há de ser sua obra-prima? Sabe a resposta: Mariamma. Ela é sua obra-prima.

Depois do jantar, levanta-se com movimentos cuidadosos, não está acostumado ao brandy. Os turistas que mais cedo se sentaram a uma longa mesa esqueceram um livro numa cadeira. Não, não um livro, mas um catálogo pequeno, bonito, impresso naquele tipo de papel pesado que convida ao toque. Ele o pega. Na capa, uma fotografia em preto e branco de uma grande escultura de pedra ao ar livre.

Retoma a sobriedade num instante. O mar se põe imóvel, a brisa cessa, as estrelas param de brilhar.

Os ombros e braços da figura na capa são agigantados — é uma mulher, mas uma mulher sobre-humana. Lembra uma figura de barro primitiva, com peitos cheios e pendentes. As escápulas parecem asas achatadas contra o corpo. A pele deliberadamente áspera. Está em quatro apoios, mas estende um braço. Seu rosto está oculto, ainda preso na pedra.

Philipose sente as entranhas revirarem e um arrepio que lhe sobe pelos fios de cabelo: as proporções agigantadas, a postura, a atitude — aquilo tudo é Elsie.

Cambaleia para o quarto e, num transe, estuda o catálogo à luz do abajur. O índice lista aquela figura como "#26, artista desconhecido". É o catálogo de leilão de peças de uma casa em Adyar, pertencente a um ricaço inglês — um "orientalista" que acumulou uma coleção de pinturas indianas, arte folclórica e esculturas. A casa de leilões Messrs. Wintrobe & Sons preside o leilão, em Madras. Ele se debruça sobre cada página, estudando os demais itens. Não vê nada mais de Elsie. Teoricamente, aquela escultura poderia ser um trabalho realizado antes do casamento deles. Ou quando ela foi embora, depois da morte de Ninan. Mas intui que não.

Ele volta à capa. A pedra rústica e intocada onde o rosto está enterrado é uma opção deliberada. Ele começa a suar, sente um ímpeto de escavar o papel, abrir à força a pedra para revelar o rosto.

Philipose caminha de um lado a outro, tentando entender o que não faz sentido.

Nunca encontraram o corpo. Na ausência de um corpo, tiramos nossa conclusão.

Quando Elsie se afogou ele estava lá, mas perdido em fantasias opiáceas de reencarnação, em seguida afundado em recriminações. Ao retornar da floresta, depois que Shamuel, Joppan, Unni e Damo o arrastaram para lá, viu-se sóbrio, com o pensamento claro. Cheirava as roupas que Elsie deixara às margens do rio. Inalava seu novo aroma depois da longa ausência. A fragrância do sofrimento. Ele nunca quis aceitar que a esposa se entregara ao rio, tirando a própria vida, pois, se assim o fosse, ele teria sido o culpado. Não, havia sido um acidente. Em seus pesadelos deparava-se com um corpo em decomposição, longe de Parambil, destroçado por crocodilos e cachorros-do-mato.

Mas, em todos aqueles anos, nunca considerou *outra* possibilidade que não o afogamento; nunca imaginou um cenário em que uma Elsie viva, respirando, existisse no mesmo universo que ele, ainda praticando seu ofício. Razões para fugir dele não lhe faltavam. Mas da própria filha? Não, com certeza não.

Oh, Elsie. Com que tipo de animal você se casou, se a única forma de viver sua paixão era sacrificar Mariamma?

O leilão acontecerá em dois dias. O catálogo até pode falar em "artista desconhecido", mas em duas décadas de trabalho num jornal aprendeu que o "desconhecido" muitas vezes é apenas o não revelado.

Ele precisa ir a Madras. Durante todos aqueles anos, essa cidade foi o símbolo de seu fracasso. Nem mesmo a presença da filha lá conseguiu fazê-lo subir num trem. A ideia ainda o deixava sem ar e suando.

Mas agora vai. *Precisa* ir. Não apenas para encontrar uma resposta, mas para corrigir erros passados.

Na manhã seguinte, o escritório do *Manorama* em Cochim consegue o impossível. Algumas horas mais tarde, retira seu bilhete no guichê de reservas. Está trêmulo, as palmas das mãos úmidas. Philipose dirige-se a si próprio: *Vamos subir naquele trem e acabou.* De volta ao Hotel Malabar, escreve uma carta para Mariamma.

Minha querida filha, logo mais embarcarei em um trem para Madras. Estarei aí ao amanhecer. É provável que eu chegue antes desta carta. Mas você mesma disse que, depois de todos estes anos, se eu aparecesse sem avisar, você provavelmente morreria de susto. Daí estas palavras para dizer que estou a caminho. Tenho muito a contar. A viagem de descoberta não tem a ver com novas paisagens, e sim com novos olhos.

Seu Appa que te ama

Na hora de embarcar, ao ver seu nome numa lista fixada no vagão, lembra de quando esteve naquela mesma plataforma com o Senhor Melhorias. É como se toda a sua vida ainda estivesse por acontecer: ele ainda está para conhecer a garota dos óculos escuros que será sua esposa; Grande Ammachi, Bebê Mol e Shamuel estão vivos; Ninan e Mariamma ainda não nasceram e seguem à espera de serem chamados...

Sobe no trem como um viajante experiente, levando apenas uma maleta com o caderno de anotações e uma muda de roupas. "De nada", ouve-se dizer, magnânimo, ajudando uma mulher a enfiar uma mala embaixo do banco. O trem arranca. Ele ri com os demais quando uma *kochamma* grita da plataforma: "E não se esqueça de lavar as cuecas, *kehto*! Não leva no *dhobi*". Os universitários no cubículo ao lado gritam: "Qual o problema, *ammachi*? Deixa o cara em paz!".

A viagem começa alegre. Seus novos amigos de cabine debatem se é melhor pedir um jantar em Palakkad ou esperar até Coimbatore, como se a vida dependesse de pequenas decisões como aquelas. Se espanta quando se ouve emitir uma opinião, fingindo experiência. *Seu covarde!*, pensa. *Toda aquela confusão que você fez para não visitar Madras! Tudo que precisava era que Elsie voltasse do reino dos mortos.*

Ao anoitecer, as encostas verdejantes dos Gates Ocidentais silenciam os passageiros, suspendendo as conversas. Ele olha pela janela, perdido em pensamentos. *Se você mudou, Elsie, eu também mudei. Aprendi a ser firme. Levei minha filha para a escola todos os dias, até que ela me proibiu. Li histórias para ela todas as noites. Mariamma é uma leitora, graças a Deus, e não há nada que aprecie mais do que se enfiar num livro. Decretei as quartas como noite de música carnática da All India Radio, mas ela preferia ópera da BBC — uns sons horríveis. Ah, Elsie, você perdeu tanta coisa da vida de nossa filha! Não realizei nada demais nesta vida, sou o primeiro a admitir. No entanto, que feito poderia ser maior do que nossa filha? Você não precisa se explicar nem nada do tipo. Elsie, estou indo pedir desculpas. Dizer que queria poder rebobinar o fio de nossa vida. Eu era diferente naquela época. Sou outra pessoa agora.*

Quando entram no primeiro túnel, a luz tênue do compartimento dá ao vagão um clima fantasmagórico, e o ruído do trem sobre os trilhos amplifica-se estrondosamente.

Nunca deixei de pensar em você. Em como você era quando nos conhecemos e em nosso primeiro beijo... Converso com sua foto toda noite.

Mas Elsie, Elsie — e essa escultura? Terá sido feita no ano em que você foi embora de Parambil? Senão, significa que você está viva? Talvez preferisse pensar em você morta, para não ter que encarar meu comportamento terrível. Porém, Elsiamma, se você está viva e se escondendo, mostre a sua cara. Tem muita coisa pra ser dita...

Logo o trem cruzará um rio sobre uma longa ponte de treliça — ele ainda lembra dela, depois de tantos anos, e estremece ao recordá-la, pois à época levou um grande susto: quando o trem chegou à ponte, o ruído rítmico das rodas nos trilhos transformou-se de súbito num zumbido agudo, e quando ele olhou para fora, o trem parecia navegar sobre as águas, sem nada que o sustentasse. Na ocasião seu jovem eu quase desmaiou. Agora seria melhor estar dormindo quando chegassem à ponte.

Ele sobe para o leito — o mais alto — e se estira. Naquele espaço confinado, a visão do teto a centímetros do nariz evoca um caixão. Fecha os olhos e conjura o rosto de Mariamma. Ela compensou suas ambições frustradas, sua solidão, as imperfeições de seu antigo eu. *Não temos filhos para realizar nossos sonhos. Os filhos nos permitem deixar para trás os sonhos que nunca realizaríamos.*

Ele está quase dormindo quando um baque agudo vindo de outro vagão o desperta, seguido por um tremor que atravessa sua cabine. Seu corpo salta do beliche. *Isso é estranho!* A cabine gira ao redor. Philipose vê uma criança suspensa no ar e um adulto que passa voando. O compartimento explode com gritos e rangidos de metal. Ele é lançado contra o teto, só que o teto agora é o piso.

As luzes se apagam. Ele tomba na escuridão, afundando sempre mais, sente o estômago na boca, como na viagem com o barqueiro e o bebê agonizante, mil anos atrás.

Ouve-se um baque estrondoso, e no impacto o compartimento se abre. A água inunda a cabine. Por reflexo, ele respira fundo, insuflando o peito instantes antes de ser engolfado pela água fria. Desliza para fora do vagão partido. É tudo tão familiar. *Olhos abertos!*, Shamuel lhe ordena.

Philipose nota uma mancha vagamente escura, igual a uma baleia, logo abaixo dele — é seu vagão que afunda. O ar em seu peito o leva para cima. Alcança a superfície e puxa uma nova lufada de ar; sentindo o mundo rodopiar, agarra-se a um objeto duro que boia perto dele, mas uma ponta aguda corta sua mão. Agarra-se desesperadamente a outro, que flutua. Olhos abertos, a tontura cessa.

O silêncio é mortal. Ele lança um olhar sobre a superfície da água, iluminada por uma luz fantasmagórica, pontilhada por bagagens, roupas, chinelos e cabeças. A ponta de um vagão irrompe, embicando acusadoramente na direção do céu, e afunda.

Dos dois lados, as paredes escarpadas de uma ravina se estreitam, emoldurando uma faixa de estrelas. Ele vê o resquício partido da ponte de treliça. A água está fria. Philipose não sente dor, mas sua perna direita não responde. Uma luz atrás dele! Vira-se devagar, mas é apenas a lua crescente, indiferente a tudo. Agora ouve um coro que se ergue, os gritos dos sobreviventes. Uma mulher berra "Shiva! Shiva!", outra grita "Deus! Meu Deus!", mas o deus dos desastres não se comove, e as vozes se afogam no silêncio.

Uma figura imóvel flutua perto dele, o rosto submerso na água, um emaranhado de pano e cabelos longos, o corpo torto numa posição impossível que faz Philipose recuar.

O objeto ao qual ele conseguiu agarrar-se é um assento encharcado. Mal chega a boiar. Ele nada com o braço livre, surpreendendo-se quando consegue avançar. Não há corrente, apenas morte e escombros flutuando na calmaria. Ele move a perna direita e agora sente um choque de dor.

"Appa! Ap...!"

O grito da criança vem de algum lugar atrás dele. Uma garotinha ou um menino? Ou uma alucinação?

Com um gesto se vira com a boia volumosa. Na superfície espelhada Philipose avista uma cabeleira partindo-se sobre dois grandes olhos apavorados, grandes como duas luas, olhos que perdem o foco, o pequeno nariz e os lábios gorgolejando debaixo d'água, erguendo-se brevemente para tentar gritar, enquanto pequenas mãos desesperadas escalam uma escada invisível. É a luta da criança para respirar que o galvaniza. É o bebê do barqueiro de novo. A cabecinha afunda e desaparece. Ele ouve um urro no fundo da garganta ao patinar naquela direção, mas, ah, ele se move muito devagar, a dor na perna o atrasa. *Appa!* É o grito da criança, de todas elas. No momento menos oportuno, vem-lhe um entendimento: o rosto que tanto desejava ver, o da Mulher de Pedra, não foi feito para que ele o visse. Que importa? Morremos mesmo quando estamos vivendo, somos velhos mesmo quando jovens e nos agarramos à vida mesmo quando aceitamos deixá-la.

No entanto, aquela criança afogada para a qual se dirige dá a chance a ele, um homem comum, de fazer algo de relevante. *Ame os doentes, cada um deles, como se fossem gente sua.* Ele escreveu aquelas palavras de Paracelso para a filha. Aqui, um pouco além de seu alcance, há uma criança, não a sua, mas ele deve amar todas como se assim fosse. Talvez essa criança já não possa ser salva, como ele mesmo, porém não importa e ao mesmo tempo importa terrivelmente. Philipose nada e se debate de modo furioso, o homem de uma perna e de um braço só, o homem que não sabe nadar, buscando a criança fora de seu alcance. Sua mão roça pequenos dedos, mas eles já lhe escapam, afundando.

Philipose respira fundo, tragando nos pulmões os céus, as estrelas e as estrelas além dessas, e *Senhor, Senhor, meu Senhor, onde está Você? Respiro para que me dê fôlego, o hálito de Deus...* Pela primeira vez na vida, livre de indecisões, livre de dúvidas, está absolutamente certo do que deve fazer.

71. Os mortos hão de se erguer intocados

MADRAS, 1974

Ela tem em mãos uma carta fechada do pai. Suas lágrimas borram o endereço escrito naquela caligrafia impossível que o carteiro sempre consegue decifrar.

Nessa carta o pai está vivo.

Naquela manhã, no necrotério, não estava.

Do lado de fora daquele lugar, uma multidão raivosa de parentes clamava por notícias. Em seus rostos contorcidos, incrédulos, Mariamma viu-se a si própria. A mesma garra os reunira ali, como a um punhado de folhas secas; a mesma foice lhes cortou à altura dos joelhos, arrebatando os entes queridos. Repelindo os demais enlutados, um guarda permitiu que Mariamma, de jaleco branco, se espremesse pelas grades de metal. "Por que ela pode ver o corpo e nós não?"

O corpo. Aquela palavra era um golpe de cacetete.

Uma a esperaria no necrotério, mas, como não a viu, Mariamma caminhou pela sala cavernosa, sem que ninguém a impedisse em meio à confusão de corpos estirados pelo chão e sobre macas de metal. Então viu uma determinada mão, tão familiar quanto a sua, pendendo sob um lençol de plástico. Aproximou-se, segurou a mão fria e descobriu o rosto dele. O pai parecia em paz, como se repousasse. Tomada de emoção, quis um cobertor para ele, não aquele lençol de borracha, e também um travesseiro, para que a cabeça do pai não descansasse no metal frio e duro. Não estava morto. Era um engano. Não, só precisava dormir, era isso; depois do descanso, ia se sentar e sairia com ela daquele necrotério barulhento... Suas pernas ficaram bambas, a sala escureceu e os sons emudeceram. Num reflexo, agachou-se ao lado da maca, a cabeça entre os joelhos, ainda agarrando-se à mão dele, chorando incontrolavelmente. O mundo havia acabado.

Aos poucos, os sons da sala retornam. Ninguém lhe deu a menor atenção. O caos era grande, todos choravam, alguém gritava tentando restaurar a ordem. Depois de um bom tempo ela se pôs de pé. Entre lágrimas perguntou ao pai o que o fez embarcar naquele trem. Por que *aquele* trem? Ele sabia que logo mais ela iria para casa, então por que vir?

Uma Ramasamy, de avental, encontra-a conversando com o pai. Uma e todos os demais patologistas da equipe estavam ocupados ajudando o médico legista assoberbado a lidar com a enxurrada de corpos. Uma a abraçou, chorou com ela. Quando Mariamma perguntou, Uma disse que o lençol de borracha ocultava um joelho espedaçado e uma laceração profunda no tronco à esquerda. Mariamma não queria ver aquilo.

Tinha consciência de que Uma precisava trabalhar e não podia ficar com ela o dia todo. "Nunca imaginei que falaria disso aqui ou nessa situação, mas tem que ser agora. É importante, é sobre meu pai, sobre minha família. Tem alguns minutos, por favor?"

Uma a ouviu, o rosto imóvel, atenciosa, as sobrancelhas erguendo-se de surpresa.

"Farei isso", a professora disse. "Pessoalmente. É preciso assinar alguns papéis."

No quarto, com mãos trêmulas, e Anita ao lado, ela abre a carta do pai.

Minha filha querida.

Ela lê uma, duas vezes. O pai diz que está de partida para encontrá-la. Mas não diz por quê. "*A viagem de descoberta não tem a ver com novas paisagens, e sim com novos olhos*"?

As palavras não fazem sentido. Mariamma aperta a carta contra os lábios, tentando entender. Captura o aroma da tinta caseira do pai: a fragrância inequívoca do lar, do solo de laterito vermelho que ele tanto amava.

* * *

Dois dias depois, em Parambil, quando Mariamma retorna com o corpo do pai, ela e Anna *Chedethi* agarram-se uma à outra como duas almas afogadas. Anna *Chedethi* é mais do que uma parente de sangue: agora é o último sobrevivente da família da jovem médica.

Joppan está logo atrás de Anna Chedethi, seu rosto duro como pedra quando toma as mãos dela, os olhos como se planejassem vingar-se do Deus que levou seu melhor amigo. Nem Anna *Chedethi* nem Joppan sabem por que Philipose subiu naquele trem.

Ela mal reconhece o saco de ossos que se aproxima para consolá-la: é o Senhor Melhorias. Seu pai foi o único a apoiá-lo depois do escândalo que envolveu uma funcionária ladra, embora tenha sido constatado que o desvio de dinheiro foi mais um prejuízo do banco, o fundo para a construção do hospital permaneceu praticamente intocado. Ninguém julgou o Senhor Melhorias com mais severidade do que ele próprio. Ainda assim, é a pessoa certa para momentos iguais a esse: as necessidades dos outros, a missão de organizar e executar um funeral, aquilo lhe dá um propósito. "Estou de coração partido, *molay*", ele diz. Ela se afasta para conversar com o motorista da van que leva o corpo.

No dia seguinte, na igreja, há muitos rostos que ela não reconhece, admiradores do Homem Comum que vieram prestar condolências. Uma mulher que, em aparência, poderia ser irmã de Grande Ammachi, mas recurvada, de bengala, diz: "*Molay*, rimos e choramos com seu pai por um quarto de século. Nosso coração está partido por você". E lhe dá um abraço apertado.

Mariamma guarda um segredo que nenhum dos enlutados pode saber: o corpo do pai no caixão teve todas as vísceras removidas, o abdome e o tórax são uma concha vazia. Uma extraiu também toda a coluna, inserindo um cabo de vassoura no lugar. Os que testemunharam mais cedo o caixão aberto não viram a longa incisão atrás da cabeça, de orelha a orelha, pouco abaixo da linha do cabelo. O couro cabeludo foi puxado para frente, e a calvária foi aberta para remover o cérebro. Depois o crânio e o couro cabeludo foram restaurados. Normalmente não se realiza uma autópsia cerebral no contexto de um desastre e com tantas vítimas, sobretudo se os pulmões indicam afogamento. E mesmo assim Uma conduziu pessoalmente uma autópsia naquela vítima. No entanto, nenhuma autópsia explicará por que o pai de Mariamma subiu no trem.

Philipose será enterrado ao lado do pai, de Grande Ammachi, de Bebê Mol, JoJo e de seu amado filho, o irmão de Mariamma, Ninan, no solo vermelho que os alimentou e que eles amavam. Se os restos mortais de sua mãe um dia forem encontrados, ela também descansará ali. Como a própria Mariamma.

Ela se pergunta o que Grande Ammachi diria do corpo desfalcado do filho. *Sim, a trombeta tocará e os mortos ressurgirão incorruptíveis; e nós seremos transformados.* Sua avó acreditava naquilo literalmente? Talvez sim. Se Deus pode erguer os decompostos, então certamente poderá reconstituir Philipose, ainda que seus restos mortais estejam divididos, jazendo em costas opostas.

Descem o caixão. A terra bate na tampa com uma nota tão cabal que ela descobre um novo reservatório de lágrimas. Mais tarde, de volta à casa, a família estendida de Parambil se reúne: todos os adultos ali a conheceram quando criança, muitos deles agora já bastante velhos. Os gêmeos são anciãos, ainda mais parecidos naquele estado recurvado, com bengalas iguais e cabelo ralo. Decência *Kochamma* não está ali; está de cama, com oitenta e tantos anos, sem força nem maledicência. Dolly Kochamma, da mesma idade da concunhada, tem rugas, mas conserva o aspecto e a mobilidade de uma mulher ágil de seus cinquenta anos, correndo para lá e para cá, ajudando Anna *Chedethi* a servir a comida. Mariamma vê o rosto das crianças com quem cresceu, alguns quase irreconhecíveis como adultos. Faltam os dois que talvez lhe trouxessem mais consolo: Lênin e Podi. Na tradição dos cristãos de São Tomé, não se costuma fazer uma eulogia ao pé da sepultura, no entanto agora, encerrado o enterro, aqueles reunidos na casa olham para Mariamma com expectativa, antes de o *Achen* fazer uma oração. Ela fica de pé, de mãos juntas, encarando-os. Ocorre-lhe então que é só quando nosso pai e nossa mãe estão mortos que deixamos a infância. Ela já não é uma filha. Acabou de virar adulta.

"Se Appa pudesse ver vocês agora, ficaria tomado de gratidão. Pelo amor de vocês por ele e pelo apoio que têm me dado. Meu pai sentia tanto amor por Ninan e tanto amor por minha mãe. Porém não teve chance de amar os dois por muito tempo. Verteu todo esse amor represado sobre mim, que recebi mais desse sentimento do que a maioria das filhas recebe ao longo de muitas vidas. Fui abençoada. Agradeço a todos por estarem aqui, por me darem força. Tentarei seguir em frente. Todos devemos. É isso que ele gostaria de ver."

Na manhã do funeral, o jornal que Philipose tanto amava publica sua coluna pela última vez. Sob seu nome e fotografia as únicas palavras são: *O Homem Comum*, 1923-74. Debaixo disso, a coluna está vazia. Uma moldura preta enquadra o vazio.

72. A doença de Von Recklinghausen

MADRAS, 1974

Mariamma escreve a Uma Ramasamy para avisar quando deve voltar. A doutora telegrafa: *Traga a genealogia que mencionou. Tenho algo para mostrar a você.*

Duas semanas depois do funeral, ela embarca para Punalur no trem noturno — uma rota diferente da que o pai seguiu. Não consegue dormir, ansiosa. Por que Uma não disse logo o que encontrou?

Ela chega a Madras no começo da manhã. Às onze está na sombria e inquietante Sala de Amostras de Patologia, esperando por Uma. As centenas de amostras preservadas nas prateleiras, usadas por examinadores para apertar estudantes nas provas orais de anatomia, patologia, e toda especialidade médica, fitam-na fixamente.

A médica chega, abraça Mariamma, toma uma curta distância e se põe a estudá-la, para ter certeza de que a jovem está inteira. Desiste de encontrar as palavras certas e a abraça de novo. "É a genealogia?", pergunta, por fim, enxugando os olhos e apontando a folha do tamanho de um pôster, enrolada como um tubo.

"Uma cópia, o original está se desfazendo. Está em malaiala, mas traduzi o que pude."

Como sacerdotisas responsáveis pela proteção de uma fé, debruçam-se sobre as vidas de Parambil. Mariamma resume o que sabe: o crucifixo sobre linhas onduladas é para os afogados; linhas onduladas sem crucifixo indicam aversão à água. As anotações sugerem que pela quinta ou sexta década de vida alguns daqueles que sofriam da Condição experimentaram dificuldades para caminhar ou tonturas. Há muitas referências à surdez. E três menções à fraqueza parcial do rosto, incluindo uma relacionada a seu avô.

"Não vejo um padrão mendeliano simples de hereditariedade. É curioso que afete mais os homens que as mulheres!", diz Uma.

"Bem... talvez não. Como as mulheres se afastavam ao se casar, há poucos registros do que acontecia com elas depois. Faziam parte de outra família dali em diante. É como se o casamento as fizesse desaparecer." *Como minha mãe*, ela pensa.

"Obrigado por trazer essa genealogia, de qualquer modo. É uma ajuda imensa." Uma se recosta no apoio da cadeira. "Então... Mariamma, na autópsia geral, não havia lesões suficientes para causar a morte de seu pai... Ele se afogou." Ela faz uma pausa, esperando Mariamma absorver o fato. Não fosse a Condição, o pai poderia ter nadado para a margem.

Depois de um tempo, Mariamma faz um sinal para que Uma continue. "Antes de fazer a autópsia cerebral, conversei com o dr. Das, neurologista, e contei o que sabia. Ele estava comigo quando removi o cérebro. Vimos uma coisa. A verdade é que a descoberta crucial quase me escapou. Era sutil, e foi bom ter sua história em mente e também a presença do dr. Das. Vamos ao laboratório e vou te mostrar", ela diz, levantando-se.

No corredor, Uma diz: "O cérebro precisa de pelo menos duas semanas para enrijecer em formol, de preferência mais. Pincei o órgão assim que chegou aqui. O manuseio é seguro, mas ele não está pronto para ser seccionado". Como ritual patológico, secciona-se o cérebro com uma faca e uma tábua, tal como se faz com um pão. "O dr. Das vai nos encontrar no laboratório. Está pronta?"

O Laboratório de Estudos Cerebrais parece um armazém retangular ladeado de prateleiras; ao fundo, um janelão que vai do piso ao teto. As prateleiras estão atulhadas de baldes de plástico, como tintas numa loja de equipamentos de construção. Dentro daqueles baldes, porém, há cérebros ainda não duros. Um cérebro fresco, quando removido, é mole e tomará a forma de qualquer recipiente que o acolha. Para reter o aspecto original enquanto endurece, passa-se um fio através dos vasos sanguíneos na parte de baixo, em seguida o cérebro invertido é suspenso em formol, amarrando-se o fio a uma trave acima do balde.

O dr. Das já está lá, um senhor discreto e recurvado. Numa bandeja na mesa à janela, coberto por um pano verde, como uma massa em processo de fermentação, jaz o cérebro do pai de Mariamma.

Depois das devidas apresentações, Uma olha para Mariamma e então remove o pano. O cérebro é um pouco maior que um coco descascado. Na parte de baixo, como o caule de uma couve-flor, vê-se o tronco encefálico. Pendendo logo abaixo, como cadarços desamarrados, os nervos cranianos que Uma seccionou para remover o cérebro do crânio. Aqueles nervos levavam os sinais de olhos, ouvidos, nariz e garganta a Philipose, permitindo-lhe ver, sentir cheiros e sabores, engolir e ouvir. Expandindo-se como um cogumelo sobre o tronco encefálico e apequenando-o, estão os dois hemisférios cerebrais. Parece um cérebro qualquer, mas não é: aquele era depositário de memórias, de todas as histórias que o pai escreveu e daquelas que poderia ter escrito; naquele cérebro residia o amor que sentia por ela. E ele guarda a razão misteriosa que o levou a Madras.

Uma diz: "Como disse, não vi nada de anormal num primeiro momento, mas então...". Entrega uma lupa para Mariamma. "Olhe aqui, onde o nervo facial e o nervo acústico estão prestes a penetrar o tronco encefálico. Consegue ver esse pequeno caroço amarelo no nervo acústico? Em qualquer outro cérebro e sem o dr. Das comigo, eu talvez não desse muita importância, ainda mais porque vi o mesmo do outro lado. Contudo, levando em conta o histórico familiar, ele me pareceu significante. Extraí uma pequena amostra de um dos caroços antes de mergulhar o cérebro em formol. Fiz uma secção de tecido congelado e, ontem, um exame de coloração mais permanente na amostra. Vi células fusiformes, dispostas em paliçadas. É um neuroma acústico."

"Isso explica a perda de audição", Mariamma diz.

O dr. Das limpa a garganta e declara: "Sim". O corpo do neurologista de voz suave flutua dentro de um jaleco de mangas curtas. "Neuromas acústicos não são malignos no sentido usual. Não se espalham. Apenas crescem muito lentamente. Mas, nessa fenda apertada entre o interior do crânio e a parte de fora do tronco encefálico, algo do tamanho de um amendoim é como um elefante entocado dentro de um guarda-roupa, não é? O tumor começa naquelas fibras nervosas acústicas que recebem sinais de equilíbrio do ouvido interno, do labirinto. Porém, ao crescer, pressiona as fibras que afetam a audição, como você notou. Crescendo ainda mais, tensiona os nervos faciais e adjacentes, provocando a fraqueza de um lado da face..." Ele faz uma pausa.

"A maioria dos pacientes que diagnostiquei com neuroma acústico só tem o tumor em um dos lados. Mas, como seu pai tinha nos *dois lados*, e graças ao histórico familiar, ele provavelmente tinha uma *variante* da neurofibromatose, a chamada doença de Von Recklinghausen. Conhece?"

Ela conhecia. A velha que vendia jasmins em frente à residência universitária tinha a doença de Von Recklinghausen. A profusão de caroços sob a pele originou-se nos nervos cutâneos. As partes visíveis do corpo da mulher estavam completamente cobertas de protuberâncias parecidas com cogumelos, embora não parecessem incomodá-la.

"Mas meu pai não tinha caroços na pele, nada."

"Sim, eu sei", diz o dr. Das. "Porém, veja, há uma variante da neurofibromatose que apresenta poucas ou nenhuma lesão e provoca neuromas acústicos dos *dois* lados. Às vezes apresenta tumores benignos característicos em outros lugares. Eu, na verdade, penso ser uma doença diferente da de Von Recklinghausen, mas, por ora, as duas são agrupadas juntas. Não há muitos relatos de hereditariedade. Sua família é um caso raro."

Meia hora depois, a dra. Ramasamy e o dr. Das se foram. Mariamma pediu para ficar sozinha no laboratório por um momento.

Os baldes nas prateleiras são os espectadores da cena. Ela fecha os olhos. Com os pés firmemente plantados no piso, não vacila. Seu pai não conseguiria fazer aquilo: talvez tropeçasse. Mas ela pode ficar de pé, de olhos fechados, graças aos labirintos, os órgãos de equilíbrio enterrados no crânio — um de cada lado. Dentro de cada labirinto, três canais circulares cheios de fluidos, como anéis que se conectam em certa angulação, registram o movimento do fluido no interior, determinando assim sua posição no espaço; eles enviam aquela informação ao cérebro por meio do nervo acústico. No caso do pai, os sinais eram interrompidos por esses tumores.

Das falou dos labirintos como "prova da existência de Deus". Quando criança, Mariamma gostava de rodopiar como um dervixe e ficava tonta ao parar. Isso acontecia porque o fluido nos labirintos, naqueles canais circulares, ainda girava, dizendo ao cérebro que ela continuava rodopiando, embora seus olhos dissessem que não. Os sinais conflitantes a faziam cambalear como uma bêbada e lhe davam até ânsia de vômito. Rodopiar como um dervixe não era uma brincadeira da qual Lênin ou o pai pudessem participar. Eles já viviam com sinais conflituosos.

Como Philipose recebia sinais incertos ou *nenhum* sinal de seus labirintos, ele deve ter compensado essa deficiência, inconscientemente, valendo-se dos olhos para ver o chão e encontrar o horizonte. Além disso, dependia da sensação sob os pés, que lhe dizia estar em terra firme. No escuro, quando não podia ver bem nem observar o horizonte, ou sempre que seus pés entravam na água e não tinham onde pisar, perdia-se.

O dr. Das disse que um novo procedimento, ainda em teste — tomografia axial computadorizada, ou CAT scan — permitiu incríveis imagens transversais do cérebro. Neuromas acústicos pequeninos como os de seu pai podiam ser diagnosticados cedo. Mas, mesmo se o tumor de Philipose tivesse sido diagnosticado no último ano, a não ser que estivesse causando sintomas consideráveis, como paralisia facial, dor de cabeça ou vômito, devido à pressão elevada no cérebro, ninguém consideraria cirurgia. A operação é rara e arriscada, reservada para tumores grandes. Nesse caso, os neurocirurgiões faziam uma abertura do tamanho de um envelope na parte de trás do crânio, logo acima da linha do cabelo, movendo o cerebelo para o lado a fim de alcançar o tumor, que ficava enterrado num campo minado de estruturas críticas — grandes seios venosos, artérias cranianas vitais — e com outros nervos cranianos dobrando-se sobre ele, além de estar bem perto do tronco encefálico.

Mariamma sente a presença de Grande Ammachi espiando tudo lá de cima, chocada com a visão do cérebro do filho. Será que a avó consegue relevar a terrível violação do corpo de Philipose e alegrar-se com esse novo entendimento? A Condição agora tem um nome médico e uma localização anatômica, que explica seus estranhos sintomas: surdez, aversão à água e afogamentos. O inimigo foi encontrado, mas a vitória parece-lhe vazia. Que importa o nome? De que serve aquele conhecimento, se a ciência e os procedimentos cirúrgicos não avançarem, se não garantirem a uma criança vítima daquela desordem uma vida normal, sem riscos de afogamento, ou perda auditiva, ou sintomas ainda piores na velhice?

Três gerações de nossa família estão nesse laboratório, pensa Mariamma. Quando Grande Ammachi acendeu o castiçal de sete velas na noite em que sua homônima nasceu, ela disse ao *kaniyan*: "Nunca haverá outra como minha Mariamma, e você nem imagina as coisas que ela fará". Na infância, sempre que contava essa história, a avó dizia que havia acendido o castiçal para que ele iluminasse o caminho da menina. "O que vou fazer, Grande Ammachi?", Mariamma pergunta em voz alta, tal como o fez tempos atrás. Ela ouve a resposta da avó: "O que você imaginar".

Ammachi, eu me imagino enfrentando esse inimigo que afogou meu pai, um inimigo que o derrubou mesmo depois de ele ter sobrevivido a um desastre de trem. Me imagino conquistando esse território abarrotado na base do cérebro, fazendo dele meu campo de batalha, me dedicando a conhecer com mais profundidade esses tumores. Levará anos de treinamento, mas é isso que imagino, Ammachi, nunca estive mais certa disso — serei cientista e cirurgiã.

* * *

Terminada a graduação, Mariamma passa mais dois anos em Madras — um ano de residência obrigatória, alternando entre todas as especialidades; o outro com o pomposo título de "cirurgiã-residente-chefe". Só quando completa os dois anos se qualifica para uma vaga na especialização em neurocirurgia.

Decidir ser neurocirurgiã é muito mais fácil do que conseguir uma vaga em um dos poucos programas de treinamento neurocirúrgico do país. Mariamma tem notas excelentes, uma medalha de ouro em anatomia, cartas de recomendação de peso, e à ocasião já conta com dois artigos publicados em conjunto com Uma (um deles sobre lepra; o outro, um estudo de caso sobre o neuroma acústico do pai e sua figuração em uma só família ao longo de várias gerações). Contudo, ainda que não se diga abertamente, muitos centros são refratários ao ingresso de mulheres na neurocirurgia.

No último instante, ela é aceita no melhor e mais antigo programa de neurocirurgia: o do Christian Medical College, em Vellore, a apenas duas horas e meia de trem, a oeste de Madras. Fundado por Ida Scudder, médica missionária americana, o Christian Medical College foi a primeira clínica feminina e, depois, a primeira faculdade de medicina para mulheres, antes de virar uma instituição de educação mista. Tornou-se um incrível centro de referência, com uma equipe de médicos dedicados. Igrejas de variadas denominações apoiam a instituição, fornecendo bolsas a estudantes.

A entrada de Mariamma tem um porém. Como se candidatou para uma das vagas "patrocinadas", isto é, com bolsa oferecida por sua diocese em Kerala, ela precisa cumprir serviço obrigatório de dois anos em algum hospital missionário *antes* de começar a especialização. Na sequência, quando tiver obtido o título de neurocirurgiã, precisará servir por mais dois anos, também num hospital missionário, antes de se aventurar por conta própria.

Sete anos depois de pisar pela primeira vez no Forte Vermelho, ela deixa Madras, com um adeus lacrimoso para Anita, Chinnah, Uma e tantos outros. Começará o período de dois anos em um hospital missionário de quatro andares, novinho em folha, mas ainda desmobiliado: segundo consta, o local ainda receberá o melhor equipamento possível. Ela será a primeira, e, por ora, a única médica por lá.

A localização desse hospital missionário fica a dois passos de onde sua avó acendeu o castiçal por ocasião de seu nascimento: o distrito de Parambil.

PARTE NOVE

73. Três regras para uma possível noiva

PARAMBIL, 1976

Sob a guarda de Joppan, Parambil tornou-se um Éden verdejante, uma fazenda-modelo, com bananeiras e mangueiras vergando sob o peso dos frutos, jovens coqueiros ostentando suas prendas como robustos colares de luxo. Uma fonte extra de renda é propiciada pelo laticínio a pleno vapor, que vende leite para uma empresa de câmaras frigoríficas. Dois primos mais jovens de Joppan trabalham como assistentes permanentes. Nos últimos dois anos em que Mariamma esteve em Madras, Joppan de início escreveu cartas mensais, listando gastos e renda. Passados seis meses, por solicitação dele, contrataram um contador temporário. Parambil vai bem.

A casa, contudo, não esconde a idade: há uma intrincada rede de rachaduras no cimentado vermelho do piso; as paredes de teca oca imploram uma demão de verniz. Mariamma leva Anna *Chedethi* a Kottayam para que ela escolha tinta para a casa inteira e selecione ventiladores de teto, novas pias e acessórios, um fogão de duas bocas e um gerador reserva. Anna *Chedethi* só titubeia quando entregam uma geladeira. "*Ayo, molay!* Que faço com isso? Como ela vai me ouvir? Ela fala malaiala?" Na primeira vez que Mariamma lhe traz um copo gelado de suco de lima doce, com cubos de gelo tilintando na superfície, Anna *Chedethi* se converte. Agora carnes, peixes, legumes e leite poderão ser preservados por muitos dias.

O Hospital Missionário Malaiala Mar Thoma é o edifício mais alto em um raio de muitos quilômetros. É cercado por um muro caiado, no qual os avisos de NÃO COLAR CARTAZES estão cobertos por anúncios do Partido do Congresso e do Partido Comunista. Em frente ao portão principal, há um ponto de ônibus e a casa de chá de Cherian. Mais adiante, um edifício retangular abriga o Armazém Frigorífico de Kunjumon, o London Tailors e o Brilliant Tutorials. Mariamma se esforça para lembrar do tempo em que ali só havia terrenos repletos de árvores — nas quais ela e Podi subiam.

Raghavan, o pobre vigia, está rouco de explicar aos pacientes ansiosos que, sim, o hospital parece pronto, mas ainda não pode atender. Se o chamam de mentiroso, ele mostra o interior carente de mobília, os equipamentos empilhados por toda parte, alguns doados por missões internacionais. Certa noite, Raghavan acorda Mariamma às duas da manhã por causa de uma criança que ele crê sob perigo mortal, com asma severa. E está certo. Sem a adrenalina de Mariamma, a criança não teria sobrevivido.

A médica menciona esse episódio na reunião semanal do conselho; o bispo, que é o chefe do conselho, não demora a mobiliar a sala onde ocorre a reunião. Enquanto ela tenta explicar a urgência de um pronto-socorro com equipamentos básicos, os presentes escutam educadamente, mas logo passam, sem comentários, à tarefa mais urgente: decidir o tamanho da placa inaugural no lobby e quais nomes devem ser inscritos nela.

Mariamma deixa a reunião fumaçando de ódio e se surpreende ao encontrar Joppan do lado de fora, tragando um *beedi*. Ele a acompanha no escuro, ouvindo suas queixas. "Parece piada! Nesse ritmo, o hospital talvez não abra nunca." Cruzam o portão da ponte particular para pedestres que atravessa o canal e leva a Parambil. Quando chegam, Joppan diz: "*Molay*, nada está acontecendo porque o Senhor Melhorias não está lá. Ele saberia lidar com aquela gente. Vou mandar uma mensagem para ele". Só depois que ele se vai é que Anna *Chedethi* lhe explica que Joppan foi ao hospital para escoltá-la de volta para casa, pois já escurecera. É o que o pai de Mariamma teria feito.

Os rumores de que o Senhor Melhorias só se aventura fora de casa altas horas da noite e prefere a companhia de fantasmas à de humanos devem ser verdade, pois Anna *Chedethi* já está dormindo quando ele aparece. Mariamma compartilha suas frustrações em relação ao hospital e capta certa satisfação nele ao ser informado do caos administrativo que impera. Ela implora para que ele fale com o conselho.

"Nunca! Só se me pedirem pessoalmente. Ainda me culpam por aquela mulher que tentou desviar dinheiro do fundo." Mariamma garante que ninguém o culpa. "*Aah*, é isso que as pessoas *dizem*. Mas, se eu apareço para o chá, contam os grãos de arroz no *ara* depois que vou embora. É assim que as pessoas são."

Ela suplica, evocando o nome da avó e do pai, porém ele bate o pé.

"Serei seu conselheiro particular, só isso. O que você tem que fazer é o seguinte. Primeiro, não perder tempo pedindo alguma coisa ao conselho. *Aadariyumo angaadi vaanibham?*" *A cabra entende o negócio do açougueiro?* "Faça uma lista dos remédios e equipamentos necessários e eu envio um pedido à empresa de produtos médicos em Kottayam em seu nome, com instruções para que a fatura seja encaminhada ao bispo. Em segundo lugar, Raghavan, seu vigia, é um camarada decente. Eu que arranjei esse emprego para ele. Dê a Raghavan um maço de papéis em branco e diga para ele pedir a toda pessoa que aparecer lá para escrever algo, uma ou duas linhas, e assinar, com o endereço. Se não souberem escrever, basta a assinatura. Enviaremos as cartas para o *Metropolitan*. Umas dez ou vinte cartas bastam para que o bispo comece a sofrer um pouco. Por fim, foi bom você ter me falado da placa. Sei quem é o fornecedor e vou descobrir o preço. Então ligo para a secretária do bispo fingindo ser jornalista e pergunto: 'É verdade que uma criança quase morreu de asma porque vocês não podem gastar dez rupias em remédios, mas pagam vinte mil rupias numa placa?'."

"Em um minuto, você conseguiu mais do que eu conseguiria em um mês", Mariamma diz. "Precisamos de você."

"Não foi nada", ele diz, mas fica contente. "Sabia que eu que dei o nome 'Hospital Missionário Malaiala Mar Thoma'? Flui na língua feito mel, não é? Mas, antes mesmo de botarem as lajes o povo já tinha abreviado para 'Hospital Yem-yem-yem'." A letra M na língua malaiala soa como *Yem*. E os malaialas amam acrônimos. "Depois começaram a falar 'Hospital *Triplo* Yem'. Pode? *Triplo Yem*! Parece pomada para hemorroidas." Ela não confessa que ela própria se refere assim ao hospital, o apelido pegou.

Ao partir, ele diz: "Aliás, quando o bispo perguntar sobre a fatura, diga apenas que, como ele vinha pedindo creme para cabelo, talco Cuticura e vitaminas para uso próprio e listando esses itens como 'suprimentos essenciais', você achou que não haveria problema em acrescentar alguns produtos essenciais para salvar vidas".

Tendo o Senhor Melhorias nos bastidores, o Triplo Yem começa a ganhar forma, com eletricistas montando equipamentos e o térreo sendo mobiliado. Uma sala na entrada torna-se pronto-socorro, e um espaço grande nos fundos, com uma área de espera do lado de fora, vira o departamento para doentes de atendimento externo. O hospital conta com quatro leitos hospitalares em uma "enfermaria" apenas para emergências. A sala de cirurgia está pronta, equipada com uma iluminação de primeira — é tanta lâmpada que parece o olho de um inseto. Mas a seleção de instrumentos — todos doados — é bizarra: há tudo de que se precisa para uma operação de catarata e para procedimentos dentários, porém só o mínimo para uma cirurgia abdominal. Mariamma tem uma enfermeira noturna, uma diurna e um assistente que preside um pequeno ambulatório.

O único artigo que não falta, desde o início, são pacientes.

Quando a seção de atendimento externo abre, famílias inteiras, vestidas com suas melhores roupas, vão em excursão ao Triplo Yem, tal como se fossem à Convenção de Maramon. Certa manhã, uma *kochamma* senta sorrindo, silenciosa, no banquinho em frente à Mariamma, depois de esperar uma hora inteira na fila. Quando a médica pergunta por que ela foi até ali, ela faz um gesto rápido com o pulso: "Oh, *chuma!*" *Simplesmente vim!* "Meu filho e a esposa estavam vindo, então pensei: *O que há lá? Por que não vou também? Aah.* Já que estou aqui, por que não me dá aquela injeção laranja?"

Mariamma é forçada a inaugurar a sala de operação antes do tempo: aparece uma cesárea de emergência à meia-noite, o bebê corre risco. Tão logo mãe e médica entram na sala de operações, a enfermeira noturna sente as pernas bambas e vai sentar a um canto. Mariamma recorre à Joppan, que está ali porque Raghavan tem ordens explícitas de buscá-lo sempre que a médica for convocada depois do anoitecer. Depois de receber instruções mínimas, Joppan calma e competentemente verte éter na máscara de gaze. Mariamma, operando sozinha, retira o bebê. Só quando ouve o choro agudo sua tensão desaparece. A enfermeira recebe o bebê no colo. Mariamma fecha o útero, depois o músculo e a pele. A expressão de admiração de Joppan vira um sorriso bobo quando Mariamma costura o último ponto. "Se você respirar mais desse éter, Ammini vai pensar que você fez uma visita à loja de vinho de palma." Joppan está eufórico ao escoltá-la para casa. "*Molay*, o que você acabou de fazer... Não tenho palavras. Imagine só se Podi tivesse continuado na escola. Ou se eu tivesse continuado. Somos inteligentes, mas não fomos o bastante para entender como era importante estudar, não é?"

"Não diga isso. É você quem faz Parambil prosperar. Você dá de dez a zero em nossos parentes. E Podi e o marido estão ganhando um bom dinheiro…"

Ele balança a cabeça. "Não é a mesma coisa. Enfim, estou muito orgulhoso de você, *molay*."

Quando deita a cabeça no travesseiro, Mariamma ainda está sorrindo de felicidade, lembrando das palavras de Joppan.

* * *

No entanto, toda visita à sala de cirurgia é angustiante; não há cirurgião-chefe a quem pedir ajuda ou alguém gabaritado para auxiliá-la. Certa noite, chega uma paciente que foi esfaqueada na barriga. Ela encarrega Raghavan do serviço do éter e máscara de gaze, enquanto Joppan é promovido a enfermeiro-assistente. Só de observá-la, Joppan já aprendeu o básico da esterilização. Agora a médica lhe mostra como se higienizar, paramentar-se de luva e avental e ficar de prontidão, na frente dela. A visão do ventre aberto não o abala. Entrega a Mariamma o hemostático, tesouras e ligaturas quando solicitado, e aproxima o refrator. Em pouco tempo ele começa a antecipar as necessidades dela. Quando terminam, ele está no céu. "*Molay*, sempre que precisar de ajuda, é só me chamar. E de dia também. Meus assistentes Yakov e Ousep podem passar sem mim por um par de horas."

Mariamma prefere a assistência de Joppan à de qualquer outra pessoa. Ele pesca rápido suas explicações sobre a fisiologia envolvida no processo e como a doença a alterou. Um dia ela o flagra estudando o manual de cirurgia, seus lábios movendo-se para decifrar as palavras em inglês.

Passados seis meses, a monotonia da rotina de pacientes externos, só interrompida por alguma emergência médica ou cirúrgica, começa a pesar. A maioria das queixas é trivial — dores no corpo, tosse, resfriados — ou então são aflições crônicas, como asma, ou úlceras tropicais de perna que precisam de cuidados diários. Mariamma se recusa a fazer operações eletivas antes de contar com um anestesista e mais enfermeiras. O sonho de um hospital de referência com especialistas ainda está distante, mas, com o Senhor Melhorias trabalhando nos bastidores, e Mariamma como sua amanuense, tudo começa a caminhar. Mas suas dicas de mestre são difíceis de camuflar. Quando o bispo (pressionado pelo *Metropolitan*) dobra-se e pede que ele interceda para liberar alguns equipamentos presos na alfândega, o Senhor Melhorias é oficialmente reintegrado.

Depois dos anos em Madras, com tantas distrações, suas noites e fins de semana talvez fossem tediosos, caso Mariamma não tivesse um projeto que a mantivesse ocupada: anda estudando cada nó e galho da Árvore da Água. Em especial, está interessada nas mulheres que casaram e foram embora, e cujos destinos nunca foram registrados. Seus parentes — mesmo a doce Dolly *Kochamma* — relutam em falar da Condição ou em admitir que ela exista. Nesse ponto, um grande avanço vem de uma fonte inesperada.

Toda tarde Cherian envia um chá "especial", com biscoitos, para a "doutora madame". Mas recusa pagamentos. Certa manhã, Mariamma o observa montar o toldo de palha com estacas, destravar a cancela de madeira e arrumar sistematicamente sua barraca para o dia de trabalho. Ela se aproxima para agradecer. Cherian insiste que aceite um cafezinho. O arco do líquido fervilhante voa entre seus dois receptáculos de mistura antes de verter-se com um floreio no copo que Cherian lhe entrega. O "obrigado" de Mariamma o deixa tímido. Ela beberica o café, e ficam os dois ali, meio sem jeito, olhando fixamente para o Triplo Yem, como se o edifício tivesse acabado de pousar ali, e os marcianos estivessem prestes a desembarcar. Grande Ammachi certa vez disse: "Você pode abrir o coração a pessoas silenciosas. Elas abrem espaço para nossos pensamentos". *Mas, Ammachi, quando elas não dizem nem uma palavra, como começar?*

Ela está de saída quando Cherian lhe diz: "Minha irmã se afogou". A médica para e olha para ele. Ouviu bem ou foi uma alucinação?

"E o irmão do meu avô também. Afogado. As duas filhas do meu irmão odeiam água." O que o levou a lhe dizer aquelas coisas? Todos sabem que a família de Parambil sofre da Condição? "Minha pobre irmã precisou trabalhar nos arrozais inundados, não teve escolha. Quando um dique estourou, ela caiu e se afogou em água rasa."

"Cherian, você com certeza sabe que nossa família sofre da mesma... condição. Acha que somos parentes?"

"Não. Minha família não é daqui. Eu tinha uma caminhonete até sofrer um acidente. Transportava gente e cargas por toda Kerala. Nessa época ouvi falar de outras famílias como as nossas. Todas cristãs. Com certeza há outras."

O dia inteiro ela reflete sobre a informação extraordinária de Cherian. O homem está errado: eles *têm*, sim, um parentesco. A comunidade dos cristãos de São Tomé hoje é bastante grande, mas seus membros compartilham os mesmos ancestrais nas famílias originais que o apóstolo converteu. A imagem de uma roda de bicicleta lhe vem à mente. Se ela tivesse de alocar cada família com a Condição ao longo de um único raio da roda, então a família de Cherian é um raio e o clã Parambil é outro. As outras famílias afetadas têm os seus. Traçando os raios de volta ao centro chega-se ao ancestral com o gene alterado que deu início a tudo. Mariamma fica empolgada. Sua tarefa é encontrar muitos outros raios, mais famílias com a Condição, e ela conhece um homem que pode ajudá-la.

A cabeleira densa e grisalha do casamenteiro Aniyan está repartida ao meio e penteada para trás pelos lados; enquanto pedala em direção à casa, seus olhos inteligentes dão conta de tudo. Ele desce da bicicleta de modo elegante, jogando uma perna por cima da barra, a única opção quando se veste um *mundu*. Num lugar onde os bigodes são regra, seu rosto barbeado o faz parecer ter bem menos que seus setenta anos.

"*Molay*, lembro como se fosse ontem. Propus uma aliança para Elsie, de Thetanatt, com Philipose, de Parambil."

"Achei que eles tivessem se conhecido num trem!"

Ele sorri, indulgente. "*Aah*, pode ter havido um 'olá, como vai?'" no trem, além de um anseio de amor, mas, sem um casamenteiro, como as famílias poderiam ser apresentadas, ou de que modo se discutiria um dote ou as sugestões do horóscopo?"

Anna *Chedethi* preparou chá e *halwa* de jaca, a especialidade da matriarca.

"E se os horóscopos não batem, mas o casal quer se casar?", Mariamma pergunta.

Aniyan cerra os olhos, depois os abre, um gesto que, para os de fora, pode parecer uma piscadela de dor, mas em Kerala significa algo bem específico. "Não é problema. Fazemos *ajustes*! A maioria dos impedimentos é de menor importância, e impedimentos assim não são impedimentos. Sabe, os pais muitas vezes têm lembranças imprecisas sobre a hora exata do nascimento", ele conta, com a paciência de um padre que deve recitar regularmente os preceitos de sua fé. Experimenta a *halwa* e aprova. "Senhoras, antes de começarmos hoje, posso compartilhar com vocês três lições que aprendi fazendo o que faço por décadas a fio?"

Antes que Mariamma pudesse interceder, Anna *Chedethi* diz: "Sim! Diga!".

"Primeira lição — e não me leve a mal, *molay*, mas sua geração muitas vezes tenta conduzir a carroça de ré. De fato, quanto mais educação, mais a pessoa cairá nesse equívoco", ele declara, lançando um olhar capcioso para Mariamma. "A primeira prioridade é encontrar a pessoa *certa*, não é mesmo? Você tem que averiguar *esta* proposta, depois *aquela*, e em seguida fazer um quadro de prós e contras, correto?"

Elas assentem. Ele beberica o chá e sorri. "Errado! Essa não é a primeira prioridade." Reclina-se, esperando. Mariamma é obrigada a perguntar qual é afinal a primeira prioridade, de outra forma elas esperariam ali o dia inteiro.

"A primeira prioridade é: *Marque a data*! Simples. Sabe por quê?"

Elas não sabem.

"Ao marcar uma data, você se compromete! Diga-me, *molay*, se você decidir abrir uma clínica, vai primeiro esperar um paciente aparecer e só *então* alugará um consultório e fixará uma placa? Claro que não! Você se compromete! Aluga um consultório e assina o contrato com o aluguel para tal dia. Vai atrás de móveis, não é? *Aah, aah.* Se soubessem quanto tempo perdi com um camarada que fazia um doutorado em Berkeley, nos Estados Unidos da Califórnia. Ele veio numa licença de duas semanas. Apresentei ele e a mãe dele a oito moças de primeira linha... E ele foi embora indeciso! Por quê? Porque não marcou uma data! Então, a primeira lição é se comprometer com uma data."

"Qual a segunda?"

"*Aah, aah*, a segunda lição já mencionei." Ele sorri, malicioso. "Talvez você não estivesse prestando atenção antes. Disse que a maioria dos impedimentos é...?"

"De *menor* importância", respondem as duas, em uníssono.

"*Aah*. E impedimentos de menor importância...?"

"*Não* são impedimentos!" Mariamma se sente de volta à escola primária.

"Exato. Eis aí o ajuste." Sua expressão é de contentamento.

Anna *Chedethi* não consegue se conter. "Há uma terceira lição?"

"Certamente! Há dez lições. Mas essas três eu compartilho porque tornam meu trabalho mais fácil. As outras morrerão comigo. Meu filho não vê futuro na minha ocupação, já que há anúncios de casamento nos classificados de jornal. Deus ajude a quem buscar essa alternativa."

Anna *Chedethi* limpa a garganta.

"*Aah*, claro, sim. A terceira regra é a seguinte. A *beleza passa, o caráter, não*. Então eu presto atenção no caráter, não na aparência. E para saber o caráter de uma moça você olha para sua..."

"Mãe?", dizem as duas.

"*Aah*, correto", ele diz, contente com as pupilas. "E para o caráter do moço você olha para..."

"O pai!", elas respondem, certas de que estão abafando.

"Errado!", ele declara, feliz por tê-las atraído para aquela armadilha. Acende um cigarro, depois devolve o fósforo gasto à caixinha. Mariamma se pergunta por que todos os fumantes fazem aquilo. É um vício paralelo ao da nicotina? Ou o gesto é para compensar o fato de que usam o mundo inteiro como cinzeiro? Por um momento ela consegue sentir o sabor do cigarro que arrancou de Lênin na pousada. "Errado, minhas queridas senhoras. Para o caráter do moço, deve-se olhar *de novo* para a mãe! Afinal, a única coisa de que você pode ter certeza nesse mundo é da mulher que te deu à luz, não é mesmo?"

Anna *Chedethi* digere aquilo por um segundo e desata a rir. Mariamma percebe que Anna *Chedethi* está animada demais. Ela não contou por que convidou Anyian.

"*Achayan*, você tem algum parentesco com nossa família?", pergunta Mariamma.

"Certamente! Do lado de Parambil, sou irmão do marido da neta de um primo de segundo grau do bisavô." E olha para o teto. "Pelo lado dos Thetannat…"

"Espere", Mariamma diz. "Irmão do marido da neta… Isso é muito distante. Nesse caso você pode alegar parentesco com qualquer família que convocar seus serviços."

"Não! Se você não consegue rastrear a relação, não pode alegar nada!", ele responde, com certa indignação. "Eu posso. E sei que tenho parentesco."

"*Achine*", ela diz, usando o termo respeitoso para "ancião". "Prometo que, quando estiver pronta para casar, irei até você. Nada de jornal. Espero que me perdoe, mas não o chamei para isso. Preciso de sua ajuda para entender uma condição médica séria, que ceifou a vida de meu pai. E a de outros em nossa família — bem, você sabe disso melhor do que ninguém. Não sei que nome você dá, mas Grande Ammachi chamava de a Condição."

Ela senta ao lado dele e desdobra uma cópia expandida e atualizada da genealogia, em malaiala. "Copiei do original, que minha família manteve por gerações."

Os olhos espertos de Aniyan passeiam pela folha, traçando as gerações com uma unha manchada de nicotina. "Isso aqui é uma mentira descarada — ele nunca casou", murmura. "Humm, não três, mas *quatro* irmãs aqui — gêmeas —, mas uma morreu ainda menina, a outra era Ponnamma…" Em poucos minutos, com sua caneta, ele anotou mais três gerações anteriores, a partir do bisavô de Mariamma. É mais do que ela conseguiu fazer em semanas. Ele não menciona as gerações presentemente vivas.

"*Achayan*, estou tentando completar esse quadro." Ela conta de Cherian. Aniyan entende de imediato a analogia dos "raios da roda". "Se eu conseguir completar todos os raios, entenderemos como a doença é transmitida."

Ele pondera. "*Molay*, você será capaz de *fazer* alguma coisa, quando encontrar outros com a Condição?"

Aniyan conseguiu botar o dedo na ferida. "Não… Ainda não. Por ora só podemos justificar uma cirurgia para pacientes com sintomas severos, pois o procedimento é perigoso. Mas logo conseguiremos fazer uma operação mais segura por meio de um buraquinho em cima da orelha. Atacando o tumor mais cedo, poderemos impedir que crianças afetadas fiquem surdas ou mesmo que se afoguem. Além disso, se entendermos como a Condição é herdada, poderemos evitar, por exemplo, que um menino e uma menina que nem saibam ser portadores dela se casem. Gente demais já sofreu e morreu por causa da Condição. Por isso vou me especializar em neurocirurgia. Para prevenir a doença ou tratá-la com antecedência. É a minha missão."

O casamenteiro a estuda com atenção. E então a surpreende: "Por que não? Planejo me aposentar no fim do ano, então por que não? A causa é justa. Mas só depois de me aposentar". Pega sua caixinha de fósforos e os cigarros. "Duas coisas quero dizer antes de partir. Primeiro, meu trabalho é forjar alianças, reduzir impedimentos. Eu *sempre* sei mais do que revelo. Não me entenda mal. *Jamais* vou sugerir um casamento nocivo. Não escondo casos de loucura, retardo mental ou epilepsia. Mas, *molay*, lembre-se — há outra regra, se quiser chamar de regra, mas que compartilho apenas com você. *Toda família tem segredos, mas nem todos os segredos pretendem ludibriar.* O que define uma família não é o sangue, *molay*, e sim os segredos que compartilha. Então, sua tarefa não será fácil."

Aniyan está com o pé no pedal, quando Mariamma diz: "Espere, você disse *duas* coisas. Qual a segunda?".

"Marque uma data, Mariamma", ele diz, sorrindo. "Mesmo que seja daqui a cinco anos. Marque uma data."

Na noite seguinte, Mariamma retorna do Triplo Yem depois de um dia longo. A água flui preguiçosa sob a ponte, os hibiscos e oleandros estão em chamas. No horizonte, as silhuetas de dois búfalos-d'água, livres do arado, encaram-se, como anteparos para livros. Os grilos cantam mais alto, quase delirantes, logo incitarão o coral de sapos. Esses ruídos banais de sua juventude lhe são agora, com a morte dos entes queridos, uma ode à memória, o passado adentrando o presente. É a hora dos fantasmas graciosos.

Sua rota a faz passar pela Mulher de Pedra, e ela nunca deixa de homenagear a escultora. Elsie casou com alguém de uma família afetada, mas ela mesma não tinha a Condição; que ironia cruel que logo *ela* se afogasse. Mariamma passa pelo celeiro em cujo telhado Lênin tentou canalizar o relâmpago. Marque uma data. *Se eu pudesse.*

Depois do banho, ela e Anna *Chedethi* comem na cozinha, preferindo as paredes escurecidas, com cheiro de canela, que guardam a memória viva de Grande Ammachi, à nova mesa de jantar e às novas cadeiras. Joppan passa e apresenta desenhos e um orçamento para uma construção que contará com um defumadouro contíguo, dedicado às árvores-da-borracha. Nesse local o látex será derramado em bandejas e misturado com ácido até endurecer. Uma nova prensa manual transformará o látex endurecido em folhas finas de borracha que serão penduradas no defumadouro para serem curadas, quando, por fim, serão empilhadas e vendidas. Anna *Chedethi* ignora os protestos de Joppan, que diz que já jantou, e o serve. Assim, como em tantas noites, todos se sentam nos banquinhos de dez centímetros, curvando-se sobre os pratos que descansam no chão. Shamuel ficaria escandalizado vendo o filho *dentro* da casa, comendo em um prato que não foi marcado para ele. Parambil mudou. Os três são uma família e pertencem à mesma casta.

74. Uma mente analisada

PARAMBIL, 1976

O antigo editor da coluna de Philipose é um dos muitos dignitários presentes na cerimônia para cortar a fita de inauguração do novo hospital. Para surpresa de Mariamma, depois do evento ele lhe faz uma visita. Essa é a primeira vez que a médica conversa com ele, antes só haviam se cumprimentando no funeral. É um homem bonito, elegante, mais velho que seu pai. Ele evoca com afeição o falecido colunista. Mas não tem a menor ideia do que o fez partir abruptamente para Madras. "Ele estava em Cochim para escrever uma reportagem sobre a contaminação salina de nossos remansos. Porém mal chegou e já pediu um bilhete para Madras a nosso escritório em Cochim. Só fiquei sabendo depois do acidente.

"Por muito tempo pedi a seu pai que escrevesse alguma matéria sobre Dubai, ou sobre o Qatar — a respeito de nossos compatriotas que moram lá. Você sabe, quando descobriram petróleo no golfo, nos anos cinquenta, muitos jovens se mandaram para lá de *kalla kappal* — esses barcos ilegais que abarrotam as margens dos rios — ou nos *dhows* que até hoje fazem a travessia. Eles não tinham documentos, nada. Mas o que acontece? As pessoas vão mesmo assim, pois não podem bancar um Certificado de Não Objeção ou passagens de avião. São deixadas ao largo da costa e precisam nadar ou caminhar na água até a praia. Se pegos, vão para a cadeia. Queria que seu pai viajasse num *dhow* — legalmente, claro — e escrevesse sobre a jornada. Depois eu disse que ele ficaria num hotel chique por uma semana para escrever sobre os nossos que labutam no sol quente, dormindo em quartinhos apertados como latas de sardinha e economizando tudo que ganham para enviar para a família. Até prometi que ele voltaria de avião, de primeira classe. Era o assunto perfeito para o Homem Comum. Philipose sempre recusou e nunca entendi o porquê."

"Quer dizer que você não sabia da questão de meu pai com a água?" O editor não tinha conhecimento, e fica estupefato quando Mariamma descreve a Condição e lhe mostra a genealogia. Parece nauseado ao ouvir os detalhes da autópsia cerebral. "Depois de morto, meu pai resolveu o mistério."

Ele fica sem palavras. "Meus Deus", ele diz. "Não tinha ideia! Nossos leitores — os leitores dele — adorariam ouvir essa história. Claro, meus lábios estão selados. Pode ficar tranquila que não direi uma palavra nem escreverei sobre o assunto."

"Na verdade, ficaria feliz se escrevesse", diz Mariamma. "O segredo em relação à Condição não ajudou em nada. Segredos matam. Como combater essa doença se não sabemos quantos são os afetados? Meus parentes podem não gostar, mas é a história de meu pai, e ficarei alegre em compartilhar tudo que sei. Combater a Condição é minha missão. É por causa dela que vou para Vellore estudar neurocirurgia."

Querida Uma,

Desde que o editor de meu pai escreveu um artigo sobre a Condição e como ela levou o Homem Comum à morte, meus parentes mostraram-se subitamente dispostos a conversar. Recortei o artigo e ele está em anexo. Sei que você não sabe ler malaiala, mas pode ver as fotografias. O artigo tem um quê de romance policial, meu pai é uma das vítimas. E a detetive que caça o assassino é a própria filha! "O Homem Comum resolve o mistério de sua própria morte devido à Condição" é o título. Estou feliz que ele tenha adotado "Condição". Não só "uma variante da doença de Von Recklinghausen" soa um tanto pesado, como é bem possível que a Condição não tenha nada a ver com essa enfermidade. Além disso, o editor transmitiu meu pedido aos leitores que me escrevam caso tenham familiares com aversão à água. Por sinal, acho que essa é a melhor pergunta para uma triagem. Acredite, em Kerala, se você não gosta de água, as pessoas percebem. Recebi notícias de três famílias. E mais: meus parentes me deram informações a respeito das noivas que se mudaram — o elemento faltante na Árvore da Água.

É impressionante como as mulheres com a Condição são sempre lembradas como "excêntricas". A excentricidade aparece tanto quanto a aversão à água. A nós, mulheres, ensinam "adakkavum" e "othukkavum", ou modéstia e invisibilidade, desde cedo. Mas essas garotas eram tudo menos modestas e recolhidas. Uma delas era tão desbocada que afastava possíveis noivos. (Num homem, essas características seriam lidas como sinal de autoconfiança.) Quando essa moça desbocada finalmente casou, ela construiu uma casa em cima de uma árvore. Morria de medo de enchentes, mas não de altura. Sempre que o rio subia, ela se transferia para a casa da árvore. Uma outra era fascinada por cobras desde criança, não tinha medo de nenhuma delas. Na vila do marido, era ela que chamavam caso encontrassem uma serpente atrás dos potes na cozinha. Ela as agarrava pelo rabo, depois as balançava com o braço estirado. Aparentemente, as cobras não conseguem se dobrar e morder — precisam de uma superfície para tomar impulso. Mas quem quer se arriscar? Pois bem: descobri que essas duas mulheres morreram com sintomas como os de meu avô paterno: tontura, dor de cabeça e debilitação facial. Uma terceira moça estava determinada a virar pastora, o que é heresia. Chegou a se vestir como tal para fazer um sermão na igreja. Recriminada, passou a se prostrar do lado de fora das igrejas fazendo sermões, até que a expulsaram. A família a internou à força num convento, mas ela fugiu e sumiu. Acabou reaparecendo num seminário, de cabelo curto, fingindo ser homem. Depois disso a trancafiaram num asilo, onde morreu.

Mas devo dizer: no quesito excentricidade, meu avô, meu pai, Ninan, Jojo e meu primo Lênin seriam todos considerados excêntricos, cada um à sua maneira. Tinham uma relação peculiar com a gravidade e o espaço. Quando não era a paixão por subir em árvores, era uma compulsão por andar sempre em linha reta, ou caminhar por distâncias que outros consideravam inimagináveis. Essas "excentricidades" não se explicariam por um tumor no nervo acústico, certo? Então eis minha hipótese: e se esses neuromas acústicos tiverem uma contraparte na mente, alguma aberração ocasionada pela Condição e que se revela como "excentricidade"? E se houver um "tumor do pensamento" (é o que andei pensando), algo que não podemos ver a olho nu ou com as ferramentas habituais?

Bem, talvez eu tenha uma ferramenta para estudar os pensamentos de meu pai. Ele tinha o hábito obsessivo de manter diários (mais excentricidade! Escrevia muito por dia). Todos aqueles pensamentos estão preservados em quase duzentos cadernos de notas. Este é meu próximo projeto: analisar sistematicamente os diários em busca desse "tumor do pensamento".

* * *

Mariamma se depara com um grande obstáculo nesse projeto: a caligrafia indecifrável do pai. Quando criança, ela bisbilhotara aqueles diários, buscando segredos cabulosos, mas se viu impedida pela letra minúscula que desprezava margens ou espaços em branco. Philipose escrevia como se papel fosse mais precioso do que ouro, ainda que a tinta fosse de graça. Escrever em inglês lhe garantia certa privacidade, mas as letras em formato de cunha pareciam caracteres do sumério antigo. Decifrar seus escritos é como decifrar uma língua estrangeira. Além disso, os pensamentos mais valiosos do pai às vezes estavam soterrados em um mar de observações diárias triviais sobre mofo, lagartos caindo de vigas e coisas assim. Quando Mariamma folheia brevemente os títulos dos diários, vê algo como "CHEIROS", "RUMORES", "CABELO (ROSTO E CORPO)", "PÉS" e "FANTASMAS". Apesar desses títulos, depois de algumas poucas páginas, o texto tomava outro rumo e nunca mais voltava ao tema original. Não havia índice ou referências para as entradas. Assim, não dá para apenas passar os olhos pelas páginas. A tarefa é hercúlea. Talvez impossível.

Toda noite antes de dormir ela pensa em Lênin. Se ao menos pudesse falar com ele, contar seu dia. Falaria do prazer de estar em casa. O único porém é que, ali, é subtraída de toda identidade que não a de médica. Seu sonho é terminar logo com aquilo e começar o treinamento em neurocirurgia. *E como foi seu dia, Lênin?* Ela estremece só de pensar. Estará vivo? Se tiver morrido, ela não teria como saber.

Uma se anima com a ideia do "tumor do pensamento" e a estimula. Mariamma então dá duro toda noite, organizando as entradas do diário à medida que lê. É um trabalho exaustivo, e a tinta que o pai usava deixa seus dedos acobreados. A velocidade da leitura aumenta com o passar do tempo, o índice cresce. Até o momento, sua única descoberta sobre a mente de Philipose é a capacidade de mudar de assunto, como uma mariposa numa sala cheia de velas. É isso o tumor do pensamento? Aqui e ali algumas passagens a deixam sem fôlego:

Na noite passada Elsie desenhou na cama e pude contemplar a silhueta de minha mulher, mais atraente do que qualquer outra. Tive uma visão súbita, como se um portal se abrisse no tempo. Vi a trajetória de Elsie, a artista, tão claramente como se visse uma seta viajando no ar. Entendi como nunca antes que ela deixará sua marca por muitas gerações. Não sou nada em comparação, é uma dádiva estar na presença de tamanha grandeza. Fiquei emocionado, quase chorei. Ela percebeu a estranha expressão em meu rosto. Não perguntou nada. Talvez tenha lido meus pensamentos e compreendeu, ou achou que compreendeu. Largou o desenho e me empurrou para a cama. Tomou-me como uma rainha fazendo uso de um de seus nobres, e felizmente o nobre que ela ama sou eu. É meu único direito à fama imorredoura: Elsie me escolheu. Ela me escolheu, portanto, tenho valor. É toda ambição de que preciso: continuar digno dessa mulher espantosa.

Em outra ocasião, Mariamma se depara com um momento do casamento dos pais diametralmente diferente, que lhe acerta como um golpe de bastão: quando eles se voltaram um contra o outro, depois da morte terrível de Ninan. É horrível ler as palavras do pai, tão cruas: a dor agonizante de seus tornozelos quebrados; o desprezo por si mesmo por não ter cortado a árvore; a raiva insensata por Elsie ter partido de Parambil — à data da entrada fazia seis meses que ela partira. Mariamma nunca soube que os pais haviam se separado! As palavras no diário são desconexas, uma ode ao ópio. Em vez de um "tumor do pensamento", ela se vê espreitando a fossa da mente confusa de um viciado. Sim, sua busca é científica, mas o objeto sob o microscópio é seu pai. Os pensamentos dele podem devastá-la.

Fecha o diário e sai do quarto, inclinada a abandonar o projeto. *Por favor, Deus, enquanto sigo os pensamentos de meu pai, não deixe que eu termine desprezando o homem que idolatro e amo. Não me tire isso.*

Seus pés a levam à Mulher de Pedra, ainda luminosa na clareira, mesmo ao entardecer. Personificada na rocha, essa manifestação de sua mãe tem uma permanência como nada mais na vida de Mariamma; em sua pose imóvel, ela expressa a paciência da natureza, do tempo medido em séculos. Mariamma senta-se ali por um bom tempo.

"A Condição… é a vida, não é, Amma?", ela pergunta, falando à Mulher de Pedra. "Talvez eu não esteja buscando resolver o mistério da Condição ou o mistério da razão pela qual estou no mundo. O mistério é a natureza da vida. Eu *sou* a Condição. Talvez não esteja em busca dos mecanismos da mente do Appa, ou das pistas para uma doença herdada. Acho que, no fundo, estou procurando você, Amma."

75. Estados de consciência

PARAMBIL, 1977

Para Mariamma, o banco vazio do lado de fora da clínica naquela manhã parece bom demais para ser verdade. O dr. T. T. Kesavan é seu novo colega. "T.T." seleciona os pacientes e lhe envia apenas aqueles com queixas significativas. Logo aquele banco vazio estará repleto de pessoas, mas pelo menos agora ela não começa o dia com a sensação de já estar atrasada.

No consultório, ela é surpreendida por um homem descalço, de pele bem escura, usando bermuda cáqui e camiseta, sentado num banco ao lado de sua mesa. Ele lhe sorri. Há certa sombra nepalesa em suas feições, apesar da compleição negra, e também certa qualidade atemporal em seu rosto — apenas as sobrancelhas grisalhas e a cabeleira branca sugerem que ele possa ter bem mais de sessenta anos.

"Bom dia, doutora", ele diz, em inglês, pondo-se de pé. "Doutor pediu a Cromwell para dar a você!" Ela desdobra o papel enquanto tenta decifrar o que ouviu. "Sou Cromwell", o homem acrescenta.

"Que doutor?"

Ele aponta para um veículo em frente ao portão do hospital, um misto de jipe e caminhão. Nas portas, numa inscrição desbotada, lê-se LEPROSÁRIO SANTA BRÍGIDA. Um homem branco está sentado no banco de trás do veículo, esperando. Ela lê a nota.

Querida Mariamma, sou um médico que conheceu seu avô, Chandy. Busco sua assistência profissional para alguém que está terrivelmente doente. Alguém que você conhece. Para sua segurança e a minha, por favor, permita que eu só lhe dê mais detalhes dentro do carro. Até lá, por gentileza, não fale com ninguém. Posso também pedir que traga discretamente uma trefina e outras ferramentas que você talvez precise para abrir um crânio e a dura-máter?

Digby sente uma fissura na atmosfera antes de Mariamma surgir. Tem porte de dançarina, apesar do pesado *sanji* que carrega. É alta e bonita, e o sári azul-marinho favorece sua pele clara. A mecha grisalha no meio da cabeça a faz parecer mais velha do que é. Ele enrubesce de timidez com sua aproximação.

Mariamma senta no banco de trás, sacudindo a barra do sári para que o tecido não se esgrouvinhe. Ele estende a mão; a dela é quente e macia, enquanto a dele certamente é áspera e rígida, incapaz de formar uma concavidade que complemente a dela.

"Digby Kilgour", gagueja, e só relutantemente solta sua mão. "Conheci e convivi muito com seu avô, Chandy. E conheci sua mãe quando menina…"

Ela analisa aquele homem de olhos azuis como safiras, que reluzem contra o rosto gasto e curtido. O dorso de suas mãos é uma colcha de retalhos, a pele ora quase albina, ora cobreada. Uma *kurta* folgada de algodão exagera seu pescoço esquelético. Deve ter seus sessenta e tantos, ou setenta e poucos, magro e em forma, mas não tão em forma quanto o motorista de pele escura.

"Chefe, vamos indo. Muitas gentes", Cromwell diz, dando partida no motor.

"Sim", Mariamma e Digby dizem, em uníssono.

Tão logo se afastam do Triple Yem, ela pergunta ao homem. "Como ele está?"

Ela não pergunta quem é o paciente, Digby nota. "Nada bem. Quase não consegue se manter acordado, e está piorando a cada hora."

Mariamma reflete. Tira os pés das sandálias e põe os joelhos atravessados no banco, como uma sereia, entocando os pés descalços debaixo de si.

"Ele apareceu nos Gwendolyn Gardens. É minha antiga propriedade, perto de Trichur…" Digby mal consegue manter o fio dos pensamentos com aqueles olhos translúcidos o encarando. "Anos atrás, quando a mãe de Lênin engravidou, ela chegou à minha propriedade com uma ferida de um golpe de faca…" Mariamma balança a cabeça, impaciente. Conhece a história. "Bem, Lênin provavelmente sabia desde sempre essa história, por meio da mãe. E

546

sabia de mim: sou parte de sua história. Ele apareceu na propriedade na noite passada, mas não moro lá faz vinte e cinco anos. Administro um leprosário aqui em Travancore. A propriedade é de Cromwell. Ofereceram uma recompensa pela captura do rapaz. Manter ele lá seria perigoso demais, muito tentador para os trabalhadores. Então Cromwell dirigiu a noite toda para trazer Lênin até mim."

Mariamma agora já não parece médica; é uma jovem mulher confrontada com um fantasma do passado. "Dr. Kilgour, o que podemos fazer?"

"Me chame de Digby, por favor. Sim, essa é a questão. O que fazer? A presença dele nos põe em perigo. Eu não sabia como ajudar. Sou um médico de leprosos, um cirurgião de mãos. Ele estava estuporoso quando chegou. Não queria envolver você, Mariamma. Se estou aqui, é porque ele pediu que eu a chamasse."

Ela fica imóvel. Depois de um tempo, diz, baixinho: "Ele vai se entregar?".

Digby balança a cabeça. "Não. Ouça, não tenho simpatia nenhuma pelos naxalitas. No entanto, a polícia também não é flor que se cheire. Você sabe que não farão nada por ele, em termos médicos. Provavelmente será morto logo de cara. Ele está vomitando e reclamando de uma dor de cabeça terrível. Repetiu mil vezes que você ia saber o que ele tem. Acho que também sei. Li sobre sua família e o transtorno hereditário."

"Tenho quase certeza de que ele tem neuromas acústicos, como meu pai. Dos dois lados. Mas isso não quer dizer que eu seja capaz de curar."

As mãos de Mariamma juntam-se sobre seu colo; ela olha para a frente, perdida em pensamentos. De perfil, Digby reflete, suas feições — os olhos, a sobrancelha, o nariz longo e pontudo — são iguaizinhos aos da filha de Chandy, Elsie.

"Ouça, você não precisa se envolver, Mariamma. Por tudo que sabemos, pode ser tarde demais..." A expressão que surge no rosto dela sugere a Digby que ele pesou muito mal as palavras. Cromwell olha pelo retrovisor, como quem diz *Que trapalhada, chefe!* "Desculpe! Que coisa de se dizer."

A voz dela soa frágil, falando mais para si do que para os companheiros de viagem: "Então ele aparece de repente e pede que me chamem? Depois de todos esses anos. O que devo...?".

Ela não termina a frase. Seus olhos se enchem de lágrimas. Digby puxa o lenço, aliviado, pois está limpo. A jovem médica pressiona o lenço contra os olhos. Depois, para surpresa de Digby, inclina-se e descansa a testa em seu ombro. A mão de Digby passa por ela e pousa gentilmente em sua escápula, acomodando-se com o maior cuidado, para não acrescentar nada ao seu já pesado fardo.

76. Despertares

SANTA BRÍGIDA, 1977

Digby a observa contemplar os jardins do Santa Brígida quando cruzam o portão. O que ela há de pensar de sua morada, do lar onde ele vive há um quarto de século? Um oásis calmo, cujos muros elevados não deixam que os ruídos do mundo exterior alcancem seus ouvidos. Suja, uma das "enfermeiras", junta a palma de sua mão esquerda ao toco da mão direita. Mariamma responde de modo automático, mal registrando que o "namastê" de Suja precisa ser imaginado para ficar completo.

O quarto de Lênin é privado, separado das demais dependências. Mariamma hesita na porta, depois segue Digby, movendo-se como uma sonâmbula. *Graças a Deus ele ainda está respirando*, pensa Digby, que observa os dedos trêmulos de Mariamma aproximando-se para tocar as faces de Lênin. A figura desacordada tem um fiapo de barbicha escura no rosto e o cabelo bem curto, como um devoto retornando de uma peregrinação a Tirupati ou Rameswaram. As veias sinuosas no braço magro ressaltam-se devido à completa ausência de gordura subcutânea. A barriga encavada e a proeminência das costelas fazem-no parecer um homem prestes a morrer de fome, não um guerrilheiro.

Digby amarra calmamente a braçadeira do medidor de pressão no braço exangue. Aquilo tira Mariamma do transe. Seus dedos buscam o pulso do paciente. "Dezessete por sete", Digby anuncia, retirando a braçadeira. "Mais ou menos como estava antes."

"O pulso está em quarenta e seis", ela diz. "O reflexo de Cushing."

Quando foi a última vez que ele ouviu aquela frase? Meio século atrás, numa sala de operação em Glasgow? Não foram muitas as ocasiões em que pôde relembrar a tríade daquele neurocirurgião pioneiro. Cushing observou que, quando um sangramento ou tumor eleva a pressão dentro dos limites rígidos do crânio, a pressão sistólica aumenta, o pulso diminui e a respiração se torna irregular.

"É melhor sentar o paciente", Mariamma diz. "Ajuda a diminuir a pressão intracraniana." Não é uma censura, mas Digby sabe que ele deveria ter pensado naquilo. Com a ajuda de Cromwell e usando o colchão da outra cama do quarto, eles põem Lênin sentado, sua cabeça tombando para a frente como a de um boneco de pano.

"Posso examinar?", ela pergunta.

"Ele é todo seu!"

Mariamma olha para Digby com certa estranheza, depois sacode os ombros de Lênin. "LÊNIN!" Mais cedo, ele tentou abrir os olhos quando Digby o chamou pelo nome. Chegou até a falar. Agora seus olhos se reviram. Um paciente que não reage caso explodam bombinhas debaixo de sua cama está sempre pior do que o paciente que reage. Mariamma aperta o nó de seus dedos contra o esterno de Lênin — um estímulo doloroso para um paciente acordado. Lênin se agita de leve, há uma breve contorção em seu rosto.

"Viu isso?", ela diz. "Só o lado direito se mexeu." Digby não tinha visto. Ela faz de novo. "Uma paralisia do nervo facial esquerdo", Mariamma declara. "O tumor no nervo acústico esquerdo é o problema. Para envolver o nervo facial, deve estar enorme."

Mariamma ergue as pálpebras superiores de Lênin e balança sua cabeça de um lado a outro, conferindo o reflexo oculocefálico; em seguida, testa o faríngeo e, com um martelo de reflexos, compara a reação dos tendões. Sacando um oftalmoscópio da bolsa, examina as pupilas de Lênin. "Papiledema bilateral", ela diz. "Outro sinal de pressão alta cerebral."

Digby a observa, pensando no que poderia ter feito. O corpo diante dela é um texto, e ela, como hermeneuta, logo realizará sua exegese. Ele tem consciência de sua idade — Mariamma é duas gerações mais jovem, pensa. Mas hoje sua especialidade são os nervos irrecuperáveis, desapareceu todo o conhecimento livresco que deixou de usar. No campo das transferências tendíneas, ele é um inovador, tendo publicado artigos a partir do legado de Rune. Mas aquele paciente o leva a um território desconhecido.

549

Mariamma guarda os instrumentos, o cenho franzido.

Digby diz: "Achei que talvez precisássemos fazer uma trepanação cranial. Por isso pedi que trouxesse a trefina. Isso talvez alivie a pressão…".

Mariamma faz que não com a cabeça. "Não vai ajudar. O tumor fica perto do tronco encefálico e bloqueia o fluxo do líquido cefalorraquidiano. Ele tem hidrocefalia, por isso está inconsciente. Uma trepanação é indicada se houver acúmulo de sangue debaixo do crânio, mas no caso dele só provocaria uma herniação cerebral."

Digby digere o que Mariamma acabou de dizer, pensando naqueles vãos que parecem fendas — os ventrículos —, localizados no fundo dos hemisférios direito e esquerdo do cérebro. Normalmente, o líquido cefalorraquidiano é produzido nos dois ventrículos, passa pelo canal central que se estende através do tronco encefálico, esvaziando-se na base do cérebro, de forma a banhar e amortecer a parte externa do órgão e a medula espinhal. Todavia, com esse ralo agora bloqueado pelo tumor, o fluido se acumula nos ventrículos, que, em vez de fendas, viram balões inchados. Nos bebês o crânio infuso simplesmente se expandiria, acompanhando o crescimento dos ventrículos. Mas em Lênin, os ventrículos expandidos estão aos poucos esmagando o tecido cerebral que os cerca, pressionando-o contra o crânio, levando à tontura e, por fim, ao coma.

"Mas o que *poderíamos* fazer", diz Mariamma, "é atacar um dos ventrículos. Passaríamos uma agulha pelo cérebro até atingir um ventrículo inchado e então drenaríamos o líquido cefalorraquidiano. Teríamos de fazer um buraquinho aqui no crânio." Ela aponta para o topo da cabeça de Lênin, rente à linha do meio. "Não se trata de uma trepanação comum, apenas um buraco por onde passar uma agulha."

"Mas faríamos isso às cegas?"

"Há marcos anatômicos que podemos seguir. E, sim, às cegas. O caso é que o ventrículo a essa altura deve estar tão distendido que a agulha tem boa chance de acertar o bendito." Ela espera, como se na esperança de que Digby a convença do contrário. "Já vi fazerem isso. Não é uma cura, mas pode nos dar um pouco de tempo. Tempo é cérebro, como se diz na neurocirurgia. Se ele melhorar, e se conseguirmos levar ele a Vellore, ao Christian Medical College, digo, se ele concordar em fazer a cirurgia…"

"É o melhor plano", Digby diz, com firmeza.

Na pequena sala de operação de Digby, acomodam a cabeça de Lênin em molduras ortopédicas que se conectam à mesa de cirurgia. Com uma caneta dermatográfica, Mariamma desenha uma linha vertical da raiz do nariz até o centro do crânio. Com uma fita de medição faz um ponto na marca de onze centímetros. Dali ela desenha uma segunda linha, perpendicular à primeira, em direção à orelha direita de Lênin e faz um X na marca de três centímetros.

"Remover o líquido de um dos ventrículos esvaziará os dois, pois as cavidades estão conectadas. Escolhi o direito para evitar a área da fala no hemisfério esquerdo. Caso esteja se perguntando."

"Eu bem que deveria estar me perguntando...", Digby diz.

A trefina que Mariamma trouxe faria um buraco grande demais. Averiguando as opções, Digby pega a broca helicoidal que usa quando opera ossos mais alongados. Mariamma injeta anestesia local na pele e crânio adentro, na marca do X. Com um bisturi, faz uma incisão no osso, pequena mas profunda. Como está familiarizado com o instrumento, é Digby quem opera a broca. Assim que a sente penetrar a camada externa do crânio, Mariamma entra com a rugina para debicar o osso até avistar a membrana reluzente que cobre o cérebro. Mesmo aquele buraquinho minúsculo faz uma protuberância emergir na membrana: é o cérebro buscando aliviar a pressão. Digby vê Mariamma hesitar: ela se importa com o dono daquele cérebro.

Mariamma pega a agulha espinhal, longa e oca, com um estilete interno removível. Mais cedo, marcara a haste aos sete centímetros, contando-se a partir da ponta da agulha. Ela prende o canhão da agulha com uma pinça hemostática e entrega a pinça a Digby. "Fique bem na frente dele, Digby, e segure a pinça. Ficarei de lado. Você tem que me apontar para o canto interno do olho, a partir de sua perspectiva. Vou mirar no trago do ouvido, de meu ponto de vista. Ainda que eu incline a agulha no plano frontal para trás, seu trabalho é não deixar que me desvie do plano de lado a lado. Mantenha-me sempre apontada para o canto interno do olho."

Deus nos ajude, a coisa é bruta, ele pensa. Mariamma penetra a agulha no cérebro. Com cinco centímetros, ela para e retira o estilete interno. Nada jorra do canhão. Volta a inserir a agulha, agora um centímetro a mais, e retira de novo o estilete.

Um fluido claro, como uma nascente d'água, começa a jorrar.

"Uau!", Digby exclama. Teorias são ótimas, mas o que vale é a prova. No caso, o líquido gotejando incessantemente sobre as toalhas.

"Consigo ver a superfície do cérebro refluindo!", Mariamma diz, empolgada.

Assim que o fluxo finalmente cessa, ela repõe o estilete no vão interno e remove a agulha, depois tampa o osso com cera óssea esterilizada. Quando está costurando o ponto solitário da ferida no topo da cabeça, sentem a mesa balançar. Uma mão sem luva emerge. "Calma lá", Digby grita, afastando o cortinado com um gesto rápido.

Lênin, grogue, observa a cena por entre as cortinas que lhe caem sobre a testa, como uma toupeira saindo da toca, ofuscada pela luz.

"Tire a máscara", Digby diz, baixinho, para ela, removendo também a sua.

Lênin não pode mexer a cabeça, mas seus olhos passam de Digby para Mariamma, repousando nela. O médico não consegue dizer qual dos dois parece mais aturdido. Um silêncio se apodera da sala enquanto os dois se entreolham. Todo som desaparece.

"Mariamma", diz o paciente há pouco comatoso, com uma voz fraca e rouca. "Estou tão feliz em ver você."

77. Estradas revolucionárias

SANTA BRÍGIDA, 1977

Lênin, ressurreto, tem os olhos fixos em Mariamma, que não consegue se mexer. Ela observa Digby cortar as fitas que imobilizam a cabeça de Lênin, falando-lhe calmamente, como se os dois tivessem acabado de se conhecer em um bar. "Meu nome é Digby Kilgour. Vi você essa manhã, mas duvido que se lembre."

Por um momento Mariamma os imagina dando um aperto de mão, como Stanley e Livingstone. Seria cabível. O último encontro dos dois foi memorável: Lênin mostrou-lhe um punho cerrado, e o dr. Kilgour o fez recuar com a ponta fumegante de uma cigarrilha.

"Você não está na fazenda, mas no Leprosário Santa Brígida." Lênin parece preocupado. "Aqui você está absolutamente seguro. Foi preciso te contrabandear dos Gwendolyn Gardens. Lá era muito perigoso."

A mão direita de Lênin flutua em direção ao crânio. "Calma lá!", diz Digby. "Você levou um ponto aí." E olha para Mariamma, como quem fala *Vamos, interaja!*

"Como está sua cabeça?", ela pergunta. *Ai, Deus. São essas minhas primeiras palavras para meu único amor depois de cinco anos longe? Como está sua cabeça — depois de eu ter enfiado uma broca em seu crânio e cravado uma agulha em seu cérebro?* Sente as faces coradas. Quando menina, ninguém a enrubescia tanto quanto Lênin.

"Minha cabeça está bem", ele diz. "Eu me lembro…"

Aguardam a continuação da frase. Lá fora, um pássaro-alfaiate cantarola *siga-siga-siga*. Mariamma prende a respiração.

"Eu lembro… Que fiquei um tempão com dor de cabeça." As palavras saem num inglês enferrujado. "Se tusso ou espirro, minha cabeça… explode. Sentia a vida se esvaindo." Lênin começa a ficar mais fluente. "Tive convulsões. Muitas. Diariamente. Tínhamos cápsulas de cianeto. Estava pronto para tomar a minha, então pensei…" De novo, a pausa, igual a um rádio com um fio solto.

"Cadê ela?", Digby pergunta.

Ele apalpa a dobra do *mundu*. Digby o ajuda e extrai notas de rupias presas num elástico e um embrulhinho de plástico com uma bolota imunda.

Lênin o observa. "Doutor, sei pela minha mãe que você a ajudou quando ela mais precisava, impedindo minha entrada no mundo. E agora interrompe minha saída!"

Digby ri. "Seria prematuro, em ambas as ocasiões. Mas, acredite, se eu não tivesse localizado Mariamma, você não precisaria do cianeto."

Ouvindo aquilo, algo se rompe em Mariamma. Um atraso de poucas horas, e ela teria encontrado um cadáver, não este ser consciente e conversador, esse homem que, apesar de tudo, ela ama. A jovem médica se curva sobre a mesa. Digby lhe puxa um banco.

A mão de Lênin busca a dela.

O sorriso dele está torto por causa da paralisia facial. Mas o calor, a afeição e a preocupação por ela — tudo é real, tudo aquilo é Lênin. Mariamma já não quer continuar no papel de médica, no entanto ainda não terminaram. Ela se recompõe e se pergunta por que ele não quer saber como resolveram sua dor de cabeça.

"Lênin?" Ele parece tão vulnerável, sua testa dividida ao meio por uma caneta e uma ferida suturada na cabeça. "Você tem um tumor, um neuroma acústico. Ele vinha elevando a pressão…"

"Sinto muito por seu pai, Mariamma", ele a interrompe. "Li no jornal. A Condição. Estou tão orgulhoso de você. E o meu tumor?"

Dói ver a esperança se extinguindo nos olhos dele quando ela diz que o tumor continua onde estava. Com uma caneta cirúrgica, desenha num pedaço de papel o que está acontecendo. "… e quando enfiamos a agulha, o líquido jorrou. Você acordou. Mas com isso só conseguimos um pouco de tempo."

Uma luz brincalhona surge nos olhos dele, ele ri. Ao rir, a imobilidade da metade paralisada de seu rosto se acentua. Ela tem que fixar os olhos no lado direito da face.

"Mariamm*aye*", ele diz, afetuosamente, "minha médica. Lembra que quando a gente era criança você disse que tinha um parafuso solto na minha cabeça? E que um dia ia consertar?"

"O que eu disse é que, um dia, partiria sua cabeça e arrancaria o demônio de dentro dela."

"E foi o que você fez!"

Digby os traz de volta à realidade. "Lênin, o tumor ainda está lá. Nós só aliviamos temporariamente a pressão." Olha para Mariamma, buscando apoio. "A pressão voltará a subir."

Lênin diz: "Tenho uma agulha no cérebro? Mas não sinto nada".

"É um paradoxo, não é? Se você cutuca o cérebro diretamente, o paciente não sente nada. Contudo, se pisa num prego, o cérebro indica o ponto exato. A não ser que você seja um de nossos pacientes aqui, do Santa Brígida, que não sentem nada e terminam mal", Digby diz.

"Lênin, você precisa extrair urgentemente esse tumor", diz Mariamma. "Mas não dá para fazer esse procedimento aqui". Põe a mão no peito dele. "Precisamos te levar para Vellore. Eles têm experiência com esse tipo de operação." Lênin recua, Mariamma percebe. O fugitivo calculando rotas de fuga.

"Por que não aqui? Confio em você…"

"Quem me dera. Mas não tenho essa habilidade. Ainda."

"Em Vellore eles logo vão descobrir minha identidade."

"Mas, sem o tumor, você viverá. *Uma vida plena!*" Ela prende a respiração.

Lênin não diz nada, acabrunha-se ainda mais. Mariamma desconfia que ele esteja se preparando para a morte.

Digby diz, docemente: "Lênin? O que você acha?".

Ele não encara Digby. E, subitamente, parece exausto. "Eu acho… Acho que estou tão faminto que não consigo pensar direito."

"Ó céus!", Digby exclama. "Que médicos somos! Você deve estar morrendo de fome. E essa jovem também precisa de uma xícara de chá."

De repente Mariamma se sente pesada, como se o teto lhe caísse sobre os ombros. Precisa de ar fresco.

Cromwell está agachado do lado de fora da sala de operação. Ao vê-la, sorri… e então o sorriso se esvai, ele se se levanta num instante e corre para ela. *E agora?*, ela pensa. *Por que o chão está se inclinando desse jeito estranho?*

Agora Mariamma está reclinada numa poltrona, as pernas sobre uma otomana. Um xale de seda serve de cobertor. Há chá, biscoitos e água a seu lado. Mal se recorda que foi carregada por Cromwell. Uma vez na horizontal, voltou a si. "Descanse", diz Digby. Ela disse que fecharia os olhos por cinco minutos e deve ter adormecido. Não sabe por quanto tempo.

Mariamma come e bebe avidamente. Seu refúgio é um escritório frio, acarpetado, pé-direito baixo, coalhado de livros. Um lugar íntimo e acolhedor. Cortinas pesadas ladeiam janelas francesas que dão para um gramado pequeno e retangular, cercado por roseirais; o jardim é circundado por uma cerca de estacas com uma portinhola ao centro. Ela imagina aquele gramado como o pequeno paraíso de Digby, um lugar para sentar ao sol e ler. Observa tudo, fascinada pelas margens perfeitamente demarcadas do gramado, os roseirais belamente podados. É como um cartão-postal dos pequenos jardins em frente aos sobrados geminados na Inglaterra, os cercadinhos minúsculos demais para as ambições horticulturais dos proprietários, mas ainda assim acolhedores e confortáveis.

Nas estantes, entre os livros, repousam algumas fotografias. Mariamma é atraída por uma moldura prateada, com uma fotografia em preto e branco de um pequeno garoto branco com meias até os joelhos, bermuda, gravata e um suéter com gola em V. No cenho e nos olhos, reconhece traços inequívocos do Digby adulto. O sorriso tímido, com que olha para a câmera, não esconde a ansiedade. Seu primeiro dia de aula, talvez? Uma mulher linda de saia se agacha ao lado dele, com a mão em seu ombro. Deve ser sua mãe. Seu rosto é jovial mas exausto, e o cabelo negro já exibe uma mecha branca. Porém, naquele instante, ao clique do obturador, ela envergou seu melhor sorriso, valeu-se da experiência de atriz veterana na hora de estrear, e o resultado é simplesmente atordoante. É bonita como uma estrela de cinema, abençoada com um carisma de igual envergadura.

Uma fotografia sem moldura em outro nicho mostra um homem branco enorme e barbado entre um grupo de leprosos, seus braços nos ombros deles, como um técnico com a equipe. É o mesmo rosto que ela viu no retrato a óleo pendurado logo à entrada do Santa Brígida. Deve ser Rune Orqvist. Ela muitas vezes viu aquele nome na folha de guarda da antiga cópia de A anatomia de Gray de sua mãe. O livro era de Rune, ainda que a dedicatória fosse de Digby. Deve ter sido o presente perfeito para uma jovem artista. Ela estava tão preocupada com Lênin que ela e Digby ainda não falaram dessa conexão. Lênin! Ela bebe o chá em só gole, sem tempo a perder.

Mariamma lava o rosto no banheiro, ainda admirada com as conexões em seu mundo, invisíveis ou esquecidas, mas ainda assim presentes, como um rio conectando as pessoas que habitam as margens em seu curso, que talvez nem saibam dessas ligações. A casa Thetanatt ficava por ali — já não existe, o tio a vendeu havia muitos anos. Rune era padrinho de Elsie. Quando menino, Philipose também esteve ali.

Ao sair da saleta, vê Digby se aproximar pelo corredor: sim, o toque de ansiedade do estudante na fotografia, a franqueza e mesmo o sorriso persistem no semblante do velho. A preocupação dele por ela é comovente.

"O chá e os biscoitos foram mágicos", ela diz. "Agora estou bem." Ele parece aliviado. "Digby, a foto no escritório — aquele é Rune, não é? Como na entrada?" Digby confirma. "O nome dele está na cópia de A anatomia de Gray de minha mãe. E você escreveu a dedicatória. Guardo esse livro comigo há muitos anos. É meu amuleto!"

Digby parece tocado, quase comovido. Tenta dizer alguma coisa mas desiste. Então oferece o braço a ela, um gesto tão distante do mundo da jovem que ela sente vontade de rir. No entanto, passa seu braço por dentro do dele. Parece-lhe a coisa mais natural do mundo.

Os dois vão ao encontro de Lênin em silêncio, passando por um claustro fresco e sombreado, os arcos de tijolos conferindo uma atmosfera de monastério medieval. As pedras do piso são rasuradas pelo musgo que se espreme entre os vãos. À sombra do claustro, uma leprosa de branco se recosta contra uma pilastra. Está tão quieta que, por um momento, Mariamma a toma por uma estátua... até que o *pallu* de seu sári, puxado por sobre a cabeça, balança na brisa. A mulher se vira em direção ao som dos passos de Digby e Mariamma, à maneira dos cegos. Mariamma estremece, não devido aos traços grotescos da mulher, mas porque o objeto que acreditava sem vida se mexeu.

Quando esse pesadelo acabar, ela escreverá para Uma sobre o leprosário e seus pacientes, que contraste em comparação aos restos humanos preservados em formol sobre os quais ela se debruça. Sente-se tentada a falar a Digby sobre Uma e seu interesse pela doença à qual ele dedicou a vida, sua prisão perpétua. Aquele trabalho fortuito a levou a descobrir a causa da Condição e a levou a Lênin. Mas há assuntos urgentes a tratar.

"Digby, acho que a Condição produz mais que neuromas acústicos. Minha teoria é que ela afeta a personalidade, torna as pessoas excêntricas. É responsável pela... inconsequência de Lênin, o caminho estúpido que ele tomou. E sua intransigência agora."

"Bem, seria um bom argumento para apresentar a um juiz, caso ele se entregue", Digby diz. "Talvez diminua seu tempo na prisão."

"Ouvi falar de uma mulher naxalita que foi condenada à prisão perpétua", Mariamma diz. "Saiu depois de sete anos."

Ela se admira com o caminho pelo qual sua mente está tentando conduzi-la. Antes, pensava que jamais voltaria a ver Lênin; agora, planeja um futuro com ele. *Você está botando o carro na frente dos bois.*

"Digby, e se Lênin não quiser se entregar ou ir para Vellore…"

"Convença seu amigo." Digby solta seu braço. "Vou deixar vocês a sós."

Lênin está no quarto, sentado e aparentemente adormecido. A jovem senta na cadeira ao lado do leito. Ele abre os olhos.

"Mariamma?" Sorri, pega um biscoito e o parte no meio. "Se mordemos ao mesmo tempo, teremos superpoderes. Como Mandrake, o mágico, lembra? Uma mordida, e, em algum lugar da galáxia, se estivermos sincronizados…?" Ele faz o sinal da cruz sobre ela com a metade do biscoito, como um padre, mas ela lhe agarra a mão.

Ela ri, apesar de tudo. "Era o Fantasma, *macku*. Não o Mandrake." Mariamma o trouxe do mundo dos mortos para chamá-lo de idiota. "Lênin, não temos muito tempo. Você *vai* perder a consciência de novo. Por favor, deixe a gente te levar para Vellore."

O sorriso, agora de um só lado da face de Lênin, desaparece. Ela vira o rosto e diz: "Que desperdício, *ma*. Esses últimos cinco anos. Parecem quarenta. Nada mudou para os *adivasis*, os *pulayar*. E você e eu? Fui tão estúpido, tão cego".

Ela está tomada de tristeza por ele — pelos dois. Um feixe estreito de luz filtra-se entre folhas, toca a cama. O Deus que nunca interfere nos afogamentos e nos desastres de trem gosta de espreitar o experimento humano nesses momentos de ajuste de contas e resolve banhar a cena com um pouco de iluminação celestial. Mariamma se impacienta, esperando a resposta de Lênin.

"Mariamma, quando tudo acabar, quando a vida estiver quase no fim, do que você quer se lembrar?"

Ela pensa na única noite dos dois juntos, em Mahabalipuram. Reencontrou-o numa época em que já o perdera para uma causa fadada ao fracasso. E agora de novo. Encontra-o apenas para perdê-lo. Ela não responde, apenas segura a mão dele.

"Do que *você* quer se lembrar, Lênin?", ela pergunta, baixinho.

Ele não hesita. "Disto. Aqui. Agora. O sol em seu rosto. Seus olhos mais azuis do que cinza hoje. Quero me lembrar desse quarto, do farelo de biscoito em sua boca. Por que esperar que o mundo me mostre algo melhor?" É como se ele se despedisse.

Uma nuvem negra passa pelo rosto de Lênin — uma intrusa. Sua respiração se acelera e gotas de suor cintilam na sobrancelha.

"Lênin, te imploro. Vamos para Vellore. Tiramos o tumor, e depois a gente vê. Entregue-se e aceite a sentença. Mas *viva*! Viva por mim. Não me peça para assistir você morrer."

"Mariamma, é inútil. Vou morrer de qualquer jeito. A polícia vai me matar, com ou sem tumor." As palavras dele se atropelam, seus olhos vagam pelo quarto e é um esforço focá-los em Mariamma. Ela observa o véu se sobrepondo. A voz dele é tênue. "Fico feliz por você ter enfiado aquela agulha no meu cérebro. Pude ver você mais uma vez, te tocar, te ouvir. Mariamma, você sabe, não? Sabe o que sinto por você…?"

O corpo de Lênin se enrijece, os olhos reviram.

Ela grita e Digby chega a tempo de vê-lo convulsionar, chacoalhando a cama numa agitação violenta. Aos poucos a convulsão passa.

Digby pergunta: "Ele disse o que quer fazer?".

Ela ignora a pergunta, pois não vai mentir. "Vamos levar Lênin para Vellore."

Em uma época de mentiras, dizer a verdade é um ato revolucionário. No entanto, essa é a verdade dela, seu ato revolucionário por Lênin e por ela. Vida longa à revolução.

O carro, já bem maltratado, saltita e costura pelo caminho, cruzando a cintura afunilada da Índia, de uma costa à outra, acelerando para Vellore, Cromwell no volante. Digby não pôde ir — ficou triste. Mariamma o queria junto dela, mas não questionou suas razões. Senta-se de lado, de olho em Lênin a todo instante, mas ele está num torpor pós-convulsão — ou é isso, ou o líquido cefalorraquidiano voltou a se acumular. Seguem pelo norte a caminho de Trichur, depois dobram para o leste para subir pelo estreito de Palghat, nos Gates Ocidentais, antes de descer para as planícies em Coimbatore. Com três horas de viagem, o pescoço de Mariamma se enrijece de tanto se virar para cuidar de Lênin. Ela adormece e, quando acorda, assusta-se ao ver Lênin a encarando, como se *ele* fosse o acompanhante, e ela a paciente sendo levada às pressas para a cirurgia.

Mariamma não tinha pensado muito no que diria a Lênin sobre levá-lo a Vellore contra sua vontade. Tinha certeza de que aquele momento estava num futuro distante, bem depois da cirurgia… isto é, se ele sobrevivesse à viagem, sem falar na operação. O que dizer agora? *Quero que você viva, independentemente de como você se sente em relação a isso.* Ela gagueja, Lênin percebe e se diverte.

"Ah, diga de uma vez", ela desabafa. "Diga que estou te levando para Vellore contra sua vontade."

"Está tudo bem, Mariamma. Não tem problema. Cromwell me explicou."

"De nada", Cromwell diz, olhando de relance pelo retrovisor. "Duas horas mais", acrescenta. "Talvez menos."

Ela olha pela janela. A lua brilha entre as nuvens, sua luz fantasmagórica ilumina a paisagem árida e esburacada, é como se tivessem pousado na lua. O mundo, e os dois homens no carro, estão em paz. Ela é que está agitada e quer estrangulá-los.

Lênin toma sua mão. "Cromwell diz que conversamos essa manhã mesmo, mas minha sensação é de que estive longe por meses a fio. E por todo esse tempo andei pensando em nossa conversa. Suas últimas palavras. Refleti a respeito por muitas semanas, parece." Sua mão inconsciente vai à cabeça, tocar o curativo. "Antes de acordar neste carro, já tinha tomado minha decisão. Se estava disposto a morrer por uma coisa na qual não acreditava, tenho que estar disposto a *viver* por algo em que realmente acredito."

Mariamma não ousa respirar. "E o que é isso?"

Ele sorri. "A essa altura você com certeza já sabe."

Alguns vira-latas correm pelas ruas da cidadezinha. Faltam algumas horas para o amanhecer quando passam pelo portão do Christian Medical College Hospital em Vellore. Estão à espera deles, e, enquanto as enfermeiras e os residentes se debruçam sobre Lênin, o neurocirurgião residente chega e conversa longamente com Mariamma. Ela pede uma dose de anticonvulsivantes e determina que Lênin não pode tomar nada por via oral. Quando o dia rompe, ele é levado para uma bateria de exames.

Mariamma encontra Cromwell, que havia dormido no carro. Encoraja-o a voltar — não há mais necessidade de sua presença ali. Ele parte, relutante. Ela telefona para Digby, que fica aliviado ao saber que chegaram bem. "Escute", ele diz, "acho que pode ser uma boa você ligar para o editor do *Manorama*. Conte a ele o que está acontecendo. Se conectarem Lênin a sua família, a seu pai e à Condição, talvez isso sirva de aviso para que a polícia não o maltrate. Por sinal, em Vellore, eles já estão de sobreaviso. Falei de Lênin, e eles vão ter de informar à polícia, que por fim informará seus colegas em Kerala." Quando encerra a ligação com Digby, Mariamma telefona para o *Manorama*.

Lênin retorna depois dos exames, a cabeça raspada. Adormece, e ela também, na poltrona ao pé da cama dele. Ao meio-dia, a equipe neurocirúrgica retorna em peso, dessa vez com o chefe da equipe, um homem calmo com olhos doces e inteligentes por trás de óculos sem aro, ainda com o uniforme de cirurgia. Acena para Mariamma educadamente enquanto o neurocirurgião residente apresenta o caso de Lênin em voz baixa, mostrando os resultados dos exames. Mariamma fica sem jeito diante de seu futuro chefe, que examina Lênin rápido, mas com minúcia.

"Vocês chegaram a tempo", ele diz aos dois. "Discutimos seu caso com nossos neurologistas também. Tivemos de adiar uma cirurgia importante. Então vamos operar agora mesmo, não faz sentido esperar. Rezemos por um bom resultado."

As enfermeiras chegam para levar o paciente. Tudo caminha num ritmo que Mariamma nunca imaginou que fosse possível. Só tem tempo de dar um beijo no rosto de Lênin, que diz: "Vai ficar tudo bem, Mariamma, não se preocupe".

Não há nada mais vazio do que um leito de hospital para o qual um ente querido talvez não volte nunca mais. Mariamma está arrasada, desaba na cadeira, o rosto afundado nas mãos. A mulher que cuida do filho na cama ao lado se aproxima para confortá-la. Para sua surpresa, uma enfermeira vem sentar a seu lado e reza em voz alta. A fé, naquela instituição, é algo concreto, não abstrato. Depois da morte do pai, Mariamma virara as costas para a religião, perdendo toda confiança no divino. Mas fecha os olhos, enquanto a enfermeira reza... Lênin precisa de toda ajuda que conseguir.

Agora ela deve esperar. Três horas, depois quatro. Uma agonia. Ela confere o relógio de pulso a todo instante, examina qualquer um que entra na enfermaria. Então um assistente vem a seu encontro — o chefe de cirurgia quer vê-la, é tudo que ele sabe.

Caminham por corredores, sobem escadas... os pensamentos de Mariamma são um borrão. Ela é conduzida para um grande vestíbulo colado às salas cirúrgicas, onde o chefe espera calmamente, sentado num banco. Sua máscara pende de uma orelha. Ele dá um tapinha no banco ao lado dele.

"Ele passa bem. Conseguimos extrair a maior parte do tumor. Tive de deixar um resíduo que estava perigosamente colado. O nervo facial pode ou não se recuperar, mas estou otimista." O sorriso do médico a reconforta mais do que as palavras.

Uma onda de alívio a inunda, ela não consegue segurar o choro. Ele espera. "Obrigada! Me desculpe", ela consegue dizer, por fim, enxugando os olhos. "É que estou emocionada. Não posso deixar de pensar em meu pai. E no pai de meu pai. E tantos parentes que nunca entenderam o que tinham. É a primeira vez que alguém da família que sofre dessa doença é tratado."

O médico escuta. Quando tem certeza de que ela terminou, diz: "Li os artigos que você nos enviou junto com sua solicitação. Fiquei me perguntando se alguns de nossos pacientes com neuromas acústicos ao longo dos anos não seriam de famílias como a sua. Agora estamos prestando mais atenção no histórico familiar. Bom trabalho".

"Obrigada. Vai ser uma honra estudar aqui", Mariamma diz. "O que você fez... remover um tumor tão grande em um espaço tão pequeno... Um milagre."

Ele sorri. "Bem, não acreditamos que façamos nada sozinhos." Ele aponta um grande mural na parede oposta, representando cirurgiões de máscara e avental debruçando-se sobre um paciente, sob a auréola da iluminação cirúrgica. Nas sombras, figuras observam a cirurgia. Uma delas é Jesus, que descansa a mão no ombro do cirurgião. Mariamma fica olhando aquela cena e sente inveja da fé do futuro chefe.

"Nós nos orgulhamos de que podemos fazer praticamente tudo que os principais centros cirúrgicos internacionais fazem, mas a uma fração do custo. No entanto, a operação que acabamos de realizar, retirando um retângulo do crânio pouco acima da linha do cabelo, afastando o cerebelo... Bem, sinceramente, é uma coisa meio tosca em comparação à operação de neuroma acústico que, no momento, apenas dois ou três hospitais no mundo realizam. Foi inventada por um cirurgião otorrinolaringologista chamado William House, que era dentista antes de virar cirurgião. Ele começou a usar uma broca dental para chegar ao ouvido interno, o labirinto ósseo, e percebeu que podia se aproximar do neuroma acústico aprofundando esse túnel. É uma inovação brilhante, mas bastante difícil se você não sabe o que faz."

Mariamma havia lido sobre ela, mas não interrompe o chefe, para não dar uma de sabichona.

"É *isso* que precisamos oferecer aqui. Requer um microscópio operacional, a broca dental, irrigação e outras ferramentas que ele adaptou. Porém, mais do que tudo, requer treinamento especial, muitas horas dissecando o osso temporal em cadáveres até aprender. No momento apenas House e alguns poucos cirurgiões treinados por ele realizam essa cirurgia. Em algum momento quero enviar alguém para treinar com ele." Ele sorri, levantando-se. "Quem sabe, talvez esse seja o plano de Deus para você, Mariamma. Vamos ver. Vamos rezar para isso."

Grande Ammachi teria amado esse homem. As palavras dele a deliciariam. Deus respondeu às preces da avó: curar a Condição ou enviar alguém que possa fazê-lo.

O chefe diz: "Por sinal, o delegado de nossa polícia local conversou comigo. Garanti que Lênin não irá a lugar nenhum. Sei que você vai me ajudar a manter minha palavra".

562

78. Saca só

VELLORE, 1977

Na sala de recuperação, o rosto de Lênin está vermelho e inchado. Suas pálpebras tremelicam, a anestesia o deixou enjoado. Está inquieto. Mariamma lambuza vaselina em seus lábios ressecados e se pergunta: O tempo se expandiu de novo para ele, como ocorreu depois da convulsão? As quatro horas de cirurgia parecem-lhe quatro anos? Sem esse tumor que definiu toda a sua vida, ele vai se mostrar o Lênin de sempre ou outra pessoa? Ela massageia os lábios dele com lascas de gelo, murmurando palavras de conforto. Ele desperta, e num primeiro momento não consegue focar os olhos. "Mariamma!" Ela mal consegue ouvir; sente um punho cerrado relaxando dentro do peito — estava lá desde que Digby apareceu no Triplo Yem, mil anos atrás.

No dia seguinte, Lênin já ocupa a enfermaria comum. Está fraco, mas os membros funcionam, a fala e a memória permanecem intactas — nada foi danificado, exceto o tumor, ao que parece. Mariamma lhe dá de comer, segura o coletor de urina, lava-o, fazendo o que pode parar poupar as enfermeiras. Observando os estagiários, ela aprendeu a trocar lençóis manchados sob um paciente acamado, como virá-lo e como lhe dar um bom banho na cama. É uma experiência que a enche de humildade. Todo médico não deveria aprender aquilo? Não é disso que se trata a medicina?

* * *

O *Manorama* publica a reportagem "O sacerdote naxalita" um dia depois da cirurgia. Um doce coroinha foi atormentado por um tumor que crescia aos poucos no cérebro e que o levou a se tornar um naxalita; agora, depois de uma cirurgia cerebral heroica, voltou a si e está arrependido — é essa a fábula que o repórter elabora. E quem sabe não é verdade? Digby tinha esperanças de que aquele tipo de publicidade impedisse a polícia de Kerala de cometer abusos contra Lênin quando ele fosse levado sob custódia. Pode ser que funcione.

Dez dias depois da operação, Mariamma passa o dia acompanhando cirurgias, a convite do chefe. Quando volta para a enfermaria, às cinco da tarde, é pega de surpresa por um jovem bem barbeado, vestindo uma camisa folgada e calças, sentado na cadeira *dela* ao lado da cama vazia de Lênin. Todos os olhos se voltam para Mariamma. As enfermeiras sorriem, cúmplices.

O estranho se levanta sozinho e vira-se lentamente, aproximando-se dela. Desde que pôs os olhos em Lênin pela primeira vez no Santa Brígida, Mariamma ainda não o vira de pé. Ele é mais alto do que ela lembrava. Lênin cambaleia para abraçá-la. Mariamma sente um corpo só ossos, repleto de ângulos agudos. Todos os pacientes despertos e seus parentes observam a cena; a enfermeira-chefe e as subordinadas exibem expressões abobalhadas... Mariamma sente o sangue correndo-lhe às faces. *Deus, por favor, que não comecem a bater palmas!*

Por insistência de Lênin, e com a bênção da enfermeira-chefe, caminham até o pátio atrás da enfermaria e sentam num banco. As folhas secas do grande carvalho à frente rumorejam, como o arroz deslizando numa cesta. Os olhos de Lênin observam os galhos de ponta a ponta. Ele escaneia o céu. "Se pudesse dormir aqui, eu dormiria", diz.

Seus pensamentos não parecem vagarosos, ao contrário: eles saltam como cabras escalando uma montanha rochosa, como se as palavras estivessem acumuladas. Nos últimos dois anos ele e seus camaradas, os poucos que sobraram, estavam com a cabeça a prêmio e não podiam confiar nos moradores do vilarejo — as pessoas por quem haviam lutado. "O dinheiro da recompensa era tentador demais. Um morador por quem eu estava disposto a dar a vida podia me enviar para a sepultura." O grupo passava cada vez mais tempo na floresta, a desilusão só aumentava. "Sabia que um fungo chamado *Exobasidium vexans* fez mais pela luta de classes do que todo o movimento naxalita? Ele devastou fazendas inteiras de chá. Os proprietários abandonaram a terra para os nativos. A terra era deles por direito." Ele e os camaradas foram silenciados pela imensidão da floresta, mal conversavam.

"Um ancião em Wayanad me ensinou como suspender uma pedra com a parte mais alta e delgada do tronco, por sobre o galho mais baixo da árvore mais alta. Então, amarrando uma corda ao tronco, eu podia dar uma volta com a corda sobre o galho mais baixo e fazer um balanço para meu corpo. Ele me mostrou um nó especial, secreto, que permitia que me suspendesse aos pouquinhos — a corda trava, de forma que você não escorrega. O nó de fricção, tão difícil de aprender, é passado de geração em geração. As pessoas pensam em herança como sendo terra ou dinheiro. Aquele nativo me deu sua herança."

Na floresta, Lênin se içava. Vivia dias na copa das árvores, em companhia de cogumelos, besouros, ratos, pássaros canoros, papagaios e por vezes uma civeta. "Cada árvore tinha sua personalidade. O tempo delas é diferente. Pensamos que são mudas, mas é que as árvores levam dias inteiros para completar uma palavra. Sabe, Mariamma, lá entendi meu fracasso, minha limitação. Sou consumido por uma ideia fixa. E depois por outra. E outra. Caminhar numa linha reta. Querer ser sacerdote. Depois naxalita. Mas, na natureza, uma ideia fixa é antinatural. Ou, antes, a ideia, a única ideia, é a própria vida. Simplesmente *ser*. Viver."

Mariamma escuta, entretida e um pouco preocupada com aqueles pensamentos.

A enfermeira-chefe envia o jantar, com um mimo especial — sorvete.

"Mariamma, sabe qual foi a melhor refeição de minha vida? Sempre pensava nisso. Foi a RefeissõesReais. Mahabalipuram? Um dia vamos lá de novo. Para aquele mesmo quarto."

"Promete?"

Ele assente, toma-lhe a mão e a beija, depois a encara, como se tentando memorizar seu rosto. E suspira. "Não queria estragar nossa noite. Porém, mais cedo, quando você foi acompanhar as cirurgias, ficamos sabendo que vou ser entregue à polícia de Kerala amanhã. Vão me levar para a prisão em Trivandrum."

Não é dor, mas um medo primitivo se apodera dela. Medo pela vida dele — tal como quando foi para a mesa de operação. Lênin a observa, apreensivo. "Mariamma, o que está sentindo?"

"Estou triste, com medo — o que esperava? E estou com raiva de você. Sim, sei que é tarde demais. Mas se você não tivesse insistido em ser… em ser Lênin, poderíamos ter tido uma vida." O velho Lênin teria protestado, botaria a culpa num desentendimento. Mas este Lênin tem um ar penitente, e ela se sente mal. Acaricia-lhe o rosto. "Por outro lado, se você tivesse sido um bom garoto e tivesse virado sacerdote, talvez eu te achasse bem chato."

"Agora que sou um fora da lei, sou irresistível?"

Ela gosta desse Lênin. Não. Ela o ama. Por mais que ambos tenham mudado, a essência de uma pessoa é formada aos dez anos — essa é sua teoria. A parte "excêntrica" pode ser eliminada. Ou podemos talvez aprender a administrá-la.

"Mariamma, sei que dissemos adeus para sempre em Madras. Ainda assim, sempre tinha conversas imaginárias com você. Guardei coisas num compartimento mental para um dia te dizer... O que estou querendo dizer é que nunca desisti de você. Não podia. E cá estou — vivo. E poderei vê-la. Pois você vai saber onde me encontrar..."

"Na prisão!", ela explode, amarga, entre lágrimas.

"Mariamma, você sabe que não *precisa* esperar por mim, não sabe?" Ele não consegue esconder o toque de ansiedade em sua voz.

"Ah, pare, por favor. Estou chorando porque vai ser difícil. Mas vai ser mais difícil para você. Queria que a gente não precisasse esperar. Porém, agora que te encontrei, acha que vou te deixar sumir de novo?"

Ela passa a última noite na poltrona ao lado da cama dele, agarrando sua mão, a cabeça descansando no seu travesseiro. Quando amanhece, fica inquieta, angustiada. Ele está calmo. Todos na enfermaria sabem o que vai acontecer.

Às dez da manhã, o subcomissário Mathew da Força Tarefa Especial da Polícia de Kerala chega com dois oficiais, suas botas ecoando como marretas no piso. Ele é um homem grande, severo, com um bigode áspero. Da boina aos sapatos marrons bem engraxados, dos tufos de cabelo que se projetam de suas orelhas até os nós dos dedos, todo o seu ser é ameaçador. Mariamma se ergue, tremendo.

Lênin se levanta e se põe entre as camas para encarar o policial, os ombros corajosamente para trás, mas tão magro que uma brisa pode derrubá-lo. O olhar que os dois homens trocam gela o sangue de Mariamma: dois antigos inimigos se medindo, homens cujo único desejo é arrancar o coração do outro, que buscam vingança pelo que cada um fez contra o outro. No entanto, foi Lênin quem decidiu se entregar, então o ar desafiador em seus olhos desaparece, como se nunca tivesse existido. Aquilo só enfurece ainda mais o subcomissário, que cerra os punhos. Se não houvesse testemunhas, ela tem certeza de que o policial teria arrancado sangue de Lênin antes de levá-lo.

Quando o oficial algema Lênin, ele não protesta. Assim que o subcomissário berra uma ordem para que tragam correntes de ferro para os tornozelos, Mariamma abre a boca, mas a enfermeira-chefe se antecipa. "Subcomissário!", diz a enfermeira numa voz que paralisa os residentes e faz os estagiários molharem as calças. "Não perturbe meus pacientes! Seu prisioneiro passou por uma cirurgia cerebral. Se ele correr, não acha que conseguirá alcançá-lo?" O subcomissário vacila sob o olhar severo da enfermeira. As correntes de ferro para os tornozelos desaparecem. "Estou entregando meu paciente em boas condições", ela diz. "Por favor, mantenha-o assim."

Um furgão está à espera. Mariamma tem permissão para caminhar ao lado de Lênin. A porta de trás do veículo se abre, deixando ver bancos laterais de frente uns para os outros. A enfermeira-chefe, sem pedir permissão, joga lá dentro um travesseiro e um cobertor, e também uma garrafa de água; depois disso, reza com as mãos sobre a cabeça de Lênin e o abençoa. Antes de os oficiais ajudarem-no a subir, Mariamma o abraça, sentindo as frias algemas de metal contra ela. Lênin beija sua testa. E sussurra: "RefeissõesReais, o Hotel Majestic *ma*! Não esqueça. Dessa vez leve roupa de banho. Vou te buscar. Esteja pronta".

79. O plano de Deus

PARAMBIL, 1977

Os prisioneiros não podem receber visitas no primeiro mês. Esperar todo esse tempo é uma tortura para ela. Não bastasse, todos os pacientes no Triplo Yem parecem estar cientes de seu caso. Não passa um dia sem que alguém diga: "Pelo menos os presos têm uma boa refeição por dia. Não pode ser tão ruim". Um lavrador de palmeiras com uma laceração profunda na testa opina por baixo de uma toalha cirúrgica: "Se pelo menos eu tivesse sido preso, não andaria trepando em árvores. Lá ensinam coisas úteis, como alfaiataria". A paciência de Mariamma desaparece. "Você está certo. Se tivesse sido preso, eu não estaria aqui costurando um homem que beijou uma cabra porque a confundiu com a esposa." Joppan assume a sutura, que domina bem, enquanto Mariamma se retira furiosa da sala de cirurgia.

Toda manhã Anna *Chedethi* faz questão de conferir as dobras do sári da jovem médica antes de sua partida para o hospital. "Você perdeu peso", ela reclama. "E não come o que mando."

Mariamma e o Senhor Melhorias vão a Trivandrum em busca de um advogado. Contratam um homem competente e com experiência. Até que Lênin seja formalmente acusado, há pouco o que fazer, ele diz. Fala de naxalitas que, embora tendo recebido sentenças de sete a dez anos, ou mesmo prisão perpétua, tiveram a sentença reduzida para três ou quatro anos. A maior parte delas, aliás. Com o histórico médico de Lênin, e já que não está conectado diretamente a nenhuma morte, é possível que cumpra apenas "alguns anos".

É uma boa notícia. Ou deveria ser. No entanto, quando Mariamma chega em casa, a realidade do que "alguns anos" significarão para a vida de ambos a deixa abatida. Logo estará em Vellore para a especialização em neurocirurgia. Em vez de uma viagem de ônibus de três horas, será preciso passar uma noite inteira no trem para ver Lênin. E todo dia ela se preocupa com o bem-estar dele na prisão. Sente-se exausta.

Anna *Chedethi* a encara assim que ela entra e, sem dizer uma palavra, obriga-a a se sentar. Despeja iogurte e água numa pequena tigela, acrescenta uma fatia de pimenta-verde, gengibre picado, folhas de curry e sal, e serve tudo em um copo alto. Repuxa o cabelo de Mariamma para trás das orelhas, tal como quando ela chegava da escola, ainda menina. Mariamma bebe tudo: é uma invenção superior à penicilina. Toma um banho, come um pouco de *kanji* com picles e vai dormir cedo.

Pouco depois da meia-noite ela está completamente desperta. Não adianta resistir. Segue para o escritório do pai, querendo ouvir a voz dele nos diários. Ela marcou as entradas em que ele expressa o amor pela filha, passagens preciosas que sempre a fazem chorar. Quantas odes daquelas o pai lhe escreveu na época em que ela ainda morava sob seu teto! Quando a jovem partiu para a faculdade, ele sofreu pela filha ainda mais. Se pelo menos Mariamma tivesse vindo para casa com mais frequência...

Ela acaricia a capa do caderno. Os diários são tudo que sobrou dele: seus pensamentos. O único que falta é aquele que jaz no fundo de um lago, mais uma perda entre muitas numa tragédia terrível. Talvez jamais venha a saber *por que* ele embarcou para Madras. Até agora, o "tumor do pensamento" não se revelou, a não ser que a própria existência daquelas notas confusas, a quantidade avassaladora delas, o comentário compulsivo e incessante sobre sua vida *seja* o "tumor". No entanto, não é um traço que outros que sofrem da Condição compartilhem. Era uma característica peculiar dele.

Mesmo se ela tivesse certeza de que sua hipótese estava errada e que não existia "tumor do pensamento" algum, ainda leria todas as páginas. Nelas, seu pai, o Homem Comum, está vivo. Ela tem horror em pensar que um dia chegará à última entrada.

Mariamma ajusta o abajur, pega uma caneta e retoma a decifração, o índice, o ponto no fim da página onde ela parou. E vira a folha...

... E algo parece errado. Seus olhos estranham os espaços em branco, os cortes de parágrafo e uma fileira de letras maiúsculas — tudo que o pai evitava, verdadeiros pecados mortais. Essa página parece uma violação de seu próprio regulamento.

Mariamma fez sete anos hoje e queria bolo. Ninguém jamais fez um bolo em Parambil. Ela teve essa ideia lendo Alice no País das Maravilhas. *Ela e Ammachi mexeram a massa numa tigela com tampa e colocaram carvão quente em cima e em baixo. Jurei a ela que eu tinha a poção BEBA-ME, se, como em* Alice, *esse fosse um bolo do tipo COMA-ME, que a faria ficar subitamente gigante. Delicioso! Baunilha e canela. Depois lhe dei um presente de aniversário: sua primeira caneta-tinteiro, uma Parker 51, azul com tampa dourada. Um lindo instrumento. É o que eu tinha prometido tão logo ela virasse uma mocinha. Ela ficou animada: "Isso quer dizer que sou finalmente uma mocinha?". Confirmei. E ela é!*

Mariamma vê os próprios rabiscos em inglês na página, feitos com a nova caneta.

MEU NOME É MARIAMMA. EU TENHO SETE ANOS.

Depois de outro espaço em branco, seu pai retorna.

Só ao meditar sobre a morte de Ninan, sofrendo-a toda noite por doze anos, é que cheguei a uma compreensão plena do presente, do milagre que é minha preciosa Mariamma. De início não me dei conta disso. Levou algum tempo. Tive de subir na palmeira mais alta, como meu pai, para ver o que me escapara no chão, para ver o que não queria enxergar, o que nunca escrevi aqui, pois, se o fizesse, estaria reconhecendo o que sabia no fundo do coração mas nunca quis reconhecer. Pensamentos podem ser enxotados. Palavras numa página são tão permanentes quanto figuras talhadas na pedra.

Nesta noite em que minha filha se tornou a mocinha que queria ser, devo ser digno dela, sendo verdadeiro comigo mesmo e com esses diários. Não podia redigir estas palavras
ATÉ ESTE MOMENTO

Mariamma fica desorientada com as maiúsculas. O pai claramente parou para desenhar cada uma das letras, construindo um monumento de palavra, buscando eternizar aquele momento. Ou era hesitação? O que relutava em escrever? Aqueles três termos ocupam o restante da página.

Mariamma passa à folha seguinte:

Depois da morte de Ninan, minha Elsie foi embora. Ficou longe por pouco mais de um ano. Quando voltou, ela já estava grávida.

Que eu escreva "já estava grávida" é prova de que meus olhos estão abertos. Talvez Grande Ammachi tenha sabido desde sempre. Talvez tenha sido isso que ela quis dizer quando me disse, no dia em que Mariamma nasceu, que "Deus enviou-nos um milagre na forma desta criança, que chegou completamente formada e única". Não era Ninan renascido, mas algo infinitamente mais precioso: minha Mariamma! Mas eu era um imbecil nas garras do ópio, incapaz de receber ou reconhecer o presente inestimável daquela criança que hoje é uma "mocinha".

Livre do ópio, minha cura só começou de fato quando me dediquei a amar a nenenzinha com todo o meu coração. Sou seu pai — sim, sou — por escolha. Se ela fosse de meu próprio sangue, então seria uma criança diferente, não seria minha Mariamma, e só de pensar nisso estremeço. Recuso-me a imaginá-lo. Jamais aceitaria perder minha Mariamma. Meu Deus amado não me devolveu meu filho. Não, ele me deu algo muito melhor. Ele me deu minha Mariamma. E ela me deu vida.

Mariamma lê as palavras do pai seguidas vezes, primeiro sem entender, depois recusando-se a entender, ainda que as palavras lhe caiam sobre a cabeça como um teto se desmoronando.

Já estava grávida.

Quando ela entende, engasga com essa informação terrível. Cambaleia para longe da mesa, sua mente titubeia, o corpo ameaça rejeitar seu escasso jantar.

Aquela sala, o escritório do pai, parece-lhe subitamente alheio. Ou é a si própria — a observadora — que já não conhece? Lembra-se de ir para aquele lugar com ele depois que comeram o bolo de aniversário. Ela sentou no colo dele, segurando sua nova Parker 51, enchendo-a com a tinta Parambil Púrpura. E se recorda de escrever aquelas palavras, agora imortalizadas na página. São as palavras de seu pai logo em seguida que a devastam.

"Appa, o que está dizendo? Meu amado pai — que me diz que não é meu pai —, o que está dizendo?"

Se sente enlouquecer. A quem poderá perguntar? Grande Ammachi sabia, é o que seu pai achava. Mas ela não está aqui. Mariamma caminha pelo quarto em um torpor de incredulidade. Por onde andou a mãe naquele ano ausente? Quem aplacou sua dor? Terá começado uma vida nova? Se sim, por que voltar? Para dar à luz?

Ela já leu a metade dos diários do pai, e agora as entradas vão se dispersando ao longo do tempo. Mas esta é a única menção que ele fez a isso. Sempre soube, no entanto lhe era doloroso demais escrever. Anotou cada pensamento não dito, exceto aquele. Não conseguia — até que conseguiu. Talvez ele nunca tenha tocado no assunto de novo por escrito, tendo exorcizado o que se deteriorava dentro dele e alcançado a paz.

"Ah, Appa, você encontrou sua paz, porém me deixou de pernas para o ar. Você revirou as raízes que me conectavam a esta casa, à minha avó, a você…" Ela pensa em acordar Anna *Chedethi* e aninhar-se em seus braços. Será que ela saberia? Não, ela só veio para Parambil quando Elsie estava prestes a dar à luz. Ao que tudo indica o pai nunca discutiu suas suspeitas, sua convicção, com Grande Ammachi. E a matriarca não falou disso com o filho. Levou para o túmulo o que sabia. Como também Philipose… Exceto por esta nota.

Ela flagra a própria imagem no espelho que o pai usava para se barbear, ainda ali em um nicho, como se esperando por ele para ser posto na varanda. Mariamma recua, pois vê uma mulher insana, angustiada, com olhos selvagens, devolvendo-lhe o olhar.

"Quem sou eu?", pergunta à aparição no espelho. Sempre achou que tinha as sobrancelhas do pai, seu jeito de inclinar a cabeça para ouvir, o nariz, sem dúvida, o lábio superior — como é possível que nada disso seja verdade? Mesmo o cabelo dos dois era tão semelhante, espesso mas levemente ralo nas têmporas. É verdade que ele não tinha a mecha de cabelo branco…

A mecha de cabelo branco… Essa é sua pista. É isso que a leva ao topo da palmeira, como o pai, e agora sua visão se abre, desimpedida.

Vejo.

Lembro. Entendo.

Eu a possuo agora, essa informação terrível que jamais desejei ter.

PARTE DEZ

80. Não piscar

SANTA BRÍGIDA, 1977

O taxista velho e encolhido apequena-se diante do volante do Ambassador, mas maneja a alavanca de câmbio com habilidosos golpes de palma da mão. Como muitos no ramo, senta de lado, pressionando-se contra a porta, acostumado a ter pelo menos três parentes apertando-se com ele na frente, sem falar das mulheres, crianças e bebês no banco de trás, a caminho de um casamento ou de um funeral.

Do assento traseiro, Mariamma olha para o mundo com novos olhos. Parambil é o lar que tomou como seu, mas, como tantas coisas em que acreditava sobre si mesma até então, aquilo é uma mentira. "A única coisa de que você pode ter certeza neste mundo é da mulher que te deu à luz", disse o casamenteiro Aniyan. Mariamma nunca conheceu sua mãe, e agora ela acaba de descobrir que também nunca conheceu seu pai.

Da última vez que passou por aquela estrada, no carro de Digby, correndo para ver Lênin, ela não pensava na casa Thetanatt. O motorista de seu táxi esteve em todo lugar, e, como um casamenteiro, ele sabe exatamente onde ficava a residência, antes que o falecido irmão de Elsie a vendesse. Naquele terreno erguem-se agora seis "mansões do golfo" — construídas por malaialas que retornaram de Dubai, Omã e outros entrepostos. A única coisa que Mariamma pode ver do passado de sua mãe é o rio majestoso no extremo da antiga propriedade. Eles aceleram.

"Aqui, senhorita?", pergunta o taxista, hesitante, bem antes do portão aberto do Leprosário Santa Brígida. Apesar de todas as viagens que ele deve ter feito, Mariamma duvida que já tenha levado alguém até lá. Talvez esteja torcendo para que ela salte do carro e faça o restante do caminho a pé.

"Siga para aquele edifício atrás do lago de lótus. Vou pedir que lhe tragam chá."

"*Ayo*, obrigado, senhorita, não é necessário!", ele responde, entrando em pânico. Ela lhe entrega dez rupias e pede que ele volte depois do almoço. Pode ser imaginação sua, mas tem impressão de que o homem recebe a nota com certo receio.

Mariamma pergunta por Digby. Suja, a mulher em traje de enfermeira que ela viu da última vez, mostra o caminho. Seu pé direito, coberto de ataduras, e suas sandálias, feitas a partir de pneus velhos, dão-lhe um andar rígido e manco. Passam pelo pátio sombreado, depois pelo corredor que conduz à sala de operação, os odores de sabão desinfetante cedendo lugar ao aroma vaporoso de estufa da autoclave.

Digby Kilgour está em cirurgia, mas Suja a encoraja a entrar. Mariamma pega uma máscara e um gorro, cobre os sapatos com protetores e entra. À assistente de Digby faltam alguns dedos, o que a obriga a prender com fita adesiva as sobras de sua luva. Digby olha para cima. Sorri por sobre a máscara. "Mariamma!", exclama, feliz.

Vendo a expressão dela, hesita. "Lênin...?"

"Ele está bem."

Os olhos pálidos dele a estudam, tentando ler seus olhos. Ele acena com a cabeça, lentamente. "Estou prestes a começar. Se quiser, pode se vestir..." Ela diz que não. "Não devo demorar muito." O dever da cirurgia vem sempre em primeiro lugar. Ela lembra de seu professor em Madras, um homem que se divorciou duas vezes, dizendo que, na sala de operação, o caos da vida — as decepções, as dívidas — desaparecia. Por um tempo.

Para Mariamma, é como se seus pensamentos já não lhe pertencessem. Luta para continuar focada. Digby faz três incisões separadas na mão do paciente, emoldurada por toalhas cirúrgicas verdes. Fica tentada a lhe dar um tapa na mão. *Você por acaso é um carpinteiro com um martelo? Segure esse bisturi como um arco de violino, entre o polegar e o dedo médio. O indicador por cima!*

As linhas pálidas revelando-se ao correr da lâmina e o sangue que demora a brotar são como ela está acostumada a ver. Os movimentos de Digby são lentos e deliberados.

"Não sou um cirurgião que valha a pena ser observado em ação", ele diz. Cuida de um sangramento que ela talvez ignorasse. Depois de ganhar espaço, corta um tendão de sua inserção e o canaliza para um novo local. "Aprendi do jeito difícil", continua, "que enxertos livres de um segmento excisado de tendão... não funcionam."

Ela morde a língua. Cirurgiões gostam de pensar em voz alta. Assistentes precisam ter mãos silenciosas e cordas vocais mais ainda. Observadores também.

"Rune era um pioneiro em enxertos de tendões livres. Mas hoje acredito que um tendão precisa permanecer conectado ao músculo parente, por uma questão de fornecimento de sangue e função. O verdadeiro inimigo é o tecido cicatrizado. Uso as menores incisões possíveis e evito sangramentos."

Ela está impressionada, ainda que um pouco a contragosto, com o que ele é capaz de realizar com dedos tão rígidos — sua mão esquerda faz a maior parte do trabalho. Se ela trabalhasse naquele ritmo, a enfermeira Akila diria: "Doutora, as bordas de sua ferida já estão cicatrizando".

Digby continua: "Você precisa ter paciência, como uma minhoca que se enfia entre as pedras... contornando raízes para chegar aonde precisa chegar. Mesmo as estruturas mais rígidas no pulso têm uma camada quase invisível de tecido escorregadio, pelo menos é o que eu acho. Não está nos livros. É preciso alguma fé. Acreditar sem prova. Eu tento não danificar essa camada. Isso tudo deve soar como bruxaria".

Mariamma não confia nem na sua voz. Todo cirurgião tem suas crenças, mas também tem um pouco de são Tomé. Precisam de provas. E ela foi ali em busca disso.

Digby sutura o tendão na nova inserção na base de um dedo e fica um tempo fazendo isso. "Essas pequenas fibras desgastadas na ponta do tendão são como cipós, porém duras como cabos de aço. Uma gavinha solta dessas pode se agarrar a alguma coisa que não devia e arruinar o resultado."

Acabou. Por hábito ela olha o relógio. Não demorou tanto quanto lhe pareceu.

"Sem torniquete?" Aquilo saiu da boca de Mariamma, também por hábito.

"Não acredite neles. O melhor torniquete é aquele que você pode ver pendurado na parede." Digby faz um curativo na ferida e imobiliza a mão no gesso. Depois retira as luvas e o avental.

Pede que levem um pouco de chá a seu escritório. "Você se incomoda se a gente der uma espiada numa paciente? É o grande dia dela, e ela esperou a manhã inteira."

Eu me incomodo, sim! Esperei minha vida inteira.
Ela o segue.

Na pequena enfermaria, uma jovem está sentada na cama. A seu lado, de prontidão, uma bandeja de instrumentos médicos. Digby põe a mão no ombro da paciente.

"Esta é Karuppamma. Tem cinquenta anos, mas parece vinte, não é? Isso é lepra lepromatosa. Espanta as rugas. Difere da forma tuberculoide."

Karuppamma é tímida. Cobre a boca com a mão livre, que parece uma garra.

"Uma semana atrás fiz nela o mesmo procedimento que você acabou de ver. Cortei o tendão flexor digital superficial que vai para o anelar. Posso fazer isso porque ela tem o tendão profundo como apoio. Fixei o tendão aqui", ele diz, apontando para a raiz do polegar. "Agora ele deve ser capaz de fazer movimentos opositores. Recuperando a capacidade de segurar coisas, antes perdida. O caso é que, para fazer o polegar se mover, ela deve *imaginar* que está movendo o dedo anelar. O dedo acha que é impossível. Precisa ser convencido de que as coisas não são o que parecem."

Você está falando comigo? Por fora, Mariamma está mais calma do que quando chegou, pacificada pela espera e por ter observado Digby trabalhando. Suas entranhas, porém, remoem-se de raiva, ressentimento e confusão. Precisa da verdade. *Não vim em busca de conhecimento cirúrgico.* Ainda assim, não será rude na frente de uma paciente.

Digby diz em malaiala: "Toque o polegar no mindinho". Ele domina mal o idioma, mas Karuppamma entende. Ela faz uma careta com o esforço. Nada acontece.

"Pare. Agora… mova o dedo anelar."

E agora é seu polegar que se mexe. Há uma pausa, Karuppamma irrompe numa risada. Digby compartilha sua alegria, sorrindo. Uma pequena multidão se aglomerou no entorno, participando do triunfo de Karuppamma. Mariamma se comove. Quando Digby se volta para ela, porém, sua expressão alegre foi substituída por uma profunda tristeza.

"Essa doença vai tirando tudo. Ano após ano, você perde algo. Não por causa da lepra ativa, mas pelos danos neurológicos. Este é um dos raros momentos em que podemos reconquistar alguma coisa."

Ele diz a Karuppamma que a cada dia ela conseguirá mover o polegar um pouco mais, até que alcance sua força plena, contudo, por ora, não deve forçá-lo demais. Orienta Suja a imobilizar a mão e o pulso da paciente com uma placa posterior de gesso.

Digby diz: "Logo ela moverá o polegar sem pensar. É impressionante. Como diz Valéry, 'Ao fim da mente, o corpo. Mas, ao fim do corpo, a mente'".

Os dois se retiram. Ele diz: "Paul Brand, em Vellore, e Rune, aqui, foram os primeiros a realmente entender que esses dedos são lesionados pelo trauma repetido. *Não* pela lepra que os consome, mas porque eles não têm a sensação da dor...".

A mente de Mariamma deriva. Pensa em Philipose menino empreendendo aquela viagem maluca e tomando o lugar das mãos de Digby, que ainda se recuperava da cirurgia.

"... Paul Brand viu uma paciente cozinhando num braseiro, lutando para virar um *chapati* com uma pinça. Ela se irritou e, botando a mão no fogo, virou o pão. Você e eu gritaríamos se tentássemos isso, mas ela não sentiu nada. Foi aí que Brand compreendeu. Sem o 'dom da dor', como diz, ficamos desprotegidos." Digby fala consigo mesmo. "É impressionante como tão poucos entendem isso. Essa é a natureza da lepra clínica. Poucos médicos querem estudá-la. Poucos cirurgiões desejam tratá-la." Digby a encara.

É uma experiência incômoda para Mariamma contemplar aquele rosto curtido pela idade e lacerado por cicatrizes de queimaduras, pois tal face evoca o rosto que ela vê ao se olhar no espelho. Será que Digby não vê a semelhança?

Entram no mesmo escritório, onde, no que agora lhe parece outra vida, ela tirou uma soneca. É uma manhã gloriosa. Mariamma é atraída pelas janelas francesas, quer ver mais uma vez aquele jardim. Rosas amarelas e vermelhas contornam o gramado, não lembrava dessas cores. A portinhola que dá acesso ao jardim está aberta. No gramado uma paciente de sári branco está sentada ao sol; ela seleciona grãos de painço tostado na palma de sua mão, depois os enfia desajeitadamente dentro da boca. Suas mãos são como árvores com galhos cortados que deixaram protuberâncias. Usa um polegar rudimentar para selecionar o painço. Sua cabeça está coberta pelo *pallu* do sári. Mariamma vê seu perfil achatado, o nariz aplanado como se alguém atrás dela lhe puxasse as orelhas. É preciso coragem para fazer da lepra sua vocação. Digby a tem, ela reconhece.

"Quando os nervos faciais são afetados, a lesão rouba as expressões naturais", ele diz, parando atrás dela. "Você acha que estão mostrando os dentes de raiva quando podem estar sorrindo. Isso fortalece o isolamento da lepra." Digby continua dando aula. Mariamma preferiria que ele se calasse. "Aprendi a ouvir mais do que a olhar", ele afirma.

Mariamma ouve a tristeza na voz dele. Seria muito mais fácil dar vazão à raiva se ele fosse um agricultor bêbado em vez desse homem que dedicou a vida a doentes cujas provações os transformaram em párias.

Digby por acaso não entende por que ela está ali? Ele deve saber que *poderia* ser seu pai, mesmo se nunca mais viu Elsie nem soube que ela teve uma filha. E, se sabe, então é parte do conluio que ocultou a verdade dela.

Ela está prestes a se virar e falar quando ele sussurra: "Repare na frequência com que ela pisca". A mulher não percebe que está sendo observada. "Conte quantas vezes você pisca para cada piscada dela."

Mariamma tenta não piscar. Os olhos coçam, depois ardem. Ela cede. Mas a paciente ainda não piscou, e agora engatilha a cabeça na direção do latido de um cão, tal como uma cega que busca localizar um som. Um olho é de um branco leitoso, nada vê, afundado. A córnea do outro é turva.

"Eles não piscam, a córnea se desidrata, e vem a cegueira. Na maior parte, os residentes não chegaram aqui cegos. Quando acontece, é um momento triste."

Chega o chá. Mariamma senta na mesma poltrona em que tirou a soneca. Sem pensar, ela retira o xale dobrado sobre o encosto e o põe sobre seu colo. Digby a serve.

Na estante, ainda está a fotografia de moldura prateada em que se vê Digby menino, na companhia da mãe. *Sua mãe bela e deslumbrante, Digby. Com cara de estrela de cinema. Com a mecha branca no cabelo. Minha avó.* Quando, na última visita, Mariamma olhou pela primeira vez para aquela fotografia desvanecida, achou que a mãe de Digby começava a ficar grisalha. No entanto, ela era jovem. A pista estava ali, bem diante de seus olhos... mas ela não percebeu. E jamais perceberia, não fossem os diários do pai.

Digby senta-se à frente dela, inclinando-se sobre sua xícara. Está quente, pois ele depõe a xícara, o pires batendo contra o porta-cachimbo e fazendo um som de gongo.

Ela se prepara. "Dr. Kilgour..."

"Digby, por favor."

Digby, então. Só não te chamarei de "pai". Tive um pai que me amava mais do que a vida.

"Digby...", ela diz, mas o nome já não lhe parece certo. É como um dente lascado raspando a língua. "Você não quer saber por que vim aqui hoje?"

Ele senta na poltrona e fica em silêncio por um bom tempo. "Por anos me perguntei se você viria, Mariamma. E se ia me perguntar o que você vai me perguntar." Entreolham-se. "Você é exatamente igual à sua mãe", acrescenta.

Ela respira fundo. Por onde começar? "D..." Ela não consegue dizer o nome dele, então começa de novo. "Como você conheceu minha mãe?"

Digby Kilgour suspira e se levanta. Por um momento vem à Mariamma a ideia absurda de que ele está prestes a abrir a porta e se retirar — por ela ter feito a pergunta anunciada. No entanto, não, ele fica ali, parado. Os olhos que vão ao encontro dos dela mostram-se solenes, contritos e cheios de compaixão. "Sabia que um dia viria procurar por ela."

Ela não entende o que ele está dizendo. Ele vai até as janelas francesas e fica ali como um homem prestes a encarar o pelotão de fuzilamento, seu nariz quase tocando o vidro. Mariamma se ergue, levando a xícara de chá, e se junta a ele.

A vista não mudou. A grama brilha. No centro, vestida em branco puro, a mulher que não pisca ainda está lá, sentada, escolhendo grãos de painço.

"Mariamma, aquela mulher ali ao sol... Ela é provavelmente a maior artista indiana viva. Ela é o amor de minha vida, a razão pela qual passei vinte e cinco anos no Santa Brígida. Mariamma, aquela é Elsie. Sua mãe."

81. O passado encontra o futuro

GWENDOLYN GARDENS, 1950

Naquela tarde de setembro de 1950, quando Digby chegou ao clube parecia a estação Victoria Terminus. Carros enfileirados na beira da estrada, malas empilhadas sob o pórtico. Começava a Semana dos Fazendeiros, e, naquele ano, pela primeira vez, coube ao clube de Digby — o Tradewinds — a honra de sediá-la.

Em 1937, quando ele e Cromwell assumiram a Loucura de Müller, uma estrada de gate utilizável já era uma grande ambição. A estrada ficou pronta bem quando os preços do chá e da borracha dispararam, permitindo que o consórcio com Franz e os demais parceiros recuperasse rapidamente o investimento, com a venda de lotes dos quase oito mil acres comprados. Em pouco tempo as fazendas prosperaram em torno dos Gwendolyn Gardens. Por volta de 1941, Digby e os demais proprietários fundaram o Tradewinds, contratando um secretário experiente que, desde o primeiro dia, fez lobby na Associação dos Fazendeiros do Sul da Índia — AFSI — pelo privilégio de sediar o encontro anual, que durava uma semana. Aquela honra continuava sendo concedida aos clubes mais antigos em Yercaud, Ooty, Munnar, Peerumedu... Até aquele ano.

Digby, como membro fundador do clube, sentia-se obrigado a mostrar-se visível. Aboletou-se em um sofá na grande sala de visitas, olhando a vista das montanhas pelo janelão de vidro. Em qualquer outro dia, um garçom se materializaria dentro de poucos segundos. Agora as pobres almas, exibindo esplendorosos turbantes — o que não era comum —, corriam como galinhas acossadas.

Desde a Independência, em 1947, e com a partida de muitos proprietários brancos, os indianos passaram a ser maioria nessas reuniões. No entanto, para espanto de Digby, o teor da Semana dos Fazendeiros permanecia imutável. As disputas de críquete, tênis, sinuca, polo e rúgbi eram mais intensas, e o desfile de beleza e as danças estavam mais presentes do que nunca. O orgulho nacional estava no auge, mas a classe rica e educada, e os ex-militares, tinham a língua e a cultura inglesa profundamente enredadas à herança indiana.

Um jato de vento fez voar pelo gramado um chapéu de palha de aba larga e fita azul. Digby observou o trajeto dele. Uma figura correu para recuperá-lo. Ele esperava ver uma pálida esposa de fazendeiro, não a indiana alta e deslumbrante de sári branco que apareceu. Seu cabelo espesso, preso num rabo de cavalo, caía por sobre o ombro direito, brilhando contra a pele morena. Ela estava admirável, sem nem um toque de batom, pó de arroz ou *pottu*, os braços esbeltos e nus. Recuperando o chapéu, ela ergueu o rosto e encarou Digby, que se sentiu trespassado por um raio, como se ela tivesse enfiado a mão através do vidro. Seus olhos assombrosos, como os de uma vidente, deslizavam para um nariz afilado; Digby sentiu-se cair para dentro de um abismo. E então ela desapareceu.

Quando pôde respirar de novo, ele sentiu os aromas de perfume e fumaça de cigarro e a cacofonia de vozes ao redor.

"O High Range estava fazendo confusão na gincana o dia todo. Os pilantras querem o troféu. Eles..."

"Esqueci meu fraque. Que tonto. Ritherden deve ter um extra..."

Digby cambaleou para fora da sala com a sensação de que vira um fantasma. Foi um delírio? Ouviu alguém chamando seu nome. Também seria obra de sua imaginação?

Ao se virar, deparou-se com Franz Mylin, com dois drinques nas mãozorras, chegando do bar agora tomado de corpos brancos e morenos. "Assustei você, Digby? Deixamos nossas coisas em seu bangalô e viemos direto para cá."

"Franz! Achei que fosse chegar bem mais tarde."

"Lena está ali pelo pátio. Por sinal, Digby, espero que não se incomode, trouxemos uma convidada. O que está bebendo? Segure esses drinques", ele disse, sem esperar resposta.

583

"É meu clube, sabe. Tenho que...", Digby tentou dizer, mas Franz já estava mergulhando na multidão que cercava o bar. O médico ficou ali, parado, com uma taça em cada mão. Franz retornou quase de imediato com mais dois drinques, sorrindo maliciosamente. "Talvez fossem daqueles jovenzinhos ali, mas estavam distraídos."

Saindo do salão, Franz baixou a voz. "Digby, você conhece a filha de Chandy? Elsie?"

Então ela não era um fantasma. "Claro!"

"Lena está tentando distrair a pobrezinha da tragédia — você sabe como Lena é." Vendo a expressão confusa de Digby, ele perguntou: "Suponho que você tenha sabido, não?".

"Da morte de Chandy?"

"Não, não... Tome um gole primeiro. Você vai precisar." Digby, ainda segurando os drinques, sentiu o corpo gelar quando Franz contou da morte terrível do filho de Elsie no ano anterior. O aspecto insondável de Elsie no gramado estava gravado em seu cérebro. "... Então ela partiu da casa, abandonou o marido."

Digby sussurrou: "Pobrezinha! E as pessoas ainda acreditam em Deus?".

"Uma coisa tremenda", Franz disse. "Foi Chandy quem levou Rune para nossas montanhas. Conhecemos Elsie desde criancinha. Fomos ao casamento dela. Ela está muito mal, Digs. Não quer participar das atividades da Semana dos Fazendeiros, mas Lena achou que seria uma boa que ela viesse, ao menos para um passeio."

Digby seguiu Franz. Nunca tinha se esquecido da filha de Chandy, de rabo de cavalo, uma artista séria já naquela idade. Nunca tinha esquecido a atitude solene com que ela encarou sua "desenhoterapia", como Rune chamou. Foi esse método que destravou o cérebro e a mão de Digby, puxando-o de volta para o mundo dos vivos.

Ele pensava nela com frequência. Tinha certeza de que ela teria feito bom uso de *A anatomia de Gray*, o presente que ele lhe ofereceu catorze anos atrás, quando partiu do Santa Brígida. Esperava grandes conquistas da parte dela, mas ainda assim foi uma surpresa agradável quando leu no jornal sobre a medalha na exposição de arte em Madras. Agora *ela* era a alma ferida. O que dizer diante de tamanha perda?

Quando Lena viu Digby, abriu os braços. Ele a abraçou e não soltou mais. Havia duas mulheres em sua vida que o viram em seu pior momento: Lena e Honorine. Ambas, cada uma a seu modo, salvaram-no.

Elsie esperava ao lado, educadamente, observando. O branco não é apenas a cor do verão, ele pensou. É também a cor do luto.

"Digs, lembra de Elsie?", Lena perguntou. Os olhos de Elsie o hipnotizaram mais uma vez. Ele acolheu a mão longa e esbelta que lhe era estendida em suas próprias, relembrando a garotinha que enfiou um lápis de carvão entre seus dedos e amarrou a mão à dele com uma fita de cabelo. Os dois passearam sem esforço sobre o papel, rompendo os grilhões que o prendiam! Agora ele sentiu o tempo se dissolvendo, os anos transcorridos se esfumaçavam. Ela o alcançou, por assim dizer. É uma mulher feita. Ele precisa falar, precisa soltar sua mão, mas não consegue fazer nada. Sua mudez comunicava sua dívida, e agora sua angústia por ela.

Os olhos vazios e sem fundo dela encontraram foco, devolvendo-a ao presente, os cantos da boca tentando compor um sorriso. Digby teve uma premonição de perigo, como se ela corresse o risco de cair de um precipício à beira do mundo.

Foram sentar. Houve um silêncio constrangedor. Franz disse: "Bem, saúde, Digby. Um brinde a velhas e novas amizades...".

"Amizades renovadas", Lena disse.

Um casal veio cumprimentar os Mylins e eles se levantaram. Elsie lançou um olhar às mãos de Digby. Ele estendeu a mão direita, flexionou os dedos, e ela sorriu, envergonhada, flagrada no ato de observá-lo. Estudou a mão de Digby com cuidado, reconciliando-a à sua lembrança, depois balançou a cabeça em aprovação e olhou com firmeza para ele. Digby não podia desviar o olhar, não precisava. Embora dezessete anos mais velho do que Elsie, naquele momento ele sentia que os dois eram iguais. Ele era um especialista em perdas trágicas e violentas, e agora ela se juntara às suas fileiras. O médico conhecia uma verdade simples: não havia nada que ninguém pudesse dizer para curar aquela dor. Era preciso, simplesmente, viver. Nesses momentos os melhores amigos eram aqueles que não tinham nenhum plano além de se fazerem presentes, oferecendo-se a si mesmos, como Franz e Lena fizeram por ele. Digby agora fazia o mesmo, em silêncio.

Passado um momento, ele falou. "Alguns anos atrás vi suas pinturas numa exposição em Madras. Deveria ter escrito para dizer como eram esplêndidas." Aconteceu de ele visitar Madras na época da exposição. As obras de Elsie tinham sido vendidas, mas no dia da visita ele descobriu que um dos compradores desistira, então Digby comprou o quadro. Era o retrato de uma mulher gorda de seus cinquenta ou sessenta anos, sentada numa poltrona, com ares de imperatriz; trajava as vestes tradicionais dos cristãos malaialas, *chatta* e *mundu* brancos, e tinha um grande crucifixo de ouro descansando sobre seu delicado *kavani*. O cabelo preso de uma forma tão severa que parecia lhe erguer a ponta do nariz. O espectador via algo dissonante ou pretensioso em sua pose, uma falsidade em seu sorriso e nos olhos. O poder da pintura vinha da incapacidade da modelo de perceber que o retrato a revelava.

"Acabei de rever meu quadro em sua sala de estar", Elsie disse, sorrindo. Ele esperou, mas aquilo foi tudo.

"Como é rever uma obra sua tanto tempo depois?"

Um traço passageiro de prazer cruzou-lhe o rosto, uma emoção que ela não sentia havia um bom tempo. Elsie ponderou a questão. "Foi como... me deparar comigo mesma numa floresta." Ele riu, um som vazio. "Faz sentido?" Digby fez que sim com a cabeça. Os dois falavam baixo. "Depois que superei a surpresa, fiquei contente. Geralmente quero consertar certas coisas. Mas fiquei satisfeita... Também sabia que a artista já não era a mesma pessoa. Se eu pintasse aquele quadro de novo, talvez saísse bem diferente."

Ela olhou para as próprias mãos, que continuavam no colo.

Digby disse: "Uma obra de arte nunca fica pronta. Ela é abandonada, só isso". Ela o encara, surpresa. "Foi o que disse Leonardo da Vinci", ele acrescentou. "Ou talvez Michelangelo. Ou talvez eu tenha inventado."

Foi um prazer ouvir a risada dela, como uma criança solene caindo numa armadilha. Digby riu também. Quando se vive sozinho, a risada mais alta passa despercebida e, portanto, não é melhor do que o silêncio.

Elsie, ele pensava, não tinha mácula no exterior. Perfeita. Suas cicatrizes, suas queimaduras e suas contraturas estavam todas no interior, invisíveis... a não ser que olhássemos para seus olhos: então era como mirar dentro de um lago calmo onde aos poucos discerníamos o carro afundado, com os ocupantes presos. *Você não está sozinha*, ele quis dizer. Elsie devolveu-lhe o olhar e não virou o rosto.

82. A obra de arte

GWENDOLYN GARDENS, 1950

Naquela noite o bangalô estava vivo, ocupado pelos quatro, as luzes dos quartos todas acesas. A toalha de mesa de Jaipur, de estampa vermelha, era como uma fogueira em torno da qual eles se reuniam. Depois que retiraram a louça do jantar, demoraram-se por ali, a conversa, o riso e os drinques fluindo. Elsie continuou silenciosa, mas parecia acalentada pelas vozes dos convivas.

Na manhã seguinte, ela não apareceu para o café da manhã. Lena e Franz partiram para a abertura do evento. Digby ficou no bangalô. Quando Elsie apareceu, lá pelas onze, bebeu chá, recusando os ovos com salsicha. "Você não precisava se dar ao trabalho", ela disse. Tinha lavado e trançado o cabelo e usava um sári verde-claro. As sombras sob seus olhos sugeriam que a noite fora difícil. Talvez todas as noites o fossem.

"Não foi incômodo algum." Ele viu que ela estudava os pães na frigideira. "É bannock. Franz comeu um batalhão desses, mas deixou alguns. É uma velha receita escocesa, apenas farinha, água e manteiga. Cromwell e eu vivíamos disso quando acampávamos por aqui, na época em que derrubamos a velha casa de Müller. Havia fantasmas demais. Eu fazia bannock na fogueira. Aqui, experimente", ele diz, preparando uma cobertura de manteiga e marmelada. Ela pôs na boca e balançou a cabeça, aprovando.

"Gosto desses janelões", ela diz. "Ótima luz." Ele ficou satisfeito com a aprovação dela. Depois ela se serviu de outro pedaço de pão e acrescentou mel. Ele pensou em dizer que o mel era de sua propriedade, mas não quis quebrar o feitiço. "Você não deveria ir para o encontro?", ela perguntou, baixinho, com sua voz grave e peculiar.

"Não vão sentir minha falta. Não frequento comitês, como Franz e Lena."

"Gwendolyn Gardens?", ela diz, mastigando. "O nome de sua propriedade…"

"Minha mãe", ele disse, simplesmente. Por um instante, a mãe se fez presente na sala, aprovando tudo. Elsie assentiu. Digby estava pensando no retrato que os dois desenharam juntos. O retrato dela. Talvez ele lhe fale disso em outro momento.

"Elsie, estava pensando…" Ele não tinha pensado nada, estava inventando, como um cirurgião que sonda com um dedo coberto de gaze, buscando um tecido operável. "Você me acompanharia numa caminhada?"

Ele a levou à parte oeste da propriedade, seguindo por uma alameda que cruzava uma vegetação alta onde duas espécies de borboleta, o corvo-do-malabar e a rosa-do-malabar, faziam seus passeios — jamais juntas. Digby fantasiava que aquelas borboletas eram suas, ou criações suas. Em resposta à sua súplica silenciosa, uma rosa-do-malabar voou diante deles, o vermelho vívido de seu corpo delgado acentuando as asas pretas como carvão. Digby parou de repente, e Elsie trombou nele, a maciez dela esbarrando em suas costas ossudas. A borboleta era lustrosa, ágil, com asas em cauda de andorinha que para Digby eram como as tampas dos motores de um avião. Elsie se aproximou para olhar.

Catadoras de chá, conversando, aproximaram-se, e a rosa-do-malabar voou para longe. Vendo os dois, as mulheres se puseram tímidas e mudas. Ao passarem, Digby sentiu que uma força vital e telúrica emanava delas, como um vapor. Elsie pareceu saborear aquela força. Elas ocultaram seus sorrisos com os panos soltos e esvoaçantes que cobriam suas cabeças, e por educação mantiveram os olhos baixos. Digby, juntando as mãos, murmurou: "*Vanakkam*", pois suas trabalhadoras eram tâmeis do estado vizinho. As mãos de Elsie também se juntaram no mesmo gesto. As mulheres responderam, afoitas, com vozes animadas, os panos de cabeça caindo e revelando sorrisos tímidos. Aproveitaram também para surrupiar um vislumbre da bela convidada de Digby. Elas desapareceram na luz clara do dia, sob o olhar de Elsie.

"A luz aqui… é tão especial", ela disse. "Quando criança, achava que fosse porque ficava mais perto do céu. Me referia a ela como a luz dos anjos."

Seguiram montanha acima por uma velha trilha de elefantes. O bangalô ficava a mil e quinhentos metros, e eles escalaram mais cento e cinquenta. Digby ficou sem fôlego. Será que deveria ter prevenido Elsie? Ele não se virou para ver como ela estava. Era melhor deixá-la em paz. Aquele fora o método de Cromwell quando Digby apareceu com queimaduras no chalé dos Mylins em AllSuch. Guiar quieto. Deixar a natureza falar.

Ofegavam quando chegaram ao afloramento de rochas brancas que se projetava qual mão que dá bênçãos ao vale abaixo. Os nativos o chamavam de Trono da Deusa. Em outros tempos, peregrinos quebravam cocos no topo, deixavam flores e espalhavam pasta de sândalo. Digby ofereceu sua garrafa a Elsie, que bebeu alguns goles ávidos, o rosto brilhando do esforço. Em nenhum momento ela tirou os olhos da vista deslumbrante.

Sempre que Digby ficava ali, imaginava-se empoleirado na barriga da Deusa, lançando um olhar para além de suas coxas — para o vale verdejante que se abria entre seus joelhos e que, mais adiante, à altura dos distantes tornozelos, transformava-se nas planícies empoeiradas. Torcia para que Elsie achasse que a vista valia aquela escalada.

Antes que pudesse alertá-la (e quem mais precisaria ser alertado, senão uma criança?), Elsie deu alguns passos para a beira do afloramento, parando ali como um mergulhador numa prancha elevada. *Volte!* Ele abafou as palavras, temendo assustá-la e provocar sua queda. Em todos os anos em que visitou aquele lugar, Digby jamais sonhou em chegar tão perto do precipício.

Digby se esgueirou, aproximando-se alguns centímetros à esquerda de Elsie, para que ela o percebesse. Forçou-se a se mostrar exteriormente calmo, enquanto lutava contra a adrenalina e todo o medo em seu interior. Ela com certeza ouvia sua respiração, pois ele ouvia a dela, como via seus ombros subindo e descendo, sua escápula projetando-se e repousando a cada respiração. Muito devagar, ela se inclinou e olhou por sobre os dedos dos pés, hipnotizada pelo convite lá debaixo. Digby prendeu a respiração. Uma brisa ergueu o *pallu* do sári de Elsie, que ondulou por sobre seu ombro, uma bandeira verde.

Elsie virou as faces para o céu, que a banhou de luz angelical. A expressão em seu rosto era radiante, seus olhos prateados cintilavam. Ele seguiu o olhar dela e viu um gavião ascendendo numa corrente de ar.

Ela afastou os braços do corpo e virou a palma das mãos para cima, como para receber uma bênção, ou a fim de imitar o gavião. Digby seguia prendendo a respiração. Estava a um passo dela. Se tentasse agarrá-la e errasse, provocaria sua queda. Se ela resistisse, os dois mergulhariam para a morte. Ele suplicou à Deusa do Trono, ou a qualquer deus que o escutasse, implorou que ignorassem a falta de fé do suplicante, seu desprezo por todos os deuses, e preservassem a vida dessa mãe desolada. Em silêncio, ele se dirigia a Elsie. *Por favor, Elsie. Acabei de encontrá-la. Não posso perdê-la.*

Depois de uma eternidade, a mão esquerda de Elsie buscou, hesitante, o apoio de Digby, e a mão direita dele logo se estendeu a seu encontro, como se as mãos soubessem o que a cabeça ignorava. Seus dedos se entrelaçaram, e ele a conduziu para longe do precipício traiçoeiro. Pé ante pé. Em seguida ele a virou para que ela o encarasse, a respiração dos dois e o vento do vale pulsando em uníssono. As pernas dela imitavam as dele, num tango arrancado à beira da morte. O corpo de Elsie tremia.

Digby tinha certeza de que Elsie pensou em pular, que pretendia envergonhar Deus, constranger o charlatão sem vergonha que se mantinha de braços cruzados quando crianças caíam de árvores, quando sáris de seda pegavam fogo; ela se imaginara zarpando com asas desfraldadas, tal como o gavião, ganhando velocidade até alcançar aquele lugar onde toda dor cessava. Digby se viu tomado de fúria, tremendo de raiva. *Como você sabe que iria para um lugar melhor?*, pensava. *E se você fosse para um lugar onde o horror que te assombra se repete a cada minuto?*

Elsie o encarava, lendo seus pensamentos. Chorava em silêncio. Ele enxugou suas lágrimas com o polegar. Digby desceu do afloramento primeiro. Depois, quando Elsie se inclinou para ele e apoiou as mãos sobre seus ombros, ele a ergueu pela cintura num gesto vigoroso, como se ela não pesasse mais do que uma pena... e então a abraçou com força, puxou-a para si tomado de raiva, alívio, amor. *Nunca deixarei você cair, nunca deixarei você partir, não enquanto eu viver.* Ela afundou o rosto no peito dele, seus ombros tremendo enquanto ele a apertava contra si, abafando os soluços terríveis e dolorosos.

No caminho de volta, sentiam-se livres de todo peso. *Elsie, se você deu as costas à morte, significa que escolheu viver.* Se havia um corvo-do-malabar, ele não procurou. A natureza já falara demais. Agora era a vez de Digby Kilgour, e ele não podia se conter.

Ele contou da gravata escolar ferindo o pescoço da mãe. Quando falou do amor pela cirurgia, era no idioma de um homem enlutado pela morte de seu maior amor. Depois descreveu outra perda, a de sua amante, Celeste, uma dor agonizante, morte pelo fogo. Quando menino, ficava confuso que a palavra "confessor" se aplicasse tanto àquele que ouvia quanto a quem admitia os pecados. Agora fazia sentido, pois os dois *eram* um só, andando de mãos dadas, juntos, sem necessidade de fitas de cabelo ou lápis de carvão. Mesmo quando a trilha os forçava a caminhar em fila, nenhum dos dois largava a mão do outro, e ele também não interrompia sua narração. Descreveu os meses de desespero, as ocasiões em que a desesperança o assaltou novamente, e o desejo de pôr fim a tudo, tal como ela desejara. "O que te impediu?", Elsie perguntou, falando pela primeira vez.

"Nada me impede. Dobro uma esquina e lá está de novo, a opção de continuar ou não. Mas não estou convencido de que, pondo fim à vida, ponho fim à dor. E o orgulho me impede de me retirar do mesmo modo de minha mãe. Havia pessoas que a amavam, que precisavam dela. *Eu* precisava dela!" As últimas palavras foram como uma explosão.

Digby ficou em silêncio por alguns passos, até que parou de andar e se virou para Elsie. Muitas vezes pensara nela; sabia que ela havia crescido, casado, e no entanto a imagem inscrita em sua memória era a da estudante de dez anos que destravou sua mão, a estudante cujo talento artístico, cujo gênio, era evidente. A mulher adulta diante dele, agora com seus vinte e cinco anos, órfã, separada tão cruelmente do filho, parece-lhe alguém completamente diferente. Se essa é Elsie, então ela apagou os dezessete anos que os separam. Talvez o sofrimento compartilhado fizesse aquilo. "Elsie, aquele retrato que desenhamos no bangalô de Rune, com nossas mãos enlaçadas? Aquela bela mulher era ela. Era o rosto de minha mãe tal como eu precisava guardar na memória. Ver a imagem que fizemos juntos no papel me libertou da grotesca máscara da morte que eu levava havia tanto tempo na cabeça, a última imagem que tive dela. Elsie, o que estou tentando dizer é que você me recompôs. Estarei sempre em dívida com você."

Ela apertou as duas mãos dele, aquelas garras ainda funcionais, que faziam tudo que lhes era possível. Sondou a marca da cicatriz na mão esquerda, a marca do Zorro, pressionando-a. Manipulou cada dedo como uma médica, determinando os limites de extensibilidade — um exame clínico, mas feito por uma artista. Então ergueu aquelas mãos, primeiro uma, depois a outra, e beijou cada palma.

No dia seguinte Elsie dormiu até tarde, mas reapareceu com um ar de quem havia descansado. Envergonhada, mostrou a Digby uma bolha no calcanhar.

"Não deveria ter deixado você andar tudo aquilo de sandália."

Digby cortou a pele da bolha com uma tesourinha, depois tratou a ferida com sulfonamida. Ela observou tudo, interessada. "Dói?", ele perguntou. Elsie fez que não com a cabeça, e ele pôs uma gaze sobre a ferida avermelhada.

"Digby, você não precisa ir para o encontro?"

Ele pensou no que responder. "Prefiro ficar com você", disse, sem a encarar. Era verdade. Ela não disse nada. Os dois agora tinham um novo jeito de estar um com o outro.

Em vez de levá-la para uma caminhada, Digby guiou Elsie para seu lugar favorito na casa: três terraços em semicírculo, talhados no declive, como um anfiteatro ao ar livre, bem em frente ao bangalô. Um perfume doce veio ao encontro de suas narinas. As amadas roseiras de Digby haviam sido plantadas ao longo de cada terraço, como um público colorido, contemplando o vale em roupas de domingo. Ele a conduziu como se por uma guarda de honra, apresentando-a à paleta de aromas, começando com os lírios, seus favoritos, cujo cheiro lembrava o das violetas; depois, uma rosa com cheiro de cravo; por fim, os nastúrcios. "Busco aromas mais do que cores."

Sentaram-se. Elsie virou-se para apontar um obelisco de pedra no extremo de um dos terraços. "O que é aquilo?"

"Ah, o Porteiro. Era para ser um dançarino. Mas a pedra quebrou." A presença de Elsie animava Digby, imprimindo significado àqueles artefatos insignificantes de sua vida. "Michelangelo disse que toda pedra tem uma figura aprisionada dentro dela. Esta aqui", disse ele, dando um tapinha no banco sobre o qual os dois estavam sentados, olhando de novo para as rosas, "esta pedra, pensei que fosse um elefante. Porém me enganei. Seu destino era ser um banco."

Ela riu e se pôs de pé para examinar.

"Digby", ela disse, e ele captou seu entusiasmo. "Onde você faz essas peças?"

Antes galpão para curagem, seu ateliê guardava pilhas de molduras, velhos equipamentos de soldagem e uma cortina corta-fogo, mas não acetileno; em um cantinho bagunçado, o piso tinha rebordos e manchas de respingos de concreto.

Em seu terceiro ano nos Gwendolyn Gardens, concluída a construção da estrada de gate, Digby se viu possuído por uma profunda melancolia. Era o tempo das grandes chuvas. Não conseguia sair da cama. Cromwell decidiu agir e o obrigou a se levantar, vestir roupa de chuva e marchar pelo campo sob intenso aguaceiro, até o outro extremo da propriedade, onde um desabamento na encosta ameaçava o dique de irrigação. Os dois cavaram valas de drenagem. "Cromwell me pôs para trabalhar partindo lenha. 'Seja útil', ele dizia. Cortei lenha para três monções. E a certa altura percebi que uma das lascas de madeira tomou a forma de um soldadinho de brinquedo. Tentei refiná-la e terminei com um palito de dente. Mas tudo bem. O que me animava era usar as mãos. Rune citava a Bíblia: 'Tudo que lhe vier à mão para fazer, faça com vontade, pois, na sepultura, para onde vamos, não há trabalho, nem projetos, nem conhecimento, nem sabedoria alguma'. Cromwell não conhece a Bíblia, mas descobriu o mesmo princípio. Da madeira, passei à pedra calcária. Mas, sem paciência, voltei às aquarelas."

"Digby", Elsie disse. "Desde a morte de Ninan, sinto vontade de usar ferramentas grandes. Como uma marreta, uma escavadora... ou dinamite."

"Ainda estamos falando de arte?"

"Quero que minhas mãos façam coisas grandes. Como essa vista. Ou maiores."

Ele a deixou no ateliê. Virou-se para olhá-la da porta e gostou de ver sua transformação. Ela estava com um avental de pintora, uma bandana, óculos de proteção, postada diante de uma laje de calcário, martelando com a mão direita enquanto a esquerda movia o cinzel. Os golpes rapidamente tornaram-se decididos, abrindo um veio, deixando um belo naco de pedra tombar. Em pouco tempo o topo da laje ganhou a forma de um cilindro rústico. Elsie trabalhava animada, com uma fúria controlada que Digby não previra.

Quando ele voltou do encontro dos fazendeiros ao final da tarde, ouviu o martelo ainda repicando. De início ela não percebeu a presença dele. Uma película de poeira polvilhava seu cabelo e cada centímetro de sua pele. Assim que tirou o avental, os óculos e a bandana, seu rosto era outro, liberto do terrível desânimo. Caminharam juntos para casa.

Elsie contemplou suas mãos. "Digby, você pagou sua dívida."

Nos dias seguintes ele participou do que restava da Semana dos Fazendeiros, mas cabulou os eventos sociais noturnos.

Na véspera da partida dos hóspedes, Digby foi bater à porta de Franz e Lena. Lena lhe disse que entrasse. O casal tinha se trocado para as festividades noturnas e estava pronto para voltar ao clube. Franz estava de pé, enquanto Lena, sentada na beirada da cama, estava às voltas com uma pequena bolsa. Seus rostos voltaram-se para ele, cheios de expectativa. Vendo a expressão de Digby, esperaram, mudos.

Digby sentiu que enrubescia. "Lena? Franz? Se... Se Elsie quiser ficar por aqui", Digby gaguejou, "ficarei feliz em levá-la de volta, quando ela estiver pronta. Para vocês. Ou para onde ela precisar ir." Ele tinha certeza de que seu rosto agora estava vermelho. "O caso é que... Vocês podem ver a diferença que fez para ela. Esculpir, digo."

"Pode ser mais do que esculpir, Digs", Lena disse.

Marido e mulher trocaram um sinal. Franz se retirou com um tapinha no ombro de Digby.

Lena falou: "Digby, você perguntou a Elsie o que ela quer?". Ele fez que não com a cabeça. Lena escolhia as palavras com cuidado. "Digs? Não sei o que é melhor para ela. E, sim, eu *vejo*. É um milagre. Ela encontrou uma razão para continuar."

"Sim, Lena! O caso é que..."

"A razão pode ser você, Digs."

Digby se jogou na cama, ao lado de Lena, os cotovelos cravados nos joelhos, as mãos na cabeça. Lena o abraçou.

"Digby, você está apaixonado por ela?"

A pergunta o pegou de surpresa. Sua língua preparou-se para negar de imediato. Mas aquela era Lena, sua "irmã de sangue", como ela dizia. Ele olhou para as próprias mãos, como se a resposta residisse ali. Lentamente, aprumou-se e olhou a amiga nos olhos.

"Ah, Deus, Digs. Bem, talvez ela esteja apaixonada por você também. Mas ela está tão frágil. E vulnerável. E não se esqueça de que ela já é..."

"Lena", ele interrompeu, sem querer ouvir a palavra que ela estava prestes a pronunciar. "Mesmo que eu estivesse, mesmo que eu esteja... Mesmo que eu a ame, que importa? Não espero que dê em nada. Tenho quarenta e dois anos, Lena, sou um solteiro convicto. Dezessete anos mais velho. Mas se ficar em Gwendolyn Gardens puder ajudar Elsie a curar suas feridas, ao menos posso oferecer isso a ela. Ela está se redescobrindo pelo trabalho. Pode ser sua salvação." Lena apenas o olhava, como se não ouvisse. "Lena, se você teme a possibilidade de eu não me portar como um cavalheiro, prometo..."

"Ah, Digby, pare." Os olhos dela estavam úmidos. Ela fez um carinho no rosto dele, depois lhe deu um beijo suave e disse, com doçura: "Não prometa. Seja você mesmo. Seja bom. Verdadeiro. E não seja um cavalheiro".

No dia seguinte, Elsie não saiu do ateliê. Ele não a solicitou. Nada havia mudado. E tudo havia mudado. Os dois estavam sozinhos.

Ele esperou até quando pôde para chamá-la para o jantar. Ao se aproximar do barracão, não ouviu o som das marteladas. Em pânico, galgou os últimos metros correndo. Encontrou-a do lado de fora, sentada no banco, olhando o céu que ficava rosa.

Sentou ao lado dela, sem fôlego, mas disfarçando. Elsie sorriu, mas parecia triste. *Que estupidez a minha. Por acaso uma escultura apagaria a memória dela?* Ela recostou a cabeça no ombro dele.

Depois de um jantar silencioso em que os dois apenas remexeram a comida no prato, ele disse: "Antes de você dormir, quero te mostrar um dos meus quadros favoritos".

Do segundo andar passaram a uma água-furtada, depois subiram uma escada até a cobertura, onde havia duas cadeiras reclináveis. Digby lhe ofereceu um xale contra a brisa fria. O cozinheiro deixara uma garrafa de chá quente, misturado com cardamomo e uísque. Gradualmente, à medida que seus olhos se ajustavam, o manto escuro da noite revelou as joias bordadas em seu tecido. Depois, passado mais um tempo, estrelas menorzinhas apareciam, como crianças tímidas espreitando por trás do vestido da mãe. Sobre os dois, Órion empunhava seu arco. Ficaram em silêncio por um bom tempo. Ele a viu traçar um desenho no céu com um dedo, como se a pluma esvoaçante da Via Láctea fluísse da ponta de seu dedo. Ela parecia em êxtase, olhando para o alto, muda.

Ele lhe entregou um copo e serviu o chá.

"Quando eu era menino em Glasgow", ele disse, "subia no telhado se o céu estivesse claro — o que não acontecia com muita frequência. E eu conseguia ver a Estrela Polar. Isso me consolava. Meu ponto fixo. Depois que minha mãe morreu, não consegui mais acreditar em Deus. Mas as estrelas? Elas seguem ali. No mesmo lugar. Tornaram irrelevante a ideia de Deus. Subo aqui no verão, quando as noites são claras. Olho para cima por horas a fio. Às vezes me pergunto se essa nossa vida não é um sonho. Talvez eu nem esteja neste mundo."

"Se você não está aqui, então estou em seu sonho", Elsie disse. E acrescentou, baixinho: "Obrigada, Digby. Por tudo".

Na manhã seguinte ele a encontrou de pernas cruzadas no carpete da biblioteca, o sol entrando pelas janelas altas, dourando-lhe o cabelo. Um de seus livros de arte in-fólio estava aberto, apoiado de pé diante dela.

"Digby!", ela disse, olhando para cima. O prazer em sua voz quase o fez engasgar. Ele sentou ao lado dela, e juntos contemplaram a fotografia do *Êxtase de santa Teresa*, de Bernini. "Veja o anjo e a santa. Próximos mas separados. Porém tudo isso feito a partir de uma *única* pedra. Vê o tecido esvoaçante, o movimento? Como é possível? Como ele olhou para a pedra e imaginou isso?" Ela agora sussurrava. "Ele fez essa escultura para um espaço na igreja onde o sol jorrava por uma claraboia no domo. É magia pura. Ah, Digby, se eu pudesse ir a Roma amanhã, eu iria."

"Você pode, Elsie." *Vamos.* Ela o encarou. Depois riu. Mas viu que ele não sorria. Lentamente, lágrimas brotaram nos olhos de Elsie.

Digby se levantou e voltou com duas xícaras de café. Elsie disse: "Ontem tentei corrigir o que era melhor ter deixado quieto, e um lado da pedra desabou".

"Ah, que pena!"

Ela sorri, achando graça da expressão de Digby. "Está tudo bem. Seja lá que santo estivesse aprisionado naquela pedra, era diferente do que eu tinha em mente. Temos que nos livrar dele. *Eu* é que lamento desperdiçar uma pedra tão boa."

"Não se preocupe. Vou guardá-la para mim. Quando você for ainda mais famosa, todos vão querer sua primeira escultura. Mas não vou vender. Por sinal, os Gwendolyn Gardens estão sentados sobre uma montanha de calcário. Vamos à pedreira e você escolhe o que quiser."

Elsie retomou o trabalho, agora com uma pedra maior e oblonga. Digby só a viu no café da manhã e no jantar. O cozinheiro lhe enviou um almoço, mas ela mal tocou na comida.

Depois do jantar, a rotina dos dois agora era subir para a cobertura e ficar por lá até que o frio os expulsasse. Até quando as noites seguiriam estreladas? Digby sempre insistia em tomar a dianteira para descer a escada, ajudando-a a sair do último degrau, e então segurava sua mão até que os dois chegassem à porta do quarto dela, quando ele lhe desejava boa-noite. Toda noite, ao seguir para seu quarto, ele dizia a si mesmo: *Esteja preparado, Digby. A partida dela pode ser tão súbita quanto a chegada. Esteja preparado.*

Certa noite, a vista dos dois foi atrapalhada por tênues nuvens, às quais se seguiram outras mais densas que obscureceram as estrelas. Não desistiram, até serem expulsos por gotas de chuva. A escada estava escorregadia. À porta do quarto de Elsie, Digby disse boa-noite, mas ela não soltou sua mão. Caminhou para trás, conduzindo-o para dentro e fechando a porta. *Esteja preparado, Digby.*

83. Amar os doentes

GWENDOLYN GARDENS, 1950

Mas ele não estava preparado para perdê-la. Não depois daquela noite. Não quando a carta chegou, encaminhada da casa Thetanatt para a casa dos Mylins e de lá para Digby, que sentiu um arrepio ao ver o envelope. Ele fora agraciado com o período mais abençoado de sua vida. *Nunca diga que um homem é feliz antes de sua morte.*

Quando Elsie terminou a carta, estava com o cenho franzido. "É Bebê Mol. Está doente. Pode morrer."

"De quê?"

"De coração partido, pelo que parece. Além dos problemas pulmonares. Ela viu meu filho morrer, e depois eu parti... A carta é de minha sogra. Ammachi diz que ela se recusa a comer. E pergunta por mim."

Elsie não falou mais nada, e Digby não perguntou. Mas foi como se um tonel de tinta nanquim tivesse sido vertido dentro do reservatório de águas claras onde nadavam. Escureceu o espírito de Elsie. A névoa tomava o céu toda noite, e agora fazia frio, ventos ameaçadores chacoalhavam as janelas à noite. A cobertura estava fora de cogitação.

Quando os dois começaram a compartilhar a cama, muitas noites ele percebia o corpo dela tremendo em silêncio ao lado do seu, e ele a abraçava, procurando confortá-la. Certa ocasião, passado o choro, ela disse: "Foi só por estar aqui, Digby, que senti minha raiva diminuir um pouco. Meu ódio, até. Mas ele não se foi. A tristeza nunca passará. Sei que ele amava nosso filho. E que sente tanta dor quanto eu. E uma culpa maior, se é que é possível. Sei que não faz sentido culpá-lo, e ele também não deve me culpar. Sei de tudo isso, porém saber dessas coisas não resolve nada". Mais tarde, Digby se perguntou se ela tentava prepará-lo para sua partida. Não havia nada que pudesse fazer.

No dia em que a carta chegou, os dois sentaram perto da lareira e ele compreendeu que ela havia tomado uma decisão. "Não posso deixar Bebê Mol morrer por minha causa. Não, se pretendo continuar vivendo." Ele não disse nada, esperou. "Digs, não falamos a respeito do futuro. Apenas vivemos um dia de cada vez. Aqui pude respirar, viver e querer viver, sentir amor, quando já não achava ser possível. Sei que não posso ficar em Parambil. São memórias demais, e muita raiva e culpa. Tenho medo de voltar. Mesmo antes de Ninan morrer, mesmo quando as intenções de Philipose eram as melhores, por alguma razão, sempre que ele tentava fazer algo bom para mim, o resultado era o oposto." Ela suspira. "O que estou tentando dizer é que vou apenas fazer uma visita. Se você me aceitar, voltarei. Não existe outro lugar, outra pessoa com quem gostaria de estar."

Digby desejara aquelas palavras ardentemente. E agora se esforçava para acreditar nelas, pois ele era um especialista em decepções. A única proteção possível contra elas era antecipá-las. Tentar segurar as pessoas amadas era uma receita para a frustração. Nutrir qualquer tipo de raiva por elas era igualmente inútil.

Ele não procurou embelezar seus pensamentos, falou com ela com a mesma honestidade de sempre: "Não tenho voz em sua escolha, Elsie. Se seus sentimentos mudarem quando estiver por lá, se resolver ficar, aceitarei. Terei que aceitar. Então os sentimentos que expresso agora não pretendem confinar você. Eu… Bem, eu te amo. É isso. E digo não para impor um fardo, mas para que você saiba. Sim, quero que volte. Quero ver Roma e Florença com você. Quero passar o resto da vida a seu lado".

Ela cobriu o rosto com as mãos. O brilho do fogo brincou com o dorso de seus dedos, reluzindo em seu cabelo. Ele agiu mal em dizer aquelas coisas? Quando ela tirou as mãos do rosto, ele viu que era justamente o oposto.

"Digs, preciso partir amanhã, antes que eu mude de ideia. E, assim que Bebê Mol melhorar, eu volto… Se você tem certeza."

"Se você voltar, talvez eu acredite que Deus existe."

"Não existe, Digs. Existem as estrelas. A Via Láctea. Deus, não. Mas voltarei. Nisso você pode acreditar."

✳ ✳ ✳

Digby a levou de carro pela estrada de gate, os ouvidos dos dois tapados na descida. Depois seguiram para o sul pelo vale, passando por Trichur e Cochim, vila após vila, parando várias vezes para comer e se esticar, até que sete horas depois ele passou pelo Santa Brígida. Em outra ocasião, talvez até fizesse uma visita, antes de levar Elsie para casa. Contudo, muitos anos haviam se passado. O rebanho talvez fosse outro... e seu coração estava pesado demais.

"Me deixe um pouco antes do portão", ela disse, quando se aproximaram da casa Thetanatt; o motorista dela a levaria dali para Parambil.

Ela deslizou os dedos pelo assento para tocar os dele, acariciando-os discretamente, ciente de que os dois podiam estar sendo observados. Digby sentiu que tombava dentro de uma grande escuridão, incapaz de ignorar a premonição de que, apesar de suas intenções, ela jamais ia retornar.

Pela primeira semana, pela segunda, e depois por boa parte da monção interminável, ele manteve a esperança. As linhas telegráficas caíram, trechos da estrada foram devastados. Mesmo se ela o convocasse, ele não poderia buscá-la. No entanto, Digby sentia que Elsie de alguma forma tentava alcançá-lo. Ela o chamava à noite. A destruição que assaltava Travancore, Cochim e Malabar era de proporções bíblicas. Mas não duraria para sempre. E não durou. Um dia o sol apareceu e as linhas telegráficas foram restauradas. Os deslizamentos foram contornados. Por fim, o correio retomou a normalidade. A monção havia acabado. Semanas, depois meses, passaram. *Ela não voltará. E dei minha bênção para que ela fizesse isso.* Digby mergulhou num abismo, numa tristeza profunda. Estava vivo, porém era como se a vida tivesse acabado. Procurou lembrar que aquelas montanhas já o haviam salvado uma vez. Exteriormente, era o mesmo de sempre, chegava até a ir ao clube vez por outra. Mas novos ferimentos o machucavam. A felicidade advinda do amor era, por natureza, passageira, evanescente. Nada durava, exceto a terra — o solo —, que sobreviveria a todos eles.

Oito meses e três dias depois da partida de Elsie, Cromwell partia a cavalo para entregar uma carta a Digby nos campos de café. Sem saber ler em inglês, ele de alguma forma intuiu que aquela mensagem, ao contrário das outras, era a carta tão esperada, ainda que Digby já não tivesse esperanças. Àquela altura Digby estava convencido de que não voltaria a ter notícias dela. Até se sentia grato pela amputação cirúrgica, encerrando tudo sem explicações, sem súplicas ou correspondências delicadas, que só prolongariam a tortura. Ver a caligrafia dela o irritou. Por que ela destruiria o equilíbrio que ele buscara tão dolorosamente? Um homem mais altivo talvez deitasse fora a carta, pois aquele trem já zarpara havia muito tempo. Mas ele não.

> *Querido Digs,*
> *Sinto muito não ter escrito. Ficará claro para você quando eu o encontrar. Se eu o encontrar. Escrevo às pressas. Não pude escrever antes, pois, como você sabe, as inundações nos ilharam. Digby, a razão pela qual permaneci aqui mesmo depois da monção é também o motivo pelo qual devo partir agora. Acabei de ter uma filha, Digby. Quero mais do que tudo alimentar, segurar, criar e amar essa criança. Mas, por ela, preciso partir agora. Contarei tudo pessoalmente. Ela corre risco, se eu ficar. Estará mais segura com a avó, e com aqueles aqui que a amarão, embora eu a ame mais do que todos eles seriam capazes. No entanto, minha permanência a expõe a um perigo.*

Digby precisou estender a mão e buscar apoio em Cromwell, que continuava a seu lado. É minha criança, minha filha! *Só pode ser.* Mas por que ela corria perigo, se Elsie ficasse? Isso significava que a própria Elsie estava em perigo. Queria pular no carro e acelerar até ela. Continuou lendo, ainda apoiado em Cromwell, que seguia ali, paciente.

> *Não tente vir aqui ou me escrever. Por favor, confie em mim. Explicarei quando nos encontrarmos. Pretendo partir dia 8 de março, às sete da noite, pelo entardecer. Entrarei no rio e flutuarei até o entroncamento em Chalakura, nas redondezas do vilarejo. Me espere no lado norte da ponte. Não há lojas nem casas naquele trecho, e à noite deve estar deserto. Cruzarei essa ponte, no mais tardar, às oito. Torço para ver seu carro. Por favor, traga roupas secas. Se vier, explicarei tudo. Se não aparecer, entenderei. Você não me deve nada.*
> *Com amor,*
> *Elsie*

Oito de março era o dia seguinte. Ele partiu em menos de uma hora, dirigindo sozinho, contra as extenuantes objeções de Cromwell, a quem Digby relatara tudo.

Uma criança. *Sua* criança. Na primeira vez que fizeram amor estavam envolvidos demais para pensar numa gravidez. Depois disso, procuraram ser cuidadosos. Mas também foram embalados por certa complacência, como se, na bolha mágica dos Gwendolyn Gardens, nada que se opusesse à vontade deles jamais fosse acontecer.

Mas por que Elsie não voltou tão logo as estradas foram liberadas? Um atraso de dois, até três meses, era compreensível, mas por que oito? Ela esteve em cativeiro? Por que não traria o bebê? Por que uma fuga tão perigosa? Os porquês não paravam de cruzar sua mente. Em algum momento terão de retornar para buscar a filha. *Por favor, confie em mim.* Ele tinha que confiar.

Digby alcançou a ponte naquela noite, parou e examinou as redondezas. Depois se alojou no bangalô estatal a oito quilômetros dali e tentou dormir. Retornou no dia seguinte, ao entardecer. De um lado, a cidade de Chalakura estava recolhida, de luzes apagadas, tal como na noite anterior. Do outro, tudo estava escuro e deserto. O rio fluía alto, movendo-se lenta e majestosamente. Digby estacionou o carro o mais rente possível dos arbustos e caniços. Um trabalhador cabisbaixo, esforçando-se para puxar uma carroça abarrotada, passou pela estrada, tão concentrado em seu esforço que não chegou a ver nem o carro nem Digby, oculto à sombra do pilar que sustentava a ponte.

Digby não tinha ideia exata de onde ela entraria na água na fuga de Parambil, tampouco conseguia pensar em entrar naquele rio à noite. Esperou, com os olhos colados na correnteza, até que, passados quinze minutos, avistou um objeto flutuante, uma Ofélia ressurreta, no meio do rio, depois um vislumbre de um braço em movimento — Elsie angulando na direção da margem. E então, nada. Minutos se passaram. Por fim, na outra margem, uma silhueta se distinguiu da massa pesada e ameaçadora da ponte. Pela silhueta parecia ser uma camponesa de blusa e saia. Quando ela se aproximou, ele viu que era Elsie, encharcada, as roupas coladas ao corpo. Digby correu e a envolveu numa grande toalha, guiando-a para o carro. Elsie estava pálida de frio, os dentes batendo, o corpo tremendo, o cabelo enlameado, impregnada do cheiro daquelas águas. Recostando-se no veículo, ela tirou a saia e a blusa, secou-se rapidamente, depois vestiu a saia e o *mundu* que Digby trouxera. Ele a acomodou no banco e a cobriu com um cobertor, chocado com seu aspecto sob a luz interna do carro: um fantasma pálido, emoldurado pelo couro preto dos assentos. Trazia no rosto um cansaço inacreditável, como se oito anos e não oito meses tivessem se passado. "Obrigado por estar aqui, Digs. Vamos, por favor. Rápido."

Ao dar partida, ele não viu ninguém pelo retrovisor. Elsie bebeu avidamente da garrafa d'água, e também da habitual garrafa térmica com chá-uísque quente. Os pés dela sangravam da escalada pela margem do rio.

"Estão procurando você?", ele perguntou.

Ela balançou a cabeça, mordendo o lábio inferior. "Ainda não. Deixei meu chinelo e minha toalha na margem do rio." Elsie lançou-lhe um olhar. "Eles vão encontrar. E então começarão as buscas. Mas um corpo pode ser levado por muitos quilômetros." As palavras de Elsie o assustavam. Ele imaginou essa outra realidade em que ela havia, de fato, se afogado e não estava ali, uma realidade em que seu corpo estava a caminho do mar.

"E a bebê?"

Ela fechou os olhos, encolhendo-se no banco, afundando num cobertor, o retrato do cansaço, da dor, da perda. "Digby, eu imploro. Contarei tudo quando chegarmos em casa." Ele buscou sua mão por baixo do cobertor; os dedos de Elsie lhe pareceram rígidos e ásperos do frio, engelhados da longa imersão. Ele os apertou, mas ela não respondeu. E então ouviu um "Digby" abafado, como se seu carinho a ferisse, e ela o alertasse. Em um piscar de olhos Elsie caiu no sono profundo de quem não dormia havia muitos dias.

Às três da manhã ele deixava para trás o último trecho, finalizando aquela aflitiva subida pela estrada de gate à noite — nunca a percorrera antes, dada a presença de elefantes selvagens, um perigo real. Só quando estacionou em frente ao bangalô reparou que seus ombros tremiam, os dedos estavam colados ao volante como caramujos e o pescoço doía. Digby desligou o motor; o silêncio profundo não a despertou.

Uma figura assomou das sombras da casa. Cromwell. Esperava sentado ali fora, enrolado num cobertor. Ajudou-o a sair do carro, servindo-lhe de apoio. "Muita preocupação, chefe. Demais." Seus olhos estavam vermelhos e pesados de sono.

Digby pôs as mãos nos antebraços de Cromwell. "Eu sei. Desculpe."

Cromwell observou a figura adormecida de Elsie, dissimulando a impressão que lhe causou a aparência da jovem. "A senhorita está bem." Era tanto uma pergunta quanto uma afirmação esperançosa.

"Não sei. Ela foi ao inferno e voltou." Um inferno que Digby não compreendia.

Elsie acordou quando ele abriu a porta do passageiro. Assim que percebeu onde estavam, voltou-se para Digby com uma expressão de alívio tão intensa que pela primeira vez ele pressentiu a profundidade do horror que ela sofrera. "Ah, Digby, o ar é tão rarefeito aqui", ela disse, respirando profundamente e estremecendo em seguida.

Sorriu, fatigada, para Cromwell; cambaleou ao tentar caminhar e agarrou-se ao pescoço de Digby quando ele a tomou nos braços. "Obrigado, meu amigo, por esperar", ele disse a Cromwell. "Agora vá para casa, por favor. Sua família não vai me perdoar se eu continuar te dando todo esse trabalho."

* * *

Digby trouxe chá quente e sanduíches de frango que o cozinheiro havia preparado. Enquanto Elsie comia, ele encheu a banheira. Ajudou-a a se despir. Os braços dela estavam manchados, com nacos empalidecidos, parecendo um mapa antigo. Ele reparou em seu estômago afundado e enrugado, em contraste com os peitos inchados, as aréolas formando discos escuros. Sentou num banco ao lado dela, que entrou na banheira e deixou o corpo afundar, desaparecendo completamente debaixo da água, com exceção dos pés. Digby viu sangue escorrendo na base de seu dedão direito e se aproximou. Os pés dela estavam tomados por bolhas. Digby acariciou-lhe a mão, que lhe pareceu enrugada, com uma textura de couro. Estudou os dedos de Elsie: tinham fissuras, como se ela andasse trabalhando com arame farpado. Ela retirou a mão.

Agora era Digby que se sentia afundar.

As mãos de Elsie, os pés cheios de bolhas, os nacos de pele embranquecida — ele conhecia aquilo. Estivera tempo demais com Rune para não reconhecer aqueles sinais. Ele quis gritar, quebrar o espelho, protestar contra a injustiça da vida, que dava com uma mão apenas para subtrair, em maior medida, com a outra.

Elsie observava tudo, de olhos arregalados, assistindo como a compreensão de tudo chegava a ele, vendo-o agarrar-se à borda da banheira e balançar o corpo. Ela não ousou dizer uma única palavra. Aos poucos, ele se recompôs. Buscou a mão de Elsie na água mais uma vez, depois levou os dedos dela aos lábios.

"Não!", ela gritou, tentando se soltar, mas ele não deixava.

"É tarde demais", ele disse numa voz abafada, pressionando a palma da mão dela contra seu rosto, pois o amor que sentia era um sentimento à parte da terrível realidade que se apresentava.

"Eu te proíbo", ela disse, pondo os pés para dentro da banheira.

"Proíbo você de me proibir", ele disse, pondo-se de joelhos, mergulhando os braços na água para rodear o corpo dela, puxá-la para perto dele, essa mulher sem a qual ele não tinha razão para continuar vivendo. "Não há nada que você possa fazer para se ver livre de mim", ele chorava, apertando o corpo molhado de Elsie contra o dele. Digby buscou-lhe a boca, enquanto ela se esquivava, até que a encontrou, os lábios e as lágrimas misturadas dos dois, quando ela então cedeu, aos soluços, deixando-o beijá-la e beijando-o. Colada à roupa molhada de Digby, ela chorou, desafogando o que havia reprimido por tanto tempo, compartilhando por fim o fardo terrível que vinha carregando sozinha.

Ele a abraçou com força. O que os humanos tinham em seu arsenal para momentos como aquele? Nada, a não ser gemidos patéticos e lágrimas e soluços que de nada serviam, nada mudavam. A água escorria por sobre o piso: água preciosa, água abundante, água que podia varrer fluidos de bolhas, sangue, lágrimas e, se você tivesse fé, pecados, mas que nunca varreria o estigma da lepra, não durante a vida dos dois, pois eles não tinham Eliseu que lhes dissesse "Vai lavar-te sete vezes no Jordão e tua carne te será restituída e ficará limpa", nem um filho de Deus que tocasse as feridas da lepra, extinguindo-as.

A carta de Elsie fazia sentido. Ele entendeu por que ela deixara a filha. A razão estava ali, nos dedos dela, o início da transformação da mão em garra. Sabia bem que a gravidez enfraquecia as defesas do corpo, permitindo que certas doenças que já estavam presentes no organismo, como a lepra ou a tuberculose, se deflagrassem. Elsie também sabia, tendo tido Rune como vizinho e amigo; sabia o que os leigos não sabiam: um recém-nascido corria grande risco de contrair lepra da mãe.

"Você entende agora?" Ele assentiu. Os dois choravam. "Não nasci para ter filhos."

"Não diga isso."

"Eu *queria* nosso bebê, Digs! Assim que soube que estava grávida, quis voltar. Mas fiquei presa. Não tinha como enviar uma carta. E, durante aquelas chuvas terríveis, minhas mãos e meus pés... Foi tudo tão rápido. Não sabia o que era. E então me vi incapaz de segurar uma caneta. E entendi." Ela contemplou as rachaduras na ponta dos dedos. "Quase morri no parto, Digby. Talvez tivesse sido melhor assim. Tive uma convulsão, e não lembro de nada que aconteceu depois, felizmente. A bebê estava de cabeça para baixo. Tive uma hemorragia severa. Mas de alguma forma nós duas sobrevivemos. Mariamma. Esse é seu nome, em homenagem à minha sogra. Uma bebê linda. Passaram-se dias até que eu pudesse erguer a cabeça e olhar para ela. Queria segurá-la, mas não podia. Rune me contou por que eles nunca deixavam bebês entrarem no Santa Brígida."

Digby tentou imaginar a criança, sua filha, a filha deles. Mariamma. E quis tê-la nos braços. "Posso criá-la aqui, Elsie. Tomarei conta de você separadamente. E..."

"Não, Digby, não podemos. Você não pode. Ela está melhor sem mãe do que como filha de uma leprosa." Foi a primeira vez que aquela palavra foi dita desde que Digby foi buscar Elsie. O termo demorou-se no ar, não ia embora. Ela o encarou. "Sim, uma *leprosa*, Digby. É o que sou. Ninguém mantém uma leprosa dentro de casa. Ninguém é capaz de guardar esse segredo." Ela se inclinou para ele. "Acredite, ela não poderia ter uma infância mais feliz do que com minha sogra. Grande Ammachi é o amor em pessoa. E ela terá Bebê Mol e Anna *Chedethi*."

"E seu marido?"

Ela balançou a cabeça. "Ele está mal. Tomou ópio para os tornozelos quebrados depois não parou mais. Agora o ópio é todo o seu mundo." Elsie respira fundo e olha para Digby. "Ele acha que a filha é dele, Digby. E tem razão de achar. Uma única razão, uma única vez. Ele estava tomado de ópio. Não o repeli. Poderia ter repelido, mas não. Quando soube que eu estava grávida, ele se convenceu de que era Ninan renascido. Que era Deus pedindo perdão. Quando veio uma menina, afundou-se ainda mais no ópio."

O único som era a água gotejando na torneira.

Elsie disse: "A única saída para mim era pensarem que eu tinha morrido. Por que impor um tormento com aquela doença? Se eu contasse à Grande Ammachi, ela ia querer que eu ficasse. Teria me abraçado. Como você. Mas eu destruiria a família inteira. Mancharia o nome deles. Arruinaria a vida de minha filha. Sofri muito por não poder contar a verdade para Grande Ammachi. Era melhor ela pensar que eu havia me afogado".

"E, se minha Mariamma viver aqui conosco, mas separada…"

"Não, Digby", ela disse, áspera, sentando. "Me escute! Sabe quantas noites eu passei acordada pensando sobre isso? Eu *morri* para que minha filha possa viver uma vida normal. Você entende? Isso significa que preciso ir para um lugar onde nunca possam me encontrar. *Nunca!* Preciso ficar onde ninguém pense em me procurar, onde ninguém tope comigo nem ouça qualquer rumor sobre mim. Minha filha *jamais* poderá saber que estou viva. Elsie se afogou. Os Gwendolyn Gardens não são esse lugar." A agitação de Elsie, e a determinação em seu rosto, silenciavam-no. "A única outra opção é me lançar daquele Trono da Deusa. Mas não estou pronta para isso. Não enquanto ainda puder trabalhar. Quero criar até quando aguentar. Posso fazer isso no Santa Brígida."

Ele a ajudou a sair da banheira e a secou. Ela dobrou uma toalha e passou-a entre as coxas, amarrando um *mundu* para prendê-la. Uma vez na cama, Digby trouxe seu kit para tratar as bolhas.

Lembrou da bolha depois da primeira caminhada dos dois. Ela não sentiu dor. Era um primeiro sinal do qual ele não se deu conta? Por vezes bolhas se formavam quando ela esculpia, mas aquilo era normal — só que Elsie mal as notava. Agora poderia pisar em um carpete ou em um prego e não sentiria a diferença.

"Queria que você não tocasse neles", ela disse, observando-o cuidar de seus pés.

"Não posso tratar sem tocar."

Ela riu, com amargura. "É o que Rune dizia. Mas, Digs, *eu* peguei. Como? Por crescer do lado de um leprosário? Por causa das visitas de Rune? Como?"

"Todos somos expostos em algum momento. Certas pessoas são mais suscetíveis."

"E se você for suscetível?"

Ele não respondeu e voltou ao curativo. "Elsie, o que você teria feito se eu não tivesse recebido a carta? Se eu não tivesse ido buscá-la?"

"Caminharia até o Santa Brígida", ela disse, sem hesitação. "Se você viesse, meu plano era te fazer me levar direto para lá. No entanto, eu estava cansada demais. E sabia que precisávamos de tempo para conversar. Eu tinha que explicar. Te devia isso."

Ele se despiu, enxaguou-se e voltou para Elsie, seu cansaço agora se fazendo sentir. Ao se abaixar para deitar na cama, ela tentou expulsá-lo. "Você não pode dormir comigo. Por que está fazendo isso, Digby?"

Sem responder, ele cobriu seu corpo nu com o lençol, aconchegando-se perto dela. As pálpebras de Elsie estavam inchadas das lágrimas, da provação, do alívio, ainda que temporário. Ele ouviu um "eu te proíbo" abafado, e, um segundo depois, ela adormeceu. E ele contemplou aquela figura adormecida, o rosto branco como a fronha. Embora cansado, seus pensamentos continuavam a mil, o sono lhe escapava.

Uma hora depois, seguia desperto, o braço adormecido sob o peso da cabeça de Elsie. Por ele, o braço podia cair. Já não era possível se separar do sofrimento dela. A doença que a afligia era agora também dele. Não podia mais permanecer numa fazenda que não necessitava dele, sabendo que seu grande amor estava em outro lugar. Elsie morreu para o mundo em prol da filha *deles*. Ela não podia fazer esse sacrifício sozinha. Estava mais do que claro o que ele precisava fazer. *Este é o fim de uma vida. E o começo de outra que jamais imaginei. Não tenho escolha, o que é sempre a melhor escolha.*

Ela despertou com a luz do sol inundando o quarto pela janela, desorientada, sem saber bem onde estava. Até que se compreendeu nos braços de Digby — ele já de olhos abertos, observando-a com ternura. Lá fora se podia ouvir a conversa dos trabalhadores, alguém gritando ordens. Os sons dos Gwendolyn Gardens. Apenas mais um dia. Ela ergueu a cabeça para olhar em volta.

Digby recolheu o braço, e ela estudou seu rosto. Ele parecia em paz. Então lhe vieram as lágrimas, obscurecendo mais uma vez os olhos dela.

"Digby. Não posso ficar aqui. Nem mesmo por uma noite."

"Eu sei."

"Por que está sorrindo?"

"Se o Santa Brígida é o único lugar onde ninguém encontrará você, então meu destino está selado. *Aonde quer que você vá, tudo que lhe acontecer acontecerá comigo*. Não discuta, Elsie. Está claro para mim. Nada poderia ser mais simples. Eu sempre, sempre estarei com você. Até o fim."

84. O mundo conhecido

SANTA BRÍGIDA, 1977

Mariamma sente algo lhe queimar os dedos. O chá. Larga a xícara, que tomba no carpete, intacta. O líquido quente ensopa sua roupa e escalda suas coxas.

A dor não tem passado nem futuro, apenas o agora. Ela salta para longe da janela, pinçando o sári e a saia para proteger sua pele.

"Nossa!", diz Digby. "Você está bem?"

Ela não está nem um pouco bem. Do outro lado das janelas francesas, a mulher — a mãe que nunca conheceu em seus vinte e seis anos de vida — está sentada no gramado, esquecida de tudo, separando sementes na palma da mão. Algo lhe diz que a mulher até agora não piscou. Uma vida inteira transcorre até que Mariamma recupere a voz.

"Há quanto tempo ela...?"

"Ela está aqui há quase vinte e seis anos..."

Os sinais conflitivos em seu cérebro se digladiam. Em Parambil, há uma fotografia da mãe que ela leva na mente: aqueles olhos acinzentados a seguiram pelo quarto durante toda a sua infância — tinham, inclusive, observado sua filha se vestir, preparando-se para confrontar o homem que a gerou. *Aquela* mãe continuou jovem, bem composta, bonita e elegante, os lábios fechados reprimindo uma risada — alguma piada do fotógrafo. Era o rosto de uma mãe a quem uma filha pode se abrir. Como reconciliar essa mãe há tanto tempo morta com aquela aparição viva no gramado?

"Preciso de ar", ela diz, dando as costas à janela e retirando-se do aposento.

Ela corre por um caminho ladeado por tijolos, afastando-se do aglomerado principal de casas; passa por um pomar, por uma enfermaria e alcança o muro dos fundos, onde encontra um pequeno portão que ela escancara, descendo às pressas por degraus de pedra musgosa, até parar. Diante dela está a água lenta e serena de um canal que faz uma curva para se juntar a um rio que ela pode ouvir, mas não consegue ver. Seus pés submergem quando ela pisa no último degrau. Cada fibra de seu corpo, cada célula, quer mergulhar, deixar-se levar pela corrente para bem longe dali.

Ela fica parada naquela junção de terra e água, sem fôlego, o coração acelerado, mas agora consegue respirar. Na superfície verde da água, vê seu reflexo fragmentado, ondeando. Chegou ali em frangalhos; veio confrontar o homem que a gerou, mas que não era seu pai. Em vez disso, encontrou a mãe, que, de alguma forma, vive. Que *sempre* esteve viva. Por todos os anos em que Mariamma sofreu por ela, rezando para que retornasse do mundo dos mortos.

O canal segue fluindo, encharcando a bainha de seu sári, sem se deter diante de sua angústia, daquilo de que acabou de se inteirar. Ela é indiferente, essa água que conecta todos os canais, água que está no rio adiante, e nos remansos, nos mares e oceanos — um só corpo de água. Essa mesma água passou pela casa Thetanatt onde sua mãe aprendeu a nadar; trouxe Rune até aqui, para que ele recuperasse o velho lazareto; e trouxe Philipose, que salvou o bebê moribundo, as mãos coladas às de Digby; a mesma água levou Elsie para a morte e a libertou, renascida, nos braços do homem que a amava mais do que à própria vida — e que engendrou a única filha de Elsie, Mariamma.

E naquele momento essa filha está ali, parada na beira da água que conecta todos eles no tempo e no espaço, como sempre o fez. A água em que ela pisou minutos atrás já se foi, e no entanto continua lá, passado, presente e futuro enlaçados de modo inexorável, como o tempo corporificado. Este é o pacto da água: todos estão inescapavelmente conectados, por missão e omissão, e ninguém está só. Ela fica ali, escutando o mantra murmurante, o cântico que nunca cessa, repetindo sua mensagem: *todos são um só*. O que ela pensava ser sua vida não passava de *maya*, tudo ilusão, porém uma ilusão compartilhada. E só lhe resta seguir em frente.

Mariamma se recompõe e retorna, caminhando lentamente. Imagina Elsie crescendo ali perto, sem mãe — tinham isso em comum. Seja lá o que a jovem Elsie tenha imaginado, certamente não pensou que ela fosse terminar *lá*. A mãe não *escolheu* ser leprosa. Com tudo que Elsie tinha a oferecer ao mundo, como é cruel que *este* seja seu destino: viver enclausurada em um leprosário, um lugar tão apartado que bem poderia ser outro planeta. E, durante todo esse tempo, uma bactéria imemorial, carcomendo seus nervos lentamente, arrebatou todas as suas sensações, tirou-lhe a visão, roubou-lhe aos poucos a capacidade de fazer aquilo que nasceu para fazer. Mariamma estremece quando compreende também isto: por todo aquele tempo, a mente da mãe esteve intacta, a artista forçada a testemunhar a ruína paulatina do corpo antes tão belo, a diminuição progressiva de sua capacidade de criar sua arte. Ela não consegue imaginar tamanho sofrimento.

Digby está à janela: continua contemplando a figura no gramado com uma expressão desarmada que revela tristeza e amor, os dois sentimentos fundidos em um só, como uma segunda pele. Esse homem cheio de cicatrizes permaneceu ao lado de sua mãe ao longo de todos aqueles anos, testemunhando seu sofrimento e sofrendo também, vendo a deterioração dela.

A mudança na expressão de Digby ao ver Mariamma, sua transição de volta para o presente, a faz pensar no pai: muitas vezes, quando ela ia até Philipose, sentia que o conjurava, resgatava-o de algum lugar insondável. Os dois homens tinham isso em comum: amavam sua mãe. Ela para ao lado de Digby; os dois olham através do vidro.

Digby fala como se Mariamma jamais tivesse saído do escritório. "Sua mãe toma sol aqui nesse horário." Sua voz é suave, melancólica. "Chega pela portinhola e conta cinco passos para o centro do gramado. Plantei essas rosas só para ela. Seu olfato está intacto, graças a Deus. Consegue nomear trinta espécies só pelo perfume." Digby fala como um pai orgulhoso da nova habilidade de uma filha. "Quando cansa do sol, dá sete passos para a janela e espalma ambas as mãos no vidro, ficando assim por quase um minuto, esteja eu presente ou não." Ele sorri, timidamente. "É um pequeno ritual dela. Ou nosso. Ela nunca me explicou. Acho que é como uma bênção, uma oração que ela me dirige no meio do dia, para me dizer que me ama e se sente grata." Ele sorri, sonhador. "Se estou aqui, ponho as mãos no vidro, sobre as dela. Acho que ela sabe quando faço isso. Depois, não importa se estou aqui ou não, ela parte."

"Ela sabe que estou aqui?"

"Não!", ele responde, de imediato. "Não. Quando você veio ver Lênin, não contei. Foi a única vez em vinte e cinco anos que escondi alguma coisa dela."

"Por quê?"

Ele suspira e fecha os olhos. Demora para responder. "Porque ela empenhou toda a sua vida a manter esse segredo. Tente se pôr no lugar dela, Mariamma. Imagine como ela se sentiu logo depois da horrenda morte de Ninan. Philipose... Seu pai... põe a culpa nela, e ela põe a culpa nele. Depois do funeral, ela vai embora de Parambil. Em seguida Chandy morre. Amigos, preocupados com seu estado mental, levam a pobrezinha para as montanhas, na esperança de que se distraia. Ela está cheia de raiva e tristeza, tentada a tirar a própria vida. Por puro acaso descobre minhas tentativas artísticas, minhas ferramentas de escultura. Com martelo e cinzel ela aplaca sua raiva, e penso que isso a salva. Ela continua aqui comigo depois que os amigos partem. Ficamos muito próximos... nos apaixonamos. Ela recebe a notícia de que Bebê Mol está muito doente e por essa única razão vai visitar Parambil por alguns dias. Fica ilhada lá por uma monção histórica. Durante esse tempo, ela compreende duas coisas: está grávida. E a lepra se revela, torna-se explosiva — você sabe como isso pode acontecer durante a gravidez. Seu pai, àquela altura... não estava nas melhores condições. Ópio. Ela não vê como prosseguir, não há nenhuma saída. Voltando para mim ou permanecendo em Parambil, não poderá ficar perto de você — ela sabe disso por ter crescido ao lado do Santa Brígida, de Rune. Essa alternativa poria você em perigo. Ela e seu pai se mantêm distantes. No entanto, certa noite ele a vê numa angústia insuportável e, confortando-a, acaba por se excitar. Ela não o repele. Quando a gravidez se torna óbvia, Philipose, em seu estado alterado, acha que a criança é dele. Elsie toma uma decisão: depois do parto, precisa desaparecer. Deve morrer. Todos vocês devem pensar que ela está morta, para não prejudicar você ou Parambil. Seu único consolo é saber que não há melhor opção do que te deixar sob os cuidados de Grande Ammachi."

"Mas, se meu pai ou Grande Ammachi ficassem sabendo, teriam cuidado dela, eles..."

Digby balança a cabeça, negativamente. "Quanto tempo levaria para que a vendedora de peixe já não aparecesse com sua cesta de peixes, ou para que seus parentes começassem a evitar sua casa? O que essa doença faz com a carne é ruim, mas o medo do contágio destrói famílias. Toda semana acolhemos mães expulsas pelos maridos. Pais rejeitados, apedrejados pelos próprios filhos. Só aqui todos eles encontram um lar."

Mariamma quer argumentar, protestar. Mas, na verdade, se ela não fosse médica, será que estaria ali, dentro do Santa Brígida? Ela é médica, uma discípula de Hansen; ela é alguém que dissecou tecidos leprosos; conhece o inimigo... e, *ainda assim*, sua primeira reação ao ver a mãe foi de horror e re-

611

pulsa. Digby diz: "Ponha-se no lugar dela", mas ela não consegue ver a si mesma naquelas sandálias de sola dura, feitas de borracha de pneu; é impossível se imaginar vivendo o pesadelo que a mãe viveu e que continua vivendo. Quando Elsie volta o rosto cego para o sol, Mariamma estremece.

Digby continua: "Essa doença ostraciza crianças inocentes, e ela não queria que você crescesse maculada pelo rótulo que ela carrega. Melhor que a imaginasse morta do que assim. Estar aqui é como estar morto", ele diz, amargamente. "Seus entes queridos não voltarão a ver você. Não querem. Nunca recebemos visitas de parentes. Nunca. Você talvez seja a primeira. Ela encenou seu afogamento e me fez ir buscá-la na margem do rio. Eu queria mantê-la em minha fazenda, ela se recusou. Para manter seu segredo só havia um local seguro. Aqui. Quanto a mim, eu não tinha escolha. Eu não a perderia de novo."

"Quem mais sabe?"

"Só Cromwell. E agora você. Cromwell é um irmão para mim. Ele tornou nossa vida possível aqui. Já administrava a propriedade, e agora ela é toda dele. Meus amigos fazendeiros acham que encontrei Jesus e é por isso que estou aqui. No fim, descobri que o Santa Brígida precisava de mim. A Missão Sueca teve dificuldade de encontrar médicos e enfermeiras dispostos a trabalhar no leprosário por muito tempo. O preconceito era grande demais. Mas eu já estava familiarizado. As coisas se deterioraram depois da morte de Rune. Havia muito a fazer.

"O pior golpe foi quando a visão de sua mãe falhou. Agora leio para ela todas as noites. Quando ficamos sabendo da morte de seu pai, ela ficou arrasada. Parou de trabalhar. Ficou de luto por dias a fio, chorava por ele. Por você. Vive e respira culpa todo dia, mas, tão logo você ficou órfã, a dor alcançou novos pincaros. É o único tipo de dor que sua mãe pode sentir agora, a dor da alma. A agonia de ter desaparecido da face da terra para proteger as pessoas que ama. Toda sua arte revolve em torno de você, Mariamma, em torno da dor de abrir mão de sua criação. Sua pobre mãe só pôde expressar o amor por meio do próprio apagamento, tornando-se uma figura sem rosto, anônima, desconhecida da própria filha. Vejo isso nas esculturas dela, na forma como expressam a dor de ter de esconder o rosto, que jamais podem mostrar, e se fingindo de morta para que você possa viver."

Mariamma chora. Teve todo o amor maternal e todos os beijos que poderia ter de Grande Ammachi, do pai, de Anna *Chedethi* e de Bebê Mol. Cobriam-na de amor. No entanto, ela chora pois sentia falta de sua *verdadeira* mãe, que estava ali todo esse tempo. Sim, sente falta daquela mulher no gramado, da mãe que Elsie poderia ter sido, não fosse a lepra. *Há uma lacuna em minha vida, uma lacuna de todos esses anos passados, nossas vidas separadas.*

Digby lhe entrega um lenço imaculado. Ela aceita, agradecida. Recompõe-se como pode e estuda esse homem que a engendrou, que veio para cá junto com a mulher que amava.

"Você precisou abrir mão do mundo também, Digby."

"Do mundo? Ha!" A risada amarga não combina com ele. Volta-se para ela. "Não, não. Abri mão de algo muito maior, Mariamma. Abri mão de *você*. Abri mão da chance de conhecer minha única filha. Meu coração *doía* de vontade de te conhecer. Essa ferida não é só dela. É minha também."

Mariamma fica abalada com a intensidade da emoção de Digby, pela raiva e pela dor em sua voz. Ela não consegue sustentar o olhar dele.

"A única coisa que mitigou a dor de não termos você conosco é termos um ao outro. E me vi cirurgião de novo, de certa forma — e também estava retribuindo o que Rune fez por mim. Elsie, por sua vez, nunca deixou de ser artista. Sua mãe e eu tivemos um quarto de século juntos! Quando viemos para cá, ela ainda era uma mulher bonita. E tão forte! A força de sua mente, a qualidade de seu trabalho... Eu queria que você tivesse conhecido ela no auge. Veja o que o tempo e a maldita doença de Hansen fizeram", diz, com amargor. "Porém, à noite, nos braços um do outro, tentamos esquecer. É tudo que temos, mas aceito de bom grado, Mariamma."

Ela não sabe o que dizer sobre esse tipo de amor. Sente inveja.

"Quando seu pai finalmente retomou as colunas de jornal, cheias de sabedoria e humor — e dor —, ela entendeu que ele havia superado o vício. Arrisco dizer que ela era a leitora mais ávida do Homem Comum. Traduzia os textos para mim. Antes de ficar cega, claro. A partir de então outros tinham de ler a coluna para ela."

"Ela sabe alguma coisa da minha vida?"

"E como!", ele sorri. "Tanto quanto pudemos descobrir. Quando o editor do jornal escreveu aquele artigo explicando o mistério da Condição, a autópsia... ela só pensava nisso. Lamentou que o conhecimento tivesse chegado tarde demais para o pai, tarde demais para Ninan. Sentia que foi injusta quando culpou Philipose da morte de Ninan — no luto, eles se voltaram um contra o outro. Quando ele se livrou do ópio, a Elsie de Parambil já estava morta havia muito tempo. Ela nunca pôde se desculpar."

A luz que entra pela janela ressalta os traços de Digby; Mariamma detecta uma tristeza profunda em sua expressão, exagerada pela cicatriz em seu rosto. Reconhece algo de si naquele homem de quase setenta anos. Apoia-se em seu ombro. Hesitante, ele põe o braço em volta dela, este outro pai, abraçando a filha, os dois juntos, contemplando a mãe.

Ame os doentes, cada um deles, como se fossem gente sua. Seu pai copiara aquela citação para ela; Mariamma ainda hoje a guarda — está na folha de rosto de *A anatomia de Gray* de sua mãe.

Appa, devo amar essa mulher que se recusou a participar da minha vida? Uma mulher que encenou a própria morte, para que eu jamais pensasse em buscá-la? Posso entender, mas consigo perdoar? Pode haver razão suficiente para abandonar a filha?

Abruptamente, seu corpo se enrijece. Ela empurra Digby.

"Digby, eu conheço essa mulher! Sim, leprosos se parecem. Mas eu *conheço* essa mulher. É a mendiga que vinha sempre antes da Convenção de Maramon. Ela caminhava até lá e esperava, imóvel. Digby, eu botava moeda na latinha dela!"

A expressão culpada de Digby confirma.

"Ela morria de vontade de te ver, Mariamma. Nós dois. Eu não podia, pois sou branco, não passaria despercebido. Mas todos os anos eu levava Elsie de carro o mais perto possível de você. Ela se vestia de mendiga e esperava horas a fio até te avistar e se aproximar. Eu também queria ver você e ela me enchia de inveja sempre que conseguia. Ficou mais difícil com o passar dos anos. Assim que ficou cega, acabou. Num desses anos foi Anna quem pôs moedas na latinha. Elsie voltou para o carro destroçada. Por impulso, passamos de automóvel em frente à casa. Vi você pela primeira vez… Você vinha pela estrada. Ainda hoje guardo essa imagem. Queria tanto te conhecer… mas você tinha seu pai. Ele era um homem melhor, um pai melhor do que eu jamais…"

"Sim, ele era", ela diz, asperamente. E quase acrescenta: *Jamais se esqueça disso!* Estava na ponta da língua, mas não teve coragem. Todos já sofreram demais.

"Digby, com tudo que você sabe sobre lepra, não conseguiu preservar a visão dela? Ou as mãos?"

Ele a encara, incrédulo. "Você acha que não tentei?", ele desabafa, com um sotaque escocês carregado. "Ela é minha pior paciente! A lepra ativa se foi, graças à dapsona e a outros tratamentos, mas os nervos — uma vez mortos, não voltam mais! Elsie foi espoliada do dom da dor. Se eu pudesse protegê-la do trauma repetido, ela não teria esse aspecto!" Mariamma se espanta com a indignação de Digby, a raiva em sua voz, suas faces enrubescidas. É a primeira vez que ouve seu sotaque. "No entanto, a única coisa que importava para ela era sua maldita arte. Toda manhã eu fazia curativos em suas mãos, mas, se a proteção atrapalhasse, ela tirava. E o mesmo ocorreu com os olhos, ela não precisava estar cega, só que, quando seu nervo facial foi afetado e sua córnea começou a ressecar, eu tapava seu olho para que a córnea pudesse se curar, e ela arrancava o curativo! Brigávamos muito por causa dessas coisas. *Ainda* brigamos. Ela diz que só me falta pedir que ela não respire. Diz que, se parar de trabalhar, não terá vida... Isso me dói. Acho que quero ouvir que *eu* sou a vida dela. Porque vivo para ela."

Digby contempla suas mãos, como se o fracasso residisse nelas. Mariamma se pergunta se seu próprio desejo de ser médica, de se tornar cirurgiã, propondo-se a reparar o mundo, veio desse homem, de seus genes.

Ele diz, mais recomposto: "Bem... Sempre soube que estava na presença de uma mente brilhante. Um tipo de talento que só aparece de tempos em tempos. A arte dela é maior do que eu, do que ela, ou do que essa doença maldita. Temos dificuldade em entender sua compulsão. Acredite ou não, ela segue produzindo. Quando a visão dela se deteriorou, ela se lançou num frenesi, com pressa de terminar projetos inacabados, lesionando ainda mais as mãos. Às vezes ela me faz amarrar um lápis de carvão a seu punho, e então enlaço minha mão sobre a dela, e desenhamos". Ele ri, pesarosamente. "Fechamos o círculo!" Mariamma não entende. "No escuro, em nosso bangalô, ela trabalha com argila macia. Tudo que tem são suas palmas. Encosta a argila no rosto, ou mesmo nos lábios, para sentir a forma. Mesmo sem visão, ela já criou centenas de criaturas de argila únicas, o bastante para povoar todo um mundo em miniatura. A confiança dela é impressionante. Ela sabe o valor do que produz. Sempre soube."

"Quem pode ver essas obras?"

"Só eu. Ninguém mais. Elsie queria que seu trabalho fosse visto, desde que *não* revelasse quem ela era. *Eu* queria que ele fosse visto. Anos atrás, tentamos. Enviei várias peças para um agente em Madras, um antigo paciente. Falei que era o trabalho de uma artista que desejava ficar anônima. Foi rapidamente vendido numa exposição, quatro das sete peças foram para o exterior. Então um artigo sobre essa artista foi publicado numa revista alemã. As pessoas ficaram curiosas, e ela se aterrorizou com a possibilidade de seu nome vir a público. Nunca mais tentamos algo do tipo. Tenho dois barracões cheio de obras. Algum dia o mundo vai vê-las? Para ela, mais importante do que a arte é que o mundo pense que ela se afogou, que não se descubra que vive aqui, como uma leprosa. Quer que seu segredo morra com ela, mesmo que implique a morte de sua arte."

Mariamma pensa em seu pai, que morreu com seu segredo, sem jamais saber que a esposa estava viva. Ou será que sabia? Foi isso que deflagrou sua súbita viagem a Madras? Alguma informação nova chegou a ele?

Mariamma rompe o silêncio. "Digby... Agora que eu sei, agora que o segredo foi revelado, acha que ela gostaria de falar comigo?"

Ele suspira. "Não sei. Ela desapareceu para que você acreditasse que estava morta. Ela — nós — investimos uma vida inteira nisso. Ela acha que conseguiu. *Eu* também achava — até você aparecer na sala de operação hoje. Então... se ela gostaria de falar com você? Devemos dar um fim à ilusão que ela lutou tanto para criar? Não sei."

Mariamma pensa em suas ilusões perdidas. Deve agradecer ou amaldiçoar a Condição e Lênin por levá-la até ali? A Condição tira muita coisa, mas também dá o que não sabemos se desejamos. De repente, uma saudade de Lênin a atravessa.

A médica estuda aquela mulher que descansa no gramado — Elsie. Sua mãe. Ela parece estranhamente apaziguada naquele corpo desfigurado, partido. Será uma projeção esperançosa da filha? Tudo o que a mãe tem do que antes a definia é o *pensamento*... Isso e o que sobrou de um corpo que mal consegue se locomover, porém que ainda se esforça para criar arte. E tem esse homem que a ama, ainda que ela desapareça sempre mais.

"Mariamma", Digby diz, baixinho, *"você* quer falar com ela?"

A pergunta faz seu coração bater acelerado e sua garganta ressecar. *Não!*, diz uma voz dentro dela, prontamente. *Não estou preparada.* Contudo, outra voz, a de uma garotinha, a voz da filha, discorda: *Sim, pois há muita coisa que você precisa saber sobre mim. E sobre meu pai — você não chegou a conhecer o homem que ele se tornou, como ele ainda amava você. Ele foi o melhor pai que uma filha podia ter.*

A voz que finalmente se faz ouvir diz: "Digby... Ainda não sei dizer".

Ela lembra das palavras de Aniyan: *Toda família tem segredos, mas nem todos os segredos pretendem ludibriar.* O segredo da família de Parambil, que mal era um segredo, era a Condição. No entanto, seu pai guardava outro segredo: que a amada filha não era sua. Se Grande Ammachi sabia, ela manteve sigilo. E o segredo compartilhado por Elsie e Digby era que Elsie seguia vivendo, que nunca se afogou e tinha lepra. Esses pactos secretos mantidos pelos adultos da vida de Mariamma tinham por objetivo protegê-la. O casamenteiro também disse: *O que define uma família não é o sangue, mas os segredos que seus membros compartilham.* Segredos que podem uni-los ou fazê-los se ajoelhar, quando revelados. E agora é Mariamma, que não tomava parte em nenhum segredo, quem sabe de tudo; eis aí uma bela família.

Elsie, mãe de Mariamma, apruma-se e se levanta devagarinho. Sua postura é altiva, o queixo para a frente como a de um visionário, a cabeça traçando pequenos arcos, como fazem os cegos. Vira-se com passos curtos e rígidos, como uma criança aprendendo a caminhar, até se pôr de frente para as janelas francesas. Com a palma das mãos e os dedos que lhe restam, ela ajusta trabalhosamente o *pallu* do sári branco sobre o ombro esquerdo e dá o primeiro passo, contando.

Mariamma sente sua curta vida na terra comprimindo-se naquele momento, aquele momento singular, mais pesado que a soma de todos os que vieram antes.

A mãe ergue as mãos diante de si à altura do ombro — aqueles estranhos instrumentos, agora diminuídos, entregando-se como oferendas. Aproxima-se com os punhos arqueados, as palmas apontando para a frente, os braços estendidos numa atitude infantil desoladora, à espera das janelas francesas. Aquela aproximação trágica e corajosa transforma as feições de Digby; enquanto a observa, um sorriso amoroso e indulgente desenha-se em seu rosto. Elsie se aproxima cada vez mais, até que, por fim, toca com as duas palmas o vidro da janela, que interrompe seu avanço. As palmas de Elsie descansam ali por um momento. Digby está prestes a colocar as mãos na vidraça, por dentro, sobrepondo-as às de Elsie... Mas então ele para e olha para a filha, suas sobrancelhas erguendo-se, inquisitivas.

Sem pensar, sem ter que pensar, Mariamma sente-se impelida. Espalma as mãos no vidro, pressionando e sobrepondo-se às mãos de sua mãe, de modo que, naquele momento, tudo se faz uno, e nada separa os dois mundos.

Agradecimentos

Em 1998, minha jovem sobrinha Deia Mariam Verghese perguntou à avó: "Ammachi, como era a vida quando você era menina?". Qualquer resposta oral seria insuficiente, então minha mãe — Mariam Verghese — encheu 157 páginas de um caderno espiral com memórias da infância, escritas numa letra cursiva elegante e determinada. Como era uma artista talentosa, também interpôs uma série de desenhos rápidos ao texto. Seus três filhos conheciam bem as anedotas registradas ali, embora os detalhes mudassem a cada narração.

Minha mãe morreu em 2016 aos 93 anos, mas, mesmo em seus últimos meses, enquanto eu escrevia este livro, ela me telefonava para contar alguma lembrança que acabara de lhe ocorrer — como quando um primo seu, que nunca passava de ano no primário, foi finalmente aprovado, só porque, muito pesado, quebrou o assento da cadeira e acabou rolando para as carteiras da série mais adiantada — era uma escola de sala única. Em *O pacto da água*, me aproveitei de vários casos que minha mãe nos contou; contudo, para mim o mais precioso era sua voz e o clima que emanava de suas palavras, que complementei com minhas próprias recordações de verões com meus avós em Kerala e de minhas visitas posteriores como estudante de medicina. Meu primo Thomas Varghese é um artista talentoso (além de engenheiro), um dos prediletos de minha mãe. Fico grato e orgulhoso por seus desenhos evocativos presentes nesta obra, que captam tão bem a atmosfera do romance. Mamãe ficaria contente.

Para uma história que envolve três gerações, dois continentes e várias localizações geográficas, amparei-me em diversos parentes, amigos, especialistas e fontes. Se alguém se sentiu esquecido, saiba, por favor, que não foi proposital.

Kerala: devo profundamente à escritora Lathika George (autora de *The Kerala Kitchen*, Hippocrene Books, 2023), minha guia em Cochim, que compartilhou com tanta generosidade histórias de sua infância, sendo uma fonte para tudo que se refere à comida; os e-mails longos e cheios de informações de Mary Ganguli refletem sua segunda vocação (além da psiquiatria), a escrita, verdadeiro tesouro de informações, histórias relacionadas à medicina e insights psicológicos; minha prima Susan Duraisamy relembrou detalhes impressionantes da casa de minha avó paterna e das pessoas ao redor; minha alma gêmea Eliamma Rao me levou para conhecer os fundadores de *Soukya*, Isaac e Suja Mathai, que me deram um novo entendimento da cura; Eliam também me levou ao lar de Sanjay e Anjali Cherian, em Calicute, e à propriedade deles em Wayanad, onde Sanjay muito generosamente me mostrou o funcionamento de uma fazenda da região. Jacob Mathew, meu contemporâneo no Madras Christian College, é o editor-chefe do *Malayala Manorama*; ele e Ammu me acolheram em seu lar e puseram todos os recursos à minha disposição. Espero que ele me perdoe a liberdade de imaginar o "Homem Comum" como colaborador do *Manorama*; tomara que possa constatar minha admiração por seu lendário jornal. Os livros e escritos de Susan Visvanathan (especialmente *The Christians of Kerala: History, Belief and Ritual among the Yakoba*, Oxford University Press, 1993) foram essenciais. Meu obrigado ao Taj Malabar Resort & Spa, que tornou minha estadia em Cochim tão memorável; sou grato a Premi e Roy John; meu colega de universidade, Cherian K. George; Arun e Poornima Kumar; C. Balagopal e Vinita; e ao brilhante arquiteto Tony Joseph. Catherine Thankamma, destacada tradutora do malaiala para o inglês, debruçou-se sobre o manuscrito e fez muitas sugestões. Entre meus muitos parentes que compartilharam suas histórias, agradeço a Jacob (Rajan) e Laila Mathew; Meenu Jacob e George (Figie) Jacob; Thomas Kailath e Anuradha Maitra; e, em especial, a meus padrinhos, Pan e Anna Varghese. Meu pai, George Verghese, senhor de 95 anos que faz esteira duas vezes por dia, respondeu às minhas muitas perguntas e compartilhou suas memórias. Todos os erros referentes à Kerala são inteiramente de minha responsabilidade.

Faculdade de medicina: entre os extremamente prestativos colegas do Madras Medical College, incluem-se C. V. Kannaki Utharaj, ginecologista habilidoso cujos e-mails longos e hilários sobre o trabalho de parto eram um verdadeiro tesouro; Anand e Madhu Karnad, amigos mais antigos e queridos que compartilharam memórias urbanas de hotéis, salas de aula e clínicas de Madras e responderam a incontáveis perguntas, além de inúmeras vezes me abrigar e me alimentar; agradeço também aos estudantes do Christian Medical College de Vellore, Nissi e Ajit Varki, Samson e Anida Jesudass, Arjun e Renu Mohandas, Bobby Cherayil e meu colega de Stanford Rishi Raj. David Yohannan (Johny) e sua mulher, Betty, me receberam, e Johny compartilhou memórias detalhadas de Calicute e de sua prática médica em Kerala.

Questões cirúrgicas: agradeço a Moshe Schein, Matt Oliver, John Thanakumar, Robert Jackler, Yasser El-Sayed, Jayant Menon, Richard Holt, Serena Hu, Rick Hodes e Amy Ladd. Os generosos ensinamentos neurocirúrgicos de Sunil Pandya foram de muita ajuda. James Chang, meu colega de Stanford, brilhante cirurgião de mãos, me doou muito de seu tempo, lendo várias versões e me ensinando sobre esse tipo de operação.

Glasgow e Escócia: meus queridos amigos Andrew e Ann Elder fizeram de tudo para me ajudar a compreender a história e o dialeto escocês, levaram-me de novo a Glasgow e leram o manuscrito muitas vezes. Obrigado também a Stephen McEwen. Mais uma vez, qualquer erro é de minha responsabilidade.

Manuscrito: colegas e amigos que me ajudaram com a pesquisa ou detalhes do original, ou que me deixaram tempo livre para escrever, incluem Sheila Lehajani, Mia Bruch, Olivia Santiago, Shubha Raghvendra, Katie Allan, Kelly Anderson, Pornprang Plangsrisakul, Jody Jospeh, Talia Ochoa, Erika Brady, Dona Obeid e Nancy D'Amico. Stuart Levitz, Eric Steel e John Burnhan Schwartz leram o manuscrito completo e me ofereceram comentários de grande valia; John é diretor literário na Sun Valley Writers' Conference, que para mim é o evento anual que renova minha fé na alegria e no poder da palavra escrita. Peggy Goldwyn leu versões iniciais e me deu sábios conselhos; a escritora e editora Kate Jerome leu incontáveis esboços e deu a mim e a meus filhos amor e apoio incondicionais nos piores momentos. Kate, você tem meu amor eterno e minha gratidão. Dois colegas de meu tempo no Iowa Writers' Workshop firmaram-se como amigos íntimos e confidentes: Irene Connelly leu e revisou todos os meus livros; Tom Grimes devotou inúmeras horas a *O pacto* na reta final — aos dois envio toda gratidão.

Escritores não são nada sem editores, e os editores certos fazem toda a diferença. Tive muita sorte de ser editado por Peter Blackstock. Ele deu forma ao livro e o fez com confiança, precisão, bom humor e humildade. Minha agente Mary Evans me encontrou em Iowa em 1990 e tem me representado desde então. Minha carreira literária deve muito a ela, em especial por encontrar um lar para este livro junto a Peter e a equipe incrível da Grove Atlantic. Tive a assistência editorial prévia de Courtney Hodell, em versões iniciais, que me atendeu com paciência incomum, sabedoria e astúcia; a ela e a Nathan Rostron, que leu e me deu muitos conselhos úteis, minha gratidão imensa.

O ato da escrita é solitário, porém, pelo menos para este escritor, não pode acontecer sem amor, indulgência, apoio e perdão da parte de amigos e familiares. Dos meus três filhos queridos — Steven, Jacob e Tristan —, só meu caçula, Tristan, esteve comigo durante os anos de escrita deste livro. Éramos os únicos ocupantes da casa. Sua tolerância, equanimidade e amor silencioso mas profundo me sustentaram nos altos e baixos. Meu irmão mais novo, Philipe, transcreveu amorosamente as páginas escritas à mão por minha mãe e fez cópias encadernadas para a família. Meu irmão mais velho, George, é a pedra de sustentação em minha vida, meu norte verdadeiro; ele é não apenas um amado professor do MIT, mas também um revisor brilhante e leitor arguto. Por duas décadas, toda quarta de manhã me encontro pessoal ou virtualmente com meus "irmãos" de San Antonio: Jack Willome, Drew Cauthorn, Randy Townsend, Guy Boline, Olivier Nadal e o falecido Baker Duncan. O grupo foi formado para que apoiássemos e cobrássemos uns aos outros; o amor incondicional desses irmãos é um presente imensurável; e Randy e Janice me emprestaram seu refúgio em Big Island num momento crucial da escrita deste romance.

A Universidade Stanford tem sido um lar maravilhoso para mim desde 2007. Sou profundamente grato a Bob Harrington, meu amigo e presidente do Departamento de Medicina de Stanford, por seu comprometimento inabalável para com seu heterodoxo vice-presidente. Agradeço a Ralph Horwitz por me trazer a Stanford. Lloyd Minor, reitor da Stanford School of Medicine, apoiou meu trabalho; ele e Priya Singh catalisaram o centro que conduzo, PRESENCE: The Art and Science of Human Connection. Sonoo Thadaney é a feiticeira e maestrina por trás do PRESENCE, BedMed e todos os meus demais esforços em Stanford. Considero-a, junto com Errol Ozdalga, John Kugler, Jeff Chi, Donna Zulman e todos os membros da equipe BedMed e PRESENCE, minha família estendida. Muitos outros colegas de Stanford — tantos que não posso listar — têm garantido meu constante aprendizado e crescimento; agradeço a todos. A cátedra Linda R. Meier e Joan F. Lane Provostial, que ocupo, me dá liberdade para ir atrás de interesses que atravessam todas as faculdades do campus. Cuidar dos doentes e ensinar medicina ao pé do leito continuam sendo minhas principais paixões, e sou grato a pacientes, estudantes, funcionários e residentes em Stanford, bem como a todas as outras instituições onde trabalhei que me mantêm humilde, preservando intacta minha vocação até hoje.

Por fim, não posso imaginar este livro ou minha vida sem Cari Costanzo. Ela nunca deixou de acreditar em mim durante meus altos e baixos; leu cada linha incontáveis vezes, alimentando meu corpo e minha alma, sem deixar de ser uma atarefada acadêmica de Stanford e mãe maravilhosa de Kai e Alekos. Conhecer seu filho mais velho, Alekos, foi um presente especial nesses últimos anos. Embora este romance seja dedicado à minha mãe, ele deve sua existência a você, Cari. *Omnia vincit amor: et nos cedamus amori.*

Notas

Esta história é inteiramente ficcional, como ficcionais são todas as personagens principais e secundárias, mas tentei ser fiel aos acontecimentos reais da época. O bombardeio de Madras pelos japoneses foi verdadeiro; as personagens do vice-rei, seu primeiro-secretário e o governador de Bombaim são imaginadas e não guardam nenhuma semelhança com os indivíduos que ocupavam de fato esses postos. O Longmere Hospital é ficcional; tenho orgulho de ter estudado no Madras Medical College e visitado o Christian Medical College várias vezes, contudo, os eventos e personagens relacionados a essas instituições são fictícios. A Convenção de Maramon é lendária, e desejo muito participar dela em algum momento; a cena do Senhor Melhorias na convenção é ficcional; o Triplo Yem não existe nem se assemelha a nenhum hospital que eu conheça. Os sacerdotes com que tive contato na infância, assim como o bispo — Mar Paulos Gregorios (nascido Paul Varghese), amigo de nossa família —, foram seres humanos maravilhosos e inspiradores. As descrições da igreja e de seus ofícios são completamente ficcionais.

O verso "a respiração do pai já era apenas ar" foi extraído de "Caelica 83", de Baron Brooke Fulke Greville. O material sobre especiarias e Vasco da Gama apoia-se no maravilhoso livro *Holy War* (Harper, 2011), de Nigel Cliff, e em *Spice*, de Jack Turner (Vintage, 2005). Os pensamentos de Grande Ammachi e de Koshy *Saar* sobre histórias baseiam-se em comentários de Dorothy

Allison e em máximas da excelente obra *Story* (ReganBooks, 1997), de Robert McKee. A maioria dos versículos da Bíblia aparece em itálico e são da versão do rei Jaime [na ed. bras., as citações são da Bíblia Pastoral]; as orações formais são do Livro de Orações Noturnas dos cristãos de São Tomé ou de versões on-line das liturgias dos cristãos de São Tomé. Os pensamentos da enfermeira-chefe sobre escolas públicas são inspirados no documentário *Empire*, da BBC. "Abrir mão das necessidades, mas não dos luxos" parafraseia uma citação similar atribuída a Frank Lloyd Wright ou Oscar Wilde. A descrição de Celeste sobre Londres parafraseia o relato de M. M. Kaye em *The Sun in the Morning* (Viking, 1990) e também *Empire Families* (Oxford University Press, 2004), de Elizabeth Buettner. O dito de Honorine de que as rosas não passariam de mato se nunca murchassem e morressem é uma ideia de Wallace Stevens: "A morte é a mãe da beleza. Só o perecível pode ser belo". Os versos de Veritas para o *The Mail* sobre os garotos de La Matinière são uma paráfrase de *Paper Boats in the Monsoon* (Trafford, 2007), de Owen Thorpe. Os comentários do missivista sobre o fracasso dos brâmanes quando admitidos nos mais altos escalões vem de A *People's Collector in the British Raj: Arthur Galleti* (Readworthy Publications, 2011). "O segredo para cuidar bem de um paciente é se importar com o paciente" é uma frase famosa de Francis Peabody, bem conhecida de todos os médicos (JAMA, 1927; 88:877). A observação de Celeste sobre a civilidade exterior do marido, a despeito dos verdadeiros sentimentos, é inspirada no personagem George Smiley, de John le Carré, que diz: "O inglês educado em escolas particulares é o maior dissimulado do mundo", em *The Secret Pilgrim* (Knopf, 1990). Quando Rune dá más notícias a Grande Ammachi, ela o agradece, "por força do hábito"; essas palavras vêm do poema de Raymond Carver "What the Doctor Said", em *New Path to the Waterfall* (Atlantic Monthly Press, 1990). As observações de Rune sobre o polegar são atribuídas a Isaac Newton em *All The Year Round*, de Charles Dickens (1864, v. 10, p. 346), mais tarde encontradas em *The Book of the Hand* (Sampson Low, Son & Marston, 1867), de A. R. Craig: "Na falta de provas, o polegar me convenceria da existência de um Deus". A recitação de Koshy *Saar* é do poema de 1854 de Tennyson, "The Charge of the Light Brigade". A inscrição de Digby no exemplar de A *anatomia de Gray* de Elsie é de "Death and Doctor Hornbook" (1785), de Robert Burns. A família com o matiz azul no branco dos olhos e ossos frágeis sofre de osteogênese imperfeita. A mulher na clínica com crescimento exofítico nas narinas sofre de rinosporidiose. Antes de 1985, ainda existia muita confusão sobre as duas formas de neurofibromatose; vários pacientes com o que hoje se chama de neurofibromatose tipo 2 ou NF2 — a "Condição", neste romance — eram diagnosticados com a neurofibromatose tipo 1 ou NF1 — a doença de Von Recklinghausen na versão clássica, cuja marca são nódulos na e sob a pele. Atualmente é evidente que são doenças genéticas separadas, com expressões clínicas diferentes, envolvendo cromossomos distintos (cromossomo 17 para a NF1 e cromossomo 22 para a NF2). A "Condição" baseia-se na descrição de uma grande parentela na Pennsylvania (JAMA, 1970; v. 214, n. 2, pp. 347-53). O material sobre a fome vem de fontes públicas. Os versos da peça que Philipose ouve no rádio são do Ato 5 de *Hamlet*. Os versos de Philipose "Sorte de poder julgar a si mesmo nessa água" e, depois, "Sorte de poder purificar-se sempre e sempre" são do poema "Lucky Life", de 1977, do falecido poeta (amigo pessoal e meu professor em Iowa) Gerald Stern. O grau "MRVR" depois do nome do médico de verrugas é baseado numa anedota em *Evolution of Modern Medicine in Kerala*, de K. Rajasekharan Nair (TBS Publishers' Distributors, 2001). O verso que referencia "o mundo redondo e seus quatro cantos imaginados" vem do Soneto Sagrado 7, de John Donne. O pecado do tradutor desastrado que precedeu o Senhor Melhorias é inspirado pelas palavras de Jorge Luis Borges no ensaio "On William Beckford's 'Vathek'", em *Selected Non-Fictions* (Viking, 1999): "O original trai a tradução". As palavras de Cowper — "Felicidade e paz duradouras são daqueles que escolhem este estudo por seu próprio valor, sem esperar qualquer recompensa" — é um princípio dos ensinamentos do zoroastrismo. "Viver a dúvida" é extraído de *Letters to a Young Poet* (Norton, 1993), de Rilke, e é um conselho que dou a muitos dos que buscam minha mentoria. "Em uma época de mentiras, dizer a verdade é um ato revolucionário" é uma frase que muitas vezes se atribui a George Orwell. A fuga de Lênin e Arikkad depois dos ataques fracassados em Wayanad é imaginada, mas os naxalitas eram (e ainda são) reais, assim como a execução de Arikkad "Naxal" Varghese (1938-70), que lutou pelos adivasis em Wayanad. Em 1998, o oficial P. Ramachandran Nair admitiu que atirou em Varghese por ordens de K. Lakshana, subcomissário. Em 2010, uma corte considerou Lakshmana culpado de compelir Nair a atirar; ele foi sentenciado à prisão perpétua e a uma multa de 10 mil rupias. O esculacho da vendedora de peixe em relação aos comprimidos do *vaidyan* é inspirado no discurso de Oliver Wendell Holmes à Sociedade Médica de Massachusetts, em 30 de maio de 1860: "[…] se toda a *materia medica* como usada hoje desaparecesse no fundo do oceano, seria muito melhor para a humanidade — e muito pior para os peixes". No capítulo "O cão do paraíso", Philipose se baseia no poema homônimo de Francis Thompson, de 1890. A carta de Philipose dizendo que a verdadeira viagem de descoberta consiste não em buscar novas paisagens, mas em conquistar um novo olhar é uma paráfrase de um pensamento similar de

Proust em À *la Recherche du temps perdu* (Gallimard, 1919-27), no volume 5. Quanto ao dito "Marque a data!", do casamenteiro Aniyan, devo a meu colega da faculdade de administração de Stanford Baba Shiv, que compartilhou essa memorável anedota em suas palestras brilhantes sobre tomar decisões. Obrigado, Baba! O dito do casamenteiro Aniyan sobre segredos é uma citação de Sissela Bok em *Secrets: On the Ethics of Concealment and Revelation* (Vintage Reissue, 1989). As observações de Digby enquanto executa uma transferência tendínea se baseiam nas palavras do cirurgião pioneiro Paul Brand: "O cirurgião deve praticar a paciência de uma minhoca que avança aos poucos entre raízes e pedras; não deve forçar uma passagem através de estruturas rígidas, caso contrário o túnel não será ladeado por material maleável", em *The Journal of Bone and Joint Surgery, British Volume*, 43-B, n. 3, 1961. "Nunca diga que um homem é feliz antes de sua morte" são as palavras de Sólon para Creso, em *The Histories*, de Heródoto (Penguin Classics, 2003); "aonde quer que você vá, tudo que lhe acontecer acontecerá comigo" é um verso de "i carry your heart with me", de e. e. cummings (*Complete Poems*, Liveright, 1991).

1ª EDIÇÃO [2024] 2 reimpressões

ESTA OBRA FOI COMPOSTA PELO ACQUA ESTÚDIO EM ELECTRA E IMPRESSA
EM OFSETE PELA LIS GRÁFICA SOBRE PAPEL PÓLEN DA SUZANO S.A.
PARA A EDITORA SCHWARCZ EM AGOSTO DE 2024

A marca FSC® é a garantia de que a madeira utilizada na fabricação do papel deste livro provém de florestas que foram gerenciadas de maneira ambientalmente correta, socialmente justa e economicamente viável, além de outras fontes de origem controlada.